DE KAT
EN
DE GENERAAL

Nino Haratischwili (1983, Tbilisi) is romancier, toneelschrijver en regisseur. Ze is thuis in twee talen, schrijft sinds haar twaalfde zowel in het Duits als in het Georgisch. De 1300 pagina's tellende roman *Het achtste leven (voor Brilka)*, haar derde boek, was een grote bestseller in Duitsland en Nederland en won vele prijzen. Haar nieuwe boek, *De kat en de generaal*, stond op de shortlist van de Deutscher Buchpreis 2018. Haratischwili woont en werkt in Hamburg – al zal ze die stad in de loop van 2020 verruilen voor Berlijn.

Nino Haratischwili

DE KAT EN DE GENERAAL

Vertaald door Elly Schippers en Jantsje Post

MERIDIAAN UITGEVERS
AMERSFOORT

Deze vertaling kwam mede tot stand dankzij een subsidie van het Goethe-Institut München.

Eerste druk, september 2019

De vertaling van 'Wiegelied' van Michail Lermontov (pag. 5) is van Kees Jiskoot, verschenen in *Ik wil leven, ik wil lijden,* Benerus, 2008
De vertaling van de versregel 'Het loopt voor koude daden warm...' van Sofokles (pag. 65) is van Gerard Koolschijn, verschenen in *Oidipous. Antigone,* Athenaeum-Polak & Van Gennep, 2008

In overleg met de auteur is de vertaling hier en daar aangepast
Oorspronkelijke titel *Die Katze und der General*
Oorspronkelijk uitgegeven door Frankfurter Verlagsanstalt
Omslagontwerp Wil Immink Design, naar het ontwerp van Laura J. Gerlach en Julia Bührle-Nowikowa

Typografie binnenwerk Wim ten Brinke
Drukkerij Wilco, Amersfoort

ISBN 978 90 254 5332 9
D/2019/0108/707
NUR 302

www.meridiaanuitgevers.com

Slaap, m'n kind, m'n lieve kleine,
Slaap maar, slaap maar gauw.
En de maan zal helder schijnen
In die wieg van jou.
Met verhalen zal ik komen,
Zingen van de wind;
Oogjes toe, en dan maar dromen,
Slaap maar, slaap, m'n kind.

Over stenen stroomt de Terek,
Klotst tegen de kant;
Een Tsjetsjeen sluipt daar, begerig,
't Moordmes in de hand;
Maar jouw vader is een strijder,
Die het van hem wint:
Slaap maar rustig, lieve kleine,
Slaap maar, slaap, m'n kind.

En je weet, eens komt de tijd, dat
Jij de slag in gaat:
Moedig grijp je dan de leidsels,
Het geweer paraat;
't Zadeldek zal ik omzomen
Met een zijden lint...
Ga nu, schattebout, maar dromen,
Slaap maar, slaap, m'n kind.

Michail Lermontov,
uit 'Wiegelied van een kozakkenmoeder'

PROLOOG

NOERA

1994 | NOERA

Ze keek naar de lucht. Door het dichte wolkendek zag ze een akelig felle cirkel. Ze had het gevoel dat ze dwars door het verblindende wit de gloeiende botten zou kunnen zien, als ze maar lang genoeg bleef turen, als ze het maar verdroeg dat haar netvlies vlam vatte. Maar ze wendde haar blik af, de lucht was in een paar seconden betrokken en de wolken dreven de mist de bergkloof in.

Weer die minachtende blikken toen ze het marktplein op liep, ze werd achtervolgd door gefluister. Ook de kleverige gele hagedissenblikken van de oude vrouwen brandden op haar huid. Ze waren vast weer over haar aan het roddelen omdat ze zonder hoofddoek door het dorp liep.

De mist pakte zich razendsnel samen boven de kloof. Zwaar en stil was hij de dorpen binnengekropen en met zijn onverzadigbare muil had hij alles en iedereen opgeslokt. Je moest je geweldig inspannen om een hand voor ogen te kunnen zien.

De mist en de vochtige kou maakten de mensen gespannener, prikkelbaarder, de toch al ijzige sfeer in het dorp was om te snijden. De vrouwen slopen op kousenvoeten rond en deden stilletjes hun dagelijks werk, terwijl de mannen zich met een ernstig en geheimzinnig gezicht in groepjes terugtrokken in de achterkamertjes.

De winter zou hier binnenkort even meedogenloos als altijd aanbreken. De bewoners wapenden zich en stelden zich in op de koude, heldere nachten en de ijzige ochtendwinden. Maar er hing nog iets anders in de lucht, nee, het lag op de loer, ze kon het niet onder woorden brengen, ze kende deze sfeer niet, ze wist alleen dat die niet veel goeds voorspelde. In tegenstelling tot alle anderen wilde ze zich echter niet door zorgen en angsten laten verlammen. Ze wilde zich net als andere jaren verheugen op de eerste sneeuw. Ze wilde met de kleine Asma sneeuwballengevechten houden en sleetjerijden – ondanks het gejeremieer van haar moeder dat zulk gedrag niet gepast was voor een jonge vrouw van haar leeftijd. Ze wilde het geknerp onder haar voeten voelen, de witte dekentjes van de dunne mosgroene sparrentakken schudden en lachen om niets, gewoon zomaar, zoals ze altijd had gedaan.

Tenslotte was het niets nieuws dat de oudjes over haar smiespelden, haar met hun blikken vervloekten, ze kende dat, ze was het gewend, en ondanks de ijzige sfeer, ondanks de moeilijk onder woorden te brengen dreiging die in de lucht hing, zou ze zich er ook nu niet door laten afschrikken. Ze zou geen omweg maken naar de molen, waar ze het bestelde meel moest afhalen, ze zou haar hoofd niet buigen. Ze hoefde alleen even haar ogen te sluiten en zich de zwakke, hese stem van Natalja Ivanovna voor te stellen, die haar in haar mooie Russisch toefluisterde: 'Wat is dat voor houding? Zo loopt een trotse Kaukasische vrouw? Recht je rug! Een vrouw met een kromme rug, met een ineengedoken houding zal nooit iets bereiken! Goed zo, als een Bolsjojballerina, ja! Je kunt het wel! Goed gedaan, madame! En nu moeten we aan je *osanka* werken!' Noera vond haar uitspraak van dat woord altijd prachtig, met de klemtoon op elke lettergreep, en hoewel het gewoon lichaamshouding betekende, kreeg het daardoor een andere, diepere zin. Het was niet moeilijk om zich Natalja Ivanovna's stem voor de geest te halen, tenslotte had zij haar de magische formule geleerd die elke tegenslag, elke lastige situatie, elke beproeving in het leven draaglijker maakte. Haar stem was nog altijd zo levendig alsof ze pas gisteren afscheid hadden genomen, en iets zei haar dat dat haar hele leven zo zou blijven. Met Natalja's woorden in haar oren groeide Noera's trots, en ze stak met opgeheven hoofd en een kaarsrechte osanka het marktplein over.

'Je moet je concentreren! Fantasie gaat niet samen met willekeur en al helemaal niet met slordigheid. Je moet heel precies zijn als je je verbeelding laat werken!' De mist omhulde haar nu als een bontstola, en even dacht ze dat dat het werk van Natalja Ivanovna was, haar toverkunst, waarmee ze haar wilde beschermen tegen de afgunstige blikken en het gefluister, dat vast kwetsend voor haar was.

De kloof sluimerde, liet zich wiegen in de armen van de mist, en de bergen leken hun adem in te houden. Steeds weer stelde ze zich voor hoe ze op een dag het dorp zou verlaten, misschien wel voorgoed, het was voor haar iets onvermijdelijks, een zekerheid die zich in haar lijf en haar gedachten leek te hebben vastgezet, iets anders was ondenkbaar, en toch, als ze het zich precies voor de geest haalde, kromp er iets in haar samen. Niet vanwege de mensen, nee, eerder vanwege de bergen en de nabijheid van de hemel. Hier leek ze maar een hand te hoeven uitsteken of ze kon de wolken aanraken, één beweging met haar arm of ze kon de hemel voelen, zo niet voelen, dan op z'n minst inademen.

De eerste en tot nu toe enige keer dat ze in een stad was geweest – in een echte stad en niet een van de omliggende boerendorpen –, had ze onthutst vastgesteld dat de sterren en de hemel daar niet te zien waren, of liever gezegd, de hemel had een namaakhemel geleken, alsof een slechte schilder had geprobeerd hem na te schilderen en jammerlijk had gefaald. Ze was toen tien en had aan de hand van haar vader door brede straten gelopen en auto's voorbij horen stuiven, en hoewel ze zich eigenaardig had gevoeld, vreemd en onwennig, was het toch heerlijk en opwindend geweest. Ze had iets op haar tong kunnen proeven wat ze nog niet eerder had geproefd en wat inmiddels ook een naam voor haar had: vrijheid. Maar misschien was die smaak ook versterkt door het feit dat ze daar met haar vader was, zij alleen, zonder haar moeder met al haar regels en verboden, en dat haar vader een ander mens leek, zo ontspannen en goedgehumeurd, zo kinderlijk speels en licht, alsof er een loodzware last van zijn schouders was gevallen. Het was lang geleden... En ook de herinnering aan hem als een blij en tevreden man had intussen bijna iets onwerkelijks.

Molenaar Avlan veegde zijn handen af aan zijn schort en grijnsde van oor tot oor. Daarna informeerde hij naar haar moeders gezondheid en naar haar zussen. Eigenlijk interesseerde hij zich alleen voor Malika, de oudste van de drie. Maar dat was een hopeloze zaak. Malika was allang getrouwd met een andere man en hij wist dat hij geen enkele kans maakte, maar hij wilde het niet opgeven, hij kon zich niet schikken in zijn lot. Noera had altijd medelijden met hem gehad. Het was van meet af aan een dwaas verlangen, Malika zou hem nooit tot man hebben genomen en de familie Gelajev zou helemaal tegen een verbintenis zijn geweest. Hij was te slap en te verwijfd voor de bergen, een soort collateral damage voor de *tejp**, zonder een spatje krijgshaftigheid in zijn bloed en dus ook geen echte Nochtsji. Terwijl Malika zich graag de wet liet voorschrijven en er een haast erotisch genoegen uit putte zich te onderwerpen. Dus was een huwelijk alleen al om die reden tot mislukken gedoemd geweest.

'Heel goed, heel fijn gemalen meel zoals je moeder heeft besteld, bijzonder geschikt voor *tsjepalgasj*. Ze is daar een ware meester in. Ik heb de tsjepalgasj van je moeder eens

* Op pag. 674 staat een verklarende woordenlijst

op de verjaardag van je grootvader geproefd en heb de smaak nog altijd in mijn mond, goddelijk!'

Ze vroeg zich af of hij overdreef omdat hij haar voor zich wilde innemen, of dat hij het echt vond. Haar moeder kookte inderdaad goed, maar dat deden de meeste vrouwen in het dorp. Ze glimlachte naar hem en wierp een blik naar buiten. De mist was nog dichter geworden, hij had grijze muren opgetrokken in de straten van de *aoel.*

'Echt verraderlijk, die mist, vind je niet?'

Avlan deed alsof hij koude rillingen kreeg en grijnsde schaapachtig. Het liefst had ze haar armen om hem heen geslagen, maar ze wist dat de twee mannen die voor de deur stonden te praten hen de hele tijd in de gaten hielden, en omdat ze niet nog meer aanstoot wilde geven, liet ze het achterwege, maar tegelijk ergerde ze zich aan haar zelfbeheersing.

'En die beste Malika, gaat het goed met haar? Komt ze jullie weleens opzoeken?'

Avlan kon zich veel minder goed beheersen.

'Ze komt in elk geval met het Offerfeest, dat weet ik zeker. Verder... nou, ik hoop dat het goed met haar gaat.'

Dat hoopte ze echt. Malika was bijna een jaar geleden getrouwd en naar Oeroes-Martan verhuisd. Of ze gelukkig was, wisten ze niet, haar moeder had ze met haar huwelijk in elk geval wel gelukkig gemaakt. Het was een sterke clan, de vader van de bruidegom had een zeepfabriek in Oeroes-Martan, ze waren dan wel geassimileerd, maar geen hielenlikkers, en dus was het de vervulling van een droom en tegelijk een positieverbetering voor Malika en de hele familie; na de schande die hun vader de familie had aangedaan een regelrechte genoegdoening, een vredesverdrag. Haar moeder had haar hoop altijd al op Malika gevestigd. Ten eerste was zij de gehoorzaamste, ten tweede was ze een 'echt' meisje met 'echte' meisjesdromen, die allemaal draaiden om een sterke, machtige man, en ten derde was ze de knapste. Asma was nog te klein, het viel niet te zeggen aan wie zij ooit een voorbeeld zou nemen. En zijzelf, de middelste, nou ja, daar hoefde je het niet eens over te hebben. Dus bleef Malika over, en die bleek een troef te zijn. Het plan slaagde en maakte dat hun moeder heel even verzoend was, met zichzelf, met de wereld en vooral met het verleden, maar dat zou niet lang duren.

Een koppelaarster uit het naburige dorp had het huwelijk gearrangeerd en haar moeder bleef maar herhalen wat een geluk het was dat Malika zo'n knap gezicht had en dat Oeroes-Martan bovendien zo ver weg lag dat ze zich daar niet echt druk maakten over de beschamende verdwijning van haar man. Malika ging al akkoord voordat ze haar bruidegom ook maar gezien had, want ze zou naar de stad verhuizen en een man met een Duitse auto krijgen. Er werd getrouwd. Ze vertrok. Sindsdien had Noera haar zus maar één keer gezien, hartje zomer was Malika met haar schoonouders op bezoek geweest, want de Nichalojskië-watervallen zouden goed zijn voor de vruchtbaarheid, en op weg daarheen hadden ze de aoel aangedaan. Ze droeg een hoofddoek, zoals het hoorde voor een getrouwde vrouw, en een jurk tot op haar enkels.

Maar nu vroeg Noera zich af of haar zus wel gelukkig was. En hoe Malika's geluk er dan uitzag. Zou je het herkennen? Zou het aan haar te zien zijn? Of was Malika's geluk kleur- en reukloos, stil en onopvallend, zo wazig als deze mist? Ze was die keer heel stil geweest, stiller dan anders, en ze had een nogal schichtige indruk gemaakt, onzeker, alsof ze het verleerd was hier te zijn, bij haar moeder en haar zusjes, in het dorp en niet in de stad, alsof ze het verleerd was zichzelf te zijn, liever gezegd, alsof ze een façade had opgetrokken en bang was dat iemand daarachter zou kijken.

'Haar familie kan goed overweg met de Russen, hè?'

Die vraag verbaasde haar. Avlan leek nooit veel interesse te hebben voor wat er in de wereld gebeurde. Hij zou deze plek, dit dorp ook nooit verlaten als hij niet werd weggejaagd, daar was ze van overtuigd.

'Ik weet het niet. Waarom vraag je dat?'

'Nou, jullie gaan toch ook bij de Gazoejevs tv-kijken?'

'Af en toe.'

'Er is een coup geweest, de Russen wilden hun vazallen bij ons aan het hoofd plaatsen. Wij hebben hun gevechtshelikopters neergehaald.'

'Wij?'

'Ja, de onzen.'

Zijn woordkeus bevreemdde haar. Hij ging vast vaak naar de voormalige Komsomolclub. Daar kwamen de laatste tijd steeds meer jongemannen bijeen om 'belangrijke zaken' te bespreken, zoals haar moeder het noemde, waarmee ze discussies over politiek bedoelde. Waarschijnlijk zat Avlan daar ook bij en had hij die vreemde woorden overgenomen om indruk te maken.

'Ja, en veel van die hielenlikkers zijn opgepakt.'

In zijn stem klonk onmiskenbaar een zekere trots door, zijn vurig patriottisme was opmerkelijk en de gloeiende blik in zijn ogen maakte hem meteen een stuk minder sympathiek.

'Ik moet nu echt gaan, mama en Asma wachten...'

Het was voor het eerst dat ze zich bij hem niet op haar gemak voelde en ze wilde er gauw vandoor. Alsof hij uit een lichte slaap ontwaakte, schudde hij zijn hoofd, lachte weer op zijn innemende manier en gaf haar de zak meel. Ze nam afscheid met een knikje en ging naar buiten. De mist omhulde haar onmiddellijk als een warme jas.

Een paar passen verder was ze op een haar na tegen de dikke Gülnaz en haar plompe zoon op gebotst. Gülnaz was een echte dorpsmatrone en omdat haar man een paar koeien had en evenzovele vrouwen – wat ze minder leuk vond, ook al liet ze dat niet merken –, dacht ze dat ze in het dorp heel wat te zeggen had en zich overal mee kon bemoeien. Als je van roddelen aankwam, zou zij allang een ton moeten wegen, had Noera eens tegen Asma gezegd, en ze had zelf om die plastische voorstelling moeten lachen.

Het kind, dat geen echt kind meer was, maar nog lang niet volwassen, hield Gülnaz' hand vast en kloste met zware, trage stappen achter haar aan.

'Ah, Noera, ben jij het! Je hebt me laten schrikken!' riep ze, en zelfs door de dichte mist heen zag je het vele goud in haar mond blinken.

'Ja, ik ben het, tante Gülnaz, neem me niet kwalijk! Maar het is vandaag ook zo mistig...'

'Mijn broer zegt dat de Russen dat doen. Ja, ja, kijk me niet zo aan, ze zeggen dat die een of ander gas gebruiken om zich op ons te wreken en ons, zonder dat we het in de gaten hebben, langzaam vergiftigen...'

'Dat lijkt me sterk, tante Gülnaz!'

Ze deed een kleine stap naar voren om duidelijk te maken dat ze verder wilde, maar Gülnaz hield haar tegen. Ze moest namelijk nog het een en ander kwijt en wilde er vooral zeker van zijn dat ze niets had gemist.

'Hoe is het nu met die arme moeder van je?'

'Hoe bedoelt u, tante Gülnaz?'

Ze had geen idee waar dat serpent heen wilde.

'Nou ja, alleen met twee meisjes thuis, en dat in deze roerige tijden...'

Haar hart kromp ineen. Het liefst had ze het uitgeschreeuwd, haar in haar gezicht gespuugd en het op een lopen gezet. Zoveel leedvermaak, zo'n belustheid op andermans verdriet was ondraaglijk. Hoe kon je met zoveel frustratie leven, vroeg ze zich af, terwijl ze geforceerd glimlachte.

'Het gaat prima, tante Gülnaz. Maakt u zich over ons maar geen zorgen.'

'Bezorg je moeder geen last, begrepen?' zei ze met een haast dreigende ondertoon, en ze boog zich zo dicht naar haar toe dat Noera haar slechte adem kon ruiken, een lucht van hardgekookte eieren en iets vettigs. 'Ze heeft al genoeg te verduren gehad.'

Wat had Noera haar graag een draai om haar oren gegeven. Op zulke momenten miste ze Natalja Ivanovna het meest. Normaal was ze na zo'n voorval naar haar toe gerend en had ze alles eruit gegooid, ze zou tekeer zijn gegaan en iedereen naar de hel hebben gewenst tot ze gekalmeerd was en weer vertrouwen had. Maar nu, ja, nu moest ze de verbittering en de woede inslikken, zich zelfs tot een glimlach dwingen.

'Tot ziens!' mompelde ze alleen en ze vervolgde haar weg door de mist toen de jongen, die al die tijd apathisch naast zijn moeder had gestaan, plotseling zijn tong tegen haar uitstak en iets tegen haar siste. Eerst verstond ze het niet, maar toen ze wat verder weg was, drong het tot haar door. 'Hoer' had hij haar nageroepen. Gülnaz moest hem de mond hebben gesnoerd, want hij verstomde abrupt en weer heerste er een allesomvattende stilte.

Ze mocht niet haar zelfbeheersing verliezen. Ze mocht die boerenkinkels geen reden geven om nog meer over haar en haar familie te roddelen. 'Gewoon doorademen, diep en regelmatig doorademen,' hoorde ze Natalja Ivanovna weer in haar oor fluisteren. Wat miste ze haar toch! 'Ademen en dan de filter vervangen!'

Dat deed ze als de wereld om haar heen te taai, te hard werd, te onaangenaam, dan schakelde ze de realiteit gewoon uit en schoof er een nieuwe kleurfilter voor. Dat was helemaal niet moeilijk, ze hoefde alleen haar ogen dicht te doen en zich naar een andere werkelijkheid te verplaatsen, met al haar zintuigen, in opperste concentratie, en meteen was alles anders, ze werd een andere, inwisselbare persoon, iemand die ze in haar fantasie kon oproepen. En met de dag, met de maand, met het jaar werd ze moediger en roekelozer. Vroeger durfde ze zich hooguit een scenario voor te stellen waarin ze arts was, ergens in een grote stad vol mooie parken en attracties. Een stad die op een kermis leek. Bont en fel en vol muziek, vol amusement, en zij er middenin, haastig van haar werk komend, werk dat zinvol en belangrijk was, het liefst als chirurg, het liefst waar het op z'n minst om leven en dood ging, en natuurlijk zou ze er altijd voor zorgen dat het leven won, en daarna zou ze lachend langs de suikerspinkraampjes en de mooie draaimolens lopen en een ijsje eten, in een prachtige jurk, met los haar. Ze ontdekte hoe ze haar fantasie kon trainen, dresseren als een gehoorzaam paard. En zo leerde ze steeds driestere en bontere, steeds avontuurlijker verhalen te verzinnen. Als ze zich bijvoorbeeld niet al te veel wilde inspannen, was ze gewoon een prinses, dat kostte helemaal geen moeite. Maar niet zomaar een prinses, nee, een Japanse. (In de oude dorpsbibliotheek, die vol socialistische propagandaboeken stond, had ze ooit een verfomfaaid tijdschrift gevonden, een oud modeblad, waarin alles in Latijns schrift was geschreven, in een vreemde, mooi klinkende taal, en waar knappe, goedgeklede vrouwen in waren afgebeeld. En daar was een keurige jongedame, die een Japanse prinses bleek te zijn, met de exotische, een verlangen naar verre landen opwekkende naam Michiko – zoveel had ze kunnen ontcijferen.) Ze droeg chique gewaden en wuifde naar het volk vanuit het keizerlijk paleis, dat helemaal verguld was.

Maar de laatste tijd was ze meestal María. De beeldschone María uit de Mexicaanse telenovela *Simplemente María*, waar ze samen met de andere dorpsvrouwen elke avond bij de Gazoejevs naar keek – vanwege de grote toeloop hadden ze de televisie met behulp van een met tape aan elkaar geplakt verlengsnoer op het erf gezet, zodat er voor iedereen plaats was. Het ging over het eenvoudige boerenmeisje María uit de titel, dat het ondanks alle tegenslagen en belemmeringen tot beroemd modeontwerpster schopte, dat alle sociale hindernissen overwon, hoewel haar liefde voor de rijke Juan Carlos del Villar Montenegro niet mocht bestaan. Het was fijn om María te zijn. En het was ook gemakkelijk om María's werkelijkheid te lenen, want de in het Russisch nagesynchroniseerde, kleurrijke Mexicaanse realiteit zat vol details. Ze had een nauwkeurige voorstelling van de vertrekken waarin María zich bewoog, van de kleren die ze droeg, de voorwerpen die ze aanraakte, en de rest, ja, de rest vulde ze aan in haar hoofd, bijvoorbeeld hoe de lippen van Juan Carlos del Villar Montenegro smaakten. Ook al was hun liefde ongelukkig, ook al was het hun niet gegund om samen te zijn (hoewel ze dat nog niet met zekerheid kon zeggen, ze mocht nog hopen, ze had tenslotte nog 122 afleveringen voor de boeg), toch was het een mooie, geheimzinnige, opwindende liefde, een liefde zoals die volgens haar moest zijn en niet zoals de werkelijkheid haar die opdrong. Ze was erachter gekomen dat de actrice die María speelde, Maria Victoria Eugenia Guadalupe Martínez del Río Moreno-Ruffo heette, en die naam had ze zich ingeprent zoals een van de vele patriottische gedichten die haar op school waren ingepompt. Wat klonk die naam magisch en verleidelijk! Maria Victoria Eugenia Guadalupe Martínez del Río Moreno-Ruffo, hij smolt als suikerspin op je tong en smaakte naar meer. De wereld van Maria Victoria Eugenia Guadalupe Martínez del Río Moreno-Ruffo was zoals de wereld volgens haar moest zijn; als je al het geluk had te leven, dan moesten het leven en je omgeving toch meewerken, dat was toch niet te veel gevraagd? Of wel? Was het verkeerd om meer te verlangen? Meer dan wat een vrouw toekwam volgens haar moeder? Volgens de oude vrouwen die op het marktplein zaten en haar met hun gele hagedissenogen opvraten, afkeurend, honend; die vonden het al schaamteloos dat ze zo jong was, jong en vol geheime beloften, die haar lichaam deed zonder dat zij zich er bewust van was. Moest ze zich verontschuldigen dat ze zo lenig en bevallig was als een dier in het wild?! Moest ze zich verontschuldigen dat ze ervan droomde weg te gaan? Dat ze niet genoeg had aan het dorp? En al helemaal niet aan de dorpsbewoners! Achter die bergen, achter de machtige kloof, achter de woeste rivier lag een wereld die zo veelomvattend was, zo afwisselend, zo bont. Daar wilde ze heen. Daar moest ze heen. Het moest haar lukken. Het idee dat ze op een dag haar toverkracht zou verliezen en zich niet meer naar een andere realiteit kon verplaatsen omdat de huidige, de echte realiteit zich als een bijtend zuur door alle lagen van haar fantasie vrat, dat idee verlamde haar. Het ergste wat haar kon overkomen, was het verlies van haar magische kracht. Die kracht hield haar in leven, gaf haar vertrouwen, maakte dat ze alles verdroeg wat het tegendeel was van geluk en toch geen ongeluk, maar waar ze nog geen naam voor had gevonden.

'Is het niet oneindig treurig, Noera, dat de meeste mensen niets liever willen dan middelmatigheid? Een middelmatig leven, middelmatigheid in alles, terwijl er niets is waar ik zo bang voor ben?'

Plotseling zag ze Natalja Ivanovna weer voor zich, ze stond bij het raam, met haar rug naar haar toe en een sigaret in haar linkerhand. Ze was links en zei altijd dat dat kwam doordat je linkerhand nu eenmaal dichter bij je hart zat en ze niets kon doen wat niet direct in verbinding met haar hart stond. Het was winter – bijna altijd als ze aan Natalja Ivanovna dacht, was het winter, alsof hun gezamenlijke tijd één eindeloze, besneeuwde, witte winter was, alsof het in die tijd nooit zomer was geweest – en in de potkachel brandde hout, het geknisper had iets slaapverwekkends, een geluid dat uitnodigde tot dromen. Buiten was het koud en door het raam leek de wereld zo onbarmhartig, zo onvriendelijk, terwijl het in die kleine kamer zo warm en gezellig was. Noera kon haar gezicht niet zien toen ze die zinnen uitsprak, maar ze kreeg opeens kippenvel. Of dat kwam doordat die zinnen haar bekend voorkwamen, haar eigenlijk afstootten of haar bang maakten, kon ze niet zeggen, maar ze raakten haar zo diep dat ze verstijfde.

'Steeds hebben we daartegen gevochten, mijn man en ik, we deden niets anders. En na al die jaren vraag ik me af of dat geen vergissing was, of we niet jammerlijk hebben gefaald. Ja, als je het mij vraagt, is middelmatigheid de vloek van de mensheid, het was niet de slang die de zonde in de Hof van Eden bracht, het was de middelmatigheid...'

Natalja Ivanovna nam een trek van haar sigaret (in de wereld waarin Noera leefde, was dat voor een vrouw iets ongehoords, iets verbodens) en Noera vroeg zich af of ze van achteren naar haar toe zou sluipen en zich tegen haar aan zou drukken, haar zou troosten en zeggen dat zij de meest bijzondere persoon was die ze ooit was tegengekomen.

'Maar een paar mensen lukt het... Zij weten die vloek te verbreken...' Weer zweeg ze abrupt, ze wachtte ergens op, ze moest nog een oordeel vellen, wat ze ook deed nadat ze haar sigaret op een als asbak dienstdoend schoteltje had uitgedrukt: 'Misschien, ja, misschien... zal het jou lukken, Noera...'

Een groter 'ja' had ze haar hele leven nog niet gekregen. Maar voor dat 'ja' moest gevochten worden, als een leeuwin moest ze vechten, ook dat had ze van Natalja Ivanovna geleerd. Als ze niet wegging, als ze niet aan die bergen en die rivier ontsnapte, aan die natuur die zo bedrieglijk mooi was, zou ze net zo eindigen als die oude vrouwen op het marktplein, met een wollen hoofddoek om, met haar handen in haar schoot, met gele, kleverige ogen en bittere woorden die haar mond vergiftigden. Of, erger nog, ze zou net als haar moeder worden, overlopend van zelfmedelijden, met elke vezel van haar lichaam hunkerend naar bescherming van de aoel, naar rechtvaardiging van elke handeling, elke beslissing – nu haar man weg was en zij als een hulpeloos wezen door het melkwegstelsel zweefde, angstig en onzeker, totaal geïntimideerd en zich verliezend in zinloze degelijkheid.

Nee, zij zou de zin van haar leven nooit afhankelijk maken van een man, zelfs niet van een man als Juan Carlos del Villar Montenegro. Ze zou de zon van haar eigen planetenstelsel zijn. Ze zou niets verbergen, ze zou de mooiste, kleurigste kleren dragen en zowel haar enkels laten zien als de gleuf die zich sinds een jaar of twee tussen haar ronde, stevige borsten aftekende. En wat zou ze haar huis later mooi inrichten! Met gebloemde tafelkleden en porseleinen vazen, met handgeknoopte tapijten en zachte banken. Net als de haciënda's uit de telenovela. Maar misschien – en die droom was de opwindendste, gewaagdste, gekste en daarom misschien de vurigste van al haar dromen – werd ze wel actrice, zo een tegen wie iedereen opkeek, op wie de mannen bij bosjes verliefd werden, die de ene prijs na de andere in de wacht sleepte, in de chicste jurken rondliep en met vochtige ogen vanaf het toneel kushandjes uitdeelde. Zo iemand als Maria Victoria Eugenia Guadalupe Martínez del Río Moreno-Ruffo!

Maar over de consequenties van die droom durfde ze niet goed na te denken. Het idee dat niet alleen haar hele familie, maar ook Asma haar zou verachten en zich van haar zou afkeren, was te pijnlijk. Maar misschien kon ze voorkomen dat deze omgeving greep op Asma kreeg en haar met die keiharde regels en principes aanstak, misschien kon zij voor haar zusje worden wat Natalja Ivanovna ooit voor haar was geweest: een anker. Ja, misschien, als ze eerst naar Grozny ging, later naar Moskou, later naar... Ja, waarheen eigenlijk? Nou, misschien wel naar Mexico, ja, waarom niet naar Mexico, tenslotte werden daar zulke fantastische series als *Simplemente María* gemaakt. En als ze daar dan eindelijk succes had en in een van die series meespeelde en op een kleurrijke haciënda woonde met papegaaien en reusachtige cactussen in de tuin, dan zou ze Asma laten overkomen en haar leren vrij te zijn, elke dag, met ijzeren discipline, zoals Natalja Ivanovna ooit met haar had gedaan. En Asma zou begrijpen dat hun wereld slechts een van de oneindig vele varianten van de grote wereld was en beslist niet de absolute en enig juiste, en dan zou misschien ook het hart van hun moeder ontdooien, ze waren tenslotte met z'n tweeen, en hun moeder zou hen komen opzoeken en versteld staan van de technicolorkleuren waarin het Mexicaanse leven van haar dochters zich afspeelde. Koppig als ze was, zou ze haar land, haar aoel, nooit definitief willen verlaten, maar wie weet zou ze een paar keer per jaar de oceaan oversteken om met haar dochters uitstapjes te maken naar de mooiste plekjes van Mexico.

Natalja Ivanovna was een jaar of vier geleden in het dorp gekomen, een Russin die met een Tsjetsjeen was getrouwd en met hem in Grozny was gaan wonen. Beiden waren voormalige onderwijzers, die zich om een voor Noera onnavolgbare reden tot taak hadden gesteld door de meest afgelegen dorpen van de Noordelijke Kaukasus te trekken en daar kinderen les te geven. Ze gingen niet naar de dorpsscholen, maar boden hun eigen onderwijs aan, in geïmproviseerde klaslokalen bij hen thuis. Ze leefden van de giften en aalmoezen die de ouders hun uit dankbaarheid voor het enthousiasme van hun kinderen schonken, en ze zagen het als hun taak om 'denkprikkels buiten de heersende normen' te geven. Ze brachten een hele kofferbak vol boeken mee en iets wat minstens zo geweldig was: een televisie met ingebouwde videorecorder en een heleboel met de hand beschreven cassettes. Daar ging een magische wereld open, die drommen kinderen aantrok. Van oude, clandestien gekopieerde Chaplinfilms van slechte kwaliteit via Visconti tot schreeuwerige actiefilms uit Hollywood – alles zat erbij, zelfs Bollywoodfilms. Voor elke vertoning werd bij de betreffende film een inleiding gehouden en naderhand werd erover gediscussieerd. In de les voor de vertoning vertelden ze de kinderen iets over de ontstaansgeschiedenis en de acteurs, over de periode waarin de film zich afspeelde en de historische gebeurtenissen uit die tijd. Na afloop moesten de kinderen over hun indrukken vertellen. En dan was het niet genoeg om te zeggen of ze de film leuk hadden gevonden of niet, ze moesten met argumenten komen en met elkaar discussiëren. Er waren geen criteria, geen smaakvoorschriften, alles kon worden gedacht en gezegd. Voor veel deelnemers was die oefening te hoog gegrepen. Nog nooit hadden ze hun mening mogen geven. Altijd waren het de *adat*-wetten die hun leven bepaalden, altijd waren het hun ouders en grootouders, de dorpsoudsten, de partij en de imams die zeiden wat ze wel en niet moesten doen. En nu waren daar opeens twee tovenaars die hen ontvoerden naar een magische werkelijkheid, waar van alles leek te mogen. Niet alle kinderen konden omgaan met die vrijheid, velen bleven na een paar keer weg of hun ouders roken onraad en verboden hun kinderen naar dat vreemde stel toe te gaan. Maar anderen genoten van het enthousiasme op het gezicht van hun spruiten en maakten zich niet druk over de inhoud van de lessen. Op een dag zou het stel toch weer weggaan en zouden hun kinderen zonder een woord te zeggen terugkeren naar het sobere en streng gereglementeerde leven van alledag, want dat was de wet van de bergen, de wet van de voorvaderen, hier heerste de eeuwenoude wet van de Vajnachen.

Maar bij Noera ging het anders. Het zaad vond een meer dan vruchtbare bodem, en een ongeluk bleek voor haar puur geluk te zijn. Natalja's man stierf plotseling aan een hartinfarct toen ze pas een paar weken in de Argoenkloof waren. Ze hadden een kleine leegstaande houten schuur langs de hoofdweg gehuurd, en nog voordat Noera zijn naam kon onthouden, viel de bebaarde, goedmoedige man op een avond dood neer. Natalja Ivanovna rouwde lang. Ze rouwde anders dan de vrouwen in de aoel. Ze rouwde stil en zonder vaste rituelen. Ze rouwde in haar eentje. De dorpsbewoners praatten erover, maar niemand bemoeide zich ermee, ze was geen Nochtsji, ze was een vreemde, een goddeloze socialiste uit het noorden, hoe kon zij nou weten hoe je moest rouwen, hoe je op gepaste wijze treurde om een man? Ja, ja, de stedelingen waren diepgezonken, ze waren de weg kwijt, de communisten hadden hen verpest, maar er was hoop – zo fluisterden de ouden –, sinds kort was er weer die kwellende hoop, sinds de reus als een zieke olifant was omgevallen, sinds de Vajnachse Democratische Partij was opgericht, sinds de onafhankelijkheid was uitgeroepen! Er was hoop dat Allah het land opnieuw zijn zegen zou schenken!

Pas na verloop van tijd waagde de vreemde vrouw zonder hoofddoek zich weer in de stoffige dorpsstraten, als een van de zwerm afgedwaald vogeltje zwierf ze doelloos rond en deed wat boodschappen. Als ze langs hun boerderij liep, sloeg Noera haar door het raam gade en had ze het gevoel dat haar hart brak. Ze wist toen nog heel weinig over die vreemde vrouw, die uit een andere wereld was gekomen, en toch had ze iets vertrouwds; iets in de manier waarop ze liep, waarop ze in een onbestemde verte staarde, iets in haar verlorenheid deed Noera aan zichzelf denken, alsof ze haar leven lang naar wortels had gezocht, niet naar wortels die stevig in de aarde groeiden, maar wortels van gedachten en gevoelens.

Op een keer liep ze haar stiekem achterna, door de alle geluiden opslokkende, dikke, witte sneeuwlaag, gefascineerd door wat die vrouw uitstraalde en waarvoor ze geen woorden kon vinden, iets wat ze later eenzelvigheid zou noemen. Die vrouw leek niets en niemand nodig te hebben en genoeg te hebben aan zichzelf, ze was vol van iets wat je niet kon zien, maar wel kon voelen. Ze was alleen verdrietig omdat ze een geliefd iemand had verloren, en Noera had maar wat graag geweten hoe hun liefde was geweest, of haar man ook iemand was die niets meer nodig had en haar niet als iets noodzakelijks maar als een verrijking beschouwde. In al die maanden met Natalja Ivanovna zou ze er niet in slagen haar geheim te ontsluieren, ze kwam er niet achter hoe ze zo kon leven, zonder enige behoefte. Hoe alles wat ze deed, alles wat ze was, op vrijwilligheid gebaseerd kon zijn. Maar op een gegeven moment deed het er niet meer toe…

Natalja Ivanovna bleef lang in de kloof, langer dan ze ooit ergens was gebleven, en dat bleek Noera's geluk, haar redding. De dood van haar man stortte Natalja Ivanovna in een crisis. Alsof niets haar meer kon schelen, alsof ze alleen samen met hem zin had kunnen vinden in wat ze deed. Kinderen hadden ze niet, vaste verplichtingen evenmin. Ze hadden een nomadenleven geleid, ze hadden elkaar aangevuld en niemand nodig gehad, behalve hun leerlingen. Ze had naar Grozny of Machatsjkala kunnen gaan, misschien naar Tbilisi of Jerevan, maar ergens leek ze net zo aan de Kaukasus gekluisterd als ooit Prometheus, over wie ze Noera op een dag had verteld, bij een kop thee met honing en een dun schijfje citroen. Met Leningrad, dat inmiddels weer Sint-Petersburg heette en waar ze geboren en getogen was, had ze geen band meer, er was niets wat haar daar nog lokte. De bergen waren haar thuis geworden. Met de lichtblauwe Lada Niva waren ze, gedreven door een vaag verlangen, door de Kaukasus gereden, ze hadden de Georgische militaire weg gevolgd, een gevoel of misschien bepaalde verwachtingen achterna. Maar nu was er voor Natalja Ivanovna geen plaats meer, geen verlangen dat sterk genoeg was om opnieuw op weg te gaan naar de eindeloze verten, want het doel leek vaag, onscherp.

En er was nog iets waardoor ze zich steeds meer terugtrok en zich steeds minder in de bergen waagde: het met het uitroepen van de Tsjetsjeense Republiek Itsjkerië gepaard gaande nationalisme. Sinds Ingoesjetië tot de Russische Federatie was toegetreden, maar Tsjetsjenië die stap weigerde, werd de situatie voor haar steeds penibeler. Overal in de Kaukasus gingen stemmen op die de wereld in twee kampen verdeelden, in dat van de vrienden en dat van de vijanden, en een vijand werd iedereen die niet hetzelfde wilde en eiste. Overal wilde men alleen op zichzelf en onder elkaar zijn, de ongenode gasten waren er lang genoeg geweest; nu de Sovjet-Unie uiteenviel en het reusachtige Rusland blind en verward in het duister tastte, wilde men het moment benutten om de ongenode gasten eindelijk naar huis te sturen.

Natalja Ivanovna had nooit ergens bij gehoord, en dat kon haar nu noodlottig worden. In het zuiden was al bloed gevloeid – in Georgië was het begonnen, in Armenië en Azerbeidzjan was het verdergegaan, en nu kon je die metalige geur ook hier in het noorden ruiken. Ze kroop weg in de schuur en begon te toveren. Ze toverde nu niet meer voor anderen, voor kinderen en jongeren, maar voor zichzelf. Ze fantaseerde, ze reisde door het oude Griekenland en zweefde in pompeuze jurken en met torenhoge pruiken door Versailles en Fontainebleau. Ze was gebiedster over hele werelden die ze in haar verbeelding schiep. Omdat ze niet onnodig de aandacht wilde trekken, gaf ze de kinderen alleen nog af en toe Russische les, want Russisch was het afgelopen jaar op de scholen van het lesrooster geschrapt, maar sommige ouders stonden er nog steeds op dat hun kinderen die taal leerden. Haar 'denkprikkels' en lezingen liet ze voortaan achterwege. Totdat zij elkaar ontmoetten en Natalja Ivanovna, als door het leven gekust, uit haar winterslaap ontwaakte.

De eerste ontmoeting was er een met schaarse, zachte woorden, passend bij de kniehoge sneeuw, en toch was het een soort inwijding, een inwijding in de toverkunst. Noera was weer eens naar de schuur geslopen en struinde er als een zwerfkat omheen in de hoop te worden ontdekt. En ze werd ontdekt.

'Kom binnen, mijn schamele behuizing schijnt een grote aantrekkingskracht op je uit te oefenen!'

Dat was het enige wat ze tegen haar zei toen ze de deur opendeed. Ze zat met een dampende kop thee aan een bijzettafeltje dat ze als eettafel gebruikte, en staarde met haar lichtblauwe ogen door de bril op het puntje van haar neus heel geconcentreerd naar een kleurige kubus zoals Noera nog nooit had gezien. Het leek een stuk speelgoed voor volwassenen.

'Wat is dat?'

'Een Rubiks kubus, een zogenaamde toverkubus, een soort draaipuzzel. Ken je die niet?'

'Nee.'

'Nou, dat is misschien maar goed ook, ik bijt de hele tijd mijn tanden stuk op dat stomme ding.'

'Hoezo?'

'Ik krijg het gewoon niet voor elkaar, wat ik ook doe, het wil niet lukken. Mijn man heeft me zo vaak uitgelachen, hij zei dat ik eruitzag alsof ik het mysterie van het leven moest ontraadselen, maar ergens ben ik aan dat ding verslingerd, ook al krijg ik het niet voor elkaar. Misschien lukt het jou,' zei ze terwijl ze haar de kleurige kubus gaf.

Het was als thuiskomen. Het was vertrouwd, zij het op een onbegrijpelijke, onlogische manier. De magie was alomtegenwoordig. En elke avond als ze thuiskwam en de woedende blikken van haar neven en de verwijtende woorden van haar moeder als een lawine over zich heen kreeg, vroeg ze zich af hoe ze zonder al die kennis, zonder al die vaardigheden had kunnen leven. Het was geluk, puur geluk wat ze in die eenvoudige schuur vond. En het opwindendste was dat ze door Natalja Ivanovna ook het vertrouwde en deels gehate op een andere manier leerde begrijpen en zelfs waarderen. Door haar begon ze van de kloof en de ontembare rivier te houden. Ze verzoende zich met het verleden en werd vergevingsgezind.

Ja, ze moest hem vergeven, haar vader – een benaming die ze sinds zijn verdwijning niet meer in de mond had genomen, alsof ze haar tong aan die letters zou branden. Het woord was uit de werkelijkheid, uit het heden gewist, alsof er nooit een vader had bestaan, ook al deed haar moeder niets anders dan om hem treuren, ook al deed het hele dorp niets anders dan maandenlang over hem roddelen.

En soms haatte ze haar verlangen naar vrijheid omdat ze bang was dat het weleens zijn erfenis kon zijn die door haar aderen stroomde. En dan zou het op een dag misschien geen verlangen blijken, maar een vloek. Zou zij dan ook gedoemd zijn een zoekende te blijven, opgejaagd en nooit tevreden, niet in staat gelukkig te zijn? Hij kon niet anders, dat voelde ze, en ze kon het niet uitstaan dat ze nog steeds probeerde hem te verontschuldigen. Hij had het voor lief genomen om zijn gezin door zijn gedrag tot paria's te maken. Hoe sterk moest die vloek wel niet zijn als hij niet anders kon doen dan wat hij had gedaan? Ja, hij had schande over de zijnen gebracht en was en bleef verdwenen, hij had zich aan elke verantwoordelijkheid onttrokken.

De jaren daarvoor waren een aaneenschakeling van pijnlijke momenten geweest. En dan die catastrofe met de schapen! Toen haar moeder zag dat zijn 'dwaasheden' waren teruggekomen, besloot ze hem met oneindig veel taken op te zadelen, zodat hij geen tijd meer had voor zijn 'buitenissigheden'. Ze hadden nooit schapen gehad, wel paarden, en kippen natuurlijk, maar geen schapen. Dus besloot ze dat hij een kudde schapen moest hoeden en naar de hoogvlakte moest drijven, waar weinig afleiding was, weinig wat hij kapot kon maken. Aanvankelijk protesteerde hij niet, wat ze als een succes beschouwde, maar nog geen twee weken later waren de meeste schapen op de hoogvlakte verdwaald en sommige zelfs in de ravijnen gestort. Zijn enige reactie op de algemene verontwaardiging was dat het de vrije wil van de dieren was geweest. Dat was het begin van het einde. Tot zijn verdwijning volgde voor haar moeder het ene schandaal op het andere. Ze overwoog zelfs een jongere vrouw voor hem te zoeken, een officieuze, maar getolereerde, die hem gelukkig moest maken, maar zover zou het niet meer komen. Hij ging weg en liet haar met haar herinneringen en haar verdriet alleen. En die herinneringen waren niet zomaar uit te wissen, de jaren dat ze met hem samen was geweest en de drie kinderen die ze van hem had gekregen – niets kon ze ongedaan maken. Voortdurend was ze bezorgd dat haar kinderen iets van hem hadden meegekregen, dat ze ook 'gek' werden en dagenlang zouden zwijgen of wekenlang in een grot zouden slapen. Zelf was ze altijd een vrouw geweest die zich aan de adat hield, die ook onder het socialisme en in de kolchoztijd ging bidden. Ja, ze was een vrouw die het meest vreesde waar haar middelste dochter het meest naar verlangde: anders zijn, ook als je daardoor bij de gemeenschap in ongenade viel.

Het eerste schandaal had volgens de verhalen meteen in de eerste maanden van haar huwelijk plaatsgevonden, toen ze zwanger was van Malika: op een dag was hij spiernaakt in de rivier gaan zwemmen en bij de politie beland. Het verhaal hoe hij op de verjaardag van zijn schoonvader met de oom van zijn vrouw op de vuist was gegaan, werd nog steeds als grappige anekdote verteld. Hij had een verhitte discussie met de bekrompen oom gehad – waar die discussie over ging, daarover deden verschillende versies de ronde, van de volksdeportatie via Brezjnev tot een bepaalde manier van schapen houden – en toen had hij die oom ineens met eten bekogeld, brood en kaas, alles vloog de oude man om de oren. Maar voor haar moeder was nog het ergste dat ze dat alles had verdragen, alleen om uiteindelijk de paria van de aoel te worden en met lege handen te staan, zonder te kunnen zeggen dat haar offers, haar engelengeduld, haar bijna onmenselijke uithoudingsvermogen de moeite waard waren geweest. Die onrechtvaardigheid hield haar sinds zijn plotselinge, stille verdwijning uit haar slaap en bracht haar machteloze woede van al die jaren tot ontlading.

De mist zakte verder omlaag. Als een slang kronkelde hij tussen de rotsen door. Hopelijk lukte het voor het donker thuis te zijn. Het beloofde een ijskoude nacht te worden. De vorst zou pas na de mist komen, maar hij zou komen en genadeloos zijn. Voor het huis van de Osmajevs bleef ze staan, ze hoorde geritsel achter zich en draaide zich geschrokken om.

'Jij bent anders toch altijd zo dapper, nu doe je het in je broek, hè?'

Het was Moesa, de rustverstoorder. Opgelucht haalde ze adem en tegelijk spanden al haar spieren zich. Hij kwam dichterbij, dichter dan de door de voorvaderen vastgestelde afstand toeliet, de mist maakte hem overmoedig. Ze hadden samen op school gezeten. En op de een of andere manier had hij het altijd op haar gemunt. Elk propje dat hij gooide was voor haar bedoeld, elke vlecht waar hij aan trok moest de hare zijn, elke grap over meisjes moest in haar aanwezigheid worden gemaakt, elke streek voor haar ogen worden uitgehaald. Hij kon het niet laten, al sinds ze heel klein waren en op familiefeestjes samen op het erf hadden gespeeld. Hij was vlug en goedgebekt en gold beslist als een veelbelovende huwelijkskandidaat, vooral omdat zijn vader de grootste veehouderij van de hele kloof bezat en sinds de privatisering veel geld had vergaard. Moesa was de hoogte in geschoten, bijna een kop groter stond hij voor haar, sterk en vol dadendrang, met een trillende onrust in zijn ledematen, alsof hij niet stil kon staan, alsof voortdurend bewegen zijn natuurlijke toestand was, hij wiebelde met zijn bovenlichaam, ging van de ene voet op de andere staan en maakte haar heel onrustig en verward.

‘Voor jou doe ik het zeker niet in mijn broek. Waarom hang je hier rond? Heb je niets beters te doen dan meisjes op te wachten?’

‘Ik wacht niemand op. Je staat voor mijn huis. Ik kan hier doen wat ik wil, dit is mijn terrein.’

Hij haalde een pakje sigaretten uit zijn zak en nam er gelijk twee. Ook dat durfde hij alleen omdat er geen volwassenen in de buurt waren en de mist hem tegen ongewenste blikken beschermde. De ene stak hij achter zijn oor en de andere tussen zijn lippen. Het oplichten van het vlammetje van de aansteker wekte even een illusie van geborgenheid en warmte.

‘Ik moet naar huis,’ zei ze meer tegen zichzelf dan tegen Moesa. Ze had nog een lange weg voor de boeg en de hemel was al opgeslokt door de mist.

‘Ben je zo bang? Zal ik met je meelopen? Zodat je niet gekaapt wordt,’ zei hij met die typische harde, vuile lach van hem. Een lach alsof hij aan iets verbodens dacht.

‘Nee, niet nodig, bedankt.’

‘Kom op, het zijn geen goede tijden voor een meisje om ’s avonds zo laat rond te lopen.’

‘Hoezo?’

Aan de ene kant vond ze het wel een prettig idee om niet alleen door het donker te hoeven lopen, aan de andere kant voelde ze zich bij Moesa niet echt op haar gemak. Pas toen zijn sigaret opgloeide, zag ze dat hij zijn baard liet staan, die nog niet de gewenste dichtheid had. Ze moest inwendig lachen.

‘Nou ja, de laatste tijd zwerft hier allerlei gespuis rond. Ongelovigen en godslasteraars.’

Die woorden klonken een beetje vreemd uit zijn mond; het schoot haar te binnen dat haar moeder en haar neven hadden verteld dat Moesa zich in het dorpshuis sterk maakte voor de bouw van de nieuwe moskee en dat zijn vader die grotendeels wilde financieren. Ze kon de lichtzinnige, dwaze, drukke Moesa niet in verband brengen met een vrome, strenggelovige moslim. Ze liep door en ergerde zich omdat ze niet naar haar moeder had geluisterd en geen zaklamp had meegenomen. Er waren geen sterren om de weg te verlichten, alles leek verdwenen, opgeslokt door de dichte mist en de plotseling ingevallen duisternis. Ergens in de verte blafte een hond. Er hing een ongewone spanning in de lucht, die ze niet anders kon verklaren dan door het weer. Moesa volgde haar zwijgend.

'Echt, bedankt, maar ik loop liever alleen...'

'Ik moet je thuisbrengen, dat ben ik je moeder verschuldigd.'

'Waarom dat nou weer?'

'Ze heeft al genoeg tegenslag gehad!'

Die zin had een bittere, kille bijsmaak. Ze wilde iets terugzeggen, maar ze had er de kracht niet voor. Ze wilde niets meer verdedigen, uitleggen, niemand in bescherming nemen. Het liet haar koud wat er in het verleden was gebeurd, het liet haar koud wat voor problemen haar vader had, waar hij naartoe was gegaan, hoe beschamend het allemaal voor haar moeder was, ze wilde niet meer terug hoeven blikken, ze wilde vooruitzien, verder kijken dan deze wereld. Zwijgend liepen ze langs het dorpshuis en de vroegere Gastronom-supermarkt, er heerste een spookachtige stilte; de geluiden, de klanken, zelfs hun ademhaling leken te worden opgevreten in die vervloekte mist, alsof hij niet verzadigd was voor hij de hele wereld had verslonden.

'Je moet langzamerhand een hoofddoek gaan dragen,' zei hij, nog steeds een paar passen achter haar lopend, en ze voelde zich op een vreemde manier betrapt, alsof hij iets had gezien wat niet voor zijn ogen bestemd was.

Ze plukte verlegen aan haar jas.

'Wat is er met je aan de hand?'

Ze kon zich niet meer beheersen, het verwijt, dat harder uitviel dan ze wilde, floepte er zo uit.

'Wat er met me aan de hand is...? Ik... ik...'

Opeens begon hij te stotteren, alsof hij zich in zijn eigen gedachten had verslikt. Ze draaide zich om en keek hem recht in zijn gezicht. Ze raadde meer dan ze zag, en toch kon ze zijn angst voelen, of was het iets anders wat je bijna kon ruiken, was het schaamte? Hij boog zijn hoofd, bracht zijn gezicht plotseling zo dicht bij het hare dat ze van schrik verstijfde, geen jongen, geen man was ooit zo dicht bij haar gekomen, ook dat verboden de voorvaderen, ze wist niet wat hij van plan was en werd heen en weer geslingerd tussen nieuwsgierigheid en afschuw. Zou hij het lef hebben? Zou hij zijn vochtige mond, zijn volle lippen op de hare drukken en net zo smaken als Juan Carlos del Villar Montenegro? Wilde ze dat eigenlijk wel? Wilde ze haar eerste kus van Moesa Osmajev? Had ze niet altijd van iets opwindenders gedroomd? Maar iedereen begon een keer, ook María was een keer begonnen. Ze bleef staan en wachtte af, haar maag draaide zich om, ze had het gevoel of ze in een draaimolen zat. Maar op hetzelfde moment hoorde ze de zware vleugels van een grote vogel de lucht doorklieven en deinsde ze achteruit. Moesa keek omhoog en ze wist dat hij zijn vurigste verlangen had onderdrukt, nu zouden ze zwijgend verder lopen.

Misschien was het een vale gier. Misschien ook een vreemde zwarte vogel die onraad rook, zoals in de verhalen die de ouderen soms vertelden. Daar had je altijd een zwarte vogel die aan kwam vliegen als er iets noodlottigs ging gebeuren, een soort waarschuwingsteken, dat echter niemand hoorde of zag, behalve de tot passiviteit veroordeelde verteller.

'Moesa...' Ze zei zijn naam en opeens had die een heel andere, dreigende klank. De vijf letters kwamen niet meer zo vlot over haar lippen.

'Nou...' begon hij en hij deed plotseling een stap achteruit, alsof het van nu af aan zaak was om altijd de voorgeschreven afstand tussen hun lichamen te bewaren. 'Nou, als de moskee klaar is, begin ik met de bouw van het huis.'

'Welk huis?'

Ze begon weer te lopen, het was gemakkelijker nu hij achter haar liep.

'Het mijne.'

'O ja?'

'Ja, beneden bij de rivier, onder aan de helling, daar is de grond het vruchtbaarst. Waar vroeger de oude Pankov woonde.'

'Waar is die eigenlijk gebleven?'

'Dat is toch onbelangrijk.'

'Nee, ik zou het graag weten; nu je zijn naam noemt, schiet hij me weer te binnen, ik heb zo lang niet meer aan hem gedacht. Wat zijn we vroeger vaak in zijn tuin geklommen om peren te jatten, weet je nog?'

'Natuurlijk.'

'Het sloeg nergens op, ik bedoel, we hadden zelf ook peren in de tuin, maar die van hem smaakten extra lekker, dat verbeeldden we ons tenminste, waar of niet?'

'Ja, ergens wel.'

Opeens was de lichtheid van die dagen er weer. Wat had ze Moesa daar graag iets van gegeven, wat had ze graag haar tong tegen hem uitgestoken, hem in zijn rug gepord, om het hardst met hem gerend. Maar de afgelopen jaren had ze geleerd wantrouwig tegenover de wereld te staan. Ze kon niets meer onbezonnen doen, dat was waarschijnlijk de prijs van het volwassen worden.

'En wat kon hij goed met dieren omgaan. Hij kon alle dierziekten genezen.'

'Nou ja.'

'Nee, echt, hij was de beste veearts in de buurt. En weet je nog hoe graag hij de *lezginka* wilde dansen en dat nooit voor elkaar kreeg?'

'Russen kunnen de lezginka niet dansen, dat zit ze niet in het bloed.'

'Waarom zeg je dat?'

'Wat?'

'Ik bedoel, hij was altijd aardig voor ons, waarom praat je zo lelijk over hem?'

'Dat doet er toch niet toe. Ik wilde iets anders...'

'Dat doet er wel toe! Je moet niet lelijk over hem praten.'

'Doe ik ook niet. Laat maar.'

'Dat doe je wel. En daarom is Natalja Ivanovna ook weggegaan. Omdat iedereen haar alleen nog zat aan te staren, alsof ze melaats was.'

'Bedoel je die gekke Russin uit de schuur?'

'Ze was geen gekke Russin, ze was mijn vriendin!'

'Ze was raar.'

'Je kende haar niet eens.'

'Laat maar, kalm toch.'

'Nee, ik wil niet kalm zijn, ik ben het zat... Hoezo weet jij altijd alles? Hoezo denk jij altijd te weten wat goed en fout is, wat goed en slecht is? Denk je nooit dat je het weleens bij het verkeerde eind zou kunnen hebben?'

'Waarom zou ik?'

'Omdat je ook maar een mens bent.'

'Besef jij eigenlijk wel wat de Russen met ons hebben gedaan? Besef je dat jouw grootmoeder en mijn grootvader in 1944 samen met een half miljoen Nochtsji naar Kazachstan zijn gedeporteerd en pas na Stalins dood mochten terugkeren? Allemaal, hij wilde ze allemaal weg hebben, moet je nagaan! Al eeuwenlang willen ze ons het liefst uitroeien, ze hebben ons onze God laten afzweren, ze...'

'Maar Moesa, dat hebben Pankov en Natalja Ivanovna toch niet gedaan?'

'Dat maakt niet uit. Ze zijn naar ons toe gekomen, ze hebben zich toegeëigend wat van ons was, ze hebben zich hier geïnstalleerd en ons wijsgemaakt dat we tweederangsburgers zijn, maar nu zijn wij aan de beurt. We laten ons niet langer onderdrukken. We zijn een krijgshaftig volk, daar moeten we ons weer bewust van worden, we moeten ons herinneren wie we zijn en waar we vandaan komen, en dan...'

'En dan?'

'Dan is het onze beurt.'

Als twee blinden zochten ze hun weg door het donker, ze kwamen bij de slagerij en sloegen links af, naar de bushalte die al jaren niet meer in gebruik was, daarna passeerden ze de ruïne van de verdedigingstoren vanwaar ze op de hoofdweg zouden komen, daar waren een paar lantaarns die het waarschijnlijk niet deden, en vandaar hoopte ze alleen verder te kunnen gaan. Hij was weer abrupt gestopt met praten, alsof hij de draad kwijt was, maar ze vond het best, ze begreep hem niet, ze wilde hem niet begrijpen, ze wilde niet weer alles ondergeschikt maken aan het verleden, ze wilde niets over tejps en adat horen.

'Daar ga ik mijn huis bouwen. En dan...'

Het duurde even voor ze begreep waar hij het over had, toen herinnerde ze zich dat hij iets over vruchtbare grond had gezegd. Ze drukte de linnen zak met meel tegen haar borst en versnelde haar pas.

'Waarom wil je het huis uit? Ik bedoel, jullie huis is toch groot genoeg?' vroeg ze meer uit beleefdheid dan uit interesse.

'Omdat ik ga trouwen en mijn broers dan thuis kunnen blijven wonen.'

'Trouwen? Jij?'

Ergens had dat idee iets absurds, ze zag de altijd drukke, beweeglijke kleine jongen die toevallig in het lichaam van een man terecht was gekomen, die altijd vol gekheid zat, alle jongens in het dorp tot kattenkwaad aanzette en alle meisjes op stang joeg, en uitgerekend hij wilde een gezin stichten? Dat paste totaal niet bij hem en ze moest lachen. Hij bleef staan. Ze had hem gekwetst.

'Toe, doe niet meteen zo beledigd. Zo was het niet bedoeld. En wie is de gelukkige?'

'Jij.'

Eerst schoot ze weer in de lach, maar voor ze uitgelachen was, verstomde ze en hapte als een vis op het droge naar lucht. Gelukkig was het donker, gelukkig was hij een eindje vooruitgelopen.

'Mijn vader gaat volgende week met je moeder praten.'

Hij praatte zachtjes maar duidelijk, bedachtzaam, alsof hij al vaak op de woorden had geoefend.

'Dat is volkomen zinloos,' viel ze hem in de rede en ze liep snel door, haalde hem in en zette er nog meer de pas in tot ze bijna rende.

'Hé, wacht... Hoezo zinloos?'

'Ik ga niet met je trouwen. Ik ga helemaal niet trouwen. Ik ga hier weg.'

'Wat? Waarheen?'

'Eerst misschien naar Grozny. Ik moet nog een paar weken wachten, tot ik achttien word, en dan...'

'Maar, maar...' stamelde hij. 'Dat kan niet.'

'Waarom kan dat niet?'

'Het hoort niet. Bovendien zal je familie...'

'Dat doet er niet toe.'

Ze liep door en opeens leek het donker niet meer zo gevaarlijk, integendeel, het beschermde en behoedde haar. Ze rende almaar verder in de richting van de hoofdweg en hoorde Moesa hijgend achter zich aan komen.

'Noera, wacht, Noera!'

Vroeger was hij sneller. Dat hij nu moeite had om haar in te halen toverde een glimlach op haar lippen, die hij niet kon zien. Of hij was trager geworden of zij was tegenwoordig zo snel als de wind.

'Maar ik hou van je!' hoorde ze hem opeens bijna schreeuwen, en die woorden galmden nog lang na.

Ze bleef staan. In haar binnenste kromp iets samen. Er knapte iets. Ze had met hem te doen en tegelijk was ze blij met zijn geschenk, ook al kon en wilde ze het niet aannemen. Ze was blij dat hij iets zei wat uit hemzelf kwam en niet aangeleerd was, wat niet door de voorvaderen was bepaald en gedicteerd. Ze voelde iets van dankbaarheid en had hem bijna een zoen op zijn wang gegeven, maar nee, dat kon verkeerd worden opgevat. Een van de lastigste dingen, had Natalja Ivanovna haar een keer toevertrouwd, was de moeite die je moest doen om in het dagelijks leven niet jezelf te zijn.

'Dank je.'

Ze wist niet waarom ze hem bedankte, ze begreep ook dat die woorden volkomen misplaatst waren en dat Moesa zich eraan zou ergeren, maar er was haar niets beters te binnen geschoten.

'Heb je wel naar me geluisterd?'

Nu klonk er woede door in zijn stem.

'Ja, en dat is mooi, maar toch ga ik niet met je trouwen. Ik moet nu echt naar huis, mijn moeder maakt zich vast ongerust en ik wil niet dat ze er een van die stomme neven van me op uitstuurt om me te zoeken.'

'Zo moet je niet praten.'

'Wat bedoel je met zo?'

'Zo arrogant.'

'Dat is niet arrogant. Dat is eerlijk.'

Op de hoofdweg was het inderdaad lichter, hoewel de lantaarnlampen maar een paar meter beschenen, maar in elk geval zag ze ineens weer waar ze was, ze herkende de omgeving, de grond onder haar voeten. De contouren van de ruïne van de verdedigingstoren waren ook vaag te zien. Zodra ze er dichterbij kwam, hoorde ze haar klassenlerares met haar piepstem zeggen: 'De Kaukasische verdedigingstorens dienden in de bergstreken van de Noordelijke Kaukasus als wachttoren en ter verdediging van de familieclans, alsmede als toevluchtsoord bij aanvallen, Mynajev, haal je vinger uit je neus, onmiddellijk...'

De mist begon op te trekken.

'Dat hoort niet,' zei hij en zijn stem trilde, hij beheerste zich, zijn woede was veranderd in teleurstelling.

'Ik weet het. Alles waar je gelukkig van wordt, hoort niet. Maar ik, Moesa, ik wil... Ach, laat ook maar.'

Ze wilde niets meer zeggen, het haalde toch niets uit, hij zou haar niet begrijpen. Het was een goede jongen, een haantje-de-voorste, iemand die niet twijfelde, die geen vraagtekens zette bij zijn wereld, die genoegen nam met alles wat hij in het leven tegenkwam, behalve... behalve misschien met de Russen en de goddeloosheid die ze in het land hadden gebracht, zoals zijn vader altijd verkondigde.

Maar er viel tussen hen niets op te helderen, niets te zeggen. Ze wenste hem het beste toe, ze wenste zelfs zijn grimmige vader het beste toe, die van plan was met haar moeder te gaan praten om het huwelijk van zijn zoon te arrangeren, en waarschijnlijk zou haar moeder er zelfs blij om zijn, de Osmajevs waren tenslotte welgesteld en Moesa was een goede partij, maar... Ja, meer viel er niet over te zeggen.

'Keer alsjeblieft om. Het is niet ver meer. Ik wil het laatste stuk alleen lopen.'

Plotseling, als een beledigd kind, gaf Moesa zijn verzet op, hij sprak haar niet eens tegen, hij bleef in het schemerige licht van de lantaarn bij de hoofdweg gewoon staan. In zijn jas van lamsvacht, die hij vast samen met zijn vader in Grozny of Machatsjkala voor veel geld op de zwarte markt had gekocht, want zulke jassen waren de laatste tijd een symbool van welstand en aanzien geworden.

Ze liep verder, almaar verder, het ruisen van de rivier achterna en kiezelsteentjes voor zich uit schoppend.

'Het beste, Moesa, en wees niet boos op me!' riep ze in het donker, zonder zich nog een keer om te draaien, en toen ze al bijna uit zijn gezichtsveld verdwenen moest zijn, hoorde ze hem iets roepen. Het begin had ze gemist, maar de laatste woorden waren: '... vrouw worden.'

Misschien had Natalja Ivanovna toch gelijk toen ze een reden voor de verdwijning van haar vader zocht en een theorie ontvouwde. De enige keer dat ze haar niet had laten uitpraten maar de schuur uit was gerend zonder dag te zeggen. Dat was op dezelfde dag dat haar vader was verdwenen en zij Natalja Ivanovna huilend had opgezocht: 'Ik... ik... Hij is gewoon verdwenen. Hij is weg. Hij komt niet terug, ik weet het zeker, hij is weg... hij heeft al zijn spullen meegenomen, we hebben alles afgezocht en...' Ze stamelde en snikte.

'Wie? Wat is er? Kalm toch, ga zitten, ik zet een kop thee voor je.'

Altijd die thee, alsof in die hete drank de magische kracht school om alles te verdragen.

'Mijn vader... hij heeft ons verlaten.'

'Wat is er gebeurd?'

'Hij zou naar Goedermes gaan, hij had een ontstoken kies en zou daar naar de specialist... en hij is niet teruggekomen. Toen hebben we gekeken en al zijn spullen waren weg. Mijn oom en mijn neven zijn hem gaan zoeken, maar hij is helemaal niet naar Goedermes... hij is daar nooit aangekomen...'

Nadat ze lang genoeg tranen met tuiten had gehuild en drie koppen thee had gedronken, nadat ze alles wat er te zeggen was twee, drie keer had gezegd en als een detective de ochtend van zijn verdwijning tot in detail had gereconstrueerd, nam Natalja Ivanovna het woord en begon redenen voor zijn vertrek te zoeken. Dat was voor Noera op dat moment alsof ze werd bespot, ze wilde niets weten van welke reden dan ook, er kon gewoon geen reden zijn die zijn gedrag rechtvaardigde. Er was geen excuus. Dat mocht er niet zijn. En daarom wilde ze ook niets van Natalja Ivanovna's onverteerbare theorieën weten. Het begrip, de aanvaarding van de leegte die haar vader achterliet, kwam pas later, in de weken en maanden daarna, maar die dag wilde ze hem gewoon alleen maar haten. En dat Natalja Ivanovna dat niet wilde inzien, vond ze onvergeeflijk.

'Misschien kunnen sommige mensen alleen gelukkig worden als ze in verzet komen,' zei Natalja, en nog veel meer, ze probeerde veel dingen te verklaren, bijvoorbeeld waarom het hem niet lukte deel uit te maken van zijn omgeving en de gemeenschap waarin hij was geboren. Toen wilde ze daar niets van weten, maar nu ze met ingehouden pas de roep van de rivier volgde, zich overgaf aan het ruisen en die gedachten van zich afschudde, vroeg ze zich af of ze het verlangen om altijd en overal in verzet te komen ook van hem had geërfd. Iets aan die gedachte maakte haar verdrietig, maar ze zou niet toegeven, het verdriet niet toelaten, ze zou met elke stap naar huis alle lastige en zinloze gedachten van zich afschudden en leeg en licht aankomen.

Op hetzelfde moment hoorde ze een auto toeteren en in de verte klonk een kreet, een mannenstem. Ze keek om zich heen, van de kant van de aoel kwam een auto aanrijden, nee, het waren er twee, plotseling ging het getoeter over in onafgebroken, enerverend lawaai, daarna weer kreten. Ze bleef staan en probeerde in de verte iets te onderscheiden om erachter te komen waar die herrie vandaan kwam, maar dat was helaas onmogelijk, ze kon geen samenhang, geen zin ontdekken in de drukte en het kabaal. Ze probeerde door te lopen, maar nu kwam er ook van de andere kant een auto aanscheuren, een vuile terreinwagen raasde langs haar heen. Uit het raam staken vlaggen van de Tsjetsjeense Republiek Itsjkerië en jongemannen in legerjas brulden iets vanaf de achterbank. Er volgden nog twee auto's, deze keer oude Lada's, ook die toeterden onafgebroken en de mannen die erin zaten schreeuwden leuzen en patriottische slogans. In een paar seconden was de gewone rust in de kloof verstoord door een onbegrijpelijk, vreemd lawaai en een hectisch tumult.

Ze probeerde de gezichten te herkennen, maar het was te donker, bovendien werd ze verblind door de koplampen. Ze ging aan de kant en hoopte dat de verwarrende karavaan snel voorbij zou zijn. Maar het tegendeel was het geval: als een leger mieren doken er van alle kanten steeds meer auto's op, die door de kloof raasden. Ze vroeg zich af of er ergens een feest was, een uitbundige bruiloft in het naburige dorp misschien, maar die vlaggen, dat gebrul en al die jongemannen – het was allemaal verdacht, niets daarvan wees op een feest. Toch had de stemming die in de lucht hing opeens iets prikkelends en opwindends, even liet ze haar blik ronddwalen: het spel van de koplampen, het opduiken en verdwijnen van de lichten had iets onwezenlijks naast het eeuwige, gelijkmatige ruisen van de rivier.

Plotseling hoorde ze iemand haar naam roepen, ze kromp ineen van schrik en keek om zich heen wie haar riep, maar er waren inmiddels zoveel auto's, er had zich bijna een hele colonne gevormd, een colonne van voertuigen die om het hardst reden. Ze kneep haar ogen half dicht en draaide haar hoofd heen en weer, terwijl ze de zak meel steeds steviger tegen zich aan drukte.

'Noera, Noera!' brulde iemand dwars door de zee van ronkende motoren en gierende banden, door het getoeter, geschreeuw en zelfs gezang. Eerst dacht ze dat Moesa met de auto van zijn vader was teruggekomen om haar naar huis te brengen, maar toen herkende ze de krassende stem van Roestam, haar oudste neef, en ze wist niet of ze opgelucht of teleurgesteld moest zijn. Hij reed in de gele, gammele Zjigoeli van zijn vader en had het raampje omlaaggedraaid. Vreemd genoeg was hij zonder die idiote testosteronbommen van broers en vrienden van hem.

'Instappen, vlug instappen!' schreeuwde hij door het open raampje en hij kwam met piepende banden langs de weg tot stilstand. Ze wipte gauw op de passagiersstoel en voor ze het portier had dichtgedaan, trok hij alweer op.

'Ik ben al meer dan een halfuur naar je op zoek! Ben je gek geworden? Waarom neem je de hoofdweg?'

Hij maakte een opgewonden indruk, hij stak een sigaret op, hoewel hij in het bijzijn van zijn vader niet rookte en dit de auto van zijn vader was. Typisch Roestam om daar niet bij stil te staan, schoot het door haar heen, maar ze was blij dat het warm was in de auto.

'Wat is er dan aan de hand? Waarom ben je naar me op zoek? *Nana* wist toch waar ik was...'

'Heb je het niet gehoord?'

Ze schudde haar hoofd, op hetzelfde moment zette hij de autoradio aan. Eerst kwam het bekende geruis, hier in de kloof viel het niet mee om een zuivere frequentie te vinden, niet zelden zag je geïmproviseerde, verbogen, met tape aan elkaar geplakte antennes, die in de eeuwige zoektocht naar een goed hoorbare zender met veel moeite in elkaar waren gezet.

Twee terreinwagens kwamen hun met hoge snelheid tegemoet, Roestam remde en leunde uit het raampje.

'Salam aleikum, broeder!' schreeuwde iemand.

'*Masjallah*,' antwoordde Roestam.

'Vrijheid voor het Tsjetsjeense volk!' brulden de mannen, van wie ze het gezicht in de andere auto niet kon zien.

'Vrijheid!' antwoordde Roestam iets ingehoudener.

Ze riepen nog meer leuzen, maar zij luisterde niet meer, want ze hadden net even ontvangst en uit de radio kwamen woorden als 'intocht', 'dienstplicht', 'militaire interventie', 'president van de Russische Federatie'. Haar knieën begonnen te trillen. Ze durfde de gedachte die zich al die tijd aan haar opdrong niet toe te laten. Pas nadat Roestam weer gas had gegeven en ze van de hoofdweg links afsloegen, het zijweggetje naar hun boerderij in, dat gelukkig uitgestorven was en helemaal in het donker lag, durfde ze de vraag te stellen: 'Is het oorlog?'

'Ja.'

Ze was blij dat Roestam niets vroeg en haar ook niet zoals anders de les las. Zwijgend bracht hij haar thuis. Voor de deur stonden talloze paren schoenen. De woonkamer zat vol met buurvrouwen, ook haar tante, Roestams moeder, was er en drukte de verwarde Asma tegen zich aan. De oude Rabiat, de koningin van de imkers, zoals ze schertsend werd genoemd, liep met haar handen op haar rug geluks- en vredesspreuken te prevelen. Zelfs de Gazoejevs waren gekomen.

De mannen waren weg, waarschijnlijk zaten die allemaal bij de moefti, of misschien was de raad der oudsten bijeengeroepen.

Ze deed haar schoenen uit, ging naar binnen, knikte de vrouwen toe en boog eerbiedig haar hoofd voor Rabiat. Rabiat glimlachte tegen haar, ze leek duidelijk opgelucht dat ze terecht was, maar de afkeuring in haar blik omdat ze op haar zeventiende nog altijd geen hoofddoek droeg, was Noera niet ontgaan. Waarschijnlijk troostte ze zich met de gedachte dat het, als ze eenmaal getrouwd was, wel afgelopen zou zijn met dat onbedekte hoofd.

'Waar heb je gezeten? We bestierven het haast van angst,' jammerde haar moeder terwijl ze op haar afkwam.

'Ik wist het niet, ik heb niets gehoord, hoe moest ik nou weten...'

Zachtjes herhaalde ze die zinnen, als verdoofd. En misschien was ze ook wel verdoofd, misschien was haar lichaam wijzer en beschermde het haar op die manier. Ze voelde niets, er drong niets tot haar door, opeens was er een afstand tussen haar en wat er om haar heen gebeurde.

'Goddank ben je weer thuis!' riep nu ook haar tante en ze drukte een kus op haar voorhoofd. Noera was niet gewend dat al die vrouwen zo blij waren om haar te zien, meestal maakte ze andere reacties los.

De enige die een duidelijk, levendig en verre van verdoofd gevoel bij haar opriep, was haar tienjarige zusje Asma, dat ze, zoals altijd wanneer ze elkaar zagen, een knipoog gaf. Juist nu was het belangrijk om in het bijzijn van iedereen naar haar te knipogen, het meisje was bang, dat zag ze aan haar wijd opengesperde ogen, ook al deed ze nog zo haar best om het te verbergen, Noera kon zien hoe gespannen en onzeker ze was. Ze moest haar moed inspreken, haar met kleine gebaren duidelijk maken dat alles in orde was, dat ze niets te vrezen had.

Haar mooie zusje – wat wilde ze graag dat de wereld zich aan haar van de beste kant liet zien. Wat was het jammer dat Asma nog te klein was toen Natalja Ivanovna met haar videocassettes en haar magische krachten in de kloof kwam. Wat zou ze alles wat ze had geleerd graag aan het meisje doorgeven, haar al die films laten zien en over al die plaatsen vertellen. Ze verdiende het, ze verdiende zoveel lachen en dansen, zoveel taarten en kersen, zoveel bloemen en luchtige kleren, zoveel reizen en kansen, zoveel inzicht en vreugde.

Ze liep naar de keuken, waar de oudste van de zussen Gazoejev hüttenkäse voor de tsjepalgasj klaarmaakte.

'Ah, het goede meel...' was alles wat ze zei terwijl ze de zak meel van Noera aanpakte. In de verte blafte een hond. De sfeer in huis drukte op je hoofd alsof je een helm had opgezet. Het getoeter van de hoofdweg was weggestorven en weer was de omgeving in de greep van de machtige stilte, die alleen werd verbroken door het ruisen van de rivier en die typerend was voor dit uur van de dag.

Zus Gazoejev begon een gesprek met haar, wat inhield dat ze meestal zelf aan het woord was en van Noera alleen af en toe een knikje of een 'Ja, ja, verschrikkelijk allemaal' verwachtte, maar Noera zag haar kans schoon, wendde zich af om haar handen te wassen en liep de keuken uit. Ze deed haar regenlaarzen aan en ging door de achterdeur naar buiten. Het erf lag er vredig bij. Alsof alles wat zich daar bevond, niets te maken had met wat er binnen gebeurde. Alsof het twee totaal verschillende werelden waren.

Natalja Ivanovna had de laatste weken voor ze vertrok de hele tijd over de oorlog gepraat. Noera kreeg zelfs de zenuwen van haar obsessie en betrapte zich erop dat ze steeds minder graag naar de schuur ging. In plaats van een film te bekijken liep Natalja Ivanovna te ijsberen, dronk aan één stuk door thee, staarde met waterige ogen in de verte en voorspelde onaangename, zorgwekkende dingen. Ze leek in de war, niet meer helemaal bij zinnen, en het kostte Noera steeds meer moeite om vrolijk lachend iets tegen haar en haar waanidee in te brengen. Maar nu ze hier in de donkere tuin stond, bedacht ze dat het geen waanidee was geweest en ze had vreselijke spijt dat ze niet beter naar haar had geluisterd en geen geloof had gehecht aan haar waanidee, dat nu, in deze nacht, werd bewaarheid. Ze had haar niet gesteund, haar geen houvast gegeven, en Natalja Ivanovna moest dat gevoeld hebben, want de laatste weken en dagen had ze zich teruggetrokken, ze was teruggekeerd naar die toestand van eenzelvigheid en dagdromerij waarin ze verkeerde toen ze zonder haar man alleen in deze afgelegen streek was achtergebleven, toen Noera voor het eerst in de schuur was gekomen en samen met haar had geprobeerd het geheim van de toverkubus te ontraadselen. Maar op een avond had Natalja Ivanovna een buurjongen om haar gestuurd – iets wat nog nooit nodig was geweest, ze was altijd uit zichzelf gekomen. Maar die avond was het nodig en dus ging Noera naar haar toe, ondanks het donker en het gemopper van haar moeder ging ze naar haar lerares en vriendin en trof haar met gepakte tassen en koffers aan. Ze had mild geglimlacht en een vreemde glans in haar ogen gehad.

'Ik moet je verlaten, lieve kind!' zei Natalja Ivanovna, terwijl ze als een meisje haar hoofd schuin hield.

'Hoezo verlaten? Waar ga je naartoe?'

'Ik kan niet langer blijven. Mijn taak zit erop. Ik moet verder.'

'Maar hoe moet het dan...'

'Het is hier niet meer veilig voor me.'

'Waarom niet?'

'Alles wat ik nog te zeggen heb, heb ik voor je opgeschreven. Lees de brief pas als ik weg ben. Ik vertrek morgenvroeg met de auto.'

'Maar waar ga je naartoe?'

'Dat weet ik nog niet. Zodra ik ergens een plekje heb gevonden, laat ik iets van me horen, dat beloof ik.'

Drie koffers met cassettes en vier tassen – dat was haar hele hebben en houden, haar hele werk, haar samengepakte, samengevouwen leven. Noera was overdonderd, overdonderd maar vooral kwaad, want ook al had ze zich de afgelopen weken van haar lerares gedistantieerd, dat betekende nog lang niet dat ze zonder haar wilde of kon, en dat Natalja Ivanovna zomaar besloot weg te gaan, zonder met haar te overleggen, vond ze onbegrijpelijk, bijna brutaal. Ze stond er stijf bij en wist niet wat ze moest doen. Er ging van alles door haar hoofd, maar haar lippen bleven op elkaar, ze kon geen woord uitbrengen, geen samenhangende, heldere zin formuleren.

'Het is niet eerlijk,' stamelde ze ten slotte, terwijl ze haar vingers liet knakken, iets wat Natalja Ivanovna niet kon uitstaan.

'Ik weet dat je woedend op me bent, maar ik hoop dat je na het lezen van die brief milder gestemd zult zijn, en het is mijn vurigste wens dat je me zult begrijpen als er eenmaal wat tijd overheen is gegaan en...' Ze brak de zin af en kwam naar haar toe. Ze nam Noera in haar armen, drukte haar hoofd tegen zich aan, kuste haar op haar wangen en haar voorhoofd en zei toen kort en zakelijk, alsof het een formaliteit was: 'Ga nu alsjeblieft. Ik hou niet van lang afscheidnemen.'

In haar twee kantjes tellende afscheidsbrief, die geschreven was in haar fijne, aristocratische handschrift en begon met 'Lieve Noera', had ze het over de oorlog. Over de oorlog en haar rusteloosheid en haar onbehagen ten aanzien van de toekomst, over haar verlangen naar vrede en een plek waar ze thuis kon zijn. Ze bedankte Noera voor de maanden en weken dat ze samen waren geweest en elkaar hadden verrijkt, en ze sprak haar moed in: ze moest onverstoorbaar zichzelf blijven, zichzelf niet verloochenen of afvallen, dat was nu eenmaal het belangrijkste. En daarna voegde ze eraan toe dat er in de kleine voorraadkamer met de groene deur, in de blikken bus waar SUIKER of ZOUT op stond, dat wist ze niet meer precies, iets voor haar verstopt zat, een klein aandenken, een opgave misschien. En zelfs al zouden ze elkaar nooit terugzien, ze zou haar niet vergeten en altijd een speciaal plekje voor haar bewaren in haar hart. De brief was ondertekend met 'Natalja.'

Toen Noera de brief las, biggelden de tranen langs haar wangen en tegelijk voelde ze verbittering, ze had niet zomaar mogen vertrekken. Met tegenzin ging ze naar de schuur, de sleutel lag zoals altijd onder de mat, ze stapte naar binnen. De weinige meubels stonden er nog, maar het wezenlijkste ontbrak, en zelfs de geur was op slag veranderd. Het rook er verlaten, uitgestorven, het rook naar een plek die in één klap van alle betovering was ontdaan. Zachtjes sloop ze naar de voorraadkamer, alsof ze bang was oude herinneringen wakker te roepen, en daar vond ze drie blikken bussen, onder het stof en al bedekt met roest. In de suikerbus vond ze de kleurige Rubiks kubus, de toverkubus, waarvan ze het geheim aanvankelijk had proberen te ontraadselen, tot ze hem ongeduldig en geërgerd had teruggegeven. Maar in werkelijkheid had ze hem teruggegeven uit angst haar lerares teleur te stellen als ze daar niet in zou slagen. Onder de kleurige kubus ontdekte ze een briefje dat er met plakband aan vastzat: 'Mij is het niet gelukt, maar jou lukt het vast wel.' Ze draaide de bonte vlakken van de kubus heen en weer en haar ogen schoten vol tranen. Het was gemeen. Natalja had niet zomaar mogen verdwijnen, dat was laf, dat was niet eerlijk. Ze gooide de kubus weer in de bus. Nee, zo gemakkelijk kwam ze er niet van af, ze zou niet aan haar verwachtingen voldoen. Als ze dat echt had gewild, was ze gebleven om er getuige van te zijn, maar zo, uit de verte, nee, dat vertikte ze. Ze sloeg de deur achter zich dicht en liep naar buiten, de toverkubus bleef achter in de roestige bus.

In de tuin heerste een slaperige rust en ze haalde een paar keer diep adem, voordat ze een rondje om het huis liep en stilhield voor het raam van de woonkamer, waar alle vrouwen zich om de radio hadden geschaard. Gelukkig kon ze niets horen, ze kon zich helemaal concentreren op de gezichten van de vrouwen, waarop iets te lezen stond wat het midden hield tussen bezorgdheid, ongeloof, verwarring en opwinding. Het verbaasde haar dat ze niet naar de Gazoejevs waren gegaan om naar de kleurentelevisie te kijken – de enige in de buurt. Maar waarschijnlijk was dat toestel in beslag genomen door de mannen en moesten zij genoegen nemen met de radio. Misschien was het ook maar beter zo. Tussen al die opgewonden vrouwen ontdekte ze Asma, als een gazelle die toevallig in een roedel herten verzeild was geraakt, volkomen misplaatst en met een geforceerd ernstig gezicht. Noera drukte haar neus tegen de ruit, maar haar zusje kon haar onmogelijk hier bij het raam zien staan, in het pikkedonker, terwijl zijzelf onder de lampenkap zat.

Ze stond daar, alsof ze weggeslopen was uit haar eigen leven, naar de drukte binnen te kijken. Ze zag hoe haar moeder haar handen steeds weer nerveus aan haar schort afveegde, hoe de jongste van de zussen Gazoejev op haar onderlip beet, hoe haar tante in haar vuisten kneep om zichzelf af te leiden van haar zucht naar nicotine (op haar wc stonk het altijd naar sigarettenrook, die ze met een heel vies geurtje probeerde te camoufleren). Ze zag hoe de koningin van de imkers, de oude Rabiat, met haar bovenlichaam heen en weer wiegde alsof ze in trance was, in een onbeholpen poging zichzelf te kalmeren.

Rabiat was destijds, vlak voor het einde van de oorlog in 1944, een van de half miljoen Tsjetsjenen en Ingoesjen die wegens zogenaamde ongehoorzaamheid en vermeende collaboratie met de nazi's door Stalin met geweld naar Kazachstan en Kirgizië waren gedeporteerd. Als een fakkel die niet uit mocht gaan, gaf ze de herinnering aan de ellendige en eindeloze tocht in de veewagons door aan haar dochters, zonen en kleinkinderen. Onvermoeibaar vertelde ze hun over de verschrikkelijke ervaringen in ballingschap, en alsof er een wrede magie van die verhalen uitging, luisterden ze allemaal gefascineerd, ook degenen die de verhalen allang vanbinnen en vanbuiten kenden, niemand kon zich afwenden, niemand kon weggaan zodra ze begon te vertellen. En ook zij gaven Rabiats verhalen later door, vertelden ze aan hun kinderen en kleinkinderen, vrienden en klasgenoten. Zodoende waren haar verhalen overal aanwezig, stonden ze in het collectieve geheugen van de bewoners van de kloof gegrift.

Er waren veel verhalen over de tocht en de honger, over de werkkampen in Kazachstan, over het heimwee naar de bergen en de zacht gezongen vaderlandse liederen, maar één verhaal was Noera het meest bijgebleven en had haar haar hele kindertijd achtervolgd. Nog steeds als ze naar Rabiat keek, als ze lang naar haar luisterde, met welke banaliteiten ze ook aankwam, over welke futiliteiten ze het ook had – op een gegeven moment kwam onvermijdelijk dat ene verhaal bij haar boven. Weer stond de kleine Rabiat haar voor de geest. Weer zag ze voor zich hoe Rabiat met haar moeder en haar vier oudere broertjes en zusjes door de eindeloze steppe werd afgevoerd in een veewagon, waar een ondraaglijke hitte heerste, weinig water was en je niet languit kon gaan liggen, in totale onzekerheid weggerukt van huis en haard. Maar ze stonden elkaar bij en omdat Rabiat de jongste was, pasten de anderen op haar en kreeg ze zelfs iets van hun rantsoen, en haar moeder lette op dat ze niet in de andere wagons kwam, waar volgens de geruchten verschillende zieken bloed ophoestten. Nergens stond de trein lang stil, nergens hielden ze pauze. Nergens was genoeg frisse lucht om adem te halen en water om je behoorlijk te wassen. Maar haar moeder deed haar best. Ze dwong haar kinderen zich met een vochtige lap schoon te houden, waarmee ze waarschijnlijk hun leven redde. Behalve haar moeder – haar vader vocht in de oorlog – zat ook haar beeldschone tante Hava met haar twee kleine kinderen in de wagon. Haar man was beschuldigd van deelname aan de Israïlov-opstand en collaboratie met de nazi's en meteen na zijn arrestatie terechtgesteld. Hava bleef achter met een zoontje van vier en een baby. De hele tocht huilde ze en Rabiats moeder zag zich genoodzaakt telkens weer tegen haar te schreeuwen, soms gaf ze haar zelfs een klap en zei dat ze zich vanwege de kinderen moest vermannen en met haar emotionele uitbarstingen zichzelf en de hele familie in gevaar bracht. Maar Hava had van haar man gehouden, in de hele aoel en ver daarbuiten deden verhalen de ronde over hun grote liefde, voegde Rabiat er op dat punt meestal aan toe, en nu haar geliefde man was gedood, wist ze niet hoe ze verder moest leven. Haar zus bekommerde zich zo goed en zo kwaad als het ging ook om de kinderen van Hava en dwong haar een minimum aan eten en drinken tot zich te nemen. Maar de ziekte – waarvan Rabiat nooit de naam noemde, alsof alleen al het uitspreken ervan ongeluk bracht – greep om zich heen en ook Hava's vierjarige zoontje begon bloed te spugen. Het kind kreeg koorts en kon niets binnenhouden. Rabiats moeder smeekte de bewakers een dokter te halen of bij het eerstvolgende station te stoppen, zodat ze het jongetje konden helpen, maar werktuiglijk herhaalden ze dat er op bevel van hogerhand geen extra stop kon worden gemaakt. En zo reden ze almaar verder en verder en het jongetje werd zieker en zieker, tot hij op een dag niet meer wakker werd en in een koortsige doodsstrijd in de armen van zijn mooie moeder stierf.

Hava zat er als versteend bij en verroerde zich niet meer, terwijl Rabiats moeder en de andere vrouwen doodsliederen aanhieven en het noodlot vervloekten. Maar de hitte maakte het onmogelijk om lang te treuren, het kind moest begraven worden. Alleen bleven de bewakers stompzinnig herhalen dat er op bevel van hogerhand geen extra stop kon worden gemaakt. Rabiats moeder begon te schreeuwen, de andere vrouwen ook, ze verweten de bewakers dat ze onmenselijk waren en hiervoor in de hel zouden belanden. Alleen de mooie Hava – omdat Rabiat hoog opgaf van haar schoonheid, zag Hava er in Noera's voorstelling uit als een echte filmster, met moerasgroene ogen en een melkwitte huid, met dik, koperrood haar en een teer verdriet op haar gezicht –, alleen Hava verroerde zich niet, ze liet haar kind niet meer los en staarde dwars door iedereen heen, alsof ze in de verte iets zag wat voor de anderen verborgen bleef en een oplossing voor al haar problemen zou zijn. En zo was het ook...

Ze moest het kind uit de trein gooien, zo luidde ten slotte het bevel. Er was helaas geen andere mogelijkheid. Bij de sterfgevallen in de andere wagons was dat ook gebeurd, ze konden geen uitzondering maken. Ja, waar bleven ze als ze voor iedereen die dat vroeg een uitzondering maakten, nee, nee! Ze gaven Hava nog een uur, dan zouden ze de deur openmaken en het roerloze lijfje overgeven aan de meedogenloze, dorstige aarde van de steppe.

Rabiats moeder huilde en drukte de baby van haar zus aan haar borst, Rabiats broertjes en zusjes en alle andere vrouwen huilden ook, alleen Hava zat met het dode jongetje in haar armen zwijgend voor zich uit te staren, naar de verlossing. En toen het moment kwam dat de zware metalen deur werd opengerukt, de stoffige, hete lucht naar binnen woei en iedereen vol ontzetting zijn gezicht afwendde, liep de mooie vrouw rustig en gelaten naar de drempel. Daar draaide ze zich nog een keer om, glimlachte naar de anderen, keek haar zus in de ogen, alsof ze haar een belofte liet doen – en Rabiat zei dat haar moeder het wist, op dat moment had ze gevoeld en begrepen dat het geen zin zou hebben om Hava tegen te houden, en ze had haar toegeknikt: ja, ze zou de belofte nakomen, wat er ook gebeurde, de baby zou niets overkomen –, daarna draaide Hava zich weer om en toen de bewaker riep dat ze moest opschieten, sprong de jonge vrouw met haar dode zoontje in haar armen het verblindende licht in.

Ze glimlachte nog een keer naar Asma, wat het meisje niet zag maar hopelijk wel voelde, en liep door. In het kippenhok was het stil. De kippen sliepen. Wat had haar moeder er een hekel aan om voor 'die afschuwelijke beesten' te moeten zorgen. Noera had nooit begrepen wat ze tegen die onschuldige vogels had. Terwijl ze nuttig waren en alle drie de dochters dol op de kuikentjes waren geweest, ze hadden ze als kind vaak mee naar binnen genomen en stiekem hun lippen op de zachte veertjes gedrukt. Bovendien was de pluimveeteelt heel lucratief gebleken, aangezien er in de kloof voornamelijk schapen en geiten werden gehouden. Maar waarschijnlijk zou ze aan alles een hekel hebben gehad, welk dier of werk ook, zolang het om hun vaders erfenis ging. De kippen herinnerden haar ongetwijfeld aan hem en dus aan haar schande. Elke ochtend als ze het hok binnenging om het uit te mesten, vervloekte ze hem. Elke keer als ze met Noera en Asma eieren raapte, hulde ze zich in een diep, bedrukt stilzwijgen, en haar dochters wisten dan onmiddellijk dat ze weer aan haar man dacht. Aan het feit dat híj hier eigenlijk moest staan, dat híj de dieren moest verzorgen en slachten, dat híj zich om het schoonhouden van het hok en het voeren moest bekommeren, dat híj hier moest zijn bij zijn vrouw en zijn dochters. En dat hij niet ziek in zijn hoofd had mogen worden, dat hij andere verlangens en dromen had moeten koesteren en dat haar huwelijk anders had moeten verlopen en haar toekomst een andere had moeten zijn dan die hij haar had nagelaten.

Ze liep om het hok heen en volgde blindelings het vertrouwde pad om de hele boerderij. Rabiats moeder was haar belofte nagekomen en had de baby met geitenmelk gevoed tot hij een gezonde jongen was geworden. En aan het eind van de jaren vijftig keerden ze eindelijk terug naar de kloof, naar hun bergen, hun huis, hun aoel, waar, net als in de rest van het land, intussen vreemdelingen uit het westen waren gehuisvest, Slaven met licht haar en nauwelijks baardgroei, zoals Pankov, de handige veearts die gekleurde snoepjes aan de kinderen uitdeelde. Het kind werd een man en Rabiat en haar broers en zussen waren hun hele jeugd jaloers op hun neef, want de toewijding waarmee hun moeder voor hem zorgde, eigenlijk al haar liefde, leek voor hem te zijn, alsof hij speciale aandacht verdiende, aandacht die voortdurend moest worden benadrukt en onderstreept. De man die het loodzware gewicht van zijn familiegeschiedenis op zijn schouders torste, moest iets groots volbrengen. En aan die verwachtingen voldeed hij ook. Als enige van Rabiats familie trok hij weg uit de kloof. Hij studeerde in Moskou, werkte bij de diplomatieke dienst en keerde later naar zijn geboortestreek terug om daar als vennoot toe te treden tot Rosneft en in korte tijd schatrijk te worden.

Eén keer had ze die grimmige, rijzige man gezien, op de

bruiloft van Rabiats oudste zoon, en ze was teleurgesteld geweest en had zelfs tegen tranen van verontwaardiging moeten vechten, want ze had zich hem zo helder en duidelijk voorgesteld, in de bontste kleuren en meest genuanceerde schakeringen. Maar nu hij een paar meter van haar af aan tafel zat en speeches hield, sloeg haar fantasie te pletter op de werkelijkheid als een klein bootje op torenhoge klippen. Daar zat een man met een baard, die bij het toosten naar haar smaak te vaak Gods zegen afsmeekte, alsof zijn overleven en zijn geschiedenis niet al zegen en wonder genoeg waren. Iedereen verafgoodde hem, maar niet omdat hij als enige van het gezin dankzij de vastberaden liefde van zijn tante aan de hel was ontsnapt, maar omdat hij iets had bereikt. Maar wat was dat 'iets'? Was het wat zijn mooie moeder voor ogen had gestaan toen ze met het dode lichaam van zijn broertje in haar armen uit de trein sprong? Was het logisch wat hij deed en wat hij werd? Hoe zou hij zijn geworden als zijn biografie, zijn leven een rechte lijn was geweest? Wat was het naïef van haar om ervan uit te gaan dat hij een soort Hadzji Moerat had moeten worden! Was het leven op zich niet reden genoeg om in leven te willen blijven of rechtvaardigde zijn bestaan de dood van de rest van het gezin alleen als hij 'iets' bereikte?

De hele avond, terwijl ze samen met haar moeder Rabiat en haar dochters en schoonzussen hielp met koken en bedienen, had ze erover nagedacht. Waarom deed de aanblik van die man haar zo'n verdriet? Wat bracht haar van haar stuk? Zoals zo vaak was ze op een gegeven moment weggeslopen, tot grote woede van haar moeder en haar oudste zus Malika was ze er als een dief tussenuit geknepen en had ze zich in Rabiats broeikas verstopt. Het regende en de kas was in een warme nevel gehuld. Ze voelde zich meteen geborgen. Ze had daar naar de regen zitten staren, naar het leven, dat zoveel vragen opwierp en zoveel van haar vergde, maar haar tegelijk zo aantrok. En toen had ze opeens zijn voetstappen gehoord en daarna haar naam. Ze was in de war, want het was de taak van haar moeder om haar te zoeken, hij had dat nog nooit gedaan, bovendien had hij met de andere mannen aan tafel gezeten en na het 'officiële gedeelte', nadat de 'belangrijke' gasten waren vertrokken, met de buren zelfgestookte brandewijn uit de theepot gedronken.

'Ben je daar, Noera?'

Hij praatte altijd rustig, bedachtzaam, nooit verhief hij zijn stem, nooit oefende hij met zijn stem druk uit. Hij ging zo zuinig met zijn woorden om dat elk woord van hem een bijzonder gewicht kreeg. Zonder te aarzelen riep ze 'Ja!' en rende haar vader tegemoet.

'Wat doe je hier?'

'Ik wilde alleen zijn.'

'Ja, dat snap ik. Maar er is iets wat je verdrietig heeft gemaakt, ik heb naar je gekeken,' zei hij na een tijdje. Hij was naast haar gaan zitten en staarde naar de regen.

'Die man, Rabiats neef...'

'Wat is er met hem?'

'Ik had me hem anders voorgesteld.'

'Ja, hij is nu eenmaal een belangrijk man.'

'Maar zijn geschiedenis, je weet wel, die is toch net zo belangrijk? Wat er met zijn ouders en zijn broertje is gebeurd, en dat...' Plotseling schoten haar ogen vol tranen, en hoewel ze het stom vond om zonder echte reden te huilen, kon ze er niets aan doen. 'Ik bedoel...'

Ze viel stil. Ze kon niet duidelijk zeggen wat haar dwarszat, wat haar stak. Er klopte iets niet, er was iets verkeerd, er paste iets niet bij elkaar, maar ze wist niet precies wat, alsof in een puzzel het belangrijkste stukje ontbrak, alsof het onmogelijk was zonder dat stukje het hele plaatje te overzien. Haar vader sloeg een arm om haar heen en drukte haar stevig tegen zich aan zonder haar aan te kijken. Ze legde haar hoofd op zijn schouder. Het deed haar goed, het was een veilig gevoel, dat onwankelbaar leek.

'Hij moet zo zijn, hij moest zo worden om te overleven,' zei hij plotseling, terwijl hij uit zijn jaszak een pakje papirosy haalde, zijn favoriete sigaret; alle westerse merken die je opeens kon kopen, versmaadde hij. 'Hij moest onkwetsbaar worden, anders zou zijn verleden hem de keel dichtsnoeren, hij zou stikken,' zei hij zoals altijd rustig, bijna zacht. 'Hij moest overleven, hij had geen andere keus.'

Haar vader nam een vrij lange pauze, waarin hij zijn papirosa opstak en diep inhaleerde. Het puntje gloeide in het regenachtige avondlicht. 'Soms dient het licht alleen als camouflage voor het donker,' zei hij, waarna hij weer zweeg.

Opeens besefte ze dat ze, meteen toen het woord oorlog was gevallen, onbewust aan die man en de veewagon had moeten denken. Was dat oorlog? Afgebroken levens, verscheurd en uit de tijd gevallen, geen logische biografieën meer? Of was er sowieso niets logisch in het leven, niet in vredes- en niet in oorlogstijd? Waarom moest ze alweer aan die man met de baard denken, die ooit een onschuldige baby was geweest? Waar moest ze zich op voorbereiden? Waar moesten ze zich allemaal op voorbereiden?

Was de oorlog een veewagon met mannen die over leven en dood beslisten? Waren het vrouwen die in een zoutpilaar veranderden en mannen die hun geschiedenis vergaten omdat ze door een jaren geleden gedane belofte verplicht waren te overleven? Maar overleven tot welke prijs? Of speelde de prijs bij zoiets geen rol?

Ze moest weg. Nee, ze moesten allemaal weg. Ze mocht niet toelaten dat het leven van haar moeder, haar eigen leven en dat van Asma afhingen van bevelen, dat hun leven niet volgens zijn eigen wetmatigheid verliep. Dat al het logische uit hun bestaan verdween. Ze moest een plan maken. De komende dagen moest ze onmiddellijk een overlevingskaart tekenen.

Weer blafte in de verte de hond. Ze keek naar de lucht, de maan was nergens te bekennen. Het donker was alomvattend, maar ze voelde zich er veilig bij, het gaf bescherming en troost. Ja, haar vader had gelijk gehad, soms diende het licht alleen als camouflage voor het donker. En daar trok ze een conclusie uit die haar heel even optimistisch stemde: misschien diende het donker dan ook alleen als camouflage voor het licht.

EEN

SCHERVEN

1995 | MALYSJ

Het loopt voor koude daden warm, dat hart van jou. Hij herhaalde de zin geluidloos, liet de woorden op zijn tong smelten als een zuurbessnoepje, zuur en toch lekker. Hij had het dunne, bijna uit elkaar vallende boekje samen met andere, steviger ogende boeken in de mosgroene plunjezak gestopt die zijn moeder voor zijn vertrek uit Moskou voor hem had klaargelegd.

Ze had de zak zonder commentaar op de bank in de woonkamer gelegd, vol met allerlei lekkernijen en sentimentele spullen, waarvan hij de helft er 's nachts in zijn kamer, een paar uur voor zijn vertrek, stiekem weer uit had gehaald om te ontkomen aan het gepest dat je met zulke cadeautjes van je moeder geheid over je afriep. En gepest werd hij toch wel.

Maar hij kon het niet laten een paar boeken uit zijn boekenkast mee te nemen, zonder te kijken welke, dat liet hij aan het toeval over. Als hij maar een paar boeken bij zich had in die onzekere, beangstigende realiteit die de naam 'oorlog' droeg en waarvan hij nooit had gedacht er nog eens mee te maken te krijgen. Die achteloos uitgekozen boeken in de versleten plunjezak van zijn dode supervader waren de enige betrouwbare kameraden op zijn gevaarlijke weg. Natuurlijk, boeken telden niet in die realiteit, integendeel, je blameerde je ermee, ze zetten je weg als slappeling, in die realiteit golden andere wetten, dat had hij tijdens zijn afgebroken militaire opleiding wel geleerd. Ze zouden zijn toch al niet zo benijdenswaardige positie nog belachelijker maken, maar hij kon Moskou niet zonder boeken verlaten, een paar moesten er in elk geval mee.

Hij had niets van de plunjezak gezegd en ook zijn moeder had gezwegen, woorden zouden op dat moment zinloos zijn geweest. Natuurlijk wilde ze er een signaal mee afgeven. Hij voelde gewoon welke eisen en verwachtingen er op de bodem van die zak lagen en hem kilo's zwaarder maakten.

Hij zag voor zich hoe ze de oude plunjezak van zijn vader tevoorschijn haalde uit de verste hoek van de muffe, naar iets onuitsprekelijks ruikende zware eiken slaapkamerkast, waar ze ook zijn militaire onderscheidingen, zijn medailles, zijn pijp en het stapeltje brieven aan haar uit zijn tijd in Afghanistan bewaarde, en hoe ze er al haar hoop en gebeden in legde, die minstens even zwaar wogen als de boeken. Voor haar waren die relikwieën uit de massieve eiken kast heilig. En de plunjezak was vermoedelijk de heilige graal. Die zak had zijn vader overal vergezeld, door kale bergen en kurkdroge woestijnlandschappen, door stormen en kogelregens, door bombardementen en geschreeuw, overal op zijn lange, naar ijzer ruikende weg. Ze had altijd een speciale uitdrukking op haar gezicht als ze over zijn heldendaden vertelde, wat ze in Malysj' kinderjaren bijna onafgebroken had gedaan, alsof ze had gezworen na zijn dood de nabestaanden en vooral zijn enige zoon alleen nog maar te vertellen wat een titan hij was, op de wereld gekomen om op z'n minst de mensheid te redden – die in Afghanistan helemaal niet gered wilde worden.

Aanvankelijk was hij dol op al die verhalen, als kleine jongen had hij er steeds weer naar gevraagd en elk detail willen weten. Mocht papa ook de Strela-2 testen, kreeg papa zijn dapperheidsonderscheiding in het Tajbeg-paleis? Was Gorbatsjov daar toen ook of feliciteerde die hem pas in Moskou? Als een bezetene zoog hij elk detail van die voorbije, geheimzinnige wereld in zich op. Maar met de jaren maakte die behoefte plaats voor een haast ondraaglijk verlangen om die wereld zo ver mogelijk bij zich vandaan te houden, niets meer over Afghanistan te horen, niets over Operatie Storm-333, over Mohammed Nadzjiboellah, over het Verdrag van Genève en de vuile Amerikaanse propagandablaadjes over de Heilige Oorlog die aan de Afghaanse kinderen werden uitgedeeld en waarin illustraties stonden met vijanden zonder gezicht.

Maar gelukkig verbleekten de verhalen na verloop van tijd, ook aan de oorlog met de Sovjet-Unie kwam een eind, of liever gezegd, de hele Sovjet-Unie viel op een dag als een doodzieke, stokoude olifant gewoon om en hield op te bestaan, evenals het roemrijke Sovjetleger, waarvoor hij als kleine jongen dapperheidsmedailles wilde verdienen en zijn leven wilde geven.

Zijn bewondering voor zijn dode heldenvader was omgeslagen in onderdrukte agressie. Hij begon de wereld waarin hij zo goed thuis was geweest en die zijn moeder dag in, dag uit verheerlijkte te verafschuwen, vooral toen hij steeds beter besefte welke prijs zijn moeder moest betalen als weduwe van een held, van de man 'die zelfs door Gorbatsjov persoonlijk is bedankt'. Toen hij begreep hoe het was om met een geest getrouwd te blijven en het eigen huis, waar ze samenwoonde met haar enige kind, te veranderen in een mausoleum, waar de klokken achteruit leken te lopen. Waar de iconen in een zware eiken kast lagen die naar mottenballen rook, naar een zweem van zijn kindertijd, die als een door de wind verwaaide plastic zak ergens in een boom was blijven hangen, en naar veel ongezegde woorden en onverwachts gesmoorde liefde. Iconen in de vorm van herinneringen, brokstukken van iets wat te vroeg was geëindigd, sporen van een dode man die hij als vader en afgod moest eren en die hij op z'n twaalfde voor het laatst had gezien. En ook in de twaalf jaar daarvoor had hij de naam van zijn vader meer geassocieerd met afwezigheid en oorlog dan met een mens van vlees en bloed.

Hij begon die wereld met een brandende felheid te verachten, ja, het was alsof er hete lava in zijn ingewanden werd gegoten wanneer zijn moeder terugverlangde naar die allang voorbije, niet meer bestaande tijd en het contact met de werkelijkheid verloor; de werkelijkheid waarin ze als wetenschappelijk medewerkster op het Staatsonderzoeksinstituut voor Virologie werkte, waarin ze amper nog vrienden had en waarin al jaren geen man meer voorkwam. Ze trok zich steeds meer in zichzelf terug, en haar vroegere tederheid en zachtmoedigheid maakten onherroepelijk plaats voor verbittering en zwartgalligheid. Wel nam haar oudere broer Leonid Nikolajevitsj weer een grotere plaats in haar leven in – die overijverige, ambitieuze, altijd met haar man wedijverende, twee keer gescheiden, kinderloze broer met wie ze voor haar huwelijk een wonderlijke, door niemand begrepen symbiotische verhouding had gehad, waarin hij de rol van vader, moeder, broer én kind speelde, haar zoveel mogelijk problemen bespaarde en haar vooral financieel steunde. Maar ook dat bracht haar onstuitbare verandering niet tot staan.

De intieme verhouding met Leonid Nikolajevitsj was door haar huwelijk abrupt geëindigd; de mannen konden niet met elkaar overweg – allebei alfamannetjes, allebei opscheppers, allebei echte carrièretijgers en charmeurs. Leonid Nikolajevitsj had het niet kunnen laten op de begrafenis van zijn zwager zijn zus bijna triomfantelijk toe te fluisteren: 'Nu kan ik eindelijk weer behoorlijk voor je zorgen, Lidenka, precies zoals je verdient en zoals papa en mama van me zouden verwachten als ze nog leefden.'

Leonid Nikolajevitsj werkte bij het Goskom, het Staatscomité voor Woningbouw, en onlangs was hij benoemd in de commissie van toezicht voor de sinds 1988 legale en als paddenstoelen uit de grond schietende coöperaties, wat weer de nodige *svjazy*, contacten, en aanzienlijke steekpenningen garandeerde en dus ook het leven van zijn moeder en hem althans in financieel opzicht een stuk gemakkelijker maakte, want van het salaris en het oorlogsweduwepensioen van zijn moeder konden ze sinds de perestrojka niet meer leven. De schaduweconomie die sinds het Brezjnevtijdperk heerste en in de jaren tachtig een ongekende vlucht had genomen, vereiste heel andere vaardigheden, die Lidia Nikolajevna noch hij bezat.

Maar de vroegere intimiteit tussen broer en zus was vervlogen als een rooksliert van lauwwarme as. En misschien was die breuk niet alleen te wijten aan de jaren dat Lidia met haar man een heel ander leven dan haar broer had geleid, maar ook aan haar militair fanatisme, dat hij afwees, evenals haar wens dat haar zoon dezelfde weg insloeg als zijn vader. Maar ook de machtige Leonid Nikolajevitsj kon Malysj niet helpen en het brandende gevoel werd steeds sterker, het verbrandde zijn keel wanneer hij besefte welke rol hem als zoon van zijn vader was toebedeeld. Had die vader maar nooit bestaan, nooit ofte nimmer, hij was nog liever de zoon van een *bomzj*, een dakloze, of zelfs van een onbekende geweest; met genoegen had hij dan de achternaam van zijn moeder gedragen en op school achter zijn rug 'bastaard' horen fluisteren, dat had hem weinig kunnen schelen. Dan had hij niet constant geforceerd hoeven grijnzen als mensen hem staande hielden om zich ervan te verzekeren dat hij echt de enige officiële troonopvolger van de beroemde Sergej Aleksandrovitsj was.

Of had hij maar iemand gehad met wie hij zijn leed kon delen – wat had hij daar vaak naar verlangd. Die held had toch op z'n minst een broer of zus bij zijn moeder kunnen verwekken in de weinige maanden die hij thuis bij zijn aanbeden vrouw doorbracht. En was het nou zo moeilijk geweest om aan vrouw en kind meer prioriteit te geven dan aan de strijd tegen de moedjahedien?

Maar zo zat hij vast in een vesting van herdenken en aanbidden, in een andere tijd, en was hij gedoemd toe te kijken hoe zijn moeder het heden eigenhandig in de kiem smoorde, verzoop als een katje dat niet levensvatbaar is, een herfstkatje dat te zwak is voor de wereld. Misschien was zij zelf dat arme herfstkatje dat te zwak was voor de tijd waarin het nu eenmaal moest leven. Te zwak zonder medailles en heldendaden, die als schild tegen de werkelijkheid konden dienen. Te zwak voor alle veranderingen die sinds de dood van haar man eerst haar en vervolgens het hele land hadden getroffen. Het was ook geen wonder. Het hele koninkrijk waarvoor haar man zijn leven had gegeven, was tenslotte ineengestort, wat maakte de instorting van ene Lidia Nikolajevna dan nog uit, ooit gepassioneerd biologe en inmiddels alleen nog weduwe en moeder van een jongen die niet eens kans zag om zijn moeder de waarheid in het gezicht te slingeren en daarmee zichzelf en dus ook haar enigszins te bevrijden. Om eindelijk het onuitsprekelijke uit te spreken, hoewel ze allebei allang wisten dat de enige waarheid die hen had kunnen genezen, hen levensvatbaarder had kunnen maken, moest luiden dat hij nooit in het leger had moeten gaan, nooit het voorbeeld van een dode had moeten volgen. Dat zijn falen – en hij wist dat zij het zo voelde, want wat hij ook deed, het telde alleen wanneer het bijdroeg aan het ontsteken en onderhouden van het eeuwige vuur op zijn vaders graf – voortkwam uit zijn onvermogen om te doen wat hij zelf wilde en in te zien dat de weg die zij voor hem beoogde via dit schimmenrijk rechtstreeks naar de hel leidde. Hij had die dodencultus moeten vernietigen, haar moeten dwingen het leven eindelijk het hoofd te bieden en haar die in het ongewisse starende, lege blik moeten afleren wanneer ze 's avonds in het donker in een deken of een omslagdoek gehuld op haar stoel zat, als een stenen grafbeeld op een verwilderd, door iedereen vergeten kerkhof.

Wat had hij 's nachts vaak wakker gelegen en zich voorgenomen dat allemaal tegen haar te zeggen, om ten slotte uitgeput weer in de kussens te vallen en in zijn gebalde vuist te bijten om het niet uit te schreeuwen. Want voor zijn geestesoog verscheen haar teleurgestelde gezicht toen hij haar vertelde dat hij niet naar het toelatingsexamen voor de militaire academie was gegaan, terwijl hij daar dankzij haar grote inzet en talloze telefoontjes met de 'hoogste mannen van het Sovjetleger' (het waren nog niet de Russische strijdkrachten) met 'open armen' werd verwacht om in de voetsporen van de grote Sergej Aleksandrovitsj te treden en een officiersopleiding te beginnen, die hij natuurlijk met bravoure zou afsluiten.

Hij zag haar ontstelde gezicht voor zich, die vreselijke blik, alsof hij haar met een mes in de moederborst had gestoken. Maanden was ze bezig geweest om van voormalige collega's van zijn vader aanbevelingsbrieven los te krijgen, om de voor de oudste militaire academie van Moskou benodigde gezondheidsverklaring te bemachtigen. Maar hij vroeg zich alleen af hoe hij uit dit zieke, verrot ruikende land weg kon komen, naar het buitenland kon gaan of iets kon gaan studeren, iets leren wat met hemzelf te maken had, wat zijn onrust een beetje kon beteugelen, hem een weg kon wijzen. Voor die ene keer was hij erin geslaagd tijd te winnen, de weerzinwekkende toekomst een paar maanden uit te stellen – want het volgende toelatingsexamen zou pas komend jaar worden gehouden.

Hij kreeg uitstel, hij had net eindexamen gedaan en zich aan de universiteit als gaststudent bij kunst- en literatuurwetenschappen ingeschreven, daarnaast volgde hij werkcolleges literatuur, waar hij voor het eerst de smaak van zelfbeschikking te pakken kreeg. Maar zijn moeder kwelde hem met lastige vragen: wanneer hij van plan was zich op het examen voor te bereiden, te zorgen dat hij 'in vorm' was, hij verwaarloosde zijn lichaam, ze kon al die belangrijke mensen niet nog eens lastigvallen, hij moest zelf ook moeite doen, ze kon tenslotte niet in zijn plaats...

Het jaar daarop gebruikte hij dezelfde truc, nu door te doen alsof hij een zware longontsteking had, wat tot een fikse ruzie met zijn moeder leidde nadat ze een dokter had laten komen, die hem kerngezond verklaarde.

Hij verlengde zijn gaststudie met een jaar en toen het volgende toelatingsexamen naderde, ging hij met een paar medestudenten doodleuk op 'studiereis' naar Leningrad. Daarop weigerde Lidia Nikolajevna twee weken lang ook maar een woord met haar zoon te wisselen en communiceerde ze alleen door middel van op de koelkast geplakte briefjes. (Iets wat hij absoluut geen straf vond, integendeel, hij was eindelijk eigen baas en genoot van het uitblijven van verwijten en dreigementen.)

Nadat zijn moeder opnieuw een paar opgewonden telefoontjes had gepleegd en hem aan een valse doktersverklaring had geholpen, meldde hij zich in mei weer aan voor het toelatingsexamen van de op bevel van Lenin opgerichte Algemene Militaire Academie in Moskou – en zakte. Lidia Nikolajevna sloot zich vierentwintig uur op in haar slaapkamer en hield een macabere dodenmis, waarin ze met haar overleden echtgenoot sprak, hem haar nood klaagde en om raad vroeg.

Deze keer bracht haar ontstelde gezicht hem al minder van zijn stuk, hij rende opgelucht de stromende regen in.

Zijn euforie werd veroorzaakt door zijn op hol geslagen hart, zijn knikkende knieën en zijn droge mond, en dat allemaal vanwege Sonja – hij was voor het eerst van zijn leven smoorverliefd! Verliefd op een betoverend, wonderlijk meisje, dat in geen enkel hokje paste en geen regels scheen te kennen, maar een vuurwerk van grofheid en directheid leek met haar impulsiviteit, haar verachting voor alle fijngevoeligheden waar zijn moeder zoveel waarde aan hechtte. In haar onverzadigbare verlangen om het leven in al zijn ruwheid en schoonheid te vieren had ze volgens alle natuurwetten en sociale regels nooit aandacht aan hem mogen schenken, hem niet eens bij haar in de buurt mogen laten. Maar ze deed het toch en zorgde voor de grootste en verheugendste ommekeer in zijn leven.

Sonja woonde op de derde verdieping van het aangrenzende woonblok en bracht haar tijd grotendeels door op de binnenplaats, de *dvor.* Malysj en Sonja kenden elkaar sinds hun kinderjaren, maar zoals de meeste kinderen op de binnenplaats had ze hem jarenlang niet zien staan, hij was iemand die je in het gunstigste geval negeerde en in het ergste geval uitlachte.

De manier waarop ze de schilletjes van de zonnebloempitten uitspuugde, kon je alleen maar ordinair noemen, en altijd had ze wel een grove opmerking paraat om hem achterna te roepen. Maar nooit was het een kwetsende opmerking, nooit schold ze hem uit met dezelfde verachting als de anderen op de binnenplaats, vooral de 'geldkloppersbende' die al jaren geen kans voorbij liet gaan om hem te beledigen, te vernederen of af te persen.

Sonja's opmerkingen waren ondanks de grove woordkeus, waar elke zeeman van onder de indruk zou zijn, op haar manier liefdevol. Soms had hij het gevoel dat ze hem streelde met zinnen als 'Zo, kippenneuker, hoe is het ermee?' of 'O, de bedplasser is vandaag zonder mama op pad, dapper, heel dapper!'

Maar op een dag veranderde er iets. Om de een of andere reden sprak ze hem die dag bij de ingang van zijn trappenhuis aan. Ze was met haar typische slepende tred, haar afzakkende schouders en zware stappen om hem heen geslopen en toen onder aan de trap blijven staan, alsof een onzichtbare macht haar tegenhield. En hij had zich omgedraaid. Hij was van kindsbeen af gewend om te doen alsof hij doorzichtig was als hij leeftijdgenoten op de dvor passeerde, als hij terugkwam van het schaken, de literatuurkring of de Duitse les in het vormingscentrum, die hij vrijwillig volgde om zo min mogelijk thuis te zijn. Hij bleef nooit staan, wat ze hem ook nariepen.

Maar die dag in het trappenhuis bleef hij staan, de impuls was fysiek voelbaar, er was iets wat hem naar haar toe trok, hoewel hij al op het punt stond zo snel mogelijk de trap op te rennen om te ontsnappen aan haar en haar sigarettenrook, die ze sinds haar veertiende demonstratief uitblies. En toen zei ze dat hij best 'gave' ogen had, die hij niet moest verbergen. En hij voelde dat die woorden hem kippenvel bezorgden.

Voortaan keek hij naar haar uit als hij op de binnenplaats kwam. Sinds hun ontmoeting in het trappenhuis leken ze een geheim te delen. Als ze omringd werd door andere jongeren uit de buurt – want ze leken haar autoriteit allemaal te accepteren –, wierp ze hem alleen even een blik toe, een voorzichtige, nauwelijks merkbare blik, die hij echter op zijn huid voelde kriebelen als de vleugels van een vlinder, maar ze maakte geen opmerkingen meer, geen grappen ten koste van hem. En toen de machtige Petja, de zelfbenoemde tsaar van de binnenplaats, die ze 'de geldklopper' noemden omdat hij al van jongs af aan de andere kinderen op de binnenplaats aanzienlijke bedragen afperste – een talent dat later met succes op professioneel niveau werd ingezet –, een keer iets heel gemeens naar hem riep, hoorde hij alleen een harde kreet van Sonja en vervolgens een doffe klap.

Ze hield nog een paar weken het alleenrecht op pesterijen ten koste van hem. Daarna was het tenminste op de binnenplaats afgelopen met 'kippenneuker' of 'tietenlurker'. Zo had ze vlug en pijnloos een einde gemaakt aan zijn jarenlange leed. Maar dat was al in de tijd dat zij, ex-leerling van een speciale school, en hij, gaststudent met een 'rood diploma', stiekem afspraakjes begonnen te maken, en vlak voordat zij haar volle, naar tabak, het snoepmerk Misjka in het Noorden en iets uiterst begerenswaardigs smakende lippen op de zijne drukte.

Hij gaf zich bereidwillig over aan haar handen, die teder en ruw tegelijk konden zijn. Hij stortte zich halsoverkop in haar als in een waterval. Ze legde beslag op hem alsof ze hem had betoverd. Niets telde nog, alleen hun zwerftochten 's avonds door de donkere steegjes en verscholen binnenplaatsen, waar zij hem doorheen loodste als door een geheim labyrint. Door haar leerde hij zijn eigen buurt opnieuw kennen. Ze zoenden stiekem in de trappenhuizen en autowrakken, die ze allemaal een naam gaven. Eindelijk was er iemand die sterk genoeg was om in zijn wensen mee te gaan zonder eronder te bezwijken. Iemand die hem volgde door de eindeloze verten van zijn fantasie, die geen grenzen wilde respecteren. Iemand die gek genoeg was om hem nog aan te vuren ook.

Sonja, die niets had en niets vreesde. Haar vader dronk wodka zoals een baby moedermelk, en wanneer de heldere vloeistof zijn brein in een blubberige massa had veranderd, ging hij zijn gezin te lijf. En haar moeder, die schoon genoeg had van dat leven en van altijd maar werken, was vaak dagenlang verdwenen – er werd gefluisterd dat ze iets had met de getrouwde chef van een Gastronom-filiaal. Alleen haar oudere zus Olga probeerde midden in die puinhoop voor zichzelf en haar zusje een min of meer geregeld leven te organiseren, waar ze af en toe ook in slaagde.

Waarschijnlijk was hij eeuwig in zo'n autowrak met de naam Artjom of Maria blijven zitten met zijn wilde vriendin, de eerste en enige, met de wervelstorm die in hem woedde en die Sonja ietwat meewarig als 'totale verslingerdheid' bestempelde, tot ze een volledige schets van hun gezamenlijke toekomst hadden ontworpen, tot hij elk plekje van haar lichaam had verkend – ware het niet dat zijn moeder hem ook dat geluk wist af te pakken.

Toen hij op een nacht thuiskwam, vond hij haar als een trillend hoopje ellende op de grond, apathisch, met een lege blik. De te hulp geroepen jonge ambulancearts stelde een zenuwinzinking vast, ze moest een paar dagen naar het ziekenhuis, waar Malysj elke dag met vers fruit en door Sonja's zus gekookte runderbouillon een paar uur aan haar bed waakte.

Elke opwinding zou uiterst gevaarlijk, zo niet fataal voor haar zijn, waarschuwde zijn moeders enig overgebleven vriendin Zina Matvejevna, de gevreesde tandarts van de districtskliniek voor tandheelkunde. Met tranen in haar ogen bezwoer ze hem nu een 'voorbeeldige zoon' voor zijn moeder te zijn, want in deze situatie zou alles wat haar niet aanstond leiden tot de vorming van een bloedstolsel in haar hoofd, en wat voor gevolgen dat kon hebben, nou, daar moest je niet aan denken.

Bij de vierde poging zat er voor hem niets anders op dan het toelatingsexamen voor de militaire academie te halen – dankzij lege woorden en voorspraak van hem volkomen onbekende mannen in uniform, die zijn vader waarschijnlijk nog een gunst verschuldigd waren. Onder gejubel van Lidia Nikolajevna, met het schuim van krimsekt op zijn broek en een bloedend hart was hij aan zijn opleiding begonnen, om die anderhalf jaar later zonder rang of titel midden in de strategieles af te breken door gewoon op te staan en het lokaal uit te lopen, want plotseling was hem schrikbarend duidelijk dat hij ter plekke dood neer zou vallen van zelfhaat als hij hier nog een seconde langer deed alsof hij iemand was die hij niet was. Dat hij ook de vaandrig nog een dreun gaf, die hem achternarende en hem sommeerde terug te komen, en iedereen 'Krijg de klere' toebrulde, maakte het er niet beter op. Als slappeling en bezoedelaar van de eer van Sergej Aleksandrovitsj verliet hij de academie en ging terug naar zijn moeder, die hem nu vol afgrijzen aanstaarde.

En nu hij de plunjezak van zijn vader moest inpakken, werd hij misselijk als hij bedacht wat hem te wachten stond, want deze keer was het schrikbeeld reëel, hij wist hoe het eruitzag, hoe het voelde, hoe alomvattend het kon zijn en dat hij er niet tegen bestand was.

De legerzak die hij op het commissariaat bij zijn aanmelding had gekregen, had zijn moeder hem zonder commentaar afgenomen. Bij de aanmelding had ze achter hem gestaan en over zijn schouder meegekeken; deze keer was er geen trots in haar blik te bespeuren, alleen stoïcijnse leegte, want wat hij deed was niet meer dan compensatie, een logisch vervolg op wat hij een paar jaar geleden zo eerloos had afgebroken, zijn enige kans op herstel van de familie-eer, die hij onvergeeflijk had bezoedeld.

Nu kreeg hij een laatste kans om zich te verzoenen met het verleden en het leek niet uit te maken hoe hoog de prijs daarvoor zou zijn: als zoon van zijn vader moest hij die nu eenmaal betalen. Deze 'vrijwillige' aanmelding voor militaire dienst in de – inmiddels – Russische strijdkrachten was zijn laatste mogelijkheid, en dat had ze hem ondubbelzinnig te verstaan gegeven door op een dag een schriftelijke verklaring op tafel te leggen, een afgesmeekte bevestiging van de militaire academie dat hij zijn basisopleiding tot soldaat met succes had voltooid.

'Wat moet ik daarmee?' had hij gevraagd, en hij had veel zin om het papier voor haar ogen in snippers te scheuren, of nog liever het in zijn mond te stoppen, fijn te kauwen en de resten ten slotte als een braakbal voor haar voeten te spugen.

Op dat moment gaf ze hem geen antwoord. Toen hij een paar dagen later over de Russische 'interventie in Tsjetsjenië' las, stolde het bloed in zijn aderen. Vijf weken na het begin van de oorlog stond hij samen met haar in het militair commissariaat om zich als gewoon soldaat aan te melden voor het leger – uiteraard met het vooruitzicht op heldendaden en daaropvolgende onderscheidingen en militaire rangen – en dus voor het front in de Noordelijke Kaukasus.

Wat zijn moeder niet vermoedde – zijn moeder, die in deze oorlog een kans voor haar zoon zag en niet begreep dat haar zoon boven alles hield van een meisje, dat hij ondanks zijn inspanningen niet tegen zichzelf kon beschermen –, was het feit dat hij maar één reden had om haar niet langer tegen te spreken en zich opnieuw in haar naar mottenballen ruikende schimmenwereld te begeven: dat meisje was namelijk uit zijn leven verdwenen en hij hoopte vurig dat de oorlog en haar zorgen om hem haar hart zouden vermurwen en haar ertoe zouden bewegen bij hem terug te komen, want het vooruitzicht op een leven zonder Sonja stond voor hem gelijk met eeuwige duisternis.

Op de plunjezak moest hij goed letten, want met zijn boeken herbergde die een schat. Nu hij de inhoud van de zak opnieuw controleerde, vroeg hij zich af hoe Sofokles erin terecht was gekomen. Het boekje moest ergens tussen de andere boeken hebben gestaan die hij vlug uit de kast had gepakt. Hij bladerde in het drama over de opstandige en rebelse koningsdochter. En nu plakte die zin aan zijn lippen als de resten van de chocolademelk die hij als kind zo graag had gedronken en die hij nog lang daarna in zijn mondhoeken proefde.

2016 | DE KAT

Het loopt voor koude daden warm, dat hart van jou. In gedachten herhaalde ze de zin drie keer achterelkaar, haar lippen bewogen automatisch maar zonder geluid, als een geruisloos dier sloop de zin naar buiten. Ze drukte haar bovenlichaam uit alle macht tegen de zware metalen deur en tuimelde haast de achterplaats op, ze kon nog net haar evenwicht bewaren. Altijd duwde ze zware deuren met een zwaai van haar bovenlichaam open, alsof ze door een muur heen moest breken, alsof alle deuren van de wereld weerstand boden. Het licht van een eenzame lantaarn aan de overkant van de straat viel op haar nog niet helemaal afgeschminkte gezicht.

De lantaarn stond bij de ingang van de achterplaats, hij zag eruit alsof hij al jaren wachtte op iemand die een belofte niet was nagekomen en scheen met zijn kille blauwe licht meedogenloos op het uitgestorven industrieterrein, zodat het nog troostelozer leek dan het al was.

Ze voelde zich hier op haar gemak. De eerste keer dat ze in deze tot theater omgebouwde fabriek het toneel op liep en die zin met haar blik half naar het publiek, half naar haar oppermachtige zusterfiguur uitsprak, had ze deze plek al in haar hart gesloten. Ze hield van de anonimiteit, het ruige van de omgeving. Ook zag je nauwelijks mensen op straat, behalve op de avonden dat ze speelden en zich een klein, maar vast aantal toeschouwers voor de ingang verdrong.

Maar ze hield vooral van de achterplaats. Met goed weer gebruikte ze hem als kleedkamer. De andere collega's kwamen hier nauwelijks, laat staan de overgevoelige productieassistent, die absoluut niet tegen zijn taak opgewassen was, en als de zwijgzame technicus na een voorstelling eens met zijn flesje bier naar buiten kwam om een sigaret te roken, gaf ze hem zonder commentaar haar aansteker, voor de duur van een sigaret stonden ze dan zwijgend op de achterplaats naar de grijze betonwereld te kijken.

Het loopt voor koude daden warm, dat hart van jou. Die zin achtervolgde haar ook na de huidige voorstelling. Het lukte haar niet hem van haar tong te schrapen, alsof ze hem definitief uit Ismenes woordenschat had overgenomen.

Bij het spel op het toneel keek ze het meest uit naar het moment dat ze die zin eindelijk uitsprak, half klaaglijk, half verwijtend, en toch – veel meer dan tot het publiek of tot haar zusterfiguur, die per se een heldin wilde zijn – richtte ze die zin tot zichzelf, alsof ze iets niet wilde toegeven, zij, die niet in blinde heldhaftigheid geloofde en als enige van haar door een naamloze waan bevangen toneelfamilie elk fanatisme afkeurde.

Ze zei het niet meer in haar rol, niet als Ismene, de zuster van Antigone, heel even verdween Ismene achter haar rug en stond ze de noodlottige zin aan haar af.

Van binnen drongen gespreksflarden en het gerinkel

van glazen tot haar door. Het geheel versmolt tot een zacht, slaapverwekkend geluid op de achtergrond. Ze hadden het vast over het spel van de acteurs, haar collega's hadden vast hun vrienden en familie meegebracht omdat Berlijn niet ver van deze uithoek lag. Sommigen kwamen misschien al voor de derde of vierde keer om hun dierbaren te steunen, want ze werden niet bepaald overstelpt met aanbiedingen. De vertrouwde drukte had iets heel kalmerends voor haar. Alle dagelijkse beslommeringen vervaagden zodra ze het gebouw binnenging. De opzeggingsbrief van haar huurbaas die vanochtend in de brievenbus lag en waarin haar werd medegedeeld dat ze de woning binnen drie maanden moest ontruimen omdat de eigenaar die zelf nodig had. De ruzie met haar zus Natalja. De scheiding van R., die ze niet langer mocht uitstellen en die een eindeloze, in slow motion verlopende kwelling was. De geldzorgen, de vraag of ze naar die stomme casting moest, waar ze niets van verwachtte – het verdween allemaal zodra ze opging in die drukte.

Ze deed haar ogen dicht en nam een trek van haar sigaret, die ze met haar andere hand beschermde tegen de regen.

Het was haar altijd weer een raadsel waarom ze zo verknocht was aan die plankenkoorts, die telkens als ze 's avonds moest optreden, meteen na het wakker worden begon, aan die hectiek en heel die vreemde, stoffige namaakwereld. Waarom ze zich zo thuis voelde op zo'n wereldvreemde plek. Het was paradoxaal: nooit stond ze zo ver van zichzelf af als wanneer ze speelde, maar was ze tegelijk zo dichtbij. Wanneer ze als klein meisje aan de hand van haar grootmoeder, naar wie ze was genoemd, door de straten van de badwijk liep en naar de binnenplaatsen met de vervallen huizen en de kleurige houten balkons keek, naar alle woningen waar licht brandde, stelde ze zich al voor wat voor iemand daar woonde, welk beroep hij had, wat hem verdrietig maakte of blij, welke verliezen hij had geleden en welk geluk hem nog te wachten stond. Later leerde ze de stemmen van anderen na te doen en had ze er samen met haar zusje heel veel lol in om aan de telefoon mensen voor de gek te houden. Toneelspelen werd al vroeg haar grootste wens. Kon ze zo slecht met zichzelf overweg, of had ze aan één leven niet genoeg, of was beide het geval? Welke geheime kracht dreef haar er als klein meisje toe in het kleurige en rumoerige huis van haar grootmoeder voorstellingen en concerten te organiseren, waar alle kinderen van de binnenplaatsen hun kunsten konden vertonen? De volwassenen gaven de kinderen na afloop wat geld om snoep en limonade te kopen. Maar voor haar ging het om iets anders, voor haar ging het om de mogelijkheid om voor publiek te spelen, het op het verkeerde been te zetten, het te verrassen. Natuurlijk kon ze dat toen nog niet onder woorden brengen, ze voelde alleen dat die vurige wens groot was, sterker dan zijzelf.

Toen de 'zwarte tijden' aanbraken, zoals haar grootmoeder het decennium na de perestrojka noemde, toen haar kinderjaren plotseling een roestige bijsmaak kregen en de stad dagenlang in duisternis was gehuld, toen de straten naar petroleum roken en de rijen voor de bakkers steeds langer werden en deden denken aan een trekharmonica, toen de volwassenen hun stem lieten dalen en voortdurend over politiek praatten, toen haar vader en moeder elkaar niet meer op de mond kusten en haar grootmoeder haar moeizaam bij elkaar gespaarde vakantiehuis moest verkopen, toen veel buren uit de Jodenwijk naar Israël emigreerden en de vrolijke drukte in de Zilverstraat een stuk minder vrolijk was, ja, toen werden haar voorstellingen pure noodzaak. Ze voelde zich verantwoordelijk voor de mensen die belangrijk voor haar waren, die haar wereld vormden, ze moest ze afleiden, opvrolijken, hun zinnen verzetten.

En het werd helemaal pure noodzaak toen haar vader door de oorlog werd opgeslokt om vervolgens als reus weer te worden uitgespuugd. 'Je kunt ons niet zomaar alleen laten. Dat houd ik niet uit. Dat is niet eerlijk!' had haar moeder in de nacht voor zijn vertrek gehuild. Ja, gehuild als een wolf had ze.

Maar haar moeder begreep dat discussiëren geen enkele zin meer had. Hij had allang een besluit genomen en was er niet meer van af te brengen. Toen het gerucht ging dat de Abchazische artsen weigerden Georgische gewonden te behandelen, waren twee collega's van hem naar Gagra gegaan. En nu voelde hij zich geroepen te helpen. Zelfs de dagelijkse gruwelverhalen over de verovering van de stad, de tv-beelden van over de bergen trekkende vluchtelingenkaravanen en het feit dat er steeds meer in het zwart geklede vrouwen door de straten liepen met een foto van hun gesneuvelde dierbaren als een broche op hun borst, konden zijn overtuiging niet aan het wankelen brengen. Hij was arts en het was zijn taak om te gaan helpen waar hij nodig was. 'Wat voor een arts zou ik zijn als ik hier bleef?' was alles wat hij zei.

In de Kamazvrachtauto waarin hij wegreed, zaten nog twee artsen en een paar heel jong uitziende mannen, een journalist die aan één stuk door grappen maakte, alsof hij zijn angst krampachtig probeerde te verdoezelen, en een man van wie niemand wist wat hij op de slagvelden te zoeken had, wie hij wilde redden of doden. Ze waren naar de ontmoetingsplek gegaan en haar zusje Natalja, die zich bij het woord 'oorlog' nog niets kon voorstellen, zat bij haar vader op zijn schouders en speelde met zijn oren. Dat leek ze zo leuk te vinden dat ze het af en toe uitkraaide, en dat vrolijke gelach vormde een schril contrast met de verder zo bedrukte en zwijgzame stemming.

Ze herinnerde zich dat tafereel zo duidelijk dat het pas een paar dagen geleden leek. En ze herinnerde zich ook dat ze in die treurige constellatie opgewekt en grappig probeerde te doen. Ze glimlachte onnatuurlijk veel, was vriendelijk, speelde de ongecompliceerde, behulpzame dochter en trok gekke gezichten naar haar vader, die veranderd was in een mechanische pop en het vermeed zijn gezinsleden recht in de ogen te kijken.

Maar vlak voordat hij in de laadruimte van de vrachtauto stapte, bij alle spullen die daar lagen, glimlachte hij nog een keer naar haar. En dat deed hij omdat het een spel was, omdat zij hem die glimlach ontlokte, het was een geliefd spelletje tussen hen geweest: kijken wie de lelijkste gezichten kon trekken. En hij opende inderdaad zijn mond en vertrok zijn zojuist nog roerloze lippen tot een glimlach.

Ja, die kostbare glimlach, waaraan ze nog vaak zou terugdenken, had zij hem ontlokt, vlak voordat de Kamaz wegreed en haar moeders handen begonnen te trillen en Natalja, zonder zelf te weten waarom, misschien plaatsvervangend voor de volwassenen, luidkeels begon te huilen. Ja, die dag werd de wens gewekt, maar hij begon haar vooral te beheersen toen haar vader als reus naar huis terugkeerde.

Ze genoot van de rust die na elke voorstelling hier op de achterplaats heerste. De motregen waste de schminkresten en alle gedachten weg, hij veranderde ze in kleurloze druppels en vervolgens in bruinige plasjes in het asfalt vol gaten. Het deed haar goed om niets te denken, niets te willen, gewoon daar te staan, nog niet helemaal zichzelf, maar ook niet meer de piekerende, in zichzelf gekeerde Ismene, wie het niet vergund was haar ongeluk luidkeels uit te schreeuwen.

Misschien was dit wel de toestand waarin ze het geluk het dichtst benaderde. Waarin ze vrij was. Vrij van lotsbestemmingen en herinneringen, van verwachtingen en verplichtingen. Daarom voelde ze zich zo prettig op deze plek, vlak na de voorstellingen, met Ismenes gezicht nog over het hare, met de flarden van vreemde zinnen nog in zich.

Maar de pijn in haar buik kwam terug zodra ze begon te denken aan hem van wie ze zo lang had aangenomen dat hij haar thuis was – en stopte abrupt op het moment dat iemand de zware deur openduwde, vast Joeri, dacht ze zonder zich om te draaien.

'Hé, Kat, er is iemand die je zoekt, een rare snuiter, hij zei dat hij je dringend moest spreken, iets persoonlijks of zo, zal ik hem naar je toe sturen?'

Het was Anton, de productieassistent, die in één klap haar zwaarbevochten rust had verstoord. Een raadsel hoe iemand zo overgevoelig en tegelijk zo lomp kon zijn als Anton.

'Wie is het?' vroeg ze verveeld, eerder werktuiglijk, zonder haar blik van de tegenoverliggende betonmuur af te wenden.

'Geen idee, hij wilde niets zeggen. Misschien zo'n reclamepief, ziet er zo gelikt uit,' voegde hij er kortaf aan toe. 'Ik stuur hem naar buiten, ik heb wel wat beters te doen dan me bezig te houden met die freakerige fans van jou.'

Dat laatste moest waarschijnlijk als een mengeling van een indirect compliment en een grap worden opgevat. Hij had de ingewikkelde gewoonte om complimentjes te maken in de vorm van geïrriteerde klachten. Als hij onder de indruk was van het spel van een collega, beklaagde hij zich na afloop bij de speler met zoiets als: 'Moest je me nou zo van mijn stuk brengen? Denk je dat ik niet al genoeg drama in mijn leven heb?' Of als hij zich door het komische spel van iemand had laten meeslepen, zei hij overdreven zielig: 'Mooie boel, dankzij jou lig ik nu in een kramp.'

Met een harde klap sloeg hij de deur achter zich dicht. Ze probeerde de vertrouwde stilte weer op te roepen, kneep haar ogen half dicht en stak haar neus in de afnemende regen.

Zolang ze zich kon herinneren, had ze zich intuïtief in het hoofd en het lichaam van anderen verplaatst, en ze had al vroeg besloten van acteren haar leven te maken. Ze had geld verdiend voor een opleiding om het vak te leren. Met elke regisseur die sindsdien haar pad had gekruist en met haar wilde werken, ontstond vroeg of laat een conflict. Sommigen dachten dat ze last had van in de toneelwereld misplaatste valse trots, anderen verweten haar dat ze zich verbeeldde slimmer te zijn dan de rest, of ze vonden haar alleen maar excentriek. Maar het probleem was niet dat ze zich ergens te goed voor voelde, en al helemaal niet dat ze haar eigen interpretatie van haar rol beter vond dan die van de regisseur – het lag eerder aan de ziekelijk overdreven eisen die ze aan zichzelf en de wereld stelde. Ze wilde zich constant vernieuwen en boven zichzelf uitstijgen, en ze toonde zich onverzoenlijk tegenover alle middelmatigheid, waarmee mensen maar al te vaak genoegen leken te nemen. Nee, zij wilde alles uit zichzelf halen, over alle grenzen heen stappen. Ze wilde in dit stoffige, zwarte, raamloze melkwegstelsel elke afgrond verkennen en onderzoeken en als een feniks uit haar as herrijzen en leeg zijn, volkomen leeg.

Sinds het einde van haar kindertijd, sinds het vertrek uit het land van haar eerste leven, sinds het afscheid van de binnenplaats in de Zilverstraat zag ze zich geconfronteerd met de noodzaak zich aan te passen, en toch kon ze op dat punt niet meer van zichzelf vergen, zichzelf niet verraden. Ze klampte zich vast aan de schaarse ontmoetingen met gelijkgezinden en zielsverwanten. Steeds weer lukte het haar kortstondig in aanraking te komen met mensen die standvastig door het leven gingen, eigengereid waren, hopeloos verstrikt in hun verlangens en utopieën. En dan, op zulke extatische momenten in met zwarte moltonkleden afgeschermde repetitieruimten of rokerige kroegen, wist ze iets te bereiken wat voelde als geluk.

De gedachte aan hem veroorzaakte een stekende pijn, alsof ze zich met een scheermesje had gesneden. Ze zag hem voor zich, de man die haar ertoe had gebracht tot het uiterste te gaan, die haar voor het eerst het gevoel had gegeven dat ze niet goed genoeg was, dat ze niet aan zijn verwachtingen voldeed omdat ze niet ver genoeg ging. De man die haar tot dusver misschien wel het meest had verbaasd. De man met de bezeten ogen, het witte overhemd en het zwarte pak, dat met zijn huid vergroeid leek, de man die in plaats van woorden muzieknoten gebruikte.

Het laatste jaar van haar opleiding bracht ze door in Wenen. Ze had geleerd zich beter te verkopen, haar behoeften en eisen beter te camoufleren, ze kon goed doen alsof ze flexibel was. En zodoende was ze daar gebleven. Het was gemakkelijker zo. Ze had een mooie kamer in Josefstadt bemachtigd en een beurs die haar een tamelijk zorgeloos jaar garandeerde, en ze was gewend geraakt aan comfort, had er een akkoord mee gesloten.

Om de tijd voor haar examen op te vullen had ze een figurantenrol aangenomen in een met schandalen omgeven productie van de Weense Opera. Ze betaalden goed, opera interesseerde haar weliswaar niet bijster, maar het kostte haar daar minder moeite om haar mond te houden dan bij het toneel. Het was een moderne opera, een werk in opdracht van een Weense componist, van wie ze nog nooit had gehoord en die door iedereen alleen R. werd genoemd, alsof er in die ene letter een complete biografie school.

Ze kocht een paar platen van hem, vond de muziek vreemd en besloot op geen enkele manier respect voor hem te tonen, alleen al omdat de rest van het gezelschap dat wel deed.

Toen hij op een repetitie verscheen, vond ze hem arrogant en zelfingenomen, en ze nam zich voor onvriendelijk tegen hem te doen, mocht de grote maestro haar bestaan überhaupt opmerken. En dat was inderdaad het geval.

De première verdeelde het publiek in felle tegenstanders en vurige fans, maar op het premièrefeest raakte iedereen van opluchting dronken van zichzelf en van de drank. Er werd gedanst en gezongen, terwijl de maestro het grootste deel van de tijd in een hoek naast de regisseur zat, met zijn arm om hem heen, zodat de arme man geen kant op kon, en opgewonden op hem inpraatte. Telkens dwaalde haar blik naar de twee mannen in de hoek, en haar aanvankelijke ergernis en medelijden met de regisseur maakten plaats voor een zekere bewondering voor de bezetenheid van de componist. De duidelijke compromisloosheid en onverzettelijkheid waarmee hij praatte, hadden iets fascinerends. Ook vond ze het opvallend dat ze niemand tegenkwam die iets neutraals over hem zei. Hij was óf een 'smerige schoft' óf een 'baanbrekend musicus', maar niets daartussenin.

Later ging ze naar buiten, stak een sigaret op en merkte ineens dat hij met een glas rode wijn naast haar stond.

'Jij zat in het koor, hè?' vroeg hij, en ze was hogelijk verbaasd dat hij haar had opgemerkt.

'Klopt.'

Hij keek haar even aan, er stond niets op zijn gezicht te lezen, ze kon er niets uit opmaken. De donkere ogen, de donkere baard met een paar grijze haren, het hoge voorhoofd, het leek allemaal camouflage, camouflage voor iets wat verborgen moest blijven. Zijn leeftijd was moeilijk te schatten, hij had twee, tien of zelfs twintig jaar ouder kunnen zijn dan zij.

'Je had een sterke présence,' voegde hij eraan toe, alsof hij haar gedachten had geraden. Ze vroeg zich af of hij haar in de maling nam, maar hij leek niet iemand met veel gevoel voor humor.

Ze raakten in gesprek. Eerst praatten ze over koetjes en kalfjes, daarna wilde hij weten wat ze van de productie vond; als buitenstaander had ze volgens hem een onbevooroordeelde kijk op die hele 'waanzin.' Ze vertelde wat haar indruk was, ze moesten lachten.

Toen de wijn opraakte, stelde hij voor er samen tussenuit te knijpen.

'Dan krijg je een opsporingsteam achter je aan, je bent tenslotte de eregast!' antwoordde ze.

'Des te beter. Als kind vond ik verstoppertje al het leukste spel. Ik speel helemaal graag.'

'Aha. Wat zoal?'

'Van alles. Doe je mee?'

'Ligt eraan wat.'

Ze vroeg zich af of ze hem aantrekkelijk of afstotelijk vond, maar kon het niet zeggen.

'Jij verstopt je. Ik vind je.'

'Hoe?'

'Je gaat ergens heen waar ik je volgens jou niet kan opsporen.'

'En wat voor plek moet dat zijn?'

'Geen idee. De stad is groot en heeft genoeg plekken om je te verstoppen.'

Ze schoot in de lach.

'Ik meen het. Je geeft me drie hints. Precies drie, niet meer en niet minder.'

'Ik moet me ergens verstoppen? Ergens in de stad?'

'Ja, in een huis, een openbaar gebouw, een café, maakt niet uit. Ik heb alleen die drie hints nodig.'

'En dan?'

'Dan vind ik je.'

'En zo niet?'

'Dan was het leuk geprobeerd.'

'En zo ja?'

'Dan neuken we tot het licht wordt.'

Ze hoorde iemand de klink omlaagdrukken, wat pas na een paar pogingen lukte omdat de deur zwaarder bleek dan verwacht, en daarna klonken er behoedzame, aarzelende voetstappen, als van een vreemdeling die zich op onbekend terrein waagt en de grond onder zijn voeten niet vertrouwt.

'Hier bent u dus. Mag ik even?'

Een lange, vrij magere, uiterst prikkelbaar ogende man kwam naar buiten en liep recht op haar af. Hij droeg een goed zittend colbertje en een donkerblauwe spijkerbroek. Ze had hem nog nooit gezien. Gezichten vergat ze niet, eigenlijk vergat ze ook geen namen, het was eerder zo dat sommige namen absoluut niet bij bepaalde mensen leken te horen, en dan verzon ze er een die ze beter bij hun lichaamsbouw en hun gezicht vond passen. Vooral als mensen opvallend veel op een dier leken, gaf ze hun een dierennaam. Ook haar eigen naam was ooit als een oude foto in een wandkast verbleekt en werd alleen nog bij officiële gelegenheden gebruikt. Haar echte naam bood geen bescherming, maar de naam waar ze naar luisterde, die van haar was, van haar en miljoenen andere van die geheimzinnige diersoort, was een hol, een warme deken, een toevluchtsoord en tegelijk een herinnering, een herinnering aan het feit dat ze één keer had overleefd en voortaan altijd zou overleven.

In die man zag ze onmiddellijk een vogel. Hij was lang, dun, houterig en had de ronde, donkere ogen van een ooievaar.

'Ga uw gang,' zei ze op een zo vriendelijk mogelijke toon, die haar teleurstelling over de storing moest verbergen.

'Mijn complimenten. Grote acteerkunst, ik kan niet anders zeggen. U hebt uw zuster duidelijk in de schaduw gesteld.'

Ze haatte zulke frasen. Je wist nooit of iemand het echt meende. Achter dat 'fantastisch,' 'betoverend,' 'schitterend,' 'intens' gingen onvoorstelbaar veel mogelijkheden schuil, die je pas kon ontraadselen als je de persoon in kwestie beter leerde kennen. Maar nu had ze absoluut geen zin om te vragen waarom de vogelman zich tot haar richtte.

'Dank u,' mompelde ze halfhartig en ze wierp hem een ietwat geforceerde glimlach toe. Hij staarde haar aan alsof hij zich niet van die glimlach kon losmaken, en dus was ze gedwongen zijn blik langer te doorstaan dan ze wilde, met lichtelijk opgetrokken mondhoeken bleef ze terugkijken, tot hij zijn doordringende ogen afwendde. Even drong zijn vreemde geur in haar neus. Een mengeling van scherpe aftershave en iets dingachtigs, alsof hij een voorwerp was en geen mens.

'O, neem me niet kwalijk. In plaats van me voor te stellen overval ik u met mijn mening. Ik wil u niet langer storen, het gaat om een zeer dringende aangelegenheid, die hopelijk in een paar minuten geregeld kan worden.'

Nu glimlachte hij terug en ontblootte twee onnatuurlijk gave rijen tanden.

'Sjapiro, Anatoli Sjapiro, maar mijn ouders hadden mijn voornaam wel weg kunnen laten, iedereen spreekt me alleen met mijn achternaam aan, dat is al zo sinds mijn kinderjaren. Wat ik ook doe.'

'Klinkt als een bijnaam, en ik hou van bijnamen.'

'Zo had ik het nog niet bekeken, daar zit iets in.'

Hij sprak met een nauwelijks hoorbaar accent, ze kon het niet thuisbrengen, maar het stond haar wel aan, het was tot nog toe het enige aantrekkelijke aan deze vogelman.

'U zou meer moeten spelen,' zei hij opeens, alsof hij een alleen voor hem herkenbare logica volgde. Die zin maakte haar alert. Het betekende dat die man meer van haar wist, dus niet zomaar een toeschouwer was, en ze hield er niet van om overrompeld te worden.

'U schijnt goed op de hoogte te zijn...' Haar toon werd wat bitser.

'Nou ja, ik doe mijn werk altijd grondig.'

De vogelman leek opeens niet meer zo onschuldig, zoals hij die zin uitsprak, met zijn ondefinieerbare accent, alsof hij nooit in een taal thuis was geweest.

'Mijn superieur accepteert geen fouten,' voegde hij er samenzweerderig aan toe. Die wending in het gesprek beviel haar helemaal niet.

'En waar gaat het eigenlijk om?' onderbrak ze hem scherp. 'Reclame doe ik niet, dan weet u dat,' vervolgde ze iets milder. 'Maar daar bent u vast al achter als u uw werk grondig doet.'

'O, nee,' zei hij met een onnatuurlijke, overdreven lach. 'Natuurlijk niet. Zoiets alledaags zou ik een goede actrice als u nooit aanbieden, en geloof me, mijn superieur, ik probeer het woord baas te vermijden, dat hoort hij namelijk niet graag, is fel tegen elke vorm van vleierij.'

'Een rol dus?'

'Nou ja, zo kun je het ook zeggen, hoewel... Het is moeilijk in een paar zinnen samen te vatten, terwijl ik me toch op het gesprek had voorbereid, maar na de voorstelling ben ik een beetje, nou ja, van mijn à propos, wat in eerste instantie te danken is aan uw fantastische acteerkunst. Het gaat om een nogal aparte opdracht, die mijn superieur u heel graag zou geven en die uw financiële verwachtingen vast zal overtreffen.'

'O god, dat ik daar niet meteen op ben gekomen, maar u ziet er ook niet uit als iemand uit de erotiekbranche,' zei ze, terwijl ze haar sigaret met het puntje van haar gymschoen uittrapte.

'Pardon? O, nee, nee, alstublieft, zoiets absurds mag u niet denken! Vergeef me als ik zo'n misverstand heb laten ontstaan.'

Zijn manier van spreken amuseerde haar en ze liet hem nog een tijdje naar woorden zoeken.

'Het gaat om een korte opname. Een video, hooguit tien minuten. U moet wat informatie overbrengen. We kunnen alles contractueel vastleggen, dat spreekt vanzelf.'

'Ik begrijp niet goed... Wat voor video is het dan?'

'Mijn superieur heeft een affiche gezien van het stuk waarin u momenteel speelt, hij heeft een vreselijk scherpe blik, weet u. Zelfs als hij achter de geblindeerde ramen van zijn auto zit, ontgaat hem niets van wat er buiten gebeurt. Wel, hij zag die affiche, waarop gelukkig niet alleen de hoofdrolspeelster staat, en liet de auto stoppen. U vertoont een unieke gelijkenis met iemand die in zijn leven een beslissende rol heeft gespeeld. Helaas leeft die persoon niet meer. En met die video wil hij iets goedmaken, maar dat kan hij u zelf veel beter uitleggen.'

Hij wilde doorgaan, ze onderbrak hem met een bruusk gebaar, maar deed haar best om zo beleefd mogelijk te klinken: 'Ik wil uw tijd niet langer in beslag nemen, bovendien is het hier niet erg gezellig en daarom zal ik maar meteen voor uw aanbod bedanken. Het lijkt me een vrij bespottelijk en te persoonlijk verhaal, en al ben ik dan actrice en is het mijn werk andermans verhalen zo te vertellen dat ze de mijne lijken, ik kan die verhalen alleen vertellen als ik een rol heb. De toevallige gelijkenis met een overledene biedt me die mogelijkheid niet, hoezeer het me ook spijt.'

'Ik begrijp uw afwijzende en sceptische houding tegenover mijn aanbod heel goed, maar ik kan helaas niet naar huis voordat ik u heb overtuigd. Mijn superieur accepteert geen nee.'

'Dat is dan jammer, maar uw superieur lijkt me niet bijster sympathiek, gezien alles wat u over hem vertelt. Laten we naar binnen gaan, ik begin het koud te krijgen...'

'Heel graag. Sta me toe u mee te nemen naar een restaurant van uw keus en u meer details te vertellen, die u zullen helpen uw mening te herzien. Bijvoorbeeld hebben we over het financiële aspect dat mijn superieur... "Superieur" klinkt vast nogal onaangenaam, erg onpersoonlijk, neem me niet kwalijk, hij heeft natuurlijk een naam: Aleksandr Orlov. Misschien hebt u die naam weleens gehoord.'

'Moet dat dan?'

'Nee, niet per se.'

'Hoe dan ook, bedankt voor het aanbod, maar...'

Ze deed een stap in de richting van de zware deur.

'Laat me u dan tenminste thuisbrengen, die vijfenveertig minuten rijtijd kunt u me toch wel schenken?'

Vijfenveertig minuten? Ze begon het langzamerhand griezelig te vinden. Hoe kon hij weten waar ze woonde en hoelang het rijden was van hier naar haar huis? Was hij haar gevolgd? Had hij mensen over haar uitgehoord?

'In het land waar ik vandaan kom, leren kleine kinderen al vroeg van hun grootmoeder om nooit bij een vreemde in de auto te stappen. En ik heb mijn grootmoeder altijd geloofd,' zei ze lachend terwijl ze de deur uit alle macht opentrok. Hij grijnsde spottend, alsof hij er geen woord van geloofde, en liep zwijgend achter haar aan naar binnen.

Ze zag Sesilia's gezicht voor zich, haar mooie, met levervlekken bedekte handen, haar gebogen armen, haar scheve lichaam, dat ze elke dag moeizaam weer onder controle probeerde te krijgen. In haar binnenste kromp iets samen. Ja, ze moest nog een keer met haar impresario gaan praten, ze moest iets doen, iets veranderen. Ze moest haar eisen bijstellen, ze moest haar vragen haar aan nieuwe opdrachten te helpen, ze moest aardig en inschikkelijk zijn. Ze moest haar familie beter steunen, haar grootmoeder weer op de been helpen en het goedmaken met Natalja. Haar moeder een handje helpen, zodat ze eindelijk die berg schulden kon gaan aflossen. Ze moest erover nadenken wat ze over drie maanden ging doen, waar ze naartoe zou gaan, hoeveel compromisloosheid ze zich nog kon permitteren als ze geen dak meer boven haar hoofd had. Ze moest de scheiding niet meer in kleine hapjes doorslikken, ze moest alles uitkotsen of zichzelf dwingen het in één keer naar binnen te werken.

Ze moest, moest, moest… misschien toch naar de casting van die internationale productie waar Vera zo enthousiast over was. In alle toonaarden had ze die nieuwe serie aangeprezen, commercieel en toch van niveau, voor een publiek dat wilde 'meedenken', met een paar Europese steracteurs in de cast. Om de een of andere reden had haar impresario haar er dagenlang van proberen te overtuigen dat ze ongeveer haar type zochten en dat ze beslist naar de casting moest gaan. Een fantastische rol van een enigszins verloederde vrouwelijke rechercheur met een drankprobleem, verwikkeld in een op Europees niveau gevoerde strijd tegen een drugsnetwerk. De regisseur was een rijzende ster aan de arthouse-hemel. Ze had haar afgewimpeld: ze wist toch hoe de meeste castings tot nu toe waren afgelopen...

Maar misschien was het nog niet te laat. Misschien moest ze Vera toch bellen en zich aanmelden voor de auditie.

'Ik begrijp uw scepsis volkomen. Uw houding getuigt van gezond verstand en van een serieuze aanpak van uw werk. Dat is prijzenswaardig, maar helaas belet mijn opdracht mij uw antwoord te accepteren. Ik zie echter in dat ik ons aanbod bij onze volgende ontmoeting persoonlijker en vooral op een voor u aantrekkelijker manier zal moeten inkleden.'

Die zin wierp hij haar achterna als een muntje dat toevallig uit iemands zak valt en zachtjes rinkelend voor je voeten rolt. Eenmaal bij de kleedkamers waande ze zich veilig, ze wilde meteen Anton roepen om met hem terug te rijden naar de stad, ze dacht al dat ze dit dwaze duel had gewonnen toen ze met ontstellende helderheid besefte dat het gevoel, het onbehagen dat haar al een paar minuten stevig in zijn greep hield, volkomen reëel was, want de vraag die de man haar had gesteld, het zogenaamde aanbod dat hij had gedaan, was maar voor de schijn, iemand had haar allang een rol toebedeeld in een uiterst macaber stuk en haar weigering om die rol te accepteren had geen enkele betekenis meer.

's Nachts vond ze geen rust, ze tikte de naam Aleksandr Orlov op de zoekmachine in. Misschien bestond die vent niet eens en haalden ze gewoon een flauwe grap met haar uit. Maar nee, hij bestond wel degelijk en kwam voor op een of andere absurde lijst van de rijkste Russen ter wereld. Kapitalen verdiend met onroerend goed, nu woonachtig in Berlijn. En kennelijk bewaakte hij zijn handel en wandel als zijn oogappel, want voor iemand met zo'n indrukwekkende portemonnee was er over hem verbazend weinig te vinden op het net.

2016 | DE KRAAI

Ik werd wakker op een bank midden in het Viktoriapark. Ik bevond me in een vacuüm. Ik had het koud. Ik was versteend tot op het bot. Alleen mijn hersenen waren week en papperig. Ik wist niet meer hoe ik hier terecht was gekomen. Dat ik de nacht op die bank in het park had doorgebracht, drong pas veel later tot me door. Mijn rug was keihard en verkrampt. Stukje bij beetje kwam de herinnering terug aan het Israëlische stel dat ik in het U-Bahnstation Yorckstraße had ontmoet, in een kebabtent, waar onze zwerftocht was begonnen. Een tocht langs de kroegen op de Mehringdamm, met sloten felgekleurde alcoholische drankjes, die we gretig door elkaar dronken, het gelige pilletje dat ik kreeg van Arie of Ariel, ik wist niet meer precies hoe de man heette. De bevallige, frêle vrouw stond me duidelijker voor de geest. Ook de kus die ze me giechelend en opgewonden op de lippen drukte toen haar vriend gevaarlijk lang op het toilet bleef.

Het was koud. Ik moest naar huis. Ook al werd ik daar door niets of niemand verwacht. Zelfs niet door het restant van mijn eigen ik, dat ik zo ijverig over steden en dorpen, bars en bankjes had verdeeld dat ik mezelf niet meer bijeen kon rapen. Toch moest het... ik had nachtdienst.

Ik dwong mezelf overeind te komen, mijn voeten klopten, ik kon amper rechtop staan, ik was duizelig. Waarom dit park? Waarom deze bank? Waar was mijn frêle Sarah of Rachel of zelfs Salomé gebleven? En waar was haar absoluut niet Bijbelse vriend, die zich vastklampte aan gekleurde pilletjes omdat hij bang was voor een wereld zonder roes? Mijn jas was heel, ik bekeek mezelf. Op de knieën van mijn spijkerbroek zaten donkere vlekken.

Ik liep door, zette moeizaam de ene voet voor de andere, liet me bereidwillig geselen door de mij vijandig gezinde oktoberwind. Af en toe kwam ik een paar gestreste mensen tegen. Ik strompelde verder en probeerde mijn vastgeroeste gewrichten te negeren.

In de U-Bahn schoot haar naam me te binnen: Tova. Bestond er een Bijbelse Tova? En zo ja, was ze volgzaam en berustend of koppig en rebels? Had ze de mannen geluk gebracht of hen in een duizelingwekkend ongeluk gestort? En zou die Tova, die me een onschuldige, maar voor haar doen moedige kus op de lippen had gedrukt, mij ook ongeluk hebben gebracht als ik bij haar was gebleven, langer dan voor een kus, langer dan voor een nacht? Of had zij redding van mij verwacht, een blik in een veelbelovender kristallen bol dan haar kompaan haar kon bieden? Had zij me hier gebracht en voor straf op die bank gelegd, moest ik als offer dienen voor haar toornige God? Ik moest lachen bij dat idee, dat beeld had voor mij iets amusants. Ze had me aan iemand doen denken, die gracieuze Tova, maar aan wie?

Gaandeweg ontdooide ik. Het was fijn dat niemand me in de gaten hield, dat ik met rust werd gelaten. Dat maakte dat ik hier bleef, dat ik zo lang na de tijd met 'haar' in deze stad was gebleven, dat ik met het asfalt, het beton en de muffe U-Bahntreinen een eerlijke, onschuldige verbondenheid voelde, de enige verbondenheid waar ik recht op had.

De dag was nog jong, te jong naar mijn smaak, en hij beloofde onnodig lang te duren. Mijn dienst begon pas om middernacht, dus zat er niets anders op dan weg te kruipen en me de hele dag dood te houden. Ik wilde niemand zien en zeker niet spreken. Ik wilde me zo versnipperd en verdeeld blijven voelen, zo wazig en onwezenlijk. Ik kon verder slapen of een potje World of Warcraft spelen, en mocht dat geen van beide helpen, dan nam ik gewoon zopiclon en kreeg ik een delirium.

Vlak voor ik uit moest stappen, dacht ik aan mijn moeder en dat ik haar moest bellen, maar dat idee vond ik zo ondraaglijk dat ik het onmiddellijk verwierp.

Het was duidelijk dat Tova me sentimenteel had gemaakt, zij en haar archaïsche vanzelfsprekendheid, in elk geval meende ik die in haar te herkennen toen ze haar lippen op de mijne drukte. In heel haar volgzaamheid proefde ik het verlangen naar meer, meer dan wat het leven haar beloofde, wat haar vriend en het lot haar te bieden hadden. Die kleine scheur in haar vrolijke, volgzame wereld, waar ik afgelopen nacht doorheen had gekeken, had me sentimenteel gestemd, had me bedwelmd en ertoe bewogen haar door de nacht en de kou te volgen. Die scheur had me bij een deur gebracht waar ik al maanden niet doorheen was gegaan, een deur die me bij 'haar' bracht. Maar ik wilde niet meer terug, niet weer naar de rots waarop ik te pletter was geslagen. Toch had Tova's verlangen me verleid, ik had me laten meeslepen, en ja, ik had me weer omgedraaid, had omgekeken naar mijn Euridice … maar daar was niets dan duisternis.

Ik kocht bij een kiosk een kop zurige koffie uit de thermoskan en sloeg de Wiener Straße in. Ik besloot een hapje te eten en dan meteen mijn bed in te duiken. Ten eerste ging de tijd dan sneller voorbij en ten tweede had ik minder mogelijkheden om de afgelopen nacht en de daarmee verbonden gevoelens te recapituleren.

Precies op het moment dat ik de sleutel uit mijn jaszak wilde halen, kruisten onze blikken elkaar. Hij stond waarschijnlijk al de hele tijd op de stoep en ik had niet veel aandacht aan zijn silhouet geschonken, maar nu draaide hij zich om en keek me met zijn donkere ogen strak aan. Ik kon hem niet meer ontwijken. Zijn markante neus en zijn lange, magere gestalte, zijn dunne blonde haar, dat erop wees dat hij vroeg kaal zou worden. Toen al, in die andere eeuw, waarin ik net als Tova in een zekere orde en in wetmatigheden geloofde, in dat leven waarin ook deze man een rol had gespeeld, deed hij me denken aan iemand wiens levenstaak het is geheimen te bewaren, duistere mysteries te behoeden. En ook nu riep zijn verschijning die associatie bij me op, hoewel ik deze keer eerder moest denken aan Charon, de oude, sombere veerman die de doden in zijn biezen boot over de Styx naar zijn almachtige gebieder Hades bracht.

Ik had nooit begrepen waarom 'zij' zulke warme gevoelens voor die vreemde, ondoorgrondelijke man koesterde. Maar van de hele 'armada' van haar vader, zoals ze zijn gevolg altijd noemde, had ze naast haar pleegmoeder Asja uitgerekend hem uitverkoren, uitsluitend hem toegestaan bij haar in de buurt te komen. Met hem had ze geen spelletjes gespeeld, hem had ze niet bij de neus genomen, wat anders haar favoriete bezigheid was zodra ze de wereld van haar vader binnenstapte. Ik had altijd iets in hem gezocht wat haar kon interesseren, kon raken, maar ik had niets gevonden, integendeel: van zijn hele omgeving leek juist deze man me het meest verdacht, degene voor wie je het moeilijkst sympathie kon opbrengen. Want hij had geen sympathie nodig, hij dacht niet eens in zulke categorieën.

Ik liep naar hem toe. Blootgesteld aan zijn kille ogen

voelde ik opnieuw de weerzin die ik vroeger altijd voelde als hij in mijn buurt kwam.

'Hallo, Onno,' zei hij met zijn ietwat zoetsappige accent. 'Ik heb op je gewacht.'

Ik probeerde de rilling die zijn stem over mijn rug joeg te verdoezelen, trok een misplaatste grimas en haalde mijn schouders op, zonder te weten waarom. Zijn ijzige beleefdheid was sinds onze laatste confrontatie allerminst ontdooid.

'Hallo, Sjapiro,' zei ik, terwijl ik in mijn jaszak mijn sleutelbos zocht. 'Lang niet gezien,' voegde ik er nogal onbeholpen aan toe.

Ik wist niet wat ik tegen hem moest zeggen. Na alles wat er was gebeurd, dook hij plotseling weer op, als een relict, een geest uit een ander tijdperk, en zijn bestaan in deze nieuwe tijdrekening schokte me diep.

'Als je er niets op tegen hebt, ga ik even mee naar binnen om je mijn verzoek voor te leggen.'

Ik dacht aan de ongewassen borden in mijn keuken, de muizenvallen in de gang, de vuile was in de badkamer, de stapels stoffige boeken in de slaapkamer, de batterijen lege flessen in alle vertrekken. Maar voor ik nee kon zeggen, besefte ik dat mijn verzet belachelijk was: ik had allang geen geheimen meer, zeker niet voor deze veerman en zijn machtige bevelhebber. Het was belachelijk om iets niet te willen prijsgeven waar ze allang achter waren. Omdat hij hier was, kon ik ervan uitgaan dat hij alles wist wat hij moest weten, en ik knikte. Daarop maakte hij een nauwelijks waarneembaar gebaar naar de overkant van de straat, waar twee veiligheidsmannen in donker pak, die me pas opvielen toen ik zijn gebaar met mijn ogen volgde, voor een zwarte gepantserde Audi op hun chef stonden te wachten.

Via de binnenplaats kwamen we in het trappenhuis vol

graffiti en vandaar op de vierde verdieping, waar de woning lag die ik een klein jaar geleden had gehuurd toen ik het in de vorige niet meer uithield. Maar waarschijnlijk was ook dat detail hem bekend.

Zodra ik de deur opendeed, drong de enigszins muffe geur in je neus, maar hij beheerste de regels te goed om iets te laten merken.

In de keuken vond ik nog een schoon kopje en ik bood hem de enige drank aan die ik in huis had en die toevallig ook het enige was wat hij met liters tegelijk naar binnen sloeg: zwarte thee. Hij nam mijn aanbod beleefd aan en deed zijn best zijn strakke, maar altijd nieuwsgierige blik niet rond te laten dwalen.

'Ik zal niet lang beslag leggen op je tijd. Ik kom meteen ter zake en zal verklaren wat de reden is van mijn onverwachte bezoek.'

Opeens herinnerde ik me dat hij me met zijn opvallend omslachtige manier van praten en zijn onverwachte woordkeus soms had verrast, zelfs geamuseerd, ook nu ontlokte hij me een onmerkbare glimlach en ik voelde de spanning in mijn lijf langzaam wegebben.

'Aleksandr stuurt me, maar ik neem aan dat je dat wel begrijpt,' begon hij, terwijl hij aandachtig keek hoe mijn hand het theezakje in het kopje liet zakken.

'Ja, dat vermoedde ik al,' zei ik en ik probeerde te glimlachen. Ook dat hij zijn baas als enige 'Aleksandr' noemde en niet, zoals alle anderen in zijn omgeving, 'generaal', vond ik destijds al amusant.

'Hij wil dat ik je laat weten dat hij nu bereid is,' vervolgde hij en hij nam de afwachtende houding aan van een roofdier dat op zijn prooi loert.

'Waartoe bereid?'

Ik schonk nogal haastig het hete water in het kopje.

'Hij is bereid je wens te vervullen.'

Ik was echt sprakeloos, ik had geen moment gedacht dat hij zich bereid zou verklaren de tijd terug te draaien, want als hij instemde met mijn boek, waarin hij ooit de hoofdpersoon zou zijn en dat de waarheid zou bevatten, betekende dat niets minder dan dat de onzichtbare wijzers van de klok werden teruggezet. En dat was zelfs voor de almachtige generaal niet weggelegd. Ik keek Sjapiro verbaasd aan, terwijl hij met getuite lippen in de hete thee blies.

'Ja, ja,' begon hij opnieuw, alsof hij mijn twijfels had geraden. 'Het gaat om het boek, om jouw boek.'

'Maar...'

'Laat me uitpraten!' viel hij me abrupt in de rede. 'Eerst moet je iemand ertoe bewegen Aleksandrs wens te vervullen. Je overtuigingskracht ben je hopelijk niet kwijt,' vervolgde hij op zakelijke toon en terwijl hij me strak bleef aankijken, kon ik het onuitgesproken 'nog' door zijn hoofd zien flitsen.

'Wat voor iemand en welke wens?' probeerde ik net zo zakelijk te antwoorden.

En terwijl hij bijna geruisloos zijn thee dronk, legde hij me in een paar nuchtere zinnen uit dat de machtige, onverstoorbare Aleksandr Orlov, door iedereen alleen 'de generaal' genoemd of in de westerse pers ook wel 'de zwarte paus' –, dat de man die mijn leven had geruïneerd, streefde naar het 'herstel van gerechtigheid' in een persoonlijke geschiedenis uit zijn legendarische verleden, nee, er niet naar streefde, ernaar hunkerde, het zelfs vastberaden najoeg en een plan had bedacht waarin ook voor mij een rol was weggelegd. Die van observeerder, rapporteur, die rol had ik toch altijd gewild en, nou ja, destijds was mijn plan dan wel mislukt, maar nu was er een manier om al mijn toenmalige en hopelijk nog steeds bestaande dromen te vervullen, maar daar moest ik wel iets voor doen, ik moest een belangrijk personage 'activeren', van wie de rol voor de hele onderneming helaas, of gelukkig, van groot belang was, zonder wie het plan niet zou slagen, en zonder plan geen verhaal en zonder verhaal geen boek. Waar ik de persoon in kwestie van moest overtuigen, was niets groots, overtuigen was ook niet het goede woord, het ging eerder om motiveren, een actrice, een jong ding, weliswaar getalenteerd, maar met een 'Oostblokachtergrond', ik wist wel wat hij bedoelde. Ze leek sprekend op een vrouw uit Aleksandrs verleden, die in deze zeer persoonlijke geschiedenis een centrale rol had gespeeld, en daarom was ze zo belangrijk. Ze hoefde alleen mee te werken aan een video, die dan naar alle betrokkenen werd gestuurd om hen ook te 'activeren', als ik die metafoor begreep.

Eerlijk gezegd begreep ik er niets van. Ik begreep alleen dat woorden als 'plan' en 'activeren' en 'personage' en 'persoonlijke geschiedenis' en 'jouw boek' in combinatie met Orlov niet veel goeds en zeker niets eenvoudigs beloofden. Ik begreep ook dat dit nog maar de eerste voorwaarde was die hij zou stellen, om me vervolgens een halve waarheid of een dubbelzinnig antwoord toe te werpen, waarop andere voorwaarden zouden volgen. Maar ik kon het niet helpen dat er zich een zekere opwinding van mij meester maakte, die een paar zweetdruppels op mijn voorhoofd tevoorschijn toverde en me voor het eerst in jaren het gevoel gaf weer betrokken te zijn bij iets zinvols. En dat gevoel riep weer een verre echo op van een ander gevoel: het gevoel dat ik nog leefde.

Hij leek een beetje geïrriteerd dat ik hem niet onmiddellijk dankbaar om de hals viel. Ik vond het naïef, bijna ergerlijk en niet passend bij zijn mensenkennis dat hij uitgerekend van mij dankbaarheid leek te verwachten.

Na alles wat er tussen het verleden en het heden lag –

een afgrond zonder enig vooruitzicht op een brug. Alsof hij uitgerekend van mij de nederigheid verwachtte van een straathond, die je vlak voor zijn einde nog een warm thuis en genoeg te eten geeft; ik vond het bijna een belediging.

Hoe kon hij zeker weten dat mijn dromen nog steeds dezelfde waren, nadat ze me ooit onherroepelijk op een dwaalspoor hadden gebracht?

'Ik ben niet meer degene die ik was,' zei ik en ik verbaasde me over mijn woordkeus. Hij zette zijn lege kopje op tafel en stond op.

'Daar ben ik van uitgegaan.'

'Als dat zo is, kun je ook niet verwachten dat ik zo lichtvaardig aan je wens voldoe.'

'Lichtvaardig. Nee, dat heb ik geen moment gedacht. Er is geen reden om er "lichtvaardig" mee in te stemmen.'

'Ik bedoel: om überhaupt iets te doen, lichtvaardig of niet. Ik sta overal buiten. Ik schrijf niet meer, dat zal jullie toch bekend zijn, ik wil mezelf niet herhalen en je kostbare tijd stelen door over mijn volstrekt banale leven te vertellen...'

'Steel mijn tijd dan ook niet met je gezwets. We veranderen allemaal, we verspreiden ons in alle windstreken, raken versnipperd en rapen onszelf weer bijeen, ja, ja, dat weet ik, maar onze dromen, die achtervolgen ons; hoe hinderlijk ze ook zijn, ze laten ons niet los.'

'Ik ben niet meer chantabel. Zoals je ziet, heb ik vrij weinig te verliezen.'

'Had je de indruk dat ik dat van plan was?'

'Ik weet niet wat jullie plannen met mij zijn, Sjapiro, maar ik betwijfel sterk of ik er de juiste man voor ben. Er zijn honderden goede auteurs die staan te likkebaarden om dat boek te schrijven, als het tenminste een reëel aanbod is. Ik zou er zelfs een paar kunnen aanbevelen...'

'Hij wil jou.'

Hij kwam een stap dichterbij, hij beschouwde de discussie als gesloten en wilde me dat duidelijk te verstaan geven. Ik voelde een koppige woede in me opkomen, het soort woede dat ik lang niet meer had gevoeld, een woede waar kracht voor nodig was. Ik was verbaasd over mezelf, maar ik stond op en nam me voor zijn bezoek gewoon te vergeten, een beter wapen had ik niet tegen hem. Vergeten, negeren, alsof hij hier nooit was geweest. Verdergaan waar ik was gebleven: verkleumd op die bank in het park, met de flarden herinnering aan afgelopen nacht. Ik zou tegen elven mijn bed uit komen, op weg naar de U-Bahn een vette hap halen, me volproppen en dan naar de bouwplaats gaan, daar mijn zinloze controleronde doen en me later met een paar sigaretten en een boek terugtrekken in mijn hok – mijn liefste plek op aarde, zo leek het me nu. In de donkere gang draaide Sjapiro zich nog een keer naar me om en met zijn gezicht akelig dicht bij het mijne zei hij zachtjes, bijna fluisterend: 'Als het plan lukt, als alles loopt zoals hij wil, krijg jij uiteindelijk de exclusieve rechten. Jij alleen. Alle informatie die je wilt, elk detail van zijn leven, alles krijg je tot je beschikking. Alleen jij. Maar in ruil daarvoor hou je je aan die verdomde regels.' Het woord 'verdomd' siste hij in mijn gezicht, zodat ik achteruitdeinsde.

'Hij verwacht je morgen. In de Gemäldegalerie, in de beeldenzaal, vlak na sluitingstijd, en zorg dat je op tijd bent.'

Zonder mijn antwoord af te wachten vertrok hij. Ik bleef in de groezelige, vochtige gang staan. Toen de deur in het slot viel, voelde ik mijn knieën knikken. Ik liet me langs de muur op de grond zakken, zocht houvast op de houten vloer. Opeens had ik dat beeld voor ogen, dat beeld van 'haar' dat op een droom leek, in haar Italiaanse palazzo, lang nadat haar kinderlijkheid en lichtheid waren vervlogen.

Ik aarzelde of dat beeld een betrouwbare herinnering was of een combinatie van verschillende fragmenten uit de realiteit, door mijn bewustzijn gekoppeld aan de surreële beelden van mijn angsten en voorstellingen.

Maar het beeld was er, zo duidelijk als een scène uit een film: haar rug voor een muur, of was het een schilderij? Een groot vlak, een muurschildering. Het tere dat ze altijd had uitgestraald, het lichtelijk nerveuze en onrustige dat me van meet af aan had gefascineerd. Haar rug in het schemerige licht en naast haar de generaal, zijn stevige romp, zijn stramme postuur, zijn kaarsrechte houding. Ze hadden dezelfde bouw, dezelfde lange hals, hetzelfde fraai gevormde hoofd, alleen miste zij de zelfbeheersing die zijn lichaam eigen was. Zo stonden ze, schouder aan schouder, verdiept in het schilderij.

Ik verbaasde me over de echtheid van het beeld, sloot mijn ogen en begroef mijn gezicht in mijn handen. Het was niet goed om het verleden zo dichtbij te laten komen. Het was niet goed om terug te blikken, want niet alleen Orpheus was het niet vergund met een blik achterom zijn geluk te vinden.

In mijn dagdroom wou ik dat ze zich omdraaide, dat ik haar gezicht kon zien, maar ze ging op haar tenen staan en fluisterde haar vader iets in het oor. Hij raakte even haar schouder aan, boog zijn hoofd en zei iets tegen haar wat ik niet kon horen, maar wat van een beangstigende onherroepelijkheid leek.

Ik schudde mijn hoofd en stond op, sleepte me naar de badkamer, waar ik onder een hete douche de kou van de afgelopen uren en de dagdromen van me afspoelde.

Toen ik wakker werd, had ik moeite om de gebeurtenissen van de afgelopen vierentwintig uur te reconstrueren, om de een of andere reden leek Sjapiro's bezoek pure inbeelding en Tova iemand uit mijn verwarde dromen. En opeens was de verbinding gelegd, opeens wist ik aan wie ze me had doen denken... Ivana!

Ivana bracht me in een mum van tijd naar mijn geboorteplaats Grömitz en naar de zilte smaak van de Oostzee, de opwindendste smaak uit mijn kindertijd, die me het gevoel gaf dat ergens waar het water de horizon raakte de wereld op me wachtte, dat die saaie idylle waarin ik geboren was, niets maar dan ook niets met het echte leven te maken had. Ik had destijds geen flauw idee wat het echte leven kon zijn, maar ik wist wel dat het zich niet in het voormalige vissersdorp Grömitz afspeelde. Daar waren mijn ouders, een eerlijk, hardwerkend echtpaar met een pension met uitzicht op zee, met veel discipline en geduld opgebouwd en hun grote trots – natuurlijk naast mijn broer en mij, beiden eveneens met veel discipline en geduld grootgebracht. Bij ons in het pension kwamen mannen en vrouwen van boven de vijftig, die naar wat spanning en afwisseling verlangden, maar uiteindelijk toch in hun nachtmerrieachtige routine bleven steken. Echtparen die ook hier tegen elkaar zwegen en met een lege blik in de verte staarden, alleen deze keer niet in hun woonkamer, maar op het terras van het bij het pension horende restaurant of tijdens een wandeling op het Lensterstrand of op een fietstocht langs de kust. Er was de school, die geen grote uitdaging vormde en waar mijn broer en ik heel behoorlijke doorsneeleerlingen waren, want niets was op die plek ontoelaatbaarder, niets werd meer veracht en verguisd dan het verlangen om anders te zijn. Een doctrine die ik in elk geval het grootste deel van mijn jeugd heb gevolgd. Er waren sportclubs en zelfs muzieklessen, waar ik van mijn moeder per se naartoe moest, er waren bioscoopbezoekjes, avonden met Risk en Levensweg, verjaardagsfeestjes met luidkeels gezongen liedjes en de appeltaarten van mijn moeder, en er was bijna nooit vakantie (want wij waren eigenlijk altijd met vakantie, zij het dat we dag in, dag uit toekeken hoe anderen vakantie hielden), alleen af en toe een vakantiekamp voor mijn broer en mij. Er waren boeken en strips en geen televisie, er waren sneeuwballengevechten en kerstmarkten waar we onze zelfgemaakte punch verkochten. Er waren de uren dat we in het pension moesten helpen en boze blikken van onze vader en veel standjes van onze moeder als we er met de pet naar gooiden. De eentonigheid was groot en de emoties waren gedempt, alsof ons hele dorp onder een glazen stolp lag, alsof we in watten waren ingepakt en ingegraven in het zand. Het spannendste wat mijn kindertijd te bieden had, waren een stuk of wat vechtpartijen op het schoolplein, waar de leerkrachten na een paar minuten een einde aan maakten, en een brand in de bakkerij naast ons, die geen tragische gevolgen had; de verzekering dekte de schade en niet lang daarna ging de prachtig gerenoveerde bakkerij weer open.

Maar er was ook die worm, zoals ik het brandende gevoel noemde dat aan me knaagde, een gedachte die zich in mijn hoofd had vastgezet en me niet met rust liet; de worm die met het jaar groter werd, die me voortdurend deed denken dat alles om me heen een illusie was, een façade: dit vakantieoord, die rondwandelende mensen, de idyllische rust, de koddige vakantiehuisjes, de slaperige badgasten in hun rieten strandstoelen – het waren allemaal zeepbellen, behalve de machtige zee. Die worm hield me soms uit mijn slaap en maakte dat ik midden in de nacht met een zaklamp de zeekaarten van mijn vader bestudeerde en verlangend de schepen nastaarde. Ik stelde me voor hoe het er op andere plaatsen uitzag waar alles reëel en echt was, kleurig, lawaaierig en vuil, waar je echte problemen had en waar ik iets veel zinvollers kon doen dan de ontbijttafel van de badgasten afruimen.

Ivana – haar naam geeft me nog steeds een geluksgevoel, want zij en haar broer wekten dat gevoel voor het eerst bij me op, niet te verwarren met tevredenheid of welbevinden; nee, het geluk dat zij me lieten voelen, was iets heel anders, het was bijna pijnlijk en donker van kleur.

Ik was zeventien toen broer en zus Končić bij ons in de klas kwamen. Een tweeling, ook al leken ze uiterlijk niet op elkaar, maar uit elk gebaar, elke blik en elk woord bleek hun diepgewortelde band. Ze kwamen uit Kroatië, legde onze klassenlerares uit, daar was het op het moment oorlog, zoals we misschien wel wisten, en we moesten behulpzaam en aardig voor ze zijn, ze hadden vreselijke dingen meegemaakt.

Ze waren schuw en achterdochtig, achter elk vriendelijk gebaar vermoedden ze een list, ze hadden moeite om contact te maken met andere jongeren en schaamden zich voor hun gebrekkige Duits. Stanko, de kleine, rappe, grimmig kijkende broer met de scherpe vampiertanden en de doordringende blik, had de rol van beschermer op zich genomen en hield iedereen die te dicht bij zijn zus kwam met argusogen in de gaten. Ivana daarentegen was op het eerste gezicht vriendelijker en toeschietelijker, af en toe stelde ze een vraag of probeerde ze in elk geval de indruk te wekken dat ze zich voor leeftijdgenoten interesseerde. Maar na een tijdje ontdekte ik dat zij degene was die het span leidde en de toon aangaf.

Ik zag het als mijn taak om vriendschap met ze te sluiten. Een lange, soms frustrerende en vermoeiende weg, maar stap voor stap wist ik hun vertrouwen te winnen. Ik interesseerde me oprecht voor hun anders-zijn, ze roken naar een andere wereld, en ook al was die wereld wreed en ellendig geweest, toch was hij anders, een wereld die een magische aantrekkingskracht op me uitoefende en waar ik meer over wilde weten.

Ik las alles wat ik over de Balkanoorlog te pakken kon krijgen, haalde mijn broer over tot een gezamenlijke protestactie tegen onze ouders, zodat ze een televisie kochten en we toestemming kregen elke dag naar het nieuws te kijken.

Stanko en Ivana woonden in een meergezinshuis aan de rand van het dorp, te midden van supermarkten en drankenhallen. Daar waren zij en hun broertje en zusje met hun ouders en hun grootvader ondergebracht. Ik herinner me mijn opwinding toen ik voor het eerst bij hen thuis werd uitgenodigd – het grootste bewijs van vertrouwen tot dan toe. De benauwdheid van de kleine woning, de onbekende etensgeuren, de grootvader met zijn gouden tand en een bril met een elastiekje. Ik was gefascineerd en schaamde me tegelijk, want diep in mijn hart wist ik dat deze mensen, die alles verloren hadden, niet anders wilden zijn, ze wilden geaccepteerd worden, net zo zijn als iedereen.

Met Stanko voetbalde ik, met Ivana ging ik naar de film. Ik probeerde te raden wat er achter haar ogen schuilging, wat het geheim was dat ze met niemand wilde delen en misschien zelfs probeerde te vergeten. Stiekem wou ik dat ik degene was wie dat alles was overkomen, wat dat 'alles' ook mocht zijn, ik stelde me voor dat ik met mijn familie voor de vijand vluchtte, dat ik mijn zusje beschermde. Ik had toen nog geen idee wat voor verlangen dat was, welke naam het droeg, waar het vandaan kwam, maar ik voelde dat het een vreemd verlangen was dat niemand zou kunnen begrijpen, althans in Grömitz niet. Ik benijdde die twee om hun geschiedenis, hoe gruwelijk die ook was, want zij hadden tenminste iets te vertellen, zij waren bijzonder, zij hadden het leven in zijn wreedste vorm en al zijn naaktheid meegemaakt.

Uiteindelijk opende Ivana de deur naar wat zich achter haar blik verborg. We hadden in de bioscoop bij *Alien 3* gezoend, wat de band tussen ons duidelijk had versterkt, we hadden een geheim, bovendien was het het eerste geheim dat ze voor haar broer had. We trokken ons terug in onze wereld, wandelden door het vochtige zand en staarden verlangend in de verte, we giechelden en maakten gekheid, zoenden op elke hoek van de straat.

Terugdenkend aan het voorval dat ons uit elkaar rukte, weet ik nog steeds niet wie gelijk had en wie niet, of je mijn gedrag, zoals Stanko deed, als 'verraad' kunt bestempelen of dat het op een vreemde, misschien wat ondoordachte manier toch juist was.

Terwijl ik me aankleedde, dacht ik aan Ivana's smalle lippen, haar grote, altijd strenge en tegelijk onzekere ogen. Ik herinnerde me de zachte zomeravond toen we in de auto, verborgen achter de duinen bij de aanlegsteiger, onze angsten overwonnen en ons uitkleedden. We kusten elkaar en mijn vingers tastten naar haar kleine borsten, die perfect in mijn handen pasten, mijn lippen dwaalden naar haar tepels, mijn tong verkende haar navel en ze giechelde, ook dat herinnerde ik me – dat ze giechelde, wat me even van de wijs bracht omdat ik dacht dat ik iets verkeerd had gedaan. Het was ongemakkelijk op de achterbank van mijn vaders auto, maar dat stoorde ons niet, we waren vindingrijk, we waren onvermoeibaar. Ze maakte mijn broek open en ik dacht dat ik flauw zou vallen van opwinding. Ik keek haar in de ogen toen ik op haar ging liggen, ze voegde zich naar mij, ze was soepel en buigzaam, alsof ze van boetseerklei was.

Na afloop lag ik met mijn hoofd in haar schoot, het was donker en we konden elkaar nauwelijks zien, maar de wetenschap dat we naakt waren, maakte van dat moment iets heel bijzonders. En toen vertelde ze over de mannen die hun huis waren binnengedrongen, over de geweerkolven waarmee ze hun hond hadden doodgeslagen, over het geschreeuw uit de naburige huizen en de brand die ze stichtten, ze vertelde over haar nicht, die ze aan haar haren naar buiten hadden gesleurd en ergens naartoe hadden gebracht omdat ze zo mooi en jong was, en die als een oude, verbitterde vrouw was teruggekomen, ook al waren er maar een paar uur verstreken. Ze vertelde hoe Stanko het in zijn broek had gedaan, hoe haar moeder had geschreeuwd dat ze met hun poten van de kinderen af moesten blijven, hoe haar grootmoeder drie dagen na de overval aan een hartinfarct was overleden en ze toen snel hun spullen hadden gepakt en bij het verlaten van het dorp de huizen in brand hadden zien staan, kleine rode stippen aan de horizon, net kerstlichtjes, ja, toen ze vanuit de vrachtwagen naar het landschap keek, zag het er in de verte bijna mooi uit.

Ik zweeg, verstijfd van eerbied of van iets anders, waar ik nog geen woord voor had en misschien wel nooit zal hebben, hoe vaak ik zulke brandende doodslandschappen sindsdien ook heb horen beschrijven, hoe vaak ik zulke landschappen ook zelf heb gezien. De fascinatie voor die gruwelen belette me mijn blik af te wenden. En dat kortstondige gevoel bracht me op het idee dat ik zo wilde leven en achter zulke verhalen aan wilde gaan. Dat ik ze wilde vertellen, ook al waren ze niet van mij. Ik luisterde naar Ivana's zachte, aarzelende stem en zag mezelf al met een zware rugzak door het leven stappen, een rugzak vol overal in de wereld verzamelde verhalen: angstaanjagende, verschrikkelijke, bloederige en toch diepmenselijke, waargebeurde verhalen.

Aan het eind van het jaar mocht ik als enige uit mijn klas

een maand stage lopen bij de *Lübecker Nachrichten*, die voor Grömitzse begrippen toch wel gelijkstond aan *The New York Times*. Ik ging elke dag met de trein naar Lübeck en rook aan het redactiewerk. Ik zette koffie en mocht archiefklusjes doen, een paar keer nam iemand me mee naar een interview. En op een dag zei de redacteur dat ze een artikel van me wilden. Iets 'persoonlijks, iets emotioneels', iets wat het hart van de lezer raakte. Ik hoefde niet lang na te denken. Ik schreef over de Končićs. Ik ging aan mijn bureau zitten en kwam de hele nacht niet van mijn stoel, als het ware vastgeklonken aan mijn moeders oude typemachine. Ik tikte en tikte en had het gevoel dat ik degene was die daar had gestaan toen de geüniformeerde mannen kwamen en de huizen in brand staken, dat ik het in mijn broek had gedaan, dat het laaiende vuur bij mij op mijn netvlies stond. Voor het eerst van mijn leven voelde ik me een protagonist. Ik was geen bijfiguur meer.

De veranderde namen hielpen niets: iedereen begreep over wie het ging. Mijn artikel bleek zo'n succes dat de krant zich gedwongen zag een actierekening te openen omdat de lezers de betrokken familie per se wilden helpen. De hele redactie, mijn leraren, de buren, mijn ouders, zelfs mijn puberbroer prezen mij en mijn inlevingsvermogen. Alleen in Ivana's ogen stond pure ontzetting te lezen toen ik op het schoolplein naar haar toe ging – ontzetting dat ze zich zo in me had vergist. En haar ogen vulden zich met tranen, terwijl haar onderlip beledigd naar voren stak en begon te trillen.

'Je bent een *svinja*! Een varken!' schreeuwde ze woedend. Op hetzelfde moment dook Stanko op en zijn keiharde vuist raakte me in mijn maag.

Geen brief – en ik schreef er heel wat –, geen poging tot een verhelderend gesprek, geen smeekbede hielp; Ivana verbrak het contact en een jaar later verhuisde de familie naar Kiel. Door de populariteit die de familie Končić dankzij het artikel genoot, en door de groeiende sympathie in de gemeente zagen ook de autoriteiten zich genoodzaakt tot actie over te gaan, en zo kregen Ivana's ouders binnen de kortste keren een verblijfs- en werkvergunning, haar vader kreeg in Kiel een baan als automonteur aangeboden, maar ik zag haar nooit meer terug.

Was het echt zo verkeerd wat ik had gedaan? Was het niet consequent om het verhaal van hun leed toegankelijk te maken voor de mensen tussen wie ze nu woonden en die niets van hen wisten? Het succes van mijn artikel sterkte me in elk geval in het besluit om me na het eindexamen aan de Universiteit van Bremen in te schrijven voor politicologie en slavistiek, en op voorspraak van de mij welgezinde redacteur uit Lübeck liep ik een aantal stages bij gerenommeerde kranten en tijdschriften van Hamburg tot Frankfurt.

Ik reisde rond in het voormalige Joegoslavië en volgde de onzichtbare vluchtroute van Ivana, ik schreef over de alomtegenwoordige oorlog, die in de hoofden en lichamen van de mensen doorging, en telkens als ik erover schreef, zag ik alles om me heen door haar ogen. Maar hier zat ik er zelf middenin, ik hoefde niets te verzinnen om mijn bestaan in een uiterst complex, hoogstnoodzakelijk, existentieel leven te veranderen, een filmheld in een zwart-witepos met als soundtrack de razende strijkers van Vivaldi's *Winter*. Ik was freelancer voor een paar kranten en werd ervoor betaald om door crisisgebieden te trekken en mijn rugzak vol te laden met de tragedies en tranen van anderen. Ik had mijn bestaansrecht: ik was een verhalenverteller, een mannelijke Scheherazade, die mocht leven zolang hij maar bleef vertellen.

De maanden die ik voor mijn studie in mijn vredige studentenhuis moest doorbrengen, vond ik ellendiger dan het vagevuur dat ik in het voormalige Joegoslavië achter me had gelaten.

Ik voelde me heel onwennig als ik me op van die alternatieve feestjes gedwongen zag met een verantwoord biologisch biertje in mijn hand deel te nemen aan de smalltalk. Het was zo beschamend als mensen na een relatie van vier maanden uit elkaar gingen en dan naar de therapeut renden om daar in hun zelfbedrog te worden bevestigd. Ik schaamde me voor het softe linkse cultureel centrum, waar ze discussieerden over politiek en oorlogen en het hadden over een demonstratie tegen de wapenlobby. Ik kon de smaak die ik aan zo'n gesprek overhield niet kwijtraken: om te kotsen zo wee.

Ik leerde geëngageerde mannen kennen, die allemaal 'iets wilden doen', iets veranderen, iets ondernemen, iets op gang brengen, ik leerde vrouwen kennen die met alle geweld kordaat wilden zijn, met alle geweld anders, ik ging iets met ze drinken en luisterde naar hun theorieën om de wereld te verbeteren, met een paar van hen begon ik een kortstondige relatie, maar bij allemaal miste ik die grimmige, argwanende en tegelijk schuwe, allesdoordringende blik. Het liep steevast op een teleurstelling uit, ik voelde hun verbittering en hun beleefde woede gewoon jeuken op mijn huid als we toegaven dat het afgelopen was en ik mijn biezen pakte, de deur uit ging en verder trok.

In 1998 kwam ik voor het eerst in Rusland, vlak nadat het land zichzelf failliet had verklaard, vlak nadat de 'zeven bojaren' de steeds verwarder president met zijn overmatige passie voor wodka aan een herverkiezing hadden geholpen om hun ongelofelijke vermogen ook nog te bekronen met het bezit van de macht.

Een fascinerend, wetteloos eldorado: het zich over elf

tijdzones uitstrekkende oermonster was door een paar mannen opgedeeld en verkocht. In 1994 werd de Sovjetindustrie als geheel – van de gas- via de metaal- tot de olie-industrie – op nog geen twaalf miljard geschat, terwijl bedrijven als het Amerikaanse Kellogg's in hun eentje al een veel hogere marktwaarde hadden.

Het vermogen van de staat werd verpatst aan particulieren, omgezet in obligaties en vouchers en op armetierige veilingen verkocht aan iedereen die een paar roebel kon opbrengen. Die mensen, die eerst niets mochten bezitten, voor wie alle kapitaal iets duivels was, verkwanselden die vouchers deels voor een fles wodka op de zwarte markt. Maar de slimmeriken en vindingrijken, zij die jong genoeg waren om de verstrekkende veranderingen bij te houden, wisten welke schatten er voor het oprapen lagen. Men had nog geen naam, geen woord voor alle mogelijkheden die deze tijd in zich borg. Men overzag nog niet wat er achter al die plotseling opengaande deuren lag. Maar sommigen waren ervan overtuigd dat het de moeite waard was: de *homo sovjeticus* werd afgelost door de *homo oligarchus*. De Russische chaos werd mijn verslaving, mijn goudkoorts, en de beslist levensgevaarlijke drang om dat nieuwe slag mensen te bestuderen nam me volledig in beslag.

Beneden op straat had ik nog steeds geen helder hoofd. Ik at op de hoek een broodje kebab en stapte in de U-Bahn. Het was koud en het verbaasde me dat ik de afgelopen nacht op die bank in het park geen longontsteking had opgelopen.

Met zware passen deed ik mijn ronde op de bouwplaats. Gelukkig hoefde ik alleen het terrein rond het bouwmonster te controleren en niet in de holle buik van de dinosaurus door te dringen. Met mijn zaklamp bescheen ik de bouwmachines en de opslagruimte met het materiaal, keek of alles in orde was, en toen me niets ongewoons opviel – ik had niet anders verwacht, want de bouwplaats was met meerdere camera's beveiligd en mijn baantje was eigenlijk een formaliteit, omdat er een jaar geleden was ingebroken door een jeugdbende, die op het terrein had gedronken, keet geschopt en wild gedanst, waarna er ter afschrikking een 'echte' bewaker was aangesteld –, toen me dus niets opviel, trok ik me terug in mijn kleine, met een elektrisch kacheltje gebrekkig verwarmde hok, waar ik me op goede dagen voelde als een embryo in de baarmoeder.

Dat baantje had ik nu zes maanden. Ik voelde me hier op mijn gemak, ik was de eenzame koning van een eenzaam, nachtelijk koninkrijk, ik regeerde over kranen en betonmolens, over metaal en cement, ik was gebieder over het monsterachtige geraamte van een toekomstig hotel, dat een van de vele gezichtloze, lelijke, anonieme dinosaurussen van de stad zou worden. Misschien was ik zelfs een beetje gehecht aan dat lelijke monster, want het was het enige waar ik me verantwoordelijk voor voelde.

Ik las een banale detective, iets pretentieuzers vermeed ik al tijden, ik dronk de in een colafles binnengesmokkelde wijn, maar niets hielp, het lukte me niet terug te keren naar het heden. Nog steeds klonken Sjapiro's woorden in mijn oren, opnieuw kwam het beeld van 'haar' me voor de geest, van haar en haar vader voor het schilderij. Kon je een dode iets verschuldigd blijven? Reikte je schuld verder dan het leven zelf? Wie zou er baat bij hebben om dat verhaal opnieuw op te rakelen?

Op zoek naar mijn rol in dat verhaal had ik tal van varianten uitgeprobeerd en de variant die me het eerlijkst leek, was tegelijk de variant die me het minst aanstond.

Misschien moest ik ook nu, net als toen, stilzwijgend accepteren dat ik alleen de boodschapper was, de kraai en verder niets.

Nippend aan de zurig ruikende plastic fles moest ik denken aan het verhaal van Coronis. Hoe de almachtige Apollo de koningsdochter Coronis bij het baden ontdekte en zijn hart aan haar verloor. Hoe ze de liefde bedreven en zij zwanger van hem werd. En omdat hij als drukbezette god zijn goddelijke plichten moest vervullen en onmogelijk de hele tijd bij zijn aardse geliefde kon blijven, gaf hij haar een prachtige witte zangvogel als gezelschap. Die vogel moest over Coronis waken en de waanzinnig verliefde god vertellen wat zijn zwangere geliefde tijdens zijn afwezigheid deed. Maar op den duur begon de mooie Coronis zich te vervelen, ze bleek toch niet genoeg te hebben aan de goddelijke liefde en toonde zich niet ongenegen toen de Arcadiër Ischys haar avances maakte. Ze bedroog de almachtige god met de sterfelijke jongeling, want hij was er tenminste, hij was echt, hij was van vlees en bloed. En in tegenstelling tot de gouden kooi waarin de liefde van Apollo haar had opgesloten, maakte de liefde voor Ischys haar vrij, licht en zorgeloos. Apollo, verblind door woede en smart, veranderde de brenger van de slechte boodschap in een lelijk zwart beest, dat gedoemd was in plaats van te zingen te krassen en naderend onheil aan te kondigen. Sindsdien draagt die vogel ook de naam van de ontrouwe koningsdochter: *Corvus corone corone* – de zwarte kraai.

2016 | DE GENERAAL

Het beeld dat hij bekeek was klein, nog geen veertig centimeter hoog, maar het leek veel groter en indrukwekkender.

Het museum was net dicht, voor de ingang stonden nog een paar groepen, voor het merendeel toeristen die niet goed wisten hoe ze de rest van hun avond in Berlijn moesten doorbrengen. Hij stuurde een jonge medewerkster om de scribent, zoals hij hem in gedachten noemde, op te halen en bij hem te brengen. De generaal schonk het museum royale giften en kon dus het een en ander terugverwachten – bijvoorbeeld dat hij na sluitingstijd een hele zaal voor zichzelf had.

De scribent werd het vertrek binnengebracht, waar de generaal had plaatsgenomen op een bank voor het houten borstbeeld van Maria, bij wie glazen tranen over de wangen liepen. De generaal was alleen gekomen, zonder lijfwachten. De medewerkster liet de bezoeker aan zijn lot over en liep zachtjes de zaal uit. De generaal voelde de blik op zijn rug en zijn kale hoofd. Als een in de werkelijkheid ingevoegde flard van een droom, dacht hij even.

'In de tweede helft van de zeventiende eeuw behoorden bustes van de treurende Moeder Gods in Spanje, en met name in Andalusië, tot de meest geliefde motieven voor privédevotie. En dit prachtexemplaar is op grond van zijn uitgesproken verisme wellicht een van de imponerendste in zijn soort. Pedro Roldán heette de schepper van dit kunstwerk.'

Hij praatte rustig, alsof hij zijn woorden niet tot een bepaald iemand richtte. Hij deed geen moeite meer om het zijn gesprekspartner gemakkelijker te maken zijn gedachtegang te volgen. Vroeger had zijn dochter hem verweten dat zijn liefde voor metaforen een vorm van gewichtigdoenerij was en waarschijnlijk een gevolg van het feit dat anderen doorgaans hun best deden om hem te volgen in plaats van andersom.

'Deze mater dolorosa verbeeldt niet direct een feitelijk moment in het leven van Maria, geen punt op de biografische tijdlijn, het is veeleer die buiten de tijd staande toestand van verdriet. Maria lijkt fysiek aanwezig, je kunt haar aanraken, de glazen tranen zijn ontstellend echt, haar verdriet is alomtegenwoordig.'

Plotseling zweeg hij en draaide zich om naar de scribent. Onno stond inmiddels vlak achter hem. Het viel hem vast op dat hij veranderd was. Zijn ouder geworden gezicht, de donkerder wallen onder zijn ogen, de valere huid en de grijze haren in zijn wenkbrauwen. Maar misschien ook niet. Het maakte ook niet uit wat de scribent van hem dacht of vond.

'Hallo,' zei Onno met een onmerkbaar knikje. Hij boog zich naar de Mariabuste en bekeek haar zorgelijke gezicht aandachtig. Haar verdriet was alomvattend, haar gezicht schrikbarend naturalistisch.

'Ga zitten, ik bijt niet!' zei de generaal en hij klopte met zijn vlakke hand op de leren bank waarop hij zat. De scribent gehoorzaamde, maar bewaarde een zekere afstand tot het pezige en altijd gespannen lichaam van de generaal. Even verdiepten de beide mannen zich in het prachtige en tegelijk van pijn vertrokken gezicht van Maria. Nam de scribent aan dat hetzelfde verdriet hen verenigde, hen tot medeplichtigen maakte? Maar de enige, tevens meest vaste en sterke band die hen verbond, was wederzijdse haat; en die band was beslist niet zwakker dan die van de liefde.

'Je wilde me spreken. Waarom nu? En waar gaat het eigenlijk om?' gooide de scribent er opeens uit.

'Wat zie je eruit, je hebt je laten gaan, dat is niet goed,

helemaal niet goed. Wie ook maar een greintje respect van anderen verlangt, mag zoiets niet doen,' zei de generaal terwijl hij hem strak aankeek. De scribent voelde zich niet op zijn gemak, het zinde hem niet hier als een kleine jongen op het matje geroepen te worden.

'Nou, dan heb ik schijt aan respect.'

Hij zei het provocerend, wetend dat de generaal elke vorm van obsceniteit verfoeide. Maar hij voelde zich vrij omdat de band tussen hen onherroepelijk was verbroken, misschien maakte zijn zelfmedelijden hem ook moediger, er was immers niets meer wat hem kwetsbaar en chantabel maakte.

'Waar gaat het om? Wat wil je precies?'

Voor het eerst keerde Onno zich met zijn hele bovenlichaam naar de generaal en keek hij hem recht in zijn gezicht, wat hem duidelijk veel zelfoverwinning kostte. 'En wie is het meisje dat ik zo nodig moet overtuigen?'

'Jij bent toch een man van de waarheid?' zei de generaal met duidelijke ironie in zijn stem. 'Je had het er voortdurend over, viel er mijn dochter mee lastig, was er aldoor naar op zoek. Nu geef ik je de mogelijkheid om die waarheid van je te zoeken, ga je gang, ik open alle deuren voor je, ik laat je in alle krochten die je maar wilt. Je kunt dat vervloekte boek over me schrijven, echt carrière maken. Ik geef het je zwart-op-wit...'

'En waar zit het addertje onder het gras?'

'Nergens. Sinds Ada... Sinds een jaar vraag ik me af...' plotseling stond hij op '... vraag ik me af hoe ik zin kan geven aan alles wat er is gebeurd. Waarom ze zo dwingend was. Zowel tegenover jou als tegenover mij. Ze was zo verdomd moralistisch... zo verdomd moralistisch. Ze eiste een bekentenis van me. Ze wilde dat ik iets goedmaakte. Ik zou zeggen: nu geef ik ons de kans om haar laatste wil in daden om te zetten. Laten we het een poging noemen...'

Bij het noemen van haar naam kromp de scribent ineen. Ja natuurlijk, hij had die naam uit zijn leven verbannen, hij bestond niet meer, en de onverwachts uitgesproken drie letters hadden een ongelofelijk effect: ze verlamden hem.

'Hoe bedoel je?' vroeg hij met zachte, hese stem en hij probeerde op te staan, wat pas bij de tweede poging lukte.

'Ze wilde dat ik de waarheid onder ogen zag, het probleem is alleen dat ik niet in de waarheid geloof. Net zomin als in een of andere moraal. Maar Ada, Ada bleek hardnekkiger en compromislozer dan ieder ander die ik in mijn leven heb gekend. Ik ben het haar verschuldigd. Ik ben haar verschuldigd in haar geest te handelen. En hetzelfde kan ook van jou worden verwacht, nietwaar?'

'Ik begrijp nog steeds niet...'

'Je begrijpt me heel goed. Doe niet zo onnozel! Misschien wil je me gewoon niet begrijpen. Wat heb je al die jaren proberen te ontdekken? Je hebt het er toch met haar over gehad? Jij hebt haar met die waanzin aangestoken! En jij hebt haar ertoe gebracht...'

De generaal voelde dat hij de controle verloor, dat de woede weer de overhand kreeg, maar hij beheerste zich, slikte, haalde diep adem, hij moest het hoofd koel houden, hij mocht geen moment van zijn plan afwijken.

'We hebben het over Noera Gelajeva, Tsjetsjenië, 1995.'

De scribent bleef kalm. Ook hij probeerde zijn zelfbeheersing te bewaren.

'En wat hebben ik en die actrice met Noera Gelajeva te maken?'

'Dat zul jij niet weten, jij in zelfmedelijden zwelgende parasiet, die mijn dochter aan de rand van de afgrond hebt gebracht en haar omlaag hebt geduwd? Jij wilt me vertellen dat je niet weet wat je met Noera Gelajeva te maken hebt?'

De generaal wist niet zeker of het angst of minachting was wat zich op het gezicht van de scribent begon af te tekenen. Met licht geopende lippen staarde hij hem aan.

'Dat wilde ik daarmee niet zeggen...'

'Precies. Wees tenminste mans genoeg om eerlijk te zijn. Eerlijk tegenover jezelf.'

'Ik haat mezelf al genoeg, bedankt, ik heb jou niet nodig om daaraan herinnerd te worden.'

'Nee, geloof me, jij kunt jezelf niet genoeg haten om wat je hebt gedaan.'

'Ik hield van haar, verdomme!' protesteerde hij; zijn handen trilden als die van een alcoholist.

'Je hield van haar. Ja, natuurlijk hield je van haar.'

Zijn stem werd ijzig, alsof zijn lichaamstemperatuur in een mum van tijd onder het vriespunt was gezakt. Even leek Onno te aarzelen of hij zich zou omdraaien en de zaal uit zou rennen, hem naar de strot zou vliegen of gelaten in een zoutpilaar zou veranderen.

'Je hebt mijn leven verwoest, en dat alleen vanwege dat krankzinnige plan van jou om een of andere waarheid te vinden die je de wereld verschuldigd meende te zijn. En aan dat plan werd alles opgeofferd, het heiligste en waardevolste wat ik bezat. En toch heb ik mededogen getoond en je in leven gelaten! Het minste wat je na dat alles kunt doen, is me blindelings volgen en eerlijk zijn!'

De ogen van de scribent vertroebelden. Was het een zweem van schuld? Had hij zichzelf de afgelopen maanden wijsgemaakt dat hij het niet had kunnen voorkomen, dat haar beslissing niets met hem te maken had, dat die enkel tegen haar vader was gericht? Maar er moesten toch minuten, seconden zijn geweest waarin hij moest erkennen dat die waarheid met oneindig veel leugens was doorspekt.

'Welbeschouwd heb ik dus geen keus?' vroeg hij met

een blik op de uitgang, op het wit oplichtende mannetje op het groene EXIT-bordje. 'Waarom dan dit bezoek, die overredingskunsten, die ontmoeting hier? Waarom niet meteen een bevel dat je die moeite bespaart?'

'Het is jouw keus om hier te zijn, het is jouw keus om mijn verzoek aan te horen. Ik wil alleen weten of je mijn verhaal nog interessant vindt, of je het nog steeds wilt vertellen. Zo niet, dan kun je dit gebouw onmiddellijk verlaten, ik zal alles doen om je nooit meer te hoeven zien, wat me geen enkele moeite zal kosten.'

Hij keerde de scribent de rug toe en bleef zo staan, gaf hem enkele seconden om na te denken. Toen deed hij een paar stappen. De scribent haalde hem in en kwam naast hem staan, bijna raakte hij hem met zijn schouder aan, blijkbaar gaf het hem een goed gevoel dat ze haast even groot waren, het was te vernederend geweest om zich nu ook fysiek nog de mindere te voelen.

'Je wilt de zaak dus weer oprakelen? Een tweede proces? Bekentenissen afdwingen? Klopt dat?'

'Als je het zo wilt noemen. Ja, ik wil mijn eigen proces. Ik ga de mannen opsporen die erbij betrokken waren. Ik ga ze bij elkaar brengen en over ons allemaal een oordeel vellen. Precies zoals mijn dochter wilde. En jij gaat me daarbij helpen. En daarna, als alles voorbij is, is de grote story van jou. Maar eerst moet ik dat meisje hebben. Het is geen toeval dat ik haar uitgerekend nu tegen het lijf ben gelopen. En jij moet haar zover krijgen dat ze mijn aanbod aanneemt.'

Hij maakte een licht gebaar met zijn hoofd.

'Op de bank ligt een envelop. Daarin zit informatie over haar. De prijs speelt geen rol,' voegde hij er nog aan toe. Voor hij de zaal uit liep, trok hij zijn colbertje recht en streek met zijn hand over zijn kale hoofd.

'Blijf gerust nog een poosje bij Maria zitten,' riep hij de

scribent vanuit de donkere gang toe.

Onno gehoorzaamde en liep terug naar de bank. De geluiden van de stad drongen hier niet door. Hij was alleen met de Moeder Gods en haar oneindige verdriet. Intussen liep de generaal door de marmeren gang en zag voor zich hoe Onno de bruine envelop openscheurde en de beide foto's eruit haalde. Hoe hij bij het zien van haar gezicht net zo schrok als hijzelf toen hij in de auto langs die toneelaffiche reed en haar geschminkte gezicht hem opviel. Natuurlijk had de scribent Noera zelf nooit gezien, maar hij kende haar gezicht van de grofkorrelige krantenknipsels. De generaal zag voor zich hoe Onno de foto bestudeerde, het jonge meisje met het koperrode haar, waar vlak boven haar voorhoofd een wit plukje in zat, het meisje met de moerasgroene ogen dat haastig een straat in Berlijn overstak. Daarna zou hij de andere foto bekijken, waarop ze uitgeput, bezweet en toch gelukkig en opgelucht boog voor het publiek van een klein streektheater. Hij zou proberen haar met haar 'Oostblokachtergrond' te situeren, maar daar niet in slagen. Hij zou zich verdiepen in haar fijne gelaatstrekken en dan ontdekken dat er onder die tere huid iets onheilspellends broeide. In tegenstelling tot Noera, die altijd zo zelfverzekerd was overgekomen, bijna onnatuurlijk gedecideerd, was het meisje op de foto's niet iemand die rechtlijnig en kaarsrecht door het leven ging, nee, ze leek eerder te worden verscheurd door tegenstrijdigheden.

Er zouden vragen bij hem opkomen en door zijn hoofd gaan spoken. En tegelijk zou hij zich verbazen over zijn plotselinge herrijzenis, het ontwaken van zijn verloren gewaande zintuigen, het nerveuze, manische, nieuwsgierige, in één klap was het er allemaal weer.

'... het is veeleer die buiten de tijd staande toestand van verdriet... buiten de tijd staande toestand van verdriet...'

Dan zou de scribent opnieuw een blik op de mater dolorosa werpen. Hij zou het gevoel krijgen dat ze hem deelgenoot maakte van haar verdriet. En terwijl hij de door de lantaarns beschenen, met natte novembersneeuw bedekte straat op wankelde, zou hij zelf al zijn villa in Grunewald binnengaan en door zijn honden worden begroet. In de hoop dat Jevgenia nog niet thuis was, zou hij in zijn werkkamer verdwijnen, daar in een leren stoel neerzakken en zich een drankje laten brengen. En misschien zou het hem lukken zich heel even te ontspannen, zijn stalen harnas af te leggen. Dan zou hij zijn ogen sluiten en voelen hoe ze met haar schouder zijn arm aanraakte, hoe ze samen met hem de muurschildering bekeek, zijn dochter, toen al gegijzeld door een tomeloos verdriet en verdrinkend in wantrouwen. Hij zou voelen hoe ze op haar tenen ging staan om hem die laatste, ultieme vraag te stellen, waarvan hij nu nog ineenkromp, en dan, dan zou hij willen dat hij een ander antwoord had gegeven.

2016 | DE KAT

De wereld was triest en volgevreten, dus moest deze minimalistische muziek haar redden en haar nieuw leven inblazen: zacht, zwevend en met een zweem van vanille. Ze ging op in de klanken, rekte en strekte zich als in slow motion en probeerde de voor haar gesloten oogleden opdoemende beelden te negeren. Weer begon de lege plek ergens tussen haar ribben zich als een plas uit te breiden, haar hele binnenste te overstromen. Ze moest ertegen vechten, daarom was ze gaan dansen en had ze zich halsoverkop in het leven gestort, in de lichten en de beats, ze wilde zich verliezen, alsof het leven dat ze had geleid een te klein geworden jurk was. Alleen had ze geen andere...

De opzeggingsbrief van de huurbaas op haar keukentafel herinnerde haar elke dag aan de termijn waaraan ze zich te houden had. Maar waar moest ze heen? Ze verdrong de vraag. Ze moest iets zoeken, iets regelen, in plaats daarvan was ze gaan dansen om aan zichzelf te ontsnappen, en vooral om een brug naar Natalja te slaan – zij draaide vanavond in deze club.

Ze wilde zichzelf voelen, ze wilde weer compleet worden, opgaan in de nacht, alsof zij de opgeschuimde melk was en die muziek, dat publiek en die dansvloer een kop verleidelijk geurende, pikzwarte koffie. Wanneer was die lege plek ontstaan? Wanneer was ze het contact met zichzelf kwijtgeraakt? Ze zweefde rond alsof ze geen gewicht had, geen houvast. Ze had geen plan. Allang niet meer. Ook al hield ze het met enige moeite nog voor de wereld verborgen. Het enige wat ze voelde was een allesoverheersende moeheid en koppigheid, alsof ze weer vijftien was en niet wilde leven volgens de regels die de wereld voorschreef.

Alleen in het weekend, als ze speelde, op de planken stond, voelde ze zich zeker van zichzelf, dan brak ze zich niet het hoofd. Zelfs de rondleidingen door de stad – haar bescheiden bron van inkomsten in tijden van financiële schaarste – zei ze af, ze had geen puf meer om opgewonden toeristen de resten van de Muur en de Siegessäule te laten zien. Ze vroeg zich af waar die onrust vandaan kwam, welke angsten er aan haar knaagden, welke hendels er waren overgehaald, en vooral door wie?

Het woord 'scheiding' was niet van toepassing en verklaarde ook niets. Want wat zij met elkaar hadden en waar ze nu een punt achter probeerde te zetten, verdiende dat woord niet. Je moest voor elkaar hebben gekozen om uit elkaar te kunnen gaan. Was dat uiteenvallen de oorzaak van haar radeloosheid? Had ze echt zo weinig zelfkennis voordat ze hem ontmoette? Nee, het verklaarde niets. Ze wist het toen beter, was veel zekerder van zichzelf en had haar overtuigingen voor een deel overdreven duur moeten bekopen.

Hoe vaak had ze zich deze breuk, dit einde niet proberen voor te stellen, hoe goed had ze zich er niet op voorbereid. Toen de zomer zijn intrede deed in de stad, had ze een eerste stap gezet en het misplaatste woord uitgesproken, volkomen rustig en onaangedaan. Nadat hij uit Wenen was teruggekomen, was ze zoals altijd naar hem toe gegaan, zonder omhelzing, zonder kus was ze langs hem heen de trap op gelopen en in de keuken gaan zitten, eigenlijk ook zoals altijd, hij had thee voor haar gezet en geprobeerd haar nek te masseren, ze had zich uit zijn stevige greep losgemaakt en hem gevraagd tegenover haar te gaan zitten en haar niet meer aan te raken. Toen had ze gezegd: 'Ik ga weg.'

Hij had met zijn ogen gerold en gezucht, en dat had haar zo kwaad gemaakt dat ze moeite moest doen om hem geen klap te geven.

'Weet je waarom ik dat ineens heb besloten?'

'Je hebt het niet ineens besloten, maak jezelf niets wijs. Je ligt al een tijd met jezelf overhoop. En waarom? Niet omdat het ineens tot je is doorgedrongen dat ik in Wenen een gezin heb en, ja, ik gebruik jouw woorden: een lafaard ben en niet alleen de bezetene waar iedereen me voor aanziet, ik ben geen onschuldig lammetje, nee.'

'Je begrijpt er niets van, hè?'

'O, jawel, ik begrijp het uitstekend. En wat meer is: ik heb nooit tegen je gelogen, en jij bent erop ingegaan, je vond het allemaal wel spannend.'

Ze keek hem sprakeloos aan. Het was zinloos om deze discussie te voeren. Hij had zijn eigen waarheid en zijn eigen kijk op de dingen. Maar dat speelde geen rol meer, ze was zijn wereld ontgroeid en zou wel een manier vinden om zichzelf te vergeven dat ze zich jarenlang had aangepraat dat hij haar zag zoals ze werkelijk was, dat zijn kijk op haar de enig juiste was.

Maar wat ze zichzelf niet kon vergeven en hem nog minder, die man die nu zijn benen op tafel legde, hooghartig van zijn wijn nipte, met zijn vingers door zijn baard streek en haar met van die onverschillige vissenogen aankeek, was dat hij haar als kunstenares had belogen en uitgebuit en dat alle voorwaarden die hij had geschapen om te zorgen dat ze vier jaar bij hem bleef, achteraf schijnconstructies en leugens bleken te zijn.

Ze voelde de tranen in haar keel. Vreemd genoeg voelde ze de tranen altijd eerst in haar mond, voordat ze uit haar ogen kwamen en als een gebroken parelsnoer over haar wangen rolden. Maar ze zou niet huilen, dat had ze zichzelf verboden, ze zou hem net zo onverschillig behandelen als hij haar.

'Tot ziens, Reto.'

Ze liep vlug langs hem heen, ze wilde toevallige blikken, onverwachte wendingen en niet van tevoren bedachte zinnen vermijden. En ze was opgelucht dat hij haar niet achternakwam.

De elektronische beats drongen haar lijf binnen, deden haar zenuwen trillen en maakten haar ruggengraat soepel. Ze wilde zichzelf vannacht vergeten, flarden van herinneringen, van beelden spookten door haar hoofd en de werkelijkheid leek gebarsten, fragiel als een cocon.

Vreemd genoeg waren het beelden uit haar jeugd. Een emaillen schoteltje met granaatappelpitten, die haar grootmoeder haar op bed bracht als ze ziek was en die ze haar een voor een in de mond stopte, terwijl zij haar gezicht vertrok omdat ze zo zuur waren. Wollen kriebelmaillots, die zij en haar zusje 's winters moesten dragen. De gymles in het jeugdsportpaleis en de wedstrijd touwklimmen, die ze zo graag had willen winnen, maar nooit gewonnen had. De katten in de Zilverstraat, de binnenplaats vol bonte, wapperende was en de houten balkons die geen begin en geen einde leken te hebben. De zachte, pluizige dieren die zich in de avondzon warmden, terwijl op de achtergrond de behaarde monteur, van wie ze zich geen gezicht of naam meer kon herinneren, een vloerkleed schoonmaakte. De geur van amandelgebak die vrijdags op de binnenplaats hing… Wie maakte dat gebak? Oma? Een van de buurvrouwen? Het vistuig van haar vader in de woning van haar ouders in het nieuwe stadsgedeelte, waar ze zelf ook woonde, hoewel ze zich bij haar grootmoeder en haar gekke oom in de Zilverstraat beter thuis voelde.

Toen moest ze weer aan de casting denken. Ze had zich de vorige dag vermand, al haar bedenkingen laten varen en zich naar een van de studio's in Babelsberg gesleept, waar in een lege hal camera's en tafels met gebak en drankjes waren neergezet. Ze had de tekst die ze haar hadden gemaild uit haar hoofd geleerd en ingestudeerd voor de spiegel in haar woning, die binnenkort niet meer van haar zou zijn. De depressieve, niet van een glaasje afkerige vrouwelijke rechercheur met een duister verleden en een groot talent voor het opsporen van zware jongens en meisjes. Tegen de verwachting in had ze plezier in die rol, ze had zich er de hele dag het hoofd over gebroken hoe ze zich zou bewegen, kleden, uitdrukken en uit talloze ideeën de in haar ogen meest geschikte gekozen. Maar die pakhuissfeer, de drukte, de lange wachttijd en de nummering van de actrices (zij kreeg nummer 41), de ongeconcentreerde stemming, de hautaine castingdame, de flikkerende camera's en computerschermen hadden haar van haar stuk gebracht, ze had het isolement, de eenzaamheid van het personage niet goed voor het voetlicht kunnen brengen. Toch hadden ze haar gevraagd nog twee scènes te improviseren, één met een Franse collega van wie haar niet duidelijk was of hij wel echt aan de serie meewerkte. Ze noteerden haar gegevens alsof ze een product was waarvan je nog niet weet of je het meteen wilt bestellen of liever op je verlanglijstje zet, daarna kon ze gaan. Ze moest rekening houden met een lange wachttijd en niet elke dag bellen, werd haar door een pinnige assistente met headset nog meegedeeld – het was tenslotte een internationale casting.

Ja, misschien had Vera het bij het rechte eind en was die rol geknipt voor haar. En het kon ook een mogelijkheid zijn om haar moeder en vooral Sesilia te helpen naar huis terug te keren.

Ze wilde de nacht en de wereld vieren, ze wilde zich door het leven laten bezwangeren, één worden met de muziek en de anderen in de club, maar ze bleef buitengesloten, het lukte haar niet een deel te worden van het geheel. De beeldenstroom in haar hoofd hield maar niet op. Wanneer was ze zo onrustig geworden? Wat hield haar vast, wat trok haar terug, en vooral waarheen? Wanneer was het begonnen? Toch niet met de vogelman, die mysterieuze boodschapper, die een akelig gevoel bij haar had achtergelaten en die ze sindsdien nog twee keer had gezien? De eerste keer toen hij haar voor haar deur opwachtte en haar de stuipen op het lijf joeg, en de tweede keer toen ze bij haar impresario vandaan kwam en net op de fiets wilde stappen. Hij deed altijd vriendelijk, hoewel haar toon duidelijk grover en haar houding afwijzender was geworden en ze op het punt stond met aangifte te dreigen. Maar hij bleef stoïcijns herhalen dat zijn superieur geen weigering accepteerde en dat ze moest nadenken over haar prijs.

Ze voelde de muur van onbekende lichamen om zich heen, ze liet zich erdoor omsingelen, ze wilde zo graag in het niets verdwijnen. Vrij zijn van zichzelf en van de verwachtingen die ze aan zichzelf stelde. Misschien betekende optimale vrijheid: niets meer verwachten, niets meer wensen. Alsof je een vlieger was aan een dun touwtje in de handen van een kind dat steeds harder begon te rennen en het touwtje ten slotte uit zijn vingers liet glippen.

In de verte ving ze een glimp op van haar zus Natalja, die genoot van de aandacht van twee Britten, die haar met complimentjes overlaadden en met wie ze tegelijk de draak stak. Ze was net binnengekomen met haar zilverkleurige koffer vol zeldzame elektronische schatten. Natalja, haar kleine volgeling, sinds haar kinderjaren haar enige musketier, die op het moment echter weigerde ook maar een woord met haar te wisselen.

Meteen na aankomst in hun nieuwe leven stelde Natalja alles in het werk om uit de pas te lopen, in tegenstelling tot haar grote zus, die haar uiterste best deed om niet op te vallen en erbij te horen. Terwijl Kat in een duizelingwekkend tempo de nieuwe taal leerde, weigerde Natalja maandenlang ook maar één woord Duits te spreken. Terwijl Kat met goede cijfers thuiskwam en een rijzende ster was bij het schooltoneel, veranderde Natalja meer dan eens van school en haalde maar met moeite haar middelbareschooldiploma. Terwijl Kat zich doelgericht op haar studie voorbereidde, monologen in haar hoofd stampte en daarnaast allerlei baantjes aannam om naar de toelatingsexamens in de verschillende steden te kunnen reizen (zo slaagde ze erin met haar Penthesilea verbazend snel en met het grootste gemak de toelatingscommissie te overtuigen), werd Natalja twee keer in hechtenis genomen – wegens dronkenschap achter het stuur en wegens materiële schade op een feest, dat ontaard was in een massale vechtpartij.

Terwijl Kat aan haar studie begon en haar oorlogen met zichzelf uitvocht, zocht Natalja haar slagvelden altijd in de buitenwereld. Haar opleiding tot goudsmid brak ze na twee maanden af om lid te worden van een geheim partynetwerk, dat zich onder de naam Guerilla Parties gespecialiseerd had in het kraken van tijdelijk leegstaande gebouwen om er illegale drugsfeesten te organiseren. Die bezigheid scheen Natalja in het bloed te zitten. Ze klom binnen de kortste keren op tot *ataman*, zoals ze haar positie noemde, en stond daarnaast ook zelf achter de draaitafel. Waarschijnlijk had ze het, tot grote schrik van haar moeder, binnen afzienbare tijd tot koningin van de Berlijnse underground-partyscene geschopt, ware het niet dat ze op een van haar nachtelijke zwerftochten een goed uitziende, voor Natalja's begrippen onwaarschijnlijk charmante en matig getatoeëerde dj ontmoette, die uit Chili naar Berlijn was gekomen om de Berlijnse electroscene te veroveren.

Kat was ervan overtuigd dat Natalja een explosievenopruimer aan haar zijde nodig had, iemand die haar met eindeloos geduld en blind vertrouwen kon leren wat normaal was – en dat dit niet Mateo, de dj, kon zijn, was haar van meet af aan duidelijk.

Hun relatie begon luidruchtig en knetterend als vuurwerk, ging over in irritatie en agressie en zou waarschijnlijk ook luidruchtig en met veel woede en verwijten zijn uitgegaan, als Natalja's ongewenste zwangerschap er niet tussen was gekomen. Hoewel de relatie al voor de zwangerschap flinke deuken had opgelopen, probeerde Natalja negen maanden lang een gezinsleven te leiden. Maar in een gezinsleven was haar dj niet erg geïnteresseerd. Natalja's geduld was op toen hij te laat kwam voor de bevalling. Hij had zijn mobiel ergens laten liggen en ze hadden hem pas te pakken gekregen toen de kleine Nico al op de wereld was.

Twee weken later, toen ze een beetje op krachten was gekomen, gooide ze zijn spullen uit het raam – het vertrek moest in elk geval in haar stijl gebeuren – en liet ze het slot vervangen.

Natalja kon in haar eentje haar woning niet aanhouden en trok in bij haar moeder in Wedding, bij wie ze toch al het grootste deel van de tijd met de baby had doorgebracht. Als een klein kind dat leert lopen, leerde ze stap voor stap moeder te zijn, ook al bleef ze worstelen met die rol. Maar haar liefde voor haar zoontje – hoe onverstandig, overdreven en soms veeleisend die ook mocht zijn – leek een waar feest waar nooit een eind aan kwam, alsof ze een vaste locatie voor haar eeuwige party's had gevonden.

Kats zorgen om haar kleine zusje werden er niet minder om. Ze bleef vol bezorgdheid aan Natalja denken, alsof ze er voortdurend rekening mee hield dat haar zus, die zich altijd op glad ijs begaf, uiteindelijk in een wak zou vallen, alsof het niet de vraag was of, maar wanneer.

Soms, als het gepieker over haar zus haar te veel werd, vroeg Kat zich af of Natalja's weigering iets te presteren, iets degelijks te doen, niet te herleiden was tot die dag dat ze in de Lada 07 stapten. Ook al praatten ze er nooit over en vond Kat het wel zo gemakkelijk om te denken dat haar zusje toen te klein was om het zich te kunnen herinneren. Maar er bestond beslist een verband tussen Natalja's levenswandel en het uitstapje naar het Lisimeer.

Hun vader had besloten met vrouw en dochters een uitstapje te maken en kuste de meisjes 's morgens enthousiast wakker met de mededeling dat ze met z'n allen in het Lisimeer gingen zwemmen. Het was de stilzwijgende belofte om weer een intact gezin te vormen.

Aan die dag – ook al vermoedde niemand het, behalve misschien haar moeder en haar zus – had Kat haar naam te danken, en niet alleen aan avonturen waarbij ze haar lichamelijke behendigheid had bewezen. De lenigheid waarmee ze tegen de hoge muren van de binnenplaatsen op klom, was de reden geweest dat de kinderen in de Zilverstraat haar Kat noemden, en ze konden niet weten hoezeer ze daarmee in de roos schoten. Kat werd een kat, die van een gevaarlijke hoogte naar beneden wordt gegooid en veilig op zijn pootjes terechtkomt, die het vermogen bezit ook hachelijke situaties te overleven.

Maar Natalja werd een vagebond, die door het leven struint, in donkere, smerige hoeken rondhangt, overal naar binnen kijkt waar anderen niet willen kijken. Natalja raakte verslaafd aan extremen, alsof ze alleen kon voelen dat ze leefde als ze mateloos overdreef. Ze werd een stuntklimmer met onder zich de peilloze diepte.

Alsof Natalja die dag had begrepen dat alles, maar dan ook alles – elke basis, elke afspraak, elk oervertrouwen, elke wetmatigheid, zelfs de als natuurwet geldende ouderliefde – in een oogwenk in het niets kon verdwijnen. Dat je in het leven nergens van op aan kon. Dus leek het haar logisch om te weigeren iets van haar leven te maken. Want zodra ze iets zou opbouwen, ergens voor zou vechten, zou het meteen weer tot stof vergaan.

Een paar weken geleden had Kat, ontzet over de uitgeputte toestand van haar moeder, er schoon genoeg van.

'Je moet iets doen! Kom eindelijk eens van je luie reet af!'

'Heeft mama weer bij je uitgehuild?'

'Uitgehuild? Wat is dit voor toestand, Natalja? Moet je

haar zien. Ze werkt zich dood. Ik bedoel... En dan moet ze ook nog de baby...'

'Jij bent er toch niet bij. Dan zal het je toch een rotzorg zijn.'

'Verwijt je me nu serieus dat ik niet met jullie onder één dak woon? Nu wordt ie helemaal mooi!'

'Ik verwijt je helemaal niets. Maar je komt hier constant aanzetten om me de les te lezen, terwijl je zelf...'

'Ik? Ja, zeg het maar!'

'Bemoei je met je eigen zaken! Wij redden het hier wel...'

'O ja, jullie redden het wel. Als ik om me heen kijk, heb ik anders niet dat gevoel.'

'En jij vindt dat je in de positie bent om dat te beoordelen?'

'Wat is er toch met je gebeurd, je bent mijn zusje!'

'Jij neukt met een of andere klootzak die niet voor je kiest, lult over *independence*, en dan kom je mij vertellen hoe ik moet leven, alsof je een of andere stomme Hollywoodster bent! Ik bedoel...'

Tina stond in de deuropening en keek onthutst naar haar dochters. Omdat Kat haar nog niets over haar affaire had verteld, hoorde ze er voor het eerst van, en er was iets wat haar leek te kwetsen, ze vertrok haar gezicht alsof ze iets zuurs had gegeten. Ze probeerde niets te laten merken, maar ze wisten allebei dat hun moeder genoeg had gehoord om zich nog meer zorgen te maken.

'Waarom maken jullie ruzie? Waarom gaan jullie tekeer? Nico slaapt net, kunnen jullie daar niet een beetje rekening mee houden?'

'Ze moet eindelijk iets van haar leven maken!'

'Natalja doet toch haar best, wat is er met je, Kat? Ze werkt en brengt Nico naar de crèche en...'

'Het is toch ook haar zoon! Wanneer snappen jullie dat nou eens? Jullie doen alsof het een megaprestatie is dat ze wat tijd aan haar zoon besteedt.'

Kat merkte dat ze overtrokken reageerde, haar stem trilde en haar wangen gloeiden van woede.

'Wat gaat jou dat aan? Ik bedoel, jij hoeft toch niet voor mijn zoon te zorgen? Heb je er last van of zo? Waarom hou je je er niet buiten en laat je ons met rust?'

Nu keek Natalja haar recht aan, en uit haar donkere, trotse ogen spatte pure haat.

'Wees niet zo streng, Natalja doet haar best, ze heeft geen gemakkelijke maanden gehad,' begon Tina, maar Kat viel haar krijsend in de rede: 'Neem haar toch niet constant in bescherming, je hebt haar verwend, moet je haar zien, mijn god, ze is toch geen twaalf meer, straks wordt ze nog net zoals jij.'

Die zin deed de deur dicht, het was een dolkstoot. Tina draaide zich zwijgend om en liep de keuken uit. Natalja, buiten zinnen, kwam met het keukenmes in haar hand op haar af.

'Je bent een walgelijke trut geworden! Laat ons met rust, laat ons gewoon met rust!'

Sindsdien had Kat zich meer dan eens bij Tina verontschuldigd, en Tina, weinig haatdragend als ze was, vergaf het haar meteen bij het eerste telefoontje, maar Natalja, de meest trotse persoon die Kat kende, weigerde nog steeds met haar te praten.

Nu kruisten hun blikken elkaar.

De afgelopen week spoelde samen met het zweet van haar voorhoofd en werd totaal onbelangrijk, hij vervloog, want hij had niets wat de moeite waard was om je aan vast te klampen. Natalja, die zo de draaitafel over zou nemen, stond nog met de Britten te flirten, maar haar blik dwaalde telkens in de richting van haar oudere zus. Kat zwaaide naar haar, maar Natalja zwaaide niet terug. Kat zou naar haar toe moeten gaan, dat was duidelijk.

Ze leefde zich uit, haar oververhitte lijf werd steeds zachter en soepeler en ze moest denken aan de verschillend hoge muren van de binnenplaatsen in de wijk van haar kindertijd, die ze allemaal had beklommen.

De muziek kreeg haar steeds meer in de greep. Kat deed ongemerkt een paar passen in Natalja's richting, ze moest haar te pakken krijgen voor ze achter de draaitafel verdween. Ze hapte naar lucht, danste sneller en sneller en verjoeg nog een beeld in haar hoofd. Dat van de huilende Natalja, die achter de zware bank was weggekropen omdat ze bang was voor de reus die in plaats van haar vader uit de oorlog was teruggekeerd. Zo noemden zij en haar zusje hem na zijn terugkomst, en die naam was in zoverre raak dat niets wat hij vastpakte heel bleef. Van een kopje brak het oortje af, glazen knapten onder de zware druk van zijn hand, van een stoel die hij rechtzette, schoot de leuning los. En dat met zijn doktershanden, die ooit meesterlijk het scalpel hadden gehanteerd. Maar dat was voordat hij in de Kamazvrachtauto stapte en wegreed, naar de zee, naar de slagvelden. Terug kwam hij als de reus die op een onzichtbare hoogspanningsmast was aangesloten, die zijn kracht niet meer in bedwang kon houden, die alles vermorzelde wat hij in zijn vingers kreeg.

Waarom moest ze nu aan hem denken? Kwam het door de klanken, die allerlei associaties opriepen, als opstapjes naar geheime werelden? Maar ze wilde nergens naartoe, ze wilde hier blijven, hier en nergens anders, ze wilde opgaan in deze mensenmassa. Ze had een pauze nodig, frisse lucht, helderheid. Ze raapte al haar moed bijeen en ging regelrecht op haar zus af, die zich intussen duidelijk verveelde met de Britten.

'Sorry,' zei ze tegen de jongens en ze trok Natalja mee.

Voor het damestoilet vond ze een rustig hoekje en bleef

staan. Gelukkig had Natalja niet geweigerd mee te komen, met een gemaakt verveeld gezicht keek ze haar aan.

'Hoe is het met je?'

'Heel goed. Ik ga zo draaien.'

'Weet ik. Daarom ben ik ook gekomen.'

'Veel plezier dan.'

'Hou alsjeblieft op... ik kan er niet meer tegen. Het spijt me... Ik meen het, ik was mezelf niet meer, ik had het recht niet.'

'Kat, je moet ons eindelijk loslaten. Jij wilde deze weg gaan, ga hem dan ook. We zijn er voor je als je ons nodig hebt, maar je kunt niet alles sturen en regelen.'

Natalja klonk opvallend bedachtzaam, alsof ze die woorden meer dan eens in haar hoofd had herhaald.

'Zoek je geluk. Ga ervoor. Ik ben niet degene die ongelukkig is, Tina is op haar manier ook gelukkig, vooral nu met die idioot... En oma begint langzaam te wennen in Duitsland, we hoeven niet door jou te worden gecorrigeerd, oké?'

Kat wist dat elk woord van haar misplaatst en belachelijk zou zijn. Ze voelde de tranen in haar ogen komen.

'Kom gewoon een keer langs. Tina vraagt al naar je... en oma mist je ook. Sorry, ik moet nu gaan, ik ben zo aan de beurt.'

'Ja, doe ik. Ik ga even een luchtje scheppen, oké? Daarna kom ik je kunsten bewonderen.'

'Is goed. En vraag om een nieuw stempel, anders kom je er niet meer in.'

Kat rende de trap af, langs de portier en de rij die voor de ingang stond te wachten. Ze sloeg meteen een hoek om en kwam op een achterplaats, die op een paar geparkeerde auto's na leeg was. Ze ging op de grond zitten en was blij dat ze in het zakje van haar blouse een half pakje tabak vond, waar ook vloeitjes in zaten, ze begon meteen

een sigaretje te draaien. De koude herfstlucht deed haar goed, deze herfst was een mooi voorspel tot een witte winter, die ze als sneeuw in haar hand wilde vasthouden tot hij helemaal was weggesmolten, en in de tussentijd wilde ze op zoek naar een nieuw leven.

De lucht maakte haar hoofd in een mum van tijd helder en die nuchterheid deed haar ook goed. Ze steunde op haar handen en strekte haar rug. Aan de grijze nachthemel waren een paar sterren te ontwaren, die aan piepkleine moedervlekjes deden denken.

'Kat?'

Ze schrok en keek om zich heen. Er kwam een ietwat gezette figuur op haar af, die ze echt voor het eerst zag. Hij had iets van een Viking, die wegens onzedelijk gedrag van boord was gegooid en nu zijn dagen sleet in de hoop dat een nieuw schip hem zou oppikken. Zijn donkere baard wees op een zekere gemoedelijkheid, zijn verwarde, golvende haar stond alle kanten op, alsof het statisch was.

'Ja?'

Hij zag er niet erg gevaarlijk uit, toch stond ze op. Het was een instinct dat ze al sinds haar kinderjaren had – zich onmiddellijk wapenen tegen alle mogelijke catastrofes en aanvallen, alsof ieder mens die op haar afkwam een potentiële vijand was. Alsof iedereen die haar benaderde op vernietiging uit was. Ze stond erbij als een waakhond, alert, op alles voorbereid.

'Ik ben Onno. Onno Bender.'

Wat was dat voor speelgoednaam, vroeg ze zich af. Maar ergens paste hij wel bij hem. De eenzame Viking met zijn visnet.

'Kennen wij elkaar?' vroeg ze afwachtend en ze deed een stap achteruit. In het zwakke licht op de achterplaats kon ze zijn ogen niet zien, de kleur noch de verhalen die zich in zijn iris schuilhielden.

'Nee, wij kennen elkaar niet en sorry dat ik je hier zo overval, maar ik heb binnen al naar een mogelijkheid gezocht om je aan te spreken en ben je achternagegaan...'

Hij staarde haar onafgebroken aan, wat ze niet prettig vond.

Natuurlijk wist ze niet dat de eenzame Viking een foto voor ogen had die hij een paar uur eerder in een kist met het cryptische opschrift A.O. had gevonden. Ze wist niet dat hij, nadat hij in de ochtendschemering van zijn werk was gekomen en er aan slapen niet meer te denken viel, in de kelder had gezocht naar de kisten die, zo hoopte hij, bestand waren geweest tegen de vernietigingsdrang waaraan een jaar geleden zijn tot dan toe geleefde leven ten prooi was gevallen. Drie kisten hadden het inderdaad overleefd, in twee daarvan zat willekeurig op een hoop gegooid materiaal dat hij later in reportages of essays had willen verwerken. In de derde kist met de letters A.O. vond hij de foto, een grote curiositeit! Een zwart-witfoto – een knipsel uit een Russische krant, grofkorrelig en van slechte kwaliteit – was het enige bewijs dat zijn vermoeden in één klap kon bevestigen. Hij hield de foto van de actrice naast het knipsel met de foto van het meisje, van wie hij de voornaam aan de rand had genoteerd: 'Noera'. Een stralend in de camera kijkend meisje, dat inderdaad de tweelingzus van de Georgische had kunnen zijn. De Tsjetsjeense had iets levendigs, haast euforisch, een vaag fotobehang op de achtergrond deed vermoeden waar de foto was gemaakt.

'Me achternagegaan? Daar heb ik het niet zo op.'

Ze stak haar sigaretje op en ging weer op de grond zitten. Ze had hem goed genoeg bekeken om te concluderen dat er geen gevaar van hem uitging, misschien voelde ze dat zijn lichaam uitgeput was, dat zijn armen en benen loodzwaar waren en er in zijn keel leegte heerste.

'Ja, dat snap ik, maar als je me één seconde geeft, kan ik het uitleggen.'

Ze keek hem van onderaf aan, met haar hoofd een beetje schuin. En alsof hij plotseling besefte dat hij maar weinig tijd had, begon hij haastig te praten, alsof iemand hem op de hielen zat.

'Ze zullen je niet met rust laten voordat je akkoord gaat. En als je zijn aanbod niet aantrekkelijk genoeg vindt, zal hij je chanteren, ik wil niet wachten tot het zover is. Ik wil dat je het moment aangrijpt.'

Hij had de zinnen ademloos afgeraffeld en zag hoe ze argwanend haar wenkbrauwen fronste. Vanuit de club drongen de zware bassen tot hen door.

'Nou, lekker. Je hebt het dus over die Russische maffiabende?' vroeg ze, vol afkeer haar hoofd schuddend. 'Waar slaat dit allemaal op? Langzamerhand vind ik het niet leuk meer... Ik bedoel, wat is dit voor spelletje? Laat me met rust, stelletje idioten!'

Ze sprong op, in een paar seconden was het zachtaardige meisje veranderd in een dier, dat zijn klauwen uitstak en zijn tanden liet zien.

'Hé, laat één ding duidelijk zijn: ik hoor niet bij die lui, maar ik ken ze, ik ken die man en zijn gevolg. Geef me vijf minuten om je alles te vertellen wat je moet weten. Sjapiro – het was toch Sjapiro die je is komen opzoeken?'

'Ja, de vogelman. Die is me niet alleen komen opzoeken, hij heeft me ook lastiggevallen, ik ben het zoetjesaan echt zat...'

Ze was in de war en wist niet goed wat ze moest doen. Een sprankje nieuwsgierigheid had hij wel bij haar opgewekt.

'Wat heeft hij je verteld?'

'Iets over een video. En dat ik een dode moet spelen. Een bepaalde dode. Hij is me na een voorstelling komen opzoeken, daarna heeft hij me nog twee keer opgewacht en iets over een zekere Orlov verteld. Die heb ik gegoogeld. Ik wist niet wat ik zag: een echte oligarch, die vent voor wie de vogelman werkt, toch?'

'Ja, zo zou je het kunnen zeggen.'

'Het is absurd, echt! Ik weet niet eens... Ik ben actrice, ik werk toch niet voor een of ander onderzoeksbureau...'

'Geef me vijf minuten, oké? Geef me de kans om je uit te leggen waarom ik hier ben.'

Een moment stond ze in dubio, ze verroerde zich niet, toen gooide ze haar sigaret op de grond, trapte hem uit en knikte. Er ging iets dwingends van hem uit en dat beklemmende gevoel kwam haar heel even bekend voor.

'Oké, je hebt vijf minuten. Dan moet ik naar binnen. Ik begin het koud te krijgen.'

'Mag ik je mijn jas aanbieden?'

'Nee, dank je. Nu heb je dus nog maar vier minuten en negenenvijftig seconden.'

Ze lachte haar vuile, hese lach, die uitmondde in een vreemd gegrom, zodat ze allebei in de lach schoten.

'Waar droom je van?'

'Pardon?'

'Ja, waar droom je van? Wat is je grootste wens? Wat zou je nu ter plekke doen als je de mogelijkheid had?'

'Geen idee. Van alles.'

'Zeg wat als eerste in je opkomt, maakt niet uit wat.'

'Mijn familie helpen. Mijn moeder, die nogal wat problemen heeft, maar vooral mijn grootmoeder, zodat ze beter wordt en terug kan naar haar geboorteland.'

'Oké. Wat verder nog?'

'Een rol krijgen. Een rol in een serie, ik heb gisteren auditie gedaan.'

'Verder.'

'Reizen. Ik wilde altijd al eens naar Polynesië, dat klinkt

zo mooi. Maar wat moet dat gevraag?'

'Ik zou nu kunnen zeggen dat je dat allemaal kunt doen als je zijn aanbod aanneemt.'

'Maar...'

'Nee, wacht, val me niet in de rede, ik raak zo vlug de draad kwijt, ik weet niet waar ik moet beginnen, ik zal het je op een andere manier uitleggen, ik wil niet met geld aan komen zetten, maar ergens heb ik het gevoel dat ik het moet verklaren. Ik ben journalist. Of liever gezegd, ik was journalist. Mijn specialiteit was altijd al Oost-Europa. Ik heb over de Balkanoorlogen geschreven en een hele tijd in Rusland gezeten. Ik verdiepte me vooral in de selfmade miljonairs uit de tijd van de perestrojka. Naar een van die oligarchen heb ik research gedaan, Bely heet hij, misschien zegt die naam je iets, of misschien niet, is misschien maar beter ook. Nou ja, ik heb een boek over Joeri Bely geschreven, nogal een zware jongen uit de Moskouse onderwereld, die een tijdlang een van de rijkste mannen van Rusland was. Hij begon met de handel in zware metalen en kocht gaandeweg alles op wat geld in het laatje bracht. Inmiddels woont hij in Engeland, op een gegeven moment heeft hij het bij het Kremlin verbruid en moest hij zijn biezen pakken.

In elk geval werd dat boek een echte bestseller. In die tijd begonnen ze zich in Duitsland af te vragen wat die rijke patsers uit het Oostblok eigenlijk wilden, wie ze waren, hoe ze dachten en vooral: hoe ze aan zoveel poen kwamen dat ze het halve Westen konden opkopen. Nou ja, ik kwam precies op het goede moment en op de een of andere manier was dat boek een doorslaand succes. Promotour door half Europa, overal lezingen, ik was de expert op dat gebied. Mijn succes gaf me vleugels en ik wilde meer, een nog grotere story, een nieuwe onthulling. En zo begon ik steeds dieper in die poel te wroeten, en toen ben ik te ver gegaan, ik zag geen gevaar meer, ik dacht dat ik onkwetsbaar was, het succes staafde me in dat idee. Nou ja, ik dwaal af... Bij mijn nieuwe research leerde ik een fantastische collega kennen, een moedige Russische journalist, Nikita, Nikita Pasternak, ja, zo heette hij, een van de weinigen die zich er ondanks alle tegenwerking niet van lieten weerhouden – hoewel hij daar alle reden voor had gehad – om over de Tweede Tsjetsjeense Oorlog te schrijven, en wel feiten en geen propagandaverhalen. Hij heeft me op het spoor van Aleksandr Orlov gezet. Zijn overleden broer Stanislav had tijdens de Eerste Tsjetsjeense Oorlog tegen Orlov en drie andere militairen een proces wegens verkrachting en moord gevoerd, dat bijna een schandaal had veroorzaakt.

Nou ja, ik had, zoals dat zo mooi wordt gezegd, bloed geroken, ik was bezeten van het onderwerp, ik wilde alles over die tegenstrijdige figuur te weten komen, hij was niet zo eenvoudig in een hokje te plaatsen als de meeste anderen die in de jaren negentig schandalig veel geld hadden verdiend en nu een heel eigen kaste vormden. Eigenlijk een intellectueel, iemand die vier, vijf talen spreekt, een belezen crimineel met de meest perfide praktijken en trucs en omweven met de absurdste legenden. Hij leek een onneembare vesting, niet te vergelijken met zijn soortgenoten – niet qua levensloop, machtsstreven of werkwijze, ook zijn doeleinden bleven altijd duister. Hij gaf geen interviews, kwam haast nooit in de publiciteit, bewaarde voldoende afstand tot de grote politiek om ongestoord zijn gang te kunnen gaan en wist tegelijk zijn invloed steeds meer uit te breiden. Hij bezat allang bedrijven en vastgoedobjecten in het Westen, onder andere in Duitsland, leidde hier ettelijke bouwprojecten en had, toen ik onderzoek naar hem begon te doen, zijn zinnen gezet op een werf.

Orlov had als jongeman in de Eerste Tsjetsjeense Oorlog gevochten. In de zomer van 1995 deserteerde hij uit het leger. Niet lang daarna werd hij er samen met drie andere mannen van beschuldigd bij een zogenaamde antiterreuroperatie een jong meisje te hebben ontvoerd, verkracht en vermoord. Een ongewone beschuldiging, dat proces zou normaal gesproken niet tot stand zijn gekomen, want zoiets was in de Russische militaire geschiedenis nog nooit vertoond; niemand werd van Russische zijde aangeklaagd wegens oorlogsmisdaden, al helemaal niet wegens oorlogsmisdaden in Tsjetsjenië. Als Stas, Nikita's broer Stanislav, er niet was geweest... een fantastische, geëngageerde, ambitieuze advocaat, die opkwam voor mensenrechten en een paar heel spectaculaire processen had gevoerd. Absurd genoeg was het Orlov die de hele zaak aan het rollen bracht en ook Stas informatie toespeelde. Hij gaf zichzelf in feite aan en was initiator van die spectaculaire en gruwelijke geschiedenis, die een eindeloos, bloedig spoor zou nalaten... Stas trok de informatie in elk geval na. Hij ging naar Tsjetsjenië, zocht de familie van het slachtoffer op, werd hun officiële vertegenwoordiger en vond een rechter die nog niet helemaal corrupt was.

Tot op de dag van vandaag weet ik niet waarom men het überhaupt tot een rechtszaak liet komen. Maar er werd een aanklacht ingediend en in ijltempo een proces voorbereid. Want als het begin van het proces op zich liet wachten, vreesde men dat er van hogerhand werd ingegrepen en alles onder het tapijt zou worden geveegd.

Een tamelijk opzienbarende zaak; vergeet niet dat er midden jaren negentig in Rusland totale anarchie heerste. De islamitische terroristen begonnen zich net te organiseren, de vijandbeelden waren nog vaag en dus vrij gemakkelijk te manipuleren.

Ja, het was een sensatie, bijna een wonder. Ook al werd de ware toedracht van de verkrachting door de advocaten voortdurend bestreden en pleitten ze in plaats daarvan voor doodslag uit zelfverdediging, het slachtoffer was tenslotte een scherpschutter met duidelijk terroristische bedoelingen geweest, de soldaten hadden in de geest van hun vaderland gehandeld, zij het met een betreurenswaardige afloop.

Maar voordat het tot het beslissende moment in het proces kwam, werd Stas vermoord. De enige die nog een greintje moraal bezat en voor opheldering van deze onmenselijke daad streed, werd zelf slachtoffer van een onmenselijke daad. Hoewel dat woord... nou, ik gebruik het eigenlijk niet meer. Wat is onmenselijk? Is het niet eerder menselijk om onophoudelijk iets onmenselijks te doen? Sorry, ik dwaal weer af en jij hebt het koud.

De mannen werden weliswaar uit het leger ontslagen, maar na een tijdje hadden ze alweer andere, niet minder belangrijke functies.

Na dat korte proces, dat helemaal geen proces was, komt er pas schot in het verhaal. Daarna begon de onstuitbare opkomst van de generaal, zoals Orlov wordt genoemd. Als door een wonder raakte hij betrokken bij de vuile en vooral vurig begeerde zaken van de Staatsdienst voor Speciale Bouwprojecten, wat wil zeggen dat hij zich aan alle conflictgebieden waar Rusland "broederlijk over waakte" en later vooral aan de Tweede Tsjetsjeense Oorlog heeft verrijkt. Want die dienst, die in handen is van het leger, financiert en controleert alle bouwprojecten in de frontgebieden: garnizoenen, legerplaatsen, raketschachten, militaire bases. Toen Orlov die dienst verliet, was hij al miljonair. De verdere vermeerdering van zijn rijkdom is dan nog maar een kwestie van tijd. In verschillende sectoren en gebieden breidt hij zijn zaken uit en binnen zeven jaar weet hij zich onder de rijkste en invloedrijkste Russen te scharen. Hij...'

'Sorry, maar ik weet echt niet of ik hier nog naar wil luisteren. Wat je vertelt, maakt die Orlov in mijn ogen niet bepaald sympathiek, en als het je bedoeling was om me voor zijn aanbod te interesseren, moet ik je teleurstellen, helaas heb je precies het tegendeel bereikt. Als je de Kaukasus kent, als je zoveel over die regio weet, hoef ik je niet uit te leggen dat ik als Georgische genoeg heb van oorlogen en de ellende die daaruit voortkomt en aan zulke jongens, vooral aan zulke Russische jongens, dus een broertje dood heb. Ga nu alsjeblieft, het is koud en ik wil naar binnen. Vertel hem maar dat mijn nee ook de vierde keer nee is. Ik zit niet te wachten op problemen, echt niet... Wat is dat?'

Hij stak haar het verbleekte krantenknipsel toe.

'Bekijk dit eens. Dan laat ik je met rust.'

Ze pakte de foto met tegenzin aan en wilde hem meteen teruggeven, maar kon zich er niet van losmaken. Op haar gezicht wisselden verwarring, verbazing en schrik elkaar in snel tempo af.

'Wie is dat?'

Ze schraapte haar keel.

'Dat is Noera Gelajeva. Het Tsjetsjeense meisje dat in 1995 is verkracht en vermoord. Ze was toen achttien.'

Hij wachtte tot zijn woorden het nodige effect hadden, tot ze haar hele hoofd vulden en zich daar konden nestelen en uitbreiden als donker, dicht mos. Toen voegde hij eraan toe: 'En zie je hoeveel jullie op elkaar lijken? Dat is toch verbluffend?'

Ze probeerde niets te laten merken, maar de gelijkenis was inderdaad frappant en bracht haar van haar stuk. Alleen was haar huid wat lichter en het haar van het meisje donker, zonder het witte plukje rechts in de verwarde rode krullen vlak boven haar voorhoofd, het plukje ter grootte van een duim en perfect van vorm, alsof ze haar met het predicaat 'bijzonder kostbaar' hadden willen onderscheiden. Terwijl het een cesuur was, want met die witte plek in haar haar was er een andere tijdrekening begonnen, hij markeerde het uiteenvallen van haar leven in twee delen, in een ervoor en een erna.

Het gezicht van het meisje was misschien iets minder fijn, iets schilderachtiger en dromeriger, en toch had het ook iets afgetobds, op een tijdloze manier doorleefds, en haar lichaam was pezig en gespannen. Ze maakte de indruk van iemand die met twee benen stevig op de grond staat en tegelijk elk moment haar armen uit kan spreiden om weg te vliegen.

Plotseling gooide ze het knipsel terug naar hem, alsof het een giftige vrucht was. Ze keek hem met wijd opengesperde ogen aan: 'Wat moet dat? Wat moet ik daarmee? Dat meisje is dood!'

'Het is nog niet duidelijk wat hij van plan is. Ik geloof dat hij een deel van zijn leven, die geschiedenis, wil oprakelen. En ik ga ervan uit dat die video als een soort lokvogel moet fungeren. In elk geval is het alleen een middel om zijn doel te bereiken. Hij wil zijn voormalige strijdmakkers opsporen. Die video moet naar hen toe. Want de zaak is nooit echt afgesloten. En ik geloof dat er wel iets waar is van Nikita's theorie dat Orlov een rechtvaardig proces wilde. Na de moord op zijn broer Stas had Orlov volgens hem begrepen dat hij geen kans had om het systeem met succes te bestrijden en daarom is hij zich ervan gaan bedienen en het gaan uitbuiten – ook een soort wraak, ja, langzamerhand geloof ik dat het zo geweest kan zijn, hoe absurd het ook mag klinken. Orlov heeft nooit meer over het proces gerept en iedereen die later probeerde hem erover aan te spreken met maatregelen gedreigd. Ik wilde over hem schrijven. Ik was bezeten van zijn leven, van de ongerijmdheden erin, ik wilde erover schrijven en het keerpunt in Orlovs leven belichten, de waarheid vinden. In elk geval heb ik me van zijn eis om daarvan af te zien niets aangetrokken, wat mijn leven heeft geruïneerd. Ik wil niet dat jou hetzelfde overkomt als...'

Hij stokte. Ze vroeg zich af welk woord hij inslikte, wat hij voor zich hield. Ze wist niets van de misselijkheid die een paniekaanval aankondigde, het knikken van zijn knieën dat zou volgen, het zwart voor zijn ogen – allemaal vanwege een naam die uit drie letters bestond en die hij niet over zijn lippen kreeg.

'Nu kun je nog eisen stellen, er een slaatje uit slaan. Hoeveel zijn al je dromen waard? Hoeveel kosten ze, kom op, zeg het!'

Zijn stem werd heser, hij leek nerveuzer.

'Geen idee, de meeste dingen hebben geen materiële waarde...'

'O, dat is een grote vergissing. Zoals wij gamers zeggen: op het hoogste level heeft alles materiële waarde. Stel eisen, laat alles zwart-op-wit vastleggen, hij houdt zijn woord, ik ken hem, ik zal je helpen zoveel ik kan, laat hem je dromen betalen!'

Opeens schaterde ze het uit. Ze was verzeild in iets volkomen irreëels. Ze lachte haast hysterisch, hij nam niet de moeite om te vragen waarom ze lachte, alsof het een volkomen natuurlijke reactie was.

'Op de achterkant van de foto staat mijn nummer,' zei hij, terwijl hij het knipsel teruggaf. 'Ik wacht je telefoontje af,' voegde hij er nog aan toe, waarna hij met een beleefd knikje verdween.

Ze bleef achter en vermoedde niet dat hij met elke stap die hij zette zijn longen vulde met zuurstof waar een soort drug in leek te zitten, dat hij voelde hoe er iets in beweging kwam, hoe het loodzware, het lusteloze van de afgelopen maanden van hem afviel, alsof hij letterlijk gewicht verloor. Hoe kon zij weten dat hij zoiets al meer dan een jaar niet had gevoeld en zich daarom afvroeg of het leven na een langdurige bewusteloosheid weer in zijn aderen terugstroomde?

Kat keek lang en intensief naar de foto. De gelijkenis was beangstigend. Hoe was het mogelijk? Had ze familie in Tsjetsjenië, was het een gril van de natuur, een absurd toeval dat hier aan het licht was gebracht?

Ze dacht aan de Viking en kreeg weer de neiging om het uit te proesten. Het was geen lach van opluchting. Het was eerder een gedachte die plotseling was opgekomen terwijl ze aandachtig naar de Viking luisterde. 'Hoeveel zijn al je dromen waard?' had hij gevraagd. En ze had geantwoord dat niet alle dromen in geld uit te drukken waren.

Was ze misschien toch omkoopbaar, was ze bereid die prijs te betalen voor haar geluk? En hoe hoog was die prijs eigenlijk? Ging het echt alleen om een banale video? Ja, waarom zou ze het niet nuchter bekijken, een schandalig hoog bedrag vragen en akkoord gaan? Of was het allemaal complete onzin en stond ze op het punt gek te worden? Onrustig keek ze een paar keer om zich heen, het gevoel in de gaten gehouden te worden raakte ze sinds het verschijnen van de vogelman niet meer kwijt.

Ze moest er met iemand over praten. Haar vrienden zouden alleen bezorgd hun hoofd schudden als ze begon te bazelen over een oligarch die op een dubieuze lijst van de 'invloedrijkste Russen' stond.

Ze liep de straat uit, de drukke uitgaansbuurt in. Terwijl ze de op een roes beluste mensenmassa's passeerde, dacht ze aan het dode meisje en de vogelman, aan de Viking en het feit dat alle dromen in geld uit te drukken waren. Het leek haast ondenkbaar dat de wegen van zulke verschillende mensen als die rijke man en zij elkaar kruisten. Des te belachelijker leek het dat ze door het toeval in de vorm van een toneelaffiche op de radar van die miljardair verschenen was. En als ze de eenzame Viking mocht geloven, was hij ook nog een verkrachter en moordenaar.

Ze wilde niet naar huis, maar naar Wedding zou ze nu ook niet gaan. Ze moest daar een dezer dagen langs om Tina en Sesilia op te zoeken, maar niet nu...

Ze was uitgeput en tegelijk vol energie, alsof haar lichaam niet kon beslissen wat op dit moment beter was: uiterste inspanning of complete rust. Doelloos liet ze zich door de herfstnacht drijven en toch wist ze diep in haar hart vanaf het moment dat ze de club had verlaten waar haar benen haar naartoe brachten. Ze wilde het niet bekennen, haar zwakte niet toegeven, ze wilde niet weer daarheen rennen om zich te verliezen in die toestand waarin woorden overbodig waren. Een nieuwe etappe van het afscheid.

Als ze er goed over nadacht, was hun relatie vanaf de eerste ontmoeting één slepende scheiding geweest. Een afscheid in etappes. Maar de hoeveelste was dit? In welke fase bevond ze zich nu? En hoelang zou ze deze fase nog kunnen rekken? En dan? Wat dan? Zou ze dan gewoon knappen als een versleten elastiek?

De laatste fase had ze drie maanden geleden bereikt, maar was ze die nu te boven? Drie maanden geleden was ze zijn huis en zijn leven uit gelopen, waarin ze toch alleen een schijnbestaan had geleid. Sindsdien was het stil gebleven: geen telefoontjes, geen mails. Zijn vage en nogal onbeholpen pogingen om met haar in contact te komen – hij had twee ansichtkaarten gestuurd van zijn 'muzikale ontdekkingsreizen', zoals hij de eenzame trips noemde die hij twee, drie keer per jaar naar de meest afgelegen oorden van de wereld maakte – hadden bij haar alleen een laffe smaak achtergelaten.

Ze had niet gereageerd.

'Heb je er niet genoeg van om steeds weer met die banale begrippen te schermen? Scheiding, bla bla bla, ik bedoel, jij staat daarboven, wij staan daarboven, wanneer begrijp je dat nu eens?' Wat verachtte ze hem om die leugenachtige woorden. En toch twijfelde ze of hij niet een heel klein beetje gelijk had. Ja, misschien bestond er voor mensen zoals zij inderdaad geen normaliteit. Zij, de rusteloze, die zelfs onder vrienden een vreemde bleef, weinig zei, op het toneel volkomen in haar rol opging en onder de toeschouwers verdeeldheid zaaide – totale afwijzing of grenzeloos enthousiasme –, die somber en stil was om meteen daarna te luidruchtig en pathetisch te worden, die zoveel van het leven wilde dat ze onder de druk daarvan steeds weer bezweek. Zij, bij wie de dood een onmiskenbaar teken in haar haar had achtergelaten, die niet wist waar ze thuishoorde zodra ze het toneel verliet, die altijd hongerig was en de honger vaak vergat, die gekust wilde worden tot haar longen pijn deden, die nergens zoveel van hield als van de eenzaamheid, die zich voortdurend met mensen omringde en zich zelden zo ongemakkelijk voelde als in gezelschap van mensen die vertrouwen, duidelijkheid en rechtlijnigheid uitstraalden en hun gevoelens tot de juiste proporties terugbrachten.

Soms had ze zich afgevraagd of het niet toch logisch was: hij en zij. Misschien maakte het niet uit dat er in Wenen een vrouw op hem wachtte en een zoon, een huis, een badjas, pantoffels, zijn lievelingsjam, zijn platen, zijn douchegel en zijn nekkussen. De burgerlijke nachtmerrie, die hij publiekelijk zo fel bekritiseerde en belachelijk maakte, bleek een comfortabele opvang voor zijn neurosen en zijn attitude. Misschien moest het haar koud laten dat hij in elke stad waar hij voor zijn werk een tijd verbleef, een meisje zocht dat hem bewonderde en bij hem op schoot kroop zodra hij zijn clichés over componeren begon te debiteren. (De eenzaamheid waartoe het componeren hem veroordeelde, de verlatenheid waarin hij moest binnendringen als hij muziek wilde schrijven, enzovoort enzovoort...)

De foto van het meisje dat sprekend op haar leek bonsde in haar zak als een uitgesneden en nog levend hart. Ze versnelde haar pas. In het fietsenrek bij het station van de U-Bahn ontdekte ze tot haar vreugde haar fiets, die ze daar een paar dagen geleden had neergezet. Ze haalde hem van het slot, sprong erop en fietste weg, dwars door de lichten en het lawaai, dwars door het kakelbonte kraterlandschap waar de stad die nacht op leek.

Bij de mooie eiken deur belde ze aan, in de hoop dat hij er niet was.

'Ja?' klonk zijn hese stem door de intercom.

'Ik ben het.'

Terwijl ze de trap op rende, wist ze al dat het een vergissing was en dat ze zich later wel voor de kop zou kunnen slaan.

Ze wou dat hun verhouding niet van meet af aan op een scheiding was afgestevend, ze wou dat ze iemand anders was, een vrouw wie de alledaagse normaliteit was aangeboren, ze wou dat ze elkaar nooit waren tegengekomen, dat de foto van het dode meisje haar niet achtervolgde, dat het verleden niet altijd een verwrongen schaduw op haar huidige leven wierp, dat de vrouwen in haar familie wat verstandiger en minder eigenaardig waren, zodat ze zich niet constant geroepen hoefde te voelen hun gedrag tegenover de mensen in dit land te verklaren. Ze wou dat ze niet als een idioot voor zichzelf op de vlucht was. En ze wou vooral dat ze nooit in die auto was gestapt…

Hij stond in de halfdonkere gang, met verward haar, blote voeten, een wijnglas in zijn hand, en keek haar aan. Ze zei niets. Hij wilde ook niets horen, de nodige zelfbevestiging die haar komst hem verschafte, was hem maar al te welkom.

Ze wilde de foto van het dode meisje uit haar zak halen. Ze wilde hem iets vertellen, wilde hulp, raad, troost, maar die zou hij alleen met zijn handen, zijn lichaam, zijn tong kunnen geven. Terwijl ze alles wilde behalve dat, ze wilde niet worden aangeraakt, niet nog meer opgejaagd dan ze al was. Houvast kon ze niet van hem verlangen. Troost klonk uit zijn mond als een uit het hoofd geleerd, slecht gedicht.

Alles wat hij haar te bieden had, deed pijn, en toch kon niemand anders haar verlossen van de leegte die hij in haar achterliet, in haar maag, in haar handpalmen, bij haar sleutelbeen, wanneer hij voor een onbekend aantal uren, dagen, weken uit haar leven verdween, met de bewering dat zij hem niet nodig had, dat zij daarboven stond. Maar waarboven?

Sinds het dode meisje was opgedoken, zag ze steeds weer de boom op zich afrazen, die boom waartegen ze zich te pletter dreigde te rijden. Ze had zo lang gedacht voorgoed uit die auto te zijn ontsnapt, maar nu leek het opeens of ze er weer in zat en aan het dichte portier rukte.

Ze was in de stemming om te huilen. En ze had hem zo graag willen vertellen hoe het voelde om achtervolgd te worden door je eigen kindertijd, die niets anders was dan een tikkende tijdbom, om elke dag de verantwoordelijkheid op je schouders te dragen voor al die waanzinnige, eenzame vrouwen in je familie, die wanhopig liefhadden en hunkerden naar een thuis.

Ze had hem zo graag willen vertellen over de vogelman en willen vragen of hij ook dacht dat je dromen in geld kon uitdrukken, maar in plaats daarvan volgde ze hem als een slaapwandelaarster naar zijn donkere werkkamer, waar hij tussen een vleugel en verschillende computers en mengpanelen verdween; zijn magische rijk, waar hij melodische formules produceerde, formules voor geluk.

Hij ging zwijgend achter een mengpaneel zitten dat op een laptop was aangesloten, op zijn borst bungelde een bril aan een zwart kettinkje, in het blauwige licht van het beeldscherm zag zijn gezicht er ongezond uit. Ze bleef in de deuropening staan, leunde tegen de muur en bedacht hoe vaak ze in dit vertrek hadden gevreeën. Hoe vaak hij haar hier over dingen had verteld die haar verlangen opwekten, dingen die allemaal zo anders waren dan wat ze normaal te horen kreeg. Over zijn reis naar Antarctica, over de klank van de stilte, die hij later voor zijn album wilde gebruiken en die hem tot wanhoop had gedreven.

Er klonk een vreemde, atonale melodie. Zijn laatste album heette *Darkwood,* het zat tussen klassiek en electro in, was door kenners bejubeld en geprezen als 'weer even compromisloos als altijd' en kwam uiteraard niet eens in de buurt van de mainstream. Wat had ze hem blindelings gevolgd, wat was haar geloof onwankelbaar geweest, haar geloof in zijn geboden, die hij haar met zijn nabijheid oplegde en waaraan zij slaafs moest gehoorzamen. En die hij vervolgens een voor een zelf had geschonden. Hier, in deze woning, in deze kamer, in dit rijk, in deze parallelle wereld had ze bemind en geleefd, gehoopt en verlangd naar momenten die nooit waren gekomen en nooit zouden komen – ja, wat wilde ze hier eigenlijk?

De melodie was echt vreemd, maar had iets verleidelijks, om de een of andere reden kwam het woord 'grot' bij haar op.

‘En? Wat zeg je ervan?’ vroeg hij opeens, zonder van het beeldscherm op te kijken. Ze haalde haar schouders op. Ze wist dat ze hem daarmee provoceerde, hij accepteerde geen ontwijkende gebaren.

‘Je wilt dus niet praten? Ik dacht dat je daarom hier was...’

Hij keek haar niet aan, maar ging geconcentreerd door met typen.

‘Nee, niet daarom.’

Maar toch een goede vraag: waarom was ze hier? Om zich door hem de kleren van het lijf te laten rukken, haar nagels in zijn schouderbladen te boren, zich aan zijn lippen vast te zuigen, haar benen om zijn heupen te slaan, zich als een aap aan hem vast te klampen, zich door hem te laten wegdragen, naar de andere kamer, naar een ander land, de zee van lichten buiten te vergeten, te zweten en te kussen, te hijgen en te smakken, te proeven en zijn kussen op haar lichaam te voelen, troostkussen omdat hij niet bereid was haar meer te geven dan het moment?

Ze begon rond te lopen, als een struinende kat liep ze langs de muren van de kamer, ze met haar hand betastend, alsof ze iets zocht wat haar in de tijd van hun verscheurde en weer opgelapte verhouding was ontgaan. Het vertrek was groot, het plafond hoog, het uitzicht adembenemend – het toonde het hele nachtelijke weekendleven van deze rusteloze stad en dat was precies wat hij nodig had, afstand bewaren en er toch middenin zitten, zich er niet in begeven, maar alles voortdurend in het oog houden, vooral niet te dichtbij komen, maar ook niet het gevoel hebben buitengesloten te zijn. Ja, hij was de alleenheerser in dit rijk, dat leek op een uitkijkpost.

Ze bleef voor de boekenkast staan. Op de tweede plank ontdekte ze het plastic konijn – een goedkoop souvenir dat ze op de kermis in een schiettent voor hem had gewonnen. Ze hadden veel gelachen, hij had haar zijn lippen rood laten verven en gedaan alsof hij haar vriendin was, gedwee en schrikachtig, terwijl zij met diepe, verdraaide stem de rouwdouw speelde, die de wereld aan de voeten van zijn geliefde legde. Ze pakte het witte konijn met zijn bolle blauwe ogen en liep naar het raam, en terwijl ze het beest in haar hand ronddraaide, rukte ze het raam open en smeet het konijn naar buiten. Ze wist zelf niet waarom, het was gewoon een impuls die ze volgde.

Hij deed alsof hij het niet merkte, zette in plaats daarvan de muziek harder. Ze dwaalde verder door de kamer. In de hoek waar een paar spijkerbroeken over een stoel hingen, ontdekte ze het shirt dat ze voor hem had gekocht, een cadeautje met een geheime boodschap. Er was een weids vergezicht op afgedrukt, een zee zonder begin en einde: het gevoel dat ze ooit voor hem had gekoesterd. Ze pakte het shirt en rook eraan, de onmiskenbare geur van deodorant en bos, een geur die ze altijd had opgesnoven als ze bij hem wegging, voor de tijd dat ze elkaar niet zagen. Toen liep ze opnieuw naar het raam en gooide het shirt naar buiten. Zacht, gewichtloos verdween het in de nacht. Achter haar rug voelde ze zijn woedende blik en zijn zelfbeheersing.

De melodie werd krachtiger, ongemakkelijker, alsof er een voorwerp over een glad oppervlak kraste. Toen vond ze de plaat *Surfing on Sine Waves* van Polygon Window. Op een veerboot – waar gingen ze naartoe, waar kwamen ze vandaan? – had hij over die plaat een heel betoog gehouden, en zij had gedaan alsof ze aandachtig luisterde, maar intussen had ze alleen oog gehad voor zijn mondhoeken, de lachrimpeltjes om zijn ogen, zijn trillende neusvleugels en de zinderende, aanstekelijke passie waarmee hij over een of ander muzikaal waagstuk vertelde.

'Wat moet dat? Leg die plaat onmiddellijk terug, Kat!'

In zijn ongevoelige pantser kwamen in elk geval scheurtjes. Maar het was al te laat, de plaat zeilde het raam uit, hij vloog snel, verdween in een mum van tijd in de duisternis.

'Wat is dat voor stom gedoe!' schreeuwde hij.

Daarna was er een foto aan de beurt. Het enige visuele bewijs van haar bestaan in zijn wereld. Zij in de examenenscenering van een regiestudent als Hedda in *Hedda Gabler*, met een blik die tegelijk naar verlossing en ondergang verlangde – zo had hij het omschreven, zo had hij die foto getypeerd –, kijkend naar haar Ejlert, die met zijn rug naar de camera stond. Vanwege die blik zou hij die foto hebben uitgekozen. Nu vermoedde ze dat hij het had gedaan omdat ze op die foto ver genoeg weg stond om niets van hun band te verraden.

'Hou op!'

Nu stond hij op van zijn troon.

Sinds haar lichaam zijn onschuld had verloren en de kenmerken van een vrouw had gekregen, sinds het signalen begon uit te zenden, verlangens begon te koesteren, probeerde ze te begrijpen hoe je intimiteit met een ander mens, een ander lichaam kon opbouwen en vooral kon behouden zonder eraan te gronde te gaan, en wel letterlijk. Ze had niet geleerd onafhankelijk te zijn en na een hartstochtelijk liefdesspel haar minnaar met een glas wijn in haar hand naar huis te sturen, het liefst in een zijden kamerjas, op blote voeten op de gelakte plankenvloer van een rommelige vooroorlogse woning. Ze had niet geleerd lief te hebben zonder dat de liefde als een luchtballon steeds groter werd.

En toen kwam hij. Met zijn uit één letter bestaande naam, waarachter een onneembare vesting schuilging. Hij, die haar nu met een van woede vertrokken gezicht aanstaarde, met moeite probeerde zijn agressie te onderdrukken.

Ze moest zich van hem losmaken. Zich van hem ontdoen. Alle sporen van hem afkrabben. Ze bedacht dat de bh die ze droeg, de eenvoudige, met kant afgezette zwarte, ook een brug naar hem vormde, hij was, om precies te zijn, op zijn aandringen gejat.

Hij had haar destijds gevonden. In die zwoele premièrenacht had hij haar inderdaad in haar favoriete kroeg opgespoord. Drie hints had ze hem op zijn verzoek gegeven: 'Liechtensteinpark, Votivkirche, tegenover een kleermaker.' Toen ze in de kroeg van een gin-tonic nipte, vroeg ze zich af wat ze beter zou vinden: door hem gevonden worden of niet.

Hij had zich die nacht in haar lichaam gegrift, zij had zich aan het zijne vastgeklampt, het had haar verward dat hij in staat was haar lijf zo blindelings te vertrouwen, zich er zo slaafs aan over te geven. En zij, door haar gespleten biografie doordrenkt van wantrouwen, liet zich daardoor meeslepen. En hij sleepte haar mee, met de volle kracht die zijn noten en kussen eigen was. Ze mocht geen vragen stellen, ze zou de verkeerde antwoorden krijgen, dat wist ze al bij voorbaat. Maar het spel waarmee hij was begonnen, was te aantrekkelijk, te verleidelijk, te bijzonder om er zomaar mee te stoppen. Hij speelde dolgraag, net als zij, alleen had zij daarvoor het toneel, terwijl voor hem het leven dat toneel was.

Hun volgende rendez-vous was ook een provocatie, maar dat beviel haar wel. Ze werd uitgedaagd, eindelijk werd ze uitgedaagd.

'Je neemt het ticket dat ik voor je wil kopen vast niet aan, je stapt vast niet op het eerstvolgende vliegtuig naar Málaga, waar ik in Mesón Ibérico op je zal wachten. Met de beste tapas die je ooit hebt geproefd.' 'Alleen als je me daar in een witte hotelbadjas ontvangt!' was haar antwoord.

Ze nam het vliegtuig. Hij zat er. In een witte hotelbadjas met SOHO erop. Ze zweetten de lakens nat, klampten en zogen zich aan elkaar vast, snoven elkaar op. Later sprong hij naakt uit bed om de nieuwe melodie voor haar te spelen die hij de vorige dag had gecomponeerd, en op het moment dat hij over muzikale finesses vertelde, waar ze niets van begreep en die haar ook niet interesseerden, besefte ze dat ze hem wilde vasthouden, heel dicht tegen zich aan, bij haar hart, bij haar longen, dat ze hem wilde aansteken, met zichzelf, met alles wat ze was.

'Je durft nooit naar die man toe te gaan en je slipje in de zak van zijn colbertje te stoppen!' Dat was het eerste wat hij tegen haar zei toen ze na haar studie was teruggekeerd in Berlijn, met tweehonderd euro op zak en heel veel hoop. Het feit dat hij in Berlijn een pied-à-terre had, had de beslissing voor haar een stuk gemakkelijker gemaakt.

Dat was de opening van het spel. De olympische fakkel. Ze wist het nog precies: ze zaten in Madame Wong en zij had net een loempia gekregen en hij had naar het echtpaar naast hen gegluurd, zich over de tafel gebogen en haar die schalkse, dwaze uitdaging in het oor gefluisterd. Ze deed het en verlangde op haar beurt dat hij naakt naar huis liep, met alleen sokken en schoenen aan. Hij ging akkoord. Het was gelukkig donker, het uitgaansvolk vulde de straten en hij liep spiernaakt tussen de feestvierders door alsof het de gewoonste zaak van de wereld was. Het was niet ver naar zijn appartement.

Die spelletjes hadden een hoge verslavingsfactor.

'Je durft nooit tegen de regisseur te zeggen dat hij een klootzak is.' 'Je durft nooit stiekem geluiden van onze seks in je composities op te nemen.' 'Je durft nooit aan een karaokewedstrijd mee te doen.' 'Je durft nooit een liefdesbrief aan je vroegere klassenleraar te schrijven.' 'Je durft nooit twaalf uur achterelkaar met me te vrijen.' 'Je durft nooit in de Schlachtensee te springen met dit weer.' 'Je durft nooit met me te gaan parachutespringen met die hoogtevrees van jou.' 'En jij durft je vrouw nooit over mij te vertellen.' Stilte.

En een van die uitdagingen was ook het jatten van die bh in een chique boetiek op het vliegveld van Zürich. (Wat hadden ze daar gedaan? Een toneelstuk bezocht waarvoor hij de muziek had geschreven?)

Ze trok haar trui uit. Hij zou niet vragen wat ze van plan was, want hij wilde per se iemand zijn die zich nergens door liet verrassen, omdat hij alles wat verrassend was al in zich had. En wat drukte dat verlangen zwaar op hem, die zelf opgelegde plicht, dat per-se-anders-moeten-zijn en tegelijk gevangenzitten in een kerker van zelf opgelegde eisen. En onder dat alles ging een kern schuil, iets wat hij niet toegaf, niet tegenover zichzelf, niet tegenover de wereld, niet tegenover zijn altijd zwijgende en op de achtergrond wachtende vrouw, een kern die weerloos was en angstig en niet in staat te overleven – tot die kern had ze willen doordringen.

Ze begon rond te draaien en met haar armen te zwaaien, alsof het twee aparte rubberachtige voorwerpen waren, die niet met haar waren verbonden. Haar bezwete T-shirt vloog op de grond. Ze bleef in haar zwarte bh staan.

De melodie schoot naar duizelingwekkende hoogte en ze paste zich aan het ritme aan.

In haar broekzak zat de grofkorrelige zwart-witfoto van een dode die sprekend op haar leek en van wie hij niets wist, van wie zij een paar uur geleden ook nog niets wist.

Was het een begin? Of zat ze al midden in het verhaal van iemand anders? Had dat duistere bezoek van de vogelman, die wonderlijke ontmoeting achter de club met die onhandige Viking een aanwijzing bevat?

Nu keek hij haar aan. Zijn blik brandde op haar wangen. Ze deed haar ogen dicht en draaide en draaide tot de tijd stilstond of als zand wegstroomde, tot haar gedachten verstomden en alleen dat lichaam en die blikken er nog waren. Toen maakte ze de sluiting van haar bh los en liep opnieuw naar het raam. De melodie werd sneller en wilder, maar ook vrijer en kinderlijker, alsof ze wilde spelen en niet serieus en veeleisend wilde zijn.

Hij stond op. Hij kwam naar haar toe alsof hij op een teken wachtte, alsof hij het juiste wilde doen, het juiste voor haar. Maar dat kon hij niet. Daar was hij niet toe in staat. Ze waren uitgespeeld. Ze hadden alles verspeeld. Ook zichzelf.

De zwarte stof dwarrelde langzaam, als een veertje de nacht in.

'Wat doe je nou?'

'Weet je nog? Die heb ik in die boetiek gejat. Op het vliegveld. Ik weet alleen niet wat we daar deden...'

'Wil je mij niet ook gelijk uit het raam gooien?'

'Misschien wel.'

'Probeer het dan.'

'Nee, raak me niet aan!'

Ze deed een stap achteruit. Hij wilde vast graag een kus op haar lippen drukken en zij had hem zo graag terug gekust. Haar vermoeide lichaam in zijn armen gevlijd en niets meer hoeven doen. Zijn kus zou steviger zijn en zijn woede zou zich erin ontladen – de woede omdat ze het gewaagd had weg te gaan. Wat zou het fijn zijn om dronken en gedachteloos die donkere slaapkamer in te wankelen en haar borstkas te laten verruimen. Meer dan een minnaar was hij altijd een chirurg geweest, die haar bij haar volle bewustzijn onder plaatselijke verdoving opereerde en haar intussen de hele tijd in de ogen keek, benieuwd naar elke gedachte die hij bij haar opriep.

Maar nu wilde ze niet dat hij haar gedachten las.

Ze had altijd al van hem willen leren hoe je zo hartstochtelijk en begerig beminde en er de volgende ochtend niets meer van wilde weten. Hoe je zo veel kon verlangen en zo weinig geven.

Hoelang kon zo'n afscheid duren? Dagen, weken, maanden, jaren zelfs?

Ze wilde niet met zijn geur aan haar lijf de nacht in gaan. Terwijl hij rustig en tevreden zou slapen. Hij sliep zelden goed. Zolang ze hem kende, werd hij gekweld door nachtmerries of leed hij aan slapeloosheid, soms schrok hij midden in de nacht badend in het zweet wakker en keek haar, als ze hem probeerde te kalmeren, een paar seconden verward aan. Zelden, heel zelden, vielen ze in elkaars armen in slaap, hij hield er niet van in zijn slaap aangeraakt te worden. Zijn grenzeloze begeerte naar intimiteit verbruikte hij meestal bij het vrijen, daarna was zijn honger naar communicatie, naar aanrakingen gestild.

Ze stond daar en bedacht dat een afscheid soms helemaal niet voelde als een afscheid. Dat Natalja misschien wel gelijk had en je de liefde gewoon kon opzuigen als een snoepje.

Ze raapte haar kleren op en liep op haar tenen naar de keuken en daarna naar de gang. Zonder het licht aan te doen trok ze haar shirt en haar trui weer aan.

Ze wilde deze avond heel precies in haar geheugen prenten, ze wilde zich jaren later nog herinneren hoe zijn schoenen op een rij in de gang stonden, welk theekopje er vuil in de gootsteen stond, hoe de rode wijn heette die half opgedronken op tafel was blijven staan, hoe de geur van afscheid rook op haar huid. Van de straat drongen flarden van gesprekken tot haar door. Hij bleef in de kamer bij zijn muziek, alsof die hem daar vasthield, als een gijzelaar.

Ze haalde een zakdoek uit haar jaszak en vond in de lelijke beker op het gangkastje – een souvenir met het opschrift PRAAG en een goedkope schets van de Karelsbrug, dat daar al jaren stond en haar altijd had geërgerd vanwege zijn totale smakeloosheid – de balpen die ze zocht. Ze vouwde de zakdoek open en schreef er twee zinnen op: 'Je zult altijd mijn liefste klootzak blijven. Tot ziens.'

Die nacht droomde ze van het dode meisje. Het meisje lachte uitbundig en danste in de schemering op een surrealistische plek. Maar op een gegeven moment was zij zelf het meisje met het donkere haar en rende ze door de straten van een verlaten dorp, dat eruitzag alsof het door Potjomkin was gebouwd. Zelfverzekerd stevende ze af op een onbekend doel. Ze had zich lang niet meer zo goed gevoeld als in die droom, zodat het wakker worden voelde als een klap in haar gezicht.

1995 | MALYSJ

De maan was een sikkel die de sterren in de huid van de hemel kerfde. De lucht was stoffig en zwaar, hij had het gevoel dat zijn longen verstopt raakten. Het gesnurk van de soldaten met wie hij de container deelde, achtervolgde hem zelfs in zijn diepste slaap als een kakofonisch orkest. Hij trok zijn broek aan en sloop de wooncontainer uit, hij moest zich ervan overtuigen dat er buiten die kale muren, waarop Joeritsj drie naaktfoto's van vrouwen had geplakt, buiten de metalen kasten en opklaptafeltjes, buiten de bedorven lucht en het eindeloze wachten, dat op een tikkende tijdbom leek, buiten het jeukende verlangen op zijn huid nog iets anders was. Bijvoorbeeld de bergkloof met de aoel waarnaar ze in mei 1995 waren overplaatst, en natuurlijk de ademloze rivier de Argoen, die ondanks zijn grillige karakter een kalmerende invloed op hem had.

Hij liet het containerblok en de naast elkaar geparkeerde legertrucks achter zich, liep langs de tank van de kolonel, die als een kolossale trofee van de hele eenheid 6952 vlak voor de ingang van het kamp stond, en sloeg de grindweg naar het dorpscentrum in.

Bij een kruising ging hij linksaf, hij bescheen de steeds donkerder wordende weg met een kleine zaklamp, liep een helling op, almaar verder tot bij de kleine verscholen heuvel waar hij sinds een paar dagen zijn toevlucht zocht. Gaandeweg wenden zijn ogen aan de duisternis, die hier in de Kaukasus heel anders was dan in het noorden waar hij vandaan kwam, een duisternis vol geheimen. De met sterren bezaaide hemel deed denken aan een gezicht met duizenden zomersproeten en had iets troostends. Hij hoorde het grind onder zijn schoenen knerpen, hij volgde het smalle pad steeds verder omhoog. Als het licht was, zou hij langs de rivier lopen, de heuvel achter zich laten, de kleine berg op klimmen en daar in 'zijn' grot kruipen om van het uitzicht op de kloof te genieten, naar het ruisende water te luisteren, bij de zachtste vleugelslag van een mysterieuze vogel zijn adem in te houden, kiezelsteentjes naar beneden te gooien en weg te dromen – zijn favoriete bezigheid sinds ze hier hun kamp hadden opgeslagen.

In Grozny had je geen lucht om adem te halen, geen tijd om te dromen, geen slaap en geen gedachten. In Grozny woedde de oorlog, er waren schoten, explosies en pure overlevingsdrang, de wens om levend van a naar b te komen. De haat was overal voelbaar, de vluchtende mensen, de avondklok en de kou werkten op je zenuwen, de doden in de papperige sneeuw waren soms zo verminkt dat ze niet eens meer op doden leken, alsof deze oorlog een nieuwe categorie uitvond, een afwijkende variant van de mens.

Omringd door die hardnekkige, naar zweet stinkende angst en in de greep van een innerlijke dofheid en leegte was de enige manier om niet gek te worden: je gevoel uitschakelen en elke morele instantie vergeten. Als hij de realiteit uit het oog had verloren, had hem dat het leven kunnen kosten. Maar door het eeuwige oorverdovende lawaai bij de luchtaanvallen was het sowieso onmogelijk om de gruwelijke werkelijkheid te verdringen.

Door de overplaatsing van zijn eenheid naar de kloof was die werkelijkheid radicaal veranderd. In deze adembenemende kloof, die compleet van de rest van de wereld was afgesneden en een eigen tijdrekening leek te hebben, waar alles langzamer verliep en zich veel oude mannen in lange gewaden en zwijgzame, somber kijkende schoonheden bevonden, regeerden noch de federalen, zoals de plaatselijke bevolking de Russen noemde, noch de speciale eenheden van de Tsjetsjeense *bojeviki* of de *kontraktniki,* de Russische beroepssoldaten op contractbasis, maar enkel de ongetemde natuur, die tegenover de levenden even onverschillig stond als tegenover de doden.

In deze afgelegen aoel werd het leven nog steeds bepaald door de traditionele adat-wetten van de bergvolkeren, de oeroude wetten die het gemeenschapsleven regelden. Vergeleken met de afgelopen maanden in Grozny was dit oord een waar paradijs. Weliswaar hadden de kolonel en zijn adjudant Petroesjov op weg hierheen een toespraak gehouden over de ook in deze kloof aanwezige gevaren – het zou een geliefde schuilplaats zijn van de Tsjetsjeense bojeviki en sinds kort ook van de 'zich als de pest verspreidende' wahabieten, die religieuze terreur predikten, maar alles leek beter en veelbelovender dan de eindeloze nachtmerrie van Grozny, die hem ongetwijfeld zijn leven lang zou achtervolgen.

Uiterste voorzichtigheid was geboden, alle dorpsbewoners moesten in de gaten worden gehouden, of ze nu klein of groot waren, man of vrouw, jong of oud. Maar vooralsnog heerste er in de voorzomerse omgeving een indrukwekkende rust en leek hun verblijf in dit idyllische oord een wonder, op onverklaarbare wijze afgedwongen van de oorlogsgod.

De troepeneenheid 6952, waarin hij toevallig terecht was gekomen, was betrokken geweest bij de bestorming van Grozny en had zware gevechten geleverd en navenant grote verliezen geleden. Kolonel Sjoejev, de commandant van zijn eenheid, een driftige, gevreesde, door de oorlog getekende man met een drankprobleem, wist mede dankzij zijn goede contacten met het ministerie van Defensie na de tijdelijke inname van Grozny in april gedaan te krijgen dat zijn eenheid werd overgeplaatst. Ze konden de gevechtszone rond de hoofdstad verlaten en verruilen voor dit afgelegen militaire district in de Argoenkloof, officieel voor een antiterreuroperatie, maar in werkelijkheid was het een adempauze, tot ze werden teruggeroepen naar de hel.

Om zo'n antiterreuroperatie te kunnen verantwoorden moesten er af en toe een paar bojeviki worden opgepakt, en dan was het zaak om een stel vrijheidslievende 'gevaarlijke jongens' uit hun schuilplaats in de bergen te halen. Maar verder was het gewoon vakantie. Vooral vergeleken met de afgelopen maanden in de hoofdstad.

Eerst had Sjoejev 'zijn jongens', zoals hij de intieme kring van zijn ondergeschikten noemde wanneer na een paar glaasjes het sentiment door zijn aderen begon te stromen, een luxueuze en totaal onverwachte verrassing bezorgd: dankzij een bevriende militaire piloot, die hem kennelijk iets verschuldigd was, stonden er twee op dat moment niet gebruikte helikopters klaar, die het groepje mannen voor een weekend naar Vladikavkaz overvlogen.

Ook Malysj viel deze bijzondere eer te beurt, al had Sjoejev tot dan toe nauwelijks een woord met hem gewisseld en was hij tijdens de gevechten niet meer geweest dan een veredelde knecht, een loopjongen wie de zwaarste gevechtsacties bespaard waren gebleven.

Soms vermoedde hij dat Sjoejev zijn vader had gekend en dat zijn moeder erachter zat. Wat zou betekenen dat zijn moeder hem als een van de minst ervaren en beproefde soldaten graag bij de eerste gevechten zag ingezet. Of hadden ze hem alleen als kanonnenvoer mee naar Grozny genomen en maakte het niet uit wat hij deed, omdat hij er hoe dan ook aan zou gaan en – de oorlogslogica volgend – zijn moeder eindelijk de begeerde status van oorlogsweduwe met een gesneuvelde zoon zou bereiken?

In Vladikavkaz had hij een paar uur nodig om te wennen aan het normale leven, dat een val leek die elk moment dicht kon klappen, en bij de eerste de beste gelegenheid maakte hij zich los van de feestvierende jongens, die op weg gingen naar het bordeel. Hij bleef in het naar vet en urine stinkende logement waar ze onderdak hadden gevonden en belde naar Moskou. Automatisch draaide hij het jaren geleden uit zijn hoofd geleerde nummer. Hij wist zelf niet waarom hij zoveel maanden na Sonja's verdwijning nog altijd contact hield met Olga, maar op de een of andere manier leek die lijn hem buitengewoon belangrijk, van levensbelang. Alsof zo'n banaal gesprekje met Sonja's stille, met het leven worstelende zus hem steeds weer een beetje hoop gaf, die hij in dit oord meer dan ooit nodig had. Al die maanden na Sonja's verdwijning had hij Olga geregeld gebeld of, als hij kon, zelfs opgezocht. Ze hadden elkaar nooit veel te vertellen, meestal dronken ze thee en hadden ze het over koetjes en kalfjes, maar in de loop van hun gesprek dook onvermijdelijk de vraag naar Sonja op. 'En, nog nieuws?' Zo begon hij meestal. Ook al had Olga haast nooit iets nieuws te melden, toch deed het hem goed om die vraag te stellen. Alsof hij, zolang hij dat deed, iets vasthield waar in geen geval, onder geen beding een eind aan mocht komen. Ook deze keer draaide hij haar nummer bijna automatisch en liet hij de hoorn haast uit zijn hand vallen toen hij in plaats van Olga's zachte gefluisterde woorden plotseling Sonja's geliefde hese stem hoorde.

'Sonja, Sonja, ik ben het, kun je me horen?'

'Malysj, ben jij het?'

'Ja, ik ben het, Sonetsjka! O god, ik kan het niet geloven...'

'Waar zit je?'

'In Vladikavkaz.'

'Je leeft, het gaat goed met je, o Malysj, het spijt me zo... Ik moet je zoveel vertellen, het was zo stom van me, ik was zo...'

'Ben je weer in Moskou? Ben je weer terug?'

'Ja, al twee maanden. Ik had nooit weg moeten gaan, ik had me nooit met hem moeten inlaten, die hele reis was één grote vergissing. Maar ik was zo kwaad op je, Malysj, ik begreep je niet meer. En toch had ik niet weg moeten gaan. Wanneer kom je terug? Ik moet je alles uitleggen, ik heb zoveel nagedacht en je een paar keer proberen te bellen, maar toen zei je moeder dat je aan het front zat. Ik dacht eerst dat ze een grapje maakte, maar toen... Ik werd bijna gek! Ik moet je terugzien!'

'Ik jou ook. Door de hoop dat je terug zou komen heb ik het hier volgehouden. Ik had niet meer op je gerekend, maar nu... het is een teken, een teken van het lot...'

'O, het spijt me zo. Het was zo'n schok toen ik hoorde dat je in de oorlog... ik bedoel...'

'Dat is een lang verhaal, ik wil het niet over de oorlog

hebben, niet nu. Dit is een teken! Ik wil je zien. Je moet hiernaartoe komen. Vandaag, morgen...'

'Maar hoe, Malysj?'

'Ga naar het gemeentehuis in Pervomajski en vraag daar naar Leonid Nikolajevitsj Volosjin, mijn oom. Laat je niet afschepen, laat hem weten dat ik je stuur, zeg tegen hem dat je mijn vriendin bent – als je wilt kun je ook verloofde zeggen...'

Hij zweeg even, bang voor een onverwachte of zelfs onaangename reactie, maar ze zei niets, hij hoorde haar alleen zachtjes en regelmatig ademhalen, toen vervolgde hij haastig: 'Zeg tegen hem dat ik drie dagen verlof heb gekregen en je moet zien. Hij zal een ticket naar Vladikavkaz voor je kopen. En zeg dat hij zijn zus erbuiten moet houden!'

'Maar...'

'Doe nu maar gewoon wat ik zeg. Ik weet niet wanneer we weer zo'n gelegenheid krijgen. Doe het als je ons nog een kans wilt geven. Ik weet dat ik fouten heb gemaakt, die maak ik weer goed, Sonja, ik beloof het. Doe het voor mij, voor ons!'

'Ben ik dat dan?'

'Wat?'

'Ben ik je vriendin nog?'

Ze was even stil en vroeg toen angstig: 'Je verloofde?'

'Als je dat wilt...'

Twaalf uur later stapte Sonja op het kleine vliegveld van Vladikavkaz, dat meer op een geïmproviseerde landingsbaan leek, uit een klein propellertoestel en stond stokstijf voor hem, haar grote ogen vol zilte tranen, die als in slow motion over haar wangen biggelden. Ze hadden elkaar meer dan drie jaar niet gezien, zelfs niet gesproken.

In het begin, toen de eenheid net naar het dorp in de bergen was overgeplaatst, was hij overweldigd door het onvoorstelbare geluk nog in leven te zijn, het overleefd te hebben. Pas gaandeweg, eerst in zijn dromen, kwamen de herinneringen terug: de afgezette straten, het centimeter voor centimeter oprukken, de uitgeholde gebouwen, die eruitzagen als gezichten zonder ogen, het van afschuw vertrokken gezicht van een oude vrouw die in haar been was geschoten omdat ze had geroepen dat haar kleinkind in het gebouw was en ze naar hem toe moest, de behuilde gezichten van de tweelingzusjes die de pech hadden in het verkeerde stadsdeel te wonen, dat elke nacht urenlang aan luchtaanvallen was blootgesteld, het ongelovige gezicht van de jongen die door Petroesjov naar het zogenaamde kippenhok werd gesleurd, alsof hij niet kon geloven dat wat er om hem heen gebeurde werkelijkheid was. Die dag had hij voor het eerst het woord 'kippenhok' gehoord – want de officiële benaming luidde 'strategisch filtratiepunt' en het was niets anders dan een officieuze deportatie- en detentieplaats, waar mensen gemarteld en in het ergste geval uit de weg geruimd konden worden zonder dat het juridische consequenties had. Meestal werden zulke kippenhokken spontaan in verlaten gebouwen en soms zelfs in de openlucht ingericht en na beëindiging van de operatie, nadat alle sporen waren uitgewist, zo snel mogelijk weer verlaten. Hoe vaak hadden ze hem niet gedwongen zulke sporen te verwijderen, en terwijl hij in het begin nog had staan janken, had hij het bevel later onbewogen en afgestompt uitgevoerd. Die dag had hij voor het eerst zo'n punt gezien, in het magazijn van een leegstaand warenhuis, en daar in het gezicht gekeken van de jongen die hem sinds zijn aankomst in de kloof in zijn slaap achtervolgde. De jongen bij wie het bloed uit zijn mond liep, doordat ze hem meer dan eens in zijn gezicht hadden geslagen, terwijl ze zijn vingers met zware laarzen hadden vermorzeld omdat hij informatie zou hebben over een of andere geheime operatie. Zijn ongelovige blik, zijn onvermogen om te geloven dat ze hem echt zouden aandoen wat hij niet eens durfde vermoeden, vervaagde met elke stomp in zijn gezicht, in zijn maag, met elke belediging, elke door laarzen verbrijzelde vinger, en op het laatst was zijn gezicht alleen nog leeg – er viel niets op af te lezen, zelfs geen pijn.

Die gezichten, de gezichten van de doden en soms ook van de levenden die wilden dat ze dood waren, maakten dat hij 's nachts wakker schrok en de ruimte zocht.

Voorzichtig de ene voet voor de andere zettend klauterde hij over de rotsen. De stilte was magisch en werd alleen verbroken door de rivier, die de omliggende stenen onvermoeibaar om de oren leek te slaan. Van de steile, kale rotswand kwam hij op de kleine heuvel, waar op een tussen twee grote rotsblokken liggend, tegen vreemde blikken afgeschermd stuk groen een paar schapen van de dorpsbewoners graasden. Malysj ging in het gras liggen en haalde diep adem. Zijn ademhaling werd rustiger, regelmatiger. De junihitte drukte op de nacht. Na een paar minuten slaagde hij erin de doden in zijn binnenste te verjagen en in plaats daarvan het lichte, hoopvolle, hongerige gezicht van Sonja te zien.

Haar dikke, nonchalant opgestoken vlasblonde haar, haar grote grijsblauwe ogen, haar wipneus, haar volle lippen en haar blozende wangen: haar gezicht was als een amulet, zijn gedachten aan haar vormden de onzichtbare vleugels van een beschermengel op zijn schouders, de wetenschap dat ze weer bij hem hoorde maakte hem onkwetsbaar, zelfs de oorlog was bijzaak geworden. Sinds hun ontmoeting in Vladikavkaz wist hij zeker dat hij het zou redden en bij haar terug zou keren. Hij had het haar beloofd, hij moest in leven blijven. Zij was de brug over alle afgronden onder hem.

Maar natuurlijk zou hij deze keer alles anders doen en haar nooit meer de kans geven om van hun gezamenlijke weg af te dwalen.

Hoeveel zenuwinzinkingen zijn moeder ook kreeg, hij zou samen met haar een mooie woning zoeken, in het oude centrum van Moskou, in de buurt van de Bolsjaja Nikitskaja misschien, in een oud pand van drie verdiepingen – in geen geval een flat – met hoge plafonds, lichte kamers en tochtende ramen, maar dat maakte niet uit, ze zouden elkaar warmen en blij zijn dat ze aan de dvor in Sjtsjoekino waren ontsnapt.

Ooit was de buurt rond Oktjabrskoje Pole in Sjtsjoekino een gewilde woonwijk voor voorbeeldige Sovjetburgers, en de wetenschappelijk medewerkers, geleerden en artsen die er na de opening van de metro in 1975 woonruimte kregen toegewezen, konden zich trotse kameraden noemen, die door de staat werden gewaardeerd. Met de toenemende sovjetisering had de stad zich in de jaren twintig tot het Oktoberveld uitgebreid; in de jaren dertig waren daar verschillende kolchozen gevestigd en werd er een tramverbinding naar het dorp Sjtsjoekino aangelegd. In die tijd begon men woningen te bouwen, toen nog huizen van twee à drie verdiepingen, vaak *kommoenalka's* voor de kolchozarbeiders en naar de stad verhuisde boeren. Eind jaren dertig werd daar het Instituut voor Experimentele Geneeskunde geopend, later een ziekenhuis, en vanaf de jaren veertig werd er een groot terrein beschikbaar gesteld voor de bouw van een onderzoekslaboratorium, de voorloper van het Koertsjatov-instituut voor Atoomenergie, dat toezag op geheime projecten voor de ontwikkeling van nucleaire wapens en waar later het grootste deel van de Russische kernreactoren werd ontworpen.

Na de Tweede Wereldoorlog werd er in Sjtsjoekino vaart gezet achter de woningbouw en de uitbreiding van de wetenschappelijke instellingen. Er verrezen verschillende veel hogere woonblokken, een bij het nucleair instituut behorend ziekenhuis en instituten voor epidemiologie en virologie. De woonwijken werden in de jaren zeventig verder uitgebreid, en daarna volgde ook het metrostation. Toen zijn moeder – destijds een jonge biologe aan het Instituut voor Virologie, gelukkig getrouwd met een majoor (nog geen held) en moeder van een zesjarige jongen die in de eerste klas van de lagere school al 'buitengewoon pienter' werd bevonden – voor haar zeer opmerkelijke prestaties in het laboratorium en vooral dankzij de ijverige voorspraak van haar broer, die via het Goskom druk op de beheerder uitoefende, in het voor verdienstelijke wetenschappers gebouwde woonblok een woning van zestig vierkante meter aangeboden kreeg, nam ze dat unieke aanbod in dank aan.

Zelfs haar verdienstelijke echtgenoot was zo'n geluk nog niet ten deel gevallen, in hun eerdere tweekamerwoning bij het Koerskstation hadden ze meer gebivakkeerd dan gewoond. De dankzij wetenschappers en artsen opgebloeide buurt leek een levendige en stimulerende omgeving voor hun kind, de lagere school was niet ver, hij kon er lopend heen, om de hoek was de Komsomolclub, waar de jongen enthousiast leerde schaken.

De pas opgeleverde woning lag op de achtste verdieping van een in totaal twaalf verdiepingen tellend complex, dat uit meerdere, door een ruime, doolhofachtige binnenplaats met elkaar verbonden woonblokken bestond. Natuurlijk werden de nieuwe woningen aan het eind van het jaar niet alleen betrokken door vertegenwoordigers van de gecultiveerde intelligentsia, zoals Lidia Nikolajevna had verwacht. De meeste waren ondershands vergeven. De vermeende rust van het Brezjnevtijdperk had zijn hoogtepunt bereikt en daarmee ook de achttien jaar durende, pas met zijn dood beëindigde periode van stagnatie, economisch verval en corruptie. De schaduweconomie bloeide.

De woningen waren verdeeld onder degenen die bereid waren de invloedrijke medewerkers van het Goskom en het Ospolkom het een en ander cadeau te doen. Geld of allerlei attenties: artsen beloofden de ambtenaren hun leven lang gratis en zonder afspraak te onderzoeken en hen zo nodig van moeilijk verkrijgbare medicijnen te voorzien. Leraren beloofden goede cijfers voor hun kinderen. Medewerkers van het oppermachtige Intourist-bureau beloofden speciale vakanties op de Krim of in Georgië. Fabrieksdirecteuren boden JunOst-tv's, Saratov-koelkasten, Minsk-wasmachines of zelfs een Lada – en dat allemaal zonder lange wachttijden – in ruil voor een urgentieverklaring voor een woning in een van de nieuwe blokken rond Oktjabrskoje Pole.

Sommigen, vooral nakomelingen van de kolchozarbeiders die al generaties lang in Sjtsjoekino woonden en niet tot een elitegroep behoorden, waren echter gepasseerd en voor een deel naar de rand van de stad verdreven, maar nu ze hoorden dat er in hun buurt nieuwe woonruimte kwam, probeerden ze op alle mogelijke manieren terugkeer te bewerkstelligen. Omdat de druk op het Goskom te groot werd en de duidelijk onrechtvaardige woningdistributie te veel deining en verhitte gemoederen dreigde te veroorzaken, werd er een compromis bedacht en werd een vijfde van de woningen aan arbeiders en hun nakomelingen toegewezen. Voor het merendeel waren dat vertegenwoordigers van het proletariaat: eenvoudige fabrieksarbeiders, overheidsbedienden, ambachtslieden, en Lidia Nikolajevna zag zich gedwongen het 'gepeupel' in haar buurt te tolereren, hoewel die lieden in haar ogen tot een andere kaste behoorden – al stonden ze net zo goed urenlang in de rij voor levensmiddelen of andere spullen, woonden ze op 1 mei of 7 november gezamenlijk de parades bij en zaten ze zij aan zij op de houten bankjes van de *elektritsjka*-treinen op weg naar hun bescheiden volkstuintje. Ook al vierden ze hun verjaardag net als zij met zalm, wodka en taart van gecondenseerde melk, toch bleven het mensen van een ander slag. Ze waren grof en niet fijnzinnig genoeg voor Lidia Nikolajevna, ze stonken en waren luidruchtig, dronken te veel, hadden geen manieren, wierpen je soms heel ordinaire blikken toe en ook van hun taalgebruik schrok je je soms een hoedje. Het was dan ook niet verwonderlijk dat de binnenplaats, de dvor, de eigenlijke brug tussen de bewoners, algauw in twee werelden uiteenviel: de wereld van de 'gecultiveerden' en die van de 'proleten'. En in niets werd die splitsing zo duidelijk weerspiegeld als in de kinderen op die binnenplaats.

Op de dvor golden eigen wetten: je had geen andere keus dan je bij een van die groepen aan te sluiten, en bij welke, dat werd uitsluitend door je afkomst bepaald. Ook om die reden had Malysj zijn familie verwenst, hij had liever een moeder van 'twijfelachtig allooi' gehad, zoals Lidia Nikolajevna alle vrouwen noemde die geen academica of eerzaam echtgenote waren. Want de 'proletariërs' stonden elkaar bij, terwijl hij niet eens bij zijn eigen kaste hoorde, omdat hij ook daar geen aansluiting vond. De kinderen van de intelligentsia hadden niet zo'n band als die van de arbeidersklasse. Ze hadden het allemaal zo druk met huiswerk, extra lessen en vrijetijdsbesteding dat er geen tijd overbleef om op de dvor vrienden te maken.

Hij was de beste van de klas, wat de afgunst van zijn medeleerlingen opwekte, hij was vlug en heel nieuwsgierig. Alles wat hij niet kende, interesseerde hem. Zijn lerares gaf hem op voor een groep op een school in de buurt, waar hij 's middags na schooltijd naast zijn verplichte vreemde taal Engels ook snel Duits kon leren. Zijn geheime passie was boeken lezen: elke vrije minuut besteedde hij daaraan. Boeken vormden de beste toevlucht voor de eenzaamheid van zijn kinderjaren.

Als klein kind was hij zich niet bewust van de draagwijdte van zijn isolement. Elk jaar vroeg hij met oud en nieuw een broertje of zusje aan Grootvadertje Vorst. Hij wist niet hoe het in andere gezinnen toeging, hoe andere kinderen zich voelden, hij wist niet dat er alternatieven waren voor de serieuze, vaak ziekelijke en overbezorgde wereld van zijn moeder. Hij was een modelleerling, en kinderen van zulke voorbeeldige burgers als Lidia Nikolajevna of Sergej Aleksandrovitsj hadden op school een streepje voor. Maar op de dvor had je geen leraren, en na zijn vaders dood werd elke weg naar huis een ware kwelling. Algauw kon hij de binnenplaats niet meer oversteken zonder te worden uitgejouwd.

Op zulke momenten probeerde hij onzichtbaar te zijn, vooral geen van zijn kwelgeesten aan te kijken, zo snel mogelijk langs hen heen te glippen.

Eén keer verloor hij zijn zelfbeheersing, toen een van die walgelijk spugende jongens, die allemaal bij de geldkloppersbende hoorden en de gekste bijnamen hadden, zoals 'het elastiekje', 'de slak', 'de parasiet', 'het waterhoofd', 'Laika' of 'de geldklopper', zijn schooltas afpakte, de boeken eruit haalde en in de modder smeet; toen had hij zichzelf niet meer in de hand en voor het eerst van zijn leven bleek de woede sterker dan de angst – dat misschien wel meest dominante gevoel in zijn leven: de angst om iemand teleur te stellen, iets verkeerds te zeggen, niet goed genoeg te zijn, de angst om niet de juiste beslissing te nemen, iemand te kwetsen, zelf gekwetst te worden, de angst voor conflicten, de angst om zich in de nesten te werken, de angst om niet degene te kunnen zijn die hij moest worden. Een oneindige variatie aan angsten, die hem constant belette dingen te doen of te zeggen zonder zich er eerst het hoofd over te breken. Alsof het leven hem niet aangeboren was, alsof hij alles met veel moeite moest leren wat de meeste anderen als vanzelfsprekend hadden meegekregen.

Maar op dat moment verdween die angst, en hij rende achter zijn belager aan, haalde hem in en gaf hem een stomp. De jongen verloor zijn evenwicht en smakte met zijn volle gewicht tegen het harde asfalt. Op zijn gezicht stond een onuitsprekelijke schrik te lezen, die Malysj met tevredenheid vervulde. Terwijl de jongen op de grond lag te kermen, raapte hij doodkalm zijn boeken bij elkaar en ging naar huis.

De wraak liet niet lang op zich wachten. Drie dagen later was het zover.

Hij had er weliswaar rekening mee gehouden, maar dat die wraak zo wreed zou zijn, had hij niet gedacht. Toen hij van het schaken op de Komsomolclub kwam, wachtten vijf jongens van de bende hem in de schemering op. Ze sleurden hem achter zich aan, duwden hem met klappen en dreigementen over de binnenplaats en door een gat in het kippengaas naar een leegstaande barak met schunnige teksten op de vochtige muren en sigarettenpeuken en wodkaflessen op de vloer.

De geldklopper, hun leider, een opgeschoten, knokige lummel met een slecht gebit, afstaande oren en een kaalgeschoren hoofd, die aan een verwaarloosde jongen uit een tehuis deed denken, eiste dat hij zich verontschuldigde, wat Malysj weigerde. Hij kreeg een duw, wankelde, werd geschopt, hoorde hoe ze in koor begonnen te blèren: 'Malysj heeft een kleine lul, maar voelt zich toch een hele knul, want zijn papa is een held en zijn mama bulkt van 't geld!'

Vreemd genoeg werd zijn angst minder, hoewel ze fanatiek om hem heen stonden te zingen, en bijna had hij het uitgeproest, hij vroeg zich af wie dat grandioze rijmpje had gemaakt. En hij bedacht dat er tussen moed en angst uiteindelijk alleen een beslissing lag, een beslissing die maar een fractie van een seconde kostte en waarvoor alleen een vonk, een impuls nodig was, en hij wilde op dat moment niets liever dan die impuls voelen. Maar de geldklopper maakte een gebaar en onmiddellijk hield het zingen op. Hij liep heel dicht naar hem toe en keek hem met zijn uitdrukkingsloze gezicht aan.

'Tja, je kans is verkeken: je wilde je niet verontschuldigen. Nu zul je moeten leren dat papa en mama niet altijd kunnen helpen. Bovendien ben je ons twintig roebel schuldig. Als schadeloosstelling voor de pijn die je mijn vriend hebt gedaan.'

'Hij heeft mijn boeken in de modder gegooid,' mompelde Malysj.

'Wat? Wat? Zei hij wat, jongens? Heeft dat moederskindje echt het lef gehad om me tegen te spreken?'

Opeens trof iets hards hem in zijn gezicht. Het ging zo vlug dat zijn hoofd de beweging niet kon volgen. Zijn oren begonnen te suizen. Deze keer zag hij dat de geldklopper uithaalde en hem met zijn gebalde vuist opnieuw op zijn jukbeen sloeg. Hij voelde zich misselijk worden. De rest van de klappen raakte hem over zijn hele lijf.

'Je doet wat je gezegd wordt. Je zorgt voor het geld. Heb je dat gehoord, netenvreter?' brulde de geldklopper, en het verbaasde Malysj hoe vlug zijn nietszeggende gezicht in een van woede vertrokken tronie was veranderd. 'Dit is mijn binnenplaats en mijn wil is hier wet!' schreeuwde hij schuimbekkend.

Malysj wist dat hij geen vader had en dat zijn moeder, naaister in een textielfabriek in Ostankino, altijd aan het werk was. De geldklopper leefde al van jongs af aan op straat of op de dvor. De laatste klap, nu in zijn maag, was zo hard dat hij geen lucht meer kreeg en achterover op de grond viel, hij roeide met zijn armen en snakte naar adem als een vis op het droge. De geldklopper deed een stap achteruit en bekeek hem nieuwsgierig, alsof hij een experiment met hem uitvoerde.

'Ik geloof dat hij ons begrepen heeft, wat denken jullie, jongens?'

De stem van de geldklopper drong nog maar gedempt tot hem door. Versuft van de pijn kon hij aan niets anders meer denken dan aan dat moment tussen angst en moed, waarvoor, verdomme, toch een sleutel moest bestaan, een knop die je om kon draaien.

'Ik heb me bedacht, vijfentwintig roebel, vóór het weekend. Hebben we elkaar begrepen, lapzwans die je bent?'

De geldklopper had zich al omgedraaid, ook zijn bende maakte aanstalten om ervandoor te gaan, maar plotseling bleef hij staan, kwam opnieuw op hem af, kneep zijn ogen stijf samen, alsof hij ingespannen ergens over nadacht, maakte zijn gulp open, haalde zijn dunne bleke penis tevoorschijn en begon te wateren.

De warme straal raakte Malysj eerst op zijn borst, waarop hij zich vliegensvlug oprolde, als een embryo zijn benen optrok en met beide handen zijn gezicht bedekte. Op de achtergrond klonk luid gelach.

Meteen daarna hoorde hij hoe de geldklopper zijn rits dichttrok en de voetstappen zich verwijderden. Hij kwam langzaam overeind, keek om zich heen, zag de bekladde muren, het bloed aan zijn handen en de natte vlekken op zijn broek, en hij kon zich niet meer inhouden, hij begon te snikken. Het was naakte, pure wanhoop die hij voelde, machteloosheid vermengd met vernedering en walging. Zijn hele lichaam beefde, zijn handen trilden, en als hij op dat moment het wapen van zijn vader bij de hand had gehad, had hij beslist de trekker overgehaald. Waarom konden ze zoiets met hem uithalen en waarom kon hij er niets tegen beginnen? Lag het aan dat ene moment, die kleine beslissing, die zulke grote gevolgen had? Zou hij zijn leven lang de rol moeten spelen die die walgelijke, nutteloze parasieten hem opdrongen? Kon hij daar echt niets tegen doen? Was hij gedoemd degene te zijn die werd geslagen, vernederd en afgeperst, en dat alleen omdat hij die grens, die belachelijk kleine grens niet kon overschrijden?

De jaren daarna wist hij zich de geldklopper en zijn bloedzuigers alleen van het lijf te houden met van zijn moeder of zijn oom gepikte roebelbiljetten. Hij liet het gescheld nog steeds over zich heen komen, maar het deed hem geen pijn meer.

En toen kwam er van de ene op de andere dag een einde aan de marteling, namelijk op het moment dat Sonja besloot hem genade te schenken en hem in het trappenhuis op te wachten om hem te vertellen dat hij mooie ogen had. Jarenlang had ze hem genegeerd. Ze was een einzelgänger, maar werd gerespecteerd en gevreesd en was daarom onaantastbaar. Er waren niet veel meisjes op de dvor, de meisjes die er woonden kwamen zelden buiten. Je zag ze alleen in hun bruine schooluniform en hun witte schort van en naar school gaan. Sonja hoorde niet bij die meisjes met een strik in hun haar en een schuchtere blik, met de in aluminiumfolie verpakte boterhammen en koekjes, de witte kousen en lakschoenen, het voortdurende gegiebel en gesmoes. Zij ging naar een speciale school, zat 's middags omringd door een paar katten op de roestige metalen tafel op haar nagels te bijten. Haar autoriteit was als vanzelfsprekend, ze werd nooit door de bendes belaagd. Sonja's wereld leek Malysj triest en ruw, daar was geen tederheid en geen steun van machtige familieleden, geen svjazy, het broodnodige, machtige netwerk dat je in het dagelijks leven in de Sovjet-Unie houvast gaf. Daar waren alleen alcoholverslaafde, gewelddadige vaders en overbelaste moeders, vroegrijpe zussen en een stinkende anderhalvekamerwoning met een door de motten aangevreten wandkleed met herten aan de muur. Maar tegelijk had je in haar wereld alle mogelijkheden, alle opties en geen in steen gebeiteld lot, geen loodzwaar testament dat je moest naleven; daar had je de kans om jezelf te zijn.

Hij waagde het Sonja iets van zijn wereld te laten zien, hij genoot ervan haar het beste daarvan op een presenteerblaadje aan te bieden, veroorloofde zich duur cafébezoek, trakteerde haar op een ijsje of een bioscoopje, kocht nieuwe laarzen voor haar op de zwarte markt en toonde haar hoe je toegang kreeg tot de Spetschran, het geheime depot van de op de zwarte lijst geplaatste boeken van de Lenin-bibliotheek. Hij nam haar mee naar de debatclub, waarschijnlijk om haar met zijn kennis en zijn discussietalent te imponeren, en met succes. Later kwamen daar de semiofficiële concerten van de punkbands Avia en Televizor uit Leningrad bij – de te gekke shows en de provocerende, politieke songteksten brachten Sonja compleet in vervoering.

Sonja vond haar opvoeding zo gebrekkig, haar ontwikkeling zo gering dat ze alles wat haar werd aangeboden opzoog als een spons. Hij hield van haar nieuwsgierigheid, hij hield ervan haar dingen uit te leggen. Hij had het gevoel nodig te zijn als ze hem met grote ogen aankeek en aandachtig knikte terwijl hij van alles vertelde over de verschillende planeten van het zonnestelsel of over de Russische avant-garde.

Samen met haar zou hij voorgoed uit Lidia Nikolajevna's mausoleum weten te ontsnappen, en als ze weer eens in een van hun autowrakken zaten, op een van de talloze braakliggende terreinen waar ze niet gestoord werden en hun liefde konden uitleven, dan greep hij haar hand en bedekte die met kussen. Dan dwaalden zijn lippen over haar armen en schouders en kuste hij haar hoge jukbeenderen en haar volle lippen.

Zo was Sonja's prille liefde, waarin ze hem inwijdde als in een oeroud mysterie waartoe zij als enige tempelpriesteres toegang had. En niets ging hem gemakkelijker af, niets ging meer vanzelf dan zich aan haar overgeven, maar gaandeweg sloeg de werkelijkheid haar scherpe klauwen ook in die afgeschermde wereld van autowrakken, parkbanken en luchtkastelen. Natuurlijk had het haar in de loop van de maanden meer en meer teleurgesteld dat hij haar nooit mee naar huis nam en niet aan zijn moeder en zijn oom voorstelde, iets wat ze niet kon verbergen, niet voor hem noch voor zichzelf. En hij was niet in staat die brug naar zijn moeder en zijn andere leven te slaan.

Toen Sonja zich na haar school gedwongen zag geld te verdienen en haar familie te ondersteunen – haar vader was arbeidsongeschikt, haar moeder bijna altijd de hort op en haar zus, die net haar verpleegstersopleiding had voltooid, kon niet in alle behoeften van het gezin voorzien –, kreeg ze een baantje toegewezen als kantinemedewerkster in een drukkerij. Haar droom om een vakopleiding te doen en een avondschool te volgen, haar hoop op een betere en interessantere toekomst was de grond in geboord. Het stompzinnige en eentonige werk in die troosteloze omgeving, waar het constant naar slecht eten rook en de chef-kok de beste ingrediënten onder de toonbank verkocht, was frustrerend.

Ze wachtte er al zo lang op dat hij haar uitgestoken hand zou grijpen, maar Malysj bleef gevangen in zijn gedachteconstructies. Hij was wel bereid in zijn hoofd hele werelden te scheppen en die met de mooiste woorden tot leven te wekken, maar niet om ze in de werkelijkheid uit te schreeuwen.

Daar kwam de situatie in het land nog bij: de aardplaten waren gaan schuiven, de verrotte bodem schudde bedenkelijk, de erosie was niet meer te stuiten, de gemoederen waren verhit en in beroering. De perestrojka had niet alleen het hele land in de greep, maar drong ook diep in de psyche van de mensen door. De decentralisatie van de economie opende tegelijk ongekende nieuwe mogelijkheden voor degenen die een fijne neus hadden voor de goudzoekersstemming in het eindeloze rijk, een duistere, koortsachtige, onberekenbare stemming, die Malysj tegenstond, terwijl Sonja er een kans in zag.

Een neef van Sonja, Vadim had meteen nadat de wet op de coöperaties was uitgevaardigd een coöperatie opgericht voor de verkoop van cement, later kwam daar nog ander bouwmateriaal bij. Na drie jaar was hij zo rijk dat hij een eigen bank begon, omdat hij vreesde dat zijn geld bij de Gosbank niet veilig was; de jongens van de Loebjanka zouden op hem gaan letten en zijn privébezit in beslag nemen. Sonja was enthousiast, terwijl Malysj haar met lichte weerzin aankeek en haar enthousiasme probeerde te temperen: 'Zulke figuren als die neef van jou zijn niet bepaald een toonbeeld van moraal en arbeidsethos. Heb je niet verteld dat hij als jongen al spullen jatte om ze op de zwarte markt te verpatsen?'

'Nou en? Nu doet hij toch niets illegaals!' antwoordde Sonja verontwaardigd. 'Hij grijpt gewoon zijn kans, wat is daar mis mee? Of vind je het beter om met je handen in je schoot te blijven zitten en je te laten voorschrijven waar je moet werken en hoe je moet leven, zoals ik bijvoorbeeld?'

Natuurlijk voelde hij de steek onder water, het stille verwijt dat hij toeliet dat er zo met haar werd omgesprongen, dat hij, met al zijn privileges, toeliet dat de staat zijn geliefde zijn wil oplegde, haar ergens indeelde waar ze niets te zoeken had, op een plek die ze haatte.

'Hoe moeten we volgens jou nu zijn? Slaafs, passief, gehoorzaam? Waarom lees je me al je wijze boeken voor, waarom steek je die beschaafde voordrachten af, waarom neem je me mee naar die concerten als je alleen maar wilt toekijken hoe anderen voor jou leven? Er gebeurt zoveel in de wereld, Sasja, zo ontzettend veel, kijk toch eens om je heen!'

Ze keek hem aan met haar grote ronde ogen, die hem altijd meevoerden naar de zee, naar de plek waar de zee zijn mooie blauw verruilde voor de onheilspellende kleur van de eindeloze diepte, waar die diepte lokte als het gezang van de sirenen en hem verleidde er gedachteloos in onder te duiken.

'Wind je niet zo op. De hoge heren gaan de teugels straks weer aanhalen. Ze kunnen al die dingen maar tot op zekere hoogte toelaten, dan moeten ze weer ingrijpen, anders kost het ze de kop. Ze kunnen niet het hele staatskapitaal in particuliere handen geven, dan stort alles in, en dat betekent geen kans, maar een catastrofe, Sonja!'

Ze zei niets meer terug, maar hij wist dat er een barst in

hun verhouding was gekomen, en dat maakte hem bang.

Terwijl hij thuis de nieuwste en tot dan toe hevigste aanval van zijn moeder doorstond, die hem aanmaande zich 'naar behoren' op het toelatingsexamen voor de academie voor te bereiden en haast elke dag bezoek ontving of telefoontjes pleegde om haar grote droom een stap dichterbij te brengen, sloegen bij Sonja de stoppen door.

Ze kreeg ruzie met haar baas, een corrupte en ordinaire kerel, die niet alleen jatte als de raven, maar zijn medewerksters ook bepaalde privileges gaf als ze zich door hem lieten bepotelen. Het kwam tot een handgemeen, Sonja werd met een waarschuwing op straat gezet. Om niet op de lijst van 'werkweigeraars' te komen, wat fatale gevolgen kon hebben, moest ze snel iets ondernemen. Dankzij een goed woordje van haar zus, die bekendstond als coöperatief en de populairste verpleegster op haar afdeling was, gaven de autoriteiten Sonja nog een kans en stuurden ze haar naar Kislovodsk, een kuuroord met mineraalbronnen in de regio Stavropol in de Noordelijke Kaukasus, waar ze een paar maanden als keukenhulp in de kantine van een van de kuurhuizen moest werken.

Ze accepteerde het besluit zonder klagen, met verontrustende kalmte, alsof ze zich erbij neer had gelegd. Hij probeerde met haar te praten, haar moed in te spreken, te zeggen dat het maar tijdelijk was. En als hij voor het toelatingsexamen voor de militaire academie was gezakt, kon hij haar elk moment komen opzoeken, in Kislovodsk was het toch mooi, grapte hij, daar heerste een fantastisch klimaat, goed voor haar teint. Maar ze bleef koel, afwijzend en zwijgzaam en liet zich niet meer aanraken. Toen hij haar samen met Olga naar het station bracht, waar ze met twee grote koffers in de trein stapte, keek ze hem zo ontnuchterd, zo teleurgesteld aan dat hij huiverde.

Door met opzet voor het toelatingsexamen te zakken had hij opnieuw een jaar vrijheid gewonnen, en hij schreef bijna dagelijks vurige brieven naar Kislovodsk, maar haar antwoorden, die hem met aanzienlijke vertraging bereikten, bleven gereserveerd, afstandelijk en koel. Door die reacties nam zijn zelfhaat, die alle andere gevoelens leek te verlammen, immense vormen aan.

Intussen braken er van het land steeds grotere stukken af, overal rook het nu naar rot fruit en mottenballen. Als een ware shocktherapie moesten binnen een jaar, zo bepaalde de eerste in de Russische geschiedenis door het volk gekozen president, de staatsgelden worden geprivatiseerd en de prijzen (behalve voor energie, melk en wodka) worden vrijgegeven. Volgens een bericht in het dagblad *Izvestia* bedroeg de prijsstijging meer dan tweehonderd procent. Het aanbod in de warenhuizen en Gastronom-supermarkten, ook daarvoor al niet overvloedig, was binnen de kortste keren bedroevend, en als er al eens iets te koop was, was het meteen weg, want de burgers begonnen in paniek te hamsteren. De broodprijs verzesvoudigde.

In Moskou werden voedselbonnen uitgedeeld die ingewisseld konden worden bij de amper vijfduizend kruideniers, die allemaal in particuliere handen waren overgegaan. In andere steden begon de hongerlijdende bevolking de levensmiddelenzaken en goederentreinen al te plunderen.

Hij greep de eerste de beste gelegenheid aan om Sonja op te zoeken. Ze ontving hem weliswaar beleefd in haar kleine kommoenalka in de buurt van het oude kuurhuis, zette thee en gebak voor hem op tafel, maar ging hem de dagen daarna zo veel mogelijk uit de weg. Meestal met de smoes dat ze het druk had en geen vrij kon krijgen. En 's avonds beloofde ze dat ze de volgende ochtend zouden praten, nu was ze te moe voor serieuze gesprekken. Toen hij voorzichtig over zijn dagen op de universiteit begon te vertellen, kon ze zich niet langer inhouden en slingerde hem woedend naar het hoofd: 'Nou, dat is dan fijn voor je! Sorry, maar ik heb niet de kans gehad om een keus te maken tussen literatuur en schone kunsten en kan je niet volgen. Het spijt me!'

Zijn behoedzame poging om de vroegere lichamelijke intimiteit te herstellen bleek een ontluisterende en deprimerende onderneming. Hij voelde de afstand die als een gapende kloof tussen hen lag. Van Sonja's oorspronkelijke hartstocht was geen spoor meer te bekennen, zijn aanrakingen liet ze met lege, in de verte starende ogen over zich heen komen en toen hij bij haar binnendrong, verkrampte ze zo dat haar gezicht van pijn vertrok.

Voor de winter werden hongersnood en pogroms voorspeld. Er werd gefluisterd dat de voor het aanvullen van de staatsvoorraden noodzakelijke kredieten uit het Westen zouden uitblijven, want daarvoor moest Moskou zich eerst insolvent verklaren. Niemand wist hoe groot de schuldenberg van de Sovjet-Unie in werkelijkheid was. Gorbatsjov waarschuwde dat de 'ontbinding van de staat' zulke gevaarlijke vormen had aangenomen dat de onderlinge verhoudingen er onherroepelijk door zouden worden aangetast. Maar niemand had tijd en zin om naar hem te luisteren, iedereen moest zien hoe hij de eindjes aan elkaar knoopte en de winter doorkwam. Alles had er misschien anders uitgezien als hij niet zelf bang was geworden voor wat hij op gang had gebracht. 'Als de hervormingen niet voor de zomer zijn gelukt,' zei de president nu, 'staat ons grote ellende te wachten en is de staat met zijn eeuwenoude geschiedenis ten dode opgeschreven.' En hij voegde er als verklaring nog aan toe dat zijn hervormingen de democratie ten goede hadden moeten komen en niet de stichting van een nieuw imperium.

Malysj sleepte zich machteloos door de dagen en weken, door herfstbladeren en sneeuw. Het grootste gat gaapte waar zij ooit was geweest. Hij had toegelaten dat ze werd weggestuurd; hij liet dag in, dag uit toe dat de dingen hem overkwamen die hem overkwamen.

Maar hij telde de dagen, aan Sonja's 'verbanning,' zoals ze haar tijd in Kislovodsk noemde, zou spoedig een einde komen en ze zou terugkeren naar Moskou, naar hem. En hij stelde zich voor wat hij allemaal zou doen om haar hart terug te winnen.

Helaas bleek de verovering van Sonja's vesting heel wat moeilijker dan gedacht. Haar teleurstelling in hem had plaatsgemaakt voor een diepe gekwetstheid, die in haar binnenste klopte als een verse wond. De tijd, de afstand, het had er allemaal niet toe bijgedragen haar welwillender of milder te stemmen, integendeel, het alleen-zijn had haar harder en onwelwillender gemaakt.

Na haar terugkeer probeerde hij haar in te palmen, hij bedelde bij zijn oom om geld om haar mee te kunnen nemen naar een van die particuliere restaurants met hun bovenmatige prijzen, waar je de gedachte aan het algehele levensmiddelentekort uitstekend kon verdringen, nam haar vervolgens mee naar huis – zijn moeder was dat weekend met Zina naar de datsja – en trakteerde haar daar op krimsekt en chocola, die hij tegen een schandalig hoge prijs op de kop had weten te tikken.

Maar Sonja was veranderd. En hij vroeg zich af of ze eigenlijk nog iets van hem verwachtte.

De dagen daarop probeerde hij een openhartig gesprek met haar te voeren, hij ging zelfs zover dat hij in alle eerlijkheid praatte over zijn angsten en de problemen met zijn moeder, over de druk die op zijn schouders rustte en die hij niet goed durfde toe te geven. Maar ze bleef als van steen, ongevoelig voor zijn problemen, ze keek dwars door hem heen, elk woord dat hij tot haar richtte, ook het meest aangrijpende, ketste op haar af als een steen op een rots.

De president leek steeds meer moeite te hebben om na het uiteenvallen van de Sovjet-Unie tenminste de ontbinding van het rijk tegen te gaan. En in die onstuimige zee van problemen en ellende interesseerde ook niemand zich voor de elkaar in die dagen verdringende krantenkoppen waarin het steeds om het kleine islamitische bergvolk van de Tsjetsjenen ging – vroeger door de tsaar onderworpen, door Stalin praktisch geheel in treinwagons naar Kazachstan gedeporteerd en volgens de verhalen zo strijdlustig dat de president voor zijn lijfwacht bijna uitsluitend Tsjetsjenen koos. Tsjetsjenië, dat na een coup tegen de plaatselijke partij- en KGB-getrouwe regering een president had gekozen die bij zijn installatie door afgevaardigden uit Syrië en Iran werd gehuldigd en de onafhankelijkheid van de Tsjetsjeense Republiek Itsjkerië uitriep. En zo maakte dat kleine stukje aarde zich los van het onmetelijke Rusland, waarop de president de uitzonderingstoestand voor die grensprovincie afkondigde en elitetroepen naar de hoofdstad stuurde. De Tsjetsjenen wapenden zich en doodden een KGB-majoor.

In Moskou discussieerde men over de nieuwe grootmachtpolitiek en vroeg men zich af wat de rechten van de minderheden waren, men leek het niet eens over de te trekken grens: als ze het recht hadden om uit de USSR uit te treden, waarom dan niet uit de pas uitgeroepen Russische Federatie? Of was dat van die hervormingen toch een te voorbarig gedachte-experiment geweest, dat fatale gevolgen zou hebben?

Maar Malysj was in die tijd niet geïnteresseerd in de rechten van de minderheden en ook niet in de belangen van het Tsjetsjeense volk. Hij was nog lichtjaren verwijderd van het idee dat hij op een dag midden in dat bloedige scenario terecht zou komen. Want Sonja was weg. En anders dan verwacht was ze vertrokken zonder het woord 'scheiding' uitgesproken te hebben. Alsof dat een overbodige formaliteit was, omdat ze die stap allang gezet leek te hebben. Misschien op de dag dat ze in de trein naar Kislovodsk stapte en hij haar vanaf het perron uitzwaaide. Misschien.

Zijn hele wereld kwam tot stilstand. Alle problemen kwamen tegelijk op hem af: de financiële nood – ook Leonid Nikolajevitsj kon ondanks zijn hoge positie niet meer zo gemakkelijk aan geld komen –, de verschrikkelijke teleurstelling van zijn moeder, die loodzwaar in alle kamers hing, de uitzichtloosheid, de angst om zijn eigen machteloosheid te bedwingen en zijn leven eindelijk in de hand te nemen, zijn zelfhaat vanwege zijn tekortkomingen.

Hij zocht haar wanhopig, maar ze leek spoorloos verdwenen. Ze had voor haar zus een velletje ruitjespapier uit een schoolschrift achtergelaten, waarop stond dat ze naar Tadzjikistan ging. Maar duizendmaal erger dan het simpele feit dat ze was weggegaan, was de terloopse mededeling in dat afscheidsbriefje, die Olga pas na veel smeekbeden prijsgaf, dat ze er met de geldklopper vandoor was. Die had in Tadzjikistan een 'hoge functie' aangeboden gekregen.

Hij was verbijsterd: zijn bezorgdheid sloeg om in hevige razernij, hij kon niet geloven dat ze was teruggekeerd naar die walgelijke wereld van de geldklopper en zijn trawanten, van de criminaliteit, waaraan ze wanhopig had proberen te ontsnappen. Hij had gedacht dat hij haar voorgoed uit die wereld had bevrijd, en diep in zijn hart was hij daar trots op geweest, had hij dat als zijn eigen verdienste beschouwd. Alle debatavonden en voorleesuren, alle bioscoop- en concertbezoeken, alle gesprekken in de autowrakken – alles leek in één klap weggevaagd.

Hoe was het mogelijk? Waarom had ze dat gedaan? Hoe vaak had ze niet geklaagd over de jongens van de dvor, die hun leven verprutsten en regelrecht in de heropvoedingsgestichten en gevangenissen van de Sovjet-Unie belandden. Hoe vaak had ze niet haar hoofd geschud als ze langs de benevelde geldklopper liepen, die zij consequent bij zijn echte naam Petja noemde, alsof ze weigerde hem op zijn activiteiten vast te pinnen, en die haar met verachtelijke en tegelijk ordinaire blikken opnam.

De geldklopper was tot een buitengewoon onuitstaanbaar type uitgegroeid. Niet bijster groot, maar sportief en een en al spieren, die hij fanatiek trainde op de sportclub bij het ziekenhuis. Met zijn kaalgeschoren schedel, een paar tattoos op zijn bovenarmen en een verachtelijke blik in zijn nietszeggende hamsterogen was hij in de loop van zijn jongensjaren alles kwijtgeraakt wat er misschien nog aan humaan potentieel in hem had gesluimerd. Officieel volgde hij een opleiding tot bankwerker, maar hij controleerde al geruime tijd alle kleine kioskhouders, coöperatiemedewerkers en zwarthandelaren die in Sjtsjoekino zakendeden. Het gerucht ging dat hij werkte voor de harde *vory*, de 'dieven in de wet' en parvenu's in de hiërarchie van het Russische kamp- en gevangenissysteem, die zich daar hadden ontwikkeld tot deels door de staat gedoogde, deels ook voor zijn doeleinden ingezette criminele kopstukken met eigen wetten en gedragscodes, en die in deze woelige tijden hun ooit zo onaantastbare positie in de schaduwwereld bedreigd zagen, waardoor ze des te grover en bruter reageerden op de omvallende dominostenen van de perestrojka.

De geldklopper incasseerde beschermgeld en pikte alles in waarover de vanbinnen verrotte staat stukje bij beetje de controle verloor. Wat had Sonja de laatste jaren nog met hem te maken gehad? Ze zagen hem op de dvor, groetten elkaar met een knikje, verdroegen de op hun huid brandende blikken en het geginnegap van zijn handlangers als Sonja en hij hand in hand langsliepen, maar meer ook niet. Of toch wel? Ja, Malysj wist dat het zijn eigen schuld was. Zelfs de zwijgzame, meestal zo vriendelijke, terughoudende Olga, die compleet anders was dan haar jongere zus, wond er geen doekjes om toen hij, aanvankelijk elke avond, haar nabijheid zocht in de illusie zo dichter bij Sonja te zijn: 'Ach, Sasja, ze heeft lang genoeg gewacht, maar je kent haar toch, ze moet iets doen, ze moet de handen uit de mouwen steken, ze kan niet zomaar zitten wachten. Ze heeft het je niet kunnen vergeven dat je haar gewoon hebt laten gaan... En in Kislovodsk ging het niet goed met haar, helemaal niet goed.'

Die woorden raakten hem. Zelden had hij zich zo verachtelijk en nutteloos gevoeld, zelden was hij zo'n grote verliezer geweest.

Hij had verloren, maar van wie? Wie was in dit gevecht zijn tegenstander geweest? Was het echt die achterlijke, brute kerel, met wie Sonja als een kip zonder kop naar het andere eind van de wereld was meegegaan (als ze tenminste in Tadzjikistan zaten en dat verhaal niet als dekmantel moest dienen voor iets veel rampzaligers). Lag het aan Sonja, die hem zijn gedraal niet langer kon vergeven? Lag het aan zijn moeder, die niet wilde accepteren dat haar man, zijn levensbeschouwing en de hele socialistische wereld ten onder waren gegaan en die hem dwong in de voetsporen van een geest te treden? Of lag het aan hemzelf en zijn onzichtbare vijand, dat afzichtelijke, meedogenloze, bloeddorstige beest dat angst heette?

De gastcolleges die hij sindsdien volgde, de boeken die hij las, de schaakpartijen die hij won, de ideeën die bij hem opkwamen en zelfs de woorden die hij zei, dienden nog maar één doel: dat uiterst pijnlijke, uiterst onaangename inzicht verdringen. Ook toen zijn angsten op een afschuwelijke manier werden bevestigd, toen hij er eindelijk achter kwam wie de opdrachtgevers van de geldklopper waren – namelijk de beruchte gebroeders Primakov, twee ook buiten het lokale circuit bekende criminele kopstukken, die juist bezig waren de opbloeiende markt naar zich toe te trekken –, zelfs toen bleef hij voor zichzelf op de vlucht.

Door het verlangen naar vrijheid en de westerse manier van leven, door de uitzichtloosheid in die wankele tijden begonnen steeds meer mensen, vooral jongeren, drugs te gebruiken, en het laten vieren van de teugels door de staat had ook op dat gebied vruchten afgeworpen en veel nieuwe deuren geopend.

De complete chaos van na de perestrojka, de opening naar het Westen, de verschuiving van de grenzen en de corruptie vergemakkelijkten het drugsverkeer. Er werd gefluisterd dat de Primakovs in de heroïnesmokkel zaten. De rest kon Malysj zelf wel invullen: de heroïne die de voormalige Sovjetlanden en Rusland binnenkwam, was afkomstig uit Afghanistan. De Midden-Aziatische landen waren de doorgangssluizen voor de smokkelaars, vooral Tadzjikistan, waar de grens met Afghanistan door Russische troepen werd bewaakt. Dat hield de 'hoge positie' van de geldklopper dus in: heroïnesmokkelaar.

Hij kreeg koude rillingen als hij eraan dacht wat dat voor Sonja kon betekenen. En toen ze Olga kort en zakelijk schreef dat ze het goed maakte en een 'spannend leven' leidde en haar zus vroeg naar een adres in Moskou te gaan, waar haar een envelop met een bepaald bedrag zou worden overhandigd, beet hij op zijn tong om Olga's vreugde niet onnodig te bederven.

De volgende dag gaf hij zich gewonnen en vroeg hij zijn moeder haar contacten in te schakelen, zodat hij toelatingsexamen kon doen voor de plek die hij het meest ter wereld haatte. Nu was er geen ontkomen meer aan, tot grote vreugde van Lidia Nikolajevna was hij eindelijk in de voetsporen van zijn vader getreden, hij had zich gewonnen gegeven, en alles wat erop volgde liet hij toe.

Hij liet toe dat ze ter begroeting met een scheermesje een kruis in zijn huid kerfden en hem 'hondje' noemden, dat ze hem in zijn gezicht spuugden en hem als verjaardagscadeautje een leren halsband met zijn initialen gaven. Ja, hij liet het allemaal toe, tot hij op een dag als gehypnotiseerd, gedreven door een onwrikbare innerlijke kracht, midden in de strategieles opstond en zonder een woord te zeggen naar buiten liep. Toen de naar nicotine stinkende, lompe vaandrig hem inhaalde en hem bij zijn mouw greep, sloeg hij hem uit alle macht in zijn gezicht, zodat de sprakeloze man met een gescheurde onderlip tegen de grond smakte.

'Krijg de klere! Krijg allemaal de klere, stelletje klootzakken!' schreeuwde hij, en toen hij al op straat stond, schreeuwde hij nog steeds. Hij kon gewoon niet tot bedaren komen. Als iemand hem maanden later had gevraagd wat de gelukkigste momenten in zijn leven waren geweest, had hij beslist ook het sprakeloze gezicht van de vaandrig genoemd.

Natuurlijk werd hij van de academie geschopt, en zo maakte hij – althans dat hoopte hij toen – voor eens en voor altijd een einde aan de droom van zijn moeder, hij was plotseling weer baas over zijn eigen lot.

Malysj bleef geregeld bij Olga komen, hielp haar in de huishouding en met de verzorging van haar inmiddels bedlegerige moeder, praatte met haar op het gammele balkon en polste altijd voorzichtig of Sonja ook naar hem had gevraagd. Hij deed geen moeite meer om naar de universiteit te gaan; in plaats daarvan sloot hij zich hele dagen op in zijn kamer, waar hij klakkeloos alle boeken las die hij in handen kreeg en even klakkeloos en pretentieloos langs de televisiekanalen zapte. Hij ging steeds minder de deur uit om Olga op te zoeken of een wandeling te maken. Al Lidia Nikolajevna's pogingen om hem 'tot rede te brengen' mislukten jammerlijk en zelfs haar gehuil, dat hij 's nachts door de muur van zijn kamer heen hoorde, liet hem volkomen koud.

Aan dat alles kwam abrupt een einde toen Lidia Nikolajevna op een ochtend de afgesmeekte verklaring van de militaire academie op tafel legde. Toen wist hij dat het leven opnieuw voor hem had beslist. Het leven besloot hem naar het slagveld te sturen. Zijn moeder had dat pad zolang in de hemel gegrift en in de sterren geschreven dat het zijn noodlot was geworden.

En toen, in het piepende metalen bed van het naar schapenvet stinkende logement in Vladikavkaz, met Sonja in zijn armen, was hij bijna dankbaar voor deze oorlog.

Hun weerzien was behoedzaam, aarzelend verlopen, hij behandelde haar alsof ze van porselein was. De vroegere vertrouwelijkheid was niet zomaar terug. Ze moesten toenadering zoeken, voorzichtig balanceren als twee bedreven acrobaten, hij mocht geen fouten meer maken – elke fout zou een levensgevaarlijke val van immense hoogte betekenen. Elk woord moest worden gewogen en elke aanraking bevochten.

Ze was knokiger geworden, peziger, en haar geur was metaalachtiger, scherper, hoewel beslist niet minder aantrekkelijk. Hij wilde niets weten. Hij stelde geen vragen.

Nog niet. Deze gelegenheid, dit ogenblik was hem door de god van het toeval in de schoot geworpen en hij zou het niet door sombere gedachten, verzuurde herinneringen en van zweet doordrenkte woede laten bederven. Wat telde was dit wonder, waar hij niet meer op had durven hopen en toch zo vurig naar had verlangd. En zijn oom had Sonja inderdaad geholpen hiernaartoe te komen. Wat nu telde waren vaste aanknopingspunten, concrete ideeën, plannen die ze samen moesten smeden om zich aan vast te klampen en dit allemaal te doorstaan.

Hij kuste haar blote, platte buik en legde zijn hoofd erop. Toen begon hij te praten, over hoe ze zouden leven zodra hij deze vervloekte oorlog achter de rug had. Hij zou zich eindelijk inschrijven bij het instituut voor vreemde talen, niet als toehoorder, maar als student, en daarnaast zou hij wetenschappelijke vertalingen maken, daar kon je goed geld mee verdienen – zijn talenkennis was voortreffelijk, had zijn docente voor de oorlog bevestigd, naast Duits en Engels kon hij misschien ook Frans gaan doen en zich later specialiseren in simultaan tolken, dan waren ze verzekerd van een inkomen. En daarnaast, zonder druk of haast, zou hij zich aan zijn passie voor literatuur en kunst kunnen wijden, cursussen volgen, zich in Homerus, Shakespeare, Dante en Vergilius verdiepen, het *Nibelungenlied* en de minnezang bestuderen, maar vooral het *Gilgamesj*-epos, dat hem zo fascineerde. En zij, wat wilde zij, waar droomde zij van, er moest toch iets zijn wat zij het liefst zou doen, drong hij aan.

'Goudsmid. Het ambacht van goudsmid, ja, dat zou iets zijn,' mompelde ze zachtjes, terwijl ze haar gezicht in het kussen verborg, alsof ze het een pijnlijke bekentenis vond.

Hij vroeg zich af hoe ze daarop kwam, dat had hij nooit achter haar gezocht.

'Mijn grootvader had een klein atelier, meer een soort

reparatiewerkplaats voor sieraden en horloges. En die miniatuurwereld, die zich alleen met vergrootglazen en roestige lampen voor je opent, heeft me altijd gefascineerd. De geur, het gereedschap, zelfs zijn armetierige winkel, met de muren vol goedkope krantenknipsels van westerse actrices, vond ik als klein meisje ongelofelijk opwindend. Misschien waren die uren alleen met mijn grootvader wel de gelukkigste van mijn kindertijd. Daar waren alleen hij en ik en niet al die verdomde problemen van mijn ouders. Daar vertelde hij me onvermoeibaar over de kleine schroefjes en de eigenschappen van de edelstenen. En op een dag viel hij daar gewoon van zijn stoel. Gewoon zomaar, van het ene op het andere moment, met zijn horlogemakersloep op zijn hoofd en een gouden ring in zijn hand. Ik vind dat een mooie dood,' besloot ze, waarna ze in veelzeggend zwijgen verzonk.

'Dan moet je dat doen, Sonja. Je zult het vast leren, jij hebt aanleg voor zoiets, je hebt niet zoals ik twee linkerhanden, je bent vlug en precies, je moet bij iemand in de leer gaan, we moeten informeren en dan kun je misschien een eigen bedrijfje beginnen, wie weet...' had hij haar aangemoedigd en haar in haar lange hals gekust. Zij had gegiecheld en geprobeerd hem af te wimpelen: 'Ach, wie neemt mij nou? Niet meer dan negen jaar school en dan ook alleen nog op papier, vanaf het achtste jaar heb ik me daar maar om de paar weken laten zien. Ik had alleen gekkigheid in mijn hoofd, dat weet je toch?'

'Je had niemand die je bij de hand nam, je bent zo nieuwsgierig, Sonja, dat is het belangrijkste. Ik zal met mijn moeder en mijn oom praten, die kennen de halve wereld, en dan kun je die opleiding doen. En wat je er verder nog voor nodig hebt, wat je ook moet inhalen, dat fiksen we samen.'

Opgewonden, alsof het nieuwe leven de volgende dag

al zou beginnen, viel ze hem om de hals en bedekte zijn gezicht met vochtige, warme kussen. Wat hield hij van die kinderlijkheid, die ze ondanks de ruwe omgeving waarin ze was opgegroeid, ondanks een leven vol bruutheid en teleurstellingen, ondanks de tijd in dat verre Tadzjikistan, die haar vast had veranderd en getekend, toch had bewaard. Wat was hij daar op dat moment dankbaar voor!

En nu, op dit op de werkelijkheid bevochten ogenblik, was hij alleen maar blij dat ze in de tijd tussen hun eerste ontmoeting en nu, die hem voorzichtiger en haar vast harder en cynischer had gemaakt, haar levensvreugde niet had verloren, want hij had haar nodig, hij had haar nodig als de lucht om te ademen. Hij zou dit allemaal doorstaan om eindelijk een leven met haar te beginnen, het leven dat hij haar, zichzelf en de vele in de loop der jaren opgehoopte dromen was verschuldigd. Ja, dat zou hij doen, dacht hij, en hij keek naar de rotsen boven hem, die hem beschutten, die hem hier van de buitenwereld afschermden en juist rood begonnen te kleuren – boven de bergen ging de zon op en de kloof werd eerst in een roze en daarna in een diffuus gouden licht gehuld. Hij moest zo terug, in de containerkeuken water opzetten, ontbijt voor de kolonel maken, de voorraad levensmiddelen controleren, de vloeren dweilen, de laarzen poetsen, de dode muizen uit de vallen halen… De dag brak aan. Hij hield zijn adem in.

2016 | DE KRAAI

Ze had de tijd genomen. Maar ze kwam. Ik wist van het begin af aan dat ook zij de nodige redenen zou vinden en geen keus had. Toch had er zich de afgelopen dagen een zekere nervositeit van me meester gemaakt. Behalve voor mijn nachtwerk op de bouwplaats was ik amper de deur uit geweest. Ik had me in boeken begraven, al starend naar het computerscherm mijn ogen bedorven, mijn vingers blauw getikt. Aan slapen viel nauwelijks te denken. Zelfs als mijn ogen dichtvielen van vermoeidheid en ik met kleren en al op bed ging liggen, bleven mijn theorieën, mijn vermoedens over 'zijn plan' me als lastige muggen achtervolgen.

Ik zocht naar aanknopingspunten, het mocht niet zo zijn dat hij me ook deze keer de beslissende stappen voor was. De natuurlijke voorsprong die hij had kon ik helaas niet uitvlakken, maar al het onvoorziene, het onverwachte, het verrassende dat hij altijd gebruikte om mij onzeker te maken, moest ik overwegen, er in elk geval rekening mee houden. Tegelijk speelde als een refrein de gedachte aan het meisje door mijn hoofd, het meisje dat de nieuwe sleutel tot een oud verhaal was geworden en dat worstelde met zichzelf en met alles wat haar te wachten stond, omdat het verhaal haar al boven het hoofd was gegroeid voordat het goed en wel begon.

Anders dan ik destijds, verblind als ik was door mijn zelfoverschatting en mijn obsessieve gedrevenheid, voelde zij al dat ze met haar toezegging de teugels van haar leven uit handen zou geven. En natuurlijk maakte haar dat bang.

De avond voor ze belde, maakte de nervositeit plaats voor paniek: wat zou er gebeuren als ze niet meedeed, welke consequenties zou de generaal uit haar weigering trekken? Ik zat op de vensterbank bier te drinken en in de duisternis te staren, mijn hart ging tekeer en mijn spieren verkrampten van pure spanning. De vleugels van de schuld drukten weer op mijn rug, zwart en zwaar, ik bezweek haast onder de last van haar naam, die drie lichtvoetige letters die mijn leven verdeelden in ervoor en erna. Kon ik maar terug naar ervoor, naar mijn vacuüm, en de dingen met rust laten, al was het met de zekerheid dat we elkaar nooit zouden ontmoeten; kon ik me maar overal buiten houden, het verhaal met zijn protagonisten links laten liggen, maar... ja, dat verlangen was niets anders dan een zwakke echo van mijn zelfmedelijden en volkomen zinloos.

En ondanks de last van de zwarte vleugels verbaasde ik me over de wonderlijke euforie die me sinds het verschijnen van Sjapiro had bevangen en die alleen veroorzaakt kon zijn door de mogelijkheid om dat vervloekte, onvoltooide verhaal af te maken. Dat mechanisme maakte me wantrouwig, want ik vroeg me af waarom de komst van Sjapiro, die me opnieuw verwikkelde in iets waar ik geen controle over had, iets wat zulke offers van me vroeg en mijn leven had verwoest – waarom die geen vluchtneigingen opriep, waarom ik niet, in tegenstelling tot de overrompelde actrice, mijn verstand gebruikte en categorisch weigerde, de deur op slot deed en niets en niemand toestond me weer dat duistere verleden in te trekken.

Een jaar geleden was ik er nog zo zeker van dat ik nooit, maar dan ook nooit meer in Orlovs klauwen zou vallen, dat ik voortaan alles zou doen om bij hem weg te blijven. Maar misschien wist ik diep in mijn hart altijd al dat het onmogelijk was hem te ontlopen, dat hij al zo lang voor god speelde dat anderen hem inderdaad vereerden, hem gehoorzaamden en zijn toorn als een rechtvaardige straf accepteerden. Misschien was ik toch niets anders dan een van zijn volgelingen. Misschien had ik al op het moment dat ik me in zijn leven waagde, begrepen dat mijn verhaal alleen in die, in zijn context kon worden verteld.

De hele nacht vroeg ik me krampachtig af wat ik zou doen als ze niets van zich liet horen. Maar tegelijk stond het voor mij buiten kijf dat iets wat al aan het rollen was gebracht onmogelijk nog tegen te houden was.

Die nacht droomde ik. Het was voor het eerst sinds 'zij' weg was, sinds haar leven onverteld, ongeleefd, onvervuld was afgebroken, dat ik van haar droomde, dat ik haar zo levendig voor me zag. Ze droeg een smaragdgroene jurk, die haar lange, androgyne lichaam flatteerde, het lichaam dat me in zijn ongrijpbaarheid altijd in verrukking had gebracht, alsof het geen wetten erkende: noch die van de zwaartekracht noch die van een vaststaand seksueel rolpatroon, alsof ze gemaakt was om te zweven en te vliegen en als een vlinder om de paar weken van gedaante te veranderen. Haar jeugd gaf haar daartoe alle ruimte.

Het gerinkel van de telefoon rukte me uit mijn slaap. Zodra ik de stem van de actrice hoorde, kwam er een eigenaardige rust over me, die ik al een eeuwigheid niet meer had gevoeld, alsof de dingen logisch en volgens een voorbestemd plan verliepen. Ik bood aan elkaar in een café in de buurt te ontmoeten. Zij stelde het Görlitzer Park voor. Onder haar grote rode paraplu die ons tegen de gure wind en de regen beschermde, liepen we door het lege park.

Ze leek boos. Ze probeerde uit te leggen waarom ze was gekomen, alsof ze wilde rechtvaardigen dat haar interesse was gewekt.

'Ik... ik ben gewoon... ach, ik heb geld nodig, mijn familie heeft geld nodig... Het is ingewikkeld, mijn leven is op het moment helemaal nogal chaotisch. Ik krijg de dingen niet op een rij. Jij kent hem en zijn gevolg – ik bedoel, het is toch geen onschuldig heerschap?'

Ze bleef staan en keek me vragend aan. Haar handen zaten in de zakken van een moskleurige parka, haar zwarte wollen muts was ver over haar voorhoofd getrokken. Ze zag eruit als een klein kind, had iets naakts en weerloos, heel anders dan de jonge, zelfbewuste vrouw voor de club, die met haar sigaret tussen haar lippen op de kale grond had gezeten en superioriteit had uitgestraald. Ik bleef ook staan, deed een stap in haar richting en probeerde haar op te monteren: 'Hé, Kat, zo mag ik je wel noemen, hè? Je hoeft je niet te verontschuldigen. Ik zei het toch al: je kunt er een slaatje uit slaan. Laat een contract opmaken, je kunt er een smak geld voor vragen.'

'Ik heb de afgelopen dagen internet afgestruind. Geprobeerd iets over het verhaal uit te zoeken. En haast niets gevonden... Ik weet niet of ik het kan. Mijn moeder... mijn familie mag in elk geval niets te weten komen. Ik weet niet met wie ik erover moet praten, wie ik om raad kan vragen. Natuurlijk, vrienden zouden zeggen: altijd doen; als die figuur – jij dus – gelijk heeft, kun je een hoop poen verdienen en je leven een stuk gemakkelijker maken. Maar... waarom? Waarom zou hij zoveel geld op tafel leggen als het niets te betekenen heeft? Ik ben bang dat het met die video niet afgelopen is, en jouw rol in het geheel, sorry, die is me een raadsel...'

Ik ging voor haar staan. Ik kon haar moeilijk vertellen dat mijn obsessie verder ging dan me lief was, dat die belangrijker voor me was dan mijn eigen welzijn, belangrijker dan het hare, dat ik als een gokverslaafde alles had verspeeld en toch niet in staat was de nieuwe verleiding te weerstaan.

'Hij zal meer van je willen dan die video, ja, dat is mogelijk,' zei ik kleintjes, terwijl ik de paraplu boven haar hoofd hield. 'Maar het hoeft niet. Hij is niet iemand die zich niet aan afspraken houdt, geloof me. Ik heb een theorie, ik weet niet of die klopt, maar zo ja, dan zal het voor jou geen al te grote uitdaging zijn, je hebt er alleen wat tijd en souplesse voor nodig. Natuurlijk zijn je zorgen terecht. Orlov is geen aardige oom die je zomaar iets cadeau doet. Maar hij wil iets van je, daarom zal hij aan je wensen tegemoetkomen voor zover de zaak dat vereist. Hij is niet zo stom om iets wat voor hem zo belangrijk is in gevaar te brengen. En ja, ik wil deze kans, die me zomaar in de schoot is geworpen, aangrijpen, ook dat klopt. Maar ik ben deze keer gewapend, ik weet waar ik aan begin, ik weet hoever ik kan gaan, ik kan je beschermen.'

'Ik heb ook over jou dingen uitgezocht, daar niet van,' zei ze, terwijl ze zich weer in beweging zette. De regen was opgehouden, ze verliet onze gemeenschappelijke rode schuilplaats en beende met vastberaden passen voor me uit. Ze had zichzelf duidelijk weer onder controle, de twijfels van daarnet leken door de regen weggespoeld.

'En?' Ik wist niet waar ze heen wilde.

'Je hebt je eigen, of liever gezegd, je privécontact met zijn familie voor me verzwegen,' zei ze bits en ze begon een sigaretje te draaien.

Ik vroeg me af hoe ze dat wist.

'Ja, daar heb je een punt.'

'Voor jou is het dus een soort privéaangelegenheid, hè?'

Haar stem was plotseling heel hard en wantrouwig, die stemmingswisseling leek ze niet alleen op het toneel te beheersen, die snelle temperatuurschommelingen waren zonder meer indrukwekkend.

'In zekere zin wel. Maar ik zit al jaren achter hem aan, ik ben al jaren met mijn verhaal bezig.'

'En zij? Wat voor onverwachte wending betekende zij bij de afronding van dat verhaal van je?'

Haar stem was nu sarcastisch en ijzig. Ik voelde een tomeloze woede in me opkomen. Wie dacht ze dat ze was om over mij te kunnen oordelen? Wat wist ze over mij?

'Ik geloof dat jij je dingen aanmatigt waar je geen idee van hebt,' mompelde ik, terwijl ik haar inhaalde. Ik moest moeite doen om niet grof te worden, onze band was nog niet sterk genoeg, ze kon nog elk moment rechtsomkeert maken en ik moest accepteren dat ik de komende weken en misschien wel maanden op haar aangewezen zou zijn. Ik moest me beheersen en haar het gevoel geven dat ik in orde was.

'Oké, het gaat me ook niets aan. Maar hoe zou jij je voelen in mijn plaats? Ik bedoel, ik ga op zoek naar informatie en zie dat zijn dochter dood is, en dat meisje, dat Tsjetsjeense meisje van wie je mij een foto in de hand hebt gedrukt, is bruut verkracht en vermoord. Ik bedoel, wat moet ik daarvan denken? Ik trek me onmiddellijk terug als er iets niet in de haak is, hoe of wat dan ook, heb je dat begrepen?'

Haar stem trilde, ze was weer opgewonden en onbeheerst.

'En ik wil dat je hem dat duidelijk maakt. Jou kan ik ook niet zomaar vertrouwen omdat ik je sympathieker vind dan hem en jouw pad niet met lijken is geplaveid... in elk geval is daar op internet niets over te vinden en...' Plotseling zweeg ze alsof ze buiten adem was, alsof het opeens zinloos was om verder te praten, dingen uit te leggen. Ze nam een trek van haar sigaret, keek naar de lucht en vroeg kalm: 'En hoe luidt die theorie van je?'

Dat liet ik me geen tweemaal zeggen, tenslotte had ik de afgelopen dagen en nachten over niets anders nagedacht en de verschillende eventualiteiten onder de loep genomen, de verschillende puzzelstukjes samengevoegd.

'Ik geloof dat hij een punt wil zetten achter wat er toen in Tsjetsjenië is gebeurd, want – en daar heeft hij vaak op gezinspeeld – dat was het keerpunt in zijn leven, het archimedische punt, zeg maar, vanwaar alle verdere gebeurtenissen, handelingen en beslissingen uitgingen. Sinds dat op niets uitgelopen proces heeft hij het er nooit meer over gehad, alle pogingen om iets uit hem los te krijgen zijn mislukt, nee, dat is nog zacht uitgedrukt: ze zijn allemaal slecht afgelopen, ik ben daar het beste bewijs van. Maar zelf heeft hij er nooit een punt achter kunnen zetten, dat staat wel vast.

En Ada, zijn dochter, heeft op een gegeven moment lucht van de zaak gekregen en bijna obsessief geprobeerd informatie over de moord en het proces te achterhalen, ze wilde de waarheid over haar vader weten, hem aan het praten krijgen, maar natuurlijk weigerde hij. En natuurlijk wilde zijn dochter niets liever dan dat hij onschuldig was, hij had zichzelf immers aangeklaagd, dus kon hij niet het monster zijn waarvoor velen hem sindsdien aanzagen. Ze wilde dat hij tegenover haar en de hele wereld zijn onschuld bewees. Tenslotte was hij haar vader, die ze verafgoodde.'

Ik stond zelf verbaasd van die weergave van het verleden met weglating van één belangrijk detail, maar ik was te laf om toe te geven dat ik het was die zijn dochter op het spoor had gezet, die die obsessie bij haar had gewekt, haar had besmet met de ziekte die bij haar zo'n fatale afloop had gehad, terwijl ik op het punt stond een andere, nieuwe persoon mee te lokken in dat gevaarlijke spel.

Ik zag haar voor me. Ada. Met angstaanjagende helderheid. Ik zag haar zachtroze geverfde haar en het geruite flanellen hemd, dat te groot was en dat ze snel om haar naakte lichaam had geslagen. Het was de eerste keer dat ze 's nachts bij me bleef in mijn armzalige appartement, in dat stoffige hol vol boeken en aantekeningen, dat zo'n contrast vormde met haar stijlvolle penthouse, met de luxe die ze gewend was. Ik was nerveus, bang dat die omgeving mij in haar ogen zou degraderen. Maar ze leek enthousiast, ze voelde zich vrij, stapte met haar kleine voeten over de koude vloer en giechelde aan één stuk door, alsof ze terug was in haar kindertijd.

Ons contact was nog speels, ludiek, nog zonder het serieuze en zware van later. Het was vooral zaak om onze verhouding geheim te houden, we wisten allebei – ieder op zijn eigen manier – welke consequenties het kon hebben als de generaal erachter kwam.

En ik, himmelhoch jauchzend, zum Tode betrübt, was zo gelukkig en brak me er toch voortdurend het hoofd over hoe ik alles moest verklaren, hoe ik alles met terugwerkende kracht recht kon zetten zonder dat ze me stante pede zou dumpen. Toen ik haar benaderde, had ik er geen moment rekening mee gehouden dat ze mijn persoonlijke geluk zou worden.

En met de dag werd het moeilijker om haar uit te leggen dat onze ontmoeting niet aan het toeval, maar uitsluitend aan mijn professionele belangstelling te danken was. Ik was niet in staat mijn kaarten op tafel te leggen en haar ronduit te zeggen dat ze aanvankelijk een middel was geweest om mijn doel te bereiken, een sleutel tot de zwaarbeveiligde wereld van haar vader, die voor mij hermetisch gesloten was. Ik was niet in staat haar te bekennen dat ik toen Jan en alleman van alles en nog wat had beloofd om erachter te komen dat ze die avond in de Berliner Philharmonie naar Benjamin Brittens Nocturne op. 60 en Schumanns Symfonie nr.3 in Es-dur zou luisteren, en dan niet in de loge waar haar vader een abonnement op had, maar in het parket, waar ik, na veel verdere inspanningen en ettelijke telefoontjes, een voor mij schier onbetaalbaar kaartje naast haar wist te bemachtigen. Rechts van haar, want de plaats links van haar was al bezet door haar metgezel, een jonge aanbidder, een landgenoot; zoveel had ik kunnen achterhalen, maar meer ook niet.

Ik wist niet hoe ik haar moest uitleggen dat ik me pas de dag tevoren had verdiept in Britten, van wie ik tot dan toe nog nooit een compositie bewust had gehoord, en dat ik ook over Schumann het een en ander had moeten opzoeken om op het door mij beoogde gesprek met haar voorbereid te zijn – ik wist dat ze net als haar vader een groot cultuurliefhebber was en uitstekend op de hoogte van alle mogelijke kunstgenres. Hoe had ik moeten bekennen dat ik ons gesprek van tevoren minutieus had gepland en overdacht en wekenlang niets anders had gedaan dan alle informatie verzamelen en bestuderen die ik over haar te pakken kon krijgen? En ik kon al helemaal niet bekennen dat ik haar toen in de Philharmonie nog aanzag voor een jong, rijk, oppervlakkig meisje dat het geluk of de pech had Aleksandr Orlovs erfgename te zijn, de ijsprinses van zijn rijk, zijn porseleinen popje, grootgebracht om te betoveren en bewonderd te worden, om haar hoofd kittig in haar nek te leggen, zachtjes te praten, met vochtige ogen in klassieke concertzalen te zitten en in dure restaurants met tafelmanieren te imponeren, met briljanten behangen, op rozen gezeten, naar vanille geurend en door iedereen met tederheid omringd – in een door haar vader voor haar uitgestippeld leven.

Ik kon haar niet vertellen dat ik uit de droom was geholpen, dat ze mijn ideeën en oordelen op hun kop zette, dat ze me dwong alles overboord te gooien wat ik tot dan toe over haar meende te weten. En ik kon haar niet vertellen dat ze me bang maakte – dat ze het eerste werkelijk grote avontuur in mijn leven was. Dat ik versteld stond toen ze zomaar ineens, zonder moeilijk te doen, zonder enig wantrouwen, de twee kleerkasten van lijfwachten met één blik aan de kant schoof en mij in haar wereld toeliet.

Haar metgezel, een jonge, goed uitziende Rus à la Lermontov, was een aanbidder die optimaal aan de maatstaven van haar vader had kunnen voldoen. Hij maakte een beschaafde, beleefde, welopgevoede indruk. Hij droeg een perfect zittend, peperduur pak en had, waarschijnlijk vooral uit consideratie, maar één lijfwacht bij zich. Zijn gezicht kwam me bekend voor, maar hoe ik mijn hersens ook pijnigde, ik kon hem niet thuisbrengen. Ik wist niet wie zijn vader was, maar ik wist zeker dat die niet voor de hare onderdeed en dat deze ontmoeting was gearrangeerd en dus een ontmoeting was tussen de toekomstige regenten, waarop idealiter een machtige fusie van de beide imperia, veel waardige nakomelingen en een glorieuze toekomst zouden volgen.

Hij behandelde Ada met alle egards, was attent en fluisterde haar charmante woorden in het oor, ze glimlachte en reageerde op zijn complimenten eveneens beleefd, maar het viel niet te ontkennen dat haar interesse binnen de perken bleef.

Ik wachtte het hele concert op een geschikt moment om een paar woorden tegen haar te zeggen, haar aandacht te trekken, maar tevergeefs. Mijn rivaal met zijn bleke teint, zijn dikke, donkere haar, zijn lange, slanke vingers en zijn dandyachtige manier van doen – hij had in een Hollywoodverfilming van Lermontovs *Een held van onze tijd* heel goed Petsjorin kunnen spelen – zat haar te dicht op de huid. Elke opdringerigheid van mijn kant had verkeerd kunnen uitpakken. Maar het geluk was die avond met mij: ze zocht zelf contact. Kennelijk verveelde haar metgezel haar en midden in het concert wendde ze zich ineens tot mij en vroeg hoelang het nog duurde voor het pauze was.

Ik greep mijn kans en maakte de ene kwinkslag na de andere, zodat ze na een paar seconden begon te giechelen.

Toen Petsjorin in de pauze naar het toilet was, knipoogde ze naar me en vroeg op de man af of ik haar na afloop 'uit de klauwen van haar gevangenbewaarder' wilde redden. Ze zou wel een smoes verzinnen, ik moest alleen beloven na het concert op het grote parkeerterrein achter de Philharmonie op haar te wachten.

'Beloofd? Maar wees gewaarschuwd: ik verveel me hier dood, u moet me opvrolijken!'

Mijn handen werden klam en mijn knieën knikten. Ik had al mijn overredingskunst gebruikt, geen moeite gespaard om het gesprek gaande te houden, maar er geen rekening mee gehouden dat ze zich zo moeiteloos en onbekommerd met me zou inlaten. Want naar mijn idee had ik te maken met een verwende, nog maar net meerderjarige tiener, die pas afgestudeerd was aan het absurd dure instituut Le Rosey, een elite-internaat aan het Meer van Genève, kennelijk met goede cijfers, want haar meerderjarigheid werd royaal beloond: om te beginnen met haar nieuwverworven vrijheid en zelfbeschikking, bovendien met het recht op vier eigen muren, in dit geval een penthouse in Berlijn van een kleine driehonderd vierkante meter met baden van carraramarmer, handgemaakte kroonluchters uit Sint-Petersburg en gerestaureerde antieke dubbele ramen.

Ik had verwacht dat ze me uit de hoogte zou opnemen, arrogant zou zijn, me met haar desinteresse zou straffen en na een snelle beoordeling links zou laten liggen. In plaats daarvan bood ze me het haast frivole vooruitzicht er midden in de nacht met haar tussenuit te knijpen, met dat verrukkelijk stralende meisje met het roze haar, dat ik moest wijsmaken dat ik niet wist van wie ze een dochter was.

Ja, ook weken later ging ik nog voor haar onvooringenomenheid door de knieën, werd ik gedwongen boven mezelf en mijn angsten uit te stijgen, ongelovig toe te kijken hoe ze me op een presenteerblaadje haar gevoelens aanbood. Hoe had ik haar in vredesnaam de waarheid moeten vertellen? Ik kon het niet. Het had betekend dat ik het waardevolste wat ik opeens bezat – haar vertrouwen – op het spel zette. De bochten waarin ik me moest wringen om het web van leugens in stand te houden, werden van week tot week, van maand tot maand halsbrekender, mijn retoriek slapper, zwakker, ongeloofwaardiger, maar misschien wilde ze me per se geloven, er blind aan vasthouden dat ze meer was dan een bijfiguur op mijn weg naar haar almachtige vader, misschien wilde ze geloven dat er een 'wij' mogelijk was.

Haast een uur stond ik op het steeds leger wordende parkeerterrein te wachten, nerveus ijsberend en de ene sigaret na de andere rokend. En toen ik de hoop al bijna had opgegeven en naar huis wilde gaan, hoorde ik het geklak van hoge hakken op het asfalt en zag ik haar lange, fragiele elfjessilhouet op me afkomen. Van Petsjorin en de lijfwacht geen spoor.

Mijn uur was gekomen. Ik moest de gelegenheid met beide handen aangrijpen. Maar tegelijk merkte ik hoe ik met huid en haar aan haar aanstekelijke ongedwongenheid en opwinding was overgeleverd en er niets tegen kon doen (en dat misschien ook niet wilde).

We namen een taxi, om te beginnen naar een kelderbar in de Leipziger Straße, die me gelukkig als eerste en dichtstbijzijnde gelegenheid te binnen schoot, om even later met een andere taxi naar een electrotent te gaan, waar ze haar schoenen uittrok en blootsvoets de dansvloer veroverde en we cocktails uitprobeerden met de gekste namen. De muziek was luid en de bassen waren zwaar, ik voelde me jong en vrij; ik kon me niet herinneren wanneer ik voor het laatst had gedanst, maar toen ze me de dansvloer op trok, gaf ik me over en liet ik me dragen door het voodooritme van de muziek. Ik merkte het eerst niet, maar de generaal en mijn verzwegen verhaal raakten steeds meer op de achtergrond, gingen op in rook, en ook het plan dat ik op het parkeerterrein voor deze nacht had bedacht en dat vooral bedoeld was om haar vertrouwen te winnen en via dat vertrouwen de brug naar haar vader te slaan, was opeens vergeten. Door haar lach in mijn oor, haar wilde bewegingen voor mijn gezicht, haar fonkelende ogen en haar jeugdige overgave voelde ik dat geen plan ter wereld me veilig door deze nacht had kunnen leiden.

We gingen op in de nacht, we zweefden en lachten om niets, vielen elkaar om de hals, trokken gekke gezichten en tekenden met een viltstift fantasiefiguren op elkaars armen. En op een gegeven moment zaten we op een bankje falafel te eten en naar de stadslichten te staren, die de sterren onzichtbaar maakten. Ik vroeg me af hoe het mogelijk was dat wij tweeën hier zaten – twee mensen uit verschillende eeuwen, uit twee verschillende werelden –, zij aan zij, met haar scherpe schouder tegen de mijne en zonder de tussen ons liggende afgronden waar te nemen, alsof we twee oude kameraden waren, vrienden uit onze kindertijd.

Het begon licht te worden, ze had het koud maar wilde nog niet dat de nacht ten einde was, ze verzette zich er nog tegen. Lichtvoetig vervolgden we onze weg en mijn hart sloeg steeds sneller en luider, ik moest me beheersen, alles dreigde me te ontglippen. Tenslotte was ik uren, dagen, weken bezig geweest om onderaardse gangen naar 'hem' te graven, aangezien de directe lijnen waren afgesneden, en nu zette ik met mijn dwaze gedrag alles op het spel. Wat zou er gebeuren als haar vader erachter kwam hoe gevaarlijk dicht ik haar was genaderd?

Uiteindelijk kon ik me uit haar magische klauwen bevrijden door te beloven dat we elkaar gauw weer zouden zien; ze schreef mijn mobiele nummer op. In het felle licht van een lantaarn, waarin haar haar paars oplichtte, stonden we nog een tijdje tegen elkaar te glimlachen. Ze weigerde zich door mij met een taxi thuis te laten brengen, ik mocht er alleen een voor haar aanhouden. Voor ze instapte, ging ze op haar tenen staan en gaf me een kus op mijn mond. Daarna verdween ze in de laatste flarden van de nacht.

Eenmaal thuis deed ik geen oog meer dicht. Het was mijn laatste kans, die mocht ik niet verprutsen.

Jarenlang zat ik al achter Orlov aan, of hij achter mij, dat wist ik niet en misschien deed het er ook niet meer toe. Al die verloren gevechten, die verpletterende machteloosheid tegenover de schier bovenmenselijke krachten van mijn tegenstander, de uitzichtloosheid en mijn onvermogen om op te geven – dat alles had me gevormd, had een ander mens van me gemaakt, voor wie een leven binnen de normale maatschappelijke structuren bijna onmogelijk was. Ik had me als een pitbull in mijn verhaal vastgebeten en was niet in staat het los te laten. Hoe betoverend dat meisje ook mocht zijn, zei ik die nacht bij mezelf, ik mocht het grote doel niet uit het oog verliezen.

Een paar uur later belde ze met het voorstel om te gaan wandelen. Het werd de meest absurde wandeling van mijn leven. We liepen langs de Maybachufer en deden net of we niets te maken hadden met de twee gorilla's die ons, compleet met headset en donkere zonnebril, als vleesgeworden clichés van robotachtige bodyguards op een paar meter afstand volgden. Op een gegeven moment bleef ze staan en zei: 'Kom op, vraag me wie ik ben, waarom die kerels me schaduwen. Je wilt het toch weten, ik zie het aan je... Al is het ontroerend dat je probeert het niet te laten merken.'

'Ik moet je iets bekennen: toen ik gisternacht thuiskwam, heb ik wat speurwerk verricht; ik was gewoon te nieuwsgierig. Beroepsdeformatie, sorry, ik ben nu eenmaal zo'n stomme speurhond, dat hoort bij mijn werk. Ik weet waarom die kerels je beschermen.'

'Goed. Goed dat je het zegt. Dat heb ik namelijk ook gedaan. Ik weet wie je bent.'

Even leek ze heel serieus, nadenkend, zelfs haar anders zo ongedwongen lichaamstaal veranderde, ze werd rustiger, geconcentreerder, en in afwachting van de lawine die over me heen zou storten en mijn hoop de grond in zou boren, verstrakte ik zelf ook. Natuurlijk, ze was een slimme meid, ze zou het wel kunnen verklaren: ik, een in Oost-Europa gespecialiseerde journalist met een zwak voor de officieuze tsaren van de eeuwwisseling, hun duistere praktijken en eindeloze mogelijkheden buiten elke wet en moraal – ik ontmoet toevallig haar.

Waarschijnlijk was deze wandeling alleen bedoeld om mij mee te delen dat mijn laatste uur had geslagen en dat de wraak van haar papa deze keer vernietigend zou zijn.

Maar nee, ze schudde haar roze haar, alsof ze elke twijfel, elke sombere gedachte wilde verjagen, en zei: 'Het is oké, je kunt het me vertellen, ik kan het je niet kwalijk nemen. Ik weet waarom je gisteren naast ons zat.'

Mijn adem stokte, ik schraapte mijn keel.

'Het was vanwege Arkadi, het is oké, ik zal je niet verraden. En nu heb ik een slecht geweten, ik ben ertussen gekomen en heb je plannen gedwarsboomd. Tijdens het concert zat je de hele tijd naar ons te gluren, ik dacht al dat je hem wilde aanspreken.'

Hem? Ik snapte er niets meer van. Speelde ze een spelletje met me? Die indruk maakte ze niet. Haar gezicht klaarde weer op en met kwieke pas zette ze de wandeling voort.

'Ik bedenk wel iets, ik zal proberen een ontmoeting voor je te regelen met hem alleen,' voegde ze eraan toe. 'De Bely's komen vaak bij ons thuis, vrienden van de familie, en Arkadi ken ik al van jongs af aan, maar hij is zo'n droogpruim, zo saai, dat ik in slaap val zodra hij zijn mond opendoet.'

Ze deed of ze heel erg moest geeuwen en maakte een snurkgeluid.

'Je wilt een interview, neem ik aan, en het liefst zo dat zijn vader er geen lucht van krijgt, hè?'

Het kon niet waar zijn. Zoveel geluk kon ik onmogelijk hebben: twee totaal verschillende stukjes van twee verschillende puzzels, die toevallig perfect in elkaar pasten. Het was even onwaarschijnlijk als logisch; daarom was die Petsjorin me zo bekend voorgekomen, met zijn onschuldige, onbewogen gezicht, zijn donkere wenkbrauwen en zijn bleke huid. Natuurlijk, het was de zoon van Joeri Bely, de koper- en nikkelkoning aan wie ik mijn roem als schrijver te danken had, de oorzaak van mijn gedrevenheid als onderzoeksjournalist, van mijn voorliefde voor de jaren negentig, het Wilde Westen van het Oostblok.

In de tijd dat ik mijn boek schreef, was Arkadi nog een kleine jongen, die naar mijn idee geen aandacht verdiende. Natuurlijk had hij niets met de praktijken van zijn vader te maken, behalve één enkele vermelding van zijn bestaan kwam hij in het boek niet voor. Als ik toen had geweten dat hij op een dag dit volkomen onverwachte perspectief voor me zou openen, had ik het boek aan hem opgedragen.

En toch, terwijl ik inwendig juichte om dit krankzinnige toeval, bespeurde ik een groeiend onbehagen, ik voelde me niet op mijn gemak. Ik stelde me gerust met de gedachte dat zij een jong meisje was en ik twee keer zo oud, en dat alleen al om die reden elke kans op een serieuze vriendschap uitgesloten was; bovendien, wie wist of ze me niet toch alleen als kortstondig tijdverdrijf gebruikte om me bij de eerste de beste gelegenheid te dumpen? Ze was gewoon een jong meisje met roze haar en wereldvreemde opvattingen, met een onverantwoord groot vermogen, waaraan door advocaten en vermogensbeheerders van haar vader ongetwijfeld nog het nodige werd toegevoegd, een prinses met een lichte neiging tot rebellie, die uiteindelijk toch met haar Petsjorin zou trouwen en samen met hem de basis voor de expansie van het verrotte imperium zou leggen.

Ik hield mezelf voor dat ik die onbekende sentimentaliteit moest laten varen en terug moest keren tot mijn oude doelgerichtheid, maar eenmaal thuis, nog niet helemaal nuchter van de afgelopen nacht en nog in een roes van de wonderbaarlijkste wandeling ter wereld, voelde ik me opeens nog jonger dan op m'n zestiende en had ik het brandende gevoel een enerverend en gevaarlijk geheim te bewaren, dat aan mijn leven een heel nieuwe glans gaf.

'Ze wilde hem dus rehabiliteren?'

We waren het park doorgestoken en sloegen de Skalitzer Straße in. De regen was opgehouden, ze had haar rode paraplu dichtgeklapt en droeg hem als een aktetas onder haar arm. Het idee dat de dochter haar vaders onschuld wilde bewijzen, leek haar interesse op te wekken, haar te intrigeren. Ze vroeg meer dan eens of ik geloofde dat Orlov onschuldig was. Ik kon geen duidelijk antwoord geven, ik had het afdoende antwoord nooit gevonden. Maar ik merkte welk spoor bij haar het kansrijkst leek en probeerde dat te volgen.

'Haar dood heeft alles op losse schroeven gezet. Hij gelooft dat ze een soort genoegdoening wilde, voor zover dat bij zulke dingen mogelijk is. Ik heb weliswaar geen idee wat hij zich daarbij voorstelt, maar dat hij iets in die richting van plan is, lijkt me duidelijk.'

Onvermoeibaar praatte ik door, ik probeerde haar te overtuigen, haar het gevoel te geven dat ze zich niet op glad ijs begaf, dat ik, als de buldog aan haar zijde, niet zou toelaten dat er grenzen werden overschreden; woord voor woord probeerde ik haar inzicht in de dingen te verschaffen en ook het financiële aspect te belichten, te benadrukken welke mogelijkheden Orlov had en hoe ze daarvan kon profiteren.

En toen we bij een kiosk een kop zurige koffie uit de thermoskan namen en ik een reep chocola naar binnen werkte, werd ze steeds stiller, nadenkender, meer in zichzelf gekeerd. Ik vroeg me af met welk recht ik haar enige zekerheid in deze zaak kon beloven. Leemten, open plekken, ontbrekende verbindingsstukken alom. Ik had de afgelopen twaalf maanden een leven geleid waarin verdriet elke andere activiteit verdrong en ook de tijd te slim af was, waarin de toekomst nietig en onbelangrijk was omdat ook het heden geen waarde had. Maar nu stond ik voor deze kiosk ijverig in te praten op een meisje dat geen meisje meer was, maar ook nog niet echt volwassen; ik praatte op haar in omdat ik hoopte dat ze me verder zou helpen met iets wat ik afgesloten dacht te hebben. Ook zij leek ergens tussen twee tijden in te zitten, tussen wat geweest was en wat nog komen moest, alsof ze daar waar ze vandaan kwam nooit echt was weggegaan of hier nooit echt was aangekomen. En zo was het heden voor ons beiden ijl, doorzichtig, verre van stabiel.

Ik keek Kat aan, die vreemde vrouw die de sleutel tot mijn verleden en tegelijk tot mijn toekomst moest worden, en had het gevoel dat we allebei op de drempel stonden als gevangenen van onszelf, niet in staat een stap voor- of achteruit te doen.

'En toen zag hij jou, of liever gezegd, je gezicht op die affiche, en op dat moment moet hij plotseling alles duidelijk voor zich hebben gezien. Dat was het teken: nu is het tijd om Ada's wens te vervullen! Hij wil de mannen opzoeken die in dezelfde eenheid zaten, hij wil de openstaande rekeningen van toen vereffenen, en om de een of andere reden denkt hij dat niet te kunnen zonder jou.'

Nog even en ze was aan het eind van haar Latijn, ze zou toegeven, ik voelde het, ze zou zich gewonnen geven – uit nieuwsgierigheid of vanuit de overtuiging dat ze verzeild was geraakt in iets heel bijzonders, iets wat ze, hoe gevaarlijk, hoe verdacht, hoe smerig het ook was, zich niet mocht laten ontgaan, iets wat ook haar doelloos voortgaande leven in één klap kon veranderen. Natuurlijk lokte ook het geld. Ik ging op de natte bank voor de kiosk zitten en wachtte op haar antwoord, dat over mijn lot zou beslissen. Want om eerlijk te zijn was ik altijd, zelfs na Ada, diep in mijn hart blijven geloven dat ik dit verhaal, waarin ik ook een rol speelde, dat zelfs mijn eigen verhaal was geworden, moest afmaken.

2016 | DE KAT

Ze had gedroomd van de binnenplaats uit haar kindertijd in de Zilverstraat. De binnenplaats van haar grootmoeder. Ze kwam met een ruk overeind en deed het nachtkastlampje aan, het had geen zin, aan slapen viel niet meer te denken. Het zou zo licht worden, de hemel begon al te kleuren, alsof iemand er lukraak verf over had gegoten. Ze kroop onder de dekens vandaan, haar ogen brandden, de rusteloosheid van de afgelopen dagen had zich in haar lijf genesteld, in haar gezicht gegrift.

Haar hoofd voelde vreemd beneveld aan. Toen schoot de droom haar weer te binnen. Het dode meisje was erin voorgekomen, het meisje dat in haar dromen altijd levendiger leek dan veel van de levenden die ze dagelijks zag. Ze kon zich niet de hele droom herinneren. Waar had het Tsjetsjeense meisje van gedroomd? Welke weg was zij gegaan? Was ze gelukkig geweest?

Ik ben niet degene die ongelukkig is, had haar zus gezegd... Waarmee ze natuurlijk bedoelde dat zij haar geluk zelf moest zoeken. Maar ging het om geluk? Voordat je het geluk zocht, moest je weten wat je eronder verstond, en daarvoor moest je weten wie je was. Al die jaren had ze gedacht dat ze dat wist... Misschien moest ze eerst laag voor laag al het onechte afpellen, in het labyrint in haar hoofd steeds weer dezelfde weg volgen om het lek te vinden dat een paar weken geleden was ontstaan en waardoor ze iets wezenlijks kwijtgeraakt leek te zijn.

Met haar grootmoeder deelde ze haar officiële voornaam, alleen had die van haar een letter minder, 'onderweg kwijtgeraakt', zei haar grootmoeder altijd; bij de gedachte aan haar moest ze zoals altijd glimlachen, zij het door het gebrek aan slaap wat flauwtjes.

Tina, haar moeder, liet haar moeders naam in de geboorteakte registreren, maar de ambtenaar in het al wankel op zijn benen staande Sovjetrijk had andere zorgen en lette niet goed op, of hij vond de naam vreemd en liet daarom een letter weg, en zo was Sesilia in Sesili veranderd. Ze ontdekten de fout pas weken later en wilden hem meteen laten corrigeren, maar Sesilia had haar dochter daarvan weerhouden, want kennelijk had het zo moeten zijn, het meisje had haar eigen naam gewild en die ook gekregen.

Sesilia, ja, toen ze nog klein was, betekende ze alles voor haar en ook later, als ze zich geen raad meer wist, ging ze naar haar toe.

Onder haar strengheid ging altijd hartverwarmende liefde en zorgzaamheid schuil, haar rechtlijnigheid en pragmatisme waren vermengd met een snufje poëzie en sentimentaliteit. Haar regels berustten op gezond verstand en rechtvaardigheid, en ze was zo anders dan haar kinderen dat je amper kon geloven dat deze vrouw zo'n dochter en zo'n zoon op de wereld had gezet.

Sesilia stond met beide benen op de grond, was zakelijk en bijna onnatuurlijk praktisch. Ze had haar hele leven als lerares natuur- en scheikunde gewerkt en was jaren conrectrix van een scholengemeenschap in Tbilisi geweest, waar ze ook lang na haar pensionering nog werd gewaardeerd.

Ze stond bekend als gewetensvol en kneep bij de beoordeling van haar leerlingen nooit een oogje dicht. Alle pogingen van ouders om met dure bonbons of zelfs Frans parfum een goed cijfer voor schei- of natuurkunde te kopen, waren tot mislukken gedoemd.

Ze accepteerde alles in het leven met een zekere gelatenheid. Misschien doordat ze als gepassioneerd wetenschapster voor bijna alles een verklaring had. Haar vader, een bekend archeoloog, was in de jaren dertig het slachtoffer van de stalinistische zuiveringen geworden en dus was het haar als dochter van een 'volksvijand' niet vergund een universitaire wetenschappelijke loopbaan te kiezen, want een proefschrift van haar hand was 'niet gewenst', zoals de faculteit haar zonder veel omhaal te verstaan had gegeven. En zonder academische titel was het zinloos om de wetenschap in te gaan. Maar ondanks die onrechtvaardigheid treurde ze niet lang om de gemiste carrière. In plaats daarvan maakte ze het tot haar levenstaak om kinderen warm te maken voor haar lievelingsvakken.

Ze trouwde met een vijftien jaar oudere man, illustrator en karikaturist, een dromer en vagebond die, zodra hij een of twee glazen wijn had gedronken – en dat deed hij geregeld en met veel enthousiasme – met wilde gebaren gedichten voordroeg en daarbij vochtige ogen kreeg. Ze hield van hem, ook al begreep niemand wat deze twee totaal verschillende mensen met elkaar verbond. Want hij was in alles het absolute tegendeel van zijn vrouw. Hij kon volstrekt niet met geld omgaan, hield van de hedonistische kant van het leven en deelde niet per se de opvattingen van de voorbeeldige socialistische mens. Wel kon hij voortreffelijk koken en unieke complimentjes maken. En hij was een geboren moppentapper, een meester in dagenlang feestvieren en een in de hele stad bekende *tamada*, ceremoniemeester op bruiloften en partijen.

Sesilia nam haar Nodar zoals hij was, ze probeerde hem niet te veranderen, alleen als de verantwoordelijkheid voor de kinderen, haar werk en het huishouden haar te veel werd, eiste ze dat hij zijn plichten als echtgenoot en vader nakwam. En dat deed Nodar gewetensvol en met veel elan. Hij ging met de kinderen naar de dierentuin, kocht bloemen voor zijn vrouw, overlaadde haar met complimentjes en liefkozingen, kookte en poetste zo ijverig dat zelfs de voorbeeldigste huisvrouw er een puntje aan kon zuigen en haalde zijn vrouw zelfs af van haar werk. Maar dat duurde niet langer dan tot het volgende feest waarvoor hij werd uitgenodigd, waarna er opnieuw een lange 'tijd van droogte' aanbrak, zoals Sesilia die perioden altijd noemde, perioden waarin Nodar nooit voor vier uur 's ochtends thuiskwam – niet zelden luid zingend en vergezeld van protesten en dreigementen van de buren –, zijn vrouw lallend zijn liefde verklaarde en zich verontschuldigde dat hij zijn salaris helaas, helaas bijna tot de laatste kopeke had gespendeerd, met de plechtige belofte dat vanaf de volgende maand alles anders zou worden, maar die maand brak nooit aan.

Toch hield Sesilia van hem en bleef ze hem ook na zijn dood trouw. Alsof ze zich erbij had neergelegd dat zij in dit huwelijk nu eenmaal de motor was en het hele raderwerk in beweging hield, terwijl haar gemakzuchtige man de brandstof leverde. Ja, net als hij haar, leek zij ook hem met al zijn chaos nodig te hebben, ze hielden elkaar aan de gang. Hoe boos ze soms ook op hem was en hoe onverantwoord zijn gedrag ook mocht zijn, hij wist haar telkens weer een glimlach te ontlokken als hij een hartverscheurende liefdesverklaring aflegde of de draak met zichzelf stak om haar op te vrolijken.

Ook al raakte hij door gebrek aan discipline voortdurend zijn baan kwijt en moest Sesilia stapels bedelbrieven schrijven, zodat hij nog een 'allerlaatste' kans kreeg, toch hadden ze een gelukkig huwelijk, en nooit, zelfs niet op momenten van grote teleurstelling, zette ze vraagtekens bij hun verhouding, laat staan dat ze aan een scheiding dacht, alsof wetenschappelijk was bewezen dat ze alleen samen gelukkig konden zijn.

En ze vierden hun in de sterren geschreven geluk zolang

het leven hun goedgezind was. Nodars vrolijke leventje liet zijn sporen na en vlak voor zijn pensioen kreeg hij een hartinfarct, dat hij tot grote verbazing van de artsen overleefde en dat een les voor hem had moeten zijn. Hij kreeg een kuur voorgeschreven en werd naar Gagra aan de Abchazische kust gestuurd – wat dat zijn vrouw aan telefoontjes, bedelbrieven en cadeautjes had gekost, zou hij nooit te weten komen. Omdat Sesilia moest werken en zich geen vakantie kon veroorloven, liet ze hem met een bezwaard gemoed alleen gaan, nadat hij had moeten beloven niet te drinken en te roken, geen gebraden vlees te eten, maar zich aan de door de artsen voorgeschreven vruchtensappen en griesmeelpap te houden. Na veel liefkozingen en vanuit de auto toegeworpen kushandjes vertrok Nodar naar Gagra en kwam nooit meer terug.

Hij had de voorgeschreven kuur precies vier dagen volgehouden, toen zocht hij oude collega's op die in een kuurhotel in de buurt met hun gezin vakantie hielden en zich dood verveelden, liet in een bekend visrestaurant een ellenlange tafel dekken en een gitaar brengen en bouwde een legendarisch feest, dat men zich tot ver na de oorlog zou heugen, maar dat hem het leven kostte. Hij had het leven nog een laatste feest afgedwongen en er tot de laatste seconde van genoten.

Het moment van zijn dood bleek achteraf slim gekozen, zoals zijn weduwe het later samenvatte, alsof Nodar de slechte tijden die het land te wachten stonden had voorzien en er op tijd was uitgestapt.

Nodar ging, de vrijheid kwam, en die was bloedig, rook naar roest en stelde te hoge eisen. Want ze werd duur betaald en kostte de meesten hun hele bezit en menigeen ook zijn leven.

Russische tanks rolden door de straten van de hoofdstad en 's nachts blaften de hongerige straathonden, omdat er op elke hoek schoten vielen. Als een zandkasteel in een onverwachte golf stortte alles in en elke goed functionerende structuur maakte plaats voor anarchie, verval en dagenlange duisternis en kou.

Het was de tijd van USAID-melkpoeder en demonstraties en hongerstakingen voor het parlement. Talloze politici bestreden elkaar en beweerden dat zij de besten waren voor het land, het slimst en het meest ervaren in de omgang met de zwaarbevochten onafhankelijkheid.

Sesilia was niet meer de jongste, ze wist dat ze haar beste tijd had gehad en samen met veel anderen zoals zij zou worden uitgerangeerd, omdat men dacht dat het verleden moest worden uitgewist om in de toekomst te kunnen kijken. Iedereen predikte dat het anders moest, maar niemand wist te vertellen hoe.

Nu waren haar kinderen aan de beurt en tot haar grote spijt kon ze hen niet helpen op de manier die ze nodig vond. Haar dochter was de strijdbaarste van de twee, Ilo, de oudste, was de zwakste uit het nest, de ziekelijke welp, die al in de buik van zijn moeder van zijn wil en zijn kracht beroofd leek te zijn.

Tina, de jongste, was van kindsbeen af creatief en zat vol ideeën, ze aardde meer naar haar vader en hoewel dat inzicht Sesilia bang maakte, vervulde het haar toch met een zekere trots. Tina was vrijheidslievend, levenslustig en communicatief, ze stapte het leven in alsof het haar podium was waarop ze wilde schitteren en worden toegejuicht, wat haar, net als haar vader, noodlottig kon worden. Ze begon deel te nemen aan de kunstmanifestaties die eind jaren tachtig in Tbilisi steeds vaker werden georganiseerd, en werd daar prompt verliefd op een jonge assistent-arts, die gek was van muziek en meer weg had van een tegendraadse kunstenaar dan van een serieuze dokter. Maar Tina verloor haar hoofd en stond meteen in vuur en vlam, zoog als een spons alles op wat haar aanbedene zei. Hij was geïnteresseerd in politiek, deed constant mee aan demonstraties, leidde verschillende debatclubs, organiseerde kunstevenementen en droomde van een vrij, democratisch Georgië, waar je cola mocht drinken, Levi's mocht dragen en Bukowski mocht lezen, waar je zonder censuur Pasolini kon bekijken en Brodsky kon citeren, een land dat hij en zijn generatie wilden opbouwen. Hij en de jonge, naïeve Tina waren voortdurend aan het demonstreren, alsof onafhankelijkheidsbetogingen de meest romantische plek waren voor een pas verliefd stel.

Het was dus geen wonder dat Tina haar moeder op een dag meedeelde dat ze schilderes wilde worden en een paar maanden later inderdaad slaagde voor het toelatingsexamen van de kunstacademie. Ze had altijd al graag geschilderd (haar vader had haar als klein meisje een paar basistechnieken bijgebracht en haar aangemoedigd te experimenteren), en ook al ontbrak het haar aan elke vorm van discipline, er sluimerde beslist talent in haar, dat haar, zoals Sesilia hoopte, geluk zou brengen of, zoals ze vreesde, noodlottig zou worden.

Terwijl Tina en haar geliefde demonstreerden en geloofden in een nieuw begin, westerse muziek en de kracht van de kunst, verschanste haar zoon Ilo zich in het ouderlijk huis, keek met een voor veel geld op de zwarte markt bemachtigde videorecorder urenlang naar slechte, miserabel nagesynchroniseerde Hollywoodfilms en wilde niets meer met de buitenwereld te maken hebben. Hij studeerde voor ingenieur aan het Technisch Instituut, maar voor Sesilia's gevoel was dat meer uit beleefdheid, alsof hij voor zijn fatsoen wel een serieus beroep moest kiezen. En toen de colleges steeds vaker uitvielen door hongerstakingen of tanks, door stroomuitval, elkaar bloedig bestrijdende partijen of vastgelopen verkeer, door algehele moedeloosheid en alomtegenwoordig geweld, leek dat Ilo goed uit te komen, alsof er een last van hem afviel en hij niet meer hoefde te doen alsof.

Tina en haar idealistische arts Rezo trouwden en kregen een dochter, die ze tot Sesilia's grote vreugde haar naam gaven – op die ene kwijtgeraakte letter na.

De inflatie kwam, daarna kwamen de voedselbonnen en de eindeloze rijen voor gerantsoeneerd brood, vervolgens werd er gezegd dat de uitzonderingstoestand was uitgeroepen omdat men nu niet meer tegen de Russen vocht, maar tegen elkaar. Hotels, scholen, theaters stonden in brand, mensen beschoten elkaar midden op straat.

Om te overleven werd de moeizaam van Sesilia's salaris bijeengespaarde datsja in Kodzjori verkocht. Zilveren bestek, een platenspeler, twee fototoestellen en een 16mm filmcamera, een paar nieuwe leren laarzen en een antieke vaas van Tsjechisch kristal belandden op de zwarte markt.

Ook op het gezicht van Tina en Rezo verflauwde met de dag de hoop op een nieuw begin, op een land dat ze zouden helpen opbouwen en vormen alsof het van boetseerklei was. Steeds vaker huilde Tina in de keuken uit aan haar moeders borst en herhaalde ze hoe moe ze was van die hele 'waanzin'.

Sesilia begon privéles te geven, maar niemand wilde in die krankzinnige tijden nog voor het onderwijs van zijn kinderen betalen, niemand had genoeg geld om haar een enigszins redelijke vergoeding te geven. Meer dan een paar onnozele kopeken kreeg ze niet, maar dat was altijd nog beter dan die nutteloosheid, dat langzaam werkende gif.

Ilo weigerde uit zijn verstarring te ontwaken, er ontstond steeds weer ruzie tussen moeder en zoon, tussen zus en broer, en toen de beide vrouwen hem met klem opriepen werk te zoeken, eindelijk zijn verduisterde kamer uit te komen, zich te scheren en die schemertoestand de rug toe te keren – tenslotte was de situatie voor niemand gemakkelijk, hij moest zich vermannen, zijn moeder helpen, hij was jong en vol energie –, wist hij niets beters te doen dan het huis uit te gaan en regelrecht in de armen te vallen van een jonge vrouw, die al na een paar weken bereid was met hem te trouwen. Zodoende keerde Ilo terug naar huis met een jonge, schichtige vrouw, die als studente filologie geen inkomen had en ook geen verdere toekomstplannen. Maar binnen de kortste keren had Ilo haar zover dat ze verkoopster werd in een van de vele nieuwe coöperatieve winkels die als paddenstoelen uit de grond schoten. Zelf bleef hij thuis met zijn videocassettes.

Rezo's salaris was op geen stukken na voldoende en in de schilderkunst was in die tijd niemand geïnteresseerd. Het was zaak om te overleven, vooral nu Tina van een tweede dochtertje was bevallen. ('Tijdens een stroomstoring in de verloskamer, nota bene,' benadrukte ze steeds weer.) Ja, je moest vooruitkomen, je mocht niet stil blijven staan, niet omkijken, geen vragen stellen, niet nadenken, gewoon verder, steeds verder, gehoor geven aan je overlevingsdrang, dan kon je aan alles wennen, je overal bij neerleggen. In het pikkedonker, als de hele stad door stroomstoring in diepe duisternis was gehuld, de weg naar huis vinden? Geen probleem! Van bonen en meel elke dag een ander gerecht op tafel toveren? Geen probleem! Je kon ook lachen als je door plunderende bendes werd beroofd, je kon de kerstboom met papiersnippers versieren en bij het licht van een petroleumlamp de dikste boeken lezen. En toch, als Sesilia later aan die tijd terugdacht, was het haar een raadsel hoe zij en veel van haar lotgenoten erin geslaagd waren in leven te blijven.

En toen het voorbij leek te zijn, toen de onafhankelijkheid een feit was, heel officieel en plechtig, werd alles wat nationaal was op een voetstuk geplaatst en heilig verklaard. Na zeventig jaar wilde men niet langer de 'Internationale' zingen, maar 'nationale' belangen verdedigen.

Toen iedereen dacht dat het niet erger meer kon, werd het nog erger: de oorlog kwam en trok als een zwarte schaduw, als een draak over heel het land; men rook zijn zwavelachtige adem al, men vreesde de macht van het vuur dat het monster dreigde uit te spuwen, maar de gevolgen waren nog onbekend.

Toen Rezo op een dag doodkalm meedeelde dat het zijn plicht als arts was om naar het front te gaan, bereikte de oorlog ook hun gezin. Hij was er niet van af te brengen, Tina's tranen, de bezweringen van zijn ouders of vrienden, niets hielp. Hij ging naar het front. De helikopter die hij had moeten nemen, maar miste omdat zijn vrouw hem had gesmeekt pas een paar dagen later te vertrekken, werd neergehaald voor hij het front bereikte.

Hij vertrok met de vrachtauto naar de zee, naar het strand en de slagvelden. Vijf maanden duurde zijn persoonlijke oorlog, vijf maanden die voldoende waren om een ander mens van hem te maken. Op zijn netvlies stonden spoken gebrand en aan zijn handen kleefde het bloed van degenen die hij niet had kunnen redden.

Ook zichzelf had hij niet kunnen redden, hij raakte zichzelf kwijt.

En zo kwam het dat hij niet als man terugkeerde, maar als reus. De kleine Natalja herkende in die vreemde man haar vader niet meer, ze werd bang voor hem toen hij steeds meer de controle over zijn buitensporige kracht verloor, toen koektrommels in zijn hand in een klomp blik veranderden, toen hij bladzijden losscheurde in plaats van ze om te slaan, toen de bank waarop hij neerplofte onder zijn last bezweek, alsof zijn lichaam een in de oorlog verzameld, onzichtbaar gewicht herbergde, een keihard, ijzig, loodzwaar gewicht, waar niets of niemand tegen bestand was.

Daarna hield de reus, die alles omgooide en brak, op met praten. Hij zat alleen nog zwijgend in een hoekje uit het raam te staren. Kat herinnerde zich ontstellend duidelijk de middagen dat hij, als het ware verstard tot een merkwaardig schilderij, in de kamer zat en door alles heen keek wat hem scheidde van de zee die hij had achtergelaten.

Tina leende geld, tikte lamsvlees op de kop (ook die geur herinnerde Kat zich, sindsdien had ze een hekel aan dat vlees) en maakte *tsjakapoeli* klaar, lamsvlees in dragonsaus, zijn lievelingsgerecht. Ze woelde door zijn haar, maakte zich voor hem op, trok de gestippelde jurk aan die haar zo goed stond, deed parfum op en toen er weer stroom was, zocht ze een muziekzender op de radio. Ze wilde de oorlog uit zijn hoofd verdrijven. Ze fluisterde hem liefdesverklaringen in het oor en bleef maar herhalen dat het een geluk was dat hij terug was gekomen, bij haar en de meisjes. Ze stopte nogablokjes in zijn mond, Joost mocht weten waar ze die vandaan had, maakte gekheid – en dat kostte haar veel moeite –, maar bespaarde hem haar zorgen. (Wat stoken we deze winter, waarvan betaal ik nieuwe laarzen voor de jongste, hoe kom ik aan meel en suiker, wie houdt er vandaag acht uur lang een plaats voor me bezet in de rij voor brood...) Nee, haar man was aan de dood ontsnapt en mocht nu niet met zulke banaliteiten worden lastiggevallen.

De volwassenen speelden het slechte toneelstukje mee, ze deden alsof ze niet merkten dat hij was veranderd, lachten geforceerd, maakten gekunstelde grappen als hij bij hen zat en de indruk wekte nog iets met hen te maken te hebben. Tina kocht speelgoed voor de meisjes en zei dat het van papa kwam. En telkens als hij weg was, zogenaamd naar vrienden, zei ze dat ze de groeten van papa moesten hebben. En grootmoeder speelde het spelletje ook mee en zei dingen als: 'Ach, jullie vader heeft tijd nodig, hij komt wel weer tot zichzelf.' Of: 'Zulke ervaringen moeten worden verwerkt, dat duurt een poosje.' Of: 'Jullie moeten geduld hebben, dan gaat het met papa weer goed.' Eigenlijk werd ze heen en weer geslingerd tussen haar zorgen om de meisjes en om haar kleinzoon, Ilo's zoon, die verwekt was in een merkwaardig schijnhuwelijk en sinds zijn geboorte midden in een huwelijkscrisis opgroeide.

De studente filologie had haar studie eraan gegeven, in de coöperatieve winkel handige zakenlui leren kennen en wilde nu met haar zoontje naar Rostov, waar die zakenlui – moderne, actieve, kansen ruikende mannen en niet zulke slapjanussen als haar man, die de godganse dag niets anders deed dan films bekijken, joints roken met die loservrienden van hem en op de zak teren van zijn moeder en zijn vrouw – haar een lucratief aanbod hadden gedaan. Daar was Ilo het uiteraard niet mee eens en dus vroeg zijn vrouw echtscheiding aan.

Tina deed haar uiterste best om de kinderen te beschermen tegen Rezo's demonen, die hij van de met lijken bezaaide stranden had meegebracht, maar natuurlijk was dat een zinloze onderneming. Ze had tenslotte even weinig ervaring in de omgang met iemand die ziek was van het moorden als alle anderen om hem heen.

De zee en de doden hielden Rezo gevangen, ook met haar prikkelende heupbewegingen en haar zachte kussen wist Tina hem niet te veranderen in de man die hij geweest was voordat hij in de Kamazvrachtauto vertrok naar de palmen en de lijken die hij niet meer tot leven kon wekken.

Tot de dag kwam waarop hij het grijze dekzeil van de

oude, wegens het benzinetekort niet meer gebruikte Lada 07 verwijderde en zijn gezin overhaalde tot een uitstapje naar buiten, 'zoals in de goeie ouwe tijd...'

De catastrofe, die op het allerlaatste moment kon worden voorkomen – maar was hij wel echt voorkomen, vroeg Kat zich af wanneer ze aan vroeger terugdacht, een luxe die ze zich niet vaak veroorloofde – en die het witte plukje in Kats haar achterliet, opende Tina de ogen.

Die catastrofe maakte haar duidelijk dat de Kamaz-vrachtauto haar man voorgoed had weggevoerd en dat degene met wie ze het dak boven haar hoofd en het bed deelde, een vreemde, in duizend stukken gesprongen en weer aan elkaar gelijmde man was, die een gevaar vormde voor haar en vooral voor de kinderen.

De volgende dag pakte ze meteen haar spullen en trok met de twee meisjes in bij haar moeder en haar inmiddels door vrouw en kind verlaten broer in de Zilverstraat. Vanaf dat moment had ze nog maar één doel: weg. Ja, ze moest weg, alleen zo kon ze aan de reus ontsnappen, want hij zou hen niet lang met rust laten, hij zou zijn gezin terughalen, het enige houvast in zijn in scherven gevallen leven.

En toen had ze het geluk, een onverwacht geluk waarop Sesilia noch Tina ooit had durven hopen, dat haar vroegere kunstdocent haar uitnodigde om aan een door Duitsland gesubsidieerde groepsexpositie deel te nemen en naar Berlijn te gaan.

Tina ging – en bleef. In die tijd, toen de grenzen nog niet zo lang open waren en het Westen nog nieuwsgierig was naar de landen achter het IJzeren Gordijn, was het eenvoudiger om opgenomen of althans gedoogd te worden. In Berlijn schreef ze zich in bij het Instituut voor Slavistiek, dat leek het gemakkelijkst, want daar moest je Russisch spreken en niet zoveel Duits, zo kwam ze sneller aan een visum. Ze begon zich uit de naad te werken – alles pakte ze aan, van schoonmaakwerk tot de Burger King – om zo snel mogelijk geld bij elkaar te schrapen en de meisjes over te laten komen, met wie ze elke vrijdagavond om zeven uur vanuit een telefooncel belde, wat haar een half dagloon kostte en waarna ze steevast in tranen uitbarstte en naar haar eerste en tot dan toe enige vriendin Katja in het studentenhuis rende om zich vervolgens samen met haar aan goedkope wodka te bedrinken. (Katja, de vlotte Katja uit Moskou, wilde trouwens als een van de weinige studenten slavistiek echt slaviste worden en volgde de studie niet om aan een visum te komen.)

Tijdens die telefoontjes vertelde Sesilia niets over haar voortdurende angst en de bovenmenselijke inspanning die het kostte om haar meestal dronken schoonzoon bij de meisjes weg te houden. Niet zelden stond hij 's nachts laveloos voor haar deur en wilde hij zijn kinderen meenemen, die door die 'hoer van een moeder' als 'twee straathonden' waren achtergelaten. Zelfs Ilo, die zich verder weinig aan het leven en zijn medemensen gelegen liet liggen, dreigde hem 'van kant te maken' als hij niet onmiddellijk verdween. Het kwam tot vechtpartijen met de buren, die er op een gegeven moment genoeg van hadden, waarop de politie eraan te pas moest komen, die meende niet veel te kunnen doen, hij was nu eenmaal de vader van de kinderen en verlangde naar ze. Sesilia kocht daarop pepperspray en besloot dat hulp van overheidswege haar voortaan gestolen kon worden en dat ze haar meisjes zelf wel zou verdedigen.

Het duurde meer dan een jaar voordat Tina haar kinderen naar Berlijn kon halen. Ze had nu een eenkamerwoning in Neukölln met een groot, van Katja's Duitse vriend gekregen tweepersoonsbed en prees de drie slaapzakken bij haar kinderen aan als 'supercool beddengoed'. Op het kussen van de meisjes lag een Duits surprise-ei, waar ze niet goed raad mee wisten. Ook verder viel het grote weerzien, waar Tina zo lang en zo hevig naar had verlangd, toch anders uit dan verwacht. De meisjes waren door de nieuwe wereld overdonderd en waren ook niet meer gewend aan hun extreem temperamentvolle moeder met haar onvermoeibare pogingen om vrolijk te doen. Het almaar herhaalde vooruitzicht om hun thuis, hun vriendjes, hun binnenplaats en hun grootmoeder te verruilen voor een plaats waar ze de taal niet verstonden en niemand kenden, alleen omdat het 'perspectieven' bood, trok hen niet erg aan.

Tot op de dag van vandaag had Kat haar moeder nooit verteld dat ze haar de eerste dagen na hun aankomst in Duitsland elke nacht in bed had horen huilen als ze dacht dat haar kinderen sliepen.

En Sesilia trotseerde het leven, de chaos, de politici en de ouderdom en bleef vechten. Zolang het nog ging, bekommerde ze zich om haar niet tegen het leven opgewassen zoon, die intussen een nieuwe vrouw had gevonden, deze keer een ondernemende caféhoudster, die een tijdlang bereid was hem te onderhouden, tot ook zij het op een dag zat was en hem de deur wees.

Sesilia schudde haar hoofd en nam nog twee leerlingen aan. Ze wist dat het zinloos was om iemand te willen veranderen. Ze wist, ook al deed het haar nog zo'n pijn, dat hij lang geleden had besloten zich voor het leven te verstoppen en dat zij noch iemand anders hem van zijn angst af kon helpen, de angst zijn hol te verlaten en zich in het daglicht te vertonen, tenzij hij het zelf wilde.

De ouderdom, die ze zolang had proberen te negeren, eiste uiteindelijk zijn tol, die Sesilia weliswaar in termijnen, maar toch moest betalen. Ook al werd het leven gemakkelijker en verdween gaandeweg de duisternis van de sombere tijden, ook al lag de stad er nu fier en fonkelend bij, ook al hadden de gevels weer kleur en geloofde de jeugd weer volop in een nieuw begin – haar tijd was onherroepelijk voorbij. Jarenlang had ze het zich niet kunnen veroorloven om net als andere gepensioneerden thee te drinken en in het weekend haar vriendinnen op te zoeken om met hen patience te spelen en het over de kinderen en de stijgende voedselprijzen te hebben, haar oude sieraden te poetsen en appeltaart te bakken. Zij moest leven voor twee en soms zelfs voor meer. Ze moest de woning onderhouden, ook al zakte het pand waar ze woonde langzaam in elkaar. Ze moest zorgen dat ze haar korset niet kwijtraakte, het korset dat haar dwong zich te vermannen en sterk te zijn, want dat zou het einde betekenen. Er waren andere tijden aangebroken, waarin zij geen rol meer speelde, en dat maakte haar niets uit. Maar dat haar zoon, die zijn leven moedwillig verprutste, ook geen rol zou spelen, dat deed haar pijn. Ze verbood zichzelf echter hem het gevoel te geven dat hij er volgens haar niet meer bij hoorde, en ze verbood het ook haar dochter, die aan de telefoon steeds weer mopperde en haar aanspoorde, haar smeekte haar zoon de deur uit te zetten, zodat hij eindelijk iets met zijn leven ging doen. Maar ten slotte gaf ze toch altijd weer toe, liet ze zich vermurwen en hielp ze hem keer op keer uit de nesten.

'Dat zijn nu eenmaal de genen van zijn vader, die absoluut niet met geld om kon gaan, daar kan hij niets aan doen!' zei Sesilia tegen haar dochter, terwijl ze zich ook schaamde dat ze haar zoon steeds weer de hand boven het hoofd hield.

Maar ondanks haar ijzeren wil lukte het ook Sesilia niet de tijd te slim af te zijn. Op een bepaald moment zag ze zich door hoge bloeddruk, gewrichtspijn en hardhorendheid gedwongen het aantal leerlingen tot twee te reduceren. En de woning begon bij elke stap te kraken en te kreunen. Uit angst dat het verval nu onstuitbaar door zou zetten, riep ze haar zoon op iets te doen, deze woning mocht niet uit elkaar vallen, hun leven mocht niet instorten, nu was de beurt aan hem.

En Ilo ontwaakte inderdaad uit zijn jarenlange winterslaap, zij het niet op de manier die moeder en zus hadden gehoopt. Hij werd inventief en legde de familie een nieuw plan voor: zijn eerste echtgenote, de studente filologie, had in Rusland een flink kapitaal opgebouwd, was daarna getrouwd met een Griek die op het schiereiland Chalcidice een hotel-restaurant bezat, was van hem gescheiden, maar had de zaak overgenomen en daar hun gemeenschappelijke zoon grootgebracht, die hij nu via de sociale media had opgespoord. Hij sprak weliswaar amper Georgisch, maar het was een prachtknul en hij was ontzettend blij dat zijn biologische vader, met wie zijn moeder zo rigoureus had gebroken, hem had opgespoord en belangstelling voor hem had. De afgelopen maanden was er volgens Ilo een echte vader-zoonrelatie tussen hen ontstaan, ze schreven elkaar geregeld en belden zelfs, dat was toch geweldig!

'Je hebt toch altijd tegen me gezegd dat ik hem moest opzoeken. Ex-vrouwen heb je genoeg, maar je hebt maar één kind, dat zei je toch?'

Ilo had waarschijnlijk iets meer enthousiasme van zijn moeder verwacht. Maar ze zat op de oude, versleten bank en keek hem met haar heldere ogen sceptisch aan.

'Ja, ja, natuurlijk ben ik blij, maar we hadden het erover dat je nu eindelijk eens iets met je leven moet gaan doen.'

'Ik ga naar hem toe.'

'Waar ga je naartoe?'

'Naar Griekenland.'

'Wat heb je daar te zoeken?'

'Dat heb ik toch net gezegd! Gigi, mijn zoon, jouw kleinzoon, woont daar!'

'Maar hoe wil je die reis financieren?'

'Dat is het hem nou juist. Die financiert zichzelf. Gigi heeft gezegd dat ze in het hoogseizoen altijd gebrek aan arbeidskrachten hebben en dat ik in het familierestaurant kan werken, dat zijn moeder hem dat vast niet zal weigeren.'

'Maar...'

'Nee, begin nou niet weer te maren. Het is een waterdicht plan. We hebben alles al besproken. Ik ga sparen. Ik kan bij Gigi logeren en hoef geen huur te betalen, want hij heeft een eigen appartement en is hotelmanager,' vertelde Ilo zo trots alsof het zijn persoonlijke verdienste was dat zijn zoon iets had bereikt. 'En het allermooiste is nog: in de tijd dat ik weg ben, kun jij bij je dochter op bezoek.'

Het woord 'bezoek' beviel Sesilia in dat verband allerminst, maar Ilo ging naar Griekenland. Hij wilde een halfjaar op het schiereiland blijven en daar in het familierestaurant genoeg sparen om de ruime, maar niet gerenoveerde woning met de kleurige houten balkons aan de vervallen binnenplaats in de Zilverstraat op te knappen. Tbilisi werd momenteel overspoeld door toeristen, de huizenmarkt was booming en juist in de oude binnenstad was een eigen woning goud waard; die konden ze aan toeristen verhuren en zelf in een andere wijk met wat minder couleur locale een goedkopere huurwoning nemen. En natuurlijk zou het ook zijn arme kleine zusje, 'de heldin', ontlasten – dat was toch een fantastisch businessplan?

Het plan werd naar Duitsland doorgebeld. Ook daar was het enthousiasme maar matig. Dat Sesilia niet alleen in Tbilisi achter kon blijven, daar waren broer en zus het snel over eens. Kat herinnerde zich de eindeloze telefoontjes waarin Tina op haar moeder inpraatte om haar duidelijk te maken dat er geen sprake van kon zijn dat zij alleen in de woning in Tbilisi bleef.

Het argument dat Sesilia ten slotte overtuigde, was dat het maar tijdelijk was; langer dan de geldigheidsduur van het visum zouden ze haar niet in het Westen kunnen houden, zodra het verlopen was, ging ze weer terug. Zodoende kocht Tina voor haar broer een ticket naar Thessaloniki en voor haar moeder een naar Berlijn.

En zo kwam het dat Sesilia op bezoek kwam… en bleef.

Sesilia was al een eeuwigheid niet meer op reis geweest, haar dochter en kleinkinderen waren haar komen opzoeken zodra dat kon, maar zelf was ze nog nooit in het Westen geweest en al in het vliegtuig vroeg ze zich af hoe het zat met het verschil tussen Oost en West, of er tegenwoordig nog een duidelijk afgebakende grens was, en zo ja, waar die precies liep.

Sinds haar jeugd waren er staten geboren en weer tot stof vergaan, er waren grenzen getrokken die vervolgens ten koste van veel mensenlevens werden verschoven, mensen waren bij miljoenen geëmigreerd, de hele wereld was als de dobbelstenen in een beker door elkaar geschud en nu wist niemand meer hoe de stenen zouden rollen, wie de winnaar en wie de verliezer zou blijken te zijn.

Het socialistische systeem, dat de mening dat reizen de horizon verruimt beslist niet deelde, dat zijn burgers veeleer bepaalde bestemmingen voorschreef die het voor hen geschikt achtte, had ze toch een paar reizen weten te ontfutselen. Ze was in Tasjkent geweest, in Samarkand, Jerevan, Bakoe, Leningrad en natuurlijk in Moskou, zelfs bijna in het Westen, want met haar man was ze ook een keer tot Krakóv gekomen. Maar bijna telde niet. En nu, in een ander systeem, in een wereld waar de overgang van Oost naar West was veranderd in de overgang van Morgenland naar Avondland, liet ze in het vliegtuig haar geboortestad onder zich, die fonkelde en glinsterde als een in de zomer opgetuigde kerstboom. Als vrouw van midden zeventig vroeg ze zich af hoe haar leven verlopen zou zijn als ze niet in een bloedig imperium was geboren, in het rijk van een vraatzuchtige moloch die nooit verzadigd raakte, die alles verslond wat hem de weg versperde en zich nu, zelfs na zijn dood, niet bij zijn overlijden kon neerleggen. Ze vroeg zich af of alles anders gegaan zou zijn als ze een kind van een democratie, of misschien van een monarchie, een republiek of zelfs van een succesvolle revolutie was geweest. Maar bestond zoiets eigenlijk wel? En zo ja, zou ze dan gelukkiger, voldaner, zorgelozer zijn en niet te kampen hebben met dat vreselijke schuldgevoel omdat ze haar evenmin weinig voldane kinderen tot last was? Zou ze carrière als wetenschapster hebben gemaakt, zouden haar ontdekkingen de hele mensheid ten goede zijn gekomen? Zou ze dan nog getrouwd zijn, misschien met een andere man, en zou ze dan ook andere kinderen hebben gekregen? Ze kon het zich niet voorstellen.

Hoe smaakte het geluk elders? Hoe smaakte het westerse geluk?

En toen ze over de Kaukasus vloog, waarvan de toppen de wolken raakten, moest ze denken aan Prometheus, over wie haar vader haar als kind had verteld. Dat was een van de weinige herinneringen die ze aan hem had, voordat hij die dag in de ochtendschemering net als miljoenen lotgenoten door de mannen in het zwart was opgehaald. Miljoenen die de pech hadden een monster voor hun neus te hebben, dat op zeker moment, toen zijn honger niet meer te stillen was, zijn eigen kinderen begon op te vreten.

Ze dacht aan het scheikundig element promethium, dat naar de Vooruitdenker was genoemd – want dat was de betekenis van Prometheus –, dat laat ontdekte element dat ontstond door de splijting van uranium, het element waarover ze zo graag een proefschrift had willen schrijven, het element dat haar altijd had gefascineerd en haar aan haar vader herinnerde.

Misschien was het allemaal logisch. Misschien was het gewoon het lot van de mens om er nooit ongestraft af te komen, of je nu schuldig was of niet. Misschien was het onvermijdelijk om uiteindelijk toch ergens vastgeketend achter te blijven, met een adelaar die aan je lever vrat, met het verschil dat die niet zoals bij de titan weer aangroeide en dus voorgoed verloren was.

Of was dat alleen het lot van de bewoners aan hun kant van die majestueuze bergketen? Bleven die ten westen ervan ongestraft en vrij om te leven zoals ze wilden, zonder toornige goden en geniepige vleesetende roofvogels?

Ze wist het niet, ze wist het niet meer, ze staarde net zolang naar de zachte wolken tot haar sombere gedachten begonnen op te lossen.

Het Westen (voor Sesilia was natuurlijk ook het voormalige Oost-Berlijn op de een of andere manier het Westen, alsof het bestaan van de DDR één grote vergissing was geweest, alsof Duitsland en socialisme volstrekt onverenigbare begrippen waren) ontving Sesilia meer dan vriendelijk. 'De mensvriendelijke inrichting van de stad', zoals zij het noemde, nam haar meteen voor zich in – ze bleef haar hoofd schudden over de fietspaden en rolstoelliften, de stoplichten voor blinden en de voetgangerszones en kwam tot de conclusie dat het lot van de mensen toch niet overal gelijk was.

De anders zo praktische en nuchtere Sesilia werd in de loop van het bezoek aan haar dochter en inmiddels volwassen kleindochters echt sentimenteel, melancholiek en tobberig. Terwijl de anderen studeerden of werkten, ging zij wandelen en zag ze de wereld steeds meer met andere ogen.

Ze bezocht de bezienswaardigheden en maakte uitstapjes. Ze probeerde zich in te leven in haar leeftijdgenoten hier, na te voelen wat er omging in de oma met het paarse haar en de koningspoedel, of in de oude dame op de fiets in capribroek. Maar het wilde niet echt lukken. Ze bleef gekluisterd aan haar eigen wereld, haar waarheid, haar bergen, ze kwam er niet van los, hoe graag ze ook wilde. De stad was goed en vriendelijk, het comfort was ongelofelijk, de mensen waren ondanks hun degelijkheid aardig en hielpen haar als ze weer eens was verdwaald in de wirwar van straten, maar de meeste van die privileges bleven voor haar onbereikbaar, alsof dat alles er alleen was zodat zij het kon zien, zich ervan kon verzekeren dat het bestond, maar nu eenmaal niet voor haar, niet voor mensen zoals zij.

Ze zou in de voetgangerstunnel altijd de trap nemen en nooit de lift of de roltrap, want dan zou ze zich een huichelaarster voelen. Ze zou een auto altijd voorrang geven en nooit denken dat ze als voetgangster bepaalde rechten had, ze zou nooit gebruikmaken van de door Natalja voorgestelde 'seniorenactiviteiten' omdat ze zulke faciliteiten niet gewend was en niet wist wat ze daar moest doen, nee, ze zou niet aan de ketenen en de adelaar van de Kaukasus weten te ontsnappen. En dat besef raakte haar diep, het knaagde aan haar, hield haar uit haar slaap, maar nog veel ernstiger, schokkender was een tweede constatering: niet alleen zij, een oude bezoekster van een andere planeet, was uitgesloten van dat comfort, van die ontelbare mogelijkheden, maar ook haar hele nageslacht. Zowel haar energieke, alles weglachende dochter als haar innig geliefde kleindochters, de strijdbare Sesilia zonder a en de koppige Natalja – ja, ook zij bleven in zekere zin bezoeker, ook zij bleven om een voor haar onverklaarbare reden buitenstaander, alsof ze met hun neus tegen een etalageruit gedrukt stonden en de deur niet konden vinden.

Noch Tina's eigen pogingen, noch haar beroep op de meisjes om hun grootmoeder op te vrolijken hadden succes. Het bleef hun een raadsel wat de anders zo flinke en onsentimentele Sesilia plotseling bezielde, ze schreven het toe aan heimwee. Voor oudere mensen was het heel moeilijk om hun leefgewoonten en structuren te veranderen, zei Tina.

Op een gegeven moment begon Sesilia elke dag naar haar zoon te vragen, ze wilde weten of ze iets van hem hadden gehoord. Ze klampte zich vast aan de hoop dat hij zoveel had gespaard dat ze weer naar huis kon, gevolgd door hem, met hopelijk genoeg geld op zak om de door de toeristen zo felbegeerde 'exotische' woning in de Zilverstraat te renoveren en er een gastenverblijf van te maken.

Maar Ilo liet niets van zich horen, en deed hij dat een enkele keer wel, dan ontweek hij alle vragen, zei niet één normale zin, sprak in toespelingen en liet het bij vage uitlatingen die niet veel goeds voorspelden.

Sesilia's drie maanden geldige toeristenvisum was binnenkort verlopen en Ilo had nog steeds niets laten weten. En Sesilia, die misschien niet per se haar zoon nodig had om naar huis te kunnen, maar wel geld, werd verteerd door wroeging dat ze zich met dat dwaze plan had ingelaten en de sprong in het duister had gewaagd en ook nog eens op de zak van haar dochter teerde.

Alle pogingen van haar dochter en kleindochters om haar van het tegendeel te overtuigen, haar te verzekeren dat ze hun absoluut niet tot last was, maar met haar kookkunst en haar stoïcijnse karakter juist een middelpunt, een rustpunt vormde in het gezin, faalden jammerlijk.

Pas tien dagen voor het verlopen van het visum wist Tina bruikbare, of liever gezegd, volkomen onbruikbare informatie uit haar broer los te krijgen.

Ilo was er ook in Griekenland niet in geslaagd een voorbeeldige vader en een welgesteld burger te worden. Zijn zoon had hem weliswaar in huis genomen, maar na een maand had hij er schoon genoeg van omdat zijn vader liever ouzo met hem dronk, hasj rookte, naar de zee staarde en over het leven ouwehoerde dan dat hij de handen uit de mouwen stak in de keuken van het restaurant, waar zijn moeder, dus Ilo's eerste ex-vrouw, hem na veel moeite en overredingskunst had toegelaten.

Op een gegeven moment belandde Ilo waar hij altijd belandde, althans tot de bittere ontnuchtering volgde: in de armen van een vrouw, in dit geval een Griekse die zijn 'poëtische ader' aanvankelijk beslist wist te waarderen en graag met hem van gedachten wisselde over de films van Angelopoulos. Ze duldde hem nog steeds, door de vlinders of andere fladderende wezens in haar buik, ze had hem nog steeds niet op straat gezet, maar dat kon niet lang meer duren. Dan zou hij naar huis moeten en waarschijnlijk niet eens geld voor een ticket hebben.

Hoewel Tina haar moeder die informatie maar mondjesmaat en behoedzaam overbracht, had Sesilia genoeg gezond verstand om zich de rest van het Griekse avontuur van haar zoon te kunnen voorstellen. Vier dagen voor haar geplande terugreis – het ticket had Tina, die als serveerster in een Russisch restaurant met Kaukasische keuken werkte, betaald van een voorschot dat ze met overuren beloofde weg te werken – kreeg Sesilia een beroerte. Tina had wel een reisverzekering voor haar moeder afgesloten, maar in haar ongebreidelde optimisme en vooral uit geldgebrek – de uitgaven van de afgelopen maanden waren haar budget ver te boven gegaan – een die slechts een minimum aan noodgevallen dekte. Zodoende liepen de schulden na het verblijf in het ziekenhuis en de eerste therapieën van haar moeder, die aanvankelijk rechtszijdig volledig verlamd was, op tot tweeënveertigduizend euro.

Kat legde haar hoofd in haar handen en bleef even zo zitten. De omtrekken van het gezicht van haar grootmoeder vervaagden.

Het begon licht te worden, maar de grijze herfst belette de zonnestralen door het wolkendek heen te dringen. Het licht was poreus en deed pijn aan haar ogen.

Ze moest aan iets anders, aan iemand anders denken. Vooral niet meer naar die foto kijken, niet meer naar dat grofkorrelige krantenknipsel staren. Maar het lag daar, vlak naast haar bed, op de grond, het gezicht, haar gezicht. Ze wreef in haar ogen. Toen keek ze toch weer, het had geen zin. Ze keek naar het gezicht en op dat moment besefte ze waardoor het gezicht van het meisje (en dus ook het hare?) verwarring opriep. Het was niet, zoals ze eerst had gedacht, het robuuste dat een contrast vormde met haar verder zo verfijnde verschijning – een verschijning die goed had gepast bij een weemoedige vrouwenfiguur uit een Russische of Franse negentiende-eeuwse sociale roman –, maar iets ongetemds, iets totaal ongeciviliseerds, dat lijnrecht in tegenspraak leek met de rest. (Of was het misschien andersom en vormde dat ontembare de kern van haar wezen en probeerde de rest die kern te camoufleren?)

Misschien moest ze gewoon haar spullen gaan pakken om gewapend te zijn, om zich te oefenen in het gevoel geen thuis meer te hebben. Het leek haar in elk geval een zinvolle bezigheid, die kon afleiden van dat krantenknipsel en alles wat er niet op te zien was. Toen bedacht ze dat ze eerst verhuisdozen nodig had en daarvoor de deur uit moest.

Wat hadden ze met haar gedaan? Waarom? En waarom bleef dat verhaal door haar hoofd spoken? Waarom dacht ze uitgerekend nu aan Sesilia? Welk verband bestond er tussen haar halfzijdig verlamde grootmoeder en het dode meisje?

Het antwoord stond haar tegen, maar het leek voor de hand te liggen. Tweeënveertigduizend euro kon haar vraagprijs zijn. Ja, een absurd bedrag, maar ze kon het erop wagen, die vent was krankzinnig rijk, de Viking had gezegd dat ze alles kon vragen en misschien was het waar dat elke droom in geld uit te drukken viel. Tweeënveertigduizend euro voor een video. Waarom niet? Er werden op de wereld veel absurdere bedragen voor veel zinlozer werk gevraagd.

Het beloofde een grijze dag te worden in Berlijn. De herfst was vochtig en kroop in je kleren. Ze dwong zichzelf op te staan, ging naar de badkamer, draaide de kraan open, maakte haar gezicht nat, poetste haar tanden.

De eerste die bij het tandenpoetsen een zandloper voor haar had neergezet was Jonathan, het was haar eerste westerse verworvenheid. Wat idioot dat ze toen zo trots was geweest op dat bespottelijke ding.

Jonathan was blond en pezig, alleen al zijn lichaam was vreemd en anders dan de lichamen die ze kende uit haar kindertijd, het zijne was neutraal, glad, gezond, hij zou op z'n zestigste nog sportief en jongensachtig zijn, alsof verval, wonden en slechte ervaringen hem vreemd waren, alsof het leven spoorloos aan hem voorbijging. Zij zou op haar zestigste afgeleefd zijn, zoals de meeste vrouwen uit haar land, in haar lichaam zou het leven zijn ingekerfd als reliëf op een landkaart.

Ze was toen zestien en dacht dat ze dankzij Jonathan aan haar Kaukasische erfenis kon ontsnappen. (Ja, in die tijd leek het haar geweldig om een man naast je te hebben die Jonathan heette, om een woning of nog liever een huis met hem te delen zonder stof, maar met een elektrische haard en een hightech-mixer, om vakantie te houden in het Zwarte Woud of in Denemarken, samen met een labrador die ze Lilly zouden noemen, en het mooist van al: om blonde kinderen te hebben, die zacht en aanhalig waren en Marie en Charlotte heetten, zo mooi internationaal, zo mooi westers, en ze zouden met z'n allen in gezinstherapie gaan en altijd naar elkaar luisteren en bij conflicten hun zinnen altijd beginnen met 'Je geeft me het gevoel...')

Ze hoopte dat Jonathan haar zou leren hoe je je als Duitser of liever gezegd, als westerling gedroeg. Hoe je logisch dacht en zelfdiscipline kreeg, hoe je beschaafd over politiek praatte, uiteraard zonder iemand te beledigen, hoe je pertinent tegen elke vorm van geweld was, ook geweld tegen jezelf, maar in plaats daarvan elk conflict met weloverwogen woorden oploste, hoe je appeltaart met slagroom maakte en professioneel zwom, steeds in hetzelfde ritme, steeds volgens de regels ademhalend, hoe je een gezellige barbecue organiseerde en in het weekend een uitstapje maakte naar een meer, hoe je lekkere boterhammen smeerde en in tupperwarebakjes deed, hoe je je hartstochten beteugelde omdat ze niet gepast waren, hoe je eerlijk, ijverig en openhartig was, zonder afwijkingen, zonder overdrijving, hoe je naar het weekend toeleefde, waarin je alle goede eigenschappen en voornemens overboord moest gooien en jezelf moest vergeten, hoe je daarna des te ongeremder aan sport deed en omging met het slechte geweten dat je kreeg zodra je het leven iets te dichtbij had laten komen zonder van tevoren een of andere verzekering af te sluiten, hoe je matig en gezond at en beweerde dat een appel net zo gelukkig maakte als schuimtaart, hoe je met iemand naar bed ging zonder hem eerst eeuwige trouw te beloven.

Jonathans zoenen waren zacht, hij was begripvol en toegeeflijk, bovendien hield hij ervan dingen te analyseren, de hele tijd verklaarde hij haar gedrag.

'Je bent zo gehaast omdat er bij jullie geen waarde aan degelijkheid werd gehecht.'

Ze deed haar uiterste best, ze had zich tenslotte voorgenomen zich aan hem aan te passen. Ze wilde het klaarspelen. Maar ze speelde het niet klaar. Toen ze voor het eerst ruzie hadden en zij begon te schreeuwen, zei hij dat daar geen reden voor was en dat ze haar negatieve gevoelens beter 'onder controle' moest krijgen. Ze schreeuwde terug dat ze dat niet kon omdat híj nu eenmaal haar negatieve gevoel was. Hij keek haar ontzet aan en voegde eraan toe dat ze in therapie moest. Ze schreeuwde nog harder dat ze er de pest aan had dat hij zo tegen haar praatte en zo beheerst was en smakte in zijn slaap en altijd zo weinig fooi gaf en dat ze het gevoel had dat zij zich altijd klein moest maken, zodat hij zich goed kon voelen. Daarna eiste ze op hoge toon dat hij nu iets deed, terugschreeuwde, haar in haar gezicht spuugde, haar door elkaar rammelde, met de deuren smeet, wat dan ook, in plaats van daar een beetje staan te staren, anders ging ze weg. Hij zei niets, maar bleef haar pijnlijk getroffen aankijken. Ze ging. Natuurlijk hield hij haar niet tegen.

Wat was dit allemaal? Waarom die stroom van herinneringen? Misschien had ze iets gemist, maar waar was dat te vinden, waar was ze precies uitgegleden? Maar in plaats van haar eigen gezicht dook er weer een ander op. Dat van het dode meisje. Haar eigen gezicht vervaagde.

Zou de vogelman met zijn dikke Audi nog zo zelfverzekerd beneden op de hoek staan wachten tot ze ja zei? Zou ze het doen? Zou ze ja zeggen? Ze had geen idee wat voor gevolgen dat ja zou hebben. Ergens was ze ervan overtuigd dat de video maar het begin was. En dat niet eens uit angst of onder druk van die rijke Rus, maar omdat ze door iets aangestoken, besmet zou worden, zoals de eenzame Viking met die grappige naam was overkomen.

Ze kleedde zich vlug aan. De spijkerbroek van de vorige dag die in de gang lag, een zwart hemd, een zwarte trui, ze streek haar haar uit haar gezicht en rende de deur uit. Ze fietste naar de dichtstbijzijnde bouwmarkt en bond zoveel mogelijk opgevouwen dozen op haar bagagedrager. Toen ging ze weer op weg naar huis – maar voor een drogist hield ze ineens stil. Ze stapte af, liet de dozen op de bagagedrager zitten en liep als gehypnotiseerd de winkel binnen. Ze geloofde zelf niet wat ze deed, maar terwijl ze door de gangpaden liep, wist ze al dat ze er middenin zat, dat ze niet meer terug kon. Ze stond lang voor de rekken met de doosjes waarop pseudosexy in de camera kijkende of vriendelijk glimlachende vrouwen waren afgebeeld met het woord 'kastanjebruin' of 'herfstblond' erbij. Ze had nooit een andere kleur haar gehad dan roestrood, waar in haar geval talloze zomersproeten op gezicht en schouders gratis bij waren geleverd. En het witte plukje vlak boven haar voorhoofd, de duidelijkste markering van haar leven.

Ze pakte 'donkerbruin', dat leek haar het geschiktst. Omdat ze geen tas bij zich had, hield ze de haarverf onderweg als een trofee in haar ene hand, terwijl ze met de andere stuurde.

Binnen de kortste keren was ze weer thuis, ze liet de dozen in de gang liggen en verdiepte zich op de rand van het bad in de gebruiksaanwijzing op het doosje.

Een tijdlang zat ze met het witte kleverige spul in haar haar bij het keukenraam een sigaret te roken en naar de lucht te staren. Het verlangen naar R. was er weer, voelbaar, tastbaar als ze haar hand op haar buik legde, maar ze zou het weten te elimineren. Ze had hem alleen nog graag gevraagd wat hij van haar absurde plan vond, van de stap die ze op het punt stond te zetten, maar ze wist het antwoord al. Gek op omwegen en afwijkende paden als hij was, zou hij haar aanmoedigen.

Haar hoofdhuid brandde en prikte. Wat moest dat worden? Sinds wanneer deed ze aan methodacting? Even stond ze op het punt de verf weer uit te spoelen, maar de gedachte aan Max, aan wie ze lang niet meer had gedacht, leidde haar af. Max, na Jonathan haar tweede poging om in het Westen thuis te raken.

Ja, die goeie ouwe Max, die alles gelaten opnam, naar reggae luisterde, graag een jointje draaide en met het socialisme dweepte. Hij zoende steviger dan Jonathan en zei dan wel niet dat ze in therapie moest als ze zich opwond, maar begreep niet waarom je je überhaupt zou opwinden, de wereld was toch een klerezooi. Hij legde haar uit dat haar ambitie een product was van het kapitalisme en dat het zo jammer was dat ze niet wat van het socialisme uit haar kindertijd had overgehouden. Ze hoorde hem aan en bedacht hoe goed het zou zijn als hij destijds een paar maanden in de ruïnes van het van licht en verwarming verstoken reëel bestaande Sovjetrijk had geleefd, zonder zijn festivals en zijn waterpijpen en de hamburgers waar hij zo dol op was. Hoe het geweest zou zijn als hij in plaats van op Toffifee op harskauwgom had moeten kauwen om na het blowen zijn bloedsuikerspiegel te reguleren. Hoe het geweest zou zijn als hij op weg naar vrienden drie door militairen bewaakte versperringen, tankcolonnes en een leger kalasjnikovs had moeten passeren. Ze zei niets, maar haalde de volgende dag haar spullen uit de ingepakte sporttas – ze waren van plan die dag naar Spanje te liften.

Daarna kwam er eigenlijk niets meer. Of misschien een beslissing. De beslissing om haar beroep uit te breiden naar haar leven en voor een nacht, een week of zelfs een paar maanden in een rol te kruipen als in een kledingstuk waarin ze zich prettig voelde. De rol van de ongecompliceerde, lichtvoetige, moderne grotestadsmens. De camouflage was goed en ze had plezier in het spel, het stelde haar in staat vrolijk, licht en onbezorgd te zijn, zichzelf een tijdje te bedotten, te ontvluchten, te vergeten.

Met de kleverige pasta in haar haar liep ze naar de kamer en begon als eerste de boeken uit de kasten te halen en op stapels te leggen.

Na een tijdje ging ze weer naar de badkamer.

Het water werd bruin. Haar hoofdhuid jeukte. Ze durfde niet in de spiegel te kijken, maar pakte de föhn, die ze zelden gebruikte en die onder het stof in het houten rek lag. Pas nadat ze haar haar droog had geföhnd – het leek dan altijd of ze leeuwenmanen had –, wierp ze een blik in de spiegel. En daar stond ze, het dode meisje dat haar verhaal af wilde maken.

2016 | DE GENERAAL

De villa lag vlak aan het meer, achter een majestueuze oprit op een afgeschermd terrein midden in een herfstkleurig privépark. Voor het strakke pand zaten twee bewakers in hun bescheiden hokje. De glazen gevels wekten de illusie van transparantie en lichtheid, wat scherp contrasteerde met het zware beveiligingssysteem waarvan het huis en vermoedelijk ook het omliggende terrein was voorzien. Een eindje verderop bevond zich de eigen toegang naar het meer met een smalle steiger, die gewichtloos boven het water leek te zweven.

Meteen bij de entree werden ze door Sjapiro ontvangen en meegenomen naar een ruim, overdag waarschijnlijk in licht badend vertrek, dat als woon- en eetkamer gebruikt scheen te worden en een uniek uitzicht bood op het water.

Het ontwerp en de inrichting van de villa getuigden van een geraffineerde smaak. Rond de benedenverdieping lag een groot houten terras. Achter in het herfstachtige park bevond zich een glazen paviljoen met een turquoise zwembad, dat prachtige lichtpatronen op de wanden reflecteerde.

De meubels waren eenvoudig en uitsluitend van hoogwaardig materiaal. Het huis had ook van een topdirigent of een verzamelaarsechtpaar kunnen zijn. Jevgenia had bij de inrichting van de villa de vrije hand gehad. Zelfs haar rebelse stiefdochter had moeten erkennen dat Jevgenia stijlgevoel en een onberispelijke smaak had. De generaal had zich vaak afgevraagd of Ada dit huis ook mooi gevonden zou hebben, maar het antwoord bestond uit stilte, en op een gegeven moment liet het hem koud, zoals het meeste om hem heen. Het nieuwe verblijf had in hun ontwrichte gezinsleven vooral een symbolische betekenis en moest een nieuw begin markeren. Zowel Jevgenia als hij wist dat dat een illusie was, gebouwd van marmer en verdriet, van staalharde glazen gevels die onzichtbare scheuren moesten verbergen.

De actrice probeerde niet te laten merken hoe gespannen ze was. Ze voelde zich bij Sjapiro duidelijk niet op haar gemak; zodra hij op haar afkwam, veranderde haar hele houding: ze spande haar spieren, trok haar schouders op alsof ze wegdook of zich kleinmaakte, en hield haar hoofd enigszins schuin, alsof ze hem op die manier voortdurend in de gaten wilde houden.

Ze namen plaats voor de open haard in een crèmekleurige zithoek. Niet lang daarna serveerde Asja, de trouwe ziel van het huis, koffie en verschillende soorten gebak, die allemaal even lekker roken, maar waar ze zelf duidelijk niets van moest hebben. (Alles wat niet uit het verleden en dus niet uit Rusland kwam, kon op haar wantrouwen rekenen.)

Ze begroette de gasten met haar onmiskenbare Russische accent en als Onno's aanwezigheid haar al verbaasde, dan liet ze het niet merken.

De wat oudere, gezette dame werkte al sinds Ada's kinderjaren voor de generaal en had een niet geringe bijdrage aan haar opvoeding geleverd, nu zwaaide ze de scepter over de huishouding en een heel leger bedienden.

Je kon ervan uitgaan dat ze alle geheimen van dit schemerrijk kende, dat ze in alle mogelijke omstandigheden haar loyaliteit had bewezen en dus een schaars goed was, iemand op wie de generaal blindelings kon vertrouwen. Zelfs Sjapiro legde in haar aanwezigheid een hemzelf ietwat misplaatst lijkende terughoudendheid aan de dag.

Ze zaten een poosje zwijgend van hun koffie te nippen. De actrice zat naast Onno, haar blik was op één punt gericht en haar lichaam leek te knisperen van spanning. Plotseling was het geruis van een walkietalkie te horen, gevolgd door het geluid van hondenpoten op het marmer van de entree, en vergezeld van een breedgeschouderde lijfwacht en de honden Sjalamov en Boecharin kwam de generaal binnen. Hij droeg een lange grijze jas en had een donkerblauwe sjaal om zijn stevige hals geslagen. De twee gracieuze kortharige honden – de ene wit, de andere grijsgevlekt – renden enthousiast op de gasten af om ze kwispelend te besnuffelen.

Onno voelde een lichte duizeling opkomen, iets in de richting van een paniekaanval. Door de honden kwamen er onverwachte herinneringen boven, hij werd overspoeld door een stroom van beelden en voelde zich een moment lang teruggeworpen in de tijd.

Ada en de beide honden spelend op een zonnig grasveld, hij kon zich niet meer precies herinneren waar. Ada die hem uitlegde wat een zeldzaam ras het was, waarna hij zijn tong brak om de naam goed uit te spreken, braque d'Auvergne, en zij daarom moest lachen. Zij tweeën ergens in een bos, druk pratend, waarover wist hij niet meer, omringd door de twee honden, de ene met de naam van een schrijver en dissident en de andere met die van een marxistisch politicus en filosoof. Geen van beiden was een erg gelukkige levensweg beschoren geweest: de eerste bracht het grootste deel van zijn leven door in gevangenissen, goelags en ballingschap en eindigde in een psychiatrische kliniek, en de tweede viel ten prooi aan de stalinistische zuiveringen – maar gelukkig hadden de twee gracieuze dieren daar geen weet van.

De generaal rukte Onno uit zijn caleidoscoop van herinneringen. Hij had de actrice net de hand geschud en die iets langer vastgehouden dan gepast. Hij keek haar aandachtig aan, nam haar van alle kanten op, zijn blik leek door haar gezicht magisch te worden aangetrokken, Onno zag zijn mondhoeken heel licht, bijna onmerkbaar trillen.

Ze vond het zichtbaar onaangenaam, maar doorstond het, ze maakte geen aanstalten om zich aan hem en zijn gevangenschap te onttrekken, alsof ze haar rol in dit merkwaardige, ondoorzichtige spektakel had geaccepteerd zonder zelf te weten waarin die precies bestond.

'Pardon, neem me niet kwalijk, wat onbeleefd van me!' De generaal schudde zijn hoofd, alsof hij een last wilde afwerpen en wendde zich tot de gasten: 'Bent u voorzien? Hebt u nog andere wensen? Wilt u soms een glas wijn?' Dat laatste vroeg hij speciaal aan Sesili, en Onno moest een ongepaste grijns onderdrukken: hij was helemaal vergeten hoe charmant en toegewijd de generaal soms kon zijn en hoeveel indruk dat op vrouwen maakte. Ze sloeg het beleefd af, ze wilde zich niet in de kaart laten kijken, ze gebruikte haar lichaam en haar geconcentreerde gelaatsuitdrukking als schild, maar toch was er een zekere, zij het minimale ontspanning te bespeuren, alsof Orlovs manier van doen iets in haar had losgemaakt, haar misschien zelfs een beetje gerust had gesteld.

'Het is echt frappant...'

De generaal keek naar Sjapiro, die zwijgend knikte, toen weer naar de actrice.

'Sorry, sorry, ik heb er een hekel aan als ik word aangestaard en nu doe ik het zelf, maar u moet... Sjapiro, haal eens een goede fles wijn uit de kelder. Houdt iedereen van rood?'

Zonder antwoord af te wachten vervolgde hij: 'Goed, laten we dan meteen de sassicaia nemen, die zou weleens goed bij deze bijzondere avond kunnen passen.'

Sjapiro antwoordde niet, maar gaf de beveiliger een teken dat hij de kamer ook moest verlaten en liet de gasten over aan de heer des huizes, die de open haard begon aan te steken.

'Het wordt al echt winter, hè?'

Opeens maakte de grote man, die van ijzer leek, een zorgzame indruk, hij deed denken aan een bezorgde grootvader die koste wat het kost wil voorkomen dat zijn kleinkinderen kouvatten.

Boven de bank hing een abstract, vrij kleurig schilderij, dat Kat niets zei en hoogstwaarschijnlijk een vermogen had gekost. Onno zocht met zijn ogen heel andere sporen; hij zocht foto's die naar de dochter konden verwijzen, maar hij had kunnen weten dat de generaal zijn verdriet nooit zo openlijk zou tonen.

'Ik waardeer het zeer dat u op mijn niet bepaald gewone uitnodiging bent ingegaan,' zei de generaal toen het vuur eenmaal oplaaide. En voor het eerst sinds hij was binnengekomen, keek hij Onno aan, met iets van instemming en dankbaarheid dat hij haar hier had gebracht.

'Maakt u zich geen zorgen! We zullen aan al uw wensen voldoen.'

Hij wilde het niet over de zakelijke kanten hebben, nog niet. Hij wilde zijn charme inzetten, een vertrouwensbasis scheppen, waarin ze zich prettig en veilig zou voelen, waarin haar bedenkingen en angsten met de minuut zouden afnemen, zodat ze, als hij het gesprek op het eigenlijke onderwerp bracht, geen bezwaren meer zou hebben.

Sjapiro was met de wijn teruggekomen, de generaal schonk hun alle drie zelf in – Sjapiro was, zolang hij bij de generaal in dienst was, nog nooit met een glas drank in zijn hand betrapt. Plotseling werd de glazen gevel verlicht door twee felle koplampen, ze hoorden een auto voorrijden, portieren dichtslaan, een zachte vrouwenstem, en even later kwam Jevgenia binnen.

De honden stormden blaffend op haar af, ze aaide ze over hun kop en keek de kamer rond. Onno stond op, deed aarzelend een stap in haar richting. Ze bleef duidelijk verrast voor hem staan, keek naar de vrouwelijke gast en wierp toen een ondoorgrondelijke blik op haar echtgenoot, alsof ze van hem verwachtte dat hij stilzwijgend, maar onmiddellijk verklaarde wat deze man, die ze ooit uit zijn klauwen had gerukt en daarmee waarschijnlijk zijn leven had gered, hier te zoeken had.

Er hing een zoetige geur om haar heen, waarvan niet te zeggen viel of het haar eigen geur was of een zeldzaam parfum. Die geur had iets heel aantrekkelijks en erotiserends. Maar de aantrekkingskracht die van haar uitging was niet alleen te danken aan een geuraccent. Onno herinnerde zich dat Ada ooit over haar stiefmoeder had gezegd dat ze iedereen, man of vrouw, op wellustige gedachten bracht. Jevgenia leek op het eerste gezicht eerder zacht, vergeeflijk, vrouwelijk, behoedzaam, zodat je in haar nabijheid wilde veranderen in een klein kind dat ze op schoot nam en aan haar borst drukte. Maar die indruk was bedrieglijk. Haar half gefluisterde woorden – je vroeg je af of haar stem nog over een andere toon beschikte –, haar licht loensende blik, die iets hypnotiserends had, zoals de ogen van Kaa uit het *Jungleboek*, waarin je maar al te goed zag dat je leven in gevaar was en waarin je toch of juist daarom wilde verdrinken, haar soepele manier van bewegen, de haast onmerkbare, geruisloze passen, hoe hoog haar hakken ook waren, haar fiere decolleté, dat ze weer of geen weer genereus toonde, haar meelevende, empathische manier van doen – dat alles had een magische aantrekkingskracht, alsof ze een onzichtbare magneet bezat. Maar dat waren slechts uiterlijke kenmerken. Wie dacht dat Jevgenia een onschuldige, zinnelijke, verleidelijke, aan haar man ondergeschikte vrouw was, had het mis. Wie beter keek, zag onder die zachte, verleidelijke oppervlakte een kant van haar sluimeren die je met gescherpte zintuigen al voelde borrelen en die allesbehalve tam en goedig was. Alsof haar buitenkant zacht was als kasjmier en mohair, maar haar binnenkant scherp als een mes.

Hoe had ze anders van zo'n man kunnen houden, hoe had ze hem anders op zijn turbulente levensweg kunnen volgen, zo vurig een kind van hem kunnen wensen, dat ze ondanks alle inspanningen niet kregen – die vragen had Onno zich vaak genoeg gesteld. Want ze was geen vrouw die om het geld bij een man bleef, ze kwam zelf uit een rijke familie en had alle mogelijkheden om haar afkomst en haar capaciteiten zinvol te benutten.

Dat ze van hem hield, op een intense, voor buitenstaanders verborgen manier, alsof haar liefde tegen alle vreemde blikken moest worden afgeschermd, dat voelde je in elke beweging, in elk woord dat ze tegen hem zei. Zijn liefde voor haar had iets beschermends en tegelijk natuurlijks, alsof er geen verklaringen of uiterlijke bewijzen voor nodig waren, ze kwam tot uiting in de kleine gebaren, de details die je pas ontdekte als je het paar een tijdlang ongestoord kon observeren, iets wat gezien de afzondering waarin ze leefden zo goed als onmogelijk was.

'En ze is net een roofdier, maar dan een dat zijn prooi, voordat het toeslaat, betovert, inpalmt, in vervoering brengt. En dan het vuile werk aan hem overlaat.'

Indertijd vond Onno Ada's beschrijving van haar stiefmoeder overdreven en schreef hij dat drastische beeld toe aan onberedeneerde jaloezie, maar hoe beter hij Jevgenia nu bekeek, hoe meer hij Ada gelijk moest geven. Ze leek naar buiten toe weliswaar rustig en evenwichtig, met haar zachtaardige manier van doen bijna meditatief, maar in haar binnenste brandde iets, ja, verborgen tussen al die wollige lagen wachtte iets roofdierachtigs op het geschikte moment om uit te breken.

Jevgenia was geen schoonheid in de klassieke zin, geen vrouw die je misschien aan de zijde van zo'n machtig man had verwacht. Integendeel: ze was allesbehalve een langbenige, voortdurend aan haar uiterlijk sleutelende blondine – al was ze heel wat jonger dan haar man –, ze was niet bijzonder groot, had een heel vrouwelijk, ouderwets elegant figuur, een prachtige mediterrane teint, die haar in alle weersomstandigheden een zomers frisse uitstraling gaf, lang, dik kastanjebruin haar, dat ze in een fraaie knoet of gevlochten droeg, lichtbruine ogen, een lange, vrij markante neus en een prachtige mond die geschilderd leek en een geisha niet zou misstaan.

Ze was al een kosmopoliet in de tijd dat dat begrip nog niet salonfähig was en belichaamde die houding en levensstijl tot in haar diepste vezels. En toch straalde ze soms een groot verlangen uit, vooral wanneer ze zich alleen of onbespied waande, alsof ze een houvast miste, een aanknopingspunt, een plek misschien waar ze zich volkomen thuis voelde, zonder enige restrictie. Want de ongebondenheid, de vrijheid die ze als stofgoud om zich heen strooide, scheen een hoge prijs te hebben.

Ze was als dochter van een Duitse diplomaat en een Amerikaanse met Griekse wortels in Athene geboren, was in Istanboel opgegroeid en had de rest van haar jeugd doorgebracht in Moskou, de laatste standplaats van haar vader in buitendienst, waardoor ze ook vloeiend Russisch sprak. Na verblijven in Bonn en Parijs was ze in Amerika gaan studeren en had vervolgens in München bij een luxueus interior-design-bedrijf gewerkt. Daar had ze ook haar toekomstige man leren kennen, destijds weduwnaar en vader van een puberdochter, die op het punt stond definitief naar het Westen te verhuizen en haar bedrijf opdracht had gegeven voor de inrichting van zijn eerste westerse woning.

Omdat de generaal de actrice op haar gemak wilde stellen, kwam de onverwachte komst van zijn vrouw hem goed van pas. De sfeer was meteen een stuk losser. Jevgenia liet niets merken van de verwarring die de aanwezigheid van Onno en zijn onbekende metgezellin onvermijdelijk bij haar had gewekt. De herinnering aan hun laatste ontmoeting was als een verstoord tv-beeld, onscherp en met veel ruis, ook voor Onno's geestesoog. Hij had destijds verzuimd haar te bedanken, maar hij wist ook niet wat een passende tegenprestatie voor het redden van zijn leven geweest zou zijn. Want hij was er hoe dan ook van overtuigd dat hij zijn leven, of wat er nog van restte, aan haar te danken had.

Ze liet zich door haar man een glas wijn inschenken en vertelde luchtig over haar dag en een curieuze klant. Onno bedacht dat Jevgenia, doordat ze haar eigen interesses was blijven volgen, waarschijnlijk in aanzien was gestegen in de ogen van Ada, die normaal niet erg verzoenlijk was geweest tegenover de intieme vrienden van haar vader, vooral niet als ze van het vrouwelijk geslacht waren.

Jevgenia runde een succesvol veilinghuis voor antieke sieraden en peperdure designmeubels en had een indrukwekkende internationale klantenkring, waaraan het netwerk van haar man ongetwijfeld ook niet vreemd was. Jevgenia zweefde door het vertrek en speelde de perfecte gastvrouw: 'De gasten hebben vast trek, Aleksandr, ik val in elk geval om van de honger, zullen we samen een hapje eten?' vroeg ze en zonder antwoord af te wachten snelde ze de kamer uit.

Even later kwam ze terug met Asja, die het menu voor het avondeten opsomde op zo'n saaie, nuchtere toon dat het niet om het menu, maar om de lottogetallen leek te gaan.

Het gezelschap werd verzocht aan de eindeloos lange houten tafel plaats te nemen, waar twee jonge bedienden in wit overhemd de ene na de andere gang serveerden.

'Het is vandaag visdag, ik hoop dat u allemaal van vis houdt, maar er is gelukkig ook een alternatief!' riep Jevgenia, terwijl ze haar schoenen met hoge hakken uitschopte. Ze zaten aan de reusachtige tafel, dronken de dure wijn en genoten van het voortreffelijke eten. Ze vergaten even wie ze waren en welke totaal verschillende, tegengestelde wegen hen hier hadden gebracht, ze vergaten dat de gemeenschappelijkheid van dit moment niet op vrijwilligheid berustte, ze vergaten de angst die hen –

ieder op zijn manier – dreef, en de onzekerheid over de woorden die hierna zouden worden gezegd, woorden die de ophanden zijnde stappen zouden bekrachtigen, ze vergaten hun wederzijdse aversies en verlangens en deden alsof ze heel gewoon samen zaten te eten, zoals alle mensen die spontaan besluiten het samenzijn te vieren. Alleen voelde Kat af en toe een licht gekriebel op haar huid en ze wist dat dat kwam door de vreemde man die telkens weer haar kant op keek, alsof hij zijn ogen niet van haar kon afhouden.

'Hier om te beginnen het document dat u tot geheimhouding verplicht. Tot ik te kennen heb gegeven dat de zaak is afgerond, mag niemand er tegen buitenstaanders ook maar iets over zeggen, laat staan tegen de pers. Jou moet ik eveneens verzoeken dit document te tekenen, Onno,' zei de generaal zonder hem een blik waardig te keuren. 'Mocht deze afspraak niet worden nageleefd, dan wordt het contract met onmiddellijke ingang ongeldig, bovendien zou niet-naleving, naast terugbetaling van alle door mij gemaakte kosten, tamelijk onaangename consequenties hebben. Vandaar mijn verzoek om de papieren zorgvuldig door te lezen en bij bezwaren contact op te nemen met de heer Altmann.'

Onno noch Kat durfde te vragen wat ze precies onder 'onaangename consequenties' moesten verstaan. Na het eten en een tweede fles rode wijn waren ze verhuisd naar een soort herenclub in het souterrain, met een prachtig antiek biljart, een fraaie houten bar met een imposant assortiment sterkedrank en donkerbruine leren fauteuils met gouden, in de zitting verzonken knopen.

De generaal had een sigaar opgestoken en dronk nu whisky. Kat, met rode wangen van de wijn en weerbarstige, verwarde en – inmiddels – donkerbruine krullen, beet op haar nagels. Een wat oudere, gedrongen en nogal ernstig ogende man, de heer Altmann, die zich kortstondig bij het gezelschap had gevoegd en zich als een van de 'juridische adviseurs van de heer Orlov' had voorgesteld, had een stapel papieren op het biljart uitgespreid.

'Dit is het document waarin u zich bereid verklaart tot het eind van het jaar voor het project beschikbaar te zijn,' vervolgde de generaal en hij nam een trek van zijn sigaar.

'Hetgeen betekent dat u te allen tijde inzetbaar moet zijn,' vulde de advocaat aan, waarbij hij de beide bezoekers door zijn bril met samengeknepen ogen aankeek.

'En wat houdt dat precies in?' wilde Kat weten, terwijl ze besluiteloos Onno's kant op keek.

'Dat houdt feitelijk in dat we niet precies weten hoe de gebeurtenissen zich zullen ontwikkelen. Mogelijk is er behoefte aan aanvullende shots of zelfs een liveoptreden, om zo te zeggen,' legde Altmann uit.

Kat begreep het niet goed, net zomin als Onno.

'Maar wat betekent in dit geval een liveoptreden?' vroeg ze door.

'Ik geloof, waarde Sesili,' begon de generaal, 'dat men u onnodig in verwarring brengt en over mijn hele plan een sluier heeft geworpen.'

Hij wierp een zelfingenomen, cynische blik op Onno. Hij was opgestaan en liep naar de actrice toe. Bijna schouder aan schouder bleef hij naast haar staan en leunde tegen het biljart.

'Noemt u me... nee, noemt u me alstublieft Kat!' mompelde ze.

'Kat? Echt, Kat? Zo wordt u genoemd? Waarom, hebt u soms negen levens?'

De generaal blies rook uit, vertrok zijn mond tot een lichte grijns en zonder antwoord af te wachten vervolgde hij: 'Nou ja, het spijt me als Sjapiro mijn plan onnodig ingewikkeld heeft gemaakt. In feite is het heel eenvoudig: ik wil drie heren opsporen. Met die drie heren ben ik verbonden door een niet zo heuglijke episode in mijn leven, je zou kunnen zeggen dat we nog een rekening te vereffenen hebben.'

Opeens werd zijn stem zacht en fluwelig, door het lichte accent klonk hij nog soepeler, opnieuw werd duidelijk hoe charmant en innemend Orlov kon zijn, hoe gemakkelijk het soms leek hem te vertrouwen. Hij tikte met zijn vingertoppen tegen zijn whiskyglas en zei: 'Ik neem aan dat u over die episode in grote lijnen bent ingelicht, althans voor zover je over zoiets ingelicht kunt worden? Ik weet zeker dat Onno dat niet heeft verzuimd, wel, Onno? Nou ja, die heren zullen me niet willen zien, voor hen is dat hoofdstuk allang afgesloten en dat willen ze graag zo houden. Maar met uw hulp, Kat, ga ik hun een boodschap sturen. U moet hun om zo te zeggen mijn groeten overbrengen. Ik wil ze namelijk allemaal terugzien. Ze moeten aan het eind van het jaar op een bepaald trefpunt verschijnen. Ik wil met ze praten. Waarom ik dat doe? Waarom ik ze niet gewoon "laat ophalen", nou ja, ook dat kan ik u vertellen. Ik wil zien hoe ze op mijn groet reageren. Als ze dat niet gepast of misschien helemaal niet doen, dan zal ik ze... ik... neem me niet kwalijk, de gelijkenis... de gelijkenis is frappant. Ik, ja, het is echt niet eenvoudig voor me... waar waren we gebleven? Als ze me dus geen andere keus laten, zal ik een handje moeten helpen, zodat ze me een bezoek brengen. Maar het gaat me om hun reactie. Ik wil weten of ze intussen over hun houding ten opzichte van het verleden hebben nagedacht. Bij de ontmoeting die ik de drie heren ga voorstellen, kan uw aanwezigheid ook behulpzaam zijn, maar die optie houden we nog open. En geloof me, u zult niets hoeven doen wat u niet aanstaat. Erewoord! We leggen alles contractueel vast. Ik moet alleen zeker weten dat ik over uw tijd kan beschikken, het is nog maar een paar weken tot het eind van het jaar.'

'Wat gebeurt er bij die ontmoeting?' wilde Kat weten.

'Dat is voor u niet meer van belang. U krijgt de heren misschien nog te zien en daarna brengen mijn mensen u veilig thuis.'

'En waar vindt die ontmoeting plaats?' Kats stem werd minder zelfverzekerd.

'In Tsjetsjenië.'

'Pardon?'

'We vliegen met mijn privéjet. Onder geleide van mijn beveiligers wordt u samen met Onno,' hij wierp een blik in Onno's richting, een verachtelijke en duistere blik, 'veilig teruggebracht. Ook dat is contractueel vastgelegd. Voor uw veiligheid sta ik persoonlijk in.'

Kat schraapte haar keel. Even heerste er doodse stilte in het vertrek, haar ogen volgden de rook die de generaal de lucht in blies.

'Waar wonen die mannen?' vroeg ze.

'Twee in Rusland, een heel ergens anders. Onno zal ze allemaal een bezoek brengen, nietwaar, Onno?'

Kats blik bleef nors. Hij voelde haar twijfel en omdat haar gezicht ondanks zijn milde toon en zijn uitleg niet echt opklaarde, voegde hij er uiterst behoedzaam aan toe: 'Zodra u het gevoel krijgt dat u iets moet doen wat tegen uw principes in gaat, kunt u er elk moment uitstappen.'

'Natuurlijk kunt u de documenten ook eerst meenemen om ze in alle rust te bestuderen en misschien zelf juridisch advies in te winnen,' voegde Altmann eraan toe.

'Daar zou ik zelfs op staan!' vulde de generaal aan en Onno herinnerde zich dat Ada altijd moest lachen om zijn overdreven zorgvuldigheid, die ze 'zo on-Russisch' vond.

Onno liet zich ook een whisky inschenken en voelde

hoe de bedwelmende warmte bezit van hem nam. Opeens hoorden ze Kat met verbluffende vastberadenheid in haar stem zeggen: 'Tweeënveertigduizend, dat is mijn prijs!'

De mannen zwegen. Ergens in de buurt hoorde je een klok tikken. De honden waren met Jevgenia boven gebleven, af en toe hoorde je er een blaffen, maar meestal deden ze het in duet. Toch drong het geluid maar gedempt en merkwaardig vervormd tot hen door, alsof je je hier in een andere wereld bevond, alsof de realiteit zich buiten dit vertrek, buiten deze muren afspeelde.

'Tweeënveertigduizend, een merkwaardig bedrag. Waarom uitgerekend tweeënveertigduizend?' vroeg de generaal met een nauwelijks zichtbaar lachje om zijn lippen en hij keek Kat recht aan, iets wat hij in de loop van de avond duidelijk had vermeden omdat hij kennelijk nog niet in staat was Kat te beschouwen als een zelfstandige persoonlijkheid die losstond van zijn eigen herinneringen en nachtmerries.

'Dat concrete bedrag is nodig om bepaalde dingen weer in orde te maken, als je dat zo kunt zeggen,' antwoordde ze kortaf, terwijl ze tegen het biljart leunde en met haar vingertoppen op het groene laken tikte, een aandoenlijke poging om haar overmoed te camoufleren.

'De gelijkenis is werkelijk frappant,' mompelde de generaal weer. 'Maar ik begrijp niet... Betekent dat ja?'

Nu ze haar eis bekend had gemaakt, kon ze niet meer terug.

'Uit Georgië dus. Wat een mooi land... Het meest levenslustige van de hele Kaukasus, als je het mij vraagt,' voegde hij er lichtelijk weemoedig aan toe. 'Het is alweer even geleden dat ik er geweest ben. Maar het moet er heel mooi zijn. Weer.'

'Hangt ervan af voor wie,' zei ze terloops.

'Ja, voor wie... uiteindelijk is alles een kwestie van perspectief, of wat zegt onze schrijver daarvan?'

Hij keek Onno met een sarcastisch lachje aan en dronk hem met zijn halflege glas toe.

'Wat denkt u, meneer Altmann, kunnen we onze Sesili dat bedrag betalen?'

De heer Altmann was in een fauteuil gaan zitten en zocht in zijn papieren.

'Zeker, zeker kunnen we dat,' zei hij afwezig en hij probeerde een glimlach op te zetten.

Kats gezicht klaarde op, alsof ze zelf niet kon geloven dat het haar gelukt was zo'n deal te sluiten. Het had veel moeilijker moeten zijn, zei haar gezicht, zo gemakkelijk kan het toch niet gaan. Onno kende dat gevoel. Hij herinnerde zich maar al te goed de verbijstering die je voelt als je binnengaat in deze wereld, die de meeste mensen alleen van horen zeggen kennen, als je doordringt in een tot dan toe ondenkbare, surreële werkelijkheid, die voor degenen die erin thuis zijn doodnormaal is.

'En uiteraard krijgt u een vergoeding voor alle voorziene en onvoorziene kosten,' voegde de generaal er zichtbaar tevreden aan toe.

Later stonden ze met z'n allen een paar minuten op het terras naar het water te kijken, terwijl ze wachtten op de auto die Kat en Onno weg zou brengen.

Kat maakte een ontspannen indruk, alsof er een loodzware last van haar af was gevallen, ze leek in een goede bui en draaide een sigaret. Ze verwijderde zich een paar passen van het groepje, waar Sjapiro zich weer bij had gevoegd, en bestudeerde met haar heldere ogen het zwak verlichte terrein.

De generaal observeerde haar vanuit zijn ooghoeken, Onno maakte een praatje met Altmann. Het fascineerde de generaal nog steeds dat ze echt bestond, een angstaanjagende kopie uit zijn verleden, een symbool, een teken, dat hij bereid was te volgen. Hij moest steeds weer naar haar kijken, zich ervan verzekeren dat ze er was en dat dit ongelofelijke toeval niet alleen een product was van zijn fantasie, een menselijke fata morgana. Er stak een lichte bries op, die de okerkleurige bladeren deed opwaaien. Hij liep naar haar toe. Haar sigaret gloeide in het schemerige licht.

'Wist u dat men in woestijnlanden de winden een naam geeft en er bepaalde eigenschappen aan toeschrijft?' vroeg hij. Hij benaderde haar terughoudend en beleefd, zoals altijd wanneer hij iemand sympathiek vond of iets van hem verwachtte. Ze reageerde niet, gaf geen antwoord, liet alleen merken dat ze aandachtig luisterde.

'Ja, bijvoorbeeld de chamsin, zoals hij in het Arabische taalgebied wordt genoemd, wat niets anders betekent dan vijftig, want zoveel chamsindagen zijn er in een jaar.' Zijn stem klonk als die van een sprookjesverteller, sussend, verleidelijk, slaapverwekkend bijna, je kreeg zin om je ogen dicht te doen en er de hele nacht naar te luisteren.

'Of sharav, zoals ze hem in Israël noemen, een hete woestijnwind uit Afrika, die het fijne woestijnzand uit de Sahara helemaal naar de oostkust van de Middellandse Zee brengt, hij is ondraaglijk heet en bezorgt de mensen ademnood. Ja, de chamsin is een wispelturige wind, heeft een bedoeïen me eens uitgelegd, een wind die je slapen streelt en je verleidt, hij is onberekenbaar als een wispelturige jonge vrouw. In juni, als de chamsin woedt, is het raadzaam om mild en beheerst te zijn, anders kun je de woestijnwind ontstemmen, wat langdurige droogte tot gevolg kan hebben.'

Hij zweeg abrupt. Kat had geen idee waar hij heen wilde, maar het maakte niet uit. Achter de façade van steen en geld, van macht en ongenaakbaarheid, van verachting en beheersing lag iets zieks en armoedigs. Ze voelde medelijden opkomen. Hij was heel lang en stond rechtop, bijna onnatuurlijk rechtop voor een mens, alsof hij zijn hele leven nog nooit had hoeven buigen. Ze doorstond zijn blik, liet hem kijken naar het beeld dat ze voor zijn geestesoog opriep. Het was een onverwacht prettig gevoel, dat haar toch een fractie van een seconde beangstigde.

De geluiden uit het huis, de anderen – alles vervaagde tot een wazige achtergrond. Alleen die man, het meisje dat hij in haar zag en het meer bleven over. Ze voelde dat het haar steeds minder moeite kostte om dat beeld in te vullen. Ook al was het meer dan een rol spelen, ook al ging het haar verbeeldingskracht te boven, ze wilde toch zien wat hij zag. Ze wilde in die diepten duiken, weten wat er op de bodem verborgen lag.

Ze zou dat beeld volgen. Ze zou haar donkere haren volgen. Die zwart-witfoto.

Ook al wilde ze het niet toegeven, sinds ze haar haar had geverfd voelde ze zich opgelucht. Het leek opeens heel gemakkelijk om niet jezelf te hoeven zijn. De brug naar de donkere kant bleek kort en goed begaanbaar. En het was een dankbaar alternatief voor alles waar ze momenteel mee te maken had en vooral voor wat er ontbrak. Ze wilde dat hij nog iets zei, ze wilde naar hem luisteren, terwijl ze zich steeds weer afvroeg of zo'n beschaafde, fijnzinnige man echt in staat was iemand te verkrachten, een moord te plegen. Maar op dat moment gaf Onno, de robotman met de onnatuurlijk brede onderrug, een teken dat de auto klaarstond om te vertrekken. In haar nogal gehavende leren rugzakje zat een doorzichtige map met de papieren die ze had getekend om het spel officieel te openen. Een spel waarvan ze de regels niet kende.

Tina had de tafel helemaal volgeladen, natuurlijk had ze zich te veel uitgesloofd en haar vermoeidheid weggewerkt met een lading make-up. Met haar felrode lippen en haar met zwarte kohl omrande hazelnootogen straalde ze van oor tot oor toen ze haar oudste dochter in haar armen sloot. Ze waren er allemaal, al die bannelingen en verdrevenen, al die gelukzoekers uit het Oosten, de laatsten in hun soort, die tussen de tijden en de werelden waren blijven steken, net als Tina zelf.

Ze had zichzelf twee jaar jonger gemaakt en Kat vond dat zo onnozel dat ze moeite moest doen om haar moeder niet vierkant uit te lachen toen die haar in de keuken in het oor fluisterde dat ze naderhand bij het tellen van de kaarsjes op de verjaardagstaart geen gek gezicht moest trekken, het was nu eenmaal 'nodig'.

Natuurlijk deed ze het voor haar nieuwe vlam, een of andere werkloze gigolo met de stomme naam Pako, die, alsof hij altijd al de heer des huizes was geweest, als vanzelfsprekend aan het hoofd van de tafel was gaan zitten.

Ze drukte haar moeder een in rood cadeaupapier verpakte detective in de hand – Tina was dol op detectives – en feliciteerde haar in het Georgisch.

'Wat heb je met je haar gedaan?!' riep ze plotseling toen ze eindelijk de tijd nam om haar dochter eens goed te bekijken.

'Voor een rol. Het groeit wel weer uit.'

'Het staat je niet. Je bent rood, dat is je handelsmerk, dat zouden ze in dat theater van je ook moeten snappen.'

Kat wilde iets terugzeggen, maar Tina was alweer weg, dus ging ze naar de keuken, waar Natalja met een geërgerd gezicht en groen gelakte nagels al kauwgom kauwend met een klomp deeg in de weer was. Kat zoende haar zacht op haar wang en ging naast haar staan. Ze voelde zich ontspannen, na de laatste ruzie leek de lucht geklaard.

Ze gingen samen aan het kleine tafeltje zitten en begonnen, zoals Tina hun had opgedragen, het deeg voor het kaasbrood uit te rollen.

'Een Georgiër. Ik begrijp het niet!' zuchtte Natalja en ze blies een gigantische roze kauwgombel. 'Heb je die vent gezien? Zo'n kleffe zak, prototype van een gigolo, je ziet op een kilometer afstand dat het een loser is, ik snap niet hoe ze altijd aan zulke kerels komt, dat is toch tot mislukken gedoemd, dat ziet iedere idioot, alleen zij niet. Pako, wat is dat nou voor naam, Pako? Is hij soms voetballer of zo?'

Ze vuurde haar woorden op mitrailleursnelheid af. In tegenstelling tot haar Georgisch, dat in de loop der jaren een buitenlands accent had gekregen en dat ze meestal liet varen als haar moeder of grootmoeder de kamer uit ging, was haar Wedding-Duits trefzeker en had het het tempo van een komeet. Ze scheelden maar drie jaar, maar soms had Kat het gevoel dat het er minstens tien waren. Tussen de woede, de verbijstering over haar beslissingen, de verontwaardiging over haar daden, tussen de heftige discussies die ze zo vaak voerden, de verwensingen die ze elkaar naar het hoofd slingerden, lag ergens een blinde, onaantastbare liefde, die hen aan elkaar ketende, die hun belette van elkaar los te komen en het stevigste houvast in hun leven gaf.

Kat luisterde naar het gescheld van haar zus op de nieuwe vriend van hun moeder en voelde zich voor het eerst sinds weken een beetje veilig, alsof ze alleen op deze plek wist waar ze thuishoorde. Maar ze kon niet eeuwig hier blijven en altijd maar haar middelvinger opsteken naar de buitenwereld, zoals Natalja deed.

Anders dan hun moeder, hun grootmoeder en de voor de verjaardag uitgenodigde wilde bende van eeuwig zoekenden die nooit zouden aankomen, wisten de zussen allebei dat je niet vooruitkwam als je achteromkeek – en toch leken ook zij niet vrij van dat verlangen te zijn.

Ondanks die haast fysiek voelbare band met Natalja kon Kat het toch niet over haar hart verkrijgen haar over het dode meisje te vertellen, over haar dromen waarin de grens tussen haar en haar nieuwe tweelingzus vervaagde, over haar inmiddels bijna compleet in dozen verpakte leven, over de verwarrende ontmoeting met de Rus en al het geld dat ze voor die dubieuze video zou krijgen. Ze kon niet vertellen dat ze sinds de scheiding, die geen scheiding was, niet meer wist waar ze thuishoorde, dat ze door de wereld wankelde en steeds gewichtlozer werd. Ze kon niet vertellen dat ze de Viking-journalist had gevraagd haar alles over het dode meisje en het proces toe te sturen, dat ze van die papieren een muur rond haar bed had opgetrokken en zich steeds meer achter die muur verschanste, dat de buitenwereld steeds meer op de achtergrond raakte en ze steeds minder de deur uit ging. Ze kon niet vertellen dat zij ook het gevoel had dat de klokken in haar wereld achteruit begonnen te lopen, zoals bij al die verjaardagsgasten, die in hun zelfgeschapen parallelle wereld leefden, waarin zo min mogelijk werkelijkheid doordrong. Ze kon haar niet vertellen dat ze de dromen van het dode meisje op het spoor probeerde te komen, dat ze in haar fantasie al wist wat haar lievelingskleur was geweest, welke sympathieën en antipathieën ze had gekoesterd, van welke films en boeken ze had gehouden, welk eten ze niet had gelust, welke levenswensen ze had gehad, met welke eigenschappen ze door haar korte leven was gegaan. Ze kon Natalja niet vertellen dat haar leven zoveel beter uit te houden was als ze dat het veld ruimde voor het dode meisje en zelf in haar schaduw verdween. Dat ze tenslotte een kat was met negen levens, waarvan ze er al een was kwijtgeraakt en er met plezier nog een aan een geest zou afstaan.

'Wat is dat voor rol, dat je meteen je haar verft?' rukte Natalja haar uit haar gedachten.

'O, een casting, iets geweldigs, maar ik denk niet dat ik het krijg...'

'Aha. Televisie?'

'Ja, maar echt een vette productie.'

Dat was in elk geval geen hele leugen, eerder een halve waarheid, waar ze zich beter bij voelde.

Uit de woonkamer klonk luid geroezemoes in verschillende talen. Bijna alle gasten die daar zaten, waren op een dag vertrokken, weggegaan, op zoek naar een betere wereld, omdat ze die waarin ze gevangenzaten dachten te haten. Ze vervloekten die wereld, wilden er nooit meer iets mee te maken hebben, waren er rotsvast van overtuigd dat ze die voorgoed vaarwel hadden gezegd. En toch, toen ze eenmaal in een nieuwe toekomst, een nieuwe werkelijkheid waren aangekomen, ijverig een nieuw leven opbouwden, moeizaam de ene steen op de andere stapelden, merkten ze dat ze terugverlangden naar de hel die ze zo vastberaden de rug hadden toegekeerd. Want die hel stonk weliswaar nog steeds naar zwavel, maar het was hun hel, ze kenden er elk hoekje, hadden er strijdmakkers en lotgenoten, waren koning in hun vervallen rijk. Maar in hun nieuwe leven, zo ver van huis, waren ze niet meer dan vreemdelingen, bannelingen, migranten, kinderen van het gehate socialisme, die in hun jeugd op de zwarte markt in westerse platen hadden gehandeld en hunkerden naar het kapitalisme als reddende ideologie, die de plotseling opgedoken VHS-videorecorders als een revolutie hadden verwelkomd en illegale videoavonden hadden georganiseerd, als conspiratieve filosofiedebatten in de jaren twintig, alleen discussieerden ze niet over Marx of Hegel, maar keken ze naar *Rambo* en *Tango & Cash* en identificeerden ze zich met de oer-Amerikaanse mythe van één-man-tegen-de-hele-wereld.

En toen hun dromen in vervulling gingen en ze hun kans grepen – ze waren nog jong en vol elan en geloofden in het kapitalistische geluk – en in groten getale naar het Westen trokken, omdat er thuis geen schijn van normaliteit meer was, omdat de chaos levensgevaarlijk werd, werden ze snel uit de droom geholpen, de ontnuchtering liet niet lang op zich wachten en haalde hun dromerige, door boeken bedwelmde wereldbeschouwing compleet onderuit.

Ja, nadat ze een zekere vindingrijkheid aan de dag hadden gelegd wat de bureaucratische eisen, de schier onmenselijke papierwinkel betrof, waren ze in veiligheid. (Sommigen hadden het geluk een Joodse grootmoeder te hebben gehad, anderen verzonnen Duitse voorvaderen, weer anderen trouwden met een Oost-Europeaan in ballingschap, waren van de generatie van de dissidenten of beriepen zich zelfs op de tijd van voor de revolutie.) Ze kwamen in het beloofde land en vonden los werk, ze kregen de kruimels toegeworpen, maar geen reële kansen, ze werden naar taal- en bijscholingscursussen gestuurd, kregen het advies om praktische banen aan te nemen omdat hun zweverige en zonderlinge beroepen (zoals linguïst in Oudgrieks, specialist in de kunst- en cultuurgeschiedenis van de Italiaanse renaissance, kinderboekillustrator of solfègelerares) voor het dagelijks leven in het Westen niet geschikt bleken. En dus gehoorzaamden ze, volgden ze een cursus voor directiesecretaresse, bemachtigden een taxivergunning, lieten zich opleiden tot verpleegster of vroedvrouw (om de een of andere reden waren vroedvrouwen met een Slavisch accent bij jonge, dynamische, cultureel geïnteresseerde moeders altijd erg in trek) of werden tuinman. In ruil daarvoor beschikten ze over een onuitputtelijk supermarktaanbod, konden ze volkomen legaal spijkerbroeken kopen en zelfs busreizen maken naar vroeger onbereikbare oorden als Florence of San Sebastian; ze hoefden zich niet eens te ergeren aan de slechte hotelbedden in de voorsteden of de eindeloze uren in de bus, want ze waren minder gewend, veel minder. Maar ze bleven ook op die reizen vreemdelingen, maakten te veel foto's, praatten te hard, waren net iets te goed geïnformeerd over alle monumenten (beter dan de reisleider zelf, wie de vele lastige vragen algauw op de zenuwen werkten).

Ze waren altijd een beetje afwezig, een beetje te snel of iets te laat, nooit lukte het hun in de massa onder te duiken zodat ze niet meer opvielen, nooit.

Hoelang ze ook in het Westen woonden, ze bleven steeds die eigenaardig geklede figuren met een grappig accent. En hun wereldvreemde levenshoudingen en overtuigingen strandden een voor een op kapitalistische wetmatigheden, ze braken in stukken als houten boten in een Bijbelse storm, en toch bleven ze zich aan de wrakstukken vastklampen.

En uiteindelijk zaten ze allemaal op een binnenplaats of aan een keukentafel met vrienden die uit het Oosten kwamen, bij sterke zwarte thee of mokka, gevolgd door wodka of cognac, jam en compote inmakend, met een opengeslagen poëziebundel in een Sovjetuitgave uit 1964 voor hun neus (soms waren het zelfs kinderboeken of fabels van Poesjkin of Tsjoekovski) en discussiërend over de wereld en het leven. En dan kwam één onderwerp steeds centraler te staan, steeds duidelijker tekende het zich af als leidmotief van zulke avonden, een onderwerp dat in één woord samen te vatten was: vroeger.

Steeds minder vertelden ze elkaar over hun dagelijks leven, dat meestal aanvoelde alsof ze al jaren op Times Square stonden, in die wereld vol glitter en neonreclame waar het kapitalistische leven werd gevierd, terwijl ze zelf geen stap voor- of achteruit zetten, daar alleen maar stonden, verbaasd, een beetje overdonderd, maar vooral verloren en met het allesoverheersende gevoel er niet thuis te horen.

Steeds minder praatten ze over hun gehate baantjes, over de zorgen om hun kinderen, die op het eerste gezicht weliswaar aangepaster, westerser, flinker, ja, kapitalistischer leken omdat de meesten hier waren opgegroeid, die ook geen grappig accent meer hadden en geen foute kleren droegen, maar in deze samenleving toch niet functioneerden zoals hun ouders hadden gedroomd; alsof er een ouderlijke vloek op hen rustte, de vloek van nooit aankomen. Kinderen die adolescenten waren geworden, vaak van school of de universiteit werden gestuurd omdat ze 'opvallend gedrag' vertoonden of voor 'onverbeterlijk' doorgingen, die in dronken knokpartijen verzeild raakten en soms zelfs in de criminaliteit belandden.

Natuurlijk waren er ook uitzonderingen, kinderen die iets bereikten: ambitieuze musici die een vaste aanstelling bij het orkest van Theater Heilbronn kregen, artsen die met drie autochtonen een eigen kinderartspraktijk openden, IT'ers in grote West-Europese bedrijven of knutselaars met innovatieve ideeën, die bijvoorbeeld een app voor modebloggers ontwikkelden of een speciale lastechniek, waar ze dan patent op aanvroegen. Maar die waren van een zeldzaam soort en al zo aangepast, zo verwesterd, dat ze hun ouders (ondenkbaar voor iemand uit het Oosten!) alleen nog op feestdagen opzochten, niet meer in hun moedertaal antwoordden, geen zin meer hadden in de recepten van hun moeder en grootmoeder en er bovendien in de verste verte niet aan dachten hun ouders met schattige kleinkinderen te verblijden.

Steeds minder klaagden de niet-aangekomenen over de merkwaardige eigenschappen van de autochtonen, hun omgang met geld, hun netheid, hun bekrompenheid, steeds minder lachten ze om hun geremdheid of wonden ze zich op over het te karige menu op een door hen bijgewoond feestmaal of een verjaarspartij.

In plaats daarvan praatten ze steeds enthousiaster over hun kindertijd en hun jeugd, over de plaatsen die ze destijds hadden bezocht, over de vroegere vrienden, de vrijages, de reizen; ze begonnen het verleden te verheerlijken, op te hemelen, te idealiseren, opeens zagen ze alles in een heel ander licht: 'Als ik er goed over nadenk, was het onderwijssysteem in de Sovjet-Unie geweldig' of 'We konden toen misschien niet naar Mallorca en Ibiza, maar we maakten er het beste van en wisten de dingen te waarderen, heel anders dan de huidige generatie, die alles in de schoot geworpen krijgt en niet eens dank je wel kan zeggen.' Dat soort zinnen vielen steeds vaker. En steeds vaker werden die gesprekken opgeluisterd met muziek uit het vaderland, ze lieten oude platen rouleren en zongen luid lachend, maar vol vuur een pionierslied, terwijl ze een tweede of derde glas wodka of cognac verschalkten. En intussen vergaten ze steeds meer dat ze vroeger thuis voor een originele plaat van The Supremes alles zouden hebben gegeven, ze vergaten dat ze jaloers waren op iedereen die de zich over elf tijdzones uitstrekkende kerker minstens één keer had verlaten en de glitterwereld had gezien, dat ze niets liever wilden dan 'vrij' zijn, over hun eigen leven beschikken, een auto hebben, de wereld verkennen. Ze vergaten dat ze zich Rambo hadden gewaand en het hele oostelijk halfrond naar de hel hadden gewenst.

Zo ook Tina, die met het oog op haar nieuwe aanbidder juist bezig was de tijd twee jaar te ontfutselen om haar kansen op eeuwige liefde te vergroten. Ook zij was weggegaan, hoewel ze de jaren van de ergste hongersnood had doorstaan, zich aan het laatste restje hoop had vastgeklampt, in tegenstelling tot veel van haar vrienden vaderlandslievend was gebleven en na de bloedig bevochten onafhankelijkheid van haar land aldoor had verklaard dat alles zich 'vast heel gauw' zou normaliseren en dat het aan haar generatie was om het land 'helemaal anders en helemaal opnieuw' op te bouwen. Maar haar hoop was afgebladderd als oude verf van de muren toen ze besefte dat niemand zich voor haar en haar generatie interesseerde en het nog steeds aan een, zij het misschien anders samengestelde, elite was voorbehouden het land naar eigen goeddunken te besturen (en, nadat het hele land in één grote vlooienmarkt was veranderd, op de rand van de afgrond te brengen). Maar haar hoop was vooral vervlogen, nadat ze de hardste en zwaarste strijd van haar leven had verloren: de strijd tegen de psychopaat die in plaats van haar ooit geliefde man en de vader van haar kinderen uit de oorlog was teruggekeerd. Pas toen de situatie uitzichtloos was en ze met twee dochters alleen achterbleef, zag ze zich voor het eerst van haar leven gedwongen volwassen te handelen en had haar lichtzinnigheid, haar zinloze en naïeve levensvreugde plaatsgemaakt voor verantwoordelijkheid.

Maar tot op de dag van vandaag klampte ook zij zich als een schipbreukeling vast aan de resten van haar boot, ook zij wilde niet dat de emigratie haar van haar karakteristieke trekken beroofde; ze wilde zich koste wat het kost tegen de westerse wetten verzetten, haar irrationele wispelturigheid, lichtgelovigheid en optimisme behouden, ze wilde tegen het gezond verstand in gaan en zich het oosterse pathos, het eindeloze gezwets en de haast infantiele, idiote hoop op een irreële vorm van liefde niet laten ontnemen.

Ook zij had vastberadenheid en een zekere inventiviteit getoond toen ze als jonge, veelbelovende en vooral exotische schilderes een groepsexpositie in Berlijn had benut om haar vaderland te verlaten en voortaan als serveerster te werken in restaurant Kaukasus, dat eigendom was van een Azerbeidzjaan met een zwak voor Georgische vrouwen.

En als een van haar dochters haar verweet dat ze niet meer schilderde, niets meer deed voor haar 'innerlijke rust', begon ze luidkeels te protesteren dat ze egoïstische, verwende schepsels waren en geen greintje empathie hadden, anders zouden ze zulke dingen niet durven zeggen; hoe kon zij nu aan schilderen denken, ze moesten eens om zich heen kijken. Maar met die smoezen was ze altijd al aan komen zetten, in goede en slechte tijden. Meestal voegde ze er dan als een verongelijkt kind met een pruillip en overdreven trots in haar stem nog aan toe: 'Ik zeg er niets meer over, nee, niets meer!' en verliet het vertrek.

Maar ondanks alle beproevingen bleef Tina een benijdenswaardig levenslustige vrouw, naar de smaak van haar dochters soms te levenslustig, te lichtzinnig. Ze wilde bemind worden, alsof ze zou wegkwijnen wanneer er niet met bewondering naar haar werd gekeken, wanneer niemand met haar flirtte en haar complimentjes maakte. En voor dat gevoel was ze bereid zichzelf iets wijs te maken en zich te laten gebruiken, als de illusie maar in stand bleef, als ze maar niet geconfronteerd hoefde te worden met de leegte die zich onmiddellijk aandiende wanneer dat gevoel ontbrak. Ze nam elke idioot die zich aanbood, de mannen leken haast inwisselbaar, als Tina maar genoeg bewondering en waardering kreeg. Daar betaalde ze een heel hoge prijs voor.

Haar dochters hadden een theorie ontwikkeld waarom ze steeds aan van die losers bleef hangen. Ze dachten dat Tina onbewust idioten uitzocht en daarmee het einde van de relatie al bij voorbaat inbouwde om maar niet in iets serieus verzeild te raken. Alsof door hun vader alles wat serieus en bindend was, alles wat met vastigheid en verantwoordelijkheid te maken had, voor Tina synoniem was geworden met verdriet en verschrikking, zodat ze nu alleen nog vrijblijvendheid en lichtzinnigheid zocht, ook al zou ze dat nooit toegeven, al was ze zich er waarschijnlijk niet eens van bewust en leek ze na elke mislukte relatie in zak en as te zitten.

De meisjes leerden mettertijd hun mond te houden als ze over een 'ontluikende, interessante affaire' begon, zoals ze ook leerden zwijgen wanneer ze weer eens te horen kregen dat iemand van thuis (een neef van een neef van papa, oma's petekind, de zoon van een jeugdvriend enzovoort) op doorreis was en voor een paar dagen onderdak nodig had, waarop er bij hen in de tweekamerwoning ineens een vreemde introk. Soms duurde zo'n bezoek meerdere weken, zodat de meisjes er ook aan wenden dat hun moeder de kamer die overdag hun woonkamer was en 's nachts Tina's slaapkamer, wekenlang afstond en bij hen sliep.

Maar er kwamen felle protesten en hevige dreigementen van de kant van de kinderen toen er op een dag een zekere Misja op de stoep stond (een vriend van een vriendin of zoiets, wie het precies was, vroegen ze allang niet meer) en Tina op een avond in de woonslaapkamer bleef in plaats van bij haar dochters te slapen. De volgende ochtend stond ze met een gelukzalige glimlach in de keuken pannenkoeken te bakken voor de slechts in boxershort gehulde Misja en haar 'engeltjes'.

Misja bleef, nee, dat was te zwak uitgedrukt voor wat hij deed: hij nestelde zich bij hen en zoog als een teek het bloed uit Tina. Dat zag iedereen, behalve Tina zelf, zij bleef bij hoog en bij laag beweren dat Misja een fantastische man was, die ten onrechte nog nooit de kans had gehad om al zijn kwaliteiten te ontplooien. Terwijl Misja een nietsnut was met een dubieus handeltje in tweedehandsauto's, die hij vanuit Duitsland naar Georgië exporteerde (en daarbij, zoals later bleek, menigeen een poot uitdraaide). Maar Tina zag in zijn zwijgzaamheid, die enkel voortkwam uit het feit dat hij niet veel te zeggen had, een 'grote sensibiliteit', in zijn neiging tot uitbuiten 'generositeit' en in zijn onbehouwenheid 'tomeloze hartstocht'.

Ze wilde zo graag weer worden bemind, en dan het liefst door een landgenoot, die haar zou herinneren aan de Tina die ze ooit was geweest, onverstandig en wild, kinderlijk, dwaas, dodelijk verliefd op het leven; ze was zo verslaafd aan dat gevoel dat ze bereid was voor al het andere de ogen te sluiten, voor alles wat iedereen om haar heen zonneklaar kon zien. Het hielp niet dat haar vrienden haar waarschuwden, het hielp zelfs niet dat Kat Misja's spullen op een dag op de stoep zette, nadat hij haar verzoek om aan de gemeenschappelijke uitgaven bij te dragen en niet alles aan haar moeder over te laten naast zich neer had gelegd. Er volgden veel tranen en zelfmedelijden, het was gewoon onmogelijk om met Tina op gelijk niveau een conflict uit te vechten; al was je nog zo overtuigd van je gelijk, uiteindelijk zag je je gedwongen je te verontschuldigen. Want ze gedroeg zich als een verongelijkt en gekwetst kind; altijd weet ze alles aan het feit dat je haar niet begreep omdat je zo 'egoïstisch' was en alleen aan jezelf dacht, zonder haar ook maar een sprankje geluk te gunnen.

Ten slotte moest iedereen in haar omgeving inzien dat het geen zin had om haar haar illusies te ontnemen, want zonder die illusies leek ze niet te kunnen overleven. En ook al was de clash voorspelbaar en vermijdbaar, er zat niets anders op dan toe te kijken hoe ze viel. Toch wist ze bijna twee jaar in die zeepbel te leven, terwijl het hele laatste jaar één grote aanwijzing was dat Misja haar gebruikte. Hij stelde steeds hogere, brutalere eisen aan zijn vriendin, het scheelde niet veel of Tina was in haar blindheid, zonder zich ervan bewust te zijn, betrokken geraakt bij zijn criminele praktijken. Gelukkig nam hij voor die tijd de benen, maar niet zonder al haar spaargeld mee te nemen, waarvan ze zichzelf drie maanden vakantie en een reis naar haar vaderland had beloofd.

Natuurlijk was Tina ontroostbaar en haar liefdesverdriet bovenmenselijk, natuurlijk nam haar tragedie antieke vormen aan en keek ze kwaad en verontwaardigd als je tegen haar durfde te zeggen dat je haar had gewaarschuwd. Het enige goede, zo hoopten haar dochters, was misschien dat ze van die vernederende ervaring zou leren dat ze niet meer zo lichtzinnig en goedgelovig de eerste de beste vreemdeling in haar huis, haar leven en haar bed moest toelaten. Maar dat effect bleef helaas uit.

De luchtigheid en vrolijkheid keerden snel terug, alsof blijvend verdriet haar zo vreemd was dat zelfs haar lichaam ertegen in verzet kwam, zodat ze misselijk of duizelig werd zodra ze besloot te treuren. Toch nam ze voortaan alleen nog vrouwelijk bezoek uit haar vaderland in huis, en dan zelden langer dan een week, en de vrijages, meestal met mannen met een Oost-Europese achtergrond en een gat in hun hand, die ze in restaurant Kaukasus leerde kennen, waren ook niet van langere duur.

Natalja rolde het deeg uit en liet haar oudere zus er het kaasmengsel op doen. Om de tien minuten ging de bel. Een bonte kakofonie van Duits, Georgisch en Russisch drong in de keuken door.

'Heb je die vent al eens goed bekeken? Ik bedoel, serieus...'

Natalja kon er maar niet over uit, haar moeders nieuwe object van begeerte leek haar heel wat hoofdbrekens te kosten.

'Waar heeft ze hem eigenlijk opgeduikeld?' vroeg Kat terwijl ze de randen van het deeg naar binnen vouwde om de eerste portie kaasbrood op het bakblik te leggen.

'In het restaurant, neem ik aan, waar anders.'

Natalja leek opgefokt en voerde het tempo waarin ze praatte nog verder op. Kat had moeite om zich op haar bezwaren en op de gespreksflarden van de gasten te concentreren.

Ze moest steeds weer denken aan de papieren die ze de vorige avond had getekend. En het feit dat ze vanochtend in haar brievenbus een envelop had gevonden met vijfduizend euro en het opschrift VOOR UW ONKOSTEN, verlamde haar. Het was verstandig geweest om met dat geld meteen woonruimte te zoeken, maar ze kon zich er niet toe zetten. Het geld jeukte, kriebelde, het wilde uitgegeven worden, het wilde worden gebruikt, maar duidelijk niet voor een borgsom.

Het kostte haar moeite om in het hier en nu te blijven, hoewel dat een kalmerende, warme, sussende uitwerking op haar had en ze zich op haar gemak voelde. Ze zag steeds dat huis voor zich, de marmeren tegels in de hal en de eindeloos lange tafel, het bizarre kleurige schilderij en de clubruimte in het souterrain, het biljart en de glinsterende lichtjes op het meer. Maar ze voelde vooral nog steeds die blikken op haar huid kriebelen, ze had er die avond geen woorden voor kunnen vinden, pas 's nachts in bed was het tot haar doorgedrongen en kon ze zeggen wat ze voelde bij hem in de buurt – het was macht, macht over hem, ja, ze scheen die gevreesde man geïntimideerd te hebben, en iets aan dat gevoel beviel haar wel.

Weer ging de bel. Het was onmiskenbaar de stem van Roesiko.

Een paar tellen later stormde ze de keuken al binnen, keek met nieuwsgierige blikken rond, gaf de zussen een paar vluchtige zoenen op hun wangen en drukte Natalja's zoontje Nico aan haar borst, die onmiddellijk een keel opzette.

Ze droeg een akelig zoet parfum en had een belachelijk getoupeerd kapsel, dat nog het meest aan een vogelnest deed denken.

De kleine Nico, die gauw bij zijn moeder op schoot klom, rukte Kat uit haar gedachten. Ze gaf hem een zoen op zijn voorhoofd. Hij had het klaargespeeld in de paar weken dat ze hem niet had gezien reusachtig te groeien.

Hij was net vier geworden en wist met zijn zwarte krullen, zijn grote kraalogen, zijn roze wangen en zijn aanstekelijke lach zelfs de grootste zuurpruim een glimlach te ontlokken.

En net als zijn moeder leek hij hard op weg de miniversie van een komeet te worden. Boordevol energie rende hij door de wereld, groeide alsof hij tijd tekortkwam en stond nergens lang bij stil, of het nu een spelletje was of een mens, alsof hij zich had voorgenomen alles op de wereld minstens één keer te zien en te onderzoeken.

'Kat, doe iets aan je haar, wat is dat voor kapsel, en die kleur staat je ook niet!'

Uitgerekend Roesiko moest dat zeggen, die meteen haar parelmoerwit gelakte vingernagel in de kaasvulling stak.

'Goed, smaakt prima, hebben jullie er lekker veel mozzarella in gedaan? Ik doe er ook graag wat yoghurt bij, maar wel Griekse, die smaakt net als de onze, heb ik al ettelijke keren tegen jullie moeder gezegd, maar koppig als ze is... En flink roeren! Niet vergeten. Wat is er, jochie, kun je al een gedicht opzeggen? Je praat toch ook wel Georgisch met hem, Nataliko, of niet soms? Het zou onvergeeflijk zijn als de kleine zijn moedertaal niet sprak!'

Ze klaagde en smakte en schraapte haar keel, hoestte, dronk water, gaf Natalja een tikje op haar billen en streek Kat over haar schouder, waarna ze de keuken weer verliet.

'Ga jij maar, ik zie ze constant, jou krijgen ze niet zo vaak te zien. Ik maak dit hier wel af,' zei Natalja tegen haar zus.

Maar Kat zag ertegen op om naar de kamer te gaan, waar ze al die 'onfortuinlijke nostalgici' zou aantreffen, zoals haar grootmoeder Tina's salonvrienden noemde, waarmee ze de spijker op de kop sloeg. Het begrip 'salon' was ook goed getroffen. Tina had de kring in de loop der jaren opgebouwd, hij werd minstens twee keer per maand bij haar thuis gehouden en er namen alle mogelijke gelukzoekers aan deel, maar er was een harde kern, die ook nu in de woonkamer rond de overvloedig gedekte tafel zat en Tina's nieuwe mannelijke hoop op het grote geluk keurde.

Ze liep de gang in en leunde tegen de koele muur, deed haar ogen dicht en zag het hele tafereel al voor zich: voor iedereen goed zichtbaar, vanzelfsprekend aan het hoofd, tegenover Pako, zat Roesiko. Zij was het meest exotische museumstuk onder de aanwezigen en verenigde de grootst mogelijke paradoxen in haar persoon: ze was een aartsconservatieve nationaliste, die in Charlottenburg een Russischtalige particuliere kleuterschool runde en liefde, affaires, seks en mannen als vaste gespreksonderwerpen had, zonder een mogelijke seksuele partner ook maar bij haar in de buurt te laten, en dat, zo vermoedde

Kat, al sinds de verwekking van haar zoon, nu meer dan vierentwintig jaar geleden. Midden vijftig en gefrustreerd verstikte ze deze zoon met haar liefde, zodat hij zelfs in de meest afgelegen uithoeken van de wereld – hij zat in de ontwikkelingshulp – niet aan de invloed van zijn moeder kon ontkomen en niet verliefd mocht worden op een meisje met een andere nationaliteit dan de Georgische. Roesiko, de ziekelijk nieuwsgierige vrouw, bij wie Kat zich niet aan het gevoel kon onttrekken dat ze vooral met Tina bevriend bleef omdat er in Tina's leven altijd genoeg problemen en – zij het lang niet altijd even leuke – toestanden waren, die ze zelf zo node miste.

Rechts van haar zat waarschijnlijk Vitali, de dichter uit Odessa, die moeite had met zijn Joodse wortels en zijn homoseksualiteit, constant op flikkers en gelovige Joden zat te schelden, maar subiet op de barricaden klom als iemand anders zich kritisch over homoseksualiteit of het orthodoxe Jodendom uitliet. Hij was vlak na de Wende naar Berlijn gekomen en beschouwde zichzelf als een soort Berlijn-deskundige, een intellectuele goeroe van deze stad, en het minste wat hij van zijn vrienden verwachtte was dat ze hem belden zodra ze van plan waren ook maar een voet buiten de deur te zetten; of je nu naar een café of een restaurant wilde, naar een concert, een toneeluitvoering of een club – Vitali kon je de beste informatie geven en vond dat hij veel en veel beter op de hoogte was dan welke stadsgids of zoekmachine ook. Van zijn grove lyriek, die hij in het Russisch schreef en in Russischtalige buurtkrantjes publiceerde, viel natuurlijk niet te leven, daarom verdiende hij de kost met een baan (zelf noemde hij het een bijbaantje) bij een stichting voor vervolgde homoseksuelen en stak hij urenlange monologen af over de 'domheid van de wessi's', die 'een echte nicht niet konden onderscheiden van een brute crimineel die in de gevangenis had leren kontneuken'. Volgens hem deden veel van de voormalige Sovjetburgers die bij de stichting aanklopten alleen maar alsof ze homo waren om 'westers medelijden' te scoren en daar voordeel uit te slaan.

Vitali kon Roesiko niet uitstaan, net zomin als Roesiko hem, maar ze maakten er allebei het beste van en duldden elkaar vanwege hun gemeenschappelijke vriendin.

Links van Tina zat vast Katja, de succesvolste van de uit de tijd gevallenen: de energieke intellectueel uit Moskou, die aan de Humboldtuniversiteit slavistiek doceerde en er ook nog eens verdomd goed uitzag. Ze was meestal in een opperbest humeur, rookte de ene sigaret na de andere en had haar drie mannen stuk voor stuk gedumpt, wat haar in de ogen van Tina en Vitali tot een echte feministe maakte. Ze kon heel mooi over Russische literatuur vertellen en had voor elke situatie een indrukwekkend arsenaal aan welluidende citaten paraat, en vooral in pijnlijke situaties, wanneer de stemming geladen was, kon een goedgekozen citaat snel voor ontspanning zorgen.

Katja's pijnpunt was haar dochter, midden twintig, als kind een engel, na haar jeugd veranderd in een regressieve, dogmatische, populistische idioot; ze was getrouwd met een Russische nouveau riche, was vorig jaar tot verbijstering van haar moeder met hem naar Moskou verhuisd en leefde nu, aldus haar moeder, in een elitaire, reactionaire, neokapitalistische nachtmerrie. Katja kon maar niet begrijpen dat het echt om haar dochter ging, haar eigen vlees en bloed, terwijl ze het kind toch liberaal, vrijzinnig en emancipatorisch had opgevoed.

Verder zou, zij het te laat, beslist ook Maja komen, die door iedereen alleen met haar korte, op haar voornaam rijmende achternaam Gvalja werd aangesproken. Het was een temperamentvolle Zuid-Georgische met wilde krullen, de wenkbrauwen van Frida Kahlo, een uitermate beweeglijk bekken en hoge jukbeenderen, die graag fonkelende sieraden droeg en onvermoeibaar zat te schelden: op het weer, op de politiek, op Georgië, Europa, de prijzen in de supermarkt, de artsen, de patiënten, het verkeer, het ontbreken van goede manieren, maar vooral op haar Duitse man Mirko, die ze in de jaren dat ze met hem getrouwd was met succes in een volkomen willoze, zwakke, angstige, geïntimideerde zenuwpees had veranderd. Sinds hun twee kinderen het huis uit waren en Mirko met vervroegd pensioen was, zat hij in een versleten grijze slip-over als een huisslaaf in hun woning, sorteerde de godganse dag zijn postzegels of keek tv en rende halsoverkop naar de keuken als hij haar voetstappen in het trappenhuis hoorde om op tijd een op de juiste temperatuur gebrachte maaltijd op tafel te zetten – want zij werkte in de ouderenzorg en verpleegde oude en zieke mensen, wat voor haar toch al zwaarmoedige inborst niet bepaald bevorderlijk was.

Het was Kat en ook Natalja een raadsel waarom deze vrouw met zo'n man getrouwd was en al die jaren bij hem was gebleven, want Gvalja schaamde zich voor haar man en stak dat niet onder stoelen of banken. Ze leek er echt plezier in te hebben hem publiekelijk te vernederen en noemde hem afwisselend een 'slappeling', een 'vrek', een 'burgermannetje' of een 'lapzwans'. Ze gaf in zijn bijzijn hoog op van andere mannen (meestal mannen met een zuidelijk temperament, die zich als 'echte mannen' wisten te gedragen). Wat deze vrouw precies met Tina verbond, wisten de meisjes ook niet, maar misschien was Tina een van de weinige mensen in Gvalja's omgeving die erin slaagde haar razernij, haar frustratie, haar woede op de hele wereld te verminderen en haar die totale teleurstelling heel even te doen vergeten.

En natuurlijk zat de god mag weten hoeveelste kans op

Tina's 'tweede grote liefde' er: Pako. De gigolo, zoals Natalja hem meteen had gedoopt, droeg een witte spijkerbroek en een zijden sjaaltje om zijn hals. Hij had een bijna weer moderne jarentachtigbril op zijn neus en een gelkapsel. Hij stonk beestachtig naar eau de cologne. Als je Tina mocht geloven, was Pako een in Darmstadt wonende beeldhouwer die plannen had om naar Berlijn te verhuizen, maar Kat betwijfelde – en zag daar duidelijk een parallel met haar moeder – of hij de afgelopen tien jaar ook maar één beeld had gemaakt, laat staan verkocht.

Kat stond te luisteren naar het geroezemoes. Ze lieten elkaar bijna nooit uitpraten, vielen elkaar telkens in de rede, stapten van Georgisch over op Duits en vervolgens op Russisch. Ze hadden het over alles en iedereen, en natuurlijk allemaal tegelijk. Die chaos was Kat meer dan vertrouwd, die ongedwongen kakofonie vormde de achtergrondmuziek van haar kinderjaren en haar jeugd. En toch voelde ze zich opeens onwennig hier op de gang en werkten die tot niets leidende gesprekken op haar zenuwen. Ze wilde er graag bij zitten, naast haar moeder, van al die lekkernijen proeven, zich door de banale en soms ook onzinnige onderwerpen laten meeslepen, voor even haar afbrokkelende bestaan en alle doden in de wereld vergeten – maar ze kon zich niet verroeren.

Ze besloot naar Sesilia te gaan, die ook nog niet aan tafel zat. De slaapkamer lag in de opkomende schemering. Sesilia zat in haar rolstoel door het balkonraam naar de net aangestoken lichten te kijken.

'Kat?'

Ze herkende haar aan haar voetstappen.

'Ja, *bebo*, ik ben het.'

'Waar heb je al die tijd gezeten?'

Kat sloop naar haar grootmoeder toe en sloeg haar armen om haar heen.

'Ach, je weet hoe dat gaat... Druk gehad, gespeeld, auditie gedaan.'

'Ja, ja, ons drukbezette meisje. Is het binnen vol? Wie zijn er allemaal?'

'De gebruikelijke kliek. Waarom kom je niet?'

'Ik wilde even rust hebben. Nico was hier de hele tijd en ik moest voor hem zingen.'

'Zingen? Aha, ook dat nog...'

'Hoe gaat het met je? Ik bedoel, echt?'

'Ik... Ik weet het niet. Maar ik geloof goed.'

Ze stond de hele tijd achter haar grootmoeder en keek ook naar de vallende avond.

'Weet je dat mama zichzelf op de taart twee jaar jonger heeft gemaakt?'

'We hadden het over jou...'

'Ik heb een aanbod gekregen. Het gaat om verdomd veel geld. Ik heb ja gezegd en nu weet ik niet wat ik ervan moet denken.'

'Wat voor aanbod is het?'

'Een vreemd aanbod. Ik moet de rol van een dood meisje spelen.'

'Jij houdt toch van ingewikkelde dingen, dat zal je geen moeite kosten.'

'Vind je het goed om even het balkon op te gaan?'

Ze opende de glazen deur en duwde haar grootmoeder een stukje vooruit. De koude lucht stroomde de kamer binnen. Toen ging ze op het houten krukje zitten en stak een sigaret op.

'Je moet stoppen...' mompelde Sesilia afwezig.

'Ik moet zoveel.'

'Alles op zijn tijd.'

'Daar heb je gelijk in.'

Daarna zaten de beide Sesilia's, de een met een a en de ander zonder, op het kleine balkon van de woning in Wedding. Ze staarden naar de kale binnenplaats, waar twee jongens voetbalden en een aan het skaten was, en lieten het lawaai uit de woonkamer achter zich, het lawaai van woorden en af en toe zelfs gezang. Tina had haar gitaar tevoorschijn gehaald en het nieuwe liefdesobject zong mee met het Georgische lied, dat ging over veel onderdrukte verlangens, in rook opgegane verwachtingen, wankelmoedige hoop en naar hoestdrank smakende bitterheid.

Ze genoten van het geheimzinnige schemerlicht, het zwijgen en het uitzicht, ook al moesten ze toegeven dat het niet bijzonder fraai was. Kat rookte en tikte met haar voet op de tegelvloer. Sesilia leunde met haar arm op de balustrade, de arm die dankzij veel inspanning, een ijzeren wil, een goede fysiotherapeut en Tina's opgehoopte schulden weer functioneerde.

Kat wist dat Sesilia eronder leed dat ze haar dochter tot last was; ze kon zichzelf die beroerte niet vergeven, ze kon zichzelf vooral niet vergeven dat ze nog leefde, en hoe Tina ook benadrukte dat ze blij was haar moeder bij zich te hebben, hoe goed ze haar zorgen over de schuldenberg ook voor haar verborgen hield, Sesilia was ervan overtuigd dat ze in Tbilisi had moeten blijven en nooit naar het Westen had moeten gaan. Alsof ze net als Prometheus de toorn van de goden over zich had afgeroepen, alleen had zij niet het vuur op aarde gebracht, maar had ze zich van haar Kaukasische bergpas losgerukt en was ze naar het Westen gevlogen.

Sesilia probeerde de hele tijd iets te bedenken waarmee ze geld kon verdienen om een verpleegster te betalen die haar dochter zou ontlasten. En ook al wilde ze niet te veel hoop koesteren – want te veel hoop kon je vatbaar maken, vatbaar voor de hernieuwde toorn van de goden –, ze bleef zich vastklampen aan het geruststellende idee dat ze ooit weer terug zou keren naar haar stoffige, afgesloten, door de buurvrouw als een oude poes verzorgde woning in de Zilverstraat, die uiteindelijk toch niet naar Europese normen was gerenoveerd om aan westerse toeristen te worden verhuurd.

Sesilia had iets gezocht om haar dochter financieel een handje te helpen en dat kennelijk ook gevonden. Hoewel Kat, elke keer als ze er getuige van was, niet kon begrijpen dat Sesilia dat echt deed.

Op een keer, toen Sesilia net uit het ziekenhuis kwam, was Roesiko langsgekomen met yoghurt, sinaasappels en Turkse koffie. Tina was nog op haar werk en Roesiko had voor Sesilia en zichzelf mokka gezet, uit een soort nostalgie en vanwege de vele zoete herinneringen aan thuis die met die koffie verbonden waren. Sesilia hield er helemaal niet van en had zelf ook geen associaties met die koffie, maar ze dronk hem op en Roesiko vertelde dat ze zich als jonge vrouw in Tbilisi graag de toekomst had laten voorspellen door de verschillende koffiedikkijksters. Vooral een Koerdische was haar bijgebleven, een oude vrouw met groene ogen en bonte omslagdoeken, die haar in de jaren zeventig had voorspeld dat ze het land zou verlaten met een zoon, die op dat moment nog niet eens was gepland, en dat die zoon een heel bijzondere jongen zou worden die 'de wereld zou redden'.

Sesilia hoorde Roesiko's gebazel een poosje aan en moest moeite doen om haar niet in haar gezicht uit te lachen en te zeggen dat het complete onzin was, dat het gewoon koffie was, lijnen, figuren, toevallige patronen, die iedereen naar believen kon interpreteren, en dat iedereen met een beetje fantasie de toekomst kon 'voorspellen'. In plaats daarvan zei ze dat ze voor de grap weleens wilde proberen of zij ook in de toekomst kon kijken.

Roesiko stond meteen in vuur en vlam en gaf haar haar

kopje met een dikke, zwarte laag koffiedik. Sesilia zette met een serieus gezicht haar bril op en vertelde iets over het boze oog van een 'magere vrouw', die jaloers op haar was en in wie Roesiko onmiddellijk een collega van de kleuterschool meende te herkennen, wat haar verleidde tot de kreet: 'Dacht ik het niet!' Daarna beweerde Sesilia dat haar zoon zijn hart had verloren aan iemand die 'ver weg' was, waarop Roesiko compleet hysterisch werd en meteen een vroegere studiegenote van hem verdacht. 'Ja, ik wist het, ik wist de hele tijd al dat ze achter hem aan zat!' En ten slotte deed Sesilia er nog een schepje bovenop en beweerde ze met een stalen gezicht dat Roesiko binnenkort een 'man uit het verleden' terug zou zien, een man met een hoed, en intussen probeerde ze haar lachen in te houden.

Sesilia dacht natuurlijk dat het spel gauw afgelopen zou zijn en dat Roesiko uit haar irrationele trance zou ontwaken; ze was dan wel een typische Georgische met een sterke neiging tot bijgeloof, maar een die verlicht en zelfstandig was en al jaren volgens westerse regels in de westerse maatschappij leefde. Maar daar zou Sesilia zich danig in vergissen.

Een paar dagen later stond Roesiko met een collega op de stoep, weer op een tijdstip dat Tina nog aan het werk was. Ze smeekte Sesilia haar vriendin, die 'in een diepe crisis' zat, met behulp van koffiedik een weg uit de donkere tunnel te wijzen. Sesilia weigerde eerst, ze fluisterde haar zelfs in het oor dat het maar een grap was geweest, dat ze niets van die dingen moest hebben en er niet in geloofde, maar Roesiko wilde daar niets van horen.

'Jij dan misschien niet, maar wij wel!' riep ze enthousiast en ze fluisterde Sesilia toe: 'Ze betaalt wat je maar wilt, ze heeft een rijke man.'

Zo kwam het dat de bijna tachtigjarige Sesilia in het

Westen een nieuwe roeping vond en uitgerekend voor de verlichte, geëmancipeerde, zelfstandige westerse vrouwen een richtinggevende profetes werd. Roesiko bracht steeds nieuwe klanten mee, vaak moeders van haar kinderen van de kleuterschool of kennissen van de cursussen Pilates en Urban Gardening. Op sommige dagen bracht de profetes meer geld in het laatje dan haar altijd zwoegende dochter.

'Mag ik je iets vragen?' verbrak Kat de gemoedelijke stilte.

'Natuurlijk, liefje!'

'Zou je terug willen... Ik bedoel, wil je nog steeds terug naar huis?'

'Natuurlijk. Maar dat kan toch niet.'

'En als het kon? Als mama die schulden niet had?'

'Dan zou ik nog altijd aan deze stoel gekluisterd zijn en... Nou ja, het is een irrelevante vraag.'

'Geef eens antwoord.'

'Ja, ik zou wel willen, maar...'

'Maar. Er is altijd wel een maar.'

Al die tijd had Sesilia niets liever gewild dan terugvliegen naar Tbilisi en nu leek er iets tussen haar en haar wens gekomen te zijn. Maar Kat durfde niet door te vragen, ze wilde geloven dat ze het aanbod enkel had aangenomen vanwege Sesilia en haar droom om terug te keren.

2016 | DE GENERAAL

Hij haalde diep adem en dook onder. Het water was perfect op temperatuur. Het donkere bos achter de glazen wanden wiegde in de armen van de zojuist ingevallen, geheimzinnige duisternis. De buitenwereld verstomde even.

Zelfs zijn gedachten lieten hem een poosje met rust.

Maar zodra hij bovenkwam, doken ze weer op en probeerde hij er niet langer aan te ontsnappen. Vandaag was zo'n dag dat hij ze niet zou kunnen afschudden, hij kende die toestand maar al te goed. Sinds Ada er niet meer was, sinds die krater in zijn leven was geslagen, leken zijn gedachten hem te achtervolgen. Hij stond machteloos tegenover de aanhoudende stroom. Maar misschien kon het niet anders, misschien was dat Ada's nalatenschap en moest hij zich er zonder slag of stoot aan overgeven.

Haar dood was een scheur in het universum. Iets wat niet waar mocht zijn en toch waar was, iets wat elke wetmatigheid tartte. Dat dacht hij in het begin, de eerste dagen na de begrafenis, de dag dat hij instortte als een afbrokkelende rotswand. Maar op een bepaald moment, weken, misschien pas maanden later, kwam de dag dat hij begreep dat Ada's einde een boodschap was, een opgave.

Hij begreep dat het geen zin meer had om naar het waarom te vragen, want hij wist allang wat het antwoord was. En dat hij in plaats daarvan in het reine moest komen met wat zijn in de watten gelegde, met veel moeite van de wereld afgeschermde en toch volkomen weerloos aan het leven overgeleverde dochter had gedaan. Hoe onbegrijpelijk wreed het ook was, hij wist dat haar dood met hem te maken had. Ada's motieven waren loodzwaar, smaakten naar vastgeroeste schuld en zwart-witte moraal, naar onontkoombare uitzichtloosheid en jeugdige weltschmerz. Maar voor hem waren het stappen, gedicteerd door haar dood.

Een stappenplan, een sluitstuk, waardoor alles op zijn plaats zou vallen. Want daar ging het haar om. Ze kon de wereld niet meer verdragen sinds gebleken was dat mensen die in monsters waren veranderd er vrijuit gingen, dat geen van hen er ter verantwoording werd geroepen.

Haar waarom was zijn kompas. Alleen het moment van onachtzaamheid, het moment waarop zijn aandacht even op iets of iemand anders was gericht en hij niet had gemerkt dat Ada was geknakt, dat haar gezicht betrok en ze haar wenkbrauwen fronste, dat ze haar oriëntatie kwijtraakte, zij, die altijd zo graag rechtdoor liep, nooit van de weg afweek, niet op- of omkeek, ervan overtuigd dat een leven zonder omwegen beslist mogelijk was – dat moment liet hem nog steeds niet los.

De ondraaglijke pijn belastte hem met een zekere morele verantwoordelijkheid, hoewel hij dat begrip en de bijbehorende leugenachtige ideeën zijn hele volwassen leven had veracht en vooral genegeerd omdat het voor hem niet meer dan een leeg verzinsel was, een politiek correcte façade ter camouflage van de ware menselijke aard, die – dat stond voor hem als een paal boven water – absoluut amoreel was en niet viel in te delen in categorieën als goed en kwaad. Hoe vaak had hij die discussies niet met Ada gevoerd, hoe vaak had hij haar niet een blik in de donkerste krochten van de menselijke ziel laten werpen en voorbeelden genoemd, maar ze was het nooit met hem eens geweest, altijd had ze tegenvoorbeelden bij de hand gehad, altijd had ze willen geloven dat hij zich vergiste. Dat was zijn fout, de grootste van zijn leven: hij was er zo vast van overtuigd geweest dat alle mensen op het beslissende moment bereid waren de grens tussen het denkbare en ondenkbare te overschrijden dat hij zelfs zijn onschuldige en geliefde dochter daartoe in staat achtte, mocht het zover komen, mocht ze daar door uiterlijke omstandigheden toe gedwongen worden.

Maar hij had zich vergist, hij had in zijn principes geloofd en het doorslaggevende argument over het hoofd gezien. Want voor het tegenbewijs van zijn theorie, dat Ada's leven had kunnen redden, was de gedachte aan één bepaald iemand al genoeg geweest: aan Aljosja, zijn vroegere vriend en metgezel in de donkerste dagen, ja, Aljosja, die Dvornjasjka, straathond, werd genoemd, de jongen die zich zelfs door de oorlog niet had laten corrumperen, die tot het laatst toe had vastgehouden aan wat hij juist achtte en die, toen hij moest toezien hoe zijn wereld uit de voegen werd gerukt, de voor hem enig consequente beslissing had genomen...

Aan hem had hij moeten denken. Telkens als hij met Ada praatte, had hij Aljosja voor zijn geestesoog moeten laten verrijzen, als waarschuwing.

In plaats daarvan was hij ervan overtuigd geweest dat hij alles in het werk moest stellen om Ada van de waarheid af te schermen. Terwijl het de leugen was waarmee hij zich indekte, waarachter hij zich verstopte, die de grond onder haar voeten had weggeslagen. Hij had er rekening mee moeten houden dat Ada, net als Aljosja, behoorde tot de absolute uitzonderingen van de menselijke soort die goed waren omdat ze per se goed wilden zijn, voor wie elk alternatief een onleefbaar compromis was. Ze waren goed omdat ze dat tot hun principe hadden gemaakt, niet omdat goed-zijn de mens was aangeboren, ze vochten ervoor en betaalden een hoge prijs, ze waren onomkoopbaar. Hij had haar zo graag willen beschermen – tegen zichzelf, tegen wat hij was en wat hij had gedaan – dat hij de vastberadenheid van zijn dochter om steeds het goede te doen, volledig had onderschat.

Hij had altijd in de overtuiging geleefd dat zijn verleden een besmettelijke ziekte was waarvoor niemand immuun zou zijn. In plaats van verwoed een vaccin voor zijn dochter te zoeken, had hij haar moeten besmetten, in de hoop dat ze die vreselijke ziekte zou overleven, dat ze sterk genoeg zou zijn.

Hij dook weer onder. Het water spoelde alle zwaarte van de afgelopen dagen weg. Hij was gewichtloos, licht, zwevend. Hij trok zijn baantjes, met zijn hoofd nu eens onder, dan weer boven water, steeds in hetzelfde tempo. Hij genoot ervan alleen de geluiden van zijn lichaam in gevecht met het water te horen, het bos buiten te voelen, het gedempte licht in het zwembad te zien. Jevgenia had het zwembad anders willen hebben, ze had schetsen laten maken, maar hij had geprotesteerd: naast zijn werkkamer was het de enige plek waar hij zich kon terugtrekken, zijn rijk, en dat wilde hij naar zijn smaak inrichten. Geen tierlantijnen, geen gekleurde lichten, tenslotte was het een zwembad en geen nachtclub – en op het moment dat hij dat zei, bedacht hij dat zijn dochter nooit meer in een nachtclub zou komen...

Jevgenia had het begrepen en alleen geknikt, zoals ze op beslissende momenten altijd alles begreep. Het deed meer pijn om haar zo te zien lijden dan hij zich had voorgesteld. Na Ada's definitieve slotakkoord had hij niet gedacht dat er, naast die eeuwig kloppende, eeuwig brandende, eeuwig bloedende wond, in zijn leven nog plaats zou zijn voor een andere pijn.

Hij dacht aan zijn mooie vrouw, zijn anker in deze nieuwe wereld, zijn partner en tegenspeelster, en hij voelde een steek tussen zijn ribben. Hij wilde haar weer zien lachen, die verleidelijke lach met samengeknepen ogen en haar hoofd in haar nek. Wanneer had ze voor het laatst zo ontspannen en aanstekelijk gelachen? Was dat voor Ada's dood? Tijdens hun laatste gezamenlijke reis naar Venetië? In het vorstelijke zeventiende-eeuwse bed waar ze zo trots op was, dat ze ergens in Noord-Frankrijk op een veiling had gekocht en naar Italië had laten verschepen – het bed waar ze innig omstrengeld onder de witte lakens hadden gelegen en als kleine kinderen hadden gegiecheld toen ze Ada hoorden rondlopen en de restaurateurs nauwkeurige aanwijzingen hoorden geven, alsof ze van haar leven nooit iets anders had gedaan?

Hij haalde adem, sloot zijn ogen, dook weer onder en trok nog een baantje. Dat zocht hij in het water, die gewichtloosheid, daar hield hij van. En als hij eerlijk was, als hij zichzelf ook maar een fractie van een seconde recht in de ogen keek, dan wist hij dat hij zich in die toestand van gewichtloosheid inbeeldde ook onschuldig te zijn.

Ze hadden zich toen in Venetië laten verwennen door een vijfsterrenkok die Jevgenia was aanbevolen en die ze voor een bizar bedrag uit San Francisco had laten overvliegen voor een 'particuliere kooksessie', zoals ze het noemde.

Toen waren Ada's gedachten al aangetast en die reis was bedoeld voor haar herstel, samen wilden ze zorgen dat haar gezicht weer opklaarde, dat de donkere wolken werden verdreven, en aanvankelijk leek dat ook te lukken, de zieke leek weer op de been te komen. Ze blaakte van levenslust nadat hij het palazzo voor haar had gekocht en haar bij de inrichting haar gang had laten gaan. Alles leek weer in orde te komen. Ze scheen zelfs te herstellen van de verderfelijke relatie met die parasiet. Ze noemde zijn naam niet meer, belde hem niet, schreef hem niet. En hij geloofde, of wilde geloven, dat ze het zou redden, dat ze weer zichzelf zou worden.

Als hij op die jaren terugkeek, op de jaren dat ze van een kind in een meisje veranderde en daarna in een jonge vrouw (en 'jong' zou ze altijd blijven, schoot het door hem heen, nooit zou ze een volwassen vrouw worden, laat staan een oudere dame, maar terwijl hij met zijn armen het water doorkliefde, verjoeg hij die gedachte weer), dan werd hem steeds duidelijker dat juist dat 'goed willen zijn' haar noodlottig was geworden en haar tot doelwit had gemaakt. Juist daardoor begon ze in haar langverwachte en eindelijk bevochten vrijheid plotseling kopje-onder te gaan, om ten slotte als de beste en kostbaarste vangst terecht te komen in het net van een amorele, eerzuchtige man. Ze had gezocht naar aanwijzingen die zouden bevestigen wat ze per se wilde geloven: dat de wereld goed was en naar wittebrood met frambozenjam smaakte, dat beloften er waren om nageleefd te worden, dat liefde plooibaar, kneedbaar was en bereid zich aan elke omstandigheid, elke verandering, elke context aan te passen, dat de kunst een magisch medicijn was dat je de wereld kon toedienen zodra die begon te wankelen, dat gek doen de beste remedie was tegen verdriet, twijfel en zorgen, dat lichtzinnigheid alle gepieker uit de weg ruimde en moed elk wantrouwen overwon.

Als een speurhond liep ze door het leven en zocht bewijzen voor haar wereldbeeld. En vooral het belangrijkste bewijs: dat haar vader, haar beste kompas, haar grootste anker, haar verstandigste raadgever en schatmeester, een goede man was. Dat niet iedereen die geld had vergaard automatisch een bloedzuiger hoefde te zijn, een immorele smeerlap, een egoïstische charlatan en leugenaar. Ja, dat wilde ze geloven. Aldoor probeerde ze hem over te halen iets goeds te doen, tot hij zich inderdaad bereid verklaarde tot een paar kijk-mij-eens-gul-zijn acties en royaal in de buidel tastte. En het deed hem pijn dat hij haar teleur moest stellen, dat hij het haast nooit met haar eens was of haar gelijk gaf, dat hij haar er steeds weer aan moest herinneren dat alle aanwezigen op liefdadigheidsgala's of kunstveilingen inhalige hyena's waren, die zich voor het doel van hun giften geen moer interesseerden, omdat het hun vooral om hun image of om belastingvoordeel ging.

Hij had zich door haar laten overhalen naar een liefdadigheidsgala in Londen te vliegen. Het was een walgelijke vertoning met schijnheilige toespraken, geforceerd gelach, geforceerde gezichten, ingestudeerde woorden en een totale leegte, die ten slotte een laffe smaak achterliet. En toch had ze een gelukkige indruk gemaakt, ze had in zijn hand geknepen toen hij het hoogste bedrag bood voor een of ander Afrikaans dorp, voor een kliniek en een meisjesschool in een gebied waar de cijfers voor besnijdenis extreem hoog lagen. Ze had overtuigd geleken, ze had alle schijnheilige blikken en woorden, al het gekunstelde gegiechel gewoon genegeerd, want die plek, die mensen waren voor haar niet meer dan decor. Waar het om ging, was op het projectiescherm te zien, daar stroomden de miljoenen uit de zakken van al die zombies naartoe. Dat was wat telde, al het andere in de zaal speelde geen rol. Ze zou tal van zulke avonden voor lief nemen, inclusief de lege gesprekken en kritische blikken, de leugenachtige sfeer en de verveling en weerzin die zich op een gegeven moment aftekende op elk gezicht – als al die figuren maar bereid waren geld te geven en dus iets goeds te doen.

Het deed hem pijn, hij begreep niet waarom ze met alle geweld moest bewijzen dat de mensen geen reden hadden om hen te mijden of te vrezen. Hij begreep niet waarom ze haar privileges niet wist te waarderen, waarom ze er geen gebruik van maakte en er haar voordeel mee deed, maar in plaats daarvan de hele tijd iets leek te willen goedmaken.

Maar na die nacht waarin ze besloot de pillen te nemen die haar uit deze weerzinwekkende wereld zouden bevrijden, had hij begrepen dat ze wijzer was dan hij. Ze had iets vermoed en gevoeld wat haar dwong extra goed te zijn, extra juist te handelen om iets recht te zetten. Toen had hij zich voorgenomen haar testament uit te voeren. Ja, sinds die nacht had hij de deuren wijd opengezet, het verleden met open armen ontvangen, het regelrecht opgeroepen, nadat hij zichzelf jarenlang had wijsgemaakt dat het voorbij, compleet uitgewist was.

Want hij had ineens begrepen dat die gehate, hem soms witheet makende, dwaze pogingen van zijn dochter altijd al bedoeld waren om iets recht te zetten wat te maken had met hem. En dat zijn woede niet haar gold, maar hemzelf, omdat hij niet kon verdragen dat ze het deed voor hem en dat, hoeveel kansen hij haar ook bood, haar aandacht niet van hem, van zijn donkerste moment, af te leiden was. Ze deed het intuïtief, onwetend, in het duister tastend, ze vermoedde iets, alsof de geesten haar elke nacht iets in het oor fluisterden in een taal die ze niet verstond, en toch waren die woorden er, ze herinnerde ze zich elke ochtend, ze achtervolgden haar de hele dag. Hij wilde het niet toegeven, niet zien, want hij had zoveel gedaan, zoveel gegeven, met zoveel zweet, angst en gezwoeg haar veiligheid en welzijn gekocht. De prijs die hij daarvoor had betaald was zo hoog dat niets of niemand hen mocht scheiden. Destijds in de gevangenis, toen ze hem de zwart-witfoto van haar als pasgeborene lieten zien, had hij gezworen dat zij de enige heilige in zijn leven zou blijven. Daarom waren ze zo'n onafscheidelijk koppel, daarom hadden ze zo verbitterd met elkaar gestreden, want zij was de enige herinnering aan de persoon die hij ooit was geweest, de persoon die hij niet zoals een van zijn bouwprojecten zelf had gesmeed en gevormd.

Zij was het enige bewijs dat die man had bestaan, een heel andere man dan degene die zomaar een Venetiaans palazzo voor zijn dochter kon kopen of deze villa hier liet bouwen, die een imperium bezat en geen tegenspraak duldde, een koning in een onmetelijk rijk. Maar Ada wilde die andere man zien, de man die hij bijna twintig jaar geleden eigenhandig en uit eigen beweging had begraven. Alsof haar identiteit afhing van het perspectief vanwaaruit ze haar vader kon bekijken. Alsof haar kijk op hem haar eigen zelfbeeld bepaalde. En misschien was dat ook wel zo. Misschien was het consequent om zo te denken.

Als hij had geweten hoe sterk ze was, hoeveel sterker dan hij had aangenomen, dan had hij al zijn angsten bedwongen en was hij de discussie met haar aangegaan, dan had hij geprobeerd haar blik te trotseren, haar vragen het hoofd te bieden. Al twintig jaar kende hij geen angst, al twintig jaar bracht hij elke angst met ontelbare schoten tot zwijgen, maar die ene angst, de grootste misschien, die kon hij niet bedwingen – de angst om haar teleur te stellen, om niet aan haar verwachtingen te voldoen en haar kwijt te raken.

'Ben je daarom vandaag met mij daarheen geweest? Om je schuld af te kopen?'

Hij vermoedde dat ze een kleur had gekregen, al was het donker in de auto en keek hij naar de kerstversiering in de straten van Mayfair. Maar alleen al aan haar silhouet, dat hij vanuit zijn ooghoeken waarnam, zag hij dat ze uit alle macht tegen haar teleurstelling vocht.

'Ik had het over de mensen daar, niet over mezelf.'

'Maar je vindt wel dat je daarbij hoort, toch? Je rekent jezelf er ook toe. Dan geef je toch toe dat je je schuldig voelt en iets goeds moet doen om een beter gevoel te krijgen?'

'Nee, zo heb ik het niet gezegd. Dat goed-zijn waar jij het constant over hebt, is niet aan te leren en zeker niet te koop, en het zou naïef zijn om te denken dat je door die bespottelijke giften op de een of andere manier goed wordt.'

'Je gelooft dus niet dat jij of anderen zoals jij, om bij jouw kringen te blijven, dat jullie iets goeds tot stand kunnen brengen?'

'Dat goede van jou, Ada, is iets wat je je moet kunnen permitteren. Denk je dat jij zo goed en gul zou zijn als je zelf niets te eten had? Als je moest vechten om te overleven? Ik geloof niet dat die mensen van vanavond op de een of andere manier slechter of fouter zijn dan degenen die hun giften ontvangen. Zelfs niet slechter dan de kinderen van de school die jij me hebt laten steunen. Nee, ik denk gewoon niet in zulke categorieën. Iedereen is zowel goed als slecht, het zijn gewoon begrippen die bedacht zijn om de mensen beter te kunnen sturen en bespelen, of het nu in maatschappelijk, religieus of politiek verband is. Met die begrippen kun je anderen manipuleren, ze zijn kneedbaar al naargelang de context en de tijd.'

'Oké, jij gelooft dus niet in die begrippen. En toch had je het over afkopen. Van schuld?'

Zij keek nu ook naar de zee van gekleurde lichtjes waar de auto doorheen reed, alsof hij ze doorkliefde, en ze bleef roerloos met haar hoofd tegen het raampje zitten. Hij voelde, hij rook gewoon haar verontwaardiging, die iets scherpe en tegelijk zoetige geur verspreidde, alsof er peper door limonade was geroerd. Diep in zijn hart hield hij juist daarom van haar, juist omdat ze in staat was zulke gevoelens toe te laten, maar hij onderdrukte de neiging om op zulke momenten te zeggen dat het de erfenis van haar moeder was die in haar brandde, dat te-veel-willen, dat haar zo kwelde en haar leven bemoeilijkte.

Hij herinnerde zich de dag dat hij tot dat inzicht was gekomen toen hij zijn dochter observeerde, een klein meisje, gemaakt om van te houden en plezier aan te beleven, maar destijds wilde ze al weten hoe flexibel de grenzen van de wereld waren, ze wilde begrijpen waarom je je aan een bepaalde orde of regel moest houden, destijds was elk stopcontact er al om een vinger in te steken, elke ladder om erop te klimmen, elke scherpe punt om je eraan te prikken, elke hoogte of diepte om die te bedwingen. En hij werd gegrepen door angst, een naakte, dierlijke angst dat ze het leven te veel zou provoceren, net als haar moeder had gedaan, totdat ze haar krediet bij het leven had verspeeld.

Hij had haar gadegeslagen op een speelplaats in Moskou, waar hij een middag met haar had gespeeld, een van de zeldzame zorgeloze momenten in zijn onwennige begintijd als alleenstaande vader, en toen was die paniek bij hem opgekomen. Hoe moest hij haar ooit aan zichzelf overlaten? En sinds die middag op de besneeuwde speelplaats in de buurt van de Oude Arbat had hij dag na dag geprobeerd zijn dochter tegen zichzelf te beschermen.

En ook toen ze in de auto door Londen reden, had hij haar vanuit zijn ooghoeken geobserveerd. Ze was zo volmaakt in haar jong-zijn en zo ontroerend in haar poging om volwassen te lijken. Veel te vroeg had ze geprobeerd hem op gelijk niveau tegemoet te treden, geen lastig kind, maar een partner voor hem te zijn. En dat was haar al die jaren gelukt, ze speelde haar rol van ongecompliceerde dochter zo perfect dat hij vergat hoe ze in werkelijkheid was.

Maar vanaf het moment dat ze het kleine meisje definitief achter zich liet en zich als een vlinder ontpopte tot een jonge vrouw, werd ze compromisloos en onverzoenlijk en begon ze verwoed in zijn verleden te wroeten, alsof elk spoor van zijn vroegere daden rechtstreeks naar haar liep. Hij moest bekennen dat hij zich in die tijd steeds minder op zijn gemak voelde in haar gezelschap, dat haar onverbiddelijkheid en haar eisen hem bijna intimideerden en dat zijn beslissing om haar voor de laatste schooljaren naar Genève te sturen zeker te maken had met zijn onmacht tegenover haar en haar compromisloosheid, zoals hij ook ooit voor de levenshonger van haar moeder had moeten capituleren.

Maar die avond in de limousine was ze weer vreedzaam, zo vreedzaam als ze kon zijn wanneer ze haar ambivalentie, haar onrust, haar hectiek zo veel mogelijk onderdrukte. Ze was met de kerstvakantie thuisgekomen en hij had twee weken vrij genomen, helemaal voor haar, helemaal met haar. En ook het reisje naar Londen zonder Jevgenia was onderdeel van zijn programma om de wankele relatie tussen vader en dochter te herstellen. Jevgenia had het tweetal vooral goedgedaan, ze zorgde voor evenwicht tussen hen, met haar zachtmoedigheid en haar flexibiliteit verzoende ze hen en schakelde ze hun strijdlust uit. Maar deze keer wilde hij het erop aan laten komen. Vooral omdat Jevgenia's laatste kunstmatige inseminatie nog niet zo lang geleden was mislukt en dat naar haar zeggen de laatste poging was geweest. Ze wilde zich niet meer laten onteren, geen valse hoop meer koesteren. En hoe graag hij haar ook had geholpen, hij wist dat ze die teleurstelling in haar eentje moest verwerken.

Die dagen in Londen waren fijn geweest, rustig en vertrouwd; ze hadden heerlijk gegeten, in Tate Modern een tentoonstelling bezocht – hij was blij dat Ada zijn passies niet uit principe afwees; integendeel, met de jaren had ze een eigen, heel goede smaak ontwikkeld wat kunst in het algemeen en beeldende kunst in het bijzonder betrof –, ze hadden plannen voor de zomermaanden gemaakt en ze had met hem over politiek gepraat, dat was iets nieuws, en terwijl ze door Kensington Gardens slenterden, had ze verteld dat ze dit semester kunst en politiek als hoofdvak had gekozen en een paper over de beide Tsjetsjeense Oorlogen schreef. Hij was geschrokken, maar had niets laten merken, was gewoon doorgelopen, had de ene voet voor de andere gezet, zijn handen in zijn jaszakken begraven, alsof die hem konden verraden. Ze wilde duidelijk dat hij vroeg hoe ze op dat onderwerp was gekomen, en hij wist dat ze dan gezegd zou hebben: 'Nou, vanwege jou, omdat jij daar hebt gevochten, ik wilde je er altijd al naar vragen.' En dan had hij moeten liegen, waar hij een hekel aan had.

Uiteraard had hij alle over hem in omloop zijnde informatie door specialisten tot een minimum laten beperken, zijn naam waar mogelijk laten verwijderen. Maar natuurlijk was het bloedige spoor na te gaan, natuurlijk was het gebeurde niet zomaar uit te wissen.

Daarom veranderde hij van onderwerp, zei dat ze beter morgen al naar Venetië konden vliegen, daar was een interessante veiling. Hij had belangstelling voor een schilderij dat zij ook mooi zou vinden... Venetië en schilderijen, dat waren twee onbetwistbare liefdes in haar leven en het zijne.

Ze was als klein meisje al verliefd geworden op Venetië, ze was gecharmeerd van het morbide, doolhofachtige van die unieke stad en had hem sindsdien aan het hoofd gezeurd er samen met haar naartoe te gaan, ten slotte was ze zelfs Italiaans gaan leren, wat ze inmiddels vrij goed sprak. Ze hadden er samen talloze exposities en veilingen bezocht, tot hij uiteindelijk dat palazzo vlak bij de Volta di Canal voor haar had gekocht, met een grote achtertuin en een loggia met drie bogen, waarin bij de restauratie een paar polychrome muurschilderingen waren blootgelegd, die hem zo verrukten dat hij ze zelfs 's nachts met een zaklamp bestudeerde.

'Je vraagt dus niet waarom ik over Tsjetsjenië schrijf?' vroeg ze, terwijl ze hem inhaalde en hem een arm gaf.

'Ik weet het antwoord al.'

'En dat is?'

'Omdat ik er geweest ben. En omdat je denkt op die manier iets over mij en dus over jezelf te weten te komen.'

'Is dat dan niet zo?'

'Nee, want wat er toen is gebeurd, speelt nu geen rol meer. En wat die tijd heeft overleefd en nu nog voortduurt, dat weet je, dat kun je aanraken en voelen, de rest is irrelevant.'

Ze wilde iets terugzeggen, hij voelde dat ze zich schrap zette, dat haar neusvleugels begonnen te trillen, maar hij keek haar aan en gaf haar ondubbelzinnig te verstaan dat het onderwerp voor hem afgedaan was. Ze zou er niet over ophouden, er opnieuw over beginnen, en ook al wachtte hij sinds het eind van haar kinderjaren op het moment dat ze zou gaan informeren naar de periode voor haar geboorte, naar het Kaukasische bergdorp en het dode meisje, toch was hij geïrriteerd en zelfs kwaad, alsof ze niet het recht had die vragen te stellen, alsof het haar verboden was terug te blikken, naar zijn verleden te kijken, alsof dat een vorm van verraad was. En hij besloot zijn controle te versterken, zodat niets wat haar op een spoor kon brengen, hem ontging.

Ze droeg die avond in Londen een donkerblauwe jas over een goudkleurige jurk, die ze voor dat onmogelijke gala had gekregen van Jevgenia en bij wijze van uitzondering zonder een spier te vertrekken meteen had aangedaan. Alleen dat nieuwe, weerloos makende korte kapsel viel bij die elegante outfit uit de toon.

Ze had die avond lopen stralen als een onbereikbare ster en alle ogen naar zich toe getrokken, en hij had een zekere trots gevoeld, ook al was het een trots die hem enigszins dwarszat. De jonge Bely was er ook en wist zich geen houding te geven. Maar hij begreep hem wel, hij herinnerde zich maar al te goed hoe het was om zestien te zijn en niets zo te vrezen als de blikken van meisjes van je leeftijd, die meestal zoveel ervarener en zelfbewuster leken en zich in de wereld zoveel beter konden redden dan jij.

'Hoe moet ik dat opvatten? Wil je soms iets verdoezelen?' vroeg ze zachtjes zonder haar hoofd om te draaien.

'Ik heb toch gezegd dat het meer een algemene metafoor is. Zit niet zo te muggenziften. En laat alsjeblieft je haar weer groeien. Dat onmogelijke jongenskapsel staat je niet.'

'Je ontwijkt me. Bovendien zat dat lange haar me bij het leren en nadenken in de weg, het hing voor mijn gezicht. Wat is er nou in Tsjetsjenië gebeurd waar je niet over wilt praten?'

Hij had er niet op gerekend dat ze hem er direct over zou aanspreken. Maar nu stelde ze die cruciale vraag, vlak voor haar eindexamen, in de limousine van haar vader die door het in kerstsfeer gehulde Mayfair reed, nadat ze de overvolle zaal in een classicistische villa in Charles Street waren ontvlucht.

Ze stelde hem, en hoewel hij wist dat het fout was, dat het beter zou zijn om de chauffeur te laten stoppen en uit te stappen, zodat ze een wandeling konden maken en hij haar alles kon vertellen wat er sinds twintig jaar in hem begraven lag, bleef hij roerloos zitten en liet de auto doorrijden.

'Je moet je neus niet in dingen steken die je niet aangaan, die je niet aankunt. Wat weet jij nou van oorlog? Wat weet jij nou van de dood? Je mag blij zijn dat je bent opgegroeid zoals je bent opgegroeid, je mag blij zijn met de zee van privileges die je enkel aan je afkomst te danken hebt.'

Zijn stem, eerst nog hees, werd luider, en Ada's ademhaling ging sneller, maar ze beheerste zich, met haar blik op de kleurige straatlichten en rechtop zittend als een standbeeld.

'En hoe vaak heb ik niet gezegd dat je niet moet geloven wat er over me wordt verteld?! Hoe vaak heb ik niet gezegd dat je je er niets van aan moet trekken als ze ons door het slijk willen halen? Je wilt goed zijn? Anderen helpen? Doe dat dan. Wees een goed mens. Ik geef je alles, open alle deuren voor je, en jij, wat doe jij? Je valt me in de rug aan en wroet in de modder! Je maakt me beschaamd, mij en je moeder... je moeder...'

Hij zweeg. Ze praatten zelden over haar. Toen Ada klein was, kwam ze in elke tweede zin, elke tweede vraag voor, later had ze de gapende wond die het woord 'moeder' in haar leven blootlegde gedicht, ze had geleerd haar pijn en haar verlangen alleen de baas te worden en vermeed het over haar te praten.

Even leek hij geen lucht meer te krijgen – stoppen, uitstappen, vertellen, ja, maar hij was als verlamd, de woede kneep zijn keel dicht. Die nacht in dat godvergeten bergdorp had zijn leven verwoest, had hem alle kansen ontnomen om te worden wie hij wilde zijn. Nee, er viel niets uit te leggen, niets te zeggen, er was geen waarheid die iets zou kunnen rechtzetten of helen. De waarheid was iets smerigs, veroorzaakte meer pijn dan onzekerheid, en hij had er een hekel aan.

'Het was oorlog. Je mag blij zijn dat je zelf geen oorlog hebt meegemaakt! Je laat dat onverkwikkelijke hoofdstuk in mijn leven rusten en schrijft er ook geen paper over, begrepen?'

'Vertel gewoon wat er gebeurd is...'

Ze begon bijna te huilen, maar hij had geen medelijden, hij was woedend omdat ze voet bij stuk hield. Hij klopte op de tussenruit en liet de auto bij de eerstvolgende kruising stoppen. Daar stapte hij uit en zei tegen de chauffeur dat hij Ada naar Hotel Savoy moest brengen, waar ze tijdens hun bezoek aan Londen overnachtten.

Hij sloeg het portier dicht en liep met grote passen weg. Hij moest het hoofd koel houden. Hij moest afstand bewaren, hij mocht niet de controle verliezen. Zelfs niet door haar, juist niet door haar. Maar terwijl hij, gevolgd door een lijfwacht die op de passagiersstoel had gezeten en ook uit de auto was gesprongen, door de onbekende straat met de kleine huizen vol kerstverlichting liep, vermoedde hij, nee, voelde hij al dat er door haar vraag een gevaarlijke barst in hun verhouding was ontstaan, die hoogstwaarschijnlijk niet zonder gevolgen zou blijven.

Een jaar later leerde ze de scribent kennen. En ze dacht dat ze van hem hield en hij van haar. En met hem kwam ook het verleden boven en sleurde haar mee in een dodelijke maalstroom van wanhoop, onzekerheid en angst.

Terwijl hij met zijn armen het gladde, turquoise wateroppervlak doorkliefde, sloeg het bos achter de glazen pui hem onverschillig gade. De natuur, die een misselijkmakende desinteresse kon uitstralen, had altijd zijn bewondering afgedwongen.

Toekijken en niet ingrijpen, alles laten gebeuren. Dat had hij altijd al van de natuur willen leren...

Die verschrikkelijke dag, toen hij het telefoontje kreeg dat de grond onder zijn voeten wegsloeg en hem in een diepe afgrond stortte, kwam er een zekere orde in zijn leven. Die dag bepaalde hoe zijn leven verder verliep. Haar dood maakte veel dingen pijnlijk duidelijk. Hij zag opeens het verband, begreep wat hem te doen stond, alle twijfel was verdwenen. Hij zou de rekening vereffenen, zodat zij in vrede kon rusten. Op een dag, twee weken na haar begrafenis, stond het hele plan hem ontstellend helder voor ogen. Tot in het kleinste detail wist hij wat er werd vereist. Hij moest iets voltooien wat hij destijds had afgebroken. Hij moest terug.

Ze hadden indertijd allemaal sepot gekregen door te liegen, te dreigen en te sjoemelen, want er was niemand die de schuld opeiste omdat iedereen om hen heen zelf schuldig was. Indertijd had hij gevochten tegen een systeem dat sterker was dan hij. Nu was hij degene die het systeem beheerste, hij was zijn eigen systeem, waarin hij tegelijk de rol van rechter en van verdachte had. Waarin hij werd gestraft en liet straffen.

Ze stond in een zwart badpak tegen de muur naar hem te kijken. Hij zag haar nu pas en vertraagde zijn bewegingen, toen zwom hij, uit zijn ritme geraakt, naar de rand van het zwembad en keek naar haar op. Hij kon niet anders dan haar begeren, zelfs nu hij zoveel haat voelde, haat tegen de scribent, de ongeluksbrenger, de verkondiger van de zwartste boodschap in zijn leven. Hij glimlachte naar haar, haar gezicht was ondoorgrondelijk, hij kon er niets van aflezen. Ze was een van de weinige mensen die hij niet doorzag, en dat betekende dat hij zich in haar gezelschap nooit zou vervelen, wat misschien wel de reden was dat hij verliefd op haar was geworden.

'Kom erin,' zei hij en hij stak zijn arm uit. Ze kende hem te goed om hoop te koesteren. Ze wist dat ze hem niet kon vasthouden, laat staan ergens aan binden, aan haar noch aan het leven. En hij wist dat zij gevangenzat in haar liefde voor hem. Hij vroeg zich af hoe het zou zijn als de zwangerschap gelukt was, als ze samen een kind hadden gekregen. Of dat kind hem aan het nu, aan Jevgenia had kunnen binden. Hij wist het antwoord niet en verdrong de herinnering aan de lange, pijnlijke jaren van alle pogingen en kwellingen. De herinnering aan de talloze klinieken overal ter wereld, aan alle onderzoeken die Jevgenia had ondergaan, de hormoonbehandelingen, gevolgd door depressies, bijwerkingen en grenzeloze teleurstellingen. Hij had het gewild, hoewel het hem onmogelijk had geleken naast Ada nog een kind te hebben van iemand die niet Ada's moeder was. Maar hij had het bijna fysiek gevoeld toen hij Jevgenia leerde kennen, en zelfs Ada had toen tegen hem gezegd dat hij bij haar moest blijven. Ze had aangevoeld dat Jevgenia niet een van zijn vluchtige affaires was, waar hij zijn dochter altijd buiten had gehouden en die Ada stilzwijgend had geaccepteerd omdat ze zeker wist dat geen van hen belangrijk genoeg voor hem was om aan haar te worden voorgesteld.

Jevgenia ging op de rand van het zwembad zitten en liet haar benen in het water bungelen. Met zijn hand raakte hij haar enkel aan, die glad en zacht aanvoelde.

Net als Ada's moeder was ze een vrouw die volop van het leven wilde genieten, alleen nam zij het in kleine slokjes tot zich, in tegenstelling tot Ada's moeder, die ook nog eens de giftigste ingrediënten had uitgezocht, alsof het er in het leven om ging alleen het meest schadelijke eruit te halen.

'Ik neem aan dat het geen zin heeft om je dat plan uit het hoofd te praten?'

Ze bevrijdde haar enkel en trok haar knie op. Hij voelde opeens een loodzware vermoeidheid opkomen, het liefst zou hij in haar armen wegzakken en dagenlang slapen.

'Dat plan?'

'Je denkt toch niet dat ik achterlijk ben.'

'Ik weet niet waar je het over hebt.'

'Je hebt die actrice ingehuurd. Je hebt Onno Bender weer bij ons binnengelaten. En je stuurt Sjapiro naar Moskou. Je voert iets in je schild.'

'Nou en?'

'Ik ben niet blind, je wilt iets oprakelen, maar ik weet niet wat je daarvan verwacht. Ada krijg je er niet mee terug.'

Hij trok aan haar been, ze maakte een beweging met

haar hand, wilde zich vasthouden of hem wegduwen, dat wist hij niet precies, maar het mislukte en ze viel in de blauwe gewichtloosheid.

'Wat moet dat?' riep ze toen ze weer opdook en hem woedend aankeek. Ze had heel veel opgekropt, dat was wel duidelijk. Het afgelopen jaar was het begin van het einde geweest, dat wisten ze allebei. Ze had zich geen illusies gemaakt. De dagen na de begrafenis, toen hij zich in zijn kamer had opgesloten en roerloos naar de muur had zitten staren, had ze hem op de man af gevraagd of hij wilde dat ze wegging. Hij had alleen zijn hoofd geschud en ze was gebleven.

'Ik hoorde je laatst bellen, je hebt je testament veranderd? Wat ben je van plan, Aleks?'

Hij wist niet wat hij moest zeggen. Hij zwom weg. Hij kon er niet tegen haar van pijn vertrokken gezicht te zien. Ja, zijn verleden was vergiftigd, ze mocht er niet mee in aanraking komen. Ja, ze waren gelukkig geweest. Ook al was hij er niet in geslaagd haar moeder te maken (hoewel ze volgens de artsen allebei gezond en vruchtbaar waren), ook al had hij haar vurigste wens niet kunnen vervullen, toch wist hij dat ze gelukkig waren geweest.

En al die jaren had ze haar rol als partner meesterlijk vervuld. Heel rustig, behoedzaam was ze toegetreden tot de twee-eenheid, zoals hij de band tussen Ada en hem jarenlang stiekem had genoemd. Ada had nooit veel 'dames' te zien gekregen, maar een enkele keer was het niet te vermijden geweest, sommige vrouwen waren iets langer gebleven dan één nacht; die had ze stoïcijns geaccepteerd, zonder veel vragen te stellen, zonder kinderlijke jaloezie te tonen. Voor iemand met zijn status was het niet eenvoudig om spontaan mensen te leren kennen. En vrouwen voor seks betalen had hij altijd beneden zijn waardigheid gevonden.

Ada had op dat punt stilzwijgend, bijna volwassen begrip getoond. Alleen omdat ze zeker van hem was. Blind en zonder te twijfelen. Maar toen die kleine, evenwichtige vrouw aan de horizon verscheen, veranderde er veel in Ada's leven.

Het was sowieso een tijd van veranderingen. Ze veranderde van land, van taal, van vrienden, alles waarmee ze vertrouwd was liet ze achter. Natuurlijk was ze gewend haar vader en zijn 'belangrijke zaken' achterna te reizen, maar met de definitieve verhuizing naar een ander land zou dat allemaal anders worden. Vroeger was hij voor zaken ook al vaak naar het Westen gereisd, en dan ging Ada mee. Ze gedroeg zich als een zakenpartner, hield zich koest, mengde zich niet in de gesprekken van de volwassenen, antwoordde beleefd als haar iets werd gevraagd. Ze beheerste de regels, de regels van het grote geld.

Totdat ze opeens – ze waren vanwege de geplande aankoop van een werf in Rostock geweest en hadden op de terugweg een uitstapje naar Berlijn gemaakt – tot zijn verrassing zei: 'Ik geloof dat ik graag in deze stad zou blijven.'

Dat had ze nooit eerder gezegd, niet in New York en niet in Londen, niet in Tokio en zelfs niet in het door beiden zo innig geliefde Venetië. En toen opeens: Berlijn en haar wens om daar te blijven.

Ze was toen nog zo jong en tegelijk al zo volwassen in haar beslissingen. Toen hij vroeg waarom uitgerekend het grauwe Berlijn, antwoordde ze dat het in die stad was alsof je een stuk van het Oosten mee naar het Westen nam, dan had ze het gevoel niet helemaal 'weg te zijn.' Hij wist wat ze bedoelde, hij begreep haar, ook al had hij zelf nooit met de gedachte gespeeld zich in Duitsland te vestigen. Maar hij had met zijn vaderland afgerekend en een uitzonderlijk grote buit binnengehaald, veel meer was daar voor hem niet meer te halen zonder tussen twee fronten te belanden en zich in levensgevaar te begeven. Zodoende kwam haar wens hem goed uit.

'Je moet met me praten, verdomme!' riep ze in haar Russisch met een licht accent, en ze zwom achter hem aan.

'Ik weet dat ik veel van je vraag, maar je zult alles begrijpen, ik beloof het, Jevgenia, nu moet je me gewoon vertrouwen,' zei hij op gemaakt liefdevolle toon. Hij wilde haar niet aankijken om niet te hoeven denken aan haar gelaatsuitdrukking op het moment dat ze de scribent uit zijn handen had gerukt, de ongelukskraai die het leven van zijn dochter was binnengeslopen, liefde had geveinsd en haar verstand had beneveld. Hij wilde hem vermorzelen, nadat hij hem in de hal in elkaar had geslagen. Ja, de scribent had zijn leven te danken aan deze zo hardnekkig liefhebbende en zo zacht lijkende vrouw.

'Wat ben je van plan? Ik wil het gewoon weten,' drong ze aan. Haar stem klonk opeens dof en gebroken.

Ja, ze had het er echt goed afgebracht, het leven als zijn partner. De haast onmogelijke opgave om zijn vrouw te zijn. Zes jaar lang. Voor de meeste mensen, de meeste vrouwen was dat te veel gevraagd. Hij had zich niet in haar vergist. En hij hoopte dat zij er ook zo over dacht, dat ze er geen spijt van had, van hem, van hun ontoegankelijke, moeilijk te begrijpen liefde. Hij was onder de indruk van haar illusieloosheid, haar kaarsrechte houding – er was bij haar geen sprake van valse eerbied, zijn status kon haar op geen enkele manier intimideren, wat bij de meeste mensen in zijn omgeving wel anders was. Het leven dat ze had geleid totdat het toeval, het lot of een nuchtere samenloop van omstandigheden haar in zijn nieuwe villa had gebracht, was beslist geslaagd, wenselijk, welbesteed te noemen. Veel mensen zouden haar om zo'n levensloop hebben benijd. Maar er ontbrak iets wezenlijks, beslissends in dat voorbeeldige leven, iets wat voor velen zo vanzelfsprekend was dat ze niet eens op het idee kwamen het te missen, maar wat haar behoeftig had gemaakt, en om die behoeftigheid te verdoezelen, zich ertegen te beschermen, had ze een kogelvrij vest aangeschaft.

Ze was hard om niet zacht te hoeven zijn, principieel om geen dwaze dingen te doen, streng om niet het slachtoffer te worden van naïviteit. Ze was verstandig om zich tegen elk onverstand te wapenen, en toch herkende hij dat verlangen in haar en begon hij eraan te morrelen. Anders had hij haar nooit kunnen vermurwen en voor zich innemen – niet omdat ze niet nieuwsgierig, niet gek genoeg was om zich met hem in te laten, maar omdat ze zich had voorgenomen niet verstrikt te raken in het net dat hij – ja, hij wist dat ze dat dacht – voor haar had uitgeworpen.

Ze beschikte over een indrukwekkende algemene ontwikkeling, had een verbluffend rechtlijnige weg afgelegd, ze had geen misstappen begaan, was die weg plichtsgetrouw gevolgd, en toch had er in de gouden kooi van haar jeugd iets beslissends ontbroken: disfunctionaliteit, de kans om te mislukken, iets wat buiten alle logica en controle, buiten alle maakbaarheid lag: iets onvoorspelbaars en dus menselijks.

Haar levensloop was steriel en ook de liefde van haar ouders rook naar chloor, zoals een privékliniek. Ze verlangde naar controleverlies, naar chaos, naar iets wat haar uit haar routine kon halen.

Toen hij dat begreep, veranderde hij zijn veroveringstactiek. Hij probeerde haar niet langer te imponeren met etentjes in exclusieve restaurants en uitstapjes op jachten, ook aan de stroom van betoverend mooie boeketten kwam een eind. In plaats daarvan verraste hij haar midden in de nacht, belde lichtelijk aangeschoten bij haar aan (alleen, zelfs Sjapiro stond niet beneden te wachten), drukte haar meteen tegen de muur en likte haar hals, greep haar bij haar middel en kuste haar ademloos, hartstochtelijk, zoals hij niemand meer had gekust sinds... Ze protesteerde niet lang en toen ze toegaf, toen ze niet meer tegen zichzelf en haar verlangens in ging, ontplooide ze een ongelofelijke kracht, die zijn verwachtingen overtrof en hem in een roes van vreugde bracht.

Ze kuste hem met onverwachte begeerte en greep hem in zijn haar, ze maakte zich soepel en nam wat ze wilde. Ze spon als een luie zwarte poes en drukte zich nog dichter tegen hem aan. Ze sloeg haar benen om zijn heupen, en zo aan elkaar vastgeklampt lieten ze zich voorzichtig langs de muur naar beneden zakken, het was een bedwelmend, bevrijdend gevoel. Hij legde haar op de harde parketvloer, zij strekte haar armen naar hem uit, liet hem haar slipje uittrekken en keek hem aan. Geen beschaamd wegkijken, geen verlegen kuchjes, ze keek hem recht in de ogen en hij voelde haar kracht, hij wist dat er voor hem gevaar in school, dat zijn controleverlies haar onuitgesproken voorwaarde was. En hij vervulde haar wens en dook in haar onder. Ze had een wervelwind, een storm in zich, en terwijl hij bezit nam van haar lichaam en zich overgaf aan het hare, dacht hij dat ze misschien een haven kon worden, een plek om aan te komen.

'Aleksandr, zo gemakkelijk kom je niet van me af!' schreeuwde ze, en hij hoorde haar hijgen en hem inhalen. Het had geen zin meer om haar te ontwijken, hij zwom naar de kant.

'Je hebt me iets beloofd en die belofte zul je moeten nakomen!' zei ze, en hij voelde hoe ze met haar natte hand over zijn borst streek. In een mum van tijd had hij overal kippenvel. Ze kon er niet tegen als hij haar afwees. Hij liet zich de laatste tijd zelden door haar aanraken omdat ze magische krachten bezat, hij was verslaafd aan haar lichaam, haar aanrakingen, haar nabijheid, en nu ontzegde hij zich zijn eigen verlangens, alsof hij zich wilde harden voor de strijd die hem te wachten stond. Hij moest het hoofd koel houden, hij moest alle zeilen bijzetten, voor deze laatste kruistocht moest hij sterk zijn en kon hij zich geen zwakheden veroorloven. Waarvan zij er een was.

'Welke belofte moet ik nakomen?' vroeg hij sarcastisch en hij had meteen al spijt van die toon. Maar ze zou voet bij stuk houden, gewapend voor de strijd was ze naar het zwembad gekomen.

'Dat we elkaar altijd trouw zouden blijven,' zei ze opeens schuchter. 'Ik kan niet meer, Aleksandr. Ik voel me zo alleen. Je moet met me praten. We moeten met elkaar praten, en we moeten eindelijk weer... neuken! Ik wil dat je me aanraakt! Hier, kijk naar me, hier, hier ben ik!'

Zonder het water uit te gaan trok ze met twee handige bewegingen haar badpak uit en gooide het op de tegelvloer.

'Stop daarmee!'

Hij voelde weer woede opkomen. Die onverhoedse, allesverslindende woede, die hem sinds die nacht niet meer losliet, die elke dag zijn keel dichtkneep. Maar ze liet zich niet afschepen, ze kwam naar hem toe, sloeg haar armen om zijn hals, drukte zich tegen hem aan.

'Kus me!' siste ze. Hij probeerde zich van haar los te maken zonder haar pijn te doen.

'Je moet me laten gaan, er is geen andere weg, ik moet een punt achter die zaak zetten, je moet me vertrouwen... Je kunt me niet helpen.'

'Maar dat is toch waanzin! Dat is je reinste fatalistische *Scheiße*.' Ze was opeens overgegaan op een andere taal. Soms had hij het gevoel dat ze ontheemd was, wat misschien ook wel klopte. Ze had haar kinderjaren en jeugd op zoveel verschillende plaatsen doorgebracht, het viel moeilijk te zeggen waar ze zich thuis had gevoeld, wat haar moedertaal was.

'Wat wil je ermee bereiken? Wat heb je eraan, die verwerking van het verleden leidt toch tot niets...'

Ze liet haar stem dalen en deed een nieuwe poging om dichterbij te komen, hij liet toe dat ze haar armen om zijn nek sloeg, dat ze een koude, natte kus op zijn mondhoek achterliet, maar zelf verroerde hij zich niet, hij bleef als een standbeeld staan en vocht tegen het onbedwingbare verlangen naar haar lichaam.

'Als ik eerder was begonnen met de verwerking van mijn verleden, zoals jij dat zo mooi zegt, was ze misschien nog in leven!'

Zonder het te willen schreeuwde hij tegen haar. Ze keek hem verbijsterd aan.

'Wat verwacht je nou van mij? Ja, je hebt je dochter... wij hebben haar verloren, maar ik ben er nog, en ik heb je nodig!'

Haar ogen schoten vol tranen, maar ze liet ze niet de vrije loop, ze onderdrukte ze, slikte ze weer in en probeerde hem een laatste keer te dwingen tot intimiteit, die voor even de illusie kon scheppen dat alles in orde was.

Ze drukte zich tegen hem aan en streek met haar hand over zijn kruis. Hij stond op scherp, bij elke tederheid kon hij ontploffen... En ja, een fractie van een seconde werd hij zwak, hij liet zich kussen, duwde zijn tong tussen haar tanden, zijn handen omsloten haar borsten, ze kreunde, liet zich gaan, ze klampte zich aan hem vast, drukte haar gezicht tegen zijn wang, hij trok haar naar zich toe, ze schoof zijn zwembroek naar beneden; ze waren licht, gewichtloos. Heel even schudde hij alles van zich af behalve zijn begeerte, hij begroef zich in haar lichaam en vergat zichzelf. Ze zoog zich aan hem vast, terwijl hij met een harde schreeuw bezit van haar nam. Hij brulde het uit toen hij haar tegen de koude natte tegels drukte, en allebei wisten ze dat het geen verzoening was, alleen het zoveelste uitstel van het einde dat ze geen van beiden wilden, maar waar hij haar toe dwong. Hij beminde haar egoïstisch, misbruikte haar lichaam voor zijn kortstondige troost, maar het maakte haar niet uit, ze was bereid hem vast te houden, het te doorstaan. Ze hadden de liefde zo vaak bedreven met een doel, wetend dat ze dat soort intimiteit allebei haatten, en er was zo vaak een teleurstelling op gevolgd – alsof het hun liefde niet gegund was iets anders voort te brengen dan de pure extase, het zuivere genot, de roes.

Er knapte iets in hem en terwijl hij op de rand van het zwembad steunde, zette hij zich met zijn voet af tegen de wand en verwijderde zich van haar, alles verbrekend wat hem aan haar bond.

Daar stond ze, tegen de wand van het zwembad, het water weerspiegelde haar smachtende, nu afgewezen naaktheid. Ze deed haar mond open, probeerde iets te zeggen, maar het lukte niet, ze had geen woorden meer, of ze hadden van het ene op het andere moment hun betekenis verloren. Abrupt zwom ze naar de trap en klom uit het water. Hij wendde zijn blik af. Het deed pijn om haar gekwetste en juist daarom zo trotse houding te zien. Ze draaide zich niet meer om, met één hand pakte ze haar badpak en verdween door de deur. Hij wist dat ze spoedig onder de last van alle onuitgesproken woorden zou bezwijken en weg zou gaan. Haar verbittering zou alles vergiftigen wat ze samen hadden, wat hen met elkaar verbond.

Maar hij kon haar niet helpen, hij mocht niet nog eens iemand in gevaar brengen. En terwijl hij zijn ogen sloot, brak er zoiets als een glimlach door op zijn gezicht.

'Hoe zijn jullie eigenlijk op die rare naam van mij gekomen?'

Hij zag haar voor zich, ze moest acht of negen zijn geweest en haar hoofd lag op zijn schouder. Ze zaten in de trein, waarheen, dat herinnerde hij zich niet meer, maar hij wist nog wel dat het buiten regende en warm was in de coupé. Ze waren met z'n tweeën en het rook naar thee en naar het gebak dat ze hadden meegenomen. Misschien had zij het gewild, misschien was het weer eens een opwelling van haar dat ze per se een rit met de trein wilde maken, zomaar ergens naartoe, het maakte niet uit waarheen, en hij had haar wens vervuld.

'Dat was mijn idee,' zei hij, terwijl hij zijn neus in haar haar duwde en de geur van shampoo en noten opsnoof. 'Je heet naar een romanfiguur. In een gek boek.'

'Welk boek?'

'*Ada* van Nabokov. Je bent er nu nog te jong voor, maar op een dag krijg je het van me en dan zul je er net zo in opgaan als ik vroeger.'

'Vond mama het ook een mooi boek?'

'Nee, zij wilde het niet lezen, ze zei dat ze genoeg had aan haar eigen Ada. Maar ze vond het wel meteen een leuke naam.'

'Dat is mooi,' zei ze peinzend, terwijl ze haar hoofd van zijn schouder haalde.

'En wanneer heb jij het gelezen, dat boek, bedoel ik?' vroeg ze verder.

'Toen ik er een keer heel beroerd aan toe was.'

'En werd je er vrolijk van?'

'Ja, veel meer dan dat.'

'Veel meer dan vrolijk?'

'Ja, het heeft me door de moeilijkste tijd van mijn leven heen geholpen.'

'Was dat voordat ik werd geboren?'

‘Natuurlijk. Als ik jou toen al had gehad, had ik dat boek helemaal niet nodig gehad.’

‘Klopt. Nu heb je mij.’

‘Precies, nu heb ik jou.’

TWEE

RUBIKS KUBUS, DE TOVERKUBUS

2016 | DE KRAAI

Ik sloeg mijn ogen op en hapte naar lucht. De bedompte lucht in het toestel beloofde weliswaar weinig verlichting, maar ik was in elk geval ontsnapt aan een droom. Liever gezegd, aan een nachtmerrie, of was het een herinnering die in flarden in mijn geheugen was blijven hangen? Ik was bezweet en had hoofdpijn. De beelden stonden me nog steeds helder voor de geest, ze leken ongelofelijk echt, alsof ik in mijn slaap naar een film had gekeken en het beeld stil was blijven staan toen ik mijn ogen opendeed.

Ik wist niet waarom dat beeld me achtervolgde. Sinds de dag dat Sjapiro me bij mijn huis had opgewacht en mee naar binnen was gegaan, zag ik die ene scène steeds weer voor me, soms in mijn slaap, soms zelfs als ik wakker was. Alsof in mijn hoofd de naald van een platenspeler telkens in dezelfde groef bleef hangen. Soms veranderden er kleine details, maar het was en bleef dezelfde situatie: Ada met haar vader voor een buitensporig groot schilderij; in de laatste droom was het een reliëf over de hele breedte van de muur. Ada die haar vader iets in het oor fluisterde. Ik wou dat ze zich naar me had omgedraaid en me een blik had toegeworpen, dat ze mijn aanwezigheid had opgemerkt, maar er was een onzichtbare, geluiddichte muur tussen ons. Ik vroeg me af waarom ik niet gewoon naar haar toe was gegaan in plaats van bij de ingang te blijven staan in de hoop dat ze me zag, maar om de een of andere reden ging dat niet. Ik wist dat de generaal wel van mijn aanwezigheid op de hoogte was. Maar hij zei het niet tegen haar, hij wílde het niet zeggen, nee, er was hem veel aan gelegen dat ze me niet ontdekte. Hij streelde haar schouder, boog zijn hoofd naar haar toe en zei iets wat ik niet kon verstaan, om vervolgens een verachtelijke blik in mijn richting te werpen.

Het vliegtuig was niet zo vol, de stoel naast me was nog vrij en lag bezaaid met papieren en mijn notitieblok. De wat oudere dame bij het gangpad lag met lichtelijk geopende lippen vredig te slapen.

Over minder dan een uur zouden we in Moskou landen. Wat was er weinig tijd verstreken sinds ik daar voor het laatst was geweest. Alleen was die tijd relatief. Een paar jaar geleden was ik er als een ander mens weggegaan. Maar de stad, waar elke dag miljoenen mensen binnenstroomden om weken, maanden, soms zelfs jaren later weer te worden uitgespuugd, bleef daar onbewogen onder.

Sjapiro zou me opvangen en me verdere instructies geven. Het was mijn taak om de 'drie koningen' op te zoeken, zoals ik ze een paar dagen geleden zonder duidelijke reden in mijn notitieblok had genoemd. Voor me lag de keurig geordende informatie over hen, die ik de afgelopen, bijna slapeloze nachten steeds weer had doorgenomen.

Met elke kilometer die het vliegtuig aflegde, voelde ik iets onbenoembaars naderen. Van pure opwinding had ik niet eens de vliegtuigmaaltijd aangeraakt, hoewel ik de hele dag niets had gegeten. De lucht onder ons was donker met hier en daar een diffuse wolk.

De dagen voor mijn vertrek waren hectisch geweest. Met de door Sjapiro opgeduikelde cameraman, een zekere Valeri, die geen hele zinnen leek te kunnen zeggen maar alleen korte bevelen blafte: 'Links!', 'Rechts!', 'Hoofd omhoog!', 'Niet in de camera!' enzovoort, had ik de opname besproken en Kat steeds dezelfde scène laten spelen. Sjapiro had me duidelijk gemaakt dat het de generaal niet te doen was om een 'artistiek hoogwaardige video', want die zou het beoogde doel voorbijschieten, nee, hij moest juist zo amateuristisch mogelijk lijken. Sjapiro bleef als een trouwe, licht prikkelbare waakhond op de achtergrond en liet me rustig mijn werk doen. Volgens mij kon Kat zelf het beste beoordelen hoe we het gewenste resultaat konden bereiken. Ze was creatief en had een kinderlijk plezier in de opname.

Omdat haar Russisch gebrekkig was (ze had het sinds de basisschool in Georgië niet meer gesproken) en haar accent niet om aan te horen, zochten we een alternatief en maakten we een paar borden met zinnen in Russische drukletters, die zij voor de camera hield. De zinnen die we moesten overbrengen, dicteerde Sjapiro ons.

IK GROET JULLIE. HOE STAAT HET LEVEN? ALLEMAAL PRIMA, NEEM IK AAN? HERINNEREN JULLIE JE MIJ NOG? IK HERINNER ME JULLIE ZO GOED EN DUIDELIJK ALSOF HET GISTEREN WAS. IK HEB EEN BOODSCHAP VAN SOLDAAT ORLOV. HIJ WIL JULLIE TERUGZIEN EN NODIGT JULLIE UIT. OP 31 DECEMBER 2016 IN HET HOTELCOMPLEX AAN HET KEZENOJAM-MEER IN TSJETSJENIË. VOOR ETEN EN DRINKEN WORDT UITERAARD GEZORGD, HET IS TENSLOTTE OUDJAAR. OMDAT HET OM EEN ONTMOETING TUSSEN OUDE BEKENDEN GAAT, KUNNEN ER GEEN ANDERE GASTEN WORDEN UITGENODIGD. DESGEWENST KAN OOK DE HEENREIS WORDEN GEREGELD. WE VERHEUGEN ONS OP EEN FANTASTISCH FEEST EN VERWACHTEN VOOR AANSTAANDE ZONDAG EEN BEVESTIGING VAN JULLIE KOMST.

We draaiden vijf varianten van de schijnbaar zo onbelangrijke video. De generaal maakte zelf een keus. Welke variant ik nu bij me had, wist alleen hij.

Hij speelde een spel met hen waarvan hij de afloop al

had bepaald. Mijn persoonlijke bezoeken aan de mannen waren een schijnvertoning en hoe langer ik erover nadacht, hoe duidelijker het me werd dat er een plan achter dit plan moest zitten. Waarvoor had hij anders dit hele spektakel nodig? Waarom maakte hij het zich niet gemakkelijker en zocht hij hen zelf niet op? Ik overzag het geheel niet. Hij had voor mij een bepaalde rol op het oog, maar welke? Het maakte me niet uit, deze keer zou ik het verhaal schrijven waaraan ik jaren geleden was begonnen en dat ik niet had afgemaakt. Ik zou het schrijven omdat Ada het zou hebben gewild.

Ik keek mijn aantekeningen door. En een map vol vergeelde, broze krantenknipsels over het proces uit 1996. Over Stanislav had ik zoveel gelezen en gehoord dat ik soms het gevoel had hem persoonlijk te hebben gekend. Hij, die de waarheid over haar dood met zijn leven had betaald.

Een paar keer had ik een poging gedaan om zijn jongere broer Nikita te bellen, ik had de telefoon gepakt of was aan een mail begonnen, maar daar bleef het dan bij. En al wilde ik het niet toegeven, ik wist ook waarom: ik schaamde me omdat ik niet aan hem kon tippen. Ik schaamde me omdat ik niet trouw was gebleven aan mijn doel, omdat het leven en de twijfels en angsten en misschien ook de liefde ertussen waren gekomen. Nikita, die door de dood van zijn broer gedwongen was zijn hele leven overhoop te gooien, was altijd een voorbeeld voor me geweest, in elke crisis bleef hij een oriëntatiepunt, een soort houvast. De dood van zijn broer had van Nikita een fantastische journalist gemaakt, die het als zijn levenstaak zag zoveel mogelijk verhalen voor de wereld toegankelijk te maken, vooral verhalen die sommigen liever geheim hadden gehouden.

We hadden elkaar leren kennen toen ik aan mijn boek over Bely werkte en waren bevriend geraakt. In die tijd had hij me veel over Stanislav en het proces verteld en daardoor mijn aandacht op Orlov gevestigd. Hij had me gewaarschuwd dat ik niet tegen hem was opgewassen, dat de generaal me zou verpletteren als een mug. Ik reageerde gekrenkt en beschuldigde hem van lafheid, want in mijn arrogantie en grootheidswaan door het succes van mijn boek dacht ik onkwetsbaar te zijn, dacht ik Goliath te kunnen verslaan.

En toen ik op een vreselijke manier was afgestraft, was ik te trots om me bij Nikita te verontschuldigen en toe te geven dat ik me schromelijk had vergist, dat ik blij was dat ik het er levend had afgebracht en veel en veel laffer was geweest dan hij of zijn broer.

Misschien was het eerlijker geweest als ik hem alles had geschreven, op z'n laatst afgelopen jaar, misschien was het zelfs doorslaggevend geweest als ik hem alles had verteld, zodat hij me begreep en vergaf – om vervolgens uit te komen bij het punt waarop mijn leven bewust of onbewust, dat weet ik niet meer, deel werd van een ander verhaal en zich aan mijn greep onttrok.

Ik liet me een biertje brengen, en terwijl ik het lampje boven me uitdeed en met mijn hoofd tegen het ronde raampje leunde, dacht ik aan mijn eerste jaren in Moskou, aan het kleine appartement waar het om de een of andere reden altijd naar koolsoep rook. De stad was toen een eldorado voor iedereen die de goudkoorts te pakken had, die hield van het ongewisse, de schaduwwereld, het gevoel deel te hebben aan iets belangrijks, iets unieks, de vinger aan de pols van de tijd te houden.

Geleidelijk spreidde zich onder me een tapijt van licht uit, de reusachtige moloch begon in al zijn ambivalentie onder ons te flonkeren.

Ik moest glimlachen om de onvriendelijkheid van de douanebeambten, ik voelde me meteen weer thuis. Toen ik de terminal uit kwam, sneed de ijzige lucht in mijn gezicht, zo scherp als een scheermesje. Er lag nog geen sneeuw, maar de lucht was muisgrijs, een teken dat de sneeuw niet lang meer op zich zou laten wachten.

Ik werd afgehaald door een chauffeur. Sjapiro zat al op de passagiersstoel. Natuurlijk werd Charon vooruitgestuurd, uiteraard moest hij zorgen dat ik ook echt in de boot stapte. De file leek op een volgevreten slang die zich millimeter voor millimeter voortbewoog.

'Ik breng je nu naar je hotel, daar krijg je de beide adressen. In je kamer liggen twee enveloppen. Voor ieder van hen een.'

Het was een luxehotel in de Nikolskajastraat. Ik was enigszins verbaasd dat hij mijn logies had geregeld en dan ook nog in zo'n chic hotel, maar waarschijnlijk was de verklaring vrij simpel: Sjapiro had daar zelf ook een kamer en kon me zo beter in de gaten houden.

Ik was helemaal vergeten hoeveel gezichten deze stad had en hoe weinig mensen het vergund was die allemaal te zien. Het St. Regis-hotel met zijn geraffineerde decadentie stond mijlenver van mijn wereld af, maar ik zei niets en drukte mijn hoofd tegen het raampje. Natuurlijk was het geen vriendschappelijk gebaar om me in een luxehotel onder te brengen. Het was eerder om me eraan te herinneren dat ik maar een marionet was en dat de generaal naar believen aan de touwtjes trok. Ik moest precies doen en denken wat hij in zijn hoofd had. Want het ging er uitsluitend om wat ik aan het eind van deze reis van zijn verhaal zou maken, welk verhaal ik zou schrijven.

Ik zat te soezen, terwijl Sjapiro druk op zijn smartphone tikte. Tussendoor doken er beelden op, onsamenhangende beelden die ik met deze stad in verband bracht.

Ik als arrogante journalist, de wodka-avonden met Nikita en zijn vrienden van kritische bladen en radiozenders, die over politiek discussieerden, hippe slip-overs droegen, meestal gitaar speelden, aan de lopende band ingemaakte augurken wegwerkten en ongelofelijk gevaarlijke reportages schreven.

Beelden van mijn woning, een eenkamerappartement op de zesde verdieping van een tamelijk verwaarloosd flatgebouw bij het metrostation Sportivnaja. Overal briefjes, de oude computer en het toetsenbord met de afgesleten letters. De kroegen rond het Kitajgorodstation waar ik meestal met Nikita afsprak, samen met vrienden die ik via hem had leren kennen. De meisjes met wie we daar flirtten. Mijn research naar Bely, mijn angst 's nachts, die ik consequent probeerde te negeren, alsof hij niet bestond. De alcoholist van de eerste verdieping, Volodja of Valeri, ik wist het niet meer, zijn delirium wanneer hij non-stop doorzoop en, als de drank eindelijk op was, alle controle verloor: over zijn leven, zijn ingewanden en zijn psyche.

Het gevoel dat ik toen op het juiste moment op de juiste plaats was. Het uitzicht op de zee van lichten voor mijn raam, de rookpauzes die ik daar hield, terwijl ik neerkeek op de stad en niets miste. Ja, zolang ik mijn angst negeerde was alles goed, mijn angst, de trouwste metgezel in mijn leven.

Niet zozeer angst voor de serieuze gevaren waarin ik me mijn leven lang bewust begaf, met het naïeve en tegelijk decadente gevoel te leven, maar angst voor leegten en leemten, voor het besef dat ik niets te melden had. Ja, voor de reële gevaren hield ik me blind en doof, wat me bij Nikita en veel van zijn vrienden op verwijten en niet zelden op felle kritiek kwam te staan. Ik deed het toen de mannen van Bely me bedreigden, toen ik op een van mijn reizen, omsingeld door zware jongens met kalasjnikovs, in een verwoest landschap stond dat ooit een stad was geweest, toen ik tegenover lieden zat die zeiden dat ze hun vijanden de ingewanden uit het lijf zouden rukken omdat ze anders geen 'rust vonden,' ik deed het zoals kinderen de deken over hun hoofd trekken in de hoop dat dat waar ze zo bang voor zijn, verdwenen is als ze weer tevoorschijn komen. En meestal werkte de truc... meestal, tot Orlov mijn pad kruiste.

Het laatste beeld dat in mijn hoofd opdook, was de verfomfaaide grijze namaakbontjas waarin Ada uit Moskou terugkwam. Orlov had dat jaar zijn verjaardag in Moskou gevierd en ik was tijdens haar afwezigheid weggekwijnd als een plant die geen water had gekregen. Ons weerzien in Berlijn nadat ze aan het gevolg van haar vader was ontsnapt, hoe ze op me afrende in die jas, die me deed denken aan de feesttooi van een stamkoningin. We hadden ons volgepropt met goedkope snacks, vals meegezongen met 'I wanna know what love is' en ons verlangen weggezoend en weggezogen.

'Je zoekt ze allebei apart op en overhandigt ze persoonlijk de envelop met de brief en de USB-stick waarop de video staat. Je zegt verder niets, legt niets uit. Je moet alleen zorgen dat ze de envelop zelf in ontvangst nemen. Verder niets. Jij bent alleen de boodschapper, vergeet dat niet,' zei Sjapiro, nadat hij me bij de receptie van het St. Regis had ingecheckt.

'En elke avond breng je me nauwkeurig verslag uit. We zien elkaar in de hotelbar, elke avond om tien uur. Begrepen? Over drie dagen vliegen we naar Marrakesh.'

'Ik dacht dat Petroesjov hier ook zou zijn?'

'Nee, hij woont in Marrakesh, en voor zover ik weet komt hij voorlopig niet naar Moskou. Hoezo? Heb je soms vliegangst?'

Hij lachte als een robot, alsof hij het lachen alleen imiteerde.

'Ik vraag me af wat ze zich erbij moeten voorstellen. Dat het Noera niet kan zijn, zullen ze wel vermoeden. Waar speculeert je baas op?'

'Je stelt te veel onnodige vragen.'

'Nou ja, zo onnodig zijn ze nu ook weer niet, tenslotte moet ik het allemaal in een boek verwerken.' Ik gaf hem een knipoog, maar had kunnen weten dat dat niets zou uitmaken.

'Alles wat je moet weten, wordt je ter beschikking gesteld.'

'Denk je dat ze zomaar op die uitnodiging zullen ingaan?'

Sjapiro keek me aan met een gezicht dat me koude rillingen bezorgde. Daarna verwijderde hij zich van de ontvangstbalie en verdween in de goudglanzende decadentie, die ik nu pas goed waarnam.

'Maar ze zullen nooit zomaar op die uitnodiging ingaan.' Die zin van de generaal maakte de zaak in mijn hoofd compleet. De liftboy, die de hele tijd op de achtergrond stond te wachten, knikte me beleefd toe, hij was te allen tijde bereid me naar mijn suite te brengen.

Mijn luxueuze tempel fonkelde als een dame met een overdaad aan sieraden. Ik liet me op het kingsize bed vallen en begon zonder mijn colbertje uit te trekken in mijn map te bladeren. Daarna maakte ik een whisky-soda en stond een tijdje voor het raam naar de nachtelijke drukte op straat te kijken.

'Jij bent alleen de boodschapper,' had hij gezegd. Wat dacht hij met die video te bereiken? Hij had de mannen ook kunnen dwingen naar hem toe te komen, hij had er de mensen voor, hij had de benodigde macht. Het was overduidelijk dat deze mannen niets meer met elkaar en vooral niets met hun gemeenschappelijke verleden te maken wilden hebben. Hoe moest die video daar verandering in brengen?

Ik zocht in de map naar de twee zwart-witfoto's van de mannen. Waarschijnlijk waren ze rond dezelfde tijd gemaakt, begin 1996 misschien, ik wist het niet zeker. Twee grimmige figuren op weg naar de rechtbank van Vladikavkaz, waar het proces had plaatsgevonden. De gevreesde, opvliegende kolonel Sjoejev en de naïeve, manipuleerbare soldaat Joeritsj.

Sjoejev

Andrej Sjoejev was een man voor wie het leven al bij voorbaat was bepaald.

Hij kwam uit een eenvoudig milieu, uit Bokino, een onbeduidende plaats in de oblast Tambov, waar de plaatsen naar hun functie waren genoemd: Stroïtel, vanwege de fabriek, Petsjatnoje, omdat daar een drukkerij was geweest, en de 'Eeuwige Vlam', ook al brandde er allang geen oven meer.

Zijn moeder was kolchozarbeidster en zijn vader een in scheepsbouw gespecialiseerd werktuigkundige, die bijna nooit thuis was (in Bokino was geen werf en ook geen haven).

Zijn ouders hadden het allang opgegeven meer van het leven te verwachten dan er volgens de partij en hun sociale klasse voor hen was weggelegd. En zo waren ook hun kinderen voorbestemd om bijvoorbeeld een opleiding tot werktuigkundige te volgen, want naar werktuigkundigen was in Bokino altijd vraag, of tot bankwerker, fabrieken waren er tenslotte genoeg, en misschien konden ze ooit naar een kommoenalka in Tambov verhuizen, met een kolchozarbeidster trouwen, een gezin stichten en kinderen op de wereld zetten.

Maar Andrej wilde dat niet. Als kleine jongen droomde hij van de kosmos en de mogelijkheid om naar het heelal te vliegen. Terwijl zijn oudste broer al op z'n negentiende aan de drank was, de tweede illegale bokswedstrijden in fruit- en groentehallen organiseerde en zijn jongere zus op haar zeventiende zwanger werd, besloot hij de eerste de beste gelegenheid aan te grijpen om aan zijn lot te ontkomen en nam dienst in het leger.

En dat bleek volkomen onverwachts een schot in de roos. Hij was een sportieve vent, die zijn gebrek aan algemene ontwikkeling compenseerde met lichamelijk uithoudingsvermogen en een indrukwekkend schiettalent. En eindelijk kreeg hij wat hij zijn leven lang had gemist: respect. Respect ook van hogergeplaatsten. De onzichtbare barrière die hem ondanks de alom gepropagandeerde broederschap en gelijkheid van kansen altijd in de weg had gestaan, verdween opeens. Zijn uitgesproken haat tegen intellectuelen en academici was misschien ook aan die barrière toe te schrijven. Maar het leger, ja, dat was andere koek. Daar telden eigen kracht, discipline, een sterke wil – en vooral loyaliteit. In het leger kon je helemaal onderaan beginnen en helemaal bovenaan eindigen. Dat hij zijn weg naar boven niet zelden bevocht met fysiek geweld, vergat of verdrong hij maar al te graag. In het leger telden je capaciteiten! Hij, de haveloze zoon van een werktuigkundige uit Bokino, had met zijn ijzeren discipline, zijn stalen wil, zijn vaderlandsliefde en heldhaftige loyaliteit een status verworven: van *rjadovoj*, gewoon soldaat, was hij opgeklommen tot sergeant en ten slotte tot *polkovnik*, kolonel. Het was een lange, moeizame weg, die

Sjoejev echter met bravoure aflegde en waarop hij gretig trofeeën in de vorm van distinctieven en onderscheidingen verzamelde.

Hij probeerde expres te worden uitgezonden naar districten waar het er hard aan toeging. Eerst naar de Oeral, later naar Siberië, waar hij naam maakte toen het Rode Leger eind jaren zestig zware gevechten leverde met het Chinese Volksbevrijdingsleger. Twee begrippen haalde Sjoejev met de jaren echter steeds meer door elkaar, tot hij ze compleet verwisselde, namelijk respect en macht. Hij maakte zichzelf weliswaar wijs dat het hem in het leven altijd alleen ging om respect, zijn favoriete woord, maar gaandeweg begreep iedereen die onder hem diende dat zijn opvatting van dat begrip van nul en generlei waarde was. Elke veldtocht die hij begon, elke stap die hij zette, elke beslissing die hij nam, diende ter bevrediging van een zucht die in de loop van zijn carrière steeds sterker werd: zijn zucht naar macht. Niets maakte hem zo gelukkig als het verheffende gevoel over iemand te beslissen, iemand bevelen te geven, iemand zijn wil op te leggen.

Ook buiten zijn beroepsleven maakte hij meer en meer misbruik van zijn positie. Hij kende zichzelf bepaalde privileges toe, bijvoorbeeld wanneer hij een privéauto bestelde of een doktersverklaring nodig had voor een promotie. En toen hij tegen z'n veertigste vlak voor zijn inzet in Afghanistan trouwde, deed zijn zucht naar macht zich ook al snel in zijn gezinsleven gelden. Zijn vrouw, een goedaardige, verzoenlijke, overdreven toegeeflijke onderwijzeres, speelde het waarachtig klaar zijn woede te wekken door hem in alles gelijk te geven. En als ze het toch een keer waagde hem over een kleinigheid tegen te spreken, had dat een regelrechte kanonnade van dreigementen en verwensingen tot gevolg, zodat ze in hun pas betrokken nieuwbouwflat in Nizjni Novgorod permanent in angst leefde.

Terwijl zijn vrouw naar Moskou reisde om de opening van de Olympische Zomerspelen bij te wonen, werd Sjoejev met zijn regiment naar Afghanistan gestuurd. Na een tien jaar durende en uiteindelijk mislukte poging tot 'toenadering tot het Oostblok', die bijna twee miljoen burgers het leven kostte, na ettelijke bombardementen, een kleine 15 000 gesneuvelde soldaten van het Rode Leger, zijn twee verwondingen, zijn dapperheidsmedaille en zijn bevordering tot kolonel, maar vooral na veel teleurstelling, verbittering en het deprimerende gevoel geen overwinning te hebben behaald, keerde Sjoejev, inmiddels vader van twee kinderen, terug naar huis. Maar het vertrouwde vaderland was ook niet meer wat het geweest was. Heel het ooit zo machtige rijk was onder de hervormingsgezinde secretaris-generaal van de Communistische Partij van de Sovjet-Unie uiteengevallen, de hervormingen beloofden niet veel goeds en Sjoejev had alleen vertrouwen in autoriteiten en niet in de vrije wil van het volk, want hij was ervan overtuigd dat die nergens toe zou leiden.

Intussen was hij een echte driftkop geworden en klaagde hij aan één stuk door over de 'ernstige fout' dat de interventie in Afghanistan voortijdig was beëindigd. Constant benadrukte hij hoe belangrijk het was dat de Sovjet-Unie haar spierballen liet zien en een grootmacht bleef, ook al zou ze binnenkort misschien niet eens meer bestaan. Maar uiteindelijk maakte het ook niet uit hoe ze zichzelf noemde, aan de inhoud zou door een andere verpakking nog lang niets veranderen.

Zelfs de verbitterde gevechten aan de voet van de Hindoekoesj of de autobommen in Kaboel, waar kameraden voor zijn ogen doodbloedden, grepen hem niet zo aan als de jaren in Nizjni Novgorod, toen hij alleen als instructeur werkte en verder thuiszat en zich door zijn vrouw elke dag een warme maaltijd liet voorzetten. Bij die maaltijden nam hij ook graag één of twee glazen goede wodka, want zonder drank kon hij alle vreselijke gebeurtenissen op het nieuws tenslotte niet lijdzaam aanzien. De nieuwsberichten wonden hem zo op dat hij altijd nog een paar glaasjes extra nodig had en al drinkend op de bank steeds vaker in getier uitbarstte.

'Die lamzak, heb je dat gehoord, Galina, heb je gehoord wat die lamzak uitkraamt?! Die castraat, die kapitalistische eikel, alles heeft hij verpatst, ons hele land verkopen ze, de klootzakken! Er is niets meer van over! Alle eer, alles waarvoor we ons leven hebben gewaagd, wordt gewoon afgeschreven, luister dan toch, verdomme! Kan het je niets schelen wat er in dit vervloekte land gebeurt? Kom dan kijken! Ja natuurlijk, de Unierepublieken, waarom niet alle Unierepublieken de felbegeerde onafhankelijkheid geven, ja, waarom ook niet? En op een dag hebben we alles opgegeven waar wij en onze vaders en de vaders van onze vaders voor hebben gevochten, en waarvoor?'

Galina zag zich steeds vaker gedwongen zich bij de buren met zelfgemaakte pirogs en blini's voor die oorverdovende uitbarstingen van haar man te verontschuldigen.

Het imperium viel voor Sjoejevs ogen uiteen en de 'slappe pogingen' om in bepaalde regio's, bijvoorbeeld Nagorny-Karabach of Georgië, de 'minderheden te versterken' en de Russische invloed daar veilig te stellen, waren in zijn ogen beschamend en het ooit alom gevreesde Rode Leger onwaardig. Zulke als 'vredesmissie' vermomde oorlogen waren een schande voor zijn land, dat onder leiding van slapjanussen en westerse spionnen elke moraal, elke eer en, het allerergste, elke macht had verloren.

Hij weigerde aan zulke 'missies' deel te nemen, tenslotte was hij een eerzaam militair, een man van rang en naam, en hij ging niet ergens heen waar ze deden alsof ze vrede stichtten terwijl ze oorlog voerden, omdat dat tegenwoordig politiek correct was. Oorlog was oorlog, dat was zo duidelijk als wat, daar moest je voor staan en trots op zijn, punt uit! Zo of ongeveer zo legde hij zijn vrouw uit waarom hij weigerde zich naar de Kaukasus te laten overplaatsen om zich daar 'nuttig' te maken. Zij was intussen bijna zover dat ze haar land een echte oorlog toewenste, zodat haar man eindelijk ophoepelde en haar en de kinderen met rust liet.

En als haar wens niet snel in vervulling was gegaan, was haar man vanwege zijn onafgebroken alcoholconsumptie waarschijnlijk gedwongen opgenomen. Maar gelukkig werd die 'lapzwans van een hervormer' in het Kremlin vervangen door een 'krachtig man', die niet lang hoefde na te denken om eind 1994 het bevel te tekenen tot interventie in Tsjetsjenië, die kleine opstandige republiek die nu, in navolging van de andere ('Heb ik het niet gezegd, heb ik het niet voorspeld, als je ze een vinger geeft, nemen ze meteen de hele hand!') ook ineens het ondankbare verlangen naar onafhankelijkheid koesterde en eisen aan Rusland durfde te stellen.

'Als dank dat Chroesjtsjov ze in leven heeft gelaten en terug heeft gehaald! Met veewagons heeft Stalin die bandieten en bloedzuigers destijds naar Centraal-Azië gedeporteerd, moet je nagaan, Galina, en jij, Andrjoesja, luister, kijk me aan als ik tegen je praat, er dringt ook helemaal niets tot die hersens van jou door, hè?'

Andrjoesja, zijn zoon, inmiddels een zwijgzame en serieuze tiener, keek hem zoals gewoonlijk met een mengeling van afschuw en angst aan. Hoe ouder hij werd, hoe meer hij van zijn vader vervreemdde. Hij zat meestal op zijn kamer te lezen of naar muziek te luisteren, vocht niet, dronk geen wodka, bracht geen meisjes mee naar huis en had merkwaardige vrienden, die er volgens Sjoejev allemaal uitzagen als mietjes. Maar wat Sjoejev af en toe witheet maakte, was dat zijn zoon zich door niets van zijn stuk liet brengen, alsof zijn planeet stilstond, alsof hij niet in beweging te krijgen was. En het maakte hem razend dat het hem volstrekt niet interesseerde wat zijn vader deed, dat alles wat met het leger te maken had hem koud liet, al zijn verdiensten en heldendaden, waar elke 'normale' zoon ongelofelijk trots op zou zijn geweest. Nee, hij wilde er niets van weten.

'Wil je net zo stom blijven als de meesten hier? Waarom? Waarom heeft hij dat gedaan, denk je? Was Stalin een slimme vent of niet? Nou? Omdat hij ze kende. Omdat hij wist wat voor lui het waren. Wilden, barbaren, bandieten, verder niets. In tegenstelling tot de andere Sovjetvolkeren hebben ze geen greintje respect voor het gezag. Ze vechten al eeuwen tegen ons, roeien ons uit, pakken ons af waar we recht op hebben. Zelfs in de goelags stonden ze bekend om hun boosaardigheid, ook daar vormden ze hun bendes... Hun hoofdstad hebben ze aan ons te danken, weet je hoe die is ontstaan, waarom die heet zoals ze heet? Ze werd in de negentiende eeuw gebouwd als Russische vesting, ze moest als afschrikking dienen en werd Groznaja, de Vreeswekkende, genoemd.'

'Sorry, papa, maar wat bedoel je met: ze pakken ons af waar we recht op hebben?'

Andrjoesja was opeens uit zijn schemertoestand ontwaakt, hij had de nagel van zijn duim, waar hij verwoed op beet, uit zijn mond gehaald en keek zijn vader recht aan.

'Sinds de achttiende eeuw koloniseert Rusland de hele Kaukasus, misschien moet je Lermontov of Tolstoj eens lezen, daar staat het allemaal zwart-op-wit.'

Sjoejev wist niet hoe hij het had, wie praatte daar, wat

voor verdorven, verwend, intellectueel stuk vreten praatte daar bij monde van zijn zoon? Hij was verbijsterd dat Andrjoesja überhaupt in staat was meer dan drie zinnen te zeggen, en dan ook nog eens zinnen waar hij geen weerwoord op had. Andrjoesja maakte van de gelegenheid gebruik om een verfomfaaid boekje uit zijn kamer te halen, dat hij opensloeg en waaruit hij begon voor te lezen, alsof Sjoejev de zoon en hij de vader was.

'In 1785 had Rusland in de hele Kaukasus al een omvangrijk systeem van grensversterkingen gebouwd en begon het zich de landerijen toe te eigenen en tol op handelswaren te heffen. Daarom voerde de Tsjetsjeense sjeik Mansoer vanaf 1785 zeven jaar oorlog tegen de Russische bezettingsmacht, hij vormde een leger uit de verbonden Noord-Kaukasische volkeren, dat hij aanvoerde tot hij in 1791 gevangen werd genomen en naar de Solovetski-eilanden werd verbannen. Een andere nationale held die er zijn levenstaak van maakte Mansoers strijd tegen de "ongelovigen" voort te zetten, was imam Sjamil.'

Sjoejev keek verbijsterd naar het uiterst geconcentreerde gezicht van zijn zoon en wist nog steeds niet goed hoe hij moest reageren. Wilde Andrjoesja hem in de maling nemen? Was dit een grap? Of was hem bij de opvoeding van zijn zoon iets ontgaan? Wat had Galina met zijn erfgoed gedaan?

Andrjoesja, die niets merkte van de bezorgde gedachten van zijn vader, las doodgemoedereerd verder: 'In het begin van de negentiende eeuw had Rusland en dus de door de tsaar persoonlijk benoemde Kaukasische gouverneur de meedogenloze kolonisatiepolitiek zo ver mogelijk doorgevoerd en het eigen imperium uitgebreid tot in de Noordelijke Kaukasus. De bezettingsoorlogen verwoestten de aoels en de sociale structuren van de Tsjetsjeense gemeenschap, veel inwoners vluchtten de bergen in en sloten zich aaneen in de strijd tegen de Russische onderdrukking. De in 1818 begonnen eerste Kaukasische oorlog duurde met enkele onderbrekingen meer dan veertig jaar.'

Andrjoesja liet een veelbetekenende stilte vallen en keek naar zijn vader.

'Veertig jaar, papa, stel je dat eens voor!'

En hij las verder: 'Onder Sjamils leiding begon de partizanenoorlog, die in 1840 overging in een algemene Tsjetsjeense opstand. Rond die tijd werden ook de eerste pogingen gedaan om een eigen staat te stichten, maar de represailles en gevechtsstrategieën van de Russen werden steeds wreder en ten slotte moesten de partizanen het onderspit delven en werd Sjamil eveneens gevangengenomen. In die oorlog werd een derde van de totale Tsjetsjeense bevolking uitgeroeid. In de tweede helft van de negentiende eeuw begon Rusland kozakken en boeren uit Centraal-Rusland te deporteren. En luister goed, dit is echt het toppunt: de Russische regering betaalde iedere Tsjetsjeen die zich bereid verklaarde te emigreren een schadevergoeding en zorgde ook voor transport. Op die manier vertrokken naar schatting zo'n 25 000 Tsjetsjenen, de meesten naar het huidige Turkije. En nu komt het spannendste,' – Andrjoesja kreeg een kleur, zijn lethargie was als bij toverslag verdwenen, hij leek bijna boos toen hij verder las: 'Vanaf het einde van de negentiende eeuw werd er in Grozny met oliewinning begonnen. Dat bracht veel buitenlandse investeerders naar Tsjetsjenië, de handel kwam tot bloei. In de burgeroorlog vochten de Tsjetsjenen aan de zijde van de Roden, ze waren ervan overtuigd dat de strijd tegen het imperium was gericht. In 1936 werd de Tsjetsjeens-Ingoesjetische Autonome Socialistische Sovjetrepubliek gesticht. Slechts tien jaar was het de Tsjetsjenen vergund een vreedzaam leven te leiden, tot zich vanaf de jaren veertig opnieuw een stalinistische terreurgolf over hen uitstortte. Men gaat er tegenwoordig van uit dat zo'n 250 000 mensen het slachtoffer werden van de zuiveringen. En alsof dat nog niet genoeg was: in februari 1944 werden er op één enkele dag meer dan 300 000 Tsjetsjenen en 93 000 Ingoesjen in veewagons naar Azië gedeporteerd...

Precies, dat bedoelde ik, want daar begon jij toch net over, papa?'

Sjoejev deed een stap in zijn richting, opende zijn mond, wilde iets zeggen, begon te stamelen en voelde een vreemd onbehagen, dat ogenblikkelijk omsloeg in blinde woede. Die woede werd versterkt door de gedachte dat dat stuk ongeluk het waagde hem, zijn vader, die zijn hele leven in dienst van het vaderland had gesteld, in zijn gezicht uit te lachen en hem duidelijk te maken dat zijn leven niets voorstelde, dat zijn strijd zinloos was geweest. Want dat deed hij, ja, dat voelde hij, met elke vezel in zijn lijf voelde hij dat het land waar zijn zoon het over had, waar hij die nutteloze boekenkennis over oplepelde, die bloedeloze kennis waar nog nooit iemand beter van was geworden, ja, dat dat land voor zijn zoon een pars pro toto was. Als hij het over de Tsjetsjenen had, bedoelde hij al die ellendige landen die als het ware in koor hun vervloekte onafhankelijkheid opeisten en niet begrepen dat ze zonder de steun van het Noorden, de bescherming van de alliantie, niets waard waren, dat ze elkaar zouden uitroeien en de keel afsnijden als ze aan zichzelf werden overgelaten.

Zijn kin begon te trillen, hij deed zijn mond open en dicht als een karper, niet in staat in zijn verontwaardiging en woede een woord uit te brengen; dus hief hij zijn hand op, haalde uit en liet hem uit alle macht op Andrjoesja's wang neerkomen. De jongen was compleet verrast, keek zijn vader met grote ogen aan en deinsde achteruit; de klap was hard aangekomen, even leek hij te wankelen, maar hij wist zijn evenwicht te bewaren. Als kind had hij af en toe een klap voor zijn broek of een niet al te harde oorvijg gekregen, ook had zijn vader hem weleens aan zijn oren getrokken, maar dat was jaren geleden en hij was allang geen kind meer, deze klap had een heel andere betekenis en Sjoejev kon de verontwaardiging op het gezicht van zijn zoon lezen.

Zijn woede was enorm en god mag weten hoever hij nog gegaan zou zijn als Galina niet hysterisch gillend aan was komen rennen. Maar op dat moment zwoer Sjoejev bij zichzelf dat hij alles zou doen om te zorgen dat zijn land de door de prestrojka ontstane schade, de door de hervormingen veroorzaakte maatschappelijke wonden te boven kwam, dat hij de zwakheden van die kapitalistische ratten, die Rusland de laatste tijd teisterden, die op het punt stonden het hele land kaal te vreten en kennelijk ook zijn eigen zoon hadden ingepalmd – dat hij die zwakheden en alle gevaren van dien zou elimineren, de vernedering zou wegwassen en zich zou wijden aan de strijd voor het herstel van Ruslands vroegere gezag.

Die gelegenheid liet niet lang meer op zich wachten. Slechts een paar weken later kreeg hij de leiding over de 56e divisie van de Gemotoriseerde Infanterie en werd hij gestationeerd in Grozny, waar de zwaarste gevechten te verwachten waren.

De eerste weken in Grozny stelde hij met schrik vast dat de verruwing en demoralisatie die in het hele land voelbaar was, ook bij de Russische strijdkrachten heerste.

Van de OMON, de elite-eenheid van de politie, tot de afzonderlijke brigades leek iedereen alleen uit te zijn op eigenbelang en zelfverrijking. Er waren talloze kontraktniki, vrijwillige betaalde beroepssoldaten, die op die manier aan geld wilden komen, plundering was aan de orde van de dag omdat niemand had vastgelegd hoe er bij een *zatsjistka*, een schoonmaakactie, moest worden opgetreden. Geen mens interesseerde zich voor gebruiken of afspraken die politici met hun Montblanc-vulpen elders hadden getekend.

Hier gold alleen de *bespredel*, de wet van de grenzeloosheid, zoals die oorlogstactiek binnen het leger werd genoemd, een term die absurd genoeg – of volstrekt logisch – afkomstig was uit de Russische onderwereld en sloeg op de grenzeloze cultuur van straffeloosheid.

En juist een bevelhebber als hij bezat plotseling een ongekende macht en kon doen en laten wat hij wilde. En elke dag van die twee zwaarste maanden van zijn leven, waarin de hoofdstad centimeter voor centimeter werd veroverd – bij de levensgevaarlijke grenspatrouilles, het mijnen leggen in de vijandelijke gebouwen, de arrestaties en 'politiepostspelletjes', die niets anders waren dan executies omdat er simpelweg geen politieposten waren, bij de schoonmaakacties waaraan hij en zijn mannen samen met de elite-eenheden deelnamen, bij de luchtaanvallen en onafgebroken artilleriebeschietingen van de stad, die naar schatting 25 000 mensen het leven kostten –, elke dag dacht hij aan Andrjoesja: altijd als hij begon te twijfelen, als hij weg wilde, als hij zich afvroeg wat hij te zoeken had in dit vervloekte landschap van uitgeholde ruïnes, waar de gevels instortten en de ingewanden bij de huizen naar buiten puilden alsof ze allemaal tegelijk misselijk waren geworden, waar skeletten van ramen in het vlees van de hemel sneden – altijd dacht hij aan zijn zoon en zijn verraderlijke woorden en dan was het knagende 'waarom' vliegensvlug verdwenen.

Joeritsj/Zajka

Ivan Joeritsj, door iedereen dubbel vernederend 'Zajka' genoemd – ten eerste vanwege zijn gestotter en ten tweede als toespeling op zijn lafheid, want hij werd met een *zajats*, een haas, vergeleken –, kwam uit een dorpje aan de rand van Moskou, uit een zeer armoedig milieu. Zijn vader had het gezin in de steek gelaten toen Zajka nog geen drie was en zijn moeder was vrij snel hertrouwd met een andere man, met wie ze naar Jekaterinburg verhuisde en later naar Amerika emigreerde.

Zajka groeide op bij zijn grootouders, eerlijke, liefdevolle boeren, die zich voor de grote wereld noch voor de grote politiek interesseerden, stil hun werk op het land deden en nergens zo van genoten als van heimatfilms op hun moeizaam bij elkaar gespaarde televisie. Ze hielden van hun Wanja en gaven hem alles wat hij in hun ogen nodig had: warm eten, elke ochtend verse melk, een schoon bed en een paar mooie galoches. Zajka was erg aan zijn grootouders gehecht, maar haatte het platteland, hij haatte de modder en de vorst als hij 's ochtends naar de enige school in de buurt liep, hij haatte de troosteloosheid van het dorp, het houten huis waar ze woonden, de aardappelen op het veld en de eieren in de stal, hij haatte de valse kettinghond, die constant tegen hem blafte en alleen naar zijn grootvader luisterde. Hij haatte de domme films waar zijn grootouders om lachten, en hij haatte de schemertoestand waar de hele omgeving van oktober tot april in wegzonk en waarin aan het enige vermaak, zwemmen in het nabijgelegen meer en een moutbiertje drinken op de steiger, niet meer te denken viel.

Hij haatte de buurjongens, die hem uitlachten omdat hij stotterde, en hij haatte de meisjes, die dwars door hem heen keken alsof hij lucht was. Hij wist niet wat hij met zichzelf aan moest en bij wie hij hoorde, hij wist niets van de wereld en verwenste afwisselend zijn vader en zijn moeder, die hem in deze uitzichtloze hoek van de wereld hadden neergezet.

Het trieste was dat ook het leren hem niet gemakkelijk afging. Om die ellendige cirkel van school, angst, schaamte, uitgelachen worden te doorbreken had hij iets heel anders nodig gehad dan het Russische schoolsysteem, maar van alternatieve leermethoden had hij geen idee. Voor hem bestond alleen die ene werkelijkheid, en het enige inzicht dat hij met de jaren verwierf, was dat hij in die werkelijkheid niets te zoeken had.

Toen hij wat ouder werd, kreeg hij merkwaardige fantasieën. Hij, die geen vlieg kwaad zou doen en kon treuren om een dode duif die hij op het erf had gevonden, droomde ervan al zijn vijanden en kwelgeesten de kop in te slaan, de ingewanden uit het lijf te rukken en de nagels uit te trekken. Ook schreef hij zijn moeder brieven (die hij gelukkig nooit verzond, want na de val van het grote imperium waren zijn grootouders en hij aangewezen op het geld dat ze stuurde), waarin hij haar uitmaakte voor een 'goedkope hoer' en een 'slet', die 'voor een pik' haar enige kind in de steek had gelaten.

Hij droomde van meisjes uit zijn klas die uit eerbied voor hem op hun knieën vielen en gehoorzaam zijn geslachtsdelen betastten, die alles deden wat hij hun opdroeg.

Wat zou het geweldig zijn, bedacht hij wanneer hij 's nachts in bed zijn lichaam verkende, als de goede God hem toverkracht gaf waarmee hij een ander leven kon leiden. Dan zou hij sterk en gespierd zijn, was dat verdomde stotteren weg en zouden de meisjes voor hem kruipen (zodra hij ze zich als seksuele wezens voorstelde, zag hij vrouwen om de een of andere reden altijd voor zich knielen, met open mond of voorovergebogen, met hun blote billen naar hem toe).

In die dagen moest Zajka, die vlak voor zijn eindexamen zat, weer denken aan het surprise-ei dat zijn grootvader tien jaar geleden van een bereisde kennis had gekregen. Hij was een jaar of zes, zeven toen zijn grootvader de enige westerse curiositeit die ze ooit zouden bezitten, mee naar huis bracht.

En hoewel die kennis erbij had gezegd dat het ei daarvoor bedoeld was, konden ze het niet over hun hart verkrijgen het open te maken en op te eten. Zodoende werd het geschenk als hun kostbaarste westerse voorwerp in de woonkamer in de vitrine bij het Tsjechische theeservies gezet en als een Fabergé-ei vol bewondering bekeken. Er ging iets magisch uit van het kleine souvenir, iedereen die bij de boerenfamilie kwam, werd door het ondefinieerbare voorwerp aangetrokken en kon zijn ogen er niet van afhouden. Maar niemand werd zo door het ei gekweld als Zajka. Constant stond hij voor de vitrine, heen en weer geslingerd tussen begerigheid, angst, nieuwsgierigheid en afschuw bij het zien van de kleine indringer. Hij was jaloers, want hij verbeeldde zich dat zijn grootouders meer van die alien hielden dan van hem. Waarom mocht hij anders de vitrine niet openmaken, het ei pakken, de verpakking eraf scheuren en de inhoud in zijn mond stoppen?

In de jaren dat het ei in de vitrine stond, werd het een mene tekel, een onmiskenbaar symbool voor Zajka's bestaan: het ei stond net zo tegenover hem als het leven. Het was er, hij kon het zien, het bevond zich maar een paar centimeter van hem vandaan, alsof hij zijn hand maar hoefde uit te steken om het aan te raken. En toch wist hij niet wat er precies in die verpakking verborgen zat. Het kleine geval bespotte en verachtte hem.

Op een mistige novembermiddag kwam de net veertienjarige Zajka thuis – zijn grootouders waren nog buiten aan het werk – en ging aan tafel recht tegenover de vitrine zitten. Die ochtend was hij door twee buurjongens voor school belaagd en bespuugd, in het bijzijn van een groepje giechelende meisjes, die de ongelijke strijd met een onverschillig gezicht en pompoenpitten etend hadden gevolgd. Zajka zat naar het ei te kijken, roerloos, star, en kreeg opeens het gevoel dat het ei de schuld was van al zijn falen, zijn vernederingen en bespottingen, dat het aan het ei lag dat hij een mislukkeling was.

Zelden had hij iets of iemand zo gehaat als op dat moment het chocolade-ei. Niet eens zijn ouders, die hij avond aan avond vervloekte. Hij wist zeker dat zijn leven totaal anders verlopen zou zijn als hij toen, op z'n zesde of zevende, dat verdomde ding meteen had uitgepakt en opgegeten, snel en gulzig, zonder op zijn grootouders te letten, zonder er die absurde macht aan toe te kennen.

En opeens – jaren te laat – sprong Zajka op, schoof de glazen deur van de vitrine open en pakte het relikwie. En terwijl hij het in zijn hand nam, merkte hij al dat de broze en vooral oeroude inhoud verbrokkelde. Wat voelde het belachelijk teer en klein aan! En terwijl hij het zilverpapier eraf trok, veranderde het ei in een vieze chocolademassa. Ook vanbinnen was het verkleurd, de tijd had het smakelijke bruin veranderd in weerzinwekkend grijs. Maar het kon hem allemaal niets schelen, hij aarzelde niet lang, dacht niet na – maar stopte heel het verbrokkelende ding, dat intussen een kleverige smurrie was, in zijn mond. Er verspreidde zich een laffe, bittere smaak op zijn tong – en toen beet hij op iets hards en haalde hij een klein geel plastic ei uit zijn mond. Hij sloeg er uit alle macht op, net zolang tot het brak en er kleine stukjes plastic uit rolden. De smaak in zijn mond was walgelijk. Hij voelde zich misselijk worden, maar negeerde het en spreidde de stukjes voor zich uit, ontdekte het vergeelde papiertje met instructies en begon het speeltje ijverig in elkaar te zetten: het was een stomme kikker met een schop in zijn hand en een bouwhelm op zijn kop.

Bijna tien eindeloze minuten zat Zajka naar het figuurtje te staren, toen liep hij doodgemoedereerd naar de keuken, haalde daar een vijzel en stampte de kleine kikker fijn. Daarna ging hij naar de badkamer en gaf over.

Toen zijn grootmoeder een week later bij het stof afnemen ontdekte dat het kostbare geschenk uit het Westen en het symbool van wereldwijsheid uit de vitrine was verdwenen en hem vroeg wat ermee was gebeurd, haalde Zajka alleen zijn schouders op en hield zich van den domme. Misschien een van de buurkinderen die hier in en uit liepen? Ze wist dat hij loog, maar kon het niet bewijzen en wist er ook niets tegen in te brengen toen hij zei: 'Waarom zou ik dat ding na al die jaren nu opeens opeten? Als ik dat zo graag wilde, had ik het toch allang gedaan?'

Nog steeds bezorgde die herinnering hem een prikkelend gevoel. Hij had iets gedaan wat hemzelf verraste. En nu, vlak voor zijn eindexamen, was het weer tijd om zoiets verrassends te doen. Daarom besloot hij zijn moeder op te zoeken, iets waarvoor hij al jaren terugschrok, hij kon zich niet eens meer herinneren wanneer hij haar voor het laatst had gezien.

In het adresboekje van zijn grootmoeder vond hij het adres in Jekaterinburg. Uit het geheime spaarpotje van zijn grootouders – een kruidenboek in het boekenrekje op de gang – pikte hij het geld voor de reis en vertrok.

Het lot was hem goedgezind, maar het bracht hem niet, zoals hij had gehoopt, zijn moeder. In de slaapcoupé van de trein – voor een vliegticket had hij niet genoeg geld –

die hij met drie andere mannen deelde, leerde hij Petroesjov kennen, een vriendelijke officier die hem de belichaming leek van alles waar hij zelf van droomde. Hij was fors en boezemde respect in, zag er goed en verzorgd uit, was ook beleefd en welopgevoed en had een uiterst beschaafde manier van praten. Hij symboliseerde een heel andere wereld dan die van de boerenkinkels en voortijdige schoolverlaters waaruit hij zelf afkomstig was. Zijn uniform zat als gegoten en gaf je het opgelaten en gênante gevoel dat je maar schamel afstak bij die chique meneer. Behalve Petroesjov waren er nog twee andere jongemannen in de slaapcoupé. Nogal grofgebekte Moskovieten, van wie moeilijk te zeggen viel wat voor werk ze deden of uit welk milieu ze kwamen. Het leken twee overlevingskunstenaars, die zich in de jungle van de postperestrojka probeerden staande te houden.

Ze raakten in gesprek, er ging zelfgestookte drank rond, Petroesjov deelde gebak en kaas uit. Het werd een aangename, heel geslaagde avond en Zajka voelde zich opeens zo op zijn gemak dat hij wou dat er nooit een eind aan die treinreis kwam. Alleen al doordat ze hem Wanja noemden in plaats van Zajka, voelde hij zich compleet gelukkig.

Tegen tweeën gingen ze slapen. Hij lag op de onderste brits, Petroesjov op de bovenste en op de twee britsen aan de overkant lagen de beide Moskovieten te snurken. Zajka kon van pure opwinding niet slapen. Er ging zoveel door zijn hoofd, zijn reis was tot nu toe zo opwindend geweest, het station in Moskou, al die mensen, het gedrang en de hectiek, hij stond niet meer voor de vitrine, nee, hij maakte deel uit van het leven, en dat alleen al was een onbeschrijfelijk gevoel!

Opeens hoorde hij gemompel, vervolgens geritsel. De twee Moskovieten fluisterden iets tegen elkaar. Zajka durfde zich niet te verroeren. De kleinste stond plotseling op en begon in Petroesjovs spullen te rommelen. Systematisch doorzocht hij zijn jaszakken, haalde de portemonnee eruit. De grootste stond op wacht. Zajka hield zich nog steeds slapend. Maar Petroesjov in de steek laten, dat leek hem oneerlijk, gemeen. Die had hem zo respectvol behandeld. Als hij aan het eind van deze nacht niet weer voor de vitrine wilde staan, moest hij iets doen.

Hij tikte met zijn hand voorzichtig tegen de bovenste brits, waar Petroesjov lag. Maar de tik was te zacht en Petroesjovs slaap te vast. Er zat niets anders op dan het risico te nemen: hij kwam met een ruk overeind, slaakte een luide kreet en sloeg opnieuw tegen Petroesjovs bed. Opeens voelde hij een koude, vochtige hand op zijn mond en werd hij weer op zijn matras gedrukt. Daarna had hij een knie op zijn keel en kon hij zich niet meer bewegen, hij probeerde alarm te slaan, maar er kwam alleen wat gerochel. Vreemd, hoe bang hij ook was, hij voelde zich goed, alsof zijn leven door deze daad een diepere betekenis kreeg. Zijn moed werd beloond: Petroesjov werd wakker en sprong bliksemsnel uit bed. Zajka hoorde een harde smak, de grote Moskoviet tuimelde tegen de wand.

Het ging zo vlug dat Zajka vanaf zijn bed niet eens precies kon volgen hoe Petroesjov de twee buiten gevecht stelde. Wel verbaasde hij zich over de behendigheid waarmee de hoffelijke officier te werk ging. Het leek allemaal zo moeiteloos en geroutineerd. Maar wat hem het meest opviel, was de wreedheid waarmee Petroesjov zijn vijanden afstrafte. Hij trok de deur open, duwde de twee de smalle gang in en sloeg daar zo vastberaden en koelbloedig op ze in dat Zajka alleen maar sprakeloos toekeek. Hij stond perplex in de deuropening en hoopte dat de conducteur zou komen om de twee mannen van een wisse dood te redden. Maar toen de twee bloed spugend en kruipend om genade begonnen te smeken, liet Petroesjov hen links liggen, alsof hij plotseling alle belangstelling had verloren. Hij keerde kalmpjes terug in de coupé, pakte hun schamele bezittingen en gooide hun die achterna. Daarna trok hij de deur achter zich dicht en zakte hijgend op het nu lege bed van de kleine Moskoviet.

'Wat een schoften! Deel je brood en wodka met ze en dan dit... Ons land is alle fatsoen kwijt. Sinds het ontzag voor de overheid is verdwenen, draaien de mensen door, overal steekt het tuig zijn smerige kop op en doet wat het wil. Hoe het ook zij, ik hoop dat die twee voorlopig de lust is vergaan om anderen te beroven. Maar jou, vriend, moet ik uit de grond van mijn hart bedanken. Je hebt je leven voor me op het spel gezet, dat weet ik te waarderen!'

Toen Petroesjov die woorden tot hem richtte, voelde Zajka een ongekende voldoening opkomen. Wat een grote woorden, wat een aandacht, en dat van zo'n deftige man! Zajka had het gevoel dat hij centimeters groeide, dat zijn hoofd tegen het plafond stootte en erdoorheen brak, hij rekte zijn hals, de koude nachtlucht in, nog verder, nog hoger, naar de sterren en de melkwegstelsels – zo groot, zo immens groot voelde hij zich opeens.

Aan slapen viel niet meer te denken. De hele nacht zaten ze op hun brits, dronken de rest van de wodka, aten roggebrood en praatten over van alles en nog wat, waarbij vooral Petroesjov het woord voerde, terwijl Zajka aandachtig luisterde. Op een gegeven moment begon de officier te vragen waar hij vandaan kwam, waar hij naartoe ging, wat hij wilde met zijn leven. Zajka probeerde de vragen te ontwijken, hij vond zijn antwoorden zo armzalig. Hij had nooit veel over de toekomst nagedacht omdat het leven hem die luxe niet toestond, hij keek een week, hooguit een maand vooruit. Maar Petroesjov hield aan.

'Ik... ik... wil gewoon niet dat iemand op me zit te hakken zonder dat hij daarvoor op zijn bek krijgt,' bekende hij op een gegeven moment met veel gestotter. Petroesjov schoot in de lach. Even wist Zajka niet zeker of hij hem niet uitlachte, maar toen sloeg Petroesjov een arm om hem heen en hield op met lachen. (Hij leek trouwens toch als een blad aan een boom te kunnen omslaan, alsof er een onzichtbare knop was waar hij maar op hoefde te drukken of hij kon al lachen, ook al was hij een paar seconden daarvoor nog tekeergegaan; alsof hij uit alle macht op iemand kon inslaan en dan zomaar ineens kon stoppen om een toost uit te brengen op de eindeloze verten van zijn vaderland.)

'Simpele zaak, vriend,' zei Petroesjov op ernstige toon, 'je moet je leren verdedigen. En dan ben je bij mij aan het goede adres. Als ik je dat eenmaal heb bijgebracht, zul je het nooit meer vergeten.'

Zajka stapte uit de trein als een ander mens. Opeens had hij contacten en plannen, iets waarvan hij niet eens had durven dromen toen hij in zijn dorp de elektritsjka naar Moskou nam.

Petroesjov had hem zijn nummer gegeven en hem laten beloven dat hij zou bellen zodra hij weer in Moskou was. Hij vertelde dat hij net was aangesteld in een opleidingskamp van de Russische strijdkrachten, waar hij van de rekruten 'echte mannen' wilde maken. En hij had Zajka voorgesteld zich ook voor het leger aan te melden, hij kon in elk geval de basisopleiding doen, dat kon nooit kwaad, hij zou wel een oogje op hem houden, hij, Petroesjov, zou hem persoonlijk onder zijn hoede nemen.

In Jekaterinburg werd Zajka met zijn neus op de feiten gedrukt. Na vierentwintig uur in de trein en twee uur zoeken naar de goede flat (en dat terwijl er in de hele stad een sneeuwstorm woedde), kreeg hij van een oude buurvrouw te horen dat het gezin de woning twee maanden geleden had verkocht en naar de VS was geëmigreerd, de man had geluk, want hij was Joods en had in Amerika svjazy, contacten.

'De jidden mogen weg, daar heeft de hele wereld ineens een slecht geweten over, maar naar ons kijkt niemand om... Wij kunnen hier gewoon verrekken!' had ze hem nog hoofdschuddend nageroepen.

Zajka zat een hele tijd in het trappenhuis, rookte de ene goedkope, nat geworden sigaret na de andere en wist zich geen raad.

Toen diepte hij het telefoonnummer op uit zijn zak, ging naar het dichtstbijzijnde postkantoor en pleegde daar het telefoontje.

Hij werd panisch bij het idee om in het leger te gaan, maar hij was sowieso dienstplichtig en had niet genoeg geld om zich aan de dienst te onttrekken, en wie weet zou hij er – onder de hoede van Petroesjov – iets bereiken.

Hij had de vorige nacht alleen gewonnen omdat hij iets had geriskeerd. Al het andere was geen optie. Al het andere was een trieste nachtmerrie. En het woord dat de oude buurvrouw had gebruikt en dat in zijn hoofd nagalmde, plaatste zijn hele situatie in een nog wranger daglicht: 'het gezin', welk gezin? Ja, zijn moeder had een gezin, ze had een man en een ander kind, en van dat kind hield ze, ze bracht het groot en nam het nu ook nog mee naar Amerika.

Petroesjov stelde hem ook nu niet teleur, hij nodigde hem uit en bood hem aan een paar dagen bij hem in Moskou te komen logeren.

De volgende dagen bracht Zajka door als in een roes. Hij leerde de stad, Petroesjovs familie en vrienden kennen en ging helemaal op in die veelbelovende, aantrekkelijke maalstroom. De mensen met wie hij via zijn mentor kennismaakte, waren zo opgeruimd en zelfverzekerd, zo beschaafd en fijnbesnaard, ze konden fantastisch praten, met vrouwen flirten en iedereen om hun vinger winden. En geen van hen – hoewel ze daar volgens Zajka alle recht van de wereld toe hadden gehad – lachte hem uit of gaf hem het gevoel dat hij te min voor hen was. Hij zou er alles voor over hebben gehad om ook maar half zo vlot, zo slim, zo zelfverzekerd te zijn.

Als een slaapwandelaar volgde hij Petroesjov op de voet. Hij at wat Petroesjov at, stemde in met wat Petroesjov voorstelde en bewonderde wat Petroesjov bewonderenswaardig vond. Als een gehoorzame patiënt legde hij zijn lot in handen van een machtige heelmeester, in de overtuiging dat Petroesjov wist wat er nodig was om hem te redden.

Ook het feit dat Petroesjov hem na een paar dagen kleine opdrachten toevertrouwde, die hem aanvankelijk nogal bevreemdden, stoorde hem niet. Zo moest hij op een avond de hele stad door om op een verlaten industrieterrein dubieuze mannen te ontmoeten, die hem merkwaardige gekleurde pillen overhandigden, of hij moest na een feest bij een vriend van Petroesjov twee huilende, onder de blauwe plekken zittende meisjes in minimale kledij thuisbrengen. Maar Zajka stelde geen vragen en had er geen moeite mee om Petroesjov door middel van die 'karweitjes' voor zijn goedheid te bedanken.

Na een volle, opwindende maand in de hoofdstad – de tot dan toe waarschijnlijk opwindendste van zijn leven, want Petroesjov had er onder andere voor gezorgd dat Zajka door een aantrekkelijke, niet al te preutse, zich Lola noemende blondine werd ontmaagd – meldde Petroesjov hem aan voor de basisopleiding van de Russische strijdkrachten. Zoals beloofd nam de officier hem mee naar Nizjni Novgorod om in een opleidingskamp 'een echte man' van hem te maken.

Maar al deed Zajka nog zo zijn best, het lukte hem niet een ander mens te worden. En hoewel hij dankzij de protectie die hij genoot niet openlijk werd aangevallen en de obligate geweldorgieën hem bespaard bleven, ontging het hem niet hoe de anderen naar hem keken en achter zijn rug fluisterden, hij voelde gewoon dat ze alleen een gunstige gelegenheid afwachtten om zich als een uitgehongerde, bloeddorstige meute op hem te storten. Hoe hij zich ook inspande, hij bleef de traagste, de zwakste, degene die de meeste opdrachten niet aankon.

En nog geen week na zijn aankomst in het opleidingskamp dook ook de naam Zajka weer op, alsof het een onzichtbare schaduw was die hem altijd zou achtervolgen. Maar het pijnlijkste was dat een paar weken later ook Petroesjov die naam gebruikte. Zajka wilde ertegenin gaan, hij vertrok zijn gezicht, wilde verontwaardigd doen, maar hij zag algauw in dat elke tegenwerping, elk protest van zijn kant zinloos zou zijn. Niet omdat Petroesjov zich niets van zijn leed aantrok en zeker niet omdat hij hem belachelijk wilde maken, nee, omdat die naam domweg de realiteit weerspiegelde. Hij kwam overeen met de feiten: hij stotterde en hij was laf, alleen in staat zich achter Petroesjovs rug te verstoppen. Nee, zolang hij was wie hij was, had het geen zin om zich tegen die naam te verzetten. Niemand kan tenslotte verwachten dat hij respect cadeau krijgt in deze wereld.

's Nachts in bed – hij sliep samen met drie andere rekruten in een van de slaapvertrekken in een voormalige gymzaal – werd hij ergens op de drempel tussen slapen en waken geplaagd door duistere, kleffe dromen. In die dromen was hij de kolonel, de bevelhebber, de koning van al die mannen, zelfs Petroesjov stond onder hem, hij regeerde met ijzeren hand en iedereen beefde van angst zodra hij verscheen. En als zijn fantasie met hem aan de haal ging, kwamen er in die mannenwereld, waarover hij zo moeiteloos heerste, mooie, volgzame vrouwen, die allemaal aan zijn voeten lagen, hem verleidden en spinden als zachte poesjes. Ze fluisterden hem liefdesverklaringen in het oor en deelden kushandjes uit. Ze kietelden hem met zachte veren en probeerden zijn aandacht te trekken, en op een bepaald moment... ja, op een bepaald moment gaf hij toe en liet hij zich van zijn staatszaken afleiden, en dan moesten ze allemaal op een rij gaan staan, zich uitkleden en vooroverbuigen.

Een klein jaar na het begin van zijn opleiding ontbood Petroesjov hem in zijn kantoor, het grootste vertrek van de sportschool en het best ingericht met een leren bank en een elektrisch fornuis in de hoek. Petroesjov zat te roken en in zijn papieren te bladeren.

'Dag, Zajka. Ga zitten. Koffie? Neem gerust heet water uit de kan. Kopjes en lepeltjes vind je rechtsboven in de kast.'

Zajka schepte een lepel oploskoffie in het kopje en deed er vier lepeltjes suiker bij, hij lette op dat Petroesjov hem niet controleerde, want die had een keer gezegd dat het 'van slechte smaak' getuigde om zoveel suiker in je koffie of thee te doen.

Zodra Zajka tegenover hem was gaan zitten, zei Petroesjov, zonder van zijn papieren op te kijken: 'Ik heb slecht nieuws, Zajka. Ik moet jullie helaas verlaten.'

Zajka verslikte zich en moest een paar keer hard hoesten. Petroesjov keek hem meewarig aan, maar verroerde zich niet en deed ook geen poging om hem op zijn rug te kloppen.

'Waar ga je... waar gaat u naartoe?'

Sinds Zajka in het kamp zat, wist hij niet goed welke houding hij tegenover Petroesjov moest aannemen. Want daarvoor was hij zijn vriend geweest en had hij hem vanzelfsprekend getutoyeerd, maar hier in Nizjni Novgorod was Petroesjov een van zijn instructeurs en mocht hij niets van hun vriendschap laten merken.

'Opgeroepen. Ik moet naar het front.'

'Welk front?'

Zajka was de kluts kwijt. Petroesjov nam een trek van zijn sigaret en keek hem doordringend aan. Zajka was bang voor die blik. Hij ging dwars door hem heen en het was een raadsel wat er op dat moment in het hoofd van de officier omging.

'Jongen, waar leef jij eigenlijk? Welk front? Ons land is in oorlog. Tsjetsjenië! Gaat er een belletje rinkelen?'

'O god, ja, maar...'

'Ik heb een oproep gekregen. Het is mijn plicht, en uiteraard geef ik daar gevolg aan.'

'Je kunt me hier niet alleen achterlaten!' kermde Zajka. Petroesjov keek hem lichtelijk verward aan. En dat wilde wat zeggen, want Petroesjov raakte niet zo snel van zijn stuk.

'Wat moet dat betekenen, Zajka? Waar ben je bang voor? Over een jaar ben je klaar met je opleiding. Dan ben je een echte soldaat...'

'Ik word geen soldaat. Dat weet jij net zo goed als ik. Je ziet toch dat ik niet geschikt ben voor het leger. Maar ik... ik kan voor je blijven werken. Ik kan klusjes doen waar jij misschien niet zo'n zin in hebt.'

Zajka wist dat Petroesjov hem begreep. Niet zelden had Zajka bepaalde opdrachten buiten de kazerne uitgevoerd en er zijn mond over gehouden. Hij had drie uur in de auto gezeten om die speciale gekleurde pillen te halen. Hij had in het centrum van de stad onder een valse naam een chique club afgehuurd waar Petroesjov met zijn Moskouse vrienden en een paar zeer schaars geklede meisjes een heel weekend feest had gevierd. Hij had er zijn mond over gehouden en in bedenkelijke situaties altijd geprobeerd zijn loyaliteit te bewijzen.

'Ja, ik snap het, ik snap het en weet het ook te waarderen, Zajka, maar je moet niet vergeten dat we naar een oorlogsgebied gaan, en ook al kun jij je niet zo goed voorstellen wat dat precies betekent, neem van mij aan dat je daar verdomd sterke zenuwen, keiharde vuisten en een vaste hand nodig hebt. Ik zal je daar niet kunnen beschermen als je niet zelf...'

'Ik red me wel. Ik zal me daar beter redden dan hier zonder jou. Je weet heel goed wat ik bedoel. Je weet wat er gebeurt als je vertrekt, dat weet je toch?'

'Je blijft onder mijn hoede, niemand doet je wat, dat beloof ik, ik zal Galopov opdracht geven een oogje in het zeil te houden.'

'Dat haalt niets uit. Neem me mee. Ik red me wel, en zo niet, dan heb ik pech gehad. Jij hebt genoeg voor me gedaan.'

'Zajka, je hebt niet eens de basisopleiding afgemaakt, hoe wil je dan de slagvelden overleven?'

'Zoals alle anderen het ook doen – of niet. De jongens die nu naar Tsjetsjenië gaan, zijn ook niet allemaal even goede soldaten.'

'Dat is toch pure waanzin! Wie wil er nou vrijwillig naar het front?'

'Ik. Ik wil dat. Daar kan ik me vast nuttiger maken dan wanneer ik hier achterblijf,' zei hij, terwijl hij Petroesjov met zijn waterige oogjes strak aankeek. En hij wist dat Petroesjov op dat moment besefte dat hij inderdaad nuttig kon zijn. Waar de officier ook was en in de toekomst zou zijn, in oorlogs- of in vredestijd, in de Kaukasische bergen of de Tataarse steppe, hij zou altijd mensen nodig hebben om het vuile werk voor hem op te knappen.

‘Ik zal kijken wat ik kan doen,’ zei Petroesjov zachtjes, bijna teder, en met een nerveus gebaar drukte hij zijn sigaret uit in de halfvolle asbak. Zajka stond op.

‘Dank je, Borja,’ mompelde hij terwijl hij naar de deur liep.

In de gang bleef hij tegen de vochtige muur staan en haalde diep adem: beter dan het geweld en de vernedering die hem hier te wachten stonden, beter dan de terugkeer naar zijn dorp, die daarna onvermijdelijk was, beter dan het ellendige leven daar was de oorlog. Die bood hem in elk geval de kans – mits hij hem overleefde – om terug te keren als een ander mens.

Petroesjov

Boris Petroesjov stamde uit een van de meest vooraanstaande en invloedrijke intellectuele families in Moskou. Zijn grootouders, gerehabiliteerde slachtoffers van de Stalinterreur, waren bekende geologen, zijn moeder was literatuurwetenschapster aan de Lomonosov-universiteit, zijn vader regisseur bij de staatsmuziekzender en zelf ook musicus. Zijn beide zussen zouden zich waarschijnlijk eveneens op een academische carrière toeleggen. Zelfs in de zomervakanties werd er geblokt, zelfs onder het eten moesten ze nog iets leren. De ouders deden educatieve spelletjes met de kinderen en gaven hun constant opgaven. Elke autorit werd een wedstrijd, elk vrije minuut was er om zoveel mogelijk boeken te lezen en zoveel mogelijk gedichten uit het hoofd te leren. Rond de klassieke muziek, waarvan zijn ouders grote bewonderaars waren, werd een haast sacrale cultus bedreven. In die sfeer van huisconcerten, geregelde bezoeken aan het Bolsjojtheater en voorleeswedstrijden onder de kinderen, waarvoor ook vrienden en collega's van hun ouders werden uitgenodigd, groeide de jongste en enige mannelijke telg Borja op.

In dat huis was geen plaats voor lage lichamelijke behoeften, dat huis ademde enkel en alleen verhevenheid. Soms had Borja de indruk dat zijn ouders hem alleen hadden verwekt door obsessief naar Bach te luisteren, want dat ze aan zoiets dierlijks als seks deden, was onvoorstelbaar. Er bestond niets buiten de door hen gecreëerde wereld, ze interesseerden zich niet voor zoiets banaals als het dagelijks leven of de politiek. Om geen moeilijkheden te krijgen deden ze zich naar buiten toe voor als gematigde socialisten, maar diep in hun hart waren het rasechte bourgeois met veel meer belangstelling voor literatuur en poëzie dan voor het proletariaat. Eigenlijk vonden ze het socialisme één grote belediging, zowel in esthetische als in feitelijke zin. En hoe ouder Borja werd, hoe meer hij die geborneerde houding begon te verachten. Hoe ouder hij werd, hoe meer hij in opstand kwam tegen alles wat voor zijn ouders die boven de wereld verheven waarde bezat. Hij deed niet meer mee aan de voorleeswedstrijden, poëzieavonden en huisconcerten. Hij verzon smoezen om niet met zijn ouders mee te hoeven naar de schouwburg of een poëziebijeenkomst, en ten slotte maakte hij zich helemaal van hen los door zich niet meer aan afspraken te houden en alle gezamenlijke activiteiten te boycotten. Het werd aan de puberteit geweten. Bovendien waren er nog twee zussen die moesten worden opgevoed.

Petroesjov begon na schooltijd door de stad te zwerven en merkte algauw dat zijn afkomst zich niet liet verloochenen. De geur van bibliotheken en hun verzorgde uiterlijk verraadden Borja en anderen zoals hij. Hij was niet met een gescheurd schooluniform en een shagje tussen zijn lippen van school gestuurd, maar hij was slim genoeg om te weten dat hij via een andere weg in die hem onbekende wereld voet aan de grond moest zien te krijgen. Boris Petroesjov was gedoemd tot succes. Want iets minders was voor zijn familie ondenkbaar, een grotere schande dan nergens in uitblinken bestond er voor zijn ouders niet. En dus twijfelde hij er ook geen moment aan dat hij erin zou slagen elke door zijn ouders fel afgewezen laagheid en vuiligheid in zich op te zuigen, elke door hen verontwaardigd afgekeurde wreedheid toe te juichen, elk door hen opgelegd verbod te schenden.

Borja ontdekte al snel dat hij voor de rouwdouwen op school nauwelijks bestond, maar bij het andere geslacht wel in de smaak viel.

Dankzij zijn door hemzelf verfoeide, verraderlijke eigenschappen, zoals zijn perfecte uitspraak, zijn algemene ontwikkeling en zijn goede manieren, hadden de meisjes een zwak voor hem. Samen met zijn niet onaantrekkelijke uiterlijk werden dat zijn geheime wapens.

De macht van zijn klasgenoten berustte zuiver op fysieke kracht, maar hij voelde dat hij in staat was hen te overtroeven. Ook hij was fysiek sterk, maar hij bezat vooral de nodige psychische kracht om nummer één te worden.

Algauw was hij degene op wie de meisjes bij bosjes verliefd werden, hij gaf ze allemaal evenveel aandacht, hield ze allemaal te vriend, wees ze geen van allen af. Hij ging met ze naar de film, grinnikte met ze bij bepaalde scènes en liet terloops als een echte kenner een paar wetenswaardigheden over de film en de acteurs vallen. Dat werkte natuurlijk. Het werd bijna mode om verliefd te worden op Borja Petroesjov, de eenzame wolf. Die massale verliefdheid moest wel de afgunst en jaloezie van de rouwdouwen opwekken, ze wilden weten wie die twijfelachtige Petroesjov was, en vooral waarom alle meisjes met wie ze zelf graag zouden uitgaan, alleen oog voor hem hadden. Plotseling kon niemand meer om hem heen, plotseling lag zijn naam op ieders lippen.

En toen hij op het schooltoilet door Antosjka, de grootste vechtjas van de school, ter verantwoording werd geroepen en door zijn hele gevolg werd bedreigd, was één zin voldoende om de zaak te bezweren.

'Jij wilde toch zo graag met Katja uit, of niet meer?' vroeg hij Antosjka met een koele blik. 'Zo niet, sla er dan op los, maar dan zal ze je ook geen blik meer waardig keuren.'

Nu was hij degene die het heft in handen had.

De volgende dag moest hij die Katja zover zien te krijgen dat ze met die stomme, maar wel erg gespierde Antosjka uitging. Katja was verliefd op Petroesjov en had hem al een naar rozenwater geurende brief geschreven. Hij wachtte haar na school op en vroeg of hij haar thuis mocht brengen. Ze barstte bijna in tranen uit van vreugde. Onderweg liet hij zich van zijn beste kant zien. De complimentjes waren niet van de lucht, net zomin als de smachtende blikken en de lichte, haast terloopse aanrakingen. Met elke stap die ze zetten, werd Katja willozer en volgzamer en Petroesjov zelfbewuster. In het trappenhuis viel ten slotte de eerste kus en toen gebeurde er iets wat Petroesjov, een kind van de Sovjet-Unie, zelfs in zijn stoutste dromen niet had durven hopen: Katja vroeg hem binnen. Normaal leefde elke socialistische burger met minstens vierenhalf, soms zelfs met acht familieleden samen. Als je niet gestoord wilde worden, was thuis de laatste plek waar je aan dacht. En dat een jong meisje op het idee kwam haar beminde zomaar thuis uit te nodigen, was iets wat je alleen in een kapitalistische film zou verwachten. Onder het socialisme kwam zoiets niet voor, daar moest je weken of maanden wachten voor je tot het decolleté van je vriendin door kon dringen, en dat gebeurde dan in donkere trappenhuizen, verlaten gebouwen of op de achterbank van een auto. Daarop, ja, daarop volgde doorgaans het huwelijk en het verzoek om woonruimte voor eigen gebruik bij het huisvestingsbureau of... helemaal niets. Katja was een uitzondering of haar liefde voor Boris Petroesjov was zo groot dat ze alle socialistische perken in één keer te buiten ging.

Borja volgde haar zwijgend in de naar urine stinkende lift naar de zevende verdieping van de flat. Katja deed de deur van het slot en liet hem in de woonkamer. Haar ouders waren op hun werk, broers en zussen en grootouders had ze niet, zei ze laconiek, terwijl ze een fruitschaal op tafel zette. Een tijdje zaten ze naast elkaar op de bank voor de lage tafel met de fruitschaal en wisten ze niet goed raad met de situatie en met elkaar. Toen waagde Borja de eerste stap en pakte haar hand. Daarna was het kinderspel en ging alles als vanzelf. Katja trilde en leek wat moeite te hebben met ademhalen, maar ze verzette zich niet, integendeel, als water stortte ze zich in zijn armen, en zo drong Borja door in gebieden waar hij zich nog nooit had gewaagd. Kleren gleden op de grond. Katja werd steeds stiller en meer in zichzelf gekeerd, terwijl hij steeds luidruchtiger werd en zijn bewegingen sneller en dwingender, maar zolang ze hem liet begaan, maakte hij zich daar niet druk over en vertrouwde hij blind op zijn lichaam, dat wel zou weten wat het deed.

Hijgend rolde hij opzij en pakte een appel. Hij had opeens enorme trek. Katja bedekte zich met haar kleren, alsof haar schaamte met enige vertraging was teruggekeerd, en ging rechtop zitten.

'Nu ben ik je vriendin,' zei ze opeens heel kalm. En het was geen vraag.

'Ja, natuurlijk, maar je moet één ding voor me doen, Katjenka,' antwoordde hij met volle mond.

'En dat is?'

'Je moet met Antosjka uitgaan.'

'Welke Antosjka?'

'Nou, je weet wel.'

'Waarom dat?'

'Omdat hij je verafgoodt.'

'Maar ik wil met jou samen zijn!'

'Dat zijn we toch ook. Maar hij heeft iets van me te goed en ik wil helemaal vrij zijn om met jou...'

'Wat moet ik doen?'

'Geen idee. Naar de film, een ijsje eten, wat dan ook.'

Ze was beledigd en wilde er niet van horen. Hij liet het er voorlopig bij en deed de volgende dag op school een tweede poging. Toen ze hem weer verbijsterd aankeek, fluisterde hij haar in het oor dat hij anders aan iedereen zou vertellen dat ze een slet was en meteen de eerste keer haar benen uit elkaar had gedaan. Hij stond er zelf van te kijken dat hij dat zei, hij had er niet over nagedacht, hij leek er talent voor te hebben. Maar wat was dat voor talent? Bestond er een naam voor? Hij wist het niet en het kon hem niet schelen. Ook al kreeg Katja tranen in haar ogen en deinsde ze instinctief achteruit, toch voelde hij zich de winnaar. En dat was een verdomd goed gevoel.

Katja ging uit met Antosjka en bleef natuurlijk ook bij hem, want Antosjka was bezitterig en kon erg agressief worden als hij jaloers was.

Alleen de verontwaardigde blikken die ze Borja af en toe op het schoolplein toewierp stoorden hem, maar hij leerde ze snel negeren. Het feit dat hij die twee had gekoppeld, gaf hem een vreemde, onzichtbare, maar unieke autoriteit. Hij bleef weliswaar de eenzame wolf, maar nu was duidelijk dat – althans in bepaalde aangelegenheden – niemand om hem heen kon.

Altijd als het om meisjes ging, klopten de rouwdouwen

van de school bij hem aan en bijna altijd lukte het hem aan hun wensen te voldoen.

Vooral de jonge Daniil Lebedev, de zoon van een partijbons, die al in een heuse spijkerbroek was gesignaleerd, zocht zijn gezelschap. Daniil was niet bijster slim en de ongelofelijke naïviteit die hij voor zijn leeftijd aan de dag legde, maakte het voor Petroesjov niet bepaald gemakkelijk hem in zijn buurt te dulden. Maar het was een aardige jongen en vooral dankzij zijn afkomst een bijzonder praktische vriend. Toen op een dag ook Antosjka in de grote pauze naast hem kwam zitten, wist Petroesjov dat hij het had gemaakt.

Petroesjov begon zijn lichaam te trainen. Hij was nooit erg sportief geweest en zijn psychische superioriteit bleef zijn troef, maar als *vojak* had hij ook een bij een leider passende fysieke verschijning nodig. Hij ging met Antosjka naar de bokstraining en werd lid van een ijshockeyclub. Na een jaar was ook de uiterlijke metamorfose een feit: van een lange, ietwat slungelige knul was hij veranderd in een atletische jongeman met een brede rug en indrukwekkende bicepsen, die de vrouwenharten nog sneller deden kloppen. Nu was hij de populairste gast op elk schoolfeest, hij had zichzelf herschapen, een nieuwe gedaante aangenomen, en de zelfingenomenheid die daarmee gepaard ging, nam van dag tot dag toe en mondde uit in regelrecht narcisme.

De verhouding met zijn ouders werd steeds gespannener. Ze hadden om de haverklap ruzie, maar de verwijten lieten hem koud, hij liet de scheldtirades over zich heen gaan, verachtte zijn ouders des te meer en bleef op een avond gewoon weg.

Daniil, die hem in zijn ogen zelfs iets te veel bewonderde, was onmiddellijk bereid hem bij zich in huis te nemen. Na ettelijke telefoontjes van zijn ouders met die van Daniil moest hij weliswaar vlak voor zijn eindexamen weer terug naar huis, maar hij wist dat dat niet voor lang zou zijn.

Op straat nam de chaos in die tijd toe, het socialisme was nog slechts een karikatuur van zichzelf en jongemannen die vooruit hadden leren kijken en over wat eigen kapitaal beschikten, begonnen plotseling geld te verdienen. Boris had geen geld, en Poesjkin noch Berlioz kon zijn ouders helpen de perestrojka zonder kleerscheuren te doorstaan. Maar hij, Boris Petroesjov, wist anderen naar zijn hand te zetten.

En hij kreeg Daniil zover dat hij investeerde in de als paddenstoelen uit de grond schietende coöperaties. Zelf meldde hij zich, tot grote verbazing van zijn vrienden, die hem een academische carrière hadden voorspeld, en tot ontzetting van zijn ouders aan bij de Militaire Academie in Moskou, terwijl hij het grootste deel van de tijd met Daniil rondhing op half legale party's. Daniil, die nu op papier eigenaar was van een coöperatie, liet zijn vriend en mentor zijn gang gaan en Petroesjov bleek een zakenneus te hebben, met als gevolg dat de twee vrienden altijd goed bij kas zaten.

Met de party's kwamen ook de gekleurde pillen, die dankzij de open grenzen het land binnenstroomden. En Petroesjov was er gek op. Eigenlijk had hij moeite met controleverlies, hij had verleerd zich te laten gaan, en plotseling was er dat kleine hulpmiddel en kon hij in een handomdraai alle remmen losgooien. Het deed hem goed om zich niet constant voor al zijn daden verantwoordelijk te voelen – de keerzijde van zijn succes; onder invloed van de drugs werd elke zwakheid, elke fout vergeeflijk, want het was niet Petroesjov die zwak was, het was de drug die hem zwak maakte. Het duurde niet lang of hij raakte verslaafd aan die toestand waarin hij iedereen voor de gek kon houden, ook zichzelf. Hij was nu al geruime tijd een succesvol leider, een ongekroonde koning, hij speelde de rol van de verstandige, galante, door vrouwen aanbeden man en de begenadigde manipulator. Maar soms verlangde hij ernaar de teugels uit handen te geven, niet op elke vraag een antwoord te hebben, onnozel en kinderlijk te zijn, en dat kon allemaal dankzij de gekleurde pillen.

Daniil volgde hem overal als een trouwe waakhond. Zijn ouders kochten een studieplaats voor hem op het felbegeerde MGIMO, het Staatsinstituut voor Internationale Betrekkingen, waar hij na een jaar af werd geschopt omdat hij zich er amper liet zien. Later werd hij naar de Lomonosov-universiteit gestuurd om rechten te studeren. Maar ook daar wist iedereen dat er niets van terecht zou komen.

De roes die Petroesjov en Daniil nodig hadden als dagelijks brood, bevredigde hen niet meer. De excessen moesten steeds buitenissiger worden, de drugs sterker. Het witte poeder dat massaal in de clubs opdook, moest in steeds hogere doses worden genomen. Omdat ze geld hadden, konden ze complete clubs afhuren, privéparty's naar eigen smaak houden en vooral de meisjes betalen die hun elke wens van de lippen lazen, hoe buitensporig ook.

Maar toen gebeurde er iets waardoor Petroesjov tot bezinning kwam en de Moskouse partywereld de rug toekeerde. Tijdens een van hun wilde feesten sloegen bij Daniil de stoppen door.

In tegenstelling tot zijn vriend was de tengere, kleine Daniil met zijn dunne vlashaar en zijn afhangende schouders bij de dames niet erg in trek. Zijn redding waren de luxehoeren die bereid waren al zijn fantasieën te vervullen. Maar blijkbaar werden zijn wensen keer op keer exclusiever en uitzinniger. Zelfs 'met toeslag' weigerden de meisjes aan zijn aberraties tegemoet te komen.

Petroesjov zat weer eens in een chambre séparée van

het Shangri-La toen er kreten klonken, zo hard dat ze dwars door de vibrerende technobeats heen drongen. Toen hij naar buiten stormde en in de achterkamer kwam, zag hij hoe een in een beest veranderde Daniil met rode spleetogen en een flessenhals in zijn hand onophoudelijk insloeg op een man in geruit overhemd, die in een plas bloed op de grond lag. Een prostituee, met de dijen ook onder het bloed, stond naast hem te gillen als een mager speenvarken. Het was een van de vaste gasten op hun feesten en Petroesjov vermoedde meteen dat ze vanwege de steeds extremere eisen van Daniil haar pooier had gewaarschuwd en hem om die reden de club had binnengeloodst. Wat Daniil precies van haar had verlangd, wilde Petroesjov naderhand helemaal niet weten. Wat telde waren de gevolgen: compleet ontremd door de coke had de slappe Daniil de champagnefles gepakt, hem op de rand van de tafel stukgeslagen en de binnenstormende pooier met de flessenhals neergestoken. Hij had zijn halsslagader geraakt, waarmee het lot van de man binnen een paar seconden bezegeld was.

Petroesjov stond er achteraf zelf versteld van dat hij in zo'n uitzonderlijke situatie zo kalm had kunnen blijven. Gelukkig was hij op dat moment niet high, hij had een ontstellend heldere blik en een al even helder hoofd. Bliksemsnel overzag hij de situatie en trok zijn plan: de hoer tot zwijgen brengen, zorgen dat er geen paniek in de club uitbrak, het feest niet onderbreken. En hij deed de deur op slot. Het gillende meisje gaf hij een grote dosis tranquillizers en het duurde niet lang of ze zat versuft voor zich uit te staren. Daniil ging naast haar op de rode leren bank zitten en dronk de restjes champagne uit de glazen. Toen zag Petroesjov een polaroidcamera op de grond liggen. In een opwelling maakte hij een paar foto's van het lijk van de pooier, het naakte, onder het bloed zittende meisje en de halfnaakte en geestelijk afwezige Daniil. De foto's liet hij in zijn zak glijden.

Daniils vader beschikte over de nodige contacten om zijn zoon uit de nesten te helpen. Petroesjov ging naar de telefoon en draaide zijn nummer. Ze vonden een arme Kazach bereid om voor een paar duizend dollar de schuld op zich te nemen. Hoe ze de prostituee omkochten, liever gezegd, of ze haar omkochten of op een andere manier tot zwijgen brachten, wilde Petroesjov niet meer weten. Daniil werd uit de coöperatie gezet – het eigen geld had hem geen goed gedaan – en een poosje naar West-Europa gestuurd. Ook Petroesjov moest een tijdlang van het toneel verdwijnen en liet zich daarom als instructeur overplaatsen naar Nizjni Novgorod. Geholpen door de wil tot succes die in zijn familie altijd had bestaan, had hij de academie afgesloten met een officiersrang, ondanks gekleurde pillen en eindeloos lange witte lijntjes.

Toen er gras over de zaak was gegroeid en Petroesjov buiten gevaar dacht te zijn, ging hij op bezoek bij Daniils vader, die hem niet bepaald mocht en vond dat hij een slechte invloed had op zijn zoon. De vader was inmiddels een van de directeuren van de GUSS, de Staatsdienst voor Speciale Bouwprojecten, die toezicht hield op de bouw van garnizoenen, militaire bases en legerplaatsen en waar, zo werd er gefluisterd, goed geld te verdienen viel – temeer omdat kort daarvoor de Tsjetsjeense Oorlog was uitgeroepen.

Daniils vader ontving hem met tegenzin en gaf hem meteen na de begroeting te verstaan dat het gesprek niet lang zou duren. Maar hij verstomde toen Petroesjov een polaroidfoto op tafel legde, waarop zijn enige zoon naast het corpus delicti en het lijk van de pooier op een rode leren bank champagne zat te drinken. Hij stak een sigaret op, bekeek de foto opnieuw en zei toen, terwijl hij Petroesjov vol haat en afkeer recht in de ogen keek: 'Wat wil je?'

'Een goede positie.'

'Hier, bij de GUSS?'

'Ja, als uw plaatsvervanger bijvoorbeeld, dat zou niet gek zijn.'

'Je weet dat de GUSS onder het leger valt?'

'Ik zit in het leger.'

'Ik neem volgende week contact met je op. En nu wegwezen!'

'Vóór het eind van de week!'

Toen pakte hij in alle rust de foto van tafel, stak hem in zijn zak en liep de deur uit.

Drie dagen later ontving hij een oproepingsbrief. Hij moest met de 56e Gemotoriseerde Infanteriedivisie, eenheid 6952, naar Grozny. Hij wist dat het de wraak van Daniils vader was. Als hij de oproep naast zich neerlegde, werd hij uit het leger ontslagen, raakte hij zijn rang kwijt en kon hij nooit tot de GUSS toetreden.

Maar hij wist ook dat hij de oorlog zou overleven en bij zijn terugkeer de hele buit binnen zou halen, ook het deel dat hij oorspronkelijk fatsoenshalve voor Daniils vader had willen overlaten.

1995 | MALYSJ

De afgelopen weken was er op de basis een merkwaardige sfeer ontstaan. Met de toenemende hitte was het wachten loodzwaar geworden. Het leek alsof de bergkloof in afwachting van iets groots en gruwelijks zijn adem inhield.

De stilte had iets dreigends en de lucht hing laag en drukte op de hoofden. Ook de bewoners van de aoel leken gespannener en nog argwanender dan anders. Tot nu toe had de afgelegenheid van de kloof Malysj goedgedaan, hier had de oorlog zich nog niet van zijn lelijkste kant laten zien, hij was niet meer dan een echo en uitte zich vooral in de afwezigheid van mannen in het dorp. De bergen vormden een bolwerk. Sinds ze hier hun kamp hadden opgeslagen, was de stemming onder de dorpsbewoners veranderd, ze leken op hun hoede, gevangen tussen afschuw en onzekerheid, ze bewogen zich sluipend over de stoffige weggetjes in de hoop dat geen van de soldaten hen zou aanspreken, contact met hen zou zoeken.

Maar het dagelijks leven ging door, ook al verstreek de tijd hier langzamer dan elders. De tejps regeerden onafhankelijk van de partij en het Centraal Comité, de mensen hadden hun eigen wetten; ook de traditionele wet op de bloedwraak, de *tsjir*, leek hier niet iets uit een andere eeuw, anders dan in de steden, die veel meer waren geassimileerd en waar de familieclans en de adat ondergeschikt waren aan het socialistische systeem. Hier in de bergen waren het de tejps die net als eeuwen geleden het gemeenschapsleven bepaalden. Een tejp bestond uit verscheidene families die door hun gemeenschappelijke afstamming met elkaar waren verbonden. Het leven van de gemeenschap werd geregeld door de vergadering, waarin elke clan een vertegenwoordiger had. Of het nu ging om het gebruik van de landbouwgronden of het slechten van geschillen, de vergadering bepaalde de regels.

De oorlog was sluipend, maar onstuitbaar het gemeenschapsleven binnengedrongen. Steeds meer schaarste en tekort werd voelbaar, steeds meer burgers deden aan zwarte handel, vooral als het ging om het 'zwarte goud'; ze boorden putten, verkochten oliebronnen aan de apparatsjiks, mannen van de geheime dienst of de regering, die in de volksmond 'Russenhoeren' werden genoemd.

Tot nu toe waren de tanks nog niet tot in het dorp opgerukt en de bommen nog niet in de kloof gevallen. Toch hielden de mensen hun adem in, in afwachting van iets waarvoor ze nog geen woorden hadden.

De bewoners van de aoel – overwegend vrouwen, kinderen en oude mannen – waren nerveus en gespannen en toch beheerst. Ook de kleinsten was ingeprent geen aandacht te trekken. Want de gruwelverhalen uit Grozny en Gorty drongen ook tot hier door, verhalen die met de hand voor de mond werden verteld en hun uitwerking niet misten.

Van steeds meer zonen, vaders en broers ontbrak elk spoor. Steeds vaker hoorde je over families die wanhopig op zoek waren naar geld om hun zonen en mannen vrij te kopen; soms leverde ook het bijeengeschraapte losgeld niets meer op.

Uit steeds meer huizen klonken *oezam*-liederen op, de Tsjetsjeense dodenzangen.

Ja, de oorlog kroop als een slang door de kloof, langs de rivier, steeds dieper de aoels, de huizen en de lichamen en hoofden van de mensen binnen.

De afgelopen twee weken was de spanning duidelijk opgelopen, Malysj voelde het in elke vezel van zijn lijf, ook al wist hij nog niet wat de oorzaak van die verandering was. Maar door de stilte na de storm van Grozny had het wachten een soort kookpunt bereikt, het was geen adempauze meer, het werd een kwelling, een eindeloos, loodzwaar afwachten.

De kolonel had zich in zwijgen gehuld en beantwoordde elke vraag van zijn ondergeschikten met getier en geraas. Sinds ze hier waren, dronk hij weer non-stop. Iemand had Georgische *tsjatsja* geregeld en hij zat met Petroesjov en nog een paar anderen uit de 'intieme kring' in zijn container constant te zuipen en te blèren. Bijna elke avond klonken er ongebreidelde scheldkanonnades en woeste verwensingen, ze leken net zo bij Sjoejev te horen als zijn van woede opzwellende spieren en zijn kale kop. Voortdurend liet hij zijn jongens weten dat ze dankbaar moesten zijn en hun waffel moesten houden, want eenheid 6952 was een voorrecht te beurt gevallen, een beloning voor de succesvolle operatie in de hoofdstad, voor de platgewalste en neergemaaide huizen en levens. En misschien, dacht Malysj, moest je inderdaad van dat geluk genieten zolang het lot je goedgezind was.

Malysj zocht zijn toevlucht in zijn boeken, die waren naast de herinneringen aan de uren in Vladikavkaz, aan Sonja's huid en de beloften die ze elkaar hadden gedaan, zijn beste steun.

Maar de soldaten leken het vreedzame leven verleerd te zijn, als een lang niet gesproken vreemde taal die ergens in de diepten van het geheugen bedolven ligt onder het stof van de tijd. De mannen werden onrustig als paarden in de stal die een roofdier ruiken, hun gehinnik en gesnuif drong in de met sterren bezaaide nachten dwars door de metalen wanden van de goedkope containers, van de metalen slaapzalen die speciaal voor hen waren neergezet, volkomen misplaatst op deze ongerepte plek midden in de ruige natuur.

Als hij in de vroege ochtenduren naar de keuken liep, zag hij de resten van hun taaie dromen nog aan de metalen wanden kleven, hij herkende ze als stinkende donkere vlekken.

Toch waren die ochtenduren hem het dierbaarst. Hij liep naar de iets verderop staande container die als centrale keuken dienstdeed, en begon met Aljosja – door de soldaten ook Dvornjasjka, straathond, genoemd – het ontbijt klaar te maken. Hij was Petroesjov meer dan dankbaar dat hij hem bij de keukendienst had ingedeeld, een bijna aangename taak, temeer omdat hij daardoor de anderen buiten etenstijd uit de weg kon gaan. Bovendien was het werk zinvol, in elk geval nuttig.

Op een gegeven moment stelde Aljosja voor de keuken wat op te waarderen. Want wat er nu op het menu stond, de nergens naar smakende gierst- of aardappelpuree, het droge brood, de waterige boter en 's zondags *govjadina* – gestoofd rundvlees uit blik, een populair gerecht uit de Sovjettijd –, was op den duur niet te verteren.

Aljosja verzekerde Malysj dat je met betere maaltijden ook wat ontspanning in de troep kon brengen. Nadat Malysj een paar dagen had getwijfeld, omdat hij niet wist waar hij betere levensmiddelen vandaan moest halen, vond hij het toch geen gek idee. Bovendien konden ze met beter eten beslist hun populariteit opkrikken, iets wat zowel Aljosja als hij hard nodig had.

Ook al had hij in Grozny zijn mannetje gestaan, zich dapper geweerd en vooral gezorgd dat hij in leven bleef en zijn verstand niet verloor, het had aan zijn positie in de troep niets veranderd. Hij bleef het moederskindje dat maar om één enkele reden werd getolereerd: hij nam alle taken op zich die iedere zichzelf een beetje respecterende soldaat beneden zijn waardigheid achtte. Aljosja's voorstel kon ertoe bijdragen dat de anderen iets meer respect voor hem en zijn kameraad opbrachten. De moeizame onderhandelingen op de zwarte markt – visconserven of boekweitegrutten ruilen voor schapen- en geitenvlees, aanpappen met de boeren in de aoel om aan melk en eieren te komen – zouden hun aanzien verschaffen en hun leven in dit oord draaglijker maken.

Aljosja was de zoon van een alleenstaande onderwijzeres uit Novosibirsk en dus een van de velen die bij gebrek aan enig perspectief voor het leger hadden getekend. Hij en zijn moeder behoorden tot de wrakstukken van post-Sovjet-Rusland, voor wie de sociale en economische situatie zo beroerd was dat zelfs een oorlog licht aan het eind van de tunnel betekende.

Malysj had nooit gedacht dat hij iemand zou ontmoeten die nog minder geschikt was voor het leger dan hij, maar Aljosja hielp hem uit de droom. De tengere negentienjarige met zijn smalle neus en zijn rode wangen, zijn woeste, alle kanten op staande blonde haar en zijn spillebenen had meer weg van een wiskundestudent dan van een soldaat en was een dankbaar mikpunt voor elke vorm van vijandigheid en spot.

Hun gemeenschappelijke lot smeedde een band. Aljosja, die met een andere infanteriedivisie aan een van de zwaarste gevechten in de Sjatoj-bergpas had deelgenomen en pas kort geleden naar eenheid 6952 was overgeplaatst, viel bij Malysj meteen in de smaak.

Het was meer geluk dan wijsheid dat hij het had overleefd, vertelde hij Malysj later: hij had zich tijdens de bloedige gevechten in een kapotgeschoten huis verstopt en gewoon afgewacht. Daar werd hij door een Russische onderofficier betrapt. Aljosja, die er van jongs af aan van droomde een beroemd kok te worden en Michelinsterren als het grootste geluk beschouwde, zag zich gedwongen de onderofficier in ruil voor zijn zwijgen zijn rantsoen af te staan en zijn laarzen te poetsen. De zaak kwam evenwel aan het licht, zijn kolonel verklaarde hem 'ongeschikt voor de dienst' en dreigde een klacht in te dienen bij het commissariaat. Maar omdat er in diverse eenheden 'hulpjes' nodig waren, werd Aljosja naar Sjoejev gestuurd.

Eerst werd hij ingezet als beheerder van het wapendepot, later in de keuken. Misschien waren het zijn onderdanige, gebogen houding en zijn neergeslagen ogen die Malysj meteen opvielen. Hij wierp hem een paar vriendelijke blikken toe, wat voor Aljosja voldoende was om voortaan zijn gezelschap te zoeken, en toen Malysj zich vrijwillig opgaf voor de keukendienst, las hij een enorme vreugde en opluchting in Aljosja's ogen.

Het was ook Aljosja die Malysj voor het eerst vertelde over de rode restaurant- en hotelgids, maar ook over exquise gerechten als bouillabaisse, farce duxelles, ragoût fin, boeuf bourguignon, gratin dauphinois, pot-au-feu aux légumes of crème brûlée, namen die Aljosja, zoals Malysj jaren later vaststelde, allemaal verkeerd uitsprak omdat hij nooit de kans had gehad om Frans te leren, maar die desondanks op je tong smolten als karamel. (Ook jaren later, in een ander leven, als Malysj die gerechten in de duurste restaurants ter wereld proefde, zou hij altijd terugdenken aan zijn vriend, hoe die de namen met een twinkeling in zijn ogen opsomde, en nooit klonken ze zo veelbelovend en heerlijk als in Aljosja's kromme uitspraak.)

Ook al had Malysj hem aanvankelijk onderschat, die tengere jongen uit Siberië, die niet bijster ontwikkeld was, maar wel ongelofelijk leergierig, ook al had hij hem aanvankelijk alleen beschouwd als een leuke afleiding van zijn trieste leven in het kamp, iemand naast wie hij zich een beetje belangrijker voelde dan normaal, toch was hij na hun eerste drie gezamenlijke weken in de keukencontainer verrast hoezeer hij van zijn gezelschap genoot, hoe gemakkelijk en harmonieus hun omgang verliep, hoe moeiteloos het leek om vriendschap met hem te sluiten en hoe mooi het was om iemand te hebben die een andere taal sprak dan die van de pornoboekjes en de oorlog.

Malysj leerde van hem dat levensmiddelen een eigen leven leiden en samen de meest uiteenlopende talen kunnen spreken. Hij leerde na gedane arbeid zijn benen omhoog te leggen, hij leerde dat schoonheid niet in het oog van de waarnemer ligt, maar in de wisselwerking, hij leerde ook wodka drinken zonder een spier te vertrekken en zelfs enigszins van de bittere smaak te genieten, hij leerde hoe je van eieren ware tongstrelers kunt maken en dat dromen kneedbaar zijn als deeg, hij leerde de natuur opsnuiven, op blote voeten door de regen rennen en *galnasj* koken, de Tsjetsjeense knoedels, die een heerlijke geur verspreidden en zelfs de grootste bruten onder de mannen heel even milder stemden. En als tegenprestatie vertelde Malysj Aljosja over zijn boeken en maakte hij hem vertrouwd met Poesjkins taalsouplesse en Charms' gewaagde grappen.

Na een tijdje bleek de anders zo onbuigzame Sjoejev bereid het idee van het tweetal te steunen, want niet alleen zijn dorst was onstilbaar, ook zijn eetlust leek geen grenzen te kennen. Op een van zijn betere dagen zegde hij hun voor hun plan een klein budget toe.

Malysj en Aljosja moesten zich in de aoel wagen. Eerst durfden ze niet verder dan de molen, waar nu nog maar één soort meel te krijgen was. Ze waagden een bezoek aan het marktplein, waar oude oma's en opa's af en toe hun groente en fruit te koop aanboden. Toen ze eenmaal iets moediger waren geworden, gingen ze zelfs naar de oude Ingoesj die een kudde geiten had en melk en kaas verkocht. En hoewel niemand hen aankeek of groette, kregen ze meestal wat ze nodig hadden. Aljosja wist zelfs de hand te leggen op wat kruidenzaad en besloot een kruidentuintje aan te leggen.

Ze bleven steeds langer weg op hun speurtochten. Steeds beter lukte het hun de algemene waanzin te vergeten en ook zo min mogelijk aan de toekomst te denken, steeds eenvoudiger werd het om een illusie van normaliteit te creëren, die alleen af en toe werd verstoord door het onrustige geruis van de walkietalkies.

Malysj nam Aljosja mee naar zijn grot, waar hij zijn boeken en een gejatte zaklamp bewaarde. Ze zaten er vaak, lieten hun benen over de rotsen bungelen, luisterden naar het ruisen van de rivier, legden een kaartje of bespraken de volgende maaltijd die ze van de beschikbare ingrediënten op tafel konden toveren.

'Coq au vin! Dat zou geweldig zijn!' riep Aljosja op een keer, nadat hij een tijdje in gedachten verzonken in de verte had zitten staren. Ze hadden de keukenvloer gedweild, de afwas gedaan en waren even gaan zitten om op adem te komen.

'Wat is dat nou weer voor gerecht?' vroeg Malysj, terwijl hij glimlachend zijn hoofd schudde.

'O, dat is verrukkelijk, en natuurlijk Frans! Een kip, nee, liefst een haan, want die zijn vetter en voedzamer, gemarineerd in wijn en kruiden. Dat aroma trekt helemaal in het vlees van de kip, en vroeger, toen dat recept werd bedacht, hadden ze niet veel mogelijkheden om levensmiddelen te conserveren. Als je dat gerecht goed wilt klaarmaken, moet je het beest minstens vierentwintig uur in de marinade laten staan, tot het zich met de kruiden en de wijn heeft volgezogen.'

En Aljosja likte drie vingers af om te demonstreren hoe lekker het door hem voorgestelde gerecht was.

'Dat is absurd. We hebben geen wijn en ook geen kip.'

'Och, dat moet je niet zeggen... Laatst vertelde de Ingoesj dat er beneden aan het begin van het dorp een boer woont die kippen houdt. En volgens de Ingoesj worden die ook verkocht.'

'Maar dan nog, zoveel dieren kunnen we helemaal niet kopen...'

'Ja, weet ik, maar je mag toch wel dromen. Op een dag... op een dag zal ik de beste coq au vin van de wereld maken.'

'Hoe ben je eigenlijk op al dat Franse gedoe gekomen?'

'We hadden thuis een boek. Een boek over de Franse keuken waar niet alleen recepten in stonden, maar ook schitterende foto's van alle gerechten. Dat boek had mijn moeder van iemand gekregen en het lag ergens onder oude stoffige kranten en boeken. Die foto's waren ongelofelijk. Ik kon mijn ogen er niet van afhouden, het water liep me in de mond, ook nu nog, alleen al door erover te praten krijg ik kippenvel. Ik begon alles te lezen wat ik te pakken kon krijgen en op een gegeven moment hoorde ik ook over de *Michelingids* en toen was ik verkocht. Als dit allemaal achter de rug is... als ik genoeg geld heb, ga ik in Frankrijk in de Michelinrestaurants werken, daar ga ik bij de beste koks in de leer en op een dag open ik mijn eigen restaurant...' Aljosja zweeg en staarde in de verte, dwars door de metalen wanden van de keukencontainer heen, over de hele breedte van de kloof, tot in Frankrijk. Hij zwierf ergens in Parijs, door de majestueuze straten en over de boulevards. Malysj' binnenste kromp samen, dat verlangen had iets ongehoords, iets wrangs. Maar wie weet, de wonderen waren de wereld nog niet uit, misschien lukte het Aljosja op een dag echt naar Parijs te gaan.

'Hé, waarom eigenlijk niet?' pakte Aljosja de draad weer op en hij blies een lok van zijn voorhoofd.

'Wat bedoel je nou weer?'

Malysj had de natte, stinkende vaatdoek al in zijn hand en wilde de tafels schoonvegen voor het ontbijt.

'Ik bedoel geen coq au vin, maar pilav met kip zou toch ook geweldig zijn? Ik weet een heerlijk recept uit Tasjkent.'

En Aljosja begon de ingrediënten op te sommen die je voor pilav nodig had.

'Maar dat zijn nog altijd veel te veel kippen. Vergeet het maar. Het is bespottelijk, dan zijn we in één keer door ons maandbudget heen.'

'Zoveel hebben we er nu ook weer niet nodig. We improviseren, en bovendien is het soms belangrijker om één keer als een koning te eten dan elke dag als een bedelaar...'

'En als ze hun kippen helemaal niet aan ons verkopen, wat dan?'

'Och kom, als ze zien dat we geen smeerlappen zijn, zullen ze ze heus wel verkopen, ze willen zelf toch ook overleven, en geld kunnen ze altijd gebruiken.'

'Ik weet het niet...'

'Kom op!'

Soms dacht Malysj dat Aljosja tot nu toe had overleefd dankzij die ene eigenschap: zijn enthousiasme. Hoe duister het ook om hem heen was, hij vond altijd iets om warm voor te lopen. Gisteren waren het brandnetelblaadjes waar je heerlijke thee van kon zetten, vandaag die kippen, morgen misschien een geitenkaas die ze bij de Ingoesj konden kopen. Zijn dromen hadden hem van jongs af aan op de been gehouden en in tegenstelling tot Malysj was Aljosja vreemd genoeg niet bang. Hij hoefde geen kracht te verspillen om zich tegen iets te verzetten, terwijl hij inzag dat het zinloos was. Ook al gaf Malysj het niet graag toe, hij benijdde Aljosja om die eigenschap. Hij moest zo vaak tegen zijn angst vechten, zichzelf zo vaak inwendig vervloeken. Uiteindelijk draaide het er toch altijd op uit dat hij zich erbij neerlegde.

De volgende ochtend maakte Aljosja Malysj meteen bij het aanbreken van de dag wakker om hem mee te tronen naar de kippenboer in het dal.

Malysj aarzelde, hij zag op tegen de lange voettocht en

vond het geen prettig idee om zo ver bij het kamp uit de buurt te gaan. Maar hij wilde niet ook in Aljosja's ogen nog een lafaard zijn, dus ging hij akkoord en liep, nadat ze voor het ontbijt hadden gezorgd, traag achter hem aan.

Aljosja deed alsof hij precies de weg wist en ook al was Malysj er zeker van dat dat niet klopte, toch hielp het hen een brug naar het onbekende te slaan. Officieel was het niet toegestaan je zo ver van het kamp te verwijderen, maar sinds Sjoejev hun dat budget ter beschikking had gesteld, werd er voor hen een oogje dichtgeknepen.

Telkens als hij in de kloof kwam en de rivier naderde, hield hij even zijn adem in, zo indrukwekkend was de aanblik, vooral 's ochtends vroeg, als de zon nog niet onbarmhartig scheen en alles in een wit, diffuus licht was gehuld. Soms stelde hij zich voor hoe het zou zijn om samen met Sonja van dit uitzicht te genieten. Ook al wist hij maar al te goed hoe absurd dat verlangen was, toch moest hij eraan denken, het was zo troostrijk, zo mooi. Ver van zijn moeder en de Moskouse treurigheid, ver van Sonja's problematische familie, ver van de dvor, de wijk Sjtsjoekino en alles en iedereen zouden ze hier alleen van de schoonheid kunnen genieten en genoeg hebben aan zichzelf.

Ze kwamen langs de molen en negeerden de agressieve blik van de molenaar, een van de weinige jongere mannen die je in de aoel te zien kreeg, ze staken het lege marktplein over en lieten de venijnige blikken van de paar oude vrouwen die daar zaten over zich heen komen, bij de put gingen de spelende kinderen hun zwijgend uit de weg.

Malysj was blij dat Aljosja niet op het idee kwam om uitgerekend hier iemand naar de weg te vragen. Met gebogen hoofd liepen ze door de lege straatjes in de richting van de hoofdweg. De stoffige, bochtige weggetjes kronkelden tussen de hoge rotsen en bergen door. Ze bleven staan. Aljosja had in het kamp een sigaret gebietst, die hij nu opstak. Hij nam een trek en keek omhoog naar de met sneeuw bedekte bergen.

'Hier moet ergens een zijweggetje zijn, dat we moeten nemen... En aan het eind daarvan moet het huis staan,' zei hij.

'Wie heeft je dat verteld? De oude Ingoesj? Ik bedoel, het kan ook een valstrik zijn. We zitten hier een heel eind van het kamp af.'

'Wij zijn waardeloos. Niemand zal ons gevangennemen, want ze weten dat ze ons zonder een spier te vertrekken zouden laten doodschieten.'

De droge toon waarop Aljosja dat zei, had iets huiveringwekkends. Malysj kromp ineen. Hij had Dvornjasjka, die hij nooit zo noemde, niet tot die kille nuchterheid in staat geacht, maar op hetzelfde moment moest hij verbijsterd vaststellen dat hij volkomen gelijk had. Ze waren niets waard. Dus stelde hij geen vragen meer en liep stil, in zichzelf gekeerd achter hem aan. Er dook een oude man op met een gammele paard-en-wagen. Aljosja zette zijn ontwapenende glimlach op en liep naar hem toe. Uit de verte kon Malysj zien dat de man hem met handen en voeten iets uitlegde, terwijl zijn paard stil bleef staan.

'Ja, ik had gelijk, hierheen!' riep Aljosja blij en hij liep onverstoorbaar verder, alsof hij de weg hier kende als zijn broekzak. Ze kwamen bij een smal pad naar rechts. Aan het eind ervan stonden een paar huizen. Tegen het hek van het laatste huis leunde een klein meisje, dat hen argwanend opnam.

'Hallo, kleintje,' begon Aljosja, en in zijn stem klonk onzekerheid door. 'We zoeken de boerderij van de Gelajevs, die moet hier ergens zijn, kun jij ons helpen?'

Het meisje staarde hem met haar gitzwarte ogen aan en plukte aan haar lange, over haar schouder hangende vlecht, alsof ze zich afvroeg wat ze moest doen.

'Wij zijn de Gelajevs,' zei ze na een poosje ernstig en nog steeds niet goed wetend wat ze van de twee mannen in uniform moest denken. Op hetzelfde moment verscheen er een vrouw van middelbare leeftijd in een donkerblauw schort en een lange rok op het erf.

Ze riep iets in het Tsjetsjeens naar haar dochtertje en haastte zich naar het openstaande zwarte ijzeren hek. Ze ging voor het meisje staan en duwde haar met één hand opzij.

'Wat willen jullie? Laat mijn dochter met rust, ze weet niets!'

'We willen kippen, we willen alleen een paar kippen kopen.'

'Wij verkopen geen dieren aan...'

Ze stokte.

'We betalen goed.'

'Nee, nee, we verkopen op het moment helemaal niets.'

'Maar we willen echt alleen een paar kippen kopen, verder niets, we werken in de keuken, boven in het kamp, we...'

Aljosja leek opeens volkomen vertwijfeld. Alsof hij niet kon geloven dat de oorlog tussen hem en zijn lekkere pilav in kon staan.

'Ik kan jullie niet verder helpen, het spijt me,' zei de vrouw resoluut in haar zware Russisch, en ze liep weer naar het huis, het meisje achter zich aan trekkend.

Ook Malysj deed een halfslachtige poging om de vrouw tot andere gedachten te brengen, ook al wist hij bij voorbaat dat het niets uit zou halen. Toen knikte hij ten afscheid en de vrouw deed de deur dicht.

'Zie je... Heb ik het niet gezegd?'

Malysj ging op zijn hurken zitten om zijn vermoeide benen te ontlasten.

'Maar... Ik begrijp het niet!'

'Aljosja, wij zijn haar vijanden. Altijd al geweest. Wij zijn degenen die haar man en haar zonen willen doden, snap dat dan toch.'

'Maar van de anderen krijgen we toch ook spullen?!'

'Omdat ze bang voor ons zijn. Doe niet zo onnozel!'

Malysj was geïrriteerd, hij wilde snel terug, hij gruwde van de lange voettocht naar het kamp, hij gruwde van de stinkende vaatdoeken in de containerkeuken, de zweetlucht van de mannen, de dronken escapades van de kolonel, de onderdanige hielenlikkers zoals Zajka, hij gruwde van het eindeloze wachten, dat met de dag een ton zwaarder werd, hij gruwde van het sadisme van een man als Petroesjov, die misschien wel de intelligentste en daarom verraderlijkste officier van de hele eenheid was, die er gewoon een kick van kreeg als hij iemand kon vernederen en koeioneren en die dan wel deed alsof hij Sjoejev gehoorzaamde, maar nergens voor terugschrok en zichzelf als de enige echte bevelhebber beschouwde.

Hij voelde plotseling een ondefinieerbare woede opkomen, alsof hij zich nu pas bewust werd van de zinloosheid van hun hele plan. Midden in deze uitzichtloze situatie pilav koken! Voor wie en waarvoor? Wat had het voor zin als ze morgen al dood konden zijn? Was het het galgenmaal dat ze voor zichzelf bereidden?

Zonder op zijn kameraad te wachten zette hij de pas erin, hij wilde ervandoor, hij wilde het liefst de hele dag in zijn grot wegkruipen, in de schaduw zitten, naar de bergen en het water kijken, zich door het geruis laten meeslepen en vergeten, zo goed en zo kwaad als het ging.

'Hé, Malysj, wacht, wacht, waar wil je naartoe? Wat heb je, wacht op me.'

'Laat me met rust! Het is allemaal zo absurd...' Malysj was bijna in tranen.

'Wat heb je nou opeens?' Aljosja keek hem met grote, verschrikte ogen aan.

'Waar slaat dit allemaal op? Besef je wel hoe krankjorum het is wat wij hier doen!'

Met snelle passen ging hij ervandoor, de hitte en het stof van het landweggetje in. Je hoorde de krekels sjirpen en grote vreemde vogels doorkliefden de wolkeloze, gloeiende lucht.

'Maar wat moeten we dan? Een beetje zitten wachten tot we worden neergeknald? Is dat soms beter? Minder absurd?'

Aljosja's stem trilde. Malysj draaide zich niet om, doorlopen, steeds doorlopen, niet blijven staan, niet omdraaien.

'Nee, dat is niet beter. Ik wil niet op de dood zitten wachten. Ik wil overleven en als mijn pilav daarbij helpt, dan stel ik alles in het werk om hem te maken, verdomme! En echt: ik sterf liever met vers kippenvlees in mijn maag dan met dat goedkope vreten uit blik!'

De rest van de weg zeiden ze niets meer. Af en toe floot Aljosja een of ander deuntje dat Malysj niet kende. Vlak voor de aoel hoorden ze gesis en bleven ze allebei plotsklaps staan. Ze keken behoedzaam rond en ontdekten achter een grote den een meisje, dat zich aan de boom vasthield en schichtig om zich heen keek.

'Hé, jullie daar, ja, jullie!'

Haar Russisch was perfect. Ze was klein en gracieus en had een prachtig lichaam met zachte, volmaakt symmetrische rondingen. Haar lichte huid glansde in de zon, ze wikkelde snel een donkerblauwe sjaal om haar hoofd alsof die iets moest verhullen; het donkere blauw accentueerde haar smetteloze teint. Haar neus was sierlijk en smal, haar ogen waren gitzwart, haar lippen gewelfd, alsof ze waren geschilderd.

'Kom gerust dichterbij. Ik bijt niet.'

De manier waarop ze hen riep, had iets brutaals. Aljosja's mond viel open. Zoveel schoonheid had hij lange tijd niet gezien. Aarzelend deden ze een paar stappen naar voren.

'Hé, dat is genoeg, niet zo dichtbij. We zijn hier niet in Rusland! Hier houden we afstand. Jullie willen toch kippen kopen, hè?'

Nu viel het Malysj op dat haar ogen leken op die van het kleine meisje dat ze net voor het hek van de kippenboer hadden gezien. Waren het zusjes? Had het meisje haar gestuurd?

'Ja, dat klopt,' stamelde Aljosja.

'En wat bieden jullie?'

'Wat zou je willen hebben?'

Ze noemde een gedurfde, veel te hoge prijs. Maar ook dat hoorde bij de oorlog, iedereen dreef handel zoveel als hij kon en vroeg de prijs die hij dacht te kunnen krijgen, los van de waarde van het product.

'Per kip?'

'Ja, natuurlijk, wat dacht je dan?'

'Dat kunnen we helaas niet betalen.'

Aljosja praatte als een slaapwandelaar, bedwelmd door het uiterlijk van het meisje. Hij noemde het bedrag dat ze nog overhadden.

'We hebben zo'n vijftien kippen nodig.'

'Nee, dat kan niet,' zei ze streng. Weer keek ze angstig om zich heen, alsof ze er zeker van wilde zijn dat er niemand langskwam die haar zag.

'Wacht, misschien kunnen we het toch op een akkoordje gooien. Misschien geef je ons korting. Of kunnen wij jou iets anders aanbieden wat je kunt gebruiken?'

Malysj praatte zachtjes, hij woog zijn woorden behoedzaam, alsof ze heet waren en hij ze langzaam en weloverwogen moest uitspreken om zich niet te branden. Alsof ze op dat aanbod had gewacht, draaide ze zich om en knikte. Aljosja snoof, hij was duidelijk opgelucht.

'Goed, daar valt over te praten, want ik weet wel iets.'

'Wat je maar wilt!' riep Aljosja zo blij als een kind.

'Bij jullie op het terrein, daar is iets wat ik wil hebben...'

'Bij ons?'

'Ja, achter jullie kamp staat toch een oude schuur? Daar is een voorraadkamer met een kleine groene deur, als je binnenkomt meteen links, en daar... daar moeten een paar oude blikken bussen staan waar je zout en suiker in doet, van die oude Sovjetspullen, je weet wel, en daar, in de suikerbus zit een...'

Ze pauzeerde even en keek hen allebei recht aan, alsof ze er zeker van wilde zijn dat ze aandachtig naar haar luisterden en elk woord serieus namen.

'Daar zit een Rubiks kubus in, zo'n toverkubus, je weet wel.'

'Natuurlijk, een Rubiks kubus, die ken ik! Is trouwens ontworpen door een Hongaar.'

Aljosja probeerde op alle mogelijke manieren indruk te maken. Het meisje keek hem ietwat meewarig aan.

'Die is in elk geval van mij. Ik wil dat ding terug hebben en kan het helaas niet halen omdat jullie daar nu zitten.'

'Geen probleem, we zorgen dat je het krijgt!' riep Aljosja, alsof het erom ging een vijandelijk kamp binnen te dringen en een geheim wapen te stelen.

'Goed, dan geef ik jullie de kippen voor die armzalige prijs. Maar niet meer dan tien.'

'Nee, nee, dat is niet genoeg. We moeten de hele eenheid de kost geven en die jongens hebben allemaal honger als een paard.'

'Goed, twaalf, maar niet één meer, dat gaat echt niet. Mijn moeder vermoordt me als ze erachter komt!'

Aljosja wilde iets terugzeggen, maar Malysj kwam ertussen.

'Goed, dan nemen we er twaalf. Waar kom je ze ons brengen?'

'Op de heuvel aan het eind van het dorp, waar de hoofdweg begint, daar staat een verdedigingstoren. Morgenochtend om zeven uur!'

'Afgesproken!' zei Aljosja trots en hij stak zijn nieuwe zakenpartner de hand toe, waar zij met een vies gezicht naar keek, tot ze zich met een ruk omdraaide en haastig wegliep.

Ze spraken na het avondeten af en liepen naar de schuur. Ze volgden de aanwijzingen van het meisje en vonden de toverkubus in de stoffige roestige bus. Aljosja bekeek hem van alle kanten en begon er al aan te draaien, maar Malysj joeg hem weer naar buiten. Die avond namen ze afscheid van elkaar met een vreemd euforisch gevoel.

Malysj nam de toverkubus mee, verstopte hem in zijn jas, die 's nachts naast zijn bed aan een haakje hing.

Aljosja had 's ochtends vroeg afwascorvee en Malysj ging alleen naar de ontmoetingsplaats. Hij voelde zich de hele weg ongelofelijk opgetogen. Hij kon de vorige avond al moeilijk in slaap komen, alsof het onbekende meisje met haar gitzwarte ogen een nieuwe, wonderbaarlijke wending aan hun trieste bestaan had gegeven.

Ze was een beetje te laat. Malysj begon zich al zorgen te maken of ze het wel echt had gemeend, of erger nog: of het misschien toch een valstrik was. Maar ergens vond hij de gedachte van de vorige dag wel troostrijk, de gedachte dat zijn leven het niet waard was om in de val te worden gelokt. Toen dook ze op uit het niets en trok weer de aandacht door te sissen. Deze keer droeg ze een zwarte hoofddoek en anders dan bij de andere vrouwen in de omgeving leek die bij haar enigszins misplaatst.

Hij begroette haar zachtjes, haalde de kubus uit zijn zak, legde hem op zijn vlakke hand en liep naar haar toe, alsof ze een roofdier was dat hij met een sappig stuk vlees op zijn gemak moest stellen. Als door een onzichtbare draad getrokken kwam ze op de kubus af, griste hem uit zijn hand, draaide hem om en om, bekeek hem van alle kanten en hield hem even tegen het ochtendlicht.

Toen, alsof ze uit een droom ontwaakte, fronste ze haar volle wenkbrauwen tot een grimmige streep en keek hem argwanend aan: 'En waar is het geld?'

'Hier,' zei hij en hij stak haar de met een elastiekje bijeengehouden biljetten toe. Ze rukte ze bliksemsnel uit zijn hand, haalde het elastiekje eraf en telde ze na.

'Goed, jullie hebben je dus aan de afspraak gehouden.'

Ze nam hem van top tot teen op, alsof ze hem voor het eerst zag, hij boog zijn hoofd, ze was te mooi om haar recht in haar gezicht te kunnen kijken.

'En hoe zit het met jouw deel van de afspraak?'

Nu pas sloeg de schrik hem om het hart, want hij realiseerde zich dat ze helemaal geen tassen bij zich had. En als al het geld weg was, zou Sjoejev zijn woede op hen koelen, een ramp met ongekende gevolgen.

'Wíj houden ons altijd aan onze afspraken,' zei ze opeens heel serieus. 'En zit me niet zo aan te staren!' siste ze terwijl ze aan haar hoofddoek plukte.

'Sorry, ik...'

'Zodra het donker wordt, komen jullie weer hiernaartoe en vinden jullie daarachter, in de ruïne van de toren, een grote zak met kippen. Wij hebben de beste kippen in de hele buurt,' voegde ze er zichtbaar trots aan toe. Daarna draaide ze zich om en liep naar de ruïne.

'Hé, wacht, kunnen we weer contact met je opnemen? Ik bedoel, we hebben ook eieren nodig. We zouden toch zakenpartners kunnen worden?'

'Zakenpartners?' Ze lachte hard en rauw. Zo'n donkere lach had hij niet van haar verwacht. Hij klonk provocerend, bijna vulgair.

'Nou ja, je weet wel...'

'Nee, ik weet niets. Maar ik zal erover nadenken.'

Uit elk woord klonk verachting. Ja, dat was het, ze had uit verachting gelachen. Natuurlijk verachtte ze hen. Het was bijna haar plicht om dat te doen. En toch had ze iets opstandigs, iets koppigs, dat voorbijging aan de voorgeschreven regels, alsof ze verder wilde komen dan de anderen hier in de aoel, alsof er nog een andere kracht was die haar dreef, een trillende nieuwsgierigheid, een soort pragmatisch denken, hij wist het niet precies, maar ze wilde iets. En toen schoot hem te binnen dat hij met verbazing naar haar vingers had gekeken toen ze de kubus pakte, naar haar tot bloedens toe afgebeten nagels, die op innerlijke onrust wezen.

Aan de zak met kippen die ze 's avonds ophaalden, hing een met de hand geschreven briefje: ze was bereid voor een schappelijke prijs ook eieren te verkopen.

Voortaan ontmoetten ze elkaar altijd achter de verdedigingstoren, ruilden geld tegen eieren, werden het eens over de volgende deal en gingen huns weegs. Altijd was ze iets te laat, altijd siste ze ter begroeting. En telkens als Malysj en Aljosja op weg gingen naar hun mysterieuze zakenpartner, maakte er zich een onbeschrijfelijke euforie van hen meester. Terwijl die van Malysj leek op de vreugde over het langverwachte weerzien met een vriendin, een vertrouwd gezicht, had Aljosja's opwinding al iets weg van verliefdheid, van per se in de smaak willen vallen. Hij poetste zijn laarzen, kamde zijn haar, verzorgde zijn nagels met een nagelvijl die hij in de keuken onder een van de gasflessen verstopte.

'Ik zou graag willen weten hoe je heet,' zei hij bij hun volgende ontmoeting nauwelijks hoorbaar. Het meisje lachte en deed een stap in zijn richting.

'Waarom wil je dat weten?'

'Tenslotte zijn we zakenpartners en wij willen onze naam ook met alle plezier noemen.'

'Eerlijk gezegd wil ik jullie namen helemaal niet weten.'

Malysj had er nog helemaal niet over nagedacht of ze zich al aan elkaar hadden voorgesteld. Hij en Aljosja waren gewoon 'de Russen' en zij 'de Tsjetsjeense'. Dat volstond om zaken te doen. Was het niet veiliger om anoniem te blijven? Nee, Aljosja vond van niet. Zonder aarzelen noemde hij hun naam en rang. De donkerogige bergkoningin werd er niet warm of koud van.

'Ik heb toch gezegd dat het er niet toe doet,' zei ze verveeld.

Het liefst had Malysj haar door elkaar gerammeld, haar dat nonchalante masker afgerukt, in de hoop dat zich daarachter iemand verborg die zich niet hoefde af te schermen. Maar in feite was dit al meer dan je kon verwachten. Zij, een Tsjetsjeense, alleen met twee Russische soldaten achter een verlaten verdedigingstoren. Tegen de wil van haar moeder, tegen de wil van haar aoel, tegen de wil van haar land. Ze nam een groot risico.

En op een keer, toen hij zich niet langer kon inhouden, vroeg hij waarom ze het eigenlijk deed. Het was vroeg in de avond, nog even en de middaghitte zou worden afgelost door de koele schemering van de bergen en voor kortstondige verlichting zorgen.

'Ik heb geld nodig.'

'Geld?'

'Ja, geld.'

'Waarvoor?'

'Dat gaat jullie niets aan. Dus vijfentwintig eieren morgenavond?'

Malysj wist dat het geen zin had om door te vragen.

Bij een afspraak eind juni was ze er voor het eerst eerder dan zij, ze zat met haar Rubiks kubus op een steen en probeerde koortsachtig de puzzel op te lossen.

'Dat rotding! Het wordt nooit wat,' riep ze geïrriteerd toen Malysj naast haar kwam staan.

'Zal ik je helpen?' vroeg hij onzeker.

'Nee!' antwoordde ze bot. 'Ik moet het zelf doen.'

Ja, ze had een doel, een groter doel dan de illegale verkoop van kippen en eieren. Ze had een missie waar ze met niemand over praatte, en hij kon niet anders dan bewondering voor haar voelen.

Maar Aljosja had het lelijk te pakken. De arme jongen was tot over zijn oren verliefd, hij smachtte naar haar met de onvoorwaardelijkheid en het vuur van een eerste liefde. Zelfs zijn Michelinsterren en coq-au-vingerechten waren opeens niet meer van belang, niets deed er nog toe, behalve zijn aanbedene. Alleen het vooruitzicht op de volgende ontmoeting leek hem in leven te houden.

Malysj probeerde hem tot rede te brengen. Het werd met de dag gevaarlijker omdat Aljosja steeds nonchalanter en onvoorzichtiger te werk ging. Ook ging zijn kookkunst achteruit, alsof hij niet genoeg kracht meer had om naast het vuur dat in hem brandde ook dat in het fornuis gaande te houden. Hij was verstrooid als zijn superieuren hem iets vroegen, hij kwam steeds verwarder op het ochtendappèl. Malysj vreesde dat zijn slordigheid hem in moeilijkheden zou brengen. Toen kolonel Sjoejev weer met zijn *zapoj*, zijn befaamde zuippartijen, begon, gingen bij Malysj de alarmbellen af: voortaan moesten ze driedubbel op hun hoede zijn. Maar Dvornjasjka was blind geworden voor elk gevaar. Waarom die bijnaam hem niet kwaad maakte, had Malysj hem ooit gevraagd. Omdat die hem eraan herinnerde dat hij op zichzelf aangewezen was, had Aljosja geantwoord, bovendien waren straathonden de taaiste en slimste honden van allemaal.

Het wachten in de kloof drukte op Sjoejevs schouders als een log blok graniet. Hij verloor de controle over zichzelf en zijn kamp. De onzekerheid hier leek steeds meer op een geur- en kleurloos zuur dat ongemerkt je huid aantastte, je cellen vernietigde, je hersenen binnendrong en waanbeelden teweegbracht.

Al vroeg in de ochtend viel Sjoejev met zijn ziekelijk opgezwollen gezicht, zijn rode wangen, zijn drankneus en zijn kolossale, gestaalde lichaam de containerkeuken binnen om zich door Malysj en Aljosja te laten bedienen. In zijn kielzog bevond zich zoals altijd zijn slaafje Zajka, de willoze, onderdanige soldaat Joeritsj. Ook van de partij was de touwtjestrekker Petroesjov, de perverse en sluwe sadist die tegenover de kolonel empathie, kameraadschap, sympathie en loyaliteit veinsde om hem bij de eerste de beste gelegenheid een mes in de rug te steken. Het was zijn tactiek om zich als vriend van de kolonel voor te doen en zich welwillend en vol medeleven om de problemen van zijn manschappen te bekommeren: allemaal camouflage.

Sjoejev was door de oorlog en de Sovjet-Unie getekend. Net als Malysj' vader was hij stukgelopen op de normaliteit en had hij naar een nieuwe oorlog verlangd. Sjoejev, een wrakstuk van de eeuw, vermalen door het ooit zo geliefde systeem, een zieke dinosaurus die vloekte en tierde omdat hij geen plaats vond om rustig te kunnen sterven, een aan alcohol verslaafde vechter, die minder moeite had met doden dan met leven. Hij was voorspelbaar, je kon hem lezen en daar nam Malysj de moeite voor omdat het hem een zekere veiligheid garandeerde. Terwijl Petroesjov een poel was, en zoals bij alle troebele wateren was bij hem de bodem niet te zien. Waarom Petroesjov naar het front was gegaan, bleef Malysj een raadsel. Het was een man met een opgelapte ziel. Een stille observator van het leven, alsof alle emoties bij hem waren geamputeerd, alsof het altijd anderen waren die voor hem moesten dansen, lachen, vechten, zelfs doden, terwijl hij gewoon zwijgend toekeek. Er werd gefluisterd dat hij aan de heroïne was.

Malysj voelde niets dan afschuw voor hem sinds hij in Grozny had gezien hoe Petroesjov midden in een beschieting een ontdane jonge soldaat had aangespoord naar het gebouw ernaast te rennen om daar de situatie te verkennen. Malysj, in dekking achter een BMP3, wilde het uitschreeuwen van ontzetting en de soldaat tegenhouden, maar hij was bang zelf te worden geraakt. De soldaat werd nog geen dertig meter voor de schuilplaats neergeschoten. Petroesjov registreerde de dood van de jongen, wierp nog een blik op het levenloze lichaam en keek meteen uit naar een volgend proefkonijn dat zo dom zou zijn om hem te gehoorzamen.

Toen er aan Sjoejevs permanente gezuip geen einde meer leek te komen, begon Malysj te vermoeden dat de overplaatsing van de eenheid uitsluitend bedoeld was om de kolonel en zijn mannen op non-actief te stellen, dat ze hier alleen waren omdat de kolonel in deze uithoek de minste schade kon aanrichten.

De alcohollucht die Sjoejev verspreidde, de inspanning die het Zajka kostte om geen van de mannen op de zenuwen te werken en de taaie, slijmerige achterbaksheid van Petroesjovs stille bewegingen vormden een explosief mengsel, dat Malysj koude rillingen bezorgde.

Zonder iets te zeggen dekten ze de tafel, serveerden ze het ontbijt met verse roereieren en thee met suiker. Als schimmen bewogen ze zich door de keuken tussen Sjoejevs gebrul, Zajka's onbeholpen grappen en Petroesjovs stilzwijgen.

Later ging het drietal op patrouille, een van die verkenningstochten die meestal bestonden uit een UAZ-konvooi en twee auto's, die ter bescherming voor- en achteraan reden. Niemand wist waar ze heen gingen. De officiële versie luidde dat het ging om een 'antiterreuroperatie' teneinde strategische informatie te verzamelen en separatisten en rebellen op te sporen.

In de loop van juni ging in de kloof het gerucht dat de bevolking door de Russen ongelofelijk werd gekoeioneerd. Zelfs de armsten onder de boeren weigerden nu hun producten aan hen te verkopen. Ze hielden zich schuil, dreven handel onder elkaar, op een paar kinderen en bejaarden na bleef het marktplein leeg. Aljosja was verbaasd, maar Malysj begreep algauw wat de reden was van die plotselinge weigering. Natuurlijk hield die rechtstreeks verband met de konvooien van Sjoejev en zijn gevolg.

Steeds meer mensen verschansten zich in hun huis, de gruwelberichten uit de steden deden de rest. Met de naderende julihitte bereikte het wachten een pijnlijk hoogtepunt. Het werd ook fysiek bijna ondraaglijk om nog langer werkeloos rond te hangen – een enclave van denkbeeldige vrede te midden van een bevolking die je haatte, bang voor je was, je dood wenste.

Op een ochtend – het was nog niet licht, de koele zomernacht vocht nog tegen de hete dag – werd Malysj uit zijn slaap gerukt door luid gebrul en het getoeter van auto's. Hij sprong uit bed, kleedde zich aan en stormde naar buiten. Daar zag hij hoe een paar mannen van zijn eenheid twee jongens in donkere kleren over het terrein sleurden. Ze sleepten ze over de grond, sloegen op ze in, terwijl Sjoejev steeds onbeheerster en schuimbekkend tegen ze tekeerging.

Wat Malysj het bloed in de aderen deed stollen, was het feit dat de jongens ondanks alle klappen die ze moesten incasseren, ondanks al het gebrul geen kik gaven, alsof ze hun tong hadden ingeslikt. Hij stond daar als aan de grond genageld, wist niet wat hij moest doen en durfde ook niet tussenbeide te komen. Op een gegeven moment kwam de rappe Koeznetsov, die alles altijd als eerste wist, naast hem staan en fluisterde hem in het oor: 'Separatisten. Uit het dal. Beraamden vermoedelijk een overval.'

Malysj wilde weten welke bewijzen er waren, want de jongens leken niet zo dom om met z'n tweeën een heel vijandelijk kamp vol zware artillerie en geschut te willen bestormen, maar hij wist dat die vraag zinloos was. Ze waren wat Sjoejev beweerde dat ze waren. En toen ze waren weggesleept en niet meer te zien waren, verbood Malysj zichzelf er nog aan te denken.

Drie dagen later was het een jongen uit de naburige aoel, die Malysj herkende aan een grote moedervlek boven zijn bovenlip. Hij had hem op het markplein met een paar oude mannen backgammon zien spelen. Nu zat hij vastgebonden op een stoel in een van de containerblokken. In tegenstelling tot de twee anderen begon hij steeds weer te schreeuwen, braakte verwensingen uit en praatte in het Tsjetsjeens op de wachtposten in, tot hij met een geweerkolf tot zwijgen werd gebracht. Het bloed spatte tegen het raam waar Malysj achter stond. De jongen werd ervan beschuldigd met financiële steun van de wahabieten een aanslag op de militaire basis in Tsjankala te beramen.

De laatste dag van juni waren het drie oudere mannen, die door Sjoejev persoonlijk over het terrein werden gejaagd. Ze zouden in het dal zijn gekomen om jongemannen te rekruteren en tot terrorist op te leiden. Diezelfde avond sprak Petroesjov voor de hele troep over de noodzaak een 'filtratiepunt' in te richten om bij de 'ondervraging' van gevangenen systematischer te werk te kunnen gaan, aldus de officiële lezing.

Daarvoor werd de half vervallen schuur uitgekozen waaruit Malysj en Aljosja nog geen drie weken geleden de toverkubus hadden gehaald.

Juli viel met een zinderende hitte de kloof binnen, de hete lucht dampte boven de dalen, de zonnestralen glinsterden op de bergtoppen alsof ze opeens met een kroon waren getooid.

Het boek had hij min of meer toevallig ontdekt. Het moest uit zijn geheime plekje onder de matras op de grond zijn gevallen en onder het bed zijn beland. De afgelopen dagen had hij er als in een roes in gelezen, elke vrije minuut had hij benut om naar zijn grot te vluchten en zich in het boek te verdiepen. Gelukkig was de snuffelhond Joeritsj niet op het idee gekomen om onder zijn matras te kijken. Op bevel van Petroesjov speurde Joeritsj alles af, Joost mocht weten waar hij naar zocht, maar als gevolg van zijn 'schoonmaakacties', zoals de jongens zijn speurtochten noemden, was al menig geheim ontdekt.

In de keuken was steeds minder te doen omdat ze amper nog aan extra levensmiddelen konden komen.

Ook al wist hij maar al te goed wat de 'uitstapjes' inhielden, toch was hij dolblij als de kolonel met zijn hielenlikkers een tijdje uit het kamp wegbleef. Dan kon hij ongestoord in zijn grot zitten lezen. Dan kon hij de tijd vergeten en wegdromen. Dan kon hij de enige foto van Sonja die hij bij zich had bewonderen, steeds weer vol ongeloof over het geluk dat ze bij hem was teruggekomen.

Soms ging Aljosja mee, die steeds stiller werd. Zonder iets te zeggen kwam hij naast hem zitten, rookte een sigaret en staarde in de verte.

Die ochtend bleef Sjoejev in het kamp. Er werd gezegd dat hij zich niet goed voelde. Aljosja had hem twee keer koolsoep en warme thee moeten brengen. Het voortdurende alcoholgebruik eiste zijn tol.

Malysj had dankbaar van de gelegenheid gebruikgemaakt om naar zijn grot te sluipen. Bij de ingang had hij zijn benen laten bungelen en zich weer in zijn boek verdiept. Hij was zo blij met zijn onverwachte vondst en vreesde al dat hij het te snel uit zou hebben. Nabokovs *Ada*, wat een dwaaltocht, wat een feest van fantasie, wat een uitdaging. Hij verslond de zinnen, dook erin onder, de oorlog viel van hem af, terwijl *Ada* hem steeds verder en steeds sneller meesleepte.

'Hé, Malysj, hoor je me niet?'

Malysj schrok op. Onder aan de rots stond Aljosja naar hem te zwaaien. Alsof hij uit zijn slaap was gerukt, wreef Malysj zijn ogen uit en stond haastig op.

'Wat is er?'

'Er is post voor je!'

'Post?'

'Ja, de helikopter is geweest.'

'Vast van mijn moeder.'

'Bovendien moeten we er zo vandoor, weet je nog?'

'Waarheen?'

'We krijgen vandaag verse eieren.'

'O ja, dat was ik vergeten, sorry.'

Het was al een week geleden dat ze achter de verdedigingstoren met haar hadden afgesproken. Dat ze überhaupt nog kwam, was een wonder. Blijkbaar had ze het geld echt nodig, was haar missie van levensbelang.

'Ik kom zo, alleen even deze bladzijde uitlezen.'

Zonder te kijken wist hij dat Aljosja zijn hoofd schudde en toch blij was dat zijn vriend was zoals hij was. Hij zou geduldig wachten en als hij een sigaret van iemand had gebietst, zou hij die opsteken, op zijn serieuze, volwassen manier, alsof hij het roken van iemand had afgekeken.

'Hij ontdekte haar handen (vergeet het nagelbijten). Het pathos van de carpus, de gratie van de falanxen, die vroegen om een hulpeloze knieval, een waas van opwellende tranen, agonieën van onvervulbare adoratie. Hij raakte haar pols aan als een stervende arts.' Zijn lippen vormden de woorden geluidloos, hij genoot van elk woord op zich; toen klapte hij het boek dicht en legde het op de koele grond. Met geoefende grepen klauterde hij omlaag naar zijn vriend.

Zwijgend liepen ze in de witte zon terug naar het kamp. In containerblok 4 zat een verveelde soldaat de brieven te sorteren op de beginletter van de achternamen. Aan het handschrift zag hij meteen dat het niet zijn moeder was. Sonja! Zijn hart zwol van opwinding, lichtheid en energie toen hij haar handschrift herkende.

Hij rende ervandoor, weg wilde hij, weg van iedereen, niemand mocht hem in zijn geluk storen, met niemand wilde hij zijn geluk delen. Sonja's eerste brief aan hem. Sonja, zijn vriendin, Sonja – binnenkort zijn verloofde en ooit zijn vrouw. Sonja, die bij hem was teruggekomen.

Achter de keuken vond hij een schaduwrijk plekje waar hij zich ongestoord waande. Met trillende vingers rukte hij de brief open, tegelijk had hij er moeite mee om de envelop die Sonja had dichtgeplakt, zomaar open te scheuren.

Allerliefste Malysj,

Hoe is het daar waar je bent? Ben je ongedeerd, ben je gezond? O, vragen en nog eens vragen. Met angst en beven volg ik het nieuws en krimp telkens in elkaar. Wat een geluk dat je niet meer in Grozny zit! Ik bel geregeld met je moeder, die me de laatste nieuwtjes vertelt. (Het woord nieuwtjes was verkeerd geschreven, ook ontbraken er een paar komma's, die hij al lezend in gedachten zelf toevoegde.) Ja, grappig, hè? Dat je moeder en ik bellen. Maar ik dacht dat dat zo hoorde, toch? Ik moet steeds weer aan je denken, aan ons en ons weerzien in Vladikavkaz. Wat hebben we het fijn gehad! En wat zullen we het nog fijn krijgen! Want ik heb geweldig nieuws, dat jou hopelijk net zo gelukkig maakt als mij en je snel weer thuisbrengt! Ik ben zwanger, Sasjenka! Ja, we krijgen een kind! Volgens mijn berekeningen moet het in januari komen. Kun je je dat voorstellen, Sasja? We worden vader en moeder, we krijgen een schattige kleine baby, die kruipt en brabbelt en naar melk en liefde ruikt! Kom gauw bij ons, we wachten vol ongeduld en bezorgdheid!

Veel liefs,
Sonja

Malysj las de zinnen telkens opnieuw. Op de achtergrond hoorde hij Aljosja in de keuken de pannen afwassen. Een paar soldaten waren aan het kaarten, uit de schuur klonk een harde kreet. Hij wilde niet weten wat daar gebeurde. Het opklinkende geschreeuw deed het ergste vrezen.

Zijn knieën knikten, het zweet stroomde van zijn voorhoofd, zijn handen trilden, zijn mond was droog. Was dat van blijdschap of van angst? Waar was hij dan bang voor? Sonja moest die nacht in Vladikavkaz zwanger zijn geworden. Een baby! Het woord was nog maar een belofte, maar weldra zou het tastbaar worden. Een dikke buik van

Sonja en dan een klein mensje met handen en voeten en dichtgeknepen ogen, alsof de wereld te groot was om alles in één keer te zien. Het liefst had hij het uitgeschreeuwd, iemand omhelsd, maar hij bleef roerloos naar Sonja's slordige handschrift zitten staren.

Blijdschap vermengde zich met bezorgdheid, twijfel met zekerheid, vastberadenheid met aarzeling. Maar één ding stond hem steeds duidelijker voor de geest: hij moest hier weg. Hij had hier niets te maken, niets te zoeken, het was niet zijn oorlog, niet eens zijn land. Het had totaal geen zin om hier te zijn, zijn leven op het spel te zetten en met de dag verder af te stompen, steeds dieper in deze nachtmerrie weg te zakken. Hij moest zo snel mogelijk iets verzinnen om heelhuids thuis te komen.

Aljosja kwam de keuken uit en veegde zijn vuile handen af aan zijn nog vuilere schort. Malysj zwaaide naar hem.

'We moeten zo gaan,' zei Aljosja zachtjes en hij haalde een heel pakje papirosy uit zijn broekzak. Voor het eerst scheen hij een eigen pakje te hebben.

'Ja, we moeten hier weg,' mompelde Malysj en terwijl hij de brief zorgvuldig opvouwde, kwam hij overeind.

Aljosja deed zijn schort af en ze liepen naar de uitgang van het kamp. De wacht zat met zijn benen omhoog en nam hen vol minachting op. Toen knikte hij hun toe. De slagboom ging open en ze liepen het kamp uit. Malysj liep met haastige stappen voorop, Aljosja volgde hem en paste zich aan zijn tempo aan. Malysj voelde zijn hals kloppen van opwinding, zijn verliefde hart zwol van vreugde. Toen gooide hij er opeens uit: 'Als het een meisje wordt, moet ze Ada heten!'

Daarna zette hij het op een lopen. Aljosja probeerde hem in te halen.

'Wat? Wat zei je? Waar heb je het over?'

'We verwachten een baby!'

En terwijl hij die zin uitsprak, viel alles van hem af, als onnodige ballast die hij onbewust al die tijd had meegedragen. De druk van zijn moeder, zijn zorgen over de toekomst, het keurslijf van zijn achternaam, de eindeloos lange schaduw van zijn vader, de angst voor zijn eigen angst, voor zijn eigen lafheid, alles leek opeens verdwenen, weggebrand door de verblindende zon. Opeens leek het heel simpel: bij de eerste de beste gelegenheid deserteren, terug naar de stad, samen met Sonja een eigen woning zoeken, werk, eindelijk studeren. Ja, nu vielen de stukjes van de puzzel op hun plaats. Alles klopte, alles was logisch. Hij moest hier alleen levend weg zien te komen.

Aljosja leek niet goed te weten wat hij met de situatie aan moest, hij klopte hem onhandig op zijn schouder, stelde domme vragen, maar gelukkig waren ze al bij de verdedigingstoren, waar ze het trotse meisje op de steen zagen zitten. Ze keek hen stralend aan en hield de toverkubus in beide handen.

'Het is me gelukt!' riep ze enthousiast en ze sprong op. Eerst begreep Malysj niet waar ze het over had, toen stak ze het kleurige ding als een trofee omhoog.

'Eindelijk is het me gelukt!'

Nu pas zag Malysj dat het raadsel was opgelost: elke kant van de toverkubus had één kleur. Aljosja was zo blij voor zijn aanbedene dat hij in zijn handen klapte. Dat geluid leek haar uit haar vreugderoes te rukken en met beide benen op de grond te zetten, ze trok plotseling een somber gezicht en zei: 'Maandag breng ik jullie nog een paar kippen, maar dan moet ik weg… Voor die tien heb ik het dubbele nodig, want ik kom nog een beetje tekort.'

'Wat? Weg? Waarheen?' stamelde Aljosja.

'Wat gaat jou dat aan!' snauwde ze. Op hetzelfde moment leek ze medelijden te krijgen en voegde ze eraan toe: 'Kijk toch om je heen, we kunnen hier niet eeuwig blijven.'

Ze verstomde en werd weer ernstig.

'Gefeliciteerd!' zei Malysj, wijzend naar de kubus.

'Dank je.'

Ze grijnsde van oor tot oor en Malysj verbaasde zich opnieuw over haar snelle stemmingswisselingen, haar buien die even vlug en onvoorspelbaar opkwamen en wegtrokken als het weer in de bergen.

'Ik breng je in veiligheid, waar je ook heen wilt. Ik zal voor jou en je familie zorgen,' zei Aljosja opeens en hij haalde zijn pakje papirosy uit zijn zak. Het meisje keek hem misprijzend aan en schudde haar hoofd.

'Dat is uitgesloten.'

'Je kunt niet zomaar weggaan, dat is te gevaarlijk.'

'Met jou wordt het geen sikkepit veiliger, geloof me.'

'De meeste vluchtelingen uit de steden komen in opvangcentra in Ingoesjetië. Dat is de veiligste weg. Ik zal voor je zorgen!'

Ook al wist Malysj dat dat godsonmogelijk was, de vastberadenheid en moed van zijn vriend vervulden hem met bewondering en trots.

'Vergeet het maar!' Ze deed een stap achteruit en sloeg weer een bitse toon aan.

'Neem de eieren en smeer 'm. Ik blijf nog even hier.' Met haar ene hand omklemde ze haar Rubiks kubus.

'Goed, tot aanstaande maandag dan,' zei Malysj en hij sloeg zijn arm om Aljosja's schouders om aan te geven dat ze inderdaad zo op zouden stappen.

'Ja, tot aanstaande maandag, dat was het dan.' Ze keerde hun de rug toe. Nooit groette ze, nooit zei ze tot ziens.

'Ik zal je helpen...'

Aljosja wilde nog meer zeggen, maar Malysj gaf hem een por in zijn zij, pakte de mand, die zoals altijd naast de steen stond, en trok zijn vriend mee. Het afgesproken bedrag had hij in biljetten op de grond gelegd zonder het meisje aan te kijken.

'Wat had dat te betekenen?' voer hij tegen Aljosja uit toen ze ver genoeg verwijderd waren.

'Je hebt toch zelf gezegd dat we hier weg moeten...'

'Wat zeg je nou? Toch niet samen met haar? Hoe stel je je dat voor? Word eindelijk eens wakker!'

Hij wilde een lange tirade afsteken in de hoop eindelijk tot zijn vriend door te dringen en een eind aan zijn obsessie te maken, toen ze autobanden hoorden piepen en er een UAZ achter hen opdook. Uit het open dak stak het kaalgeschoren hoofd van Petroesjov. Hij zat zelf achter het stuur en leek in z'n eentje op pad te zijn, iets wat zelden voorkwam.

Hij minderde vaart toen hij het tweetal had ingehaald en reed stapvoets naast hen door de lege dorpsstraat. Malysj kromp ineen. Was hij hen gevolgd?

'Zo, stelletje kloothommels,' zei hij met een brede grijns op zijn lippen. 'Zal ik jullie meenemen? Jullie willen toch naar huis?'

Hij hikte van het lachen. Malysj en Aljosja liepen met gebogen hoofd in hetzelfde tempo verder.

'We lopen liever,' zei Aljosja.

'Natuurlijk, Dvornjasjka loopt liever... Natuurlijk.'

'We hebben eieren gekocht.'

De officiële versie luidde: op de markt, van de omaatjes die allang niets meer te koop aanboden, die allang van het toneel verdwenen waren. Maar Sjoejev had gelukkig nooit veel belangstelling getoond voor de herkomst van het eten dat hij elke dag kreeg voorgezet.

'O ja, jullie hebben eieren gekocht. Maar de markt is toch heel ergens anders? Wat hebben jullie in deze buurt te zoeken?'

'We hebben een ommetje gemaakt, even de benen gestrekt,' zei Malysj gauw.

'Aha, een ommetje dus. De heren vervelen zich. Hebben ook niets anders te doen dan taarten bakken, hè? De heren denken nog steeds dat we hier voor de lol zijn?'

Zijn stem werd opeens ijzig. Hoe waarschijnlijk was het dat Petroesjov hen was gevolgd? En zo ja, wat had hij gezien, wat vermoedde hij?

Zwijgend liepen ze verder, hij bleef naast hen rijden.

Malysj was gespannen, hij was bang dat Aljosja het op zijn zenuwen zou krijgen, tenslotte ging het om het meisje dat hem al weken uit zijn slaap hield en hem zijn eerste liefdesverdriet had bezorgd.

'Nou, waar waren jullie?'

Petroesjov grijnsde niet meer. Hij stelde de vraag op de man af, serieus, bijna nadenkend, alsof hij zich echt zorgen maakte om zijn jongens.

'We hebben net als altijd levensmiddelen gekocht. Eieren.'

'Er zijn hier geen levensmiddelen meer. Niemand verkoopt nog iets. Dat is al een hele tijd zo. Denken jullie dat ik achterlijk ben? Jullie kunnen Sjoejev misschien in de maling nemen, maar ik ben Sjoejev niet. Ik heb ogen van voren en van achteren. Ik zie en hoor alles.'

'Maar officier Petroesjov, de mensen verkopen onderhands, ze hebben nog steeds geld nodig, en wij hebben onze contacten.'

Malysj deed zijn best om een vriendelijke, sussende toon aan te slaan. Petroesjov zette de motor af. Zij bleven ook staan. Hij keek hen strak aan met zijn grijze ogen, die niets prijsgaven, niets zeiden.

'Zozo, onze brave Malysj heeft dus contacten. En die zaken doen jullie met het geld van het leger?'

'We kopen levensmiddelen die we voor de hele groep

gebruiken, en de kolonel was tot nu toe ook heel tevreden,' piepte Aljosja.

Petroesjov stapte uit en nam hen met zijn lege blik op. Toen gebood hij hun met een rukje van zijn hoofd het deksel van de mand op te tillen.

'Eieren dus, lieve kleine eitjes voor lekkere omeletten en spiegeleieren. Jammer. Maar helaas kan ik jullie geen toestemming meer geven om ze mee naar het kamp te nemen. Het risico is te groot.'

En nog voor hij was uitgepraat, rukte hij de mand uit hun handen en kieperde de eieren op de grond. Het ging zo vlug dat Malysj noch Aljosja een kik kon geven. Verbijsterd staarden ze naar de witgele smurrie die zich aan hun voeten uitbreidde.

Zonder commentaar stapte Petroesjov weer in zijn auto en reed weg.

'Hij is ons gevolgd,' zei Aljosja toen Petroesjov uit hun gezichtsveld was verdwenen. 'En hij heeft haar gezien!'

'Dat weten we niet. Rustig nou maar. Als hij ons was gevolgd, hadden we het toch gemerkt. We kopen niets meer van haar, we gaan niet meer naar haar toe, rustig nou maar, het komt wel goed.'

Tot aan het kamp bleef Malysj op zijn vriend inpraten, maar hij voelde hoe weinig overtuigingskracht zijn woorden hadden, hoe broos zijn stem klonk.

Sjoejev was tegen acht uur 's avonds wakker geworden, had zich door Aljosja laten bedienen en was toen met Petroesjov en Zajka weggereden, waarheen, dat was zoals altijd onduidelijk. Aljosja was in de loop van de middag gekalmeerd, alsof hij het voorval met Petroesjov uit zijn geheugen had gewist. Maar één keer, toen ze de vloer aan het dweilen waren, fluisterde hij zijn vriend toe dat hij haar nooit 'in de steek zou laten' en 'iets zou bedenken.'

Malysj probeerde zich te concentreren op de brief in zijn zak, schudde elke overbodige, verontrustende gedachte van zich af. Hij moest een plan maken. Weglopen leek geen optie. Hij zou niet ver komen, bovendien was het te gevaarlijk om je in je eentje een weg door de bergen te banen, met deserteurs werd niet bepaald zachtzinnig omgesprongen, en de bojeviki die zich in de bergen schuilhielden waren helemaal meedogenloos.

Ziekte of een verwonding was een mogelijkheid, hij moest ongeschikt worden voor de dienst. Dan zouden ze hem naar het militair hospitaal in Vladikavkaz of Rostov brengen. Er maakte zich een ongekende vreugde van hem meester. Ja, als hij gewond was, zou hij met de helikopter worden overgevlogen. Maar toen hij in bed kroop, met Sonja's brief onder zijn kussen, de hatelijke grappen van de andere soldaten negerend, voelde hij een eigenaardige nervositeit opkomen. Alsof hij iets over het hoofd had gezien. Hij probeerde zijn onrust te verdringen, concentreerde zich in gedachten op Sonja en het kind in haar buik. Aan slapen viel niet te denken en hij reageerde dan ook onmiddellijk op het lawaai dat zich ineens als een zwerm wespen over het terrein verspreidde: gierende banden, Sjoejevs gehoest, Zajka's haastige stappen, Petroesjovs agressieve bevelen. Hij vloog overeind en hoorde op hetzelfde moment iemand zijn naam roepen, het was Zajka's piepstem. Snel en geroutineerd trok hij zijn uniformbroek aan, sloeg zijn jasje om zijn schouders, schoot in zijn zware laarzen en haastte zich naar buiten.

Het was donker. Alleen de koplampen verlichtten het terrein. Zajka fluisterde iets tegen de soldaten die bij de ingang van het kamp de wacht hielden, de twee andere soldaten die ter bescherming van het konvooi mee waren geweest, waren in hun slaapcontainer verdwenen.

Sjoejev was in zijn 'kantoor', de commandopost van de

basis waar hij, zoals iedereen wist, zijn wodka- en cognacflessen bewaarde. Petroesjov was nergens te bekennen. Malysj keek verward om zich heen, waarschijnlijk had hij zich vergist en was het niet zijn naam die was geroepen. Hij voelde zich al opgelucht en wilde rechtsomkeert maken toen hij opnieuw Zajka's hoge piepstem hoorde. Hij stond midden op de appèlplaats en wenkte hem. Nu kwam ook Aljosja uit zijn container en liep met een verward, slaperig gezicht naar hen toe.

'Hebt u me geroepen?'

'Ja, ik heb jullie geroepen, maak je gereed, het wordt een lange nacht voor jullie,' stotterde Zajka veelbetekenend en hij keek hen sluw aan.

'Is er iets gebeurd?' wilde Aljosja weten.

Zajka mompelde iets over een opdracht en liet de naam van Sjoejev vallen. Toen zei hij dat ze naar de schuur moesten gaan.

'Wat moeten we precies doen?' vroeg Malysj.

'Jullie eerste ondervraging. In de schuur. Vooruit, wat staan jullie me aan te staren?!'

Zijn arrogantie in combinatie met het gestotter was zo komisch dat Malysj met moeite zijn lachen kon inhouden.

Samen liepen ze langzaam naar de schuur.

'Wat is dit? En zo midden in de nacht.'

Aljosja was nog niet helemaal wakker, hij wreef zijn ogen uit, Malysj haalde zijn schouders op, hij probeerde niet te laten merken dat hij bang was. Hij wilde niet raden, niet gissen, maar hij kon de gebeurtenissen van die ochtend moeilijk uit zijn hoofd zetten, Petroesjov, de gebroken eieren, zijn lege blik vanuit de auto. Nee, daar moest hij niet aan denken, dat was absurd.

'Waarom wij? Ik snap het niet... Ik bedoel, weet jij wie ze deze keer hebben opgepakt? En waarom is het hier opeens zo leeg? Waar zit iedereen?'

Malysj antwoordde niet, wat er door zijn hoofd ging, was te afschuwelijk om het tegen Aljosja te zeggen.

Sinds de schuur als 'filtratiepunt' was aangewezen, waren ze er niet meer geweest. De schuur stond voor hen symbool voor de toverkubus, voor het trotse, moedige meisje dat tegen de wil van haar moeder kippen en eieren aan hen verkocht en geld spaarde om misschien op een dag zichzelf en haar familie vrij te kunnen kopen.

Ze gingen naar binnen. Het was donker en het rook naar zweet en urine. De mannen die hier waren vastgehouden, hadden sporen van angst en haat achtergelaten. Er ging een schijnwerper aan. Het licht verblindde hen, ze bleven als aan de grond genageld staan.

'Wees maar niet bang, kom verder!'

Het was de stem van Petroesjov. Aljosja verroerde zich niet, alsof hij het ademhalen was verleerd. Er veranderde iets in zijn gezicht, het betrok als bij een naderend onweer, zijn blik werd duister. Malysj wilde niet langer wachten, hij hield het niet meer uit, hij wilde weten waarom ze waren geroepen en deed een paar stappen naar voren.

'Wacht, nee, niet doen!' riep Aljosja, maar het was te laat. Malysj ging op het licht af en liep verder de benauwde ruimte in.

Ze zat roerloos op de stoel. Haar mond was dichtgeplakt. Haar ogen waren gezwollen. Ze had gehuild. Eén bloedige schram had ze in elk geval op Petroesjovs bovenlip achter kunnen laten. Haar handen waren achter de stoel vastgebonden. Ze droeg geen hoofddoek en haar haar glansde in het licht van de bouwlamp, waarvan de dikke kabel, die naar buiten liep, als een slang om haar enkels kronkelde. Toen ze Malysj herkende, leek ze niet erg verbaasd, alsof ze hem had verwacht. Hij wist niet wat er op het moment op zijn gezicht te lezen stond. Hij had dit niet voor mogelijk gehouden. De enige gedachte die zich duidelijk in zijn hoofd vormde, was de bezorgdheid om zijn vriend, die achter hem aan kwam.

Petroesjov was hen dus gevolgd. Hij had hen geobserveerd. Hij had de dronken Sjoejev tot een klopjacht overgehaald. Het bleef de vraag wat Petroesjovs motieven waren. Hij kon geen seconde hebben gedacht dat ze een serieus gevaar vormde. Was het nieuwsgierigheid, een spel, met hen tweeën als de hoofdfiguren? Was het persoonlijke wraak? Maar waarvoor? Ze waren niet belangrijk genoeg, ze waren al die moeite niet waard. Of had het meisje zelf zijn begeerte gewekt, zijn lust geprikkeld? Had haar gezicht hem in vervoering gebracht, haar trotse houding hem geprovoceerd? Maar voordat hij koortsachtig een antwoord kon zoeken, hoorde hij achter zich gehuil, een verscheurende kreet, alsof er iets aan flarden ging, definitief, voorgoed. Zo klinkt onherroepelijkheid dus, ging het door hem heen en hij draaide zich om. Aljosja stond er als versteend bij, hij hield zijn handen voor zijn mond en de tranen liepen over zijn wangen.

Ze keek hun allebei recht in de ogen, wendde haar blik niet af, alsof ze hen wilde aanklagen en tegelijk troosten.

'Ja, ik zie dat jullie blij zijn haar terug te zien.'

Petroesjov ging schrijlings op een stoel zitten.

'Nee, nee, alsjeblieft niet, nee, nee, nee! Ze heeft niets misdaan, alsjeblieft. Zij niet... Ze heeft...'

Als een gebed dreunde Aljosja die woorden op, maniakaal, monotoon, terwijl zijn tranen bleven stromen. Malysj, die met ingehouden adem midden in de ruimte stond, liep naar zijn vriend toe, maar die deinsde achteruit. Hij dook ineen en maakte een afwerend gebaar. Stelde hij hem hier verantwoordelijk voor, of was het enkel de schok, waardoor zijn lichaamstaal was ontspoord? Malysj moest zich vermannen, hij moest sterk zijn, sterker dan Aljosja. Hij moest proberen de situatie naar zijn hand te zetten, hoe langer ze hier bleven, hoe verder de grond onder Aljosja's voeten zou wegzakken.

'Wat heeft zij hier te zoeken, officier? Ze heeft toch niets misdaan, waarom hebt u...'

Zijn stem sloeg over. Verman je, verman je, verman je! Als stroomstoten schoten die zinnen door zijn hoofd.

'Hoelang is dit al aan de gang?'

Petroesjov haalde in alle rust een rood pakje Marlboro uit zijn jaszak.

'Hoelang hebben jullie al contact met dat kreng?'

'Ze is geen kreng.'

Kil en rustig sprak Aljosja die zin opeens uit.

'Jullie zijn zo stom, zo slap om voor zo'n slet het leven van onze hele troep op het spel te zetten. Jullie halen de vijand naar ons toe, voorzien haar van informatie, geven haar ons geld en kopen levensmiddelen van haar. Levensmiddelen, stel je dat voor! Levensmiddelen die wij elke dag eten! Elk moment had er een van ons dood neer kunnen vallen! Ik kan er niet bij, ik kan er echt niet bij dat zulke parasieten zich onze soldaten mogen noemen, zulke slappelingen, zulke... Ik wil alles haarfijn weten. Dus, Dvornjasjka, voor de draad ermee, wanneer hebben jullie elkaar ontmoet, hoe, waar? Ik heb alle details nodig.'

'Ze heeft niets misdaan!'

Aljosja's stem werd ijzig. Petroesjov stond op. De rook van zijn sigaret kringelde omhoog, vormde een geheimzinnige figuur.

'Niets misdaan. Aha. Niets misdaan dus...' herhaalde hij kalm, en kalm liep hij op Aljosja af, kalm haalde hij uit en gaf Aljosja zo'n draai om zijn oren dat hij wankelde en bij zijn poging om zijn evenwicht te bewaren tegen de muur sloeg.

'Volgens onze informatie is de vader van kameraad Gelajeva een separatist en vecht hij in het verzet. Hij wordt al een kleine twee jaar vermist.'

Ze schraapte haar keel. Haar ogen lachten, haar borst trilde. Ze lachte, ze lachte hem serieus uit met haar dichtgeplakte mond. Even verstarden ze alle drie en keken ze haar ongelovig aan. Malysj vroeg zich af wat er door Aljosja heen ging, of hij er bang van werd of trots. Het was beangstigend hoe beheerst en rustig ze was, ook al hadden ze haar de mond gesnoerd en haar van haar bewegingsvrijheid beroofd.

Wat was er gebeurd? Waren ze dat afgelegen huis binnengevallen, hadden ze haar kleine zusje, haar schuwe moeder uit hun slaap gerukt, hen bedreigd, hun wapens op hen gericht? En hadden ze geschreeuwd? Had de moeder geprobeerd haar dochter te beschermen, was ze voor haar gaan staan? Waren de buren naar buiten gestormd, hadden ze hen gesmeekt, die heerszuchtige trojka van een opvliegende alcoholist, een gebroken slaaf en een gefrustreerde sadist?

'Vooruit, ik wil horen hoe jullie met Noera Gelajeva in contact zijn gekomen. De details alsjeblieft!'

Aljosja stond bleek tegen de muur, alsof hij ermee was vergroeid, Malysj deed een stap naar voren. Noera. Wat een mooie naam, dacht hij. En wat macaber om hem hier voor het eerst te horen, uitgerekend uit de mond van Petroesjov.

In beheerste, korte zinnen vertelde Malysj wat hij meende te moeten vertellen. Hij zei niet dat Noera's moeder had geweigerd hun de kippen te verkopen en dat Noera hen op de terugweg had ingehaald. Dat detail had Petroesjov een nieuw wapen in handen kunnen geven.

'Hoe konden jullie dat riskeren? Het leven van de hele troep op het spel zetten? Hm? Welke extraatjes heeft ze jullie aangeboden om dat risico op de koop toe te nemen?'

Petroesjov was naar het raam gelopen en staarde in de

duisternis. Niets bewoog. Je hoorde alleen Aljosja luid ademhalen. Zijn gezicht was wit weggetrokken, hij staarde de hele tijd naar het meisje, dat nu een naam had gekregen.

Malysj praatte voor zijn leven, zocht naar argumenten, hoewel hij heel goed wist dat het allemaal zinloos was. Er was niets wat in hun voordeel pleitte, behalve het feit dat Sjoejev hun het budget had toegekend en geld in de hand had gestopt om levensmiddelen te kopen.

'De opdracht van de kolonel was immers niet aan voorwaarden gebonden. En de veiligheidsvoorschriften hebben we allemaal nageleefd!' hield Malysj vol, en hij keek tersluiks naar zijn vriend, die nog stiller was geworden en zijn blik niet af kon houden van het meisje, dat hem slapeloze nachten en de stoutste dromen had gebracht – en de gapende, oneindig diepe afgrond die nu voor hem lag.

Zajka kwam binnen. Hij rook naar wodka. Blijkbaar had hij Sjoejev gezelschap gehouden. In tegenstelling tot Petroesjov, die zelden dronk (hij hield meer van chemisch spul, werd er gezegd) moest de voetveeg Joeritsj altijd het glas heffen, al was hij lang niet zo'n doorgewinterde drinker als de kolonel. Maar hij had geen keus, dat was nu eenmaal de rol die het lot en de oorlog hem hadden toebedeeld, en hij dronk zich niet zelden laveloos. Om te overleven hield hij de stemming van zijn superieuren op peil.

'Ja, dat hebben jullie ons nu geflikt, stelletje etterbuilen!'

Hij was nog niet binnen of hij begon te schreeuwen, alsof hij het toneel op kwam voor een scène die hij al die tijd had gerepeteerd.

'Als de officier niet had ingegrepen, waren we er allemaal aan gegaan. Jullie hebben de vijand gewoon in huis gehaald, vuile verraders! Ze zouden jullie levend moeten villen! Dat zou jullie verdiende loon zijn. Nu moeten jullie...'

'Hou je mond, Zajka!'

Petroesjov stond nog steeds met zijn rug naar hen toe. Zajka zweeg onmiddellijk.

'Als ze ons had willen vergiftigen, had ze dat allang gedaan! Ze heeft ons kippen en eieren verkocht, voor goed eten, zodat jullie je vadsige lijf met iets anders konden volplempen dan met troep.'

Malysj verstijfde. Aljosja's stem klonk alsof het niet de zijne was, alsof er iemand anders praatte. Petroesjov en Zajka draaiden zich tegelijk naar hem om. Ze leken hun oren niet te kunnen geloven.

'Ja, waarom kijken jullie me zo aan? Het is toch zo? Jullie willen toch eten als mensen en niet als honden? Jullie hebben ons geld gegeven, wij hebben eten voor jullie gekocht. Wat wil je nog meer? Wat valt ons te verwijten? Waarom hebben jullie haar hier gebracht? Wat voor bewijzen hebben jullie tegen haar? Dat ze ons eten heeft verkocht, dat jullie hebben verslonden als gieren? Laat haar gaan, regel met ons wat er te regelen valt. Als er iemand schuld treft, dan zijn wij het!'

Aljosja richtte zich rechtstreeks tot Petroesjov, alsof hij een gedicht voordroeg – met opgeheven hoofd en zijn borst vooruit. Malysj vroeg zich af of het de verliefdheid of de ontzetting was die zijn angst had weggenomen.

'Wat zegt dat stuk vuil? Wat wil die rat?'

Zajka deed overdreven verontwaardigd en keek onzeker naar zijn meerdere. Petroesjov moest nu iets doen, alleen al om tegenover Zajka zijn autoriteit te bewijzen.

Nu pas zag Malysj dat de linkerschouder van het meisje heel licht trilde. Die kleine beweging verraadde haar, gaf haar ondanks haar enorme zelfbeheersing iets menselijks, wat Malysj tegelijk beangstigde. Was het een teken dat ze dreigde in te storten?.

Peinzend, met gebogen hoofd, liep Petroesjov op Aljosja af.

'Je vindt dus dat we haar moeten laten gaan?'

De deur werd opengerukt, er bonkte iets tegen de muur, gevolgd door zware vloeken. Nu was de trojka compleet, Sjoejev kwam binnen. Zijn kegel had hem al aangekondigd voordat hij een voet over de drempel zette.

'En? Heeft ze al bekend? Heeft ze al bekend?'

Verdwaasd en snuivend als een gekooid dier liep hij heen en weer. Hij zocht een plek om zijn logge, met alcohol doordrenkte lichaam te ruste te leggen. Op de stoel waar Petroesjov zo-even had gezeten, plofte hij ten slotte neer en maakte een hoofdbeweging naar Zajka, die daarop verdween en even later terugkwam met een aluminium fles en twee blikken kroezen. De stoel kraakte onder het gewicht van Sjoejevs zware lijf.

'Nee, maar onze Dvornjasjka tapt opeens uit een heel ander vaatje.'

'Hij bedoelde het niet zo...'

Malysj' stemgeluid leek meer op gekerm, hij schaamde zich, hij schaamde zich voor zijn machteloosheid. Die schaamte werd versterkt door de brief die onder zijn kussen lag. Binnenkort werd er een kind geboren dat hij het zijne mocht noemen en dat in zijn vader alleen smaad en vernedering zou vinden.

'Hou je mond, Malysj, ik bedoelde het precies zoals ik het zei!'

Hij kromp ineen en keek zijn vriend sprakeloos aan. Wat gebeurde er met Aljosja, wat ging er in hem om? Welke krachten waren er in hem ontwaakt, waar stuurde hij op aan? Terwijl hij zelf het heft in handen had willen nemen om zijn vriend met zijn oplaaiende gevoelens te beschermen, maar de controle steeds meer leek te verliezen.

'Roep ons ter verantwoording en laat haar gaan. Jullie weten dat het belachelijk is...'

'Belachelijk?'

Achter in de ruimte klonk het gegrom van Sjoejevs stem.

'Belachelijk? Ons leven op het spel zetten voor een Tsjetsjeense hoer, belachelijk, zeg je? De vijand in huis halen die ons allemaal dood wenst? Haar vader zit bij de separatisten. En mijn informanten bevestigen dat kameraad Gelajeva lid is van een illegaal gewapende groepering en waarschijnlijk een opleiding tot scherpschutter wil volgen.'

Weer hoorden ze een soort gekuch en weer flikkerden haar ogen op. Weer keken ze allemaal naar haar. Ja, ze lachte, ze lachte nog steeds, en ook Aljosja glimlachte, opeens klaarde zijn bleke gezicht op en glimlachte hij naar zijn aanbedene. Zij was het die hem moed gaf. Haar aanwezigheid, haar trots haalden het beste in hem naar boven. En waarom gaf zelfs de brief onder zijn kussen Malysj niet de moed om die walgelijke kerels het hoofd te bieden? Aan de andere kant moest een van hen zijn gezond verstand bewaren, troostte hij zichzelf, hij moest de zaak in de hand houden, ja, dat moest, want Aljosja stevende op iets onbeschrijfelijks af, hij moest hem tot rede brengen. Het zou uitlopen op een geweldig pak slaag, in het gunstigste geval. In het ergste geval... Ja, wat?

Petroesjov beval Zajka het raam open te zetten. Er drong frisse, koele nachtlucht naar binnen, die iedereen heel even een gevoel van verlichting gaf.

'Dat is toch je reinste kolder! Wat voor groepering, wat voor opleiding tot scherpschutter?! Waar slaat dat op?' riep Aljosja opgewonden, en Sjoejev dronk zijn kroes leeg, kwam overeind, wankelde op hem af en ging dreigend voor hem staan. Aljosja leunde nog steeds tegen de muur, zijn knieën knikten, maar hij verroerde zich niet, hij sloeg niet zoals anders zijn ogen neer. Zij keek steeds vaker naar hem. Voor het eerst leek ze tevreden over hem, voor het eerst leek hij haar aandacht waard. Wat paradoxaal, wat onrechtvaardig, dacht Malysj en hij voelde het klamme zweet van zijn voorhoofd druipen.

'Kleine gore lapzwans die je bent! Nou heb ik me zo uitgesloofd, en waarvoor? Om me door jullie te laten verraden? Ik geef jullie speciaal vergunning, vertrouw jullie geld toe, heb het beste met ons... Vuile smeerlappen!'

De vuist was zwaar en traag van de alcohol, maar nog altijd trefzeker. Aljosja wankelde en viel. Het bloed stroomde uit zijn neus. Nu schopte Sjoejev hem met zijn laars in zijn maag. Aljosja kromp ineen en liet een soort gekerm horen.

'Alsjeblieft, niet doen, nee... Hij...'

Malysj wilde naar zijn vriend, hem tegen de woede van de kolonel beschermen. Maar Zajka hield hem met een gebaar tegen.

'Ik wil alle details. Ik heb informatie nodig. Vooral de verblijfplaats van haar vader,' zei Petroesjov doodkalm, een kalmte waar Malysj koude rillingen van kreeg. Toen liep Petroesjov naar Noera toe en rukte met één haal de tape van haar mond. Ze gaf een gil en spuugde hem op hetzelfde moment in zijn gezicht.

'Verdomde hoer die je bent!'

Hij haalde uit, door de kracht van de klap vloog haar hoofd naar links. Aljosja probeerde onmiddellijk naar voren te kruipen, maar Sjoejev stond tussen hem en haar in.

Het was een zwoele nacht zonder sterren, de vochtigheid kroop in alle kieren, zette zich in elke vezel vast, maakte alles zwaarder, drukte en trok alles de diepte in. Malysj wreef in zijn ogen, hij moest zich concentreren, er moest een oplossing zijn, een deal, een ruil, hij moest een uitweg vinden. Maar er schoot hem niets te binnen. Hij zat gevangen in een labyrint zonder uitgang. Tussendoor hoorde hij het geruis uit Sjoejevs walkietalkie; het binnendringen van een andere werkelijkheid maakte de situatie nog vreemder, bijna ondraaglijk. Het geruis herinnerde hem eraan dat er buiten een wereld bestond waar een leven mogelijk was zonder boeien, klappen, vuistslagen en AK-74's, zonder bloedende neuzen en lippen, zonder paranoia en haat. Een andere werkelijkheid met de kloof, de altijd onstuimige rivier, het groen van de tot in de hemel reikende dennen, de eeuwige bergen, de grot met een zaklamp en een stapeltje boeken, de regen en de brief waarin een nieuw leven werd aangekondigd.

Petroesjov was met het verhoor begonnen. Telkens stelde hij dezelfde vragen: wie er nog meer bij de groepering hoorden, welke doelen ze op het oog hadden, welke aanvalspunten ze overwogen, waar haar vader was. Ze zweeg. Met een apathisch gezicht keek ze dwars door hem heen. Herhaaldelijk draaide en boog ze haar hoofd, kennelijk om haar nek te ontspannen.

Sjoejev ging naar buiten en kwam weer terug. Binnen schonk hij nog een borrel in. Zajka moest meedrinken. Waarom was het buiten zo stil? Waar waren ze allemaal? Sliepen ze? Was dit spektakel alleen voor Aljosja en hem bedoeld? Of begaven zijn zenuwen het?

Tegen drie uur 's ochtends begon Petroesjov te slaan. Hij sloeg haar steeds weer in haar gezicht, eerst met zijn vlakke hand, daarna met zijn vuist. Aljosja, die begon te schreeuwen, werd met klappen van een geweerkolf door Zajka tegengehouden. Hij zakte in elkaar en probeerde weer overeind te komen. Malysj begon te smeken, te bedelen.

'Alsjeblieft, alsjeblieft, hou op, nee, nee, hij... Ze is onschuldig, ze heeft niets misdaan... Laat haar gaan, nee, niet met de geweerkolf, dat kan toch niet waar zijn, alsjeblieft!'

Hij huiverde, zijn lichaam gehoorzaamde hem niet meer, hij beefde over zijn hele lijf en was misselijk.

'Welke doelen hebben jullie op het oog? Vertel op, hoer!' schreeuwde Petroesjov, en buiten antwoordde een nachtvogel met een echo. Een vreemde, grote nachtvogel gaf de wereld een teken dat niemand kon verklaren.

'Laat haar met rust, vuile ploert, laat haar met rust, of ik maak je af. Ik maak je af, ik zweer het!' brulde Aljosja nu. Zajka drukte de loop van zijn geweer tegen zijn voorhoofd.

'Hou je bek! Hou eindelijk je bek!'

De tranen liepen over haar wangen, maar ze zweeg, ze zei niets. Ze was verstandig. Ze wist dat haar situatie hopeloos was. Ze boog voorover, liet haar hoofd hangen en moest overgeven. Op hetzelfde moment viel er iets op de grond. Iets kleurigs. Malysj keek. Het was de toverkubus. Wat was ze de vorige dag blij geweest dat ze het raadsel had opgelost. Petroesjov keek verward naar de grond. Hij begreep het niet. Het was een absurd voorwerp, volkomen misplaatst op deze plek, in deze nacht. Hij bleef als aan de grond genageld staan, wilde de kubus oprapen, maar op dat moment wankelde de kolonel de schuur weer binnen en liep naar het raam, waar hij iets in zijn walkietalkie mompelde.

Sjoejev kon de vrede niet meer verdragen, die dreef hem tot waanzin, hield hem uit zijn slaap, maakte hem afhankelijk van de fles, vrat nacht na nacht aan hem. Aan een of twee separatisten had hij niet langer genoeg, zijn honger naar vergelding, naar vernietiging was onverzadigbaar. Hij had het verderf de kloof binnengehaald. Hij had de fakkel van zijn paranoia aangestoken, en het maakte niet uit wat Noera al dan niet zei, wat Aljosja al dan niet deed, wat Malysj al dan niet ondernam, het was een nachtmerrie zonder ontwaken. Sjoejev had reikhalzend naar de oorlog uitgekeken, had de ondergang bezworen, de dood gelokt, en nu waren al zijn ruiters gekomen, in het gelid, en straks zouden ze de ondergang vieren. Van nu af aan was hij niet meer te stuiten, elke avond zou zijn zucht naar vernietiging nieuwe slachtoffers eisen...

De rook zou uit de kloof opstijgen tot boven de bergtoppen, tot in de hemel, de heidense, prehistorische rook van het vuur dat bij het bloedvergieten werd ontstoken.

Hoever zouden zijn mannen gaan?

Aljosja tilde zijn hoofd op. Voor het eerst sinds ze in de schuur waren, kruisten hun blikken elkaar. In zijn ogen was verachting te lezen. Hij vergaf zijn vriend zijn neutrale houding niet. Malysj kon het hem niet eens kwalijk nemen. Aljosja had de kracht gevonden om de anderen openlijk te haten door van haar te houden, maar hem was die kracht niet gegeven. Hij keek om zich heen en stelde vast dat elke poging tot heldendom, elke ondoordachte ontsnappingspoging tot mislukken gedoemd was. In de verte klonken schoten. Haar vastgebonden lichaam kromp ineen.

'Welke doelen hebben jullie op het oog?' pakte Petroesjov de draad weer op en hij gaf een schop tegen haar stoel. Noera viel met stoel en al achterover. Haar lichaam drukte niets dan onverschilligheid uit. Haar hoofd kwam vlak naast de kleurige kubus terecht.

'Het is me gelukt,' zei ze opeens met haar blik op het vierkante speeltje.

'Wat is je gelukt?' vroeg Petroesjov meteen scherp. 'Wat is je precies gelukt?'

'Het is me gelukt,' herhaalde ze toonloos en ze deed haar ogen dicht, om ze meteen weer open te sperren alsof haar iets cruciaals te binnen was geschoten.

'Waar is Asma?! Waar is mijn zusje?!'

Plotseling, alsof ze een energiestoot had gekregen, probeerde ze overeind te komen en begon ze te schreeuwen: 'Waar is mijn zusje? Waar is mijn moeder? Wat hebben jullie met ze gedaan? Waar...?'

Haar ongenaakbaarheid en apathie waren in één klap veranderd in koortsachtige, van haat vervulde bezorgdheid.

'Ik wil mijn zusje zien, ik wil naar mijn zusje!'

Beneden in het dal breidde zich langzaam een dof, vervormd geluidstapijt uit. Malysj wist niet wat er aan de hand was. Weer een razzia? Weer een 'antiterreuroperatie'? Gierende banden en haastige voetstappen, aankloppen en zich verschansen, opsporen en wegduiken, schoten, kreten, dreigementen, angst en verzet – met op de achtergrond het eeuwigdurende, onveranderlijke ruisen van de rivier.

De hele tijd meldde zich iemand via de walkietalkie, de nervositeit in de schuur steeg met de minuut, Sjoejev dronk steeds sneller en veegde steeds gejaagder het zweet van zijn voorhoofd. Zajka hield Aljosja in bedwang, die overeind probeerde te komen.

Malysj stond ergens in het donkere gedeelte van de schuur, alsof ze hem vergeten waren, en hij bleef daar zwijgend staan. Misschien was het beter zo, misschien was dat de enige manier om deze nacht levend door te komen.

Geloofde Sjoejev serieus dat Noera Gelajeva deel uitmaakte van een 'illegale groepering'? Misschien klopte het wel, misschien had ze hen al die tijd in de maling genomen. Of was Sjoejev zo krankzinnig dat hij gewoon mensen liet neerschieten omdat hij daar de macht toe had? Zijn gedachten sloegen op hol, zijn hoofd deed pijn. Noera bleef maar schreeuwen. Ze ging van het Russisch over op het Tsjetsjeens en weer terug, trappelde met haar voeten, begon zich te verzetten; haar op de grond liggende en aan de stoel vastgebonden lichaam schokte alsof ze een toeval kreeg, ze probeerde zich op te richten en gooide haar hoofd heen en weer.

Petroesjovs geduld raakte op, hij boog zich voorover, greep haar bij haar haar en dwong haar hem aan te kijken. Toen sneed hij de touwen door waarmee haar handen waren vastgebonden. Noera stribbelde tegen, als een kat nam ze onmiddellijk een aanvalshouding aan. Haar hele lichaam was gespannen, boordevol haat en verachting; als ze de kans had gehad, had ze direct de trekker overgehaald, dat leed geen twijfel.

'Nou goed, als je niet anders wilt, als je niet anders wilt...' mompelde Petroesjov terwijl hij zijn vingers liet knakken.

Aljosja had aan Zajka weten te ontsnappen en was op Noera afgestormd, ging voor haar staan en strekte zijn armen beschermend uit, alsof hij tegen kogels bestand was. Hij leek te stralen. Hij was mooi nu hij had besloten dat zijn liefde voor het vreemde meisje groot genoeg was. Groot genoeg om te kunnen worden wie hij altijd al wilde zijn.

Sjoejev liep als een tijger in zijn kooi heen en weer, stootte zijn voet, vloekte nog harder, werd razend, kookte en ziedde van woede en kon elk moment ontploffen. Misschien begon het hem te dagen dat hij er een puinhoop van had gemaakt en ter verantwoording kon worden geroepen.

'Kom hier, stuk stront, jij hebt ons dit allemaal geflikt!'

Hij duwde Petroesjov ruw weg, greep Aljosja in zijn kraag en gooide hem uit alle macht opzij, alsof hij een stuk vuil was. Maar Aljosja gaf zich niet gewonnen, hij slaakte een strijdkreet, wierp zich op de kolonel en stompte hem met beide vuisten in zijn zij. Zajka hief zijn geweer op. Maar de kolonel had Aljosja al als een lastige vlieg van zich afgeslagen en richtte zijn aandacht op zijn belangrijkste prooi – op de woedende schoonheid, op het jonge vlees met de gitzwarte ogen en de hardnekkige haat tussen de tanden.

Hij greep haar bij haar armen en trok haar omhoog, ze blies, krabde, spuugde, probeerde haar vingers in zijn ogen te steken, maar hij was groter, sterker, hij was gewend aan haat, terwijl de haat haar uitputte en verzwakte; hij verlamde haar, brandde in haar keel, jeukte op haar huid, ze ging eraan te gronde.

Aljosja duwde Zajka opzij, Zajka struikelde en viel, maar liet zijn geweer niet los, Aljosja sprong boven op hem, sloeg steeds harder, schopte hem zelfs in zijn gezicht, in zijn ribben, waar hij maar kon. En intussen schreeuwde hij alsof hij met heidens gezang een oorlogsgod wilde aanroepen.

Zou de rivier het bloedbad aan zijn oevers dulden? En zouden de grote, vreemde vogels allemaal tegelijk uit de lucht vallen als ze de dood onder zich zagen paraderen? Zouden de bergen een voor een instorten, met oorverdovend lawaai, luid en vertwijfeld? Wat zou deze nacht achterlaten? Een aardverschuiving, als een zwarte vlek aangegeven op de landkaart?

Iets warms rukte Malysj uit zijn verstarring. Het was bloed dat op zijn hand spatte. Als in slow motion keek hij omlaag, daarna keek hij om zich heen: Aljosja was door Petroesjov overmand en werd door hem in de houdgreep gehouden, Sjoejev sleepte Noera mee alsof hij haar in stukken wilde scheuren, Zajka kwam bloed spugend overeind, Noera, bij wie de kabel om haar enkels was losgegaan, probeerde Sjoejev aan te vliegen, maar schuimbekkend van woede sleurde hij haar in de hoek.

De walkietalkie viel op de grond en zond een eenzaam geruis de halfdonkere schuur in. In de hoek, Malysj zag het nu pas, stond een bed, waar Sjoejev Noera op gooide.

'Het is jouw schuld, vuile hoer!' brulde hij, terwijl hij haar op het harde bed duwde. Malysj, die niet meer wist of dit werkelijkheid of een te lang durende nachtmerrie was, wilde achteruit naar de deur lopen, maar Petroesjov had het in de gaten en beval hem te blijven staan.

'Halt, Orlov, lafbek die je bent! Kom naar voren!'

'Naar voren? Waarheen?'

'Ben je soms achterlijk, versta je me niet?'

'Waarheen?'

'Naar de kolonel.'

'Maar...'

'Schiet op, verdomme!'

Voor het eerst sinds hij hem kende, hoorde Malysj in Petroesjovs stem iets van angst. Schoorvoetend liep hij naar het bed. Nu kwam ook de bloedende Zajka dichterbij.

'Vooruit, breng hem hier, breng hem hier!' brulde Sjoejev tegen hem.

Zajka stond er verward bij en verroerde zich niet, alsof hij niet kon begrijpen dat zijn god wilde dat hij zijn vingers opnieuw aan die smeerlap van een Aljosja vuilmaakte. Malysj voelde zijn ademhaling steeds sneller gaan, straks zou hij nog gaan hyperventileren en buiten bewustzijn raken, hier en nu, dat was het ergste wat hem kon overkomen.

Opeens stond Aljosja naast hem, met een gescheurde lip, een gezwollen oog en onder het bloed. Alles aan hem trilde, alles stond onder stroom, zijn botten waren net hoogspanningsmasten. Nee, waarschijnlijk zou er nooit een eind aan deze nacht komen... Vooral niet naar Noera kijken, vooral niet in haar gitzwarte ogen kijken. Zajka stond pal achter Aljosja en drukte de loop van zijn geweer in zijn rug.

'Vooruit, vasthouden!' brulde Sjoejev nu en hij greep met één hand naar de aluminium fles, die naast zijn voeten op de grond stond, alsof hij daar expres was neergezet. Met zijn andere hand drukte hij de om zich heen slaande Noera terug op het bed.

'Nee, nee, nee!'

Aljosja, die sneller dan Malysj begreep waar Sjoejev in zijn woede, in zijn blinde waan op aanstuurde, probeerde instinctief te vluchten, naar de deur te rennen, maar Zajka greep hem bij zijn haar en slingerde hem naar het midden van het vertrek.

'Jij houdt haar handen vast en jij haar benen!'

De stem van de kolonel klonk weer vast, beheerst, alsof hij het weerbericht voorlas.

'En, nog altijd zo koppig? Wil je ons nog altijd niet vertellen met welk geteisem je samenspant? Wat jullie van plan waren? Waar die verdomde vader van je zit?' vroeg de kolonel met zijn gezicht heel dicht bij het hare. Ze was plotseling rustig geworden, alsof alle kracht in één klap uit haar was verdwenen. Wat hadden die snelle stemmingswisselingen Malysj gefascineerd, zo zonder waarschuwing vooraf, alsof er een voor iedereen onzichtbare, geluidloze knop werd omgedraaid. Maar nu was hij er bang voor. Ze bouwde weer een muur om zich heen, de enige bescherming die haar restte: afwezigheid, onverschilligheid.

'Geef ons iets waar we wat mee kunnen! Dan laten we je gaan,' zei Petroesjov en Malysj wist meteen dat hij loog, dat ze hier nooit als vrij mens uit zou komen.

'Hou haar benen vast!'

Zajka duwde Aljosja met de kolf van zijn geweer naar het voeteneinde van het bed. Aljosja kromp ineen alsof hij buikkramp had. Toen richtte hij zich plotseling op en begon tegen haar te praten: 'Ik haal je hier uit, ik beloof het, er zal je niets gebeuren, ik pas op, ja, wees maar niet bang... Vergeef me, vergeef me... En je zusje zal ook niets gebeuren, ik zweer het... Het spijt me zo... Je redt het wel! Je bent sterk!'

'Wat zegt hij?' wilde Sjoejev weten.

'Hou je mond,' riep Zajka met een bespottelijk ijl stemmetje.

Maar Noera keek niemand meer aan, ze lag erbij alsof ze niet meer dan een leeg omhulsel, een leeg lichaam was en met haar gedachten heel ergens anders zat, ergens waar niemand haar kon vasthouden en tot iets dwingen. Ze leek afwezig, bijna ongeïnteresseerd, ze draaide haar hoofd opzij. Malysj moest aan het hoofdeinde gaan staan en haar armen vasthouden, maar het was amper nodig, ze verroerde zich niet. Ze verroerde zich niet toen Sjoejev begon te brullen en zijn speeksel op haar wang belandde, ze verroerde zich niet toen Petroesjov tegen haar kuit schopte en Malysj als een mantra 'Alsjeblieft niet, alsjeblieft niet!' herhaalde. Ze verroerde zich niet toen de muren op haar afkwamen, de ruimte steeds kleiner werd, de lucht steeds ijler en het schimmige halfduister steeds meer scheuren kreeg, toen de afgrond zijn muil steeds verder opensperde en een beestachtige stank uitstootte. Ze verroerde zich niet toen Sjoejevs razernij een hoogtepunt bereikte en hij zich op haar stortte.

'Jullie vermoorden mijn mannen, jullie willen ons uitroeien, gluiperds zijn jullie, net kakkerlakken, neuken, vreten, schijten en moorden, ons vermoorden, dat is het enige wat jullie kunnen, maar dat laat ik niet gebeuren!'

Hij begon haar door elkaar te schudden. Als een pop lag ze in zijn handen. Malysj sprong achteruit. Ook Zajka verroerde zich niet meer. Het was alsof de tijd al het voorafgaande tot dit ene moment had samengesmolten. Sjoejevs stem drong nog slechts verwrongen tot hem door. Alles leek zich vertraagd af te spelen. Alles zette uit en vervormde. Nog even en de muren zouden hen allemaal dooddrukken.

Sjoejev sloeg op haar in. Met zijn vuist in haar maag, daarna in haar gezicht. Ze verroerde zich niet. Nu was het Petroesjov die zijn wapen tegen Aljosja's hoofd drukte en dreigementen uitte. Zijn stem klonk als gesis. Alles zou instorten, nog even en de aarde zou zich openen en deze schuur, nee, dit hele terrein opslokken.

Opnieuw sloeg de kolonel haar in haar gezicht, toen richtte hij zich plotseling op, schrijlings op haar zittend, alleen zijn gehijg verbrak de stilte die opeens in de schuur heerste. En toen kwam dat metaalachtige geluid, Malysj kon het eerst niet thuisbrengen, tot hij Sjoejevs handen zag bewegen – hij maakte zijn riem los, daarna volgde de rits, en op dat moment sloeg Noera haar ogen op en keek Malysj aan. Malysj verstijfde. Nooit zou hij die blik vergeten. Een uitdrukking die hij niet eerder had gezien en die hij later als afgrijzen zou omschrijven. Maar dat afgrijzen – dat gold hun, en niet alleen de trojka, zoals hij tot nu toe had gedacht, maar ook Aljosja en hem. Ze keek hem aan, terwijl Sjoejev zijn broek naar beneden trok en hijgend boven op haar viel.

'Hou haar benen vast!' beval Petroesjov en hij duwde Aljosja, met zijn geweer in zijn nek, tegen het bed.

Noera begon met haar benen te spartelen, ze probeerde zich om te draaien, ze deed het geluidloos, wat de situatie nog ondraaglijker maakte, maar Aljosja, die geen kik meer gaf, die lijkbleek was geworden, drukte zijn handen op haar benen. Malysj, met de adem van Zajka in zijn nek, hield haar armen omklemd en keek de andere kant op.

Ze hield haar mond stijf dicht en alle woorden die ze

had gehad, alle woorden die ze ooit had gezegd of gedacht, werden verpletterd door een kolossaal zwijgen, dat als een losgeraakt rotsblok alles met immense kracht bedolf. En met haar woorden stierf ook het geloof in een wereld zonder speeksel, riem en angst, stierf ook het geloof in hulp en redding – wat uitliep op totale haat. Als een slangenvrouw draaide ze haar bovenlijf de ene kant op en haar omklemde benen de andere kant, ze krabde en beet, totdat Sjoejev Malysj wegduwde, haar armen pakte en haar weer op haar rug draaide.

En Malysj stond erbij en keek hoe de wereld als een zeepbel uiteenspatte, zijn verstand stond stil, maar één ding kreeg hij niet uit zijn hoofd: de brief die onder zijn kussen lag, de brief waarvan hij als het ware het hart hoorde kloppen.

Sjoejevs naakte achterwerk begon op en neer te gaan en een gekreun vulde de nacht. Noera begon te jammeren. Het in bezit nemen van haar maagdelijke lichaam leek Sjoejev geen verlichting te geven, integendeel, zijn razernij nam toe, hij stootte steeds sneller en hijgde en zweette alsof Noera hem een onbekende ziekte had bezorgd, een ziekte waaraan hij te gronde zou gaan.

Petroesjov en Zajka leken door de aanblik van dit complete controleverlies te worden meegesleept, beide mannen hielden hun adem in en hadden geen oog meer voor hun ondergeschikten, die met geweld tot nog meer geweld dienden te worden aangezet.

De tijd vertraagde, alsof een onzichtbare hand de wijzers tegenhield. Malysj, die zijn blik telkens van de zich als een tumor in zijn hoofd nestelende beelden afwendde, keek naar Aljosja op het moment dat die bij de in opperste concentratie in het schouwspel verdiepte Petroesjov de Makarov uit de holster wist te trekken, het pistool dat Petroesjov als extra beveiliging altijd aan zijn koppel droeg. Malysj deed zijn mond open, hij wilde iets zeggen, 'nee' roepen, maar hij zag niets anders dan Aljosja en zijn dode ogen, alsof al het leven al uit hem was geweken. Wat misschien ook zo was, en toch wilde hij zijn vriend weerhouden van een schot, van een poging, van wat dan ook. Petroesjov riep iets, Zajka ontgrendelde zijn geweer, straks zouden de muren van alle kanten worden doorzeefd, en eerst zouden de kogels blindelings de lichamen raken, maar Aljosja was sneller: nog voor Malysj had hij begrepen dat er uit deze schuur geen ontsnapping mogelijk was, dat er aan deze nacht geen aanvaardbaar einde zou komen, en hij drukte de loop van het pistool dan ook tegen zijn slaap en haalde de trekker over.

Het schot was oorverdovend en dreunde door de hele kloof. Sjoejev, die met één arm op Noera steunde, verstarde in zijn onnatuurlijke houding. Toen sloeg er iets zwaars tegen de grond. Het ging zo vlug dat niemand kon reageren. Ten slotte kwam Sjoejev in beweging: 'Dat kan toch niet waar zijn?! Dat moeten we... dat kunnen we niet zomaar... verdomme nog aan toe! Hoe kon hij bij jouw pistool, idioot die je bent!'

De aanblik van Aljosja's opengebarsten schedel en de uitpuilende hersenen zweepte het bloedige feest verder op. Noera wist de door Aljosja's dood veroorzaakte adempauze te benutten en duwde Sjoejev van zich af. Ze krabde en spuugde hem in zijn gezicht. Maar bij de kolonel gingen door Aljosja's dood alle remmen los.

'Jij hebt hem vermoord, jij hebt hem vermoord!' brulde hij en dankbaar, bijna opgelucht nu ze weerstand bood, ging hij het ongelijke gevecht weer aan.

Hij sloeg haar, steeds weer sloeg hij haar in haar gezicht, het bloed spatte op, hij likte het van zijn lippen, scheurde haar hemd in stukken, ontblootte haar borsten, drong opnieuw bij haar binnen, ze huilde, vloekte. Malysj had haar losgelaten, hij kon zijn ogen niet van het dode lichaam van zijn vriend afhouden, hij bewoog zich in zijn richting, als in trance wankelde hij naar hem toe, en toen Zajka hem in zijn rug greep, draaide hij zich om en sloeg hem uit alle macht in zijn gezicht.

Het kostte zo weinig moeite om Zajka op zijn bek te slaan dat het hem verbaasde dat hij het niet veel eerder had gedaan. Intussen had Sjoejev zich op de grond laten zakken, hij rolde in de hoek en greep naar de fles, hij liet het strijdperk over aan zijn ondergeschikten. Dat zij aan de beurt waren, aan de beurt moesten komen, leek een bij dit gruwelijke moment horende, onuitgesproken wet. Het offerfeest was in volle gang, er was geen terug meer, tenslotte kon je iemand niet half doden. Petroesjov maakte zijn gulp open.

'Als het een meisje wordt, moet ze Ada heten...' Die zin bonkte in Malysj' hoofd, harder dan het schot dat Aljosja had gelost.

Petroesjovs broek gleed op de grond.

'En, krijg je dat tenminste voor elkaar?' hoorde hij Sjoejev in de hoek spottend roepen. Toen volgde er een vreemd kletsend geluid.

'Och gut...' zei Sjoejev smalend.

'Hou je bek!' hijgde Petroesjov, die even vergat dat hij zijn minachting voor Sjoejev nooit openlijk toonde.

Was ze bewusteloos? Waarom maakte ze geen geluid meer? Malysj wilde zich niet meer naar haar omdraaien. Hij zag alleen nog de bloederige massa naast het hoofd van zijn vriend, en toen Zajka hem weer bij zijn schouder greep, gooide hij hem, zonder zelf te weten hoe, tegen de grond, stortte zich op hem en sloeg net zolang op hem in tot hij roerloos en onder het bloed naast het voor altijd uitgebluste lichaam van Aljosja lag. Vreemd genoeg was er niemand die hem tegenhield, het leek iedereen koud te laten wat hij met Zajka deed.

Petroesjov tobde zich af met zijn half slappe lid. De walkietalkie ruiste. Sjoejev zat in zichzelf te mompelen. Zijn gezicht zat onder de rode schrammen.

De nacht moest wijken voor de dag, straks zou de zon opkomen en het slagveld tot in de verste hoek verlichten. Plotseling hoorde hij Noera's stem, het was weer haar gewone stem, ze klonk bijna opgewekt. 'María Victoria Eugenia Guadalupe Martínez del Río Moreno-Ruffo,' herhaalde ze telkens. Hij had geen idee waar ze het over had. 'María Victoria Eugenia Guadalupe Martínez del Río Moreno-Ruffo...'

'Hou je bek, hoer!'

Daarna hoorde hij Petroesjov hijgen.

'Hoer, vervloekte hoer,' hijgde hij bij elke stoot. Hij zakte weg in een wreed genot, dat hem stil en belachelijk maakte.

Dat Malysj Zajka bewusteloos had geslagen, interesseerde niemand meer. De goden van de dood eisten veel grotere offers. Hij zou deze ruimte niet levend kunnen verlaten als hij niet ook zijn handen vuilmaakte. Straks was hij aan de beurt. Straks moest hij haar onteren en daarmee zijn leven vrijkopen. Nu begreep hij waarom Noera niet meer bewoog: omdat verzet geen zin meer had, omdat Petroesjov haar verkrachtte met de loop op haar voorhoofd of direct in haar mond, hij durfde niet goed te kijken. Misschien als aansporing voor zijn slappe lid, als stimulans voor de almachtsfantasieën die hij nodig had om opgewonden te raken.

Nee, onschuldig kwam hij hier niet levend uit. Er was maar één mogelijkheid – hij moest ophouden zichzelf te zijn, hij moest iemand anders worden.

Toen alles voorbij was, toen met de eerste zonnestralen de stilte terugkeerde, stond hij op en zei tegen de trillende Zajka, bij wie zijn gezicht onder het bloed zat en het snot uit zijn neus liep: 'Vooruit, opstaan, mislukkeling!'

'Ze is dood, ze is dood, mijn god, ze is dood,' herhaalde Zajka stotterend, en toen hij niet deed wat Malysj zei, gaf die hem een paar fikse draaien om zijn oren.

Sjoejev was verdwenen, niemand had gemerkt wanneer hij de schuur uit was gewankeld. Petroesjov stond bij het raam te roken. Hij zei al meer dan een halfuur niets. De zon was akelig fel. Malysj greep Zajka bij zijn schouders en zei: 'Jij gaat nu de kolonel halen. Desnoods met geweld. Heb je me begrepen, stom rund? Kijk me aan, heb je me begrepen? Ja, goed zo, maak duidelijk dat je me begrepen hebt. Daarna ga je naar Koeznetsov en meld je twee doden. Begrepen?'

'Ja, generaal,' antwoordde Zajka. Malysj had geen idee waarom Zajka hem opeens die rang verleende, maar het kon hem niet schelen. Toen bukte hij en raapte de kleurige toverkubus op. Terwijl hij het zonlicht in liep dat door het open raam naar binnen viel, voelde hij dat er iets van hem afgevallen was, definitief, onherroepelijk – hij was volkomen vrij van angst, en niets of niemand hield hem meer tegen.

DRIE

PERO

2016 | DE GENERAAL

Hij had van zijn dochter gedroomd en die droom was zo reëel, zo echt, dat het een beproeving was om wakker te worden. Automatisch tastte hij naar het lichaam van Jevgenia, tot hem te binnen schoot dat ze al een tijd het bed niet meer deelden. Toen kwam ook de herinnering aan de vorige avond terug, zijn harde afwijzing in het zwembad. Ze had haar spullen gepakt en was vertrokken; ze moest ook de honden hebben meegenomen, het was ongewoon stil in huis.

Hij had de aardverschuiving veroorzaakt, er zelf op aangestuurd, en al deed het hem nog zo'n pijn, al verlangde hij nog zo naar haar, toch wist hij dat er voor hem niets anders op zat dan haar te laten gaan.

Jevgenia verdiende een nieuw begin, hij vertrouwde blindelings op haar, op haar en haar doorzettingsvermogen, haar overlevingsdrang en haar kracht. Ze was beter af zonder hem. Dat bedacht hij zonder enige spijt, zonder enig zelfmedelijden.

'Ik weet niet meer wie je bent,' had ze hem verweten, waarop hij had geantwoord: 'Je moet sterk zijn, tot het allemaal voorbij is. Jij moet sterk zijn voor ons allebei.'

Hij had overal goed over nagedacht. Hij was zich van elke stap bewust, niets mocht aan het toeval worden overgelaten. Hij las nu al het boek dat nog ongeschreven was, hij kende elke zin, elke alinea ervan. Dat was de enige genoegdoening die hem nog restte, en het was een redelijk alternatief voor geluk.

Hij stond op, ging naar beneden en luisterde naar de ziel van het huis.

Het moment waarop Malysj ophield te bestaan en in zijn plaats de generaal naar voren kwam, was uiterst kort en toch loodzwaar, beslissend als een geweerschot. Al toen Zajka hem met die absurde titel aansprak, wist hij dat niets meer zo zou zijn als voorheen en dat de persoon die hij vlak daarvoor nog dacht te zijn, op hetzelfde ogenblik tot stof verging.

Op het moment dat de dood van twee onschuldige mensen hem en zijn medeplichtigen tot moordenaars had gemaakt, was de oorlog niet meer van belang, was die alleen nog het decor van hun daad en verder niets. De oorlog had tot gevolg dat er een leven werd weggevaagd, het leven dat hij zo graag had willen leven.

Want over een paar maanden zou hij vader worden, tegenover dat feit stond hij machteloos, daar was niets aan te doen. En daarom moest al het andere worden uitgewist.

Ondanks de uitputting, het slaapgebrek en de dood van twee mensen, die zwaar op zijn schouders drukte, was hij zelden zo helder geweest als in de minuut dat hij vanuit de schuur het daglicht in stapte. De bergen ontvingen hem stoïcijns en gelijkmoedig, de ochtendzon drong zijn voorhoofd binnen en verwarmde hem. Badend in het zonlicht en doodstil stond hij daar en keek omlaag naar zijn hand, die krampachtig iets omklemde, zo stijf dat hij het bijna niet meer voelde. Hij keek verbaasd naar de kleurige toverkubus, waarvan zij het raadsel had opgelost, zoals ze waarschijnlijk alles in haar leven had kunnen oplossen, als het haar niet van het ene moment op het andere met geweld was ontnomen – doordat haar keel net zolang was dichtgeknepen tot ze niet meer bewoog. Hij stopte de kubus in zijn jaszak en vervolgde zijn weg naar het kamp.

Hij wist dat het geen zin had wat hij deed, absoluut niet,

maar hij kon niets beters bedenken. Hij liep regelrecht naar de container van Sjoejev en zocht in een stoffige ordner een telefoonnummer, dat hij algauw had gevonden. Hij belde de bevelhebber van de hele regio waar ook Sjoejev en zijn troep onder vielen. Zijn naam kon hij zich later niet meer herinneren, maar wel alles wat hij tegen hem zei, de slaperige stem klonk geërgerd.

'Wat is er in vredesnaam aan de hand? Weten jullie niet hoe laat het is?'

'U spreekt met soldaat Orlov. Ik bel met het toestel van de kolonel.'

'Wie heeft je toestemming gegeven om dat toestel te gebruiken? Wat is er aan de hand?'

'We hebben iemand vermoord. Verkracht en vermoord. En er heeft iemand zelfmoord gepleegd. We moeten ter verantwoording worden geroepen.'

Er volgde een lange stilte. Daarna klonk er gekuch aan de andere kant van de lijn.

'Ik wil onmiddellijk je kolonel spreken.'

'Ik vermoed dat die niet aanspreekbaar is. Hij is zijn roes aan het uitslapen.'

'Wat was je naam ook weer?'

'Orlov. Aleksandr Orlov.'

'Besef je eigenlijk wel wat voor beschuldigingen je daarnet hebt geuit?'

'Ja, dat is me volkomen duidelijk.'

'Je hangt nu onmiddellijk op. En we doen alsof dit telefoongesprek nooit heeft plaatsgevonden. En Sjoejev moet jou een lesje leren. Jij hoort niet in het leger thuis, kleine rat die je bent.'

Toen werd de verbinding verbroken. Hij had niet gedacht dat hij die dag nog ergens versteld van zou staan, maar na dat telefoontje was hij sprakeloos.

Op weg naar zijn slaapcontainer stuitte hij op een soldaat die net uit de keuken kwam en verbaasd was dat hij daar niemand had aangetroffen.

'Aljosja is dood,' zei Aleksandr volkomen rustig.

'Wat, dood?'

'Hij heeft zich een kogel door het hoofd gejaagd.'

'Wat lul je nou, daar is Dvornjasjka toch veel te schijterig voor,' zei de ander, en toen gebeurde het: hij, of liever gezegd, zijn lichaam, herinnerde zich dat hij bij het verlaten van de schuur in al zijn vezels had gevoeld dat de angst die hem zijn leven lang had vergezeld, verdwenen was. Als een roestige veer was die angst geknapt, het was alsof hij nooit had bestaan. Een fractie van een seconde vroeg hij zich af of er iets anders voor in de plaats was gekomen, maar nee, niets, hij was gewoon weg. En toen hij dat begreep, sloeg hij de soldaat met zijn vuist in zijn gezicht. Hij wist niet waar de kracht vandaan kwam, maar de klap was gigantisch. In een mum van tijd lag de soldaat voor hem in het stof en zette hij de punt van zijn laars op zijn keel.

'Nog één rotopmerking over Aljosja en je bent er geweest!' zei hij rustig, en hij verbaasde zich over de ijzige kalmte in zijn stem. Toen stapte hij over hem heen en ging de slaapcontainer binnen.

Daar gooide hij haastig zijn spullen in de plunjezak – van de boeken vond hij in de gauwigheid alleen *Antigone* en *Ada* – en liep weer naar buiten. Hij hoorde al naderende auto's en stemmen in de verte, het was Petroesjov, die bevelen uitdeelde. Sjoejev was kennelijk nog buiten gevecht gesteld.

Hij liep en liep, hij wist niet hoelang, hij wist niet waarheen, maar zijn voeten brachten hem almaar verder. De bergen waren zijn enige oriëntatie, en de rivier, het ruisen achter zich. Op een gegeven moment kwam hij bij een naburig dorp, hij herinnerde zich dat daar een bemand postkantoor was. Daar belde hij naar Moskou en vroeg zijn moeder onmiddellijk alle kennissen en vrienden van zijn vader te alarmeren en in de eerste plaats contact op te nemen met generaal Makarov, de Afghanistanheld, die de naam had onkreukbaar te zijn en ergens in een datsja bij Sint-Petersburg van zijn pensioen genoot. Hij vroeg om teruggebeld te worden. Inderdaad ging een uur later de groezelige en naar speeksel stinkende telefoon in de volgekalkte telefooncel van het postkantoor. Dat er een uur verstreken was, zag hij tot zijn verbazing aan de wijzers van de wandklok. Hij had niet kunnen zeggen of hij al een uur of pas een minuut in het hokje zat. Voor het eerst van zijn leven was hij blij de zoon te zijn van een vader die met Makarov bevriend was geweest. Hij beschreef de situatie voor de onbekende man en vroeg of hij hem wilde helpen zichzelf en zijn medeplichtigen aan te geven.

'Weet je zeker dat je dat wilt?' vroeg de oude man aan de andere kant van de lijn.

'Ja, heel zeker.'

'Blijf dan waar je bent. Ik zal iemand sturen om je op te halen. We zien elkaar overmorgen in Mozdok. Ik kom persoonlijk naar je toe. Je praat met niemand anders, begrepen? Van nu af aan word je als deserteur beschouwd en moet je op je tellen passen.'

Hij was de man oneindig dankbaar dat hij verder geen vragen stelde, maar hem in plaats daarvan concrete instructies gaf, die hij maar al te graag opvolgde.

Drie uur later haalde een kolonel van het tankregiment hem met een terreinwagen in het dorp op.

Hij stelde evenmin vragen, rookte de ene sigaret na de andere en liet één arm tijdens het sturen uit het raampje hangen.

'We wachten tot het donker is, dan draag ik je bij de grenspost over aan mijn mannen. Die brengen vracht naar

Mozdok, non-ferrometaal. De jongens zorgen voor de rest. En mond dicht als zij of ik praten, begrepen?'

Aleksandr knikte en viel toen in een loodzware slaap, waaruit de chauffeur hem pas wakker schudde toen ze al dicht bij de grenspost waren. Daar werd hij opgewacht door een volgeladen vrachtauto en kreeg hij een plaats in de laadruimte toegewezen. Het was een publiek geheim dat 's nachts de zwarte handel tot leven kwam. Hij had in Grozny al afgeladen vrachtauto's zien vertrekken, meestal vervoerden ze vaten benzine en reden ze richting Dagestan of Mozdok, de garnizoensstad, het hoofdkwartier van de Russische strijdkrachten in de Kaukasus. In dit geval was het non-ferrometaal, hij wist niet eens wat non-ferrometaal precies was, maar dat kon hem niet schelen. Hij volgde de instructies op van de drie soldaten die voorin waren gaan zitten. Hij hield zijn mond. Bij de grenscontrole werden er een paar woorden gewisseld en wierpen ze even een blik op hem in de laadruimte, verder waren er geen problemen.

Het leek wel een wonder. Toen hij zich in een vervallen pension op bed liet vallen, verbaasde het hem dat hij zomaar uit de oorlog had kunnen stappen, alsof het kinderspel was. Het was hem gelukt omdat hij zichzelf geen enkele vraag had gesteld, geen enkel alternatief, geen plan B had bedacht, er was geen andere manier en die beslissing was zo duidelijk, zo doelbewust, dat hij iedereen zou hebben neergeschoten die hem ervan af had willen brengen. Het idee om op iemand te schieten vond hij nu helemaal niet zo afschrikwekkend meer.

Zonder zich uit te kleden viel hij in een comateuze slaap. Midden in de nacht werd hij wakker en dreef de honger hem de straat op. Om die tijd was er alleen een kleine kiosk open. Pas toen hij zich had volgepropt met koekjes, chocola, chips en snoep, keerde de gedachte aan

Sonja en hun kind terug. Die gedachte maakte hem misselijk. Hij haastte zich terug naar zijn kamer en voordat hij bij de wc-pot was, kotste hij de vloer van de badkamer onder.

De volgende dag arriveerde Makarov. Terwijl ze in een cafetaria koolsoep aten, beschreef Aleksandr gedetailleerd de gebeurtenissen van de nacht in de schuur. Hij vertelde ook over zijn telefoontje met de bevelhebber.

Makarov, een forse, gedrongen man met een volle witte baard, knikte zwijgend en liet hem daarna een halfuur alleen; hij moest een paar mensen bellen.

'Ik weet niet of je de regels kent, maar in de strijdkrachten van de Russische Federatie kunnen militairen alleen gearresteerd worden met toestemming en op verzoek van hun meerderen. Dat wil zeggen dat we de opperbevelhebber tot Sjoejevs overdracht moeten bewegen, we moeten druk uitoefenen. Ze zullen elkaar allemaal de hand boven het hoofd houden en jou treiteren en koeioneren. Ben je bereid dat te accepteren?'

Hij knikte zonder van zijn soep op te kijken.

'Goed. Het is jouw keus. We hebben een moedige rechter nodig en een nog betere advocaat om de familie van de dode te vertegenwoordigen. Daar zal ik voor zorgen.'

Weer knikte Aleksandr en deze keer keek hij hem recht aan.

Makarov hield zijn woord. Hij wist inderdaad een onomkoopbare rechter in Rostov te vinden en nam contact op met Stanislav Pasternak in Moskou, die op dat moment op het hoogtepunt stond van zijn carrière als advocaat.

Maar hij wist vooral te bereiken dat de opperbevelhebber, en dus Sjoejevs meerdere, akkoord ging met diens overdracht. Hoe hij dat voor elkaar kreeg, wilde Aleksandr niet weten.

Men was bereid een precedent te scheppen, men stuurde een onderzoekscommissie van het militair bestuur naar de basis in de bergen en gaf opdracht om het lijk van Noera te zoeken, dat, zo vermoedde Aleksandr, niet ver van de schuur begraven moest zijn. Hij had gelijk: ze vonden haar achter de schuur, waar ze kennelijk haastig, want niet eens bijzonder diep, in een plastic zeil onder de grond was gestopt. Waarschijnlijk had de arme Zajka het gat moeten graven. (Aljosja's lijk was in een zinken doodskist per vrachtvliegtuig overgebracht.)

De verdachten Sjoejev en Petroesjov pleitten aanvankelijk onschuldig en hielden zich van den domme, nog nooit was een militair in deze oorlog ter verantwoording geroepen, een proces, dat was toch bespottelijk, en Sjoejev had goede contacten in de top waar hij zijn hoop op vestigde. Hij was ervan overtuigd dat hij nooit zou worden overgedragen, ook voor het ministerie van Defensie zou zoiets een schande zijn, nee, dat was uitgesloten.

Maar de commissie gaf het niet op: Makarov met zijn ouderwetse rechtschapenheid en zijn duidelijke waardesysteem, een rechter die bereid was het tegen de hele militaire kaste op te nemen, en een advocaat die met zijn engagement inzake mensenrechten tot ver buiten de Russische grenzen naam had gemaakt – dat alles bij elkaar leverde resultaat op.

Makarov raadde Aleksandr aan naar huis te gaan, zo gauw zouden ze hem niet arresteren, hij was nog altijd een vrij man. Hij vloog naar Moskou.

Toen zijn moeder met een ontsteld gezicht de deur voor hem opendeed, overwoog hij even ter plekke rechtsomkeert te maken en te verdwijnen.

'Heb je verlof gekregen?' vroeg ze nog in de deuropening. 'Wat was dat voor verhaal waar je over belde?'

'Nee, ik heb geen verlof.'

Hij liet zich door haar omhelzen, maar bleef als versteend bij de deur staan. Het voelde zo onwerkelijk om hier te zijn, op deze plek, die ooit zijn thuis was geweest.

'Ik ben 'm gesmeerd. En binnenkort... binnenkort moet ik naar de gevangenis...'

Het gesprek voortzetten zou zinloos zijn. Als een hondje liep ze van kamer naar kamer achter hem aan, overstuur, heen en weer geslingerd, vol onbegrip voor de hele actie. (Dat ze later, als ze dacht dat hij sliep, de nodige telefoontjes zou plegen om erachter te komen wat er precies was gebeurd, daar twijfelde hij geen moment aan.) Ze dekte de tafel voor hem, niet wetend of ze dolblij of diepbedroefd moest zijn dat haar zoon hier was, levend en wel. En ze wist ook niet wat ze van zijn metamorfose moest denken, want hij leek een ander mens, hij liep anders, hij praatte anders, hij rook zelfs anders. Ze drukte een kus op zijn voorhoofd en zette het eten op tafel. Hij at gulzig, vroeg telkens om meer.

Zij was het die hem ertoe had veroordeeld degene te worden die nu tegenover haar zat. Zij had hem gedwongen een geest te volgen, zij had hem die gehate, naar mottenballen en illusies stinkende erfenis opgedrongen en hem ertoe gedoemd een dodenrijk binnen te gaan. Ze had hem zijn dromen, zijn wensen ontnomen en hem in plaats daarvan de verziekte, ten dode opgeschreven wensen van haarzelf ingeprent.

'Sonja komt geregeld langs, dat heb ik haar gevraagd, ik wilde een oogje in het zeil houden zolang jij er niet was, je weet hoe onbezonnen ze is, geen wonder met zo'n familie.'

Toen ze dat zei, werd hem in één klap duidelijk dat ze haar klauwen niet ook nog naar Sonja en zijn kind mocht uitsteken om hen met haar zieke dromen te verpesten. Hij moest alles doen om die twee bij haar vandaan te houden. Iedere alcoholist, iedere asociaal zou beter zijn dan zij, dacht hij, terwijl hij de volgende gehaktbal naar binnen werkte. Ze keek hem met haar waterige ogen aan en het idee dat haar vreugde werd overschaduwd door de angst dat hij het misschien opnieuw had verprutst en de nagedachtenis van zijn vader geen recht had gedaan, bezorgde hem braakneigingen.

'Je krijgt haar niet meer te zien,' zei hij opeens kalm, alsof hij haar een boodschappenlijstje dicteerde.

'Sasjenka, wat is er toch met je? Ik herken je gewoon niet meer... Ik bedoel... waar heb je het over?'

'Dat doet er niet toe. Je laat Sonja en ons kind met rust.'

Hij had frisse lucht nodig. Het was nog donker, het huis was in een aangename stilte gedompeld, het meer sliep en zelfs de vogels leken nog niet wakker te zijn.

'Kan ik je iets brengen, Aleksandr?' vroeg Asja met een slaperige stem in de deuropening.

'Nu je het zegt, een kop koffie. Ik ga naar het terras. Dek daar de tafel maar.'

'Maar het is koud.'

'Asja!'

Ze had veel vragen, dat zag hij aan haar, maar ze kende hem goed genoeg om te weten dat dit niet het goede moment was.

Ze hoorde zozeer bij zijn leven dat hij zich niet meer kon voorstellen hoe het zonder haar was geweest, en ook al wisten ze dat haar aanwezigheid sinds Ada's dood eigenlijk zinloos was, ze durfden dat geen van beiden hardop te zeggen. Na Ada's dood had hij haar bewonderd om haar stille verdriet. Alsof ze zich had voorgenomen niets te laten merken om niet met zijn pijn te hoeven wedijveren, maar hij wist hoe groot de leegte was die Ada's verdwijning bij deze corpulente, robuuste vrouw had achtergelaten. Het was die pijn die hen verbond.

Sonja smaakte naar leven en naar een zoete, rijpe vrucht, ze smaakte naar alles wat had kunnen zijn, maar niet meer zou zijn, en in haar armen – ze stonden midden op de binnenplaats, tussen de huizen – voelde hij zich zwak worden. Dat gevoel was gevaarlijk, dat mocht hij niet toelaten. Ze kuste hem en sprong telkens weer als een wild aapje tegen hem op. Haar buikje tekende zich nog maar aarzelend af onder haar strakke blouse, alsof het kind zich nog niet aan de wereld wilde laten zien.

Hij maakte zich uit haar armen los, pakte haar handen, hield ze vast en keek haar recht aan.

'We moeten praten.'

'Maar we praten toch, Malysj, we praten toch...'

'En noem me niet meer zo.'

'Waarom niet? Wat is er... wat is er met je aan de hand?'

'Is er ergens een rustige plek waar we niet gestoord worden?'

Ze pakte zijn hand en nam hem mee door de trappenhuizen, langs de anonieme binnenplaatsen en vochtige steegjes van de wijk Sjtsjoekino, die zij beter kende dan wie ook, en ze kwamen terecht in een verlaten hokje, een soort wachthuisje dat bezaaid was met sigarettenpeuken en wodkaflessen. Daar stond een bank vol graffiti en ingekraste namen, en om de een of andere reden vroeg hij zich af of ook haar naam erbij stond.

Hij vertelde alles op zakelijke toon, hij lette op dat hij niet te veel in details trad en toch niets belangrijks oversloeg. Ze leunde tegen de vochtige muur en ademde iets zwaarder dan anders, hij zat op de bank en hield zijn ogen neergeslagen. Haar aankijken kon hij zich niet veroorloven.

'Ik weet niet wanneer, maar op een gegeven moment komen ze,' zei hij tot slot en hij spuugde op de grond, alsof hij na alles wat hij had gezegd zijn mond schoon wilde maken. 'Maar voor die tijd zal ik alles voor jullie regelen.

Misschien vind ik een woning voor ons. Ik zal zorgen dat het jullie aan niets ontbreekt.'

'Maar het zal me aan een man en een vader ontbreken,' zei ze opeens als een koppig kind.

'Op een dag is alles voorbij. Dan kom ik terug. Ik verwacht niet dat je op me wacht, maar...'

'Het was oorlog, Sasja,' onderbrak ze hem, en die zin maakte hem in de war.

'Hoe bedoel je?'

'Ik bedoel dat er in de oorlog zulke dingen gebeuren.'

Hij wilde het niet horen en had niet de kracht om erop te reageren, hij wilde niet met haar in discussie gaan. Het gevoel dat zijn tijd beperkt was, maakte zijn denken helderder en efficiënter. Voordat ze hem kwamen halen, wilde hij alles regelen wat hem belangrijk leek.

'Het spijt me, Sasjenka, maar je moet nu toch aan ons denken. Het spijt me dat je dat allemaal hebt moeten meemaken, maar het was oorlog. Ik bedoel, het was niet jouw schuld wat er is gebeurd, het was niet jouw schuld...'

'Het was wél mijn schuld, verdomme!'

Hij was opgesprongen en keek haar vol haat aan. Ze drukte zich tegen de muur en in haar ogen stond angst te lezen. Hij schaamde zich, hij wilde niet dat ze bang voor hem was, maar hij kon haar woorden niet verdragen, hij had behoefte aan andere zinnen, aan een ander soort begrip, hij schoof het op de zwangerschap, waarschijnlijk waren het de hormonen, waarschijnlijk moest ze zo praten, zo doen in het belang van haar kind.

'Het is niet eerlijk, het is gewoon niet eerlijk, Ma... Aleksandr! Ik heb al die tijd gewacht, over je ingezeten, ik wist niet eens of je levend bij me terug zou komen, ik bedoel... Dat kan toch niet waar zijn! Ik moet toch eindelijk weer eens aan de beurt komen, eindelijk weer eens gelukkig mogen zijn! Ik kan er niet meer tegen, en we krijgen binnenkort een baby, verdomme! Hoe heb je je kunnen aangeven? Waarom heb je geen moment aan mij, aan ons gedacht? Wordt zij er weer levend door? Mijn god, ze is zelf met jullie in zee gegaan, ze heeft het risico genomen, weet ik veel...'

'Hou je mond, Sonja! Hou je mond, je weet niet waar je het over hebt!'

'Dat kan best, maar ik wil gewoon dat mijn man bij me is, dat we eindelijk een normaal leven kunnen beginnen, dat we... Iedereen verdient het ooit een keer gelukkig te worden, ik ook! Het spijt me, ja, ik kan me niet voorstellen hoe klote het allemaal moet zijn, maar...'

Ze was overstuur, zijn toon, zijn kilheid, zijn beheerstheid, ze kon het allemaal niet in verband brengen met haar geliefde. Hij voelde het fysiek, als een steek, maar hij kon er niets aan doen, hij kon niet de man zijn die zij wilde.

Hij kon de stank in het hokje niet meer verdragen en liep weer naar buiten. Het gesprek was afgelopen, de tijd drong, hij moest snel in actie komen.

Toen ze weer bij hun woonblok kwamen, reed er een zilverkleurige Mercedes de binnenplaats op, het raampje gleed geruisloos naar beneden en iemand riep Sonja's naam. Ze liep naar de auto, hij kon niet zien met wie ze praatte, na twee minuten ging het raampje weer omhoog en kwam Sonja bij hem terug.

'Wie was dat?' wilde hij weten.

'De geldklopper is tegenwoordig een hoge piet, verdient geld als water.'

Noera's lijk werd opgegraven. Bij het onderzoek werden de volgende verwondingen vastgesteld: puntvormige bloedingen, schaafwonden, bloeduitstortingen in de pleuraholte, ecchymose onder de linkeroogkas en op de dij, bloeduitstortingen om de mond, cyanose, gezwollen gezicht, hematomen aan de binnenkant van de dijen, zogenaamd spreidletsel, het perineum rond de uitwendige genitaliën besmeurd met bloed, het hymen vertoonde een cirkelvormige opening van ca 0,6 cm doorsnee en radiale scheuren, voorts grijpsporen aan de binnenkant van de bovenarmen. Doodsoorzaak: asfyxie door compressie van de keel. Het lijk was ongekleed.

Sjoejev werd gearresteerd en naar Mozdok overgebracht.

Bij zijn eerste verhoor – aanvankelijk werd hij als getuige gehoord – verklaarde hij van een informant een foto gekregen te hebben waarop Noera Gelajeva stond. Volgens de informant maakte ze deel uit van een gewapende groep en was ze tot scherpschutter opgeleid. Haar vader had zich, aldus de informant, aangesloten bij een terroristische groepering en in april van dat jaar dertien Russische soldaten doodgeschoten. Hij benadrukte dat Noera Gelajeva met een list het vertrouwen van twee van zijn soldaten had weten te winnen en levensmiddelen aan hen had verkocht om zoveel mogelijk details over hun kamp te weten te komen.

De volgende dag – toen hij al als verdachte werd gehoord – legde hij op aanraden van zijn verdediger een gedeeltelijke bekentenis af, waarbij hij in grote lijnen bleef bij zijn verklaring van de vorige dag, maar zich uitdrukkelijk onschuldig verklaarde aan het opzettelijk verkrachten en vermoorden van Noera Gelajeva, want het was niet zijn bedoeling geweest om haar dood te veroorzaken, 'de ondervraging' was 'uit de hand gelopen', om de een of andere reden hadden zijn mannen hun zelfbeheersing verloren, en hij wist niet precies hoe het zover had kunnen komen dat ze was gestikt. Diezelfde dag werden ook Petroesjov en Joeritsj gearresteerd, Petroesjov kwam echter op borgtocht vrij.

Hij vloog onmiddellijk naar Moskou en wachtte Aleksandr op in zijn trappenhuis.

'We moeten praten, generaal.'

Het laatste woord rekte hij ironisch uit als een stukje kauwgom. Voordat Aleksandr zich omdraaide, wist hij al wie het was. Die stem zou hem zijn hele leven bijblijven.

'Wat is er?'

'Je maakt een gigantische fout.'

'O ja, is dat zo?'

'Je verraadt je vrienden.'

'Mijn vrienden? Zijn we nu ineens vrienden? Dat wist ik niet.'

'Bovendien leidt het tot niets. Wat er is gebeurd, had niet mogen gebeuren, maar het is nu eenmaal zo gelopen, en geloof me, ze was niet het onschuldige meisje waar ze zich voor uitgaf. Als wij ons er niet mee hadden bemoeid, had het veel slechter af kunnen lopen.'

'Slechter. Slechter, zeg je. Aha...'

Nu pas zag hij Petroesjovs glazige ogen, hij leek wel gehypnotiseerd, alsof hij niet helemaal bij zinnen was, alsof hij op afstand werd bestuurd, een uit zijn hoofd geleerde tekst opzei.

'Ja, veel slechter!'

'Wij hebben niets te bespreken. We zien elkaar in de rechtbank. Ik moet er nu vandoor.'

'Ja, dan zou jij nu in een zinken doodskist liggen.'

'Best mogelijk. Maar dan was ik een mens gebleven.'

'Hou op met dat geleuter. Het is niet om aan te horen! En hou ook op met dat eeuwige zelfmedelijden. Je kunt het niet meer goedmaken.'

Hij had een vreemde chemische lucht bij zich, alsof hij door de wasstraat was gehaald.

'Ik heb je niets meer te zeggen, als je nu even opzij kunt gaan, ik heb haast.'

'Ben je nou helemaal gek geworden?!'

Opeens schreeuwde Petroesjov het uit. Een man die juist met een boodschappennet in zijn hand de binnenplaats overstak, schrok zo dat hij het net liet vallen. Een paar appeltjes rolden over de grond.

'Zet niet zo'n keel tegen me op, hoor je, zet nooit meer zo'n keel tegen me op!'

Hij ging dreigend voor Petroesjov staan, hij was verbaasd hoe gemakkelijk dat was en vroeg zich af wat hem daar al die maanden van had weerhouden, waar hij bang voor was geweest, het was zo belachelijk. Niets hield hem nog tegen; als Petroesjov nog één keer zo tegen hem schreeuwde, zou hij hem keihard op zijn bek slaan. Die gedachte gaf hem zelfs een zekere genoegdoening, ergens hoopte hij dat Petroesjov over de schreef zou gaan, dat hij zou doen wat in zijn aard lag, hier en nu. Maar Petroesjov beheerste zich en liet zijn stem dalen: 'Weet je wat de GUSS is? Heb je weleens van de Staatsdienst voor Speciale Bouwprojecten gehoord? Die valt onder de Dienst Woningbeheer, daar heb je vast wel van gehoord.'

'En? Waar wil je naartoe?'

'Daar valt veel geld te verdienen. Kosmodromen, raketschachten, geheime militaire objecten, legerplaatsen – allemaal in handen van de GUSS. Ik ben daar verzekerd van een vrij hoge positie. Jij houdt je mond en ik stel je als mijn plaatsvervanger aan.'

Hij moest even nadenken wat Petroesjov precies probeerde te zeggen, de woorden drongen niet tot hem door. Maar toen schoot hij plotseling in de lach. Het was de enig passende reactie op dat aanbod. Petroesjov was duidelijk verbluft, hij deinsde achteruit en fronste zijn voorhoofd. Zijn gezicht drukte een en al minachting uit: voor die idiote moraal, die lafhartige zwakheid, dat verraad, die kinderachtige sentimentaliteit, maar vooral voor die bespottelijke poging om een vorm van gerechtigheid te vinden waar die gewoonweg niet bestond.

Aleksandr keek Petroesjov recht aan. 'Is dit soms een grap?'

'Zie ik eruit alsof ik grappen maak, vieze flikker?'

Op dat moment haalde Aleksandr langzaam uit en raakte met zijn vuist Petroesjovs neus met zo'n kracht dat zijn hand in één keer gevoelloos was. Petroesjov wankelde, slaakte een dierlijke kreet en zakte op zijn knieën op de smerige vloer van het trappenhuis, terwijl hij met beide handen zijn neus vasthield.

Aleksandr draaide zich niet meer om, maar vervolgde doodgemoedereerd en onverstoorbaar zijn weg. Toen hij bij het volgende kruispunt voor het stoplicht bleef staan en zijn gevoelloze vuist met zijn andere hand masseerde, werd hij ingehaald door Sonja. Altijd dook ze op uit het niets, altijd verdween ze in het niets, het was hem een raadsel hoe ze dat deed. Ze kuste hem op het puntje van zijn neus en gaf hem een arm.

'Waar kom jij opeens vandaan? Ik dacht dat we voor de supermarkt hadden afgesproken.'

'Ik heb me bedacht, ik wilde je afhalen.'

'Ben je me gevolgd? Waarom?'

Plotseling zweeg hij. Ze was in het trappenhuis geweest, ze moest het gesprek hebben opgevangen.

'Je hebt ons gesprek gehoord, hè?'

Ze knikte beschaamd en keek hem toen onderzoekend aan.

'Probeer je je dommer voor te doen dan je bent? Wat wil je? Je wilt iets... Ik zie het aan je.'

'Ga op zijn aanbod in, Sasja, alsjeblieft, ga erop in. Dat proces levert jou, levert ons niets op, alles wordt er alleen maar erger door, maar wij... wij kunnen opnieuw beginnen. Je zult geld verdienen, we kunnen eindelijk samen een leven leiden, wij en de baby. Ik bedoel, het is echt een kans nu alles in dit land verrot is en verziekt, waarom geloof je dat dat proces kans van slagen heeft? Die mannen hebben macht en geld en het leger staat aan hun kant. Jij stelt niets voor en als je denkt er zoiets als gerechtigheid mee te bereiken, dan ben je blind of dom of nog naïever dan ik dacht. Maak het op een andere manier goed. Maak het goed voor ons. Ik ben het zo zat om te wachten tot het leven op een dag begint – als het al begint. Ik ben het zat om hier maar rond te hangen en te weten dat mensen zoals ik nooit een kans zullen krijgen. Wat verwacht je van me? Jij gaat jaren de gevangenis in en ik wacht hier op je, bid dat er niets met je gebeurt, droom van onze toekomst en denk: verdomme, eindelijk was er iets lichts, iets gaafs in dat vervloekte leven van me, deze keer zal ik het niet verprutsen, ik zal het goed doen, ik zal een verrekt goede moeder worden, mijn kind zal het beter hebben, veel beter dan ik! En dan kom jij met die stomme gerechtigheid van je! Die alles kapotmaakt! Kijk toch om je heen. Ik kan wel kotsen. Je staat me daar iets over schuld en boete te vertellen... Sorry, maar ik ben niet zo'n gutmensch die zich meer om de doden bekommert dan om zichzelf of haar ongeboren kind. Ik weet dat het een nachtmerrie moet zijn geweest, ik weet dat je daar nooit naartoe had moeten gaan, maar nu kan niemand die last van je schouders nemen, en ons kind kan het niet helpen dat zijn ouders losers zijn. Het moet een kans hebben en die heb jij net gekregen, grijp hem en hou eindelijk op met die zedenprekerij. Iedereen in dit land heeft boter op zijn hoofd, degenen bij wie je er het minst van ziet nog het meest, en je schiet er niets mee op, je bereikt er niets mee als je naar die rechtbank rent en zegt dat ze allemaal slecht en verdorven zijn, uiteindelijk trek jij aan het kortste eind... en je kind, onze baby' – ze legde haar linkerarm over haar buik – 'krijgt geen kans om iets van zijn leven te maken!'

Hij wist niet of het ontzetting of verdriet was wat zich van hem meester maakte. Hij voelde zich opeens als verlamd, hij bleef bij het kruispunt staan en haalde diep adem.

'Sonja… je maakt me bang,' zei hij toen zachtjes en hij begon bijna te huilen, hij stond op het punt om heel hard 'Nee!' te roepen, om al het verschrikkelijke en onverteerbare, al het onuitsprekelijke eruit te gooien, maar toen wendde hij zijn blik af en concentreerde zich op zijn ademhaling.

'Waarom maak ik je bang, lieverd, waar heb je het over?'

'Wat je van me vraagt… wat je wilt dat ik doe, dat maakt me bang.'

Ze wilde iets zeggen, het uitleggen, maar hij liep opeens door en dwong haar achter hem aan te lopen, hij liep snel, rende bijna, hij kon haar nabijheid niet meer verdragen.

Hij leende geld van zijn oom en bekeek verschillende huurwoningen, maar Sonja weigerde daar tijdens zijn afwezigheid alleen in te trekken, ze wilde nergens wonen zonder hem. En hij voelde dat hij uitgeput raakte, dat hij niet langer kon vechten, niet tegen haar. Hij liet zich overhalen samen met haar een paar dagen in het huis van zijn moeder door te brengen.

Sonja zat het grootste deel van de tijd met haar handen op haar buik naar de televisie te staren en wierp hem verwijtende blikken toe. Hij negeerde zijn moeder, die steeds hysterischer werd en niet kon begrijpen dat hij elk gesprek met haar uit de weg ging. In sneltreinvaart regelde hij alles wat hem belangrijk leek, hij was rusteloos en kon niet slapen. Sonja's enige poging tot nachtelijke intimiteit mislukte jammerlijk. Hij voelde zich van zijn lichaam afgesneden, hij kon haar niet aanraken, als stroomstoten verschenen er beelden voor zijn geestesoog, beelden uit de schuur…

De dag voor hij werd overgebracht naar Rostov, de stad waar hij in voorarrest zou komen en waar ook het proces zou plaatsvinden, bracht hij een bezoek aan een lange, magere jongeman in het centrum. Hij had zijn naam van Makarov.

Hij wachtte bijna twee uur voordat de man vroeg in de avond eindelijk het mooie oude pand aan de Oude Arbat verliet en zich onder de schare straatmuzikanten en kunsthandelaren begaf.

'Mag ik u even storen? Het zal niet lang duren. Aleksandr, Aleksandr Orlov is mijn naam.'

Het was een onaangenaam gevoel om tegenover die man te staan die iets belichaamde waarop hij nooit meer aanspraak zou kunnen maken: eerbaarheid en rechtvaardigheidsgevoel. Alles aan hem leek oprecht, correct, evenwichtig. Even benijdde hij hem hevig om al die dingen.

'Orlov? Kennen wij elkaar?'

De man gaf hem vriendelijk glimlachend een hand en stak meteen van wal: 'Ik sterf van de honger, als u meegaat naar die blini-zaak, daar kunnen we praten.'

'Generaal Makarov moet u over mij verteld hebben. Het gaat om de zaak Noera Gelajeva.'

De man bleef als aan de grond genageld staan en staarde hem met grote ogen aan.

'O god, ja, natuurlijk, daar ken ik uw naam van! Wij mogen niet met elkaar praten, we mogen niet eens samen gezien worden. U weet toch dat ik de tegenpartij zal vertegenwoordigen?'

'Ja, dat weet ik en daar ben ik blij om. Maar het is heel belangrijk, ik kan alleen u in vertrouwen nemen en ik moet een bekentenis afleggen… Over een paar dagen ga ik in voorarrest en ik weet niet of ik daarna nog de gelegenheid zal hebben.'

De man dacht even na, knikte toen en zei: 'Dan kunnen we beter naar mijn kantoor gaan, dat is veiliger, ik haal later wel iets te eten. De medewerkers zijn allemaal al naar huis.'

Ze gingen het oude pand met zijn houten vloeren en hoge plafonds binnen. Op de deur die hij opende, stond in kleine drukletters ADVOCATENKANTOOR PASTERNAK & PARTNERS. Aan het eind van de gang kwamen ze bij een ruime kamer met dossierkasten en een groot bureau, waarop stapels mappen en papieren lagen. Aleksandr nam plaats in een draaistoel tegenover de advocaat.

'Dank u voor uw tijd...'

'De enige reden waarom ik met u praat is dat u degene bent die de zaak aanhangig heeft gemaakt, wat bewijst dat u iemand bent die, nou ja, een geweten schijnt te hebben, en zulke mensen zijn er tegenwoordig niet veel in de strijdkrachten. Het is moedig wat u hebt gedaan...'

'Zeg dat alstublieft niet. Anders moet ik ter plekke overgeven. U hebt geen idee. Hebt u al contact met de nabestaanden gehad?'

'Uiteraard.'

'Hoe gaat het met ze?'

'Wat dacht u? Het hele dorp is in een soort shock. Ik weet niet of u de Tsjetsjeense tradities kent, maar verkrachting betekent ontering van een hele familie, van een heel dorp. De moeder praat niet meer. Maar het lijk is inmiddels door de Forensische Dienst aan de familie overgedragen. Nu kunnen ze rouwen. Woensdag vlieg ik naar Mozdok, ze hebben me beloofd me vandaar naar Tsjetsjenië te brengen, dat is niet zo eenvoudig, zoals u weet. Maar nu over u, waarom bent u hier?'

'Haar zusje, haar kleine zusje heeft ons gezien. Zij kan

me identificeren. Ze is minderjarig, maar ik wil dat u dat weet.'

'Wie is ons?'

'Aljosja en mij. Maar Aljosja...'

'Ja, het spijt me.'

'Maken we kans?'

'We?'

'U. Maakt u kans?'

'Een kleine, maar het is niet uitgesloten. We hebben geluk, we hebben een goede rechter aan onze kant. Het is en blijft een precedent, dat moeten we goed beseffen.'

'Hebt u misschien pen en papier voor me?'

'Waarvoor?'

'Ik zal de namen opschrijven van alle mannen van onze eenheid die kunnen getuigen. Ik heb alles precies gereconstrueerd, ik ben nagegaan wie die dag waar was, wie wie heeft gezien. Het zou van pas kunnen komen. We moeten allemaal ter verantwoording worden geroepen. Geen van ons mag eraan ontkomen.'

Nadat hij alles waar de advocaat volgens hem iets aan kon hebben nauwkeurig had opgeschreven, haalde hij diep adem en zei voor het eerst wat behalve Sjoejev, Petroesjov en Joeritsj niemand wist, wat hij tot dusver niet eens in gedachten had durven formuleren. Daarna liet hij zich in zijn stoel achterovervallen.

'Ik wil dat u mij als getuige oproept. Dan zal ik alles herhalen wat ik u net heb verteld. Ik zal een bekentenis afleggen.'

De advocaat zweeg en speelde met een balpen. Het kostte hem kennelijk moeite om Aleksandr aan te kijken. Op een gegeven moment legde hij de pen neer, keek hem in de ogen en vroeg: 'Waarom doet u dit?'

'Omdat het voor mij de enige manier is om me geen kogel door het hoofd te jagen, en ik moet in leven blijven, in januari word ik vader,' zei hij zakelijk, terwijl hij opstond.

'Ik weet niet of ze me zullen toestaan u als getuige op te roepen.'

'Probeer het alstublieft. En doe alles om te zorgen dat we krijgen wat we verdienen.'

'Ik doe wat ik kan.'

Vlak voor hij aan het eind van de straat was, ging hij op een bank zitten, legde zijn gezicht in zijn handen en stootte een geluid uit dat hem zelf bevreemdde, het leek uit een oertijd te komen, uit de tijd van de afgoden en de zonnegoden, uit de tijd dat je oog om oog en tand om tand kon vergelden wat vergolden moest worden.

De generaal dronk de sterke, dampende koffie. Terwijl hij het kopje met beide handen vasthield, snoof hij de warme damp op. Hij zag het gezicht van het meisje voor zich, de actrice, Noera's erfgename. Haar gezicht bracht hem in verwarring, maar tegelijk stelde het hem gerust, zoals niets hem in lange tijd gerust had gesteld. Hij wilde in dat gezicht wegzinken, er steeds dieper in duiken, alsof hij daar iets moest vinden, iets ontdekken wat van levensbelang was.

Het was het verlangen, dat op zijn huid brandde. Het verlangen naar alles wat hij losliet, wat hij willens en wetens vernietigde – maar hij was het haar verschuldigd. Zijn dochter, zijn trouwste kameraad en medestrijder, de enige op de wereld die hem had kunnen lezen als een boek.

Nu was hij machtig genoeg, nu had hij geen rechtbanken en officieren van justitie, geen rechters en getuigen meer nodig, nu was hij zijn eigen rechtbank. Alles wat destijds was verzuimd, had hij nu zelf in de hand.

Vanuit de huidige optiek leek het hem haast kinderlijk naïef dat hij zich ooit aan de illusie van gerechtigheid had vastgeklampt. Het leven, of wat ervan over was toen hij die ochtend vanuit de schuur de kristalheldere berglucht en het felle zonlicht in liep, was voor hem zoveel draaglijker geworden sinds hij geen waarde meer hechtte aan de moraal als beschavingsfenomeen en de daartegen indruisende regels beschouwde als onderdeel van de menselijke natuur. Dat inzicht had hem tot de generaal gemaakt, tot de uitvoerder van zijn woorden en zijn wil. Hij was de zon van zijn eigen melkwegstelsel, dat had zijn leven vergemakkelijkt. Af en toe was er iemand die zich brandde als hij te dicht bij hem kwam, maar dat was nu eenmaal de prijs die je moest betalen als je er zeker van wilde zijn dat de dingen werden afgehandeld. Je moest bereid zijn om een stap verder te gaan dan de anderen.

In de gevangenis vond hij zoiets als rust. Alsof de buitenwereld zijn stem had verloren, alsof die van de ene op de andere dag was verstomd. En vreemd genoeg miste hij hem ook niet. Alleen de gedachte aan Sonja en hun kind, dat groeide onder haar van ergernis en woede gezwollen hart, verstoorde de monotonie van de militaire gevangenis. De pogingen van zijn celgenoten om hem te molesteren drukte hij snel de kop in en weer verbaasde het hem hoe gemakkelijk het was om, nu de angst zijn lichaam niet langer gijzelde, woester, beestachtiger, bruter te zijn dan zijn tegenstander en zijn plaats in de pikorde te handhaven. Joeritsj zat in een van de aangrenzende cellen en bejegende hem in de eetzaal met een verschrikt gezicht en trillende vingers, maar wisselde geen woord met hem. Sjoejev en Petroesjov waren in een andere vleugel ondergebracht.

Soms, als Aleksandr 's nachts wakker lag, nam hij in gedachten zijn bekentenis door en stelde hij zich de dag voor dat de zaak zijn beslag zou krijgen, dat er weer zoiets als vrede zou zijn. Soms werd hij overvallen door twijfel en een ziekelijke onrust, die hem nachtenlang uit zijn slaap hield, nachten waarin hij probeerde zijn trillen onder controle te krijgen.

Ze bevonden zich in Rostov, waar de staf van het militair district zetelde, het militair hospitaal stond en talloze gezinnen van militairen woonden; deze stad leefde van het leger, was van het leger afhankelijk. Ook het feit dat hij bij elk verhoor, waarvoor hij lang voor het begin van het proces naar de rechtbank werd gebracht, demonstranten met spandoeken zag die VRIJHEID VOOR DE HELDEN VAN RUSLAND eisten, gaf hem niet het vertrouwen dat hij de kans zou krijgen om te zeggen wat hij beslist moest zeggen. Maar hij hoopte dat de advocaat uit Moskou erin zou slagen hem als getuige op te roepen, want zijn verklaring zou onherroepelijk zijn en gelijkstaan met een vonnis.

Sonja zat met haar puntige buik aan de andere kant van de ruit en keek hem met koude vissenogen aan. Ze vergaf hem niet dat hij hier was en niet bij haar in Moskou, ze vergaf hem niet dat hij tegen windmolens vocht, ze volhardde en leek elke keer zwijgzamer, ze had een naar binnen gekeerde woede in zich, alsof ze door haar eigen lichaam werd gegijzeld. Misschien was ze er net als toen graag weer vandoor gegaan, maar nu was er die met de dag groeiende buik om hem te bewijzen dat ze gelijk had, dat zijn strijd voor een niet-bestaande gerechtigheid nergens toe leidde. Ze had alleen zichzelf en die buik, ze moest wachten tot het kind kwam, ze was afhankelijk van hem, van het geld dat zijn moeder haar elke maand gaf om rond te komen – totdat Lidia Nikolajevna haar op een dag tegen de wil van haar zoon in huis nam, in een pas geschilderde kamer, waar ze een kinderbedje neerzette en kleurige gordijnen ophing.

En als Sonja dan haar buik tegen de ruit drukte, zodat

hij er dichterbij kon komen, stond hij op het punt al zijn bekentenissen overboord te gooien, haar in alles haar zin te geven, alles weer ongedaan te maken en al zijn belastende verklaringen, zijn uit het hoofd geleerde en voor Stanislav Pasternak en de rechter bewaarde betoog te vergeten.

Lidia Nikolajevna had hem met royale ondersteuning van haar broer een gewiekste militaire advocaat bezorgd, maar Aleksandr weigerde met hem samen te werken. Hij praatte niet met hem, gaf hem niets in handen wat hij voor zijn verdediging had kunnen gebruiken. En de advocaat werd bij elk bezoek geprikkelder, bijna agressief, hij dreigde en tierde.

Het proces ging begin december van start, een maand voor de geboorte van zijn eerste kind, waar hij achter de tralies bericht van zou krijgen, het kind dat hij niet in zijn armen zou mogen houden, van wie hij niet het eerste kreetje zou horen. De zitting begon beter dan hij had durven hopen en dat was vooral te danken aan de militaire rechter, die vlak voor zijn pensioen stond en daar waarschijnlijk moed uit putte.

Hoewel van hogerhand was gedicteerd dat dit proces Sjoejev en zijn ondergeschikten van alle blaam moest zuiveren, en hoewel het Openbaar Ministerie zijn grondwettelijke rol zover herinterpreteerde dat het niet als vertegenwoordiger van de aanklager en dus in het belang van de benadeelde partij, maar als verdediger van de verdachten optrad, lukte het Pasternak een aantal getuigen op te roepen die het proces een voor de verdachten gevaarlijke wending hadden kunnen geven. Gedurende de eerste zittingsweken werden er twee verschillende psychologisch-psychiatrische rapporten over kolonel Sjoejev en officier Petroesjov voorgelegd. Volgens het tweede rapport, dat was opgesteld in het legerhospitaal van het militair district van de Noordelijke Kaukasus, leed kolonel Sjoejev aan een 'organische persoonlijkheids- en gedragsstoornis'. Bij Petroesjov, die volgens het eerste rapport 'toerekeningsvatbaar' was en beschikte over 'goede oriëntatie- en contactvermogens', werd in het tweede rapport een 'verslavingsprobleem' vastgesteld, hij zou op het tijdstip van de daad vanuit een 'traumatisch affect' hebben gehandeld. Voor Joeritsj en Aleksandr had op dat moment nog niemand belangstelling, zij werden in het begin van het proces als handlangers en uitvoerende krachten van de kolonel en de officier behandeld.

In de rechtszaal, waar hij tussen twee bewakers achter tralies in de beklaagdenbank mocht plaatsnemen, zocht Aleksandr oogcontact met Stanislav, maar die meed hem duidelijk en liet zich niet in de kaart kijken. Dus kon Aleksandr alleen maar hopen dat de advocaat erin zou slagen het heft in handen te nemen.

Algauw werd bekend dat de opperbevelhebber (Sjoejevs meerdere die op Aleksandrs eerste telefonische poging om zich aan te geven met onverholen minachting had gereageerd) niet mocht getuigen: het verzoek daartoe was zonder opgave van redenen afgewezen.

Er werd om een derde rapport gevraagd. In de eerste twee waren Sjoejev en Petroesjov in een niet al te fraai daglicht geplaatst, wat bij de overheid waarschijnlijk niet goed was gevallen, omdat daaruit te concluderen viel dat er bij de strijdkrachten drugsverslaafden en mannen met een organische hersenstoornis dienden, die het bevel voerden over eenheden van honderd man en verantwoordelijk waren voor zware artillerie en wapens. Het nieuwe rapport moest uit Moskou komen, rechtstreeks van het Instituut voor Sociale en Forensische Psychiatrie, een instituut dat in de Sovjettijd berucht was geworden door politiek actieve dissidenten krankzinnig te verklaren. Dat instituut bevestigde dat de twee hoofdverdachten op het moment van de daad niet toerekeningsvatbaar waren; hun daden moesten worden gezien als een directe reactie op de handelingen van Noera Gelajeva, op haar beledigingen, haar agressie, haar weigering om mee te werken. Volgens het oordeel van de medisch specialisten had Noera Gelajeva's gedrag een tijdelijke psychische stoornis bij beide mannen veroorzaakt en waren ze op het tijdstip van de daad ongeschikt voor militaire dienst.

Toen dit rapport door de als getuige opgeroepen medisch deskundige werd voorgelezen, werd Aleksandr onpasselijk en moest hij door de bewaker de rechtszaal uit worden geleid.

De gruwelijkste kant van de zaak, de verkrachting, werd voor de rechtbank fel bestreden. Hoewel twee forensische bevindingen er geen twijfel over lieten bestaan, vroeg het Openbaar Ministerie ook hier om een derde rapport, waarin de onmiskenbaar op seksuele dwang wijzende bloeduitstortingen waren veranderd in 'bloedsporen op de uitwendige genitaliën', wat het vermoeden van postmortaal letsel deed rijzen. Het kwam goed uit dat de forensisch deskundige geen materiaal voor forensisch-histologisch onderzoek had afgenomen en verkrachting zonder histologisch materiaal niet kon worden bewezen. De rechtbank verklaarde: 'Er zijn geen aanwijzingen dat het postmortale letsel door een of meer geërecteerde mannelijke geslachtsorganen is veroorzaakt. De resultaten van het forensisch onderzoek op het stoffelijk overschot en het materieel bewijs bieden geen grond voor de conclusie dat tegen Noera Gelajeva een of meer gewelddadige geslachtsdaden zijn begaan.'

De verkrachting was met één klap van tafel geveegd en het moment dat de verklaring werd voorgelezen, was de enige keer dat Stanislav Pasternak met het zweet op zijn voorhoofd een luide vloek slaakte in de rechtszaal.

De volgende dag kwam Aleksandrs moeder op bezoek. Hij ontving haar even apathisch als altijd, terwijl zij een euforische indruk maakte en hem door de ruit stralend aankeek.

'Je bent dinsdag vader van een dochter geworden,' zei ze zachtjes, bijna verontschuldigend. Hij voelde hoe hij vanbinnen warm werd en hoe zijn onderlip begon te trillen van ontroering.

'Hoe is het met haar? Hoe is het met Sonja?'

'Ze maken het allebei goed. Het was een normale bevalling zonder complicaties. Haar zus en ik waren erbij. Het meisje is kerngezond en beeldschoon. Zodra ik weer in Moskou ben en het filmpje ontwikkeld is, stuur ik je een foto.'

'Hoe heet ze?'

'Zoals jij haar kennelijk wilde noemen: Ada.'

Hij zweeg, de tranen stroomden over zijn wangen. Hij nam niet eens de moeite om ze af te vegen. Hij had het stille verwijt dat hij het meisje niet naar haar grootmoeder had genoemd heel goed gehoord, maar hij ging er niet op in. Hij had geleerd een muur op te trekken tussen zichzelf en haar wensen.

Die avond bleef hij tijdens het luchten op de binnenplaats in een hoek staan om het briefje te lezen dat een van de bewakers hem in het voorbijgaan had toegestopt.

'Ze willen op alle mogelijke manieren verhinderen dat u aan het woord komt. Maar ik zal mijn belofte houden, u mag vertellen wat u moet vertellen.'

Hij verfrommelde het geruite papiertje en stak het in zijn mond.

Twee dagen later werd hij bij het ontbijt aangesproken door een lange man met dun haar en een gezicht dat aan een vogel deed denken, duidelijk een einzelgänger, hij had hem nog nooit in gezelschap gezien. Hij was net boekweitegrutten aan het opscheppen toen de vogelman zich naar hem toe boog en snel fluisterde: 'Vannacht sturen ze iemand, ze willen je uitschakelen. Je schijnt bepaalde figuren een hoge beloning waard te zijn. Pas dus op. Op de binnenplaats geef ik je straks een mes, daarna sta je er alleen voor.' Zonder een reactie af te wachten liep hij met zijn volle bord weg en ging in z'n eentje aan een van de achterste tafels zitten.

Aleksandr was een moment als versteend. Hij wist niet wat hij moest voelen of denken. De informatie, die hem terloops was meegedeeld, had hem van zijn stuk gebracht. Even overwoog hij het mes niet aan te nemen en zich over te geven aan het lot, aan het leven of aan de Petroesjovs en Sjoejevs van deze wereld, maar toen dwaalden zijn gedachten naar het kleine meisje dat nu de naam Ada droeg en zijn dochter was, dat honderden kilometers van hem vandaan waarschijnlijk net aan de borst van haar moeder lag en zich veilig waande. En toen wist hij dat hij zich nooit meer aan iets of iemand zou overgeven.

Wie had er een prijs op zijn hoofd gezet? Wie had het geld betaald? Sjoejev? Petroesjov? Of een nog belangrijker iemand, bij wie zijn getuigenis niet in de kraam te pas kwam? Het speelde geen rol, het maakte niet uit, ze waren allemaal één pot nat. Maar waarom hielp die vreemde man hem? Wie was hij eigenlijk en waarom zat hij hier?

's Avonds in zijn cel wachtte hij op de angst, maar die kwam niet. Alsof zijn lichaam dat gevoel had verleerd, alsof het iets wezenlijks had verloren wat voor dat gevoel noodzakelijk was. Hij wachtte rustig tot het donker werd.

Eerder die avond op de binnenplaats had hij de vogelman in de rokershoek ontdekt en was naar hem toe gegaan. Vervolgens hadden ze samen hun rondjes gelopen over het kale plein.

'Waarom help je mij?' fluisterde Aleksandr tijdens het derde rondje.

'Je lijkt me de beroerdste niet.'

'Waarom zit jij hier?'

'Ik ben voor het geld het leger in gegaan. Ik kom uit Oekraïne, ben daar met een paar hoge, niet zulke lieve jongens met poen in conflict geraakt en moest verdwijnen. Toen ben ik als kontraktnik naar het front gegaan, maar daar gebeurden vuile, heel vuile dingen en dat zinde me niet. Daarop heb ik een stel militairen het ziekenhuis in geslagen.'

Hij zweeg, maar wat hij met 'vuile dingen' bedoeld kon hebben, stond Aleksandr heel duidelijk en levendig voor de geest.

'Hoe heet je?'

'Sjapiro.'

'En van je voornaam?'

'Gewoon alleen Sjapiro.'

'Hoe kan ik je bedanken, Sjapiro?'

'Je hoeft me niet te bedanken. Bij het laatste rondje pak je het mes en laat je het in je onderbroek verdwijnen. Het beste is om het tussen je billen te stoppen. En nadat je het hebt gebruikt, gooi je het in de wc. Ze mogen het niet vinden.'

Het was een klein legerzakmes, net zo een als Aljosja altijd onder zijn kussen had. Dan kon hij beter slapen, ook al waren zijn dromen daarna een stuk agressiever geworden, zoals Aljosja hem eens had verteld en hij had om zijn eigen grap moeten lachen. Die lach galmde nu na in Aleksandrs hoofd, hij kon zijn dode vriend duidelijk horen, alsof hij naast hem stond. Maar misschien zou hij hem van nu af aan altijd vergezellen en, onzichtbaar voor anderen, al zijn daden en beslissingen van commentaar voorzien.

Aleksandr legde het mes onder zijn kussen en wachtte.

Tegen vier uur 's ochtends hoorde hij gemorrel. De deur van de cel werd opengemaakt, er kwam iemand binnen, er werd gefluisterd. Hij hield zich slapend en wachtte af. De bewakers zaten dus ook in het complot. Hij had op een celgenoot gerekend, maar die hadden kennelijk niet het lef. Nee, het was de getatoeëerde bloedzuiger die vier moorden op zijn kerfstok zou hebben en in de eetzaal de toon aangaf. Aleksandr herkende hem vanuit zijn ooghoek, hij schoof zijn rechterhand onder het kussen. Toen hij de hete adem van de man al in zijn gezicht voelde, trok hij zijn mes en stak het uit alle macht in zijn dij. De man slaakte een verraste kreet en wilde zich op hem storten, maar Aleksandr was al opgesprongen, week uit en stak het mes in zijn lies. De man brulde het weer uit, vloekte en viel op zijn knieën. Aleksandr voelde hoe de celgenoot die boven hem sliep zijn handen om zijn keel wilde leggen, hij haalde uit met zijn mes en voelde de warme vloeistof op zijn gezicht spatten. De kruiperige drieëntwintigjarige jongen, die voor smokkel zat en altijd de juiste *krysja*, protectie, probeerde te regelen, begon in paniek te schreeuwen, en op hetzelfde moment ging het licht op de gang aan. De getatoeëerde man had het hazenpad al gekozen.

Zoals Sjapiro hem had aangeraden, gooide hij het mes in de poepdoos en keek hoe het in de bruine drab verdween.

De volgende dag kwam hij in de isoleercel.

In de eindeloze monotonie en stilte van zijn cel begon hij te hallucineren. Soms zag hij Sonja voor zich, die zich als een aanhalige poes op zijn schoot nestelde. Soms veranderde Sonja in Noera, die hem lachend geplukte dode kippen overhandigde. Soms zag hij Aljosja in zijn cel staan, die hem iets over coq au vin vertelde, een andere keer stond hij zwijgend naast hem en keek hem alleen maar aan, terwijl hij de toverkubus in zijn hand ronddraaide. Dan hield hij ineens een baby in zijn armen, hij boog zich eroverheen en kon het gezichtje niet zien omdat het was toegedekt of afgewend, tot hij ten slotte uit wanhoop over het gezichtloze kind begon te schreeuwen.

Toen hij elk gevoel voor tijd kwijt was, mocht hij weer naar buiten. Hij ging meteen naar Sjapiro.

'Ik ben blij dat ze je niet om zeep hebben geholpen,' zei Sjapiro grijnzend. 'Ze zullen het niet meer zo gauw wagen. Maar als ik jou was, zou ik hier niet langer blijven dan nodig is. Je kunt ervan op aan dat ze het nog een keer proberen en de zaak dan beter voorbereiden. Geloof me, iemand buiten de gevangenis spaart kosten noch moeite om jou dood te zien. Waarom ben je zo belangrijk voor ze?'

'Ze willen niet dat ik een getuigenis afleg.'

'En ga je dat doen?'

'Ja.'

'Dan moet je zien dat je wordt overgeplaatst.'

'Ik denk niet dat ik ergens anders veiliger ben.'

Sjapiro wierp hem een scheef lachje toe en liep een paar passen door. Aleksandr haalde hem weer in.

'Nog bedankt, je hebt mijn leven gered.'

'Je hoeft me niet te bedanken... Ga nou maar.'

'Ik hoop dat ik nog eens iets terug kan doen...'

'Wegwezen nu.'

Met die woorden liet hij hem staan en zette zijn rondjes alleen voort.

Sjapiro werd zijn enige houvast in die tijd, hij hielp hem te overleven. Hij gaf hem adviezen en speelde hem af en toe informatie toe die hij had opgevangen.

Pas veel later kon hij Sjapiro's verhaal als een puzzel in elkaar leggen, want als er iets was waar deze leeftijdloze man niet van hield, dan was het praten, alsof hij dat als een lastig en volstrekt nutteloos menselijk vermogen beschouwde. In de hoop zijn broer uit het criminele moeras in Odessa, zijn geboortestad, te redden was hij zelf in de schaduwwereld van die beroemde stad verzeild geraakt en in tegenstelling tot zijn broer, die aan drugs en alcohol ten onder was gegaan, bleek hij een indrukwekkend talent voor illegale praktijken te hebben. In de opbloeiende criminaliteit van de perestrojka had hij overal de hand in gehad en geld uit geslagen, van illegale vechtwedstrijden tot pas geopende gokholen. En ten slotte was hij de dienaar van de koning van de onderwereld geworden. Sjapiro was zijn rechterhand, zijn beste paard van stal, en hij raakte ook aan het goede leven verslaafd, totdat hij op een dag vaststelde dat de onderwereldkoning en zijn mannen 'te ver gingen', iets wat deze zwijgzame man kennelijk in de onderwereld noch in het leger duldde. Na een paar onaangename woordenwisselingen zag hij geen andere uitweg dan stad en land te verlaten. Aleksandr vond het fascinerend om iemand te ontmoeten die altijd alleen zijn eigen wetten volgde en immuun leek voor alle gruwelen, maar op dingen die anderen misschien op de koop toe zouden nemen met verontwaardiging en woede reageerde. Hij gebruikte de tijd in de gevangenis, die kosmos vol ongeschreven wetten, om van hem te leren. En hoewel ze niet zoveel met elkaar praatten, bezorgde het contact met Sjapiro hem ook een zekere onaantastbaarheid. Hij merkte hoe de anderen hen begonnen te mijden, hoe ze met een boog om hen heen liepen.

Eind februari kwam Joeritsj opeens bij hem aan tafel zitten. De door angst verteerde Zajka slofte als een oude man door de betonnen gangen en stotterde nog altijd.

'Ik moet je iets vragen. Je moet je beslissing om te getuigen herzien,' zei hij hakkelend zonder van zijn bord op te kijken.

'Er valt niets te herzien.'

'Maar...'

'Zeg maar tegen ze dat ik erbij blijf en dat elke poging van hun kant om me ervan te weerhouden me alleen maar zal sterken in mijn besluit.'

Aleksandr stond op, gaf Zajka een klopje op zijn schouder en bracht zijn dienblad met het vuile serviesgoed naar de afwaskar.

Twee weken later deelde zijn advocaat hem mee dat Stanislav Pasternak op een parkeerplaats voor een bar met drie schoten was vermoord. Hij had daar afgesproken met een man die Sjoejevs informant was geweest en die nu opeens wilde verklaren dat hij nooit informatie over Noera Gelajeva aan de kolonel had doorgegeven en haar er nooit van had beschuldigd 'lid van een gewapende groep' te zijn geweest. Hij had die woensdag voor de rechtbank zullen getuigen.

Toen begreep Aleksandr dat hij had verloren. Er was geen bondgenoot meer met wie hij de oorlog had kunnen winnen.

De volgende ochtend zag hij voor het eerst zijn dochter door de vuile ruit van de bezoekerscel. Sonja zat met donkere kringen onder haar ogen en opeengeklemde lippen tegenover hem en hield het bundeltje mens omhoog. Hij kon zich niet verroeren, hij kon van opwinding amper ademhalen, hij had de hele nacht geen oog dichtgedaan, zijn lichaam deed pijn, zijn oogleden waren loodzwaar, maar dat wurmpje gaf hem opeens vleugels. Hij voelde zich onkwetsbaar, licht, en op dat moment begreep hij dat hij niets liever wilde dan bij haar zijn, elke dag, elk uur.

'Ik moet werk zoeken,' zei Sonja en ze stak een kauwgompje in haar mond.

'Hoe dat zo?'

'Je oom is ontslagen. We zijn blut.'

'Hoe kan dat nou?'

'Geen idee. Hij kon niet meer zo goed overweg met een nieuwe chef.'

'Maar dat kan toch niet… Ze is nog zo klein, ze heeft je nodig.'

'Dat had je moeten bedenken voor je er een puinhoop van maakte,' zei ze, terwijl ze demonstratief haar schouders ophaalde.

'Waarom zeg je dat, Sonja? Dat is niets voor jou… Zo ben jij niet.'

'En of ik zo ben! Maar laat maar, ik wil niet meer met je in discussie gaan. Ik wilde alleen dat je je kind zag. En ik weet niet wanneer ik weer kan komen. Dat kost allemaal geld.'

'Sonja, ik zweer het, ik zal er iets op verzinnen.'

'Jij – hier? Van hieruit?'

'Vertel eens hoe ze is.'

'Ze huilt en wil de hele tijd aan de borst, en de nachten zijn vermoeiend. Ik weet echt niet hoe ik dat in m'n eentje vol moet houden.'

Sonja trilde, ze was op van de zenuwen, hij zag aan haar lichaamstaal dat ze op het punt stond in te storten.

Toen ze weg was, belde hij zijn advocaat en vroeg hem langs te komen.

'Ik wil dat u Petroesjov laat weten dat ik op zijn deal inga. Maar onder één voorwaarde, en die zal hij niet leuk vinden. Hij moet zijn positie aan mij afstaan, ik ben niet bereid om te delen. Breng dat zo aan hem over, woord voor woord, hij begrijpt het wel. En voor alle duidelijkheid: als hij op mijn voorstel ingaat, is hij overal van af, ik zie dan af van een bekentenis.'

'Goed zo, eindelijk ben je tot bezinning gekomen,' zei de advocaat zichtbaar opgelucht. Hij stak hem een hand toe, dieAleksandr weigerde aan te nemen.

Die dag besloot hij alle banden met bepaalde perioden uit zijn verleden te verbreken, uit te wissen wat hem ooit heilig was geweest. En hij besloot verder te gaan dan anderen.

Als het mogelijk was dat zij deden wat ze deden, als het mogelijk was dat hij deed wat hij deed zonder dat iemand ertegenin ging; als het mogelijk was dat Aljosja gewoon de trekker overhaalde en dat Noera's keel net zolang werd dichtgeknepen tot ze geen adem meer haalde; als het mogelijk was dat ze allemaal over leven en dood heersten zonder er een prijs voor te hoeven betalen; als het mogelijk was om je mens-zijn van het ene moment op het andere af te leggen als een oude jas, dan was het mens-zijn niets waard. Een mens die de waarheid zocht, werd op een parkeerplaats met drie kogels lafhartig vermoord, elke poging om moreel te handelen was ronduit belachelijk. Elke stap die hij tot nu toe in zijn leven had gezet omdat hij dacht dat het de 'juiste' was, was gewoon tijdverspilling geweest. In een wereld waarin je voor de keus werd gesteld een moordenaar te worden of je een kogel door je kop te jagen, in een wereld waarin werd verkracht omdat de gelegenheid zich voordeed, bestond het 'juiste' niet meer. Dan bleef er nog maar één streven over, het streven naar macht. Een macht die genade noch mededogen kende en die een doel was op zich.

Van nu af aan was er nog maar één weg, een weg die in één richting leidde, en die richting was de verkeerde, maar leek in deze wereld de enig mogelijke te zijn.

Haar leven was nu compleet ingepakt, de woning leeggeruimd. Ze had de dozen en de paar meubels die ze bezat midden in de slaapkamer gezet en was nu de muren aan het witten. Ze was al dagen niet meer de deur uit geweest, behalve om bij de chinees op de hoek een goedkope hap en sigaretten te halen. Maar het ontbrak haar aan niets. Ze had het gevoel dat ze niet alleen was. Het dode meisje was dag en nacht in haar gedachten en in haar dromen, die al bijna op een serie begonnen te lijken. Vorige week had haar actieve en strijdlustige impresario Vera gebeld en gezegd dat ze beslist naar de tweede ronde van de casting moest gaan. Ze was uitgenodigd om auditie te doen – er waren 'nog maar' dertig gegadigden over – en ze dreigde haar van kant te maken als ze daar niet kwam opdagen.

Ze vertelde de castingjury dat haar donkere haarkleur te maken had met een 'nieuwe toneelrol', en terwijl ze voor de camera de uit haar hoofd geleerde tekst zei, dacht ze aan Noera en speelde, praatte en bewoog ze zoals Noera naar haar idee zou hebben gedaan. Ze had er ongelofelijk veel plezier in, het kostte haar opeens helemaal geen moeite meer om zich in die weinig inspirerende omgeving open te stellen zonder te verstijven, zonder bang te zijn dat ze zich belachelijk maakte. Dankzij het masker van Noera, dankzij haar haarkleur en haar lichaamstaal voelde ze zich veilig en volkomen zeker van zichzelf.

Vera leek tevreden en liet haar met rust. 'Uiterlijk over drie weken is de bezetting rond!' had ze met haar typische kraakstem in de hoorn geroepen en daarna opgehangen.

De nachten trokken als een zwerm vogels voorbij. Het nachtelijke verlangen naar 'hem' was zo sterk dat het een eigen naam verdiende, een eigen woord.

Zeven keer had ze met de telefoon in haar hand gestaan

om een noodkreet af te geven, het liefst had ze in de hoorn geroepen dat ze op het punt stond uit haar leven te stappen als uit een trein die de verkeerde kant op rijdt. Ze was er bijna aan toe om hem te vertellen dat ze ergens in verzeild was geraakt en op het punt stond haar leven door een dode te laten dicteren. Maar ze hield zich in. Het zou niets veranderen.

De keuken was nu ook gewit, elk spoor van haar aanwezigheid hier was uitgewist. Alsof ze op deze plek nooit had bestaan, en het voelde helemaal niet verkeerd, integendeel, het had iets bevrijdends. Alleen het feit dat ze binnenkort met haar dozen op straat zou staan, baarde haar zorgen. Toch kon ze zich er niet toe zetten iets nieuws te gaan zoeken. Het idee om allerlei idiote kennismakingsgesprekken in woongemeenschappen te moeten voeren of met talloze andere gegadigden in de rij te staan om door te dringen tot de op geld beluste makelaar riep een bijna fysieke afkeer bij haar op.

Ze zat in de met tal van waxinelichtjes verlichte keuken op de grond en keek om zich heen. Ze was tevreden.

'Dat hebben we goed gedaan!' zei ze en ze schrok. We. Ze had 'we' gezegd. Begon het zo als je gek werd? Maar ze was helder, zo helder en nuchter als zelden tevoren. Ze zag alles om zich heen bijna overdreven duidelijk.

Wat wilde de dode van haar? Waarom had ze zich in haar hoofd genesteld? Wist ze dat zij, Kat, nog een paar levens te vergeven had, dat ze haar er een kon schenken, omdat zij zo vroeg en zo wreed van het hare was beroofd?

Ze verkleedde zich en ging de nachtelijke stad in. Ze moest eruit. Anders werd ze nog gek van dat verblindende wit van de muren.

Ze ging naar de bar in de parallelstraat, waar ze nog nooit was geweest omdat het er altijd vol toeristen zat. Ze dronk een glas wodka, praatte met een Spanjaard over het verkeer in Berlijn en vluchtte de nacht weer in. Op een bank dronk ze een blikje lauw bier dat ze bij een kiosk had gekocht. Daarna pakte ze de fiets en reed doelloos door de nacht.

Ze dacht aan de Rus. Hij had de indruk gewekt van iemand die schoon schip maakte. Opeens moest ze aan haar dozen denken. Deed zij niet hetzelfde? Hij wilde alle schepen achter zich verbranden, maar zij zocht een nieuw begin. Deed ze dat? Deed ze dat echt? Sloop zij niet ook als een dief haar leven uit?

Was hij een moordenaar? Had hij het meisje verkracht en daarna gedood? Had hij toegekeken hoe anderen dat deden? Had hij geprobeerd haar te beschermen, had hij met de anderen gevochten? Of had hij er werkeloos bij gestaan, voor lief genomen dat het meisje de nacht niet zou overleven?

Ze wist nog steeds niet of ze de journalist kon vertrouwen. Hij was zo ongrijpbaar, wel attent en altijd behulpzaam, maar hij had zijn eigen agenda, zoveel was zeker. Zijn ambitie vond ze onaangenaam, om niet te zeggen onuitstaanbaar. Ze betwijfelde ook of dat zogenaamd sensationele verhaal waar hij achteraan zat uiteindelijk wel zo'n geweldig artikel of onthullend boek zou opleveren. Waar was hij op uit?

Aan de andere kant was hij al weken de enige met wie ze contact had. Hij was haar kompas. Hij voorzag haar van informatie, sms'te haar geregeld.

Het geld in de witte envelop leek in haar handtas te branden. Ze had het nog steeds niet aangeraakt, maar dat zou niet lang meer duren. Ze had al weken niet als stadsgids gewerkt en Ismene was voorlopig uitgespeeld. Ze vroeg zich af waar de bestaansangst was gebleven die haar haar hele beroepsleven had vergezeld.

En het geld, al dat geld dat ze zonder blikken of blozen

had gevraagd en dat ze haar zomaar hadden toegezegd, zou ze aan haar moeder geven. Het zou haar van haar schuldenlast bevrijden. En voor Sesilia zou ze een vliegticket kopen. En misschien, misschien moest ze zelf ook in het vliegtuig stappen. Maar Sesilia had 'maar' gezegd, blijkbaar werd haar verlangen om terug te gaan ergens door getemperd. Zou ze desnoods alleen vliegen en verdergaan waar ze ooit was opgehouden, nadat ze uit de crèmekleurige Lada was gestapt? In de Zilverstraat, tussen wapperende was en spelende kinderen, tussen de uitlaatgassen en de kwistig druppelende kraan op de binnenplaats, tussen de bonte toeristencafés en de stille noden van de bewoners van de vervallen huizen?

Het was zo verleidelijk om gewoon haar verlangen te volgen en door te fietsen naar de grote houten voordeur, aan te bellen zonder te hoeven zeggen 'Ik ben het' – want hij zou haar al aan haar ademhaling herkennen –, de trap op te rennen en zich door hem te laten meeslepen, in een nacht zonder herinnering en zonder morgen, woester en extremer dan ooit. Dan zou ze het dode meisje misschien een paar uur vergeten. Maar wilde ze dat?

Ze was van de fiets gestapt en liep ernaast.

Had ze iets van zichzelf bij hem achtergelaten? En was de scheiding op termijn een scheiding zonder houdbaarheidsdatum?

Ze keek om zich heen en ontdekte dat ze in de buurt was van het restaurant waar haar moeder werkte. Ze keek op haar horloge. Het was even na elven. Tina was waarschijnlijk zo klaar met werken. Ze stapte weer op de fiets en reed naar het restaurant.

De Kaukasus zat zoals altijd vol. De serveersters droegen een witte blouse en een zwarte rok, dat uniform had Kat in die zaak altijd tegengestaan, maar de Azerbeidzjaanse eigenaar had een zwak voor haar moeder en stond haar speciale privileges toe: ze mocht haar werktijden zelf indelen en desnoods eerder weggaan en later komen, en als een Oekraïner na diverse wodka's lastig werd, mocht ze gerust een glas water over zijn hoofd gooien zonder ontslagen te worden.

Tina stond bij een tafeltje met vrouwen in korte rok en mannen in trainingspak, die wild door elkaar praatten en elkaar in de rede vielen, ze hadden duidelijk wat op en lachten overdreven.

Kat ging aan een tweepersoonstafeltje in de hoek zitten. Het duurde even voor Tina haar in de gaten had. Eerst keek ze bezorgd, daarna blij, ze zwaaide uitbundig en gebaarde dat ze zo bij haar zou komen.

'Wat doe jij hier?'

Tina gaf haar twee klapzoenen op haar wangen en streek haar haar uit haar gezicht.

'Wat een verrassing. Heb je honger?'

'Nee, maar ik lust wel een wodka.'

'Wodka? Is er iets gebeurd?'

'Nee, neem jij er ook een?'

'Ik ben nog aan het werk.'

'Zeg tegen hem dat je eerder wilt stoppen. Ik heb je zolang niet meer voor me alleen gehad. Ik zou graag iets met je drinken.'

'Thuis ligt er een berg werk op me te wachten...'

'*Deda*!'

'Goed, ik zal kijken of ik even bij je kan komen zitten. Ga straks toch gewoon mee naar ons. Oma zal ook blij zijn, en Natalja...'

'Ik wilde jou zien.'

'Ergens heb ik het idee dat er toch iets met je is. Vooruit... voor de draad ermee.'

'Hoe is het met je nieuwe vlam? Gedraagt hij zich een beetje?'

'Hij zoekt werk en komt volgende maand hier wonen, hij is toch al het grootste deel van de tijd in Berlijn en we willen in geen geval een latrelatie. Hij is heel lief voor me, voor ons allemaal. Ook met Nico gaat hij leuk om.'

'Tja, hij moet toch iets doen.'

'Voor zover ik weet, heb ik me bij jou niet over hem beklaagd. Bovendien komt hij me elke avond halen, zodat ik 's nachts niet alleen met de tram hoef. Een echte gentleman, vind je niet?'

En weer grijnsde ze van oor tot oor als een meisje van zestien.

'Sorry. Ik weet ook niet wat ik heb...'

'Wacht even. Ik vraag Natja of ze het van me overneemt, dan drinken we er eentje.'

Met haar zwevende, trippelende passen verdween ze achter in het vertrek. Tina was snel en deed haar werk goed, ze was altijd goedgemutst en het charmante lachje verdween nooit van haar lippen.

Na een kwartier kwam ze met een kleine karaf en twee glazen terug, ging zuchtend zitten en strekte haar rug.

'We hebben prima wodka uit Polen binnengekregen, schijnt echt heerlijk te zijn. Ik heb al lang geen wodka meer gedronken, eigenlijk een heel goed idee,' zei ze, terwijl ze haar professionele glimlach weer opzette. Kat schonk hun de heldere vloeistof in en hief haar glas.

'Ik wil op je drinken. Je doet zoveel voor ons. Proost!'

Ze zei het in het Georgisch en glimlachte van opzij naar haar. Tina was duidelijk verrast.

'Dank je, Katje, dank je! Ik ben zo blij dat je gekomen bent. We zien elkaar veel te weinig! Zelfs Roesiko zie ik vaker dan jou.'

'Nou ja, Roesiko zou ook het liefst bij je intrekken en van 's morgens vroeg tot 's avonds laat je leven analyseren.'

'Doe niet zo gemeen.'

'Doe ik niet. Ik wil je iets vertellen.'

'O jee, nu wordt het spannend. Je hebt een nieuwe vriend?'

'Nee.'

'Je bent toch niet zwanger?'

'Deda!'

'Dat is een hele opluchting. Ik bedoel, je moet echt een keer... en dan liefst meteen drie kinderen, maar alleen als alles om je heen in orde is, en niet zoals bij je zus... Ik wilde vroeger altijd drie kinderen, maar, nou ja, de tijden toen...'

'Aan het eind van het jaar kan Sesilia naar huis vliegen.'

'Hoe bedoel je?'

'Ik heb net een heel goed betaalde klus aangenomen. We kunnen de schulden afbetalen.'

'Wat voor klus?'

'Een video-opname, reclame in de ruimste zin... En ik zou het fijn vinden als we dan met z'n allen gingen. Ik bedoel – oma thuisbrengen.'

'Maar dat kost verdomd veel geld!'

'Weet ik. Het is ook, laten we zeggen, van die commerciële shit.'

'Je weet wel wat je doet?'

'Wij met z'n allen. We gaan erheen en blijven dan een poosje. Het is zo lang geleden dat we daar samen waren.'

'Wacht, wacht, wacht...'

'Proost! Op jou!'

'Kat, ik maak me zorgen om je. Je praat verward en je bent... je bent hier zomaar opgedoken. Er klopt iets niet.'

'Jawel. We betalen die kloteschuld en beginnen opnieuw, oké? Je moet me beloven dat jij ook moeite zult doen. Dat je dingen doet die je altijd al wilde doen. Natalja gaat het huis uit. De kleine gaat dan naar de kleuterschool en...'

Ze was buiten adem geraakt, alsof ze in looppas naar het restaurant was gekomen.

'Maar je krijgt toch geen tweeënveertigduizend euro voor een video?!'

'Het is een bijzondere video.'

'Sesili!'

'Zeg nou gewoon ja.'

'Oma gaat niet meer naar huis, Seso...'

'Waarom niet?'

'Ze zou zich niet kunnen redden alleen. Bovendien zijn we hier allemaal aardig gewend geraakt, die koffiedikkijkerij van haar loopt helemaal niet slecht en... die schulden, weet je, stukje bij beetje betaal ik alles af... Hé, kalm aan een beetje, je drinkt te snel!'

'We gaan erheen!'

'Alles is oké, Katje. Je maakt je veel te veel zorgen om ons, maar we hebben het goed. Zelfs beter dan ooit. Ik bedoel...'

'Maar jij zou eindelijk een atelier kunnen huren, en oma, die wilde toch al die tijd, al die maanden...'

'De dingen zijn veranderd. En Pako helpt ook een handje.'

'Maar...'

'Nee echt, maak je geen zorgen. En wat Natalja betreft... Je kent ons toch? Ik heb haar graag om me heen, en de kleine jongen ook. En oma, wat moet die in haar eentje in Tbilisi? Ilo zit tenslotte nog in Griekenland.'

'Je gelooft toch zelf niet dat hij daar nog lang zal blijven!'

'Kat, jij bent degene die overal een probleem van maakt, niet wij. Je moet voor jezelf zorgen, concentreer je op je werk, op je privéleven. Je bent te veel alleen en hebt te veel tijd om te piekeren. En Natalja, ach, ik snap wel dat je het uit liefde doet, maar ze kan niet tegen die druk. Ze heeft tijd nodig, op een gegeven moment duikt ze heus niet meer weg voor de wereld, dan gaat ze erop uit en doet ze wat ze denkt dat ze moet doen. Laat haar haar eigen leven leiden, in plaats van je overal mee te bemoeien, terwijl je zelf niet weet wat je wilt.'

'Ik dacht dat je blij zou zijn.'

'Waarmee?'

'Om van je schulden af te zijn.'

'Dat zal ik ook, Seso, ooit zal ik dat zijn. Op mijn manier heb ik het altijd nog voor elkaar gekregen, dat weet je toch, maar ik wil niet dat jij het voor me doet. Doe liever iets voor jezelf. Alleen voor jezelf en voor niemand anders. Mensen zijn verschillend. Niet iedereen is zoals jij. Ik kan niet alles overboord gooien en...'

'Maar je kunt wel je maandloon aan de eerste de beste idioot afgeven!'

'Het is nog altijd míjn maandloon, hè?'

'Sorry.'

'Ik begrijp je niet. Wat wil je nou? Wat wil je van me horen?'

'Ik wil gewoon weten waar het allemaal... waar het allemaal goed voor was.'

'Wat allemaal? Goed voor wat?'

Waarvoor hebben we het overleefd? Waarvoor heb ik dat stuur omgegooid? Waarvoor heb ik zijn gruwelijke plan verijdeld? Voor wat er daarna kwam? Voor de tweekamerwoning in Wedding? Voor die mislukte relaties van jou? Voor het vaderloze kind van Natalja? Voor de koffiedikkijkerij van Sesilia? Voor het dode meisje van wie ik de dubbelgangster moet worden? Voor een of andere gigolo in je bed, die jij voor een gentleman aanziet omdat hij de moeite neemt je van je werk te halen? Voor het wachten dat wij ons leven noemen?

Maar ze zei niets van dat alles. In plaats daarvan keek ze

zwijgend in haar glas en spoelde de onuitgesproken woorden weg met wodka.

'Ik geloof dat ik graag zijn graf zou bezoeken,' zei ze toen zachtjes, nauwelijks hoorbaar.

'Wie z'n graf?'

'Dat van papa.'

Tina schraapte haar keel en dronk haar glas leeg.

Het was een zonnige dag. In haar herinnering was het zelfs een zonovergoten dag. Zoals op de kinderlijke tekeningen van Jehova's getuigen van de Hof van Eden, met gelukkig glimlachende gezinnen, die zich samen met leeuwen en apen neervlijen in de wei. Tina wekte de beide zusjes enthousiast.

'We gaan een dagje uit! Papa haalt de auto! We gaan een dagje naar het Lisimeer, daar kunnen we zwemmen en picknicken. Vooruit, opstaan en mama helpen!'

En aangestoken door haar uitbundigheid sprongen ze uit bed en begonnen ze in hun naar slaap en zoete dromen ruikende pyjama hun moeder te helpen met inpakken. Een rieten mand zoals in films met intacte gezinnen werd gevuld met fruit en gesmeerde boterhammen, bovendien met water en voor de volwassenen een fles wijn, die Tina van haar broer had gekregen en die eigenlijk bewaard werd voor een bijzondere gelegenheid. Badpakken voor de meisjes, waarvan ze het bestaan bijna waren vergeten, handdoeken en een geruite deken om op de grond uit te spreiden en op te ravotten werden met een touwtje bijeengebonden.

De auto stond al klaar voor het huis – wat een geluk! Ze hadden hem zo lang niet meer gebruikt. Meestal vanwege het benzinetekort, maar ook omdat ze bang waren dat hij gestolen zou worden als hij ergens anders geparkeerd stond, want in die woelige tijden werden gewone burgers dieven. En hij, die opeens geen reus meer was maar de vader van vroeger, van voor de oorlog, was goedgehumeurd, deelde royaal zijn brede, heldere glimlach uit, streek de meisjes met zijn hand door het haar, klopte hun op de schouder, en daarmee stegen de verwachtingen van de gelukkige dag aan het meer ten top.

Bij het instappen ontbrandde er tussen de meisjes een verhitte discussie over wie voorin mocht zitten. Het conflict, waarbij veel tranen vloeiden, kon alleen worden opgelost doordat Tina Natalja beloofde dat ze op de terugweg zouden ruilen. Dus ging Natalja, berustend in haar lot, achter haar oudere zus zitten, die triomfantelijk op de passagiersstoel neerplofte.

De raampjes werden naar beneden gedraaid. Het was warm en stoffig. Zodra ze de flats van de wijk Noetsoebidze achter zich hadden gelaten, werd de lucht frisser en veelbelovender. Ze volgden de bochtige weg steeds verder omhoog. Haar vader streelde even haar knie en dat gebaar, dat hij al zo lang niet meer had gemaakt, leek genezing te beloven. Alsof het wilde zeggen dat alle donkere wolken nu eindelijk waren overgewaaid en er in plaats daarvan alleen nog stralende, gelukkige dagen te verwachten waren.

Tina babbelde over een waterfiets die ze bij het meer konden huren en Natalja vroeg de hele tijd of ze er al bijna waren. Maar zelf, trots als ze was omdat ze voorin mocht zitten, genoot ze van elke meter die ze aflegden en hoopte ze dat er nooit een einde aan de rit zou komen.

Algauw reden ze van de hoofdweg een onverharde, stoffige landweg op met aan weerszijden diepgroene platanen. Een zee van groen trok langs hen heen, eerst probeerde ze de bomen te tellen, maar al snel gaf ze het op en concentreerde ze zich in plaats daarvan op de handen van haar vader, die zo vaardig en zelfverzekerd leken. Hij bestuurde de auto zo terloops, zo geroutineerd, waarschijnlijk net zoals hij mensen opensneed en weer dichtnaaide, met duizelingwekkend gemak. Ze bedacht dat ze later, als ze groot was, ook graag iets zo goed zou kunnen, met dezelfde zwier en zekerheid. En zonder te begrijpen wat dat precies inhield, voelde ze dat je daar veel liefde voor nodig had, liefde voor wat je deed. Op dat moment hield hij van die auto, dat stuur en de mensen met wie hij naar een meer reed, daar was ze nog altijd van overtuigd. Maar toen wist ze nog niet dat de liefde van het ene op het andere moment kon knappen als een versleten touw.

Bij de kruising sloeg hij links af een smallere weg in die rechtstreeks naar het meer liep. Ze voelde de nabijheid van het water en kreeg kriebels in haar buik, het eerste voorteken van het zwemplezier. De weg was bezaaid met kiezelstenen die onder de banden opsprongen, langs de berm lag een smalle greppel.

Opeens voelde ze naast zich iets omvallen. Het was alsof iemand een glas azijn had omgegooid en de zure lucht zich overal verspreidde. Ze wist niet wat het was, maar ze zag hem vanuit haar ooghoeken en begreep dat er iets was gebeurd, dat haar vader was verdwenen en de reus terug was en dat die de auto nooit zo goed zou besturen, want hij had twee linkerhanden en geen controle over zijn kracht. Tina noch Natalja leek iets van de verandering te merken, ze babbelden gewoon verder, maar zij was opeens zo gespannen als een veer. Er klopte iets niet. Hij gaf steeds meer gas en hield het stuur stijf vast, alsof hij het in tweeën wilde breken. Ze keek in de achteruitkijkspiegel, ze zocht Tina's blik en wilde haar waarschuwen, maar tevergeefs. Tina lachte uitgelaten en kietelde Natalja. Zijn benevelde blik, zijn in klauwen veranderde handen, zijn enorme, ontembare kracht, zijn afwezigheid, alsof zijn geest zijn lichaam had verlaten en hij heel andere dingen voor zich zag dan er werkelijk waren – behalve zij leek niemand dat allemaal in de gaten te hebben.

Ze hield haar adem in, en toen gaf hij vol gas en stuurde recht op een van de platanen langs de weg af. Eindelijk keek ook Tina op en verstijfde. Ze sperde haar mond open maar er kwam geen geluid, met wijdopen ogen van angst bleef ze zitten, alsof ze niet wilde geloven wat ze voelde aankomen, waar alles op wees. Het einde van het verhaal leek al geschreven en Kat wist dat het zíjn einde was, het einde dat hij wilde – ze had er op dat moment alles voor overgehad om te weten of hij gewoon vergeten was dat behalve hij ook zijn hele gezin in de auto zat, of dat hij zich terdege bewust was van wat hij deed –, maar het was niet háár einde, niet dat van Tina en Natalja, dat mocht niet. Ze begreep niet veel, maar dat begreep ze met bijna volwassen helderheid. Ze veerde op van haar stoel, greep het stuur met beide handen vast en met alle kracht van haar kleine lichaam trok ze het, de botsing met de boom al voor ogen, naar zich toe.

Alsof hij wakker werd uit een boze droom, keek haar vader haar aan en begreep niet wat er gebeurde, wat ze precies deed, maar hij ondernam ook niets, hij hield haar niet tegen en haalde zijn voet van het gaspedaal, en zo raasden ze de greppel in en bleven daar met de motorkap in de modder steken.

Hij sloeg met zijn gezicht tegen de voorruit, omdat hij als enige zijn gordel niet om had, zij werd naar voren geslingerd maar bleef op haar plaats. Wat er achterin gebeurde, kon ze niet zien.

Haar vader moest met een paar snijwonden naar het ziekenhuis, Natalja met een breuk in haar dijbeen en haar rechterarm, Tina had diverse kneuzingen. Zelf was ze op een paar blauwe plekken na ongedeerd, alleen het witte plukje in haar koperrode haar vlak boven haar voorhoofd moest op raadselachtige wijze bij het ongeluk zijn ontstaan.

Toen de kinderen haar vanwege de behendigheid waarmee ze over de muren van de binnenplaats klom Kat waren gaan noemen, wisten ze niet hoe raak die bijnaam was. Daar werd ze zich pas die dag aan het Lisimeer van bewust.

Het was de laatste dag, de laatste keer dat ze met haar vader had gepraat.

Twee jaar later, het was kort na hun aankomst in Duitsland, ging 's nachts de telefoon. Kat werd wakker van het gerinkel. Ze zag Tina met haar hand voor haar mond voorovergebogen op bed zitten.

Kat wist dat er iets gebeurd moest zijn met de reus die ooit haar vader was geweest. Het leek bijna consequent dat hij het leven liet bij een ongeluk. Deze keer zat hij dronken in de auto en dus nam bijna iedereen aan dat hij op de bochtige weg van Zkeneti naar Tbilisi de macht over het stuur was kwijtgeraakt en in de afgrond was gestort. Maar zij kende de waarheid. Ze zag voor zich hoe zijn blik van het ene op het andere moment vertroebelde, hoe hij verstarde, alsof hij uit de tijd was gevallen, ze zag hoe hij sneller ging rijden, alsof hij iets moois, iets vreedzaams en geruststellends voor zich zag wat hem een thuis kon bieden, ze zag hoe hij het gaspedaal steeds dieper intrapte en onstuitbaar en onverschrokken de afgrond in vloog, hoe de auto steeds weer over de kop sloeg, totdat hij in het ruige struikgewas bleef liggen.

'Hoe kom je daar nu bij?' vroeg Tina, terwijl ze haar haar uit haar gezicht streek.

'Ik weet het niet...'

'Goed. Als jij dat wilt.'

Ze wilde er nog iets aan toevoegen en Kat had graag gehoord wat, maar op dat moment kwam Pako het restaurant binnen en stormde op hen af.

Tina viel hem om de hals en vroeg of hij bij hen kwam zitten. Hij droeg een stom leren jasje en een indianenketting die totaal niet bij hem paste.

'Kat, jij hier, wat een eer!' zei hij met een schaapachtige grijns. Ze glimlachte werktuiglijk en schoof haar glas naar hem toe.

'Drinken jullie gerust verder, ik moet ervandoor.'

'Maar Kat, blijf toch nog even. Op weg naar huis kunnen we iets te eten halen.'

'Nee, het is al laat, ik moet echt weg.'

Ze stond op en merkte dat de alcohol haar lichaam slapper en soepeler had gemaakt. Het was een fijn gevoel, dat paste bij haar gevoel zichzelf kwijt te zijn.

'Ik jaag je toch niet weg?'

Ze haatte dat soort idiote opmerkingen. Natalja was er beter in om tegenover Tina's aanbidders de leuke jonge dochter uit te hangen, zij was het verleerd en bovendien zag ze er allang het nut niet meer van in om iets te veinzen wat botste met de waarheid.

Tina's laatste vlam had haar uitgebuit en beroofd, en een paar maanden later was ze alweer verliefd op haar verliefdheid en liet ze zich meeslepen door loze beloften, banale complimenten en grootse plannen die nooit in vervulling gingen. En opeens drong het tot Kat door dat de dingen ook voor haarzelf niet veranderden, alleen omdat iemand haar geld in de hand stopte. Dat haar gevoel van controle niets anders was dan een illusie, niet minder illusoir dan Tina's vertwijfelde poging om in haar intacte wereld te geloven, juist omdat ze aan den lijve had ondervonden hoe de wereld die ze ooit als de hare had beschouwd, in duizend stukjes uiteen was gespat.

Die tweeënveertigduizend euro was niet de oplossing en ook niet het antwoord. Het was een voorwendsel, ze had zich al die tijd aan dat rare bedrag vastgeklampt. Had zichzelf wijsgemaakt dat dat geld de dingen recht zou zetten en alles in orde zou maken, maar het was valse hoop. Eén keer was het haar gelukt een catastrofe af te wenden, en sindsdien leefde ze voortdurend in angst dat ze er, als het weer zover was, niet bij zou zijn om het stuur om te gooien.

Ze moest gaan. Dat begreep ze toen ze haar parka aantrok en een laatste blik op haar moeder en Pako wierp. Het was niet de man met de naam van één letter en een punt die ze achter zich moest laten, ze was het zelf, het meisje dat nog altijd in die auto zat en zich niet verroerde omdat haar anders misschien iets ontging waardoor ze het ongeluk niet opnieuw zou kunnen afwenden. Ze moest uitstappen. De ene voet voor de andere zetten, tot haar voeten licht en snel werden en steeds verder naar voren liepen in plaats van in een kringetje rond te draaien.

Tina was gelukkig zoals ze was. In haar witte blouse en haar zwarte rok, met haar benijdenswaardig mooie benen en een man als Pako naast zich, die bloemen voor haar kocht en haar afhaalde van haar werk. En Natalja zou nog heel wat keren met haar hoofd tegen de muur lopen voor ze rust vond. En Tina had gelijk, Sesilia was hier gewend geraakt.

Ze gaf haar moeder een kus op haar wang, klopte Pako op zijn schouder en rende naar buiten, de duisternis in.

Het was ijzig koud. Ze stak een sigaret op en stapte op de fiets. Ze reed tussen de lichten en de groepjes uitgaanders door, die steeds verder trokken, van bar naar bar, van club naar club.

Het liefst had ze zich bij hen aangesloten en was ze voor één nacht iemand anders geweest, onbekommerd en uitgelaten en niet tegendraads, zoals R. haar altijd had genoemd.

Opeens stond ze abrupt stil. Alleen daarom had ze haar haar geverfd, daarom was ze in dat verhaal gedoken, daarom moest ze de hele tijd aan de Rus denken en aan zijn verzekering dat ze eruit kon stappen. Ze kon er elk moment uit stappen en vertrekken. Ze kon een van haar kattenlevens aan het dode meisje afstaan en haar misschien, al was het maar voor even, voor enkele uren, tot leven wekken. Ze kon haar voetsporen volgen en zelf vrij worden...

Ze pakte haar mobiel. Het was twee uur 's nachts.

'Denk je dat hij het heeft gedaan?' sms'te ze Onno.

'Weet ik niet, kan niet slapen. Vandaag in Moskou aangekomen. Zit in een absurd chic hotel aan de Nikolskaja, krankzinnig gevoel om na al die jaren weer hier te zijn.'

'Wow, het feest is dus al begonnen?'

'Ja, overmorgen ga ik de mannen opzoeken. Van hier gaan we naar Marrakesh.'

'Waarom Marrakesh?'

'Daar woont Petroesjov, de derde van het stel.'

'Ben je bang?'

'Nee, niet meer. Jij?'

'Ik geloof van niet. Mag ik je iets vragen?'

'Natuurlijk.'

'Hield je van haar of...'

Het antwoord liet eindeloos lang op zich wachten.

'Ik wilde haar gebruiken, tot ik verliefd op haar werd.'

'Heeft ze vanwege die zaak zelfmoord gepleegd?'

'Ik denk het wel, maar ik zal de reden nooit weten.'

'Er mogen in deze zaak geen verkeerden meer sterven.'

Ze was zelf verbaasd over die zin en antwoordde op zijn vraagteken met een onnozele smiley. Opeens wist ze met schrikbarende helderheid wat haar te doen stond.

Diezelfde nacht boekte ze een vlucht naar Moskou. Noera zou wel weten wat ze moest doen. *Er mochten geen verkeerden meer sterven*. Maar wie waren dan de juisten? Ze verwierp die vraag en begon verschillende kleren in een sporttas te stoppen.

Nu ze eenmaal in beweging was, was het alleen maar consequent om ook van plaats te veranderen.

De volgende morgen zette ze haar ingepakte hebben en houden bij Tina in de kelder en 's middags stapte ze in het vliegtuig.

2016 | DE KRAAI

Ik had constant het gevoel dat ik werd gevolgd, ook al was er van Sjapiro de hele dag geen spoor te bekennen. De twee adressen had ik de vorige dag gekregen en nadat ik had uitgeslapen en vorstelijk had ontbeten, was ik snel de stad in gegaan. De grijze lucht was nog donkerder geworden, de sneeuw zou weldra een nieuwe miljoenvoudige poging wagen om de stad schoon te maken, maar uiteindelijk zou er alleen grijze blubber overblijven. Zoals altijd ontving de stad me met ijzige onverschilligheid en zoals altijd ging ik er binnen de kortste keren in op. Alleen ontving ze me deze keer op z'n westers in kersttooi en kleurig verlicht, wat verwarrend was, want de lichtjes riepen geen feestelijke stemming bij me op, eerder een gevoel van wantrouwen, alsof de stad met dat gefonkel iets probeerde te verdoezelen.

Ik had geen zin in de metro, geen zin in onnodige drukte, ik wilde bij mezelf en mijn gedachten blijven: mijn gedachten aan de puzzel die ik al jaren compleet probeerde te krijgen. Destijds was ik met de naam Orlov in aanraking gekomen. Aan Nikita's keukentafel, in zijn woning vlak bij de Patriarchenvijver, bij veel wodka en ingelegde augurken. Toen vermoedde ik nog niet dat die naam mijn leven zou veranderen. Toen vermoedde ik wel meer dingen niet. Het eerste adres waar ik naartoe moest, was daar niet ver vandaan, iets meer dan een halfuur lopen. Daar woonde Sjoejev.

Ik besloot mijn rendez-vous met deze voor mij zo noodlottige stad nog een kans te geven, misschien zou ze me toch herkennen. Maar ze was veranderd. En de ideologie die er nu heerste ook. Een ideologie die uit verschillende brokstukken bestond, een samenraapsel van verleden en heden, van afgedankte en nieuwe spullen, een volkomen tegenstrijdige mix. Die ideologie gooide deuren dicht waar je dacht dat ze openstonden. Ze stortte zich in de toekomst en bezong de Sovjet-Unie, ze predikte vrede en steunde extreemrechts, ze bezong zichzelf en plunderde zichzelf toch volkomen leeg, ze vervloekte de oorlog en was er voortdurend in verwikkeld, natuurlijk met de alomtegenwoordige zegen van de Russisch-orthodoxe kerk, men had het constant over Groot-Rusland en hield tegelijk de portretten van Stalin omhoog. Die ideologie was flexibel en in staat zich aan te passen, taai en perfect in haar vermomming. Ik kende de codes niet meer, de gedragsregels waren me een raadsel, ik deed niet meer mee. Mijn tijd was die van de duistere bojaren, van de chaos en de regels die de chaos voorschreef. Mijn tijd was die van de zucht naar geld, niet die van de heerschappij van het geld.

Ik sloeg af naar de Sretenskiboulevard en liep verder door de Mjasnitskistraat. De gevels waren veranderd. De gezichten ook. Het meest miste ik de Russische auto's. Het ontbreken van de Zjigoeli's en de Zaporozjets deed me bijna fysiek pijn. Ik had grote moeite om te wennen aan al die Mercedessen, Volkswagens, BMW's en Toyota's. Ze verstoorden mijn persoonlijke beeld van de stad, mijn gevoel voor de plaats die me naast alle narigheid en ellende ook Ada had gebracht. Al was ze al op jonge leeftijd uit Moskou vertrokken en had ze het nooit gemist, toch was ze een kind van deze stad, iets ervan leefde ook in haar voort, al was ze zich daar niet van bewust geweest en zag ze het zelf niet zo. Maar ik wel, en ik was verliefd geworden op deze grijsbeige stad, die nooit iets anders wilde zijn dan een machtssymbool.

Het was een mooi classicistisch pand, een van de typische gebouwen uit de vorige eeuw, alleen de intercom bij de deurbel was modern. Hier moest dus de kolonel uit Nizjni Novgorod wonen.

Na het proces was hij met vervroegd pensioen gegaan en van de ene op de andere dag van het toneel verdwenen. Verder wist ik alleen dat zijn vrouw vlak na het proces echtscheiding had aangevraagd. Hij zou inmiddels wel een oude man zijn. Maar hoe kon hij zich zo'n woning permitteren in een van de centrale wijken van de stad? Woonde hij er alleen? Werd hij ondersteund door zijn kinderen? Ik drukte op de bel. Het duurde even voor er een krassend 'Ja?' uit de intercom kwam.

'Ik heb post voor u.'

'Post?'

'Ja, en die moet ik u persoonlijk overhandigen.'

Er volgde een vrij lange stilte, toen ging de voordeur open. Ik had gedacht dat de man achterdochtiger zou zijn. Achter de op een kier gezette deur op de tweede verdieping stond een oude, kale, zwaarlijvige man, die naar bedorven lucht en nicotine rook.

'Wat voor post is het?'

Hij bekeek me met tot spleetjes samengeknepen ogen achter een scheef zittende bril.

'Post van Aleksandr Orlov.'

'Van wie?'

'Van Aleksandr Orlov!'

Hij staarde me verward aan. Na een poosje ging zijn verwarring over in verbijstering en ten slotte in woede.

'Wat wil hij van me?!' snauwde hij opeens, waarna hij prompt een hoestbui kreeg.

'Ik kom alleen de envelop brengen, de inhoud zal wel duidelijkheid verschaffen.'

'Alleen de envelop, alleen de envelop... Bent u achterlijk? Weet u niet wat erin zit, wat hij van me wil, waarom hij u naar me toe stuurt?'

'Nee, het spijt me, helaas niet.'

Hij nam me even op en net toen ik ervan overtuigd was dat hij de deur voor mijn neus dicht zou slaan, deed hij hem open en vroeg me binnen. Verbouwereerd liep ik achter hem aan de woning in. Het interieur leek op de eigenaar: verwaarloosd en niet onderhouden. De grote kamers met eiken parketvloer waren volgestouwd met oude meubels, overal lagen kranten en rond de televisie in de woonkamer stonden stapels vuile afwas. Als ik niet had geweten wie ik hier voor me had, had ik bijna medelijden gekregen.

'Hoe heet u?'

'Onno, Onno Bender.'

'Bender? Wat is dat voor naam? Duitser?'

'Ja.'

'Werkt u voor Orlov?'

'Nee... Dat wil zeggen, niet echt. Ik schrijf over hem.'

'U schrijft over hem?'

'Ja, hij wil dat ik een boek over hem schrijf.'

'Dat is toch absurd... Hij woont nu in Duitsland, niet?'

'Ja.'

'Zo rijk, zo rijk als die is geworden, wie had dat gedacht.'

'Ja, inderdaad.'

De oude man pakte een fles cognac uit een vitrine en zette twee wodkaglazen neer.

'Laten we er eentje nemen.'

Ik gaf geen antwoord. Gelukkig had ik goed ontbeten.

'Hebt u een computer?'

'Waarom wilt u dat weten?' Sjoejev keek me argwanend aan.

'Ik geloof dat er een video in de envelop zit.'

'Een video?'

'Ja.'

'Wat voor video?'

'Daar kan ik helaas niets over zeggen.'

'U bent echt achterlijk, hè?'

Plotseling werd hij opnieuw woedend en weer hield ik er rekening mee dat hij me eruit zou gooien, maar hij was zo weer gekalmeerd en schonk cognac in.

'Ik heb een computer, ja. Van mijn dochter gekregen. Maar ik gebruik hem niet.'

'Ik snap het. Woont u hier alleen?'

'Ja, mijn vrouw is twee jaar geleden gestorven. Maar die was toch al bij me weg, de sloerie. Mijn zoon... mijn arme jongen...' Hij kreeg meteen tranen in zijn ogen. 'Hij heeft problemen en ik kan hem niet helpen, het is heel erg om je zo machteloos te voelen. Na die kwestie met Orlov... Mijn zoon kon het allemaal niet aan, dat vreselijke proces, en toen zijn moeder wegging... Dat heeft hij niet kunnen verwerken. Een gevoelige knaap. Altijd al geweest. Ik heb tegen hem gezegd: Zorg dat je eelt op je ziel krijgt, jongen, anders kom je niet ver, maar... Mijn dochter werkt bij een verzekeringsmaatschappij, zij is papa's *molodtsjina*, een prachtmeid!'

Ik verbaasde me over zijn plotselinge spraakzaamheid, alsof hij was vergeten wie ik was en waarom ik was gekomen.

'Ze zorgt voor me, want het militair pensioen is afgeschaft. Al die jaren voor het leger en uiteindelijk, uiteindelijk word je gedumpt. En het ergste is de karaktermoord. Eerst word je door het slijk gehaald en daarna door iedereen gemeden.'

Ik stond versteld van de verdringingskunst van de menselijke psyche. Maar Sjoejev was nog niet klaar.

'Geen spoor van loyaliteit en kameraadschap, door iedereen vergeten, en dan mijn arme jongen. Als Nadja er niet was, zou ik verhongeren! En dat na al die onderscheidingen, al die dapperheidsmedailles! Na Afghanistan en Tsjetsjenië! Ja, zo beroerd is het leven.' Zijn woede was terug.

'Waarom stuurt hij u naar me toe? Wat wil hij van me? Als het om die oude kwestie gaat, dat is een eeuwigheid geleden. Over en voorbij. Voor eens en voor altijd voorbij.'

Hij had het meer tegen zichzelf dan tegen mij.

'Ik heb opdracht ook Petroesjov en Joeritsj op te zoeken.'

'Echt waar?'

'Ja.'

'Maar Petroesjov... ik weet helemaal niet waar die woont, in elk geval niet in Moskou.'

'In Marokko.'

'Ma... waar?'

'Marokko.'

'Het is allemaal heel vreemd.'

'Ja, dat kun je wel zeggen.'

Ik wist niet wat ik moest antwoorden.

'We hebben allemaal in de Eerste Tsjetsjeense Oorlog gevochten, ziet u. Ik was hun kolonel, en Orlov... Orlov...'

Opeens begon hij hard te lachen, het speeksel vloog uit zijn mond en hij sloeg steeds weer op zijn dijen.

'Hij was het keukenhulpje, het manusje van alles, kunt u zich dat voorstellen? Daar drinken we op, proost!'

'Proost!'

'Ongelofelijk, als je er goed over nadenkt, een laffe idioot was het, verder niets... Ik heb een man van hem gemaakt, hij zou me tot het eind van zijn leven dankbaar moeten zijn!'

Ik voelde me misselijk worden, ik wist niet of het door de alcohol kwam of door wat hij zei.

'En als Petroesjov er niet was geweest, was hij nooit zo rijk geworden, hem zou hij ook dankbaar moeten zijn.'

Mijn knieën begonnen te trillen. Ik hoopte vurig dat het geen voorbode was van een paniekaanval. Wanneer had ik die voor het laatst gehad? Hoe voelde het ook weer als er een aankwam? Het was een tijd geleden. Daar klampte ik me aan vast. Desnoods een oxazepammetje, dat ik op zak had, ik moest en zou rustig blijven.

Die paniekaanvallen waren een soort wreed aandenken aan Ada's dood. Ik probeerde me op Ada's bontjas te concentreren, op Grömitz, de Oostzee, mijn gestopte gekleurde sokken, Kats handen met de afgebeten nagels. Het zou wel gaan. Ik voelde de rust terugkeren, verkoelend, alsof iemand een glas koud water in me had leeggekieperd.

'Wat bedoelt u precies?'

'Wat?'

'Dat Orlov zijn vermogen aan Petroesjov te danken heeft?'

'Hoor eens! Ik weet niet wat u van me wilt.'

'Ik kan ook weer gaan, ik wilde u niet storen.'

De man was nu duidelijk in de war en overstuur en ik voelde me volkomen misplaatst.

'Weet u waarom ze hem de generaal noemen?'

'Nee, dat weet ik niet.'

'Joeritsj, Zajka, die lafbek, noemde hem zo nadat... Na een incident. Toen begon Orlov plotseling de lakens uit te delen. Hij gaf aanwijzingen, bevelen, hij was zo helder, en

Zajka zei toen opeens: Ja, generaal, zomaar vanuit het niets, en daarna is die naam gebleven. Wat wil hij nog van me? Het is allemaal zo lang geleden. Voorbij, allemaal voorbij. Ik kon niet meer in het leger, ik had zo graag nog in de tweede oorlog gevochten, zo graag voor mijn land voor de overwinning gestreden, maar alles was afgesneden, alles was weg, vanwege dat incident, ik heb ervoor moeten bloeden. Waarom komt hij nu opeens, wat moet dat, ik wil die post niet, hij moet ons hier met rust laten, ik ben oud en ziek, ik wil rust!'

Hij begon zich weer op te winden, herhaalde een paar onsamenhangende zinnen, bezwoer zijn onschuld, had het over de hoge prijs die hij had betaald en werd steeds luidruchtiger en agressiever. Ik besloot het gesprek af te breken en stond op. De oude man bleef zitten, alleen zijn opgewonden tirade vergezelde me naar de uitgang. Ik sloeg de deur achter me dicht. Ik rende de trap af en ook op straat bleef ik rennen. Op de hoek bleef ik hijgend staan en haalde diep adem. Ik had het gevoel dat ik stikte.

Ja, hij stuurde me naar die plekken om me niets te hoeven vertellen, want daar moest hij niets van hebben, dat stond hem tegen, hij geloofde niet in de waarheid. Hij geloofde in de vele brokstukken van een waarheid, dat had Ada me een keer met volle mond verteld. (Waar waren we toen, wat aten we?) En hij wilde me de gelegenheid geven om alle decorstukken te vinden. Misschien kende hij ze zelf niet, misschien was hij ze vergeten.

Wie had Noera vermoord? Wie had zijn handen om haar keel gelegd en niet meer losgelaten tot alle leven uit haar was geweken?

Nikita had me destijds een theorie voorgeschoteld. Volgens hem had Petroesjov, die om de een of andere dubieuze reden een positie bij de GUSS had, zijn aandelen aan Orlov afgestaan om te zorgen dat die zijn mond hield. Zo had hij de generaal aan zijn eerste miljoenen geholpen. Nikita was ervan overtuigd dat Petroesjov de moordenaar was en dat hij Orlov daarom dat voorstel had gedaan.

Jarenlang had ik me verdiept in de biografie van die mannen die op het juiste moment op de juiste plaats waren en het lef hadden om verder te gaan dan je van ze verwachtte. Soms was het puur toeval, soms een uitgesproken talent of een omstandigheid in combinatie met speciale capaciteiten, een taai karakter en jarenlang verborgen verlangens naar nieuwe mogelijkheden en perspectieven waar die mensen door waren verziekt. Ziekelijke eerzucht was ook een drijfveer waarmee ze zich een weg baanden naar de semiofficiële, onzekere structuren en netwerken van het overgangstijdperk, alsof ze niet anders konden dan steeds maar verdergaan, ondanks alle tegenslagen hun wil doordrijven.

Maar de generaal paste in geen van die schema's, zijn biografie had eigenlijk moeten uitmonden in een andere loopbaan. Hij had zich niet laten leiden door verlangens of toevallige omstandigheden, maar door een doelgericht, rationeel, pragmatisch plan, dat absurd genoeg precies tegengesteld was aan alles wat zijn leven daarvoor had bepaald. Alsof hij op een gegeven moment had besloten iemand anders te worden, als een feniks te herrijzen uit de zwarte nachtmerries die hij in de Tsjetsjeense bergen had gehad. Alsof het zaak was het leven zoals het voor hem was uitgestippeld te elimineren en in plaats daarvan een leven te scheppen dat niet verder van hem af had kunnen staan.

Ik nam de metro en reed naar de rand van de stad. Daar woonde Joeritsj in een van de grauwe, vijf verdiepingen tellende flats uit het Chroesjtsjovtijdperk. Ik moest lang zoeken voor ik het goede woonblok en de goede ingang had gevonden – alles leek op elkaar en ging op in de anonimiteit.

Ik had kauwgom gekocht en in mijn mond gestopt om niet de indruk te wekken dat ik me moed had ingedronken. Bovendien wilde ik elk spoor van het vorige bezoek uitwissen, vanuit de woning van de oude Sjoejev had iets weerzinwekkends me achtervolgd.

Een Russische vrouw van middelbare leeftijd met een schort en in een knot opgestoken, platinablond geverfd haar deed de deur voor me open.

'Ik wil Ivan Joeritsj spreken,' zei ik zonder omhaal.

'En wie bent u, als ik vragen mag?' zei ze niet al te vriendelijk.

'Ik moet hem iets overhandigen,' antwoordde ik met een knikje naar de envelop in mijn hand. In de gang dook een jongen op van een jaar of acht, negen, die me nieuwsgierig bekeek.

'Wanja zit op de binnenplaats domino te spelen,' zei de vrouw op een toon waarin haar ongenoegen doorklonk. 'Komt u binnen. Ik zal hem laten roepen. Ga je vader halen!' riep ze tegen haar zoon.

'Ik kan ook zelf naar beneden gaan, ik wil u niet lastigvallen.'

'Geen probleem, komt u binnen.'

Ze ging me voor naar de woonkamer, waar het naar eten en schone was rook. Ik mocht in een van de sjofele stoelen gaan zitten. Ze liet me alleen. De meubels waren oud en de gordijnen versleten. In de hoek stond een vitrine met een paar porseleinen kopjes en kleurige vazen. In het middelste vak lagen twee bonbondozen, die ze waarschijnlijk hadden gekregen en uit pure eerbied niet hadden opengemaakt – ik kende zulke absurde relikwieën uit mijn tijd in Moskou. De muren hingen vol met orthodoxe iconen. De vrouw bood me thee aan. Ik bedankte beleefd.

Het duurde niet lang of er kwam een kleine, magere man met dun haar en een brede neus binnen. Hij had de handen van een bouwvakker, zijn lichaam drukte vernedering en onbehagen uit, alsof hij zich schaamde dat hij bestond en zich op alle mogelijke manieren onzichtbaar probeerde te maken. Ineengedoken kwam hij op me af en nam me onzeker op, waarschijnlijk had hij iemand verwacht die hij kende. Hij ging tegenover me zitten.

'Ik ben gestuurd door Aleksandr Orlov. Ik moet u deze envelop persoonlijk overhandigen.'

'Aleksandr...?'

Hij verstomde en staarde naar de envelop, die ik voor hem op de kleine tafel had gelegd.

'Hoe... hoe weet... hoe komt u aan mijn adres?'

Even was ik verrast door zijn hevige gestotter.

'Zoals gezegd heb ik opdracht u deze envelop te overhandigen.'

'Komt u uit Duitsland?'

'Ja.'

'En u spreekt Russisch,' voegde hij eraan toe, alsof het godsonmogelijk was dat een Duitser Russisch sprak.

'Ik heb hier lang gewoond.'

'Wat wil hij van me?'

Hij werd nerveus, griste de envelop van tafel en klampte zich eraan vast als een drenkeling aan een stuk hout.

'Het spijt me, maar ik kan u verder niets vertellen, u vindt alles in de envelop.'

'Ik heb al jaren geen contact, met niemand. Zeg dat tegen hem, ik heb nooit meer iemand gezien, van Petroesjov heb ik al jaren niets gehoord, een eeuwigheid, en de kolonel, nou ja, ik weet niet eens of hij nog leeft...'

'Hij leeft. Ik kom net bij hem vandaan.'

'U bent ook bij Sjoejev geweest? En bij Petroesjov?'

'Ik vlieg morgen naar Marokko. Daar woont Petroesjov.'

'Ja, ja, daar woont hij... maar waarom? Wat is de generaal van plan? God bewaar me, ik heb niets meer met die zaak te maken, ik ben ook uit het leger gestapt, ik heb...'

Hij sloeg een kruis. Zijn vroomheid verklaarde ook de enorme hoeveelheid iconen.

'Ik heb een vrouw, twee zonen, ik werk in een fabriek, we maken conserven, natuurlijke ingrediënten, allemaal van uitstekende kwaliteit... We leveren zelfs aan Russische supermarkten in Duitsland. Onder andere in Darmstadt, kent u Darmstadt?'

'Ja, Darmstadt ken ik.'

'Maar, ik begrijp niet... Ik wil geen moeilijkheden.'

'Er zit een videoboodschap in. Daar staat alles op. Ik wou dat ik u meer informatie kon geven, maar die heb ik niet. Het beste is dat ik u alleen laat, zodat...'

'Zeg tegen hem dat ik eruit ben, dat ik er helemaal uit ben, ik heb niets meer met het leger of die mannen te maken, ik leef mijn leven, ik ben bij de kerk, ik... Wat er gebeurd is, was verschrikkelijk, is verschrikkelijk, maar het was oorlog, en dat proces, dat had niemand...'

Hij begon steeds erger te stotteren. Zijn vrouw stond in de deuropening en veegde haar handen af aan haar schort.

'Alles is in orde, liefje, niets aan de hand, we praten alleen wat, een oude kennis uit het leger, ik kom zo...'

Ze wierp ons een norse blik toe en verdween weer in de keuken.

'Zeg dat tegen hem, zeg dat ik een rustig leven leid en niets meer met dat gedoe te maken wil hebben... Het zijn toch al zulke moeilijke tijden voor ons, weet u. Ons woonblok hier, de hele buurt is opgekocht door een belegger en de huizen moeten worden gesloopt, en de kerk en de buurt... We doen alles om hier te mogen blijven wonen. Die armzalige vergoeding, weet u... De woning is van mijn vrouw en... Video? Wat voor video?' zei hij opeens, alsof de betekenis van mijn woorden nu pas tot hem doordrong.

'Het beste is dat u hem bekijkt.'

Ik wilde weg. Natuurlijk wilden die mannen hun zorgen en hun woede op mij afreageren. En natuurlijk was het de bedoeling van de generaal dat ik naar hen luisterde, maar ik voelde me hier niet op mijn plaats, ik doorzag Orlovs plan niet, nog niet, ik begreep niet waarom hij voor deze omweg had gekozen, waarom hij het zich niet gemakkelijker maakte en de mannen bijeenriep, zonder dubieuze en verwarrende boodschappen, zonder de video met het meisje dat een kopie van Noera had kunnen zijn. En waarom opeens ik? Ik voelde me gemanipuleerd, in een richting geduwd die ik niet doorzag. Ik ergerde me aan mijn naïviteit, waarom had ik dat niet voorzien.

Joeritsj' handen trilden, het zweet parelde op zijn voorhoofd en hij beet op zijn onderlip. Het was vreemd, ik kon niet anders dan medelijden voor hem voelen. Hij leek zo ver van elk leger, elk wapen af te staan, het paste niet bij hem. Maar in de loop van mijn werkzame leven had ik geleerd niet te snel conclusies te trekken, nooit op uiterlijkheden af te gaan.

'Ik geloof dat u niets te vrezen hebt.' Ik wist zelf niet waarom ik dat zei. 'Ik denk dat alles wat u moet weten in die videoboodschap staat.'

Ik stond op. Hij bleef zitten, verzonken in zichzelf en zijn gedachten, teruggeslingerd in een lang vervlogen tijd.

De vrouw kwam even de gang in, knikte naar me en volgde me met haar argwanende blik tot in het trappenhuis.

Ik was begin twintig toen ik in Moskou kwam, de plek waar het leven zichzelf herschreef. Ik wilde meeschrijven. Ik had het gevoel dat ik deel uitmaakte van dat eldorado, van de waanzin die de jaren na de perestrojka hadden ontketend. Ik stond bij het vuur en keek naar de vlammen, die alles verslonden en ongekende, duivelse krachten losmaakten.

Ik leerde mensen kennen, zoekende, verloren mensen, ook mensen die zichzelf al zoekend verloren. Mijn zelfbewustzijn was onwankelbaar, de stad droeg me op haar vuile handen en gaf me een gevoel van onkwetsbaarheid, ik was geen toeschouwer meer, ik zat er middenin. Ik schreef over de bomaanslagen die Moskou destijds teisterden, over de verliezers en winnaars van de goudkoorts, over de schaduwzijden die het nieuwe leven begon te vertonen, en toch schreef ik steeds over mezelf, over mijn verlangen naar een plek in deze wereld. En ik had succes. Ik werd toegejuicht en geprezen om mijn moed en mijn scherpe blik. Ik schreef over Bely, ik schreef over zijn geld, zijn imperium, ik maakte het Westen duidelijk van welk kaliber die westernhelden uit het Oosten waren. Bely deed af en toe een poging me te intimideren, maar ik denk dat het hem uiteindelijk koud liet dat een of andere dubieuze Duitser een boek over hem schreef. Hij interesseerde zich toen nog niet voor het Westen, hij voelde zich als een vis in het water in zijn vaderland en geloofde niet zo in de macht van het woord. En na het succes van mijn boek in Duitsland gaf het hem, geloof ik, zelfs een zekere genoegdoening dat zoveel mensen in het Westen belangstelling voor hem hadden. Ik had geluk, zoals Nikita me destijds verzekerde, dat ik op een van de bojaren was gestuit die het weinig kon schelen wat er over hem werd verteld. Dat geluk zou volgens Nikita echter niet lang duren, geluk was in Rusland altijd al van korte duur geweest. Maar ik wilde het hogerop zoeken.

Orlovs pijlsnelle opkomst, die kort na het proces begon, leek me in overeenstemming met mijn eigen hoge niveau.

Binnen vier jaar had hij iets bereikt wat de meeste mensen in een heel leven niet voor elkaar hadden gekregen. De uitgever gaf me voor mijn boek over Orlov een riant voorschot en nu had ik vrij spel. In die tijd was de generaal net in een uiterst riskant vastgoedproject gestapt, riskant omdat hij het project zomaar vanuit het niets voor de neus van de destijds leidende vastgoedmagnaat had weggekaapt.

Als een roofdier zat ik uren in de struiken te wachten, klaar voor de sprong als het moment daar zou zijn. Ik zocht naar voormalige kameraden, spoorde oude klasgenoten op, vond mensen die voor hem hadden gewerkt, zelfs vroegere buren en vrienden van zijn overleden vrouw. En op een gegeven moment kreeg hij me in het vizier. Mijn naam viel, hij liet informatie inwinnen.

Toen dook Sjapiro op. Hij wachtte me op voor een metrostation, nam me apart en zei maar twee zinnen tegen me, die ik rijkelijk theatraal vond.

'Jij staakt je research naar Aleksandr Orlov ogenblikkelijk. Er komt geen boek over hem.'

Hij had me met zijn vogelogen iets langer aangekeken dan nodig en was daarna zonder een woord te zeggen in de mensenmassa verdwenen. Natuurlijk onderdrukte ik mijn angst, natuurlijk wilde ik niet toegeven dat ik hier te maken had met een man tegen wie ik niet was opgewassen. Ik wroette verder, negeerde de waarschuwing van Sjapiro. De tweede waarschuwing kwam prompt, per mail. Die was niet getekend. 'Als je je plan niet onmiddellijk opgeeft, zal dat vervelende consequenties hebben.'

Ik ging naar Nikita. We zaten in zijn keuken wodka te drinken.

‘Nu wordt het gevaarlijk voor je,’ zei hij peinzend. ‘Alles aan hem is onvoorspelbaar, je moet ervan afzien, Onno, ik vrees dat er niets aan te doen is,’ zei hij schouderophalend. Ik werd woest. Ik verweet hem dat hij me onderschatte, dat hij laf was.

Drie dagen later lag ik op de intensive care te worstelen met mezelf, de wereld, de pijn en de vraag hoe ik hier weer uit moest komen.

Schedeltrauma, gescheurde milt, vier gebroken ribben, een gebroken arm, gehoorverlies aan één oor. De dag daarvoor was ik voor mijn deur door drie mannen met een zwarte bivakmuts opgewacht en in elkaar geslagen; het was kantje boord.

Toen ik uit het ziekenhuis werd ontslagen, sloot ik me twee weken in huis op. Ik belde de uitgever, blies het project af en verstopte me voor mijn eigen schaamte. Diep in mijn hart wist ik dat niet alleen Orlovs verhaal, maar ook dat van deze stad uitverteld was, dat ik had gefaald en hier niets meer te zoeken had. Ik pakte mijn spullen en vloog terug.

Een paar jaar lukte het me mijn leven niet door de generaal te laten domineren, maar ik hield hem wel in het oog. Mijn map met informatie over hem dijde in de loop der jaren uit en prikkelde me steeds meer.

Het was als een wenk van het lot toen ik hoorde dat Orlov Rusland had verlaten en zijn vaderland definitief de rug had toegekeerd, dat hij naar het Westen was verhuisd, uitgerekend naar Duitsland en dan ook nog naar de stad waar ik mijn tenten had opgeslagen. Het hek was weer van de dam, mijn obsessie stak opnieuw de kop op.

Via Jevgenia, met wie hij vrij snel na zijn verhuizing was getrouwd, had ik weinig mogelijkheden om bij hem in de buurt te komen, maar zijn dochter zou weleens de sleutel kunnen zijn, dacht ik.

Ongeveer vier jaar na zijn verhuizing naar Berlijn kwam mijn kans, het lot besloot me voor mijn pijnlijke ledematen, mijn wachten en mijn schande te belonen, ik kreeg het concertkaartje naast Ada Orlova te pakken.

Maar nu zat ik in een Moskous niemandsland op een metalen tafel tussen anonieme woonblokken uit de Sovjettijd, die de mensen niets anders wilde vertellen dan dat ze inwisselbare dragers van een systeem waren, en ik stak een sigaret op en begon te snikken als een kind. Ik wist niet waarom ik me weer zo hulpeloos en verloren voelde, waarom deze werkwijze, deze officiële status van medeauteur van Orlovs verhaal, me geen voldoening gaf. Het was grijs en kil om me heen, mijn handen waren rood van de kou, mijn voeten waren ijsblokken, en toch was alles me om het even, ook het feit dat iemand me kon zien snikken.

Niets had me van de generaal kunnen afleiden. Zelfs niet de permanente angst waarin ik leefde sinds de drie gemaskerde mannen me tot moes hadden geslagen. Maar Ada had het voor elkaar kunnen krijgen. Waarom had ik het niet op tijd gemerkt, waarom had ik niet op tijd aan de noodrem getrokken? Ik had het kunnen weten, ik had de afgrond moeten zien waar we regelrecht op afstevenden.

Ik wilde niet toegeven en schaamde me dat een meisje van negentien me van mijn levensdoel had afgebracht – met haar klapzoenen, haar nieuwsgierigheid naar het leven, haar enthousiasme, haar plannen en haar liefde voor kunst, met haar dwaze verliefdheid en haar cornflakes met stukjes meloen die ze elke ochtend in bed at. Ik kon niet toegeven dat zíj mijn levensdoel was geworden en dat het jaar dat me met haar was gegund het mooiste geschenk van mijn leven was. Zodra ze mijn deur achter zich dichttrok, probeerde ik weer degene te worden die ik zonder haar dacht te zijn, mezelf wijsmakend dat onze vrijage van voorbijgaande aard was, dat ze algauw genoeg van me zou krijgen en ik zou terugkeren naar mijn grote plan, mijn masterplan. Maar dan belde ze onverwachts weer op met de mededeling dat we die avond, de volgende dag of zelfs het hele weekend tot onze beschikking hadden, en dan raakte ik weer de kluts kwijt en begaf ik me bereidwillig in haar handen, werd haar speelbal, de geduldige, alles accepterende jongen, die voor een kus, een teken van haar genegenheid alles gedaan zou hebben.

Het was een jaar met gaten en toch was het voller dan ooit. Soms denk ik dat we helemaal geen verstoppertje hadden hoeven spelen, dat we elkaar hadden kunnen zien wanneer we maar wilden, zonder de permanente angst door haar oppermachtige vader te worden betrapt. Doordat haar afkomst haar dwong geregeld onder te duiken, had ik de mogelijkheid om even op adem te komen, mijn plichten na te gaan, maar ook om de illusie in stand te houden dat ik alles nog steeds onder controle had. Ik had allang geen plan meer. Ik was allang afhankelijk van haar gunsten, haar verliefdheid, haar aanrakingen. Ik werd alleen nog beheerst door het verlangen haar voor me te winnen en door de utopische wens ooit een echte relatie met haar te hebben, die al het andere op de achtergrond zou schuiven.

In tegenstelling tot haar was ik oud genoeg om te weten dat aan ons contact onherroepelijk een einde zou komen, een 'zandlopercontact' noemde ik het stiekem. Het kon niet anders dan tijdelijk zijn. Ik hield mezelf constant voor dat er geen wonderen bestonden, dat het leeftijdsverschil, onze extreem verschillende achtergrond, de onoverkomelijk lijkende afstand tussen ons en vooral haar vader nooit zouden toelaten dat we een normale relatie hadden. En wij bewezen onszelf met elk moment dat we samen waren opnieuw het tegendeel.

Ze was oud voor haar leeftijd. Ze wist ontstellend veel over het leven en over zichzelf. Soms maakte ze me bang met haar nuchtere, analytische kijk op zichzelf en anderen. Ze leek uit twee polen te bestaan, ze jubelde of vond alles 'om te kotsen'; ze besloot dat de wereld aan onze voeten lag of beweerde dat aan het 'verstoppertje spelen' nooit een einde zou komen. Maar haar verliefdheid maakte haar met de week moediger, overmoediger, ik hield mijn hart vast, ik wilde haar voortdurend waarschuwen, ook voor zichzelf, maar ik zag dat het onmogelijk was.

Op de momenten dat ze me iets over een pas ontdekt muziekstuk of kunstwerk vertelde, was ze weer helemaal kind. Ook op de momenten dat ze het had over de studie die ze het jaar daarop wilde beginnen om de kunst nog beter te begrijpen en zo ook de droom waar te maken van haar vader, die niet de kans had gehad om literatuur of kunstgeschiedenis te studeren omdat de oorlog ertussen was gekomen. Op andere momenten was ze weer helemaal vrouw, heel volwassen en bijna pragmatisch als ze me waarschuwde dat ik geduld moest hebben, dat ik haar niet zoveel sms'jes moest sturen wanneer ze met haar vader op pad was, dat ik voorzichtig moest zijn.

Ik wilde mezelf wijsmaken dat ik nog steeds mijn eigen plan volgde, dat het me eigenlijk om haar vader te doen was, terwijl zij hem allang in de schaduw had gesteld, hem van elk belang had ontdaan, zijn zwaarte door haar lichtheid, zijn verborgen verleden door haar lichte heden had vervangen.

Maar wat speelde dat verhaal nu nog voor rol? Waarom was ik er zo zeker van dat het de moeite waard was om het af te maken? En voor wie? De twee mensen voor wie het van existentieel belang zou zijn, waren dood. Er lag iets onherroepelijks over hun namen en ik noch een almachtige generaal kon daar iets aan veranderen.

Ze wilde per se de waarheid weten. En dat ze daar zo geobsedeerd door raakte, was mijn schuld. En als ik probeerde eerlijk te zijn, zo eerlijk dat het pijn deed en ik mezelf amper nog kon verdragen, moest ik toegeven dat ik me verplicht voelde het verhaal voor haar af te maken. Haar dood had me zwarte vleugels van schuld gegeven, haar dood had mijn bloed in teer veranderd, ik was de onheilsbode, de kraai. Elke weigering om die rol te vervullen zou laf zijn geweest. Het leven de rug toekeren en vluchten in oppervlakkigheid werkte maar voor korte tijd, daarna moest ik de confrontatie aangaan.

De vogelman had me in het leven teruggeduwd en nu moest ik deze weg volgen, ik moest hem ten einde gaan, tegenover haar dood viel mijn zelfmedelijden in het niet. Ik veegde mijn tranen af aan de mouw van mijn jas. Daarna stak ik een sigaret op, stond op van de roestige tafel en vervolgde mijn weg.

'Je hebt tegen me gelogen, je bent geen haar beter dan de rest, je bent een leugenachtige klootzak, ik vertrouwde je, ik heb... ik heb je alles verteld, ik dacht dat het je om mij te doen was... Wat ben ik stom geweest, oerstom!'

Ze slingerde me de woorden in het gezicht, en opeens begon ze zichzelf te slaan. Ik probeerde haar handen vast te houden, zodat ze zich niet verwondde, maar ze blies als een wilde kat en krabde mijn wangen open.

'Waag het niet dichterbij te komen! Je bent zo'n schoft... Je bent een smeerlap, een grote smeerlap! Hoe kon ik... Mijn vader had gelijk, helaas had hij gelijk, je kunt niemand vertrouwen!'

En weer sloeg ze zichzelf in haar gezicht, zo hard dat ik de pijn die de klap moest hebben veroorzaakt in mijn eigen gezicht voelde.

’s Nachts om twee uur had ze onaangekondigd bij me voor de deur gestaan en als een gek aangebeld. Huilend was ze naar binnen gestormd en tegen me gaan schreeuwen. Voor ik ook maar een woord had begrepen, wist ik al waar het om ging. Ik wist alleen niet hoe ze erachter was gekomen.

‘Ik zal je nooit vergeven wat je met me hebt gedaan, terwijl ik toch zoveel van je...’

Plotseling sloeg haar agressie om in hartverscheurende wanhoop. Alles in me kromp samen. Ik zou ter plekke op mijn knieën zijn gevallen en mijn longen uit mijn lijf hebben geschreeuwd, om genade, om vertrouwen hebben gesmeekt, als het ook maar iets had geholpen.

‘Hoe wil je dit uitleggen? Je hebt me gebruikt. Je bent een aartsleugenaar.’

Ze liet zich langs de muur op de grond zakken en bleef daar zitten met haar gezicht in haar handen.

‘Wie heeft het je verteld?’

‘Mijn vader heeft ons laten schaduwen, ik geloof dat hij Sjapiro achter me aan heeft gestuurd. Hij wist dat ik iemand had, hij wist het allang. Ik wist dat hij het vermoedde, maar ik heb niets ondernomen, alleen de *securities* gewaarschuwd dat ze hun mond moesten houden. Iemand is me afgelopen dinsdag gevolgd, toen we naar de film waren.’

Opeens was ze rustig, ze leek niet meer te huilen. Ze zat er uitgeput bij en vertelde werktuiglijk wat ze zelf wist.

‘Wat heeft hij gezegd?’

Ik probeerde een stap in haar richting te doen.

‘Wat maakt dat nog uit? Wat telt is dat hij heeft gewonnen, zoals hij altijd wint. Hij had gelijk. Voilà!’

Ze dwong zichzelf te glimlachen.

Ik gooide alles eruit wat ik als verdediging kon aanvoeren, en daar was geen woord van gelogen. Ik zei wat ik maanden geleden al tegen haar had moeten zeggen. Ik vertelde over mijn obsessie voor de generaal, over mijn opgegeven boekproject, mijn verblijf in het ziekenhuis, mijn opnieuw opgelaaide belangstelling door zijn verhuizing naar Berlijn, ik vertelde over mijn pogingen om bij hem in de buurt te komen door een concertkaartje voor de plaats naast haar te versieren. En over mijn falen, door haar, door haar oprechtheid, door haar gevoelens. Ik vertelde over mijn overgeleverd-zijn en mijn angst, over mijn controleverlies en mijn honger naar geluk, die door niets anders meer gestild kon worden dan door haar.

Ze luisterde rustig naar me, maar ik kon niets uit haar gezicht opmaken, vreugde noch woede, wantrouwen noch mildheid, ze zat als versteend, als aan de vloer vastgeplakt tegen de muur. Ik durfde haar niet aan te raken, niets zou pijnlijker zijn dan op het moment van mijn grootste weerloosheid door haar afgewezen te worden.

'Ik hou van je, Ada. En als het moet, ga ik naar je vader om het hem te vertellen.'

Ik schaamde me voor die woorden en voor mijn armzalige pathos, ik schaamde me voor mijn leeftijd en voor het feit dat ik geen betere partij voor haar was. Maar er was geen weg terug, ik moest me volledig aan haar overleveren, alleen dan was er een kleine kans. Ik wilde haar vonnis horen, ik wilde dat ze me gratie verleende of naar het schavot stuurde, ik kon het wachten niet langer verdragen.

'Ada, zeg alsjeblieft iets...' fluisterde ik en ik liet me ook op de grond zakken.

'Waarom hij? Waarom was je zo hevig in hem geïnteresseerd?'

Op die vraag had ik niet gerekend.

'Ik... ik weet het niet. Zijn loopbaan, ja, zijn loopbaan is heel atypisch voor...'

'Voor uitbuiters en bloedzuigers? Is hij te aardig voor dat werk? Zoiets?'

'Je begrijpt me verkeerd.'

'Precies, ik begrijp het niet en zou het graag wel begrijpen.'

'Ik leg je alles uit, ik vertel je alles wat je van me wilt weten.'

Op hetzelfde moment vervloekte ik mezelf dat ik dat beloofde. Want die belofte nakomen betekende haar vader overleveren. Maar het niet beloven betekende haar onherroepelijk kwijtraken.

'Het gaat zeker om die gebeurtenis in de oorlog?'

Ik was perplex. Ik nam aan dat hij alles in het werk had gesteld om haar daarvan weg te houden, om haar niet met het vuil, het bloed, de gruwelen van zijn verleden te bezoedelen. Hij had zoveel moeite gedaan om dat verhaal te laten verdwijnen, zoveel mensen omgekocht om het onmogelijk te maken in zijn verleden te graven. Met de nooit opgehelderde dood van Stanislav Pasternak was ook de doos van Pandora gesloten. Ik spitste mijn oren. Wat wist ze precies en hoeveel? Wat had hij haar verteld?

'Ja, onder andere,' zei ik voorzichtig.

'Maar hij is onschuldig. Ik weet het.'

Die zin ontwapende me. Ik was haar bijna om de hals gevallen. Zo hartverscheurend stellig en naïef klonk het. Hij had haar dus niets verteld, natuurlijk niet. Dat had hij haar niet willen aandoen, het zou ook haaks staan op de zorg waarmee hij haar omringde. Ze moest die dingen zelf aan elkaar hebben gebreid en vervolgens haar eigen oordeel hebben gevormd. En toen beging ik de fout die me de kop zou kosten, ik zei de twee kortste en tegelijk veelzeggendste woorden van mijn leven: 'Nou ja...'

Daarmee stak ik haar aan, besmette ik haar met twijfel, plaatste ik haar almachtige en in haar ogen onschuldige vader in een ander perspectief. Ik deed het in een reflex, zonder erbij na te denken, in de hoop dat die woorden haar hier zouden houden, ons bij elkaar zouden houden, ik realiseerde me totaal niet wat ik ermee aanrichtte.

'Wat weet jij?'

Ze leek opeens heel rustig, volkomen helder. Ze veegde haar tranen af aan haar mouw en keek me recht aan.

'Niet veel... Ik heb wel een paar jaar geprobeerd achter de waarheid te komen, maar die is heel goed verborgen.'

'Vertel je me alles wat je weet?'

Ik had haar die belofte gedaan en wist dat ik haar betrok in iets waar ze niet tegen opgewassen zou zijn. De belofte die zou uitmonden in haar dood.

Ik ging met een taxi terug naar het hotel. Toen ik de grauwe voorstad achter me liet en terugkeerde in de decadente luxetempel, was het alsof ik in een andere stad belandde, maar ook die tegenstellingen hoorden bij Moskou, net als de Basiliuskathedraal of het Kremlin.

Ik trok me terug in mijn hotelkamer en spreidde alle notities, alle briefjes, al mijn aantekeningen voor me uit.

Tegen elven klopte Sjapiro op mijn kamerdeur. Hij gaf me een vliegticket naar Marrakesh, waar ik de derde man moest opzoeken, bij mijn weten de meest doortrapte en gehaaide van de drie. Er werd me verteld dat hij daar een hotel runde. Het adres van het hotel kreeg ik in de vorm van een luciferdoosje, een tempel van rust midden in een palmentuin.

2016 | DE KAT

Ze huurde een klein kamertje met gemeenschappelijke badkamer in een hostel in de buurt van de Oude Arbat en bestudeerde de plattegrond van de stad. Hij had het over de Nikolskaja gehad, daar was een hotel dat St. Regis heette en er luxueus uitzag. Vandaar zou hij dus vertrekken. De vraag was alleen of hij in z'n eentje ging of samen met Sjapiro; in het laatste geval was het lastiger om hem te volgen, maar ze zou haar uiterste best doen. Het zou haar lukken. Het moest. Ze moest die mannen met eigen ogen zien. Met Noera's ogen. Maar een directe confrontatie was uitgesloten, dat zou het plan te veel in gevaar brengen, de reacties waren onvoorspelbaar, ze mocht niet te veel riskeren. Alleen in hun buurt komen, kijken wat ze voelde, wat Noera gevoeld zou hebben... Gelukkig vond ze pal tegenover het hotel een winkelcentrum met een bar van een Amerikaanse koffieketen bij de ingang. De bar was net open, ze ging naar binnen en bestelde in het Russisch. Haar passieve taalkennis was geactiveerd, al haar zintuigen leken gescherpt. Ze voelde zich klaarwakker. Ze koos een tafeltje bij het raam en hield de ingang van het hotel in de gaten.

Het duurde lang, ze dacht al dat hij toch in een ander hotel zat, maar tegen elven zag ze hem naar buiten komen. Ze sprong op en rende de drukke straat op. Tussen hen bevond zich een aanhoudende verkeersstroom, die haar aan zijn oog onttrok. Hij was te voet, wat de achtervolging voor haar een stuk eenvoudiger maakte, er was ruimte genoeg om zich tussen de gebouwen, auto's en voetgangers te verstoppen.

Een halfuur liep ze achter hem aan. Slechts één keer keek hij om, alsof hij iets had gevoeld, ze bukte als een personage uit een film noir en moest er zelf om grinniken.

Op een gegeven moment bleef hij staan voor een oud pand in een rustige straat. Even bekeek hij de namen op het bellenbord, toen drukte hij op een van de knopjes. Pas nadat hij naar binnen was gegaan, stak ze de straat over en bestudeerde ook de naambordjes. Hier woonde dus de kolonel.

Ze noteerde het adres, maakte voor de zekerheid met haar mobiel nog een paar foto's van het pand, ging aan de overkant van de straat weer tussen de geparkeerde auto's staan en stak een sigaret op. Ze voelde zich energiek, ook al wist ze zelf nog niet precies wat ze daar deed. Maar ze twijfelde er niet aan dat het goed was om hier te zijn.

Ze wist niet hoeveel tijd er was verstreken toen Onno weer naar buiten kwam. Het leek niet lang. Opnieuw dook ze weg, maar hij rende de straat op, keek niet op of om en zette het op een lopen. Zij zette er ook de pas in.

Hij nam de metro, de beste dekking voor haar. Daar kon ze probleemloos onderduiken in de eindeloze mensenmassa. Om hem niet uit het oog te verliezen waagde ze zich in dezelfde wagon. Ze wrong zich tussen de vele lichamen door en ging aan het andere eind op een bank zitten. Ze reden lang door. Ze had geen idee waarheen. Bij het eindstation stapte hij uit. Ze wachtte een paar seconden tot hij bij de roltrap was en glipte toen ook de wagon uit. Hij moest vaak de weg vragen voor hij in de zee van grauwe anonieme huizen en flatgebouwen het goede adres had gevonden.

Toen hij in het trappenhuis was verdwenen, begon ze om de flat heen te lopen. Op de binnenplaats zaten een paar mannen rond een metalen tafel een spelletje te doen, ze hoorde hun stemmen, een van hen stotterde. Plotseling bleef ze staan en deed een paar stappen achteruit. Zajka, dat was hem, dat moest hem zijn, die kleine, onooglijke man. Ze had van alle drie de mannen twee zwart-witfoto's gezien, die Onno uit twee verschillende kranten had gescand en haar had gemaild.

'Waar heb je die voor nodig?' had hij gevraagd.

'Ik wil gewoon hun gezicht zien,' had ze geantwoord.

Ja, ze wilde hun gezicht zien. Maar zij moesten Noera's gezicht zien als ze haar aankeken.

Even later werd Zajka door een kleine jongen geroepen, hij stond op, strekte zijn rug en liep met slepende passen naar binnen.

Hoe zagen moordenaars eruit? Kon je aan iemand zien dat hij had gedood? Wat had Noera gevoeld toen ze besefte dat ze in een val zat waaruit ze niet meer kon ontsnappen? Had ze geschreeuwd of was ze rustig gebleven?

Ze noteerde het adres en liep door de grauwe betonjungle terug naar de metro. Het was koud. Er zat sneeuw in de lucht, ze trok haar muts over haar oren en glipte de warme, met verschillende geuren gevulde metrowagon in.

In het hostel ging ze op bed liggen en probeerde te slapen, maar ze was te onrustig.

'En, hoe is het in Moskou?' sms'te ze Onno.

'Weet ik nog niet, zoveel indrukken,' kwam prompt het antwoord. Dat betekende dat hij niet meer bij Joeritsj was.

'Heb je ze kunnen vinden?'

'Ja, maar ze waren niet bepaald blij toen ik zijn naam noemde.'

'Denk je dat die video iets oplevert?'

'Hoe bedoel je?'

'Dat ze op zijn uitnodiging in zullen gaan?'

'Geen idee. Maar hij wil weten hoe ze erop reageren.'

'Het lijkt me niet logisch, ze gaan toch nooit vrijwillig naar Tsjetsjenië?'

'Het houdt je wel bezig!'

'Wat wil je daarmee zeggen? Misschien heeft dit verhaal intussen ook wel met mij te maken.'

'Sorry, zo was het niet bedoeld.'

Terwijl ze de berichtjes intikte, vroeg ze zich af of ze nog als Kat of al als Noera schreef.

'Die video is een test. Hij wil hun reactie zien. En aan de hand daarvan besluit hij hoe hij te werk gaat,' sms'te hij er prompt achteraan. Ze vroeg zich af wat hij zou zeggen als hij wist dat ze maar een paar kilometer van elkaar af zaten.

'Nee, volgens mij heeft hij dat allang besloten,' antwoordde ze en ze vroeg door over zijn bezoeken aan Joeritsj en Sjoejev. Hij gaf bereidwillig antwoord. Hij had iets toegewijds, een eigenschap die ze meteen sympathiek had gevonden, ook al gold zijn toewijding die hardvochtige man en zijn verleden. Ze noteerde alles wat ze moest weten. Wat Noera moest weten.

'Wanneer ga je naar Marrakesh?'

'Dat weet ik nog niet. Ik wacht op instructies van Sjapiro.'

'Is hij ook in de stad?'

'Ja, en hij houdt me in het oog.'

Mij dus ook, dacht ze prompt.

'Dan is het een valstrik,' sms'te ze.

'Hoe bedoel je?'

'Die video is een valstrik.'

Weer stuurde hij een vraagteken terug. Maar ze reageerde niet meer, in plaats daarvan tikte ze 'Moskou, nachtleven' in de zoekmachine in. En nadat ze een paar nachtclubs had opgeschreven die haar wel wat leken, zocht ze de goedkoopste vlucht naar Marrakesh.

De inhoud van de envelop stond nu op haar bankrekening en wilde lichtzinnig uitgegeven worden. Het was Noera's geld. Het was het geld dat ze voor Noera moest uitgeven.

Ze ging terug naar het winkelcentrum tegenover Onno's hotel waar ze 's ochtends de achtervolging had ingezet, en struinde de winkels af naar een jurk die Noera mooi zou hebben gevonden. Ze wist zeker dat het iets kleurigs moest zijn. Zelf had ze voor het laatst een jurk aangetrokken toen R. haar op een nacht had verrast met de mededeling dat hij haar mee uit wilde nemen. Die jurk was zwart en eenvoudig. Maar Noera, die altijd achttien was gebleven, zou hem te somber hebben gevonden. Ze had iets luchtigs, iets jeugdigs nodig. Na twee uur vond ze wat ze zocht en betaalde een waanzinnig bedrag voor een meisjesachtige jurk met een smalle ceintuur, die net over de knie viel. Hij was zachtrood en had een bloemetjespatroon. Ze vond hem perfect... voor Noera's nacht.

Ze ging naar de club die haar zoekmachine als eerste had uitgespuugd en die ze zelf nooit zou hebben uitgekozen: te veel pop, te toeristisch, te lawaaierig. Maar ze droeg Noera's jurk en ging voor Noera dansen. Noera zou vast van pop hebben gehouden. Voor andere, alternatievere muzikale ontdekkingen had haar leven te kort geduurd.

Ze had al lang niet meer zo'n levenshonger gevoeld. Ze stortte zich in de schelle muziek en liet zich gaan. Het was zo gemakkelijk om achttien te zijn en je door de eersten de besten te laten aanspreken – de twee jongens bleken opgefokte Australische toeristen te zijn –, het was zo gemakkelijk om daarna met hen de kroegen af te lopen en je in de zevende hemel te wanen. Toen ze op een gegeven moment vroegen waar ze vandaan kwam, antwoordde ze bijna terloops en met een brede grijns: 'Tsjetsjenië.' De gezichten van de Australiërs betrokken, ze kon zich voorstellen welke gruwelijke scenario's er door hun hoofd gingen, welke associaties de naam van dat land bij hen opriep, maar het liet haar koud, hun wereld mocht gerust beginnen te wankelen.

Toen ze tegen drie uur 's ochtends in een pub belandden en een van de twee zijn hand onder haar jurk schoof, stond ze op en verliet zonder commentaar de tent. Noera was een trotse bergbewoonster geweest, ze zou zich nooit zomaar met de eerste de beste figuur hebben ingelaten.

De volgende ochtend zag ze Onno's berichtje op haar mobiel: 'Ik wou dat je hier was.'

Ze grijnsde, maar reageerde voorlopig niet.

'Wanneer gaat de reis verder?' sms'te ze na een uitgebreid ontbijt in de bar aan de overkant.

'Morgen.'

'En hoelang blijf je?'

Ze moest hem ter plekke te pakken krijgen, aan de andere kant had hij verteld dat Petroesjov een hotel runde, dat maakte het zoeken een stuk gemakkelijker. Desnoods zou ze Petroesjov ook zonder Onno's hulp weten te vinden. Ze moest voorzichtig zijn. Niets riskeren wat haar, wat Noera in gevaar kon brengen.

De generaal had een tot in het kleinste detail doordacht plan, dat wist ze zeker, en de video was een valstrik, misschien zelfs een waarschuwingsschot. Maar ze zouden nooit vrijwillig afreizen naar dat godvergeten meer in de Tsjetsjeense bergen, naar het oord dat ze vast allemaal op alle mogelijke manieren uit hun geheugen hadden proberen te wissen en waarover zij in Berlijn, na de video-opname, op internet nog informatie had opgezocht.

Ze had zich erover verbaasd dat Onno bij de mededelingen van de generaal zo weinig vraagtekens plaatste, juist gezien hun gemeenschappelijke voorgeschiedenis. Maar misschien kwam het doordat hij niets te verliezen had. Anders kon ze zijn stille volgzaamheid niet verklaren. Het was toch naïef om te denken dat de generaal hem zijn verhaal zomaar cadeau zou doen. Het ging om genoegdoening, concludeerde ze toen ze later door de straten zwierf. Orlov wilde afrekenen. En van iedereen die nog bij hem in het krijt stond, had Onno beslist de hoogste schulden.

Mensen die door de oorlog werden achtervolgd, dat had ze al vroeg geleerd, toonden de meeste volharding en verbetenheid wat hun obsessies betrof. Ze zouden allemaal moeten betalen. Dat stond vast. En wat was de prijs die zij zelf zou moeten betalen als ze dit spel bleef meespelen? Was zij ook een pion in zijn handen? Maar één ding had hij waarschijnlijk niet ingecalculeerd: de factor Noera. Hij had er geen rekening mee kunnen houden dat ze in Noera's huid zou kruipen. En als ze optrad als Noera, was zij de enige op zijn niveau – nee, de enige die zelfs macht over hem had, zoals ze die avond aan het meer had gevoeld. Die macht was haar bescherming, waar ze slim mee om moest gaan. De macht van een slachtoffer over haar folteraar.

Ze liet zich meevoeren en door de vreemde stad in de armen sluiten, ook al was het een ijzige en iets te stevige omarming. Ze zoog alle indrukken met verhoogde aandacht in zich op, ze deed het voor Noera. Ze luisterde naar innerlijke boodschappen van haar. Wat zou zij doen als ze hier was, vroeg ze zich elke dag af. Ze besloot haar vertrek naar Marrakesh uit te stellen, eerst wilde ze meer vertrouwd raken met deze stad en haar bewoners, de vraag was alleen: hoe vertrouwd?

Ze bleef sms'en met Onno, die haar in het verre Berlijn waande. Ze had plezier in dat spel. Ze was verbaasd hoe gemakkelijk die stap was geweest, hoe vastberaden ze het vertrouwde de rug had toegekeerd en het ongewisse tegemoet was gegaan.

De volgende dag volgde ze Onno's spoor. Ze liep de Sretenskiboulevard af en daarna verder door de Mjasnitskistraat, tot ze in de rustige straat met de mooie huizen kwam. Ze begon voor het huis heen en weer te lopen. De kolonel woonde op de derde verdieping, ze keek de hele tijd omhoog naar de stoffige ramen. Maar er was nauwelijks iets te zien, alleen 's middags ging er een lichtje aan. Wat had die man met Noera gedaan? Wat waren Noera's laatste gedachten geweest? Wat zou zij doen als ze hier was? Ze zou haar folteraars willen zien, hen met hun schande confronteren. Ze moest volhouden, moed vergaren, de kou trotseren met thee in een kartonnen beker uit een winkel op de hoek.

Er kwam een gezin naar buiten, het kind droeg een rode muts en duwde een poppenwagen. Later volgde een wat oudere dame met een ruwharige teckel. Twee jongens hingen voor de deur rond en lieten elkaar iets op hun mobiel zien, daarna verdwenen ook zij. Van de kolonel geen spoor. Dat ze hem onmiddellijk zou herkennen, daar twijfelde ze geen moment aan. Het wachten werd een kwelling. De volgende dag kocht ze warme handschoenen en gewapend met een grote beker thee betrok ze opnieuw haar post. Na drie uur wachten ging de deur open en kwam er een oude man met een legerjas en een *sjapka* naar buiten. Hij liep moeilijk en zijn handen trilden, maar hij had de nek van een stier. Ze wist dat hij het was. Ze wist het omdat Noera het wist en ze geleerd had met haar ogen te kijken. Ze volgde hem aan de overkant van de straat. Hij bleef staan, hijgde, keek verward om zich heen, alsof hij zich afvroeg of hij iets vergeten was, daarna zette hij zijn eenzame weg voort. Als ze niet had geweten wie hij was, had ze medelijden gehad.

Hij stak het kruispunt over en stevende op een kleine kruidenierswinkel af. Hij nam het trapje naar het souterrain en verdween even. Daarna kwam hij met een plastic tas in zijn hand weer naar buiten en liep verder in noordelijke richting. Ze stak de straat over en volgde hem nu bijna op de voet. Hij leek niets te vermoeden, niets van de wereld om zich heen te merken. Hij was in zichzelf gekeerd. Na twee blokken kwam hij bij een park en ging daar op een groene bank zitten. De oudere dame met de teckel die ze gisteren het huis uit had zien komen, liep langs hem heen en groette hem, hij herkende haar niet of wilde haar niet herkennen, hij haalde alleen een kleine wodkafles uit zijn tas. Toen stak hij met trillende hand een sigaret op. Bij de eerste trek klaarde zijn gezicht op. Kat bleef achter een boom staan. Hij leek opeens opgelucht, meteen daarna pakte hij de fles en nam een grote slok, alsof het water was; hij dronk zijn dagelijkse portie vergetelheid.

Zou het Noera voldoening geven als ze hem zo zag? Of zou ze koelbloedig en onverschillig zijn en hem zonder aarzelen voor een auto duwen, snel een einde aan zijn armzalige leven maken? Zou Noera dat kunnen? Ze wist het niet. Maar ze wist wel dat ze hem wilde zien, zijn ogen, zijn gezicht. Daarom kwam ze tevoorschijn en liep naar hem toe. Hij keek dwars door haar heen, hij nam haar niet waar, was alleen bezig met het restant van zijn leven en zijn fles, maar ze liep recht op hem af, zodat hij haar wel moest zien. Een paar passen voor hem bleef ze staan. Hij keek haar aan, wendde zich af, nam nog een slok en wilde de fles langzaam wegzetten, kneep toen zijn ogen samen, boog zijn bovenlichaam licht naar voren en liet een vreemd gepiep horen. Daarna sprong hij op, alsof hij een kleine jongen was, alsof hij zijn gebreken al die tijd maar had gesimuleerd, en bleef voor haar staan.

'*Kto vy, kto vy?* Wie bent u, wie bent u?' zei hij twee keer in het Russisch en verstomde toen. Hij keek haar nog een keer aan, alsof hij niet zeker wist of zijn benevelde brein hem niet toch in de maling nam. Maar waarschijnlijk schoot hem op hetzelfde moment de video te binnen, die hij inmiddels wel bekeken moest hebben.

'Komt u van Orlov? Laat me met rust!'

Zijn stem trilde. Maar Kat stond hem alleen maar aan te kijken. Onafgebroken staarde ze hem aan en op dat moment was ze compleet achter Noera verdwenen, zodat ze zich haar eigen bestaan niet eens meer herinnerde. Plotseling pakte hij zijn fles en ging ervandoor. Zonder lang na te denken liep ze achter hem aan. Vreemd genoeg was ze totaal niet bang. Op het moment dat Noera het leven liet, had zij namelijk ook alle angst uitgeblazen. Voorgoed. Ze zou nooit meer bang hoeven zijn, voor niets of niemand.

'Laat me met rust, laat me met rust, ik ga nergens heen... Zeg dat tegen hem! Wie bent u? Wat willen jullie allemaal van me?'

De man schreeuwde en versnelde zijn pas. Het park was gelukkig leeg en Kat haalde hem gauw weer in. Ze was al bijna op gelijke hoogte met hem. Op zijn gezicht tekenden zich angst en iets van weerzin af.

'Verdwijn, hoer, verdwijn! Je bent zijn hoer, je bent Orlovs hoer...! Verdwijn!' riep hij buiten adem. Maar ze kwam steeds dichterbij.

'Help!' riep hij nu wanhopig en hij liet zijn fles vallen. Uit alle macht begon hij te rennen, alsof hij voor zijn leven rende; ze zette de achtervolging in, maar zorgde dat ze steeds zoveel afstand bewaarde dat hij dacht nog te kunnen ontkomen.

Na een bocht hield het park plotseling op, zij kon haar pas nog inhouden en haar evenwicht bewaren, terwijl hij al over de hoge stoeprand struikelde en met zijn hoofd op de straat viel. Op hetzelfde moment hoorde ze gierende banden, een zilverkleurige Renault kwam met piepende remmen vlak voor zijn uitgestrekte armen tot stilstand. Ze draaide zich snel om en verdween achter een boom.

Een vrouw, die meteen te hulp was geschoten, praatte op hem in. Hij tilde zijn hoofd op en keek met wijd opengesperde ogen om zich heen, hij wees steeds weer in de richting van het park, maar daar was niemand te bekennen. De vrouw probeerde hem te kalmeren en overeind te helpen, maar hij leek met het asfalt vergroeid, hij wilde of kon zich niet meer verroeren en bleef maar hoofdschuddend naar het park wijzen.

Op de terugweg, die ze te voet aflegde, moest ze huilen, de tranen stroomden over haar gezicht. Geruisloos liep ze almaar verder en liet de tranen als regendruppels langs haar wangen biggelen.

Toen ze dacht dat ze ver genoeg van hem vandaan was, ging ze op de stoep zitten en haalde diep adem. Nu Noera weer wat op de achtergrond was verdwenen en zijzelf naar voren kwam, voelde ze hoe de angst haar in zijn greep kreeg. Haar knieën trilden en haar mond was droog. De gedachte die ze al eerder in het park had gehad, flitste opnieuw door haar heen en deed haar een ogenblik verstijven: *Zou ze hem zonder aarzelen voor een auto duwen, snel een einde aan zijn armzalige leven maken?* Ze bleef nog een poosje roerloos op de stoep zitten, geschrokken van haar eigen daad of liever gezegd, haar eigen wens, die ze met Noera dacht te delen, de wens om de oude man kwaad te doen.

Ze vond een verkreukeld pakje sigaretten in haar jaszak en stak er een op.

'Je moet niet roken. Drinken past beter bij je,' had hij gezegd toen ze voor het eerst een nacht bij hem was gebleven en 's ochtends zonder kleren aan op de vensterbank zat te roken. Nadat ze nog een keer hadden gevreeën, stond hij erop dat ze naakt bleef. Hij liep, eveneens spiernaakt, door de keuken en zette koffie voor haar. Ze vond het onaangenaam, ze trok haar benen op en sloeg haar armen om haar knieën, ze wilde zich in het genadeloze daglicht niet aan hem blootstellen. Maar hem leek het niets uit te maken. Zo angstvallig als hij zijn gevoelens verborg, zo openhartig ging hij om met zijn lichaam, hij liep er gewoon mee te kijk, liet zich in het meedogenloze zonlicht door haar bestuderen, alsof hij wilde zeggen: hier ben ik met alles wat ik heb, bekijk me goed, bedenk of je bereid bent het tegen me op te nemen, het met me uit te houden.

'En van roken krijg je een vale huid,' had hij er nog aan toegevoegd, terwijl hij de heerlijk geurende koffie voor haar neus hield.

'Wat gaat dit eigenlijk worden?' had ze gevraagd.

'Wat moet het worden?'

'Ik denk dat we zelf in de hand hebben wat we ervan maken.'

'En wat zou je ervan willen maken?'

'Dat weet ik nog niet.'

'Dat klinkt in elk geval goed. Je bent tenminste niet meteen verliefd en wilt niet samen met mij een boerderij kopen en een sliert kinderen op de wereld zetten.'

'Aan boerderijen heb ik de pest en of ik kinderen wil, daar ben ik nog lang niet uit.'

'Dat vind ik zo sympathiek aan je.'

'Wat?'

'Dat je niet aan dwangvoorstellingen lijdt.'

'Wat bedoel je met dwangvoorstellingen?'

'Hoe je moet zijn. Hoe je moet leven. Hoe je met elkaar moet omgaan om het liefde te kunnen noemen.'

'O jee, nu neem je wel tamelijk krasse woorden in de mond.'

Ze deed cool, terwijl het haar eigenlijk bang maakte dat hij iets uitsprak wat ze al dacht te voelen, maar waartegen ze zich met hand en tand verzette, in de wetenschap dat je met hem niet over zoiets moest praten. En nu sprak hij die woorden zelf uit. Het verraste haar en tegelijk schrok ze ervan. Maar ze genoot van de warme koffie, van de warme zonnestralen op haar blote huid en van zijn nabijheid, die zo verwarrend en tegelijk zo vanzelfsprekend aanvoelde.

'Krasse woorden? Hoezo kras? Weet jij andere? Genegenheid soms? Partnerschap? Levensgezel?'

'Ik dacht dat jij niet van hokjes hield.'

'Liefde is geen hokje!'

Opeens leek hij kwaad. Alsof ze iets had gezegd wat hem diep kwetste en beledigde; en misschien was dat ook wel zo. Het duurde maanden voor ze begreep hoe heilig hij ervan overtuigd was dat hij anderen ongelofelijk veel gaf en zijn genegenheid meer dan ruimhartig verdeelde. Hij besefte totaal niet achter hoeveel deuren hij zich verschanste, hoeveel barricaden hij tussen zichzelf en anderen had opgeworpen om zijn ego te beschermen.

'Zullen we het onderwerp maar laten rusten? Laten we gewoon samen ontbijten.'

Ze vond het wel stom om zo demonstratief van onderwerp te veranderen, maar wat moest ze zeggen? Ze was bang dat hij iets aan haar zou zien, dat hij door haar façade heen zou kijken.

'Ik hou van je borsten. Dat mag ik toch nog wel zeggen?' zei hij opeens en hij liep de kamer uit, terwijl zij perplex en met opgetrokken benen op de vensterbank zat en haar hart als een gek tekeerging.

De volgende dag ging ze naar de onooglijke, vijf verdiepingen tellende flat met de door gevels omsloten binnenplaats waar Joeritsj woonde. Terwijl ze met de metro naar de rand van de stad reed, doorliep ze meerdere scenario's. Joeritsj zag er dan misschien ongevaarlijk uit, maar hij was niet zo gebrekkig en oud als Sjoejev. Nee, ze mocht niets doen wat een risico kon opleveren. Ze moest opduiken, zich laten zien en weer verdwijnen. Ze zou de nodige afstand bewaren. Dat was in Noera's geest. Of niet soms?

De twijfels die haar sinds het door haar uitgelokte ongeluk van Sjoejev plaagden, mochten niet de overhand krijgen. Ze was de afgelopen dagen zo zeker, zo helder geweest, ze mocht nu niet gaan aarzelen. Ze moest haar weg, Noera's weg, onverstoorbaar vervolgen.

Terwijl ze zich door de betonjungle worstelde, stuurde ze Onno een berichtje: 'Stel dat ze komen, wat gaat er dan volgens jou in Tsjetsjenië gebeuren?'

Even later kwam er antwoord: 'Ik weet zeker dat hij bekentenissen wil afdwingen en die publiek wil maken. Hij heeft inmiddels zoveel invloed, zoveel macht, genoeg om een nieuw proces aan te spannen.'

Nooit lieten zijn antwoorden lang op zich wachten, nooit leek hij iets voor haar achter te houden. Hij was alleen. Hij was iemand die te lang alleen was geweest en nu alles wat hij had verzameld, had opgekropt, wilde uitschreeuwen – in zijn geval uitschrijven. Zijn theorie leek plausibel en toch was ze niet overtuigd. Het lag allemaal te veel voor de hand.

De metalen tafel op de binnenplaats was leeg. De lichten achter de ramen brandden in alle kleuren: ontelbare bonte vierkantjes in een eindeloze zee van beton. Het trappenhuis had ze onthouden, maar de verdieping wist ze niet meer. Ze ging op de tafel zitten waar Joeritsj domino had gespeeld. Wat was er door hem heen gegaan toen hij de video bekeek? Had hij een gezin, en zo ja, had hij er zijn vrouw en kinderen iets over verteld? Ze rookte drie sigaretten zonder haar handschoenen uit te trekken. De kerstverlichting uit de binnenstad drong niet tot hier door. Alles hier op de binnenplaats leek troosteloos en verlaten.

Wat zou Noera's gezicht losmaken bij deze kleine man, die eruitzag alsof hij geen vlieg kwaad kon doen? Maar soms was het moeilijker om bij het doden toe te kijken, bedacht ze, en ze zag onmiddellijk de glazige blik van haar vader voor zich, die de Lada naar het punt stuurde dat hem voorgoed rust beloofde.

Twee oudere mannen in joggingbroek kwamen al pratend de binnenplaats op, maar Joeritsj was er niet bij. Anders dan bij de generaal gaf zijn bijnaam meer prijs dan haar lief was. Hij verraadde alle spot en alle vernederingen die hij jaar in, jaar uit over zich heen had laten gaan en die zich in zijn mondhoeken en zijn manier van lopen hadden vastgezet. Een klein meisje huppelde aan de hand van haar grootmoeder over de binnenplaats en verdween door een van de deuren. Ze had het koud en wachtte. Ja, waarop eigenlijk?

Opeens kwam hij naar buiten. Hij had een kleine jongen met oorwarmers aan de hand, die hem opgewekt iets vertelde. Daar had ze niet op gerekend. Hoe oud zou hij zijn? Wat wist hij over zijn vader? En wat zou hij willen weten als hij oud genoeg was voor de waarheid?

Ze had geen tijd om zich te verstoppen, ze sprong van de tafel en bleef als aan de grond genageld staan, want hij had haar al gezien en staarde in haar richting. Toen kwam hij langzaam, als onder hypnose, als in een droom op haar af. De jongen bleef tegen hem praten, vertelde iets wat hem op de lippen brandde. Even had ze de neiging om weg te rennen, maar zij was nu de vervolger en niet meer de prooi.

'Ben jij… ben jij haar zus?'

Ze waren nog maar een paar passen van elkaar verwijderd. Misschien was ze dat inderdaad: een te laat geboren zus. Ze zei niets, ze was hem geen verklaring schuldig. Hij boog zich naar zijn kind en fluisterde iets tegen hem. De jongen wilde protesteren, maar Joeritsj verhief zijn stem en de jongen rende als door een adder gebeten het trappenhuis weer in.

Op zijn gezicht stond geen afkeer te lezen, ook geen angst, het was eerder verdriet dat zich ergens voorgoed had vastgezet. Voor haar stond een diepbedroefde man, die haar met waterige ogen aankeek. Hij maakte gelukkig geen aanstalten om de noodzakelijke afstand te doorbreken.

'Ik... ik... Het spijt me zo. Ik ben... Ik heb zelf kinderen. Twee jongens. Ze zijn zes en acht. En mijn vrouw... we gaan naar de kerk.' Hij maakte zich belachelijk en wist het zelf, maar hij moest zich op de een of andere manier rechtvaardigen.

'Zeg tegen hem dat ik toen alles verteld zou hebben als het zover was gekomen... Ik zou alles verteld hebben, maar Petroesjov en Sjoe... Zeg tegen hem... Ik kan niet komen. Ik kan niet naar Tsje... wat moet ik tegen mijn vrouw zeggen? Ik...'

Plotseling begon hij te snikken. Hij snikte als een klein kind en het snot liep uit zijn neus, die hij aan zijn mouw afveegde.

'Ik, ik... Het was oorlog. Ik heb haar niet vermo... Ik heb haar niet...'

Zijn woorden slokten elkaar op, vielen elkaar in de rug aan. Maar zij stond hem alleen maar aan te kijken, zocht direct oogcontact.

'Wat is dat voor raar idee? Uw zus krijgt u er niet mee terug en u, u kunt toch niet samenwerken met de man die uw zus...'

Hij verstomde. Wilde hij de generaal soms de moord in de schoenen schuiven? Zijn eigen hachje redden?

'Ik... ik kan niet komen. Het is een heel moeilijke tijd voor mijn gezin en mij. Ze willen deze woonblokken slopen en wij vechten, vechten om de... Ach, dat interesseert u vast niet,' zei hij, terwijl hij zich plotseling probeerde te vermannen. 'Ik moet werken en het is Nieuwjaar, weet u, en de kinderen... Zeg toch eindelijk iets!' schreeuwde hij ineens. 'Zeg eindelijk iets!'

Zodra hij schreeuwde, stotterde hij niet meer, alsof de woede hem het nodige zelfvertrouwen gaf om te zeggen wat hij werkelijk dacht.

'Ik heb haar niet... Ik heb haar niet... Ik heb niets meer met de zaak te maken! Hoort u? Hoort u?!'

Ze stapte over de bank en liep vlak langs hem heen, raakte hem bijna met haar schouder aan. Ook hij kwam in beweging, misschien wilde hij haar achternalopen om een reactie van haar te krijgen, de bevestiging dat ze hem had begrepen, dat hij niet zou komen. Maar ze versnelde haar pas en hoorde nog hoe hij bleef staan in het besef dat zijn plan zinloos was.

Nu wist ze zeker dat geen van hen vrijwillig op de uitnodiging van de generaal in zou gaan. En dat de video hem bevestigde in zijn veronderstelling dat de twintig jaren die sindsdien waren verstreken, niets bij hen hadden veranderd. En dat verschafte hem de rechtvaardiging om de jacht te openen. Want dat er een jacht zou komen, daar was ze inmiddels van overtuigd.

2016 | DE GENERAAL

'De piloot wil weten wanneer je wilt vliegen.'

Sjapiro had voorzichtig geklopt en was na zijn kortaangebonden 'Ja' zijn werkkamer binnengekomen. Nu stond hij tegenover hem en wachtte op antwoord.

'Kom, proost met me. Ik schenk je wat tonic in,' zei hij

in plaats daarvan tegen zijn loyaalste kameraad en het grootste mysterie in mensengedaante dat hij ooit was tegengekomen. Na al die jaren die ze zij aan zij hadden gestreden en gewonnen, was deze zwijgzame en emotieloze man hem nog altijd een raadsel.

'Zeg maar dat we om zeven uur vliegen, ze moeten de Cessna gereedmaken.'

'Hij dacht dat we de Gulfstream zouden nemen... Die staat namelijk klaar.'

'De Cessna. Punt, uit!'

'Ik zal het doorgeven.'

Sjapiro belde even en ging toen tegenover hem in een leren fauteuil zitten. De generaal gaf hem de tonic, die hij met hetzelfde gezicht aanpakte als waarmee hij iemand tot moes sloeg of de boodschappentassen voor zijn dochter had gedragen.

'Proost!'

De generaal hield zijn glas gin-tonic omhoog. Sjapiro dronk hem zwijgend toe.

Zou hij nog weten wanneer hij voor het laatst alcohol had gedronken? Vast. Sjapiro had een fenomenaal geheugen.

De generaal wist nog heel goed hoe ze elkaar na de tijd in de gevangenis weer hadden ontmoet. Een klein jaar na Ada's geboorte had hij Sjapiro opgezocht. Bij zijn vrijlating had hij zijn nummer gevraagd; toen was hij er al zeker van geweest dat hij hem terug zou zien, net zoals Sjapiro ervan uitgegaan was dat hij hem nooit meer te zien zou krijgen. Sjapiro had het nummer voor hem opgeschreven van zijn tante in Moskou bij wie hij na zijn vrijlating terechtkon.

Hij was erachter gekomen dat Sjapiro zes maanden na hem was vrijgelaten en belde het nummer. Een oude, bijna dove vrouw verstond niets, bleef maar vragen wie hij was, tot op een gegeven moment de hoorn uit haar hand werd gerukt.

Aan Sjapiro's stem was te horen dat hij had gedronken. Het duurde een paar seconden voor hij zich hem herinnerde. Dat detail – nu de generaal die raadselachtige man aankeek, moest hij daar weer aan denken – was hem wel bevallen. Het bevestigde zijn veronderstelling dat Sjapiro hem destijds zeker niet uit berekening had geholpen.

Ook de botte, onvriendelijke manier waarop hij hem begroette, beviel hem, hij hoefde zich niet anders voor te doen dan hij was.

'Ik ben blij dat je vrij bent. En in Moskou. Ik wil je zien. Ik heb misschien een aanbod voor je.'

Sjapiro antwoordde met dezelfde onverschilligheid waarmee hij hem het leven had gered, een kort 'Goed, zoals je wilt' moest genoeg zijn.

Ze spraken af in een steriel, westers opgeleukt café in de buurt van het Kunsttheater. Sjapiro was te laat en had een flinke kegel. Omdat alle smalltalk met hem uitgesloten was, kwam de generaal meteen ter zake.

'Ik heb een baan bij de GUSS. Ik neem aan dat je weet wat dat is?'

'Ja,' zei Sjapiro en hij krabde aan zijn onderarm.

'Ik heb die positie gekregen om mijn mond te houden.'

Hij was verbaasd dat hij dat zonder omwegen tegen hem zei, maar ergens wist hij dat hij zich bij deze zonderling geen spelletjes en zeker geen leugens kon veroorloven.

'Dat vermoedde ik al.'

'Na de dood van de advocaat was het uitzichtloos geworden...'

'Je hoeft me niets uit te leggen.'

'Dan is het goed. Je kunt je dus ook voorstellen dat ze daar niet bepaald blij met me zijn. Maar ik ben van plan er te blijven. Ik ben van plan ze tot de laatste kopeke uit te knijpen en ik heb iemand nodig die me rugdekking geeft.'

'Met mij zullen ze daar nog minder blij zijn. Ze hebben me alleen vrijgelaten – Hé, meisje, kom eens hier, breng eens een fles wodka, maakt niet uit welke! – omdat ze geen trammelant wilden. De bedreigingen waren niet van de lucht. En nu zitten er een paar niet zulke lekkere jongens achter me aan. Ik ben geen goeie rugdekking voor je, geloof me.'

'Nee, jij bent de juiste man.'

Sjapiro was even stil. Hij keek hem recht in de ogen, alsof daar een antwoord te vinden was. En hij vond het. Hij deed zijn mond een beetje open, vertrok hem tot een vage glimlach, toen schudde hij zijn hoofd.

'Ik snap het... Je wilt ze te grazen nemen, hè? Het systeem heeft jou verneukt en nu wil jij het systeem verneuken. Goed... Maar ben je wel hard genoeg voor die lui daar?'

Sjapiro keek hem opnieuw aan. Er werd een peperdure fles wodka gebracht, Sjapiro schonk hun allebei een groot glas in zonder te vragen of hij iets wilde drinken. Het was pas even na twaalven.

'Als je wilt... voor mijn part. Ja, ik ben bereid.'

'Je doet dus mee?'

'Wat versta je onder rugdekking geven?'

'Zeg jij het maar.'

'Je wilt het vuil spelen?'

'Ik denk het wel.'

'Onderschat ze niet, het is nog altijd soldatentuig, het zijn geen zakkenrollers, hè.'

'Daar ben ik me terdege van bewust.'

'En jij denkt dat je die lui van de GUSS kunt laten bloeden? Tot nu toe ben je niet bepaald een winnaar geweest.'

De manier waarop het gesprek verliep, zinde de generaal niet en toch voelde hij zich verplicht eerlijk te zijn. Sjapiro had het werk nodig, dat was overduidelijk, en hij was diegene die het hem aanbood. Maar nu zat hij hier tegenover hem als een betrapte schooljongen en beantwoordde braaf zijn vragen. Sjapiro sloeg intussen zijn derde wodka achterover.

'Het lijkt me dat ik een verdomd goeie les heb gehad.'

'Hoho, kalm aan, jij bent een jochie van niks en zij zijn een leger.'

'Ik dacht dat jij en ik hetzelfde standpunt hadden.'

'Het gaat niet om jou of mij, het interesseert hier niemand wie er van wie houdt en van wie we wel kunnen kotsen. Als jij de held wilt uithangen, moet je wel weten welk wapen je in handen hebt. Met een zwaard tegen een kalasjnikov vechten, dat werkt niet.'

'Bij de Staatsdienst voor Speciale Bouwprojecten zitten twee grote vissen. Daar gaat het grootste deel van de winst naartoe. Laten we ze de dikke en de dunne noemen. De dikke strijkt geregeld zijn aandeel in de garnizoensgebouwen op en de dunne verdient aan de geheime objecten en de troepenonderkomens. Alleen weet de dikke niet dat de dunne hem bedriegt. Hij heeft namelijk onlangs zonder overleg ook de raketschachten ingepikt en belazert de dikke. Daar heb ik bewijzen van en die krijgt de dikke binnenkort in handen.'

'Goed. Dat klinkt als een degelijk plan. En wat dan? Dan gaan die twee in de clinch en degene die het best beschermd wordt, blijft. En jij krijgt de plek van degene die gewipt is, klopt dat?'

'Klopt.'

'Dan heb je nog steeds de dikke of de dunne, afhankelijk van wie er blijft.'

'En dan kom jij op de proppen.'

'Je wilt je neus in zijn vuile was steken?'

'Geraden.'
'Heb je een tip?'
'De dunne neukt met de vrouw van de generaal-kolonel, die de leiding heeft over de GUSS.'
'Goed, goed, de zaak begint me steeds beter te bevallen. Hoe zit het met de dikke?'
'Die heeft vrienden die samenwerken met de olieguerrilla's van Grozny. Altijd nog zo'n veertien ton per jaar die het land uit wordt gesmokkeld.'
'Brave jongen. Je hebt je huiswerk grondig gedaan, heel goed. Proost.'
'Je doet dus mee?'
'En jij? Wat wil jij? De stoel van de directeur?'
'Ja, de stoel van de directeur.'
'Duidelijk. Als je dan geen eind aan de oorlog kunt maken, wil je er geld aan verdienen? Is dat je redenering?'
'Sorry dat ik het zeg, maar je lijkt me niet bepaald iemand die zijn leven inricht volgens morele criteria.'
'Ik niet, maar jij wel. Alles wat je hebt gedaan, of liever gezegd, tot nu tot hebt geprobeerd, stonk als de pest naar moraal!'
'Alles wat ik heb gedaan, telt nu niet meer.'
'Goed. Zoals je wilt. Ik doe mee.'
'Dan is het goed, we zijn het eens. Maar nog één ding...'
'En dat is?'
'Geen alcohol. Ik kan me geen fouten permitteren. Tijdens het werk wordt er niet gedronken.'
Sjapiro keek hem van opzij aan. Even dacht hij dat hij hem een dreun zou verkopen. Maar hij dronk rustig zijn glas leeg, zette het neer en knikte.
'Geen alcohol? Oké, dan geen alcohol.'

Hij had zijn woord gehouden. Nu zag de generaal hem in de leren fauteuil zitten en vroeg hij zich af of Sjapiro geen spijt had van zijn besluit om voor hem te werken, of hij ooit een ander leven had gewenst. De enige slechte gewoonte die hij zich sinds hun gesprek in dat niet erg passende café veroorloofde, waren opgewekte, opgefokte, meestal niet erg ontwikkelde dames, die hij onderhield en met wie hij dagenlang de koffer in dook als de generaal hem weer eens dwong vrij te nemen. De enige band die hij toeliet, was de financiële steun aan zijn neef en nicht, die allebei in het buitenland studeerden en die hij uit de verte met de hem eigen nauwgezetheid in de gaten hield. Geen van beiden mocht van het rechte pad afwijken en zich laten beïnvloeden door de zelfdestructieve genen van hun vader.

Zelf had hij er nooit spijt van gehad dat hij met Sjapiro in deze krankzinnige achtbaan was gestapt. Ze hadden elkaar van het begin af aan ontzettend goed aangevuld. Alles wat hij miste, had Sjapiro in huis, alles wat Sjapiro nodig had, bracht hij in.

In de loop der jaren waren hun toch al korte gesprekken nog korter geworden. Ze hadden niet veel woorden nodig. Ze wisten altijd wat de ander in zijn schild voerde, maakten de gedachten van de ander af. En Sjapiro's aanvankelijke arrogantie tegenover hem was met de jaren veranderd in een verbazingwekkend, voor sommige buitenstaanders bijna nederig aandoend respect.

Hij nam de beslissingen, Sjapiro voerde ze uit. Maar het belangrijkste was dat ze handelden vanuit eenzelfde gevoel, een soort walging, die zich in het verleden vanuit een shocktoestand had ontwikkeld en die hun de moed gaf om altijd een stap verder te gaan dan hun tegenstanders vermoedden.

De dikke en de dunne, zoals ze de leiders van de GUSS

noemden, waren hun eerste krachtproef geweest, die ze glansrijk hadden doorstaan. Sjapiro had speciaal een appartement gehuurd tegenover het adres waar de dunne met zijn minnares afsprak. De foto's die hij van hun vleselijke geneugten meebracht, waren ongelofelijk scherp, een onomstotelijk bewijs, dat de volgende dag op het bureau van de generaal-kolonel belandde. Zelf schrok de generaal er niet voor terug twee stromannen om te kopen en naar het verlaten fabrieksterrein te rijden waar hij de als 'terroristische groepering' gezochte bende ontmoette en informatie kocht die bewees dat de dikke betrokken was bij de illegale oliehandel in het oorlogsgebied. Binnen vijf maanden waren ze allebei uit de weg geruimd en nam de generaal hun posities over. Zijn eerste miljoen verdiende hij met de bouw van een geheime kosmodroom. Hij voelde er totaal geen vreugde bij, geen opluchting, er was een leegte in hem die met wraak noch met leedvermaak op te vullen viel.

Sjapiro keek hem meewarig aan en zei: 'Vergeet de moraal, Aleksandr. Vergeet Dostojevski en alle sprookjes waarin het goede uiteindelijk altijd overwint. Dat is allemaal onzin. Zo gaat het niet. Althans niet bij ons.'

En op dat moment had hij er heel even spijt van dat hij Sjapiro van zijn voorliefde voor alcohol had afgebracht en hem tot die gruwelijke nuchterheid had veroordeeld.

Hij kocht voor Sonja en zichzelf een huis in de Leningradskistraat. Met mooi weer, als de ramen openstonden, konden ze de klanken van klassieke muziek uit het Moskouse conservatorium horen. Als hij dan met Ada in zijn armen bij het raam zat, vergat hij even de GUSS, vergat hij het hele leger vol corrupte, geldzuchtige, nergens voor terugdeinzende mannen die het land stukje bij beetje inpikten. Hij vergat het sombere gezicht van Sonja, voor wie de verworven welvaart niet de verwachte voldoening en vooral niet de gehoopte rust had gebracht. Hij vergat dat hij al maanden zijn moeder niet meer had opgezocht en ondanks haar bidden en smeken weigerde haar meer te bieden dan de enveloppen met geld die Sjapiro haar geregeld overhandigde. Hij vergat dat hij voortdurend op zijn hoede moest zijn voor de vijanden die hij in no time had gemaakt. Bij de klanken van Tsjaikovski en Rimski-Korsakov vergat hij dat alles en droomde hij van de mogelijkheid van een ander leven, waande hij zich in het leven waarop hij had gehoopt voordat hij met de plunjezak van zijn vader ergens naartoe moest waar hij nooit naartoe had moeten gaan.

Hij zag zichzelf met Sonja en Ada op een mooie, veilige plek, hij zag hen met z'n drieën een chic concert bezoeken en verdwalen in de muziek als in een keldergewelf, steeds dieper afdalend in de allesomvattende klanken. Hij zag hen samen dineren, hoorde hen lachen, grapjes maken, een taart bakken; de hele keuken onder het meel. Hij zag zichzelf in een museum staan, een indrukwekkend schilderij bestuderen en er een artikel over schrijven. Hij hoorde zichzelf Ada inwijden in de wereld van de schone kunsten en zag haar opgroeien op een plek waar de mensen niet gedwongen waren te kiezen tussen moord en zelfmoord. Maar die momenten duurden niet lang, meestal werd hij door een telefoontje uit zijn dromen gerukt, meestal ging het om de volgende grote slag, de volgende buit, want de macht moest zichzelf steeds opnieuw bewijzen, de vijanden moesten steeds opnieuw worden verslagen; dan drukte hij Ada een kus op haar voorhoofd, zette haar op de grond, riep tegen Sonja dat hij ervandoor moest en sloeg bij het weggaan met een harde knal de deur achter zich dicht.

Hij vermoedde, nee, hij wist van het begin af aan dat zij

het niet lang zou volhouden. Ze zou het eenzame, geïsoleerde leven aan zijn zijde niet lang kunnen verdragen. En het ergste was dat ze het hem niet kon verwijten, daar moest ze diep van doordrongen zijn, zij had tenslotte gewild dat hij de beslissing nam die hij had genomen. Maar ze had er geen rekening mee gehouden dat ze naast het dure huis en al die dure meubels, naast de huishoudster en het kindermeisje die ze in dienst namen, niet de man terug zou krijgen van wie ze hield. Ze had gehoopt dat de duistere herinneringen als zwarte wolken zouden verdampen, dat hij met zijn stevige positie stabiliteit zou vinden en weer de oude Malysj zou worden, de onzekere, verlegen, op haar verliefde jongen die hij in Sjtsjoekino was geweest. In plaats daarvan werd hij de zwijgzame, in zichzelf gekeerde, voortdurend onder spanning staande, licht prikkelbare man die met de dag meer van haar vervreemdde, die niet zelden kil en agressief was en vooral – en daar had ze al helemaal geen rekening mee gehouden – met de dag heerszuchtiger werd. Meer dan door het geld leek hij gefascineerd door de macht die hij in handen had gekregen. En het meest leed ze onder het stille besef dat zij die ontwikkeling bepleit, zelfs in de hand gewerkt had.

Haar wereld was Sjtsjoekino geweest, de anonieme binnenplaatsen en flats. De naar urine stinkende steegjes en vervallen huizen. De arbeiders en de zuiplappen. De straatbendes en de zwerfhonden. De werklozen en de pandjesbazen. Haar dagelijks leven was de troosteloosheid, die je af en toe een mooie dag kon ontfutselen, en het ruige, schreeuwerige karakter van de voorstad. Maar in het opgepoetste intellectuele centrum van het oude Moskou voelde ze zich onwennig, misplaatst, weerloos. Ze begreep de ongeschreven wetten daar niet, ze wist niet hoe ze zich er moest gedragen, wat ze moest zeggen, hoe ze zich moest kleden. Ze had het gevoel voortdurend op een bevroren meer te lopen waar ze elk moment doorheen kon zakken. En degene die haar bij de hand had kunnen nemen, die dit nieuwe leven als een elegante wals met haar had kunnen instuderen, was er niet. En als hij er wel was, was Ada de enige met wie hij praatte, die hem mocht aanraken, voor wie hij een sprankje liefde opbracht. Zelf was ze voor hem onzichtbaar geworden. Wat ze ook deed, wat ze ook zei, of ze hem verleidde of provoceerde, of ze hem vleide of tegen hem schreeuwde, niets leek te werken. De enige zin die hij steeds als een bezetene herhaalde was: 'Jij hebt het zo gewild!'

En die zin maakte haar monddood, ontnam haar elk recht om nog iets te zeggen, iets te eisen.

Eén keer per week ging ze stiekem naar Lidia Nikolajevna om haar haar kleinkind te laten zien. Ook al hadden de vrouwen niet verschillender kunnen zijn, toch was er tijdens Aleksandrs maandenlange afwezigheid een treurige band tussen hen ontstaan. Ze hadden elkaar niet veel te zeggen, maar er was niemand anders en ze deelden tenslotte de liefde voor dezelfde persoon. In de tijd van haar zwangerschap had Lidia Nikolajevna haar beschermd en voor haar gezorgd, was ze een tweede moeder voor haar geworden. Nu maakte Sonja haar – om de wrede, door haar zoon opgelegde straf te verzachten – heimelijk deelgenoot van Ada's leven.

De tengere, inmiddels griezelig breekbaar ogende vrouw met haar vochtige ogen hield van haar 'twee schatten'. Lidia Nikolajevna kon onvermoeibaar met het kleine meisje spelen en haar voorlezen, ze genoot van elke seconde met de kleindochter die haar zoon haar onthield. Sonja ging dan altijd naar de binnenplaats, een plek die ze in het oude Moskou vreselijk miste. Ze zat daar te roken en observeerde de buren, de oude en de nieuwe gezichten, beslechtte ruzies tussen de jongeren en deelde adviezen uit. Er was daar een nieuwe generatie opgegroeid, waarin je echter net als in haar tijd winnaars en verliezers had. Ze sloeg het reilen en zeilen gade, terwijl Lidia Nikolajevna een paar verdiepingen hoger met haar dochter naar *Noe, pogodi!* keek of haar een sprookje voorlas.

Het was puur toeval – sinds haar verhuizing hadden ze geen contact meer gehad – dat de geldklopper op een van die dagen de binnenplaats op reed. Hij woonde hier niet meer, hij had zich met drugshandel en afpersing opgewerkt tot een lokale criminele grootheid. Hij was verrast haar te zien, tilde haar verheugd op en zwierde haar in het rond.

'En waar is dat mietje van een man van je?' vroeg hij. 'Ze zeggen dat hij een hoge piet is in de bouwwereld of zo.'

'Hij is niet in Moskou. Leuk je te zien, geldklopper.'

'Wat doe je hier?'

'Oma opzoeken. De kleine is boven.'

'Ergens zie je er... ik weet niet, niet zo florissant uit. Geeft-ie je wel geregeld een goeie beurt? Ik heb toch altijd gezegd dat je je niet met dat moederskindje moet inlaten, hier ben ik, je lot!'

'Laat dat. Ik ben niet in de stemming.'

'Oké, oké, in welke stemming ben je dan? We moeten ons weerzien toch vieren, meisje.'

'Ik heb tot vanavond de tijd. Laten we ergens iets gaan drinken!'

'Dat is goed, heel goed zelfs. Ik moet hier alleen even iets afhandelen en dan neem ik je mee uit, zoals een koningin toekomt, niet dat saaie gedoe van je man. Jij bent een Sjtsjoekino-meisje, je hebt iets beters nodig, iets stevigs, ja toch?'

Twee uur later zaten ze in zijn auto, die hij langs de stoep voor een eenrichtingsstraat had geparkeerd, en snoven ze wit poeder op. Hij was van de heroïne- op de cocaïnehandel overgestapt en zwoer dat 'het witte spul' de toekomst was.

Ze namen nog een paar flinke slokken uit de cognacfles en reden vervolgens drie uur non-stop rond, al luisterend naar de keiharde 'bajesmuziek' waar de geldklopper gek op was en die altijd ging over mannen die hun eer en hun mannelijkheid verdedigden en meestal op voet van oorlog stonden met de wet.

Vanaf dat moment namen Sonja's bezoekjes aan Lidia Nikolajevna hand over hand toe. Zodra haar man de deur uit ging, nam ze een taxi naar Sjtsjoekino en wachtte tot de geldklopper met zijn patserbak de binnenplaats op reed. Ze hingen rond zoals in de goeie ouwe tijd en voor het eerst sinds maanden had Sonja weer het gevoel dat ze leefde. Ze rookten, dronken, vertelden elkaar vuile moppen, kaartten met de andere jongens en snoven meestal nog een paar lijntjes. Lidia Nikolajevna, die blij was met de extra tijd met Ada, stelde geen vragen die de bezoekjes op de een of andere manier in gevaar konden brengen.

En meestal was Sonja ook weer thuis voordat haar man terugkeerde, wat trouwens zelden voor middernacht was.

Natuurlijk merkte hij af en toe iets van haar onnatuurlijke euforie, haar alcoholkegel, haar overlopende energie, maar hij had geleerd dwars door haar heen te kijken en maakte de toch al troosteloze situatie niet nog moeilijker door onnodige vragen. Soms wou ze dat hij haar gangen naging of een van zijn mensen achter haar aan stuurde, dan zou hij zien wat ze in zijn afwezigheid deed, dan zou hij zien dat hij haar kwijtraakte en zou hij haar weer aankijken en vechten voor haar en hun gezin.

Misschien werd hij jaloers, hoopte ze, misschien kwam hij tot inzicht. Maar hij wilde niets zien, dus liet ze hem met rust.

Gaandeweg werd ze onvoorzichtiger, ze bleef steeds langer in Sjtsjoekino, drukte Ada steeds minder vaak op het hart vooral niet tegen papa te zeggen dat ze bij oma waren geweest. Haar hang naar vermaak en vergetelheid groeide, en daarmee haar verlangen naar het dure poeder waarvan de geldklopper de pas geopende en peperdure clubs voorzag. Het kostte haar steeds meer moeite om nuchter te blijven, steeds vaker belde ze hem vanuit huis om te vragen of hij haar kwam halen. Ze had van het begin af aan geweten dat de geldklopper zijn schulden altijd opeiste en dat ze ooit zou moeten betalen voor de maniakale vrolijkheid die hij haar gaf.

Het was al donker en ze hadden onder de met graffiti volgespoten brug bij de Moskva het poeder op hun tandvlees gesmeerd, toen hij zijn hand tussen haar benen duwde. Ze had absoluut geen zin, alleen al het idee weer intiem met hem te worden stond haar tegen. Maar ze wist wat de gevolgen zouden zijn als ze weigerde, en daar schrok ze nog meer voor terug. Ze liet hem haar broek openmaken, liet hem haar hand pakken, masseerde zijn penis tot hij zover was en op haar ging liggen.

Ada, die inmiddels al hele zinnen kon zeggen, verraadde haar. Ze vertelde haar vader iets over een tekenfilm die ze bij haar oma had gezien. Die ene zin was genoeg. Hij liet de zaak tot op de bodem uitzoeken door Sjapiro, die hem een week later haarfijn Sonja's dagindeling presenteerde: ze reed naar Sjtsjoekino, stalde het kind bij Lidia Nikolajevna en verdween dan zelf uren in de auto van de geldklopper.

Als hij er nu op terugkeek, wist hij niet meer wat hij toen precies had gevoeld. Had hij eigenlijk nog wel iets gevoeld? Zijn woede richtte zich in de eerste plaats op het feit dat zijn dochter tegen zijn wil en buiten zijn medeweten bij zijn moeder verbleef. Daarna volgde pas de weerzin bij het idee dat Sonja het aanlegde met die walgelijke neanderthaler.

Maar hij wist ook dat het zijn eigen schuld was, hij had niets gedaan om dat scenario te voorkomen en zelfs nu hun huwelijk op de klippen dreigde te lopen, was hij niet in staat iets te ondernemen.

Zijn liefde voor haar leek verdoofd, als onder narcose. Diep in hem was er nog iets wat hem herinnerde aan het hevige, sterke, krachtige gevoel dat hem ooit met haar had verbonden, maar het was niet meer dan een herinnering.

Op dat moment stond hij net op het punt een groot bouwproject binnen te slepen. Hij had nu genoeg geld vergaard om de beperkte mogelijkheden van de Staatsdienst voor Militaire Bouwprojecten achter zich te laten. Hij had gehaald wat er te halen viel en wilde nu verder, het grote speelveld op.

Voor zijn pas opgerichte bouwbedrijf had hij een belangrijke opdracht nodig die nieuwe deuren voor hem zou openen, zoals de bouw van het luxewinkelcentrum dat eigenlijk al aan een van de bekendste Moskouse vastgoedmagnaten was toegezegd. Hij beschikte inmiddels over een wijdvertakt netwerk van informanten en tussenpersonen en was erin geslaagd de pers bewijzen toe te spelen dat de vastgoedmagnaat in het verleden bij de inkoop van bouwmateriaal enorme bedragen in eigen zak had gestoken. In principe deed iedereen dat, maar in dit geval werd het de man noodlottig. Er ontstond een zo groot schandaal dat de regering zich gedwongen zag de opdracht opnieuw uit te zetten. Hij was in de race. En uitgerekend op dat moment besloot Sonja hem en zichzelf de oorlog te verklaren, willens en wetens alles te vernietigen wat haar dierbaar was. Hij vermoedde dat ze zijn aandacht wilde trekken, maar aan de andere kant lag het ook in haar aard om chaos te willen nu de vurig begeerde en gehoopte normaliteit van het gezin voor haar een valstrik was gebleken.

Hij zat in zijn pas betrokken kantoor in een van de torens van de Moskouse city, een stadsdeel dat toen nog in aanbouw was en het visitekaartje moest worden van een nieuwe kaste, de 'nieuwe Russen'. Hij keek door het raam naar de Moskva en vroeg zich af wat hij moest doen. Hij was zo woedend op haar zwakheid, haar zelfvernietigingsdrang, haar gebrek aan verantwoordelijkheid als moeder. Hij was verbijsterd over haar egoïsme en zag maar één oplossing, een beslissing die hen aallebei even hard zou treffen: bij elkaar blijven of uit elkaar gaan. Bij elkaar blijven betekende dat ze elkaar moesten vergeven. Als hij bij zichzelf te rade ging, als hij eerlijk was tegenover zichzelf, dan had hij Petroesjovs aanbod eigenlijk niet aangenomen omdat Sonja erop aandrong, maar omdat Stas Pasternak was vermoord, waarmee elke hoop op een rechtvaardig proces, een passende straf voor de daders de grond in was geboord. Niettemin had Sonja's wens om op het aanbod in te gaan hem geraakt, hij vond het onbegrijpelijk en onacceptabel dat de vrouw van wie hij zoveel had gehouden, dat kon vragen. Zij, die haar hele leven tegen de stroom in had gezwommen, die alles met haar vuisten had bevochten, die ondanks haar verleden niet hard en verbitterd was geworden en haar dromen en verwachtingen op alle mogelijke manieren had verdedigd, zij was het uiteindelijk geweest die van hem verlangde dat hij alles vergat en alles verloochende waarin hij had geloofd. Bij elkaar blijven zou betekenen dat hij haar dat verraad vergaf. Hij dacht niet dat hij daartoe in staat was.

Op zijn bureau stapelden de stukken zich op voor de nieuwe opdracht, die bijna beklonken was. Zijn telefoon stond roodgloeiend. Sjapiro had twee secretaresses aangesleept en toch konden ze het werk amper aan. Als hij nu de sluizen openzette, was alles verloren, daar was hij van overtuigd. Wat de afgelopen maanden niet gezegd, niet gedaan, niet uitgeschreeuwd, niet verwerkt was, zou naar de oppervlakte worden gestuwd en alles meesleuren als een oppermachtige tsunami. Daar was hij gewoon nog niet aan toe. Hij had tijd nodig. Hij had rust nodig om over zijn beslissing na te denken, zich de vraag te stellen of hij bereid was met haar opnieuw te beginnen. Maar eerst moest hij bedenken wat hij zou doen met dat stuk uitschot dat sinds zijn kinderjaren niets dan vernedering en vertwijfeling, schaamte en pijn over hem en de wereld had gebracht. De geldklopper moest voor eens en voor altijd uit zijn leven verdwijnen.

Hij kwam nooit voor middernacht thuis. Zo bestond er weinig kans dat ze elkaar tegen het lijf liepen en hij door een verkeerd woord zijn zelfbeheersing verloor en instinctief handelde. Meestal lag ze haar roes al uit te slapen als hij thuiskwam.

Maar uitgerekend die avond was ze wakker, alsof ze iets had gevoeld. Ze was bij wijze van uitzondering nuchter en zat, weggedoken in een sjaal, met opgetrokken knieën en rode ogen voor de televisie naar een zwart-witfilm te kijken, waarvan vast niet veel tot haar doordrong. Hij groette haar kort en wilde in de badkamer verdwijnen, maar ze liep als een hondje achter hem aan en bleef in de deuropening staan. Terwijl hij zijn handen waste, zei ze opeens zachtjes, nauwelijks hoorbaar: 'Ik kan zo niet verder, Aleks.'

'Hoe bedoel je?' vroeg hij kortaangebonden.

Hij moest dit gesprek zo snel mogelijk beëindigen.

'Je weet heel goed wat ik bedoel. Doe niet alsof ik achterlijk ben. Zo gaat het niet langer.'

'Ik ben moe, Sonja. Ik moet morgen vroeg op. Ik heb je

uitgelegd hoe moeilijk de huidige fase voor mij en het bedrijf is, en vooral: hoe belangrijk. De rest kan wachten, toch?'

'Nee, dit kan niet wachten, ik kan niet meer wachten, geen seconde!'

Ze schreeuwde opeens uit alle macht en hij keek geschrokken om of Ada niet wakker was geworden.

'Zachter!' zei hij streng en hij liep langs haar heen naar de slaapkamer, waar ze al een paar maanden als vreemden naast elkaar sliepen zonder elkaar aan te raken.

'Hou je nog van me? Voel je nog iets voor me?'

'Dit is echt niet het goede moment!'

'Geef antwoord op mijn vraag, verdomme!'

De oude Sonja was opeens weer terug. De Sjtsjoekino-Sonja, die haar ellebogen gebruikte om te bereiken wat ze wilde. Wat had hij van die kracht gehouden, maar nu voelde hij alleen nog afschuw. Hij vond haar vulgair en verachtelijk.

Je houdt van mij, maar pijpt dat stuk uitschot, toch? Op een haar na had hij haar die vraag in het gezicht geslingerd, maar in plaats daarvan keerde hij haar de rug toe en begon zich uit te kleden, hij slikte zijn woede in.

'En wanneer is het dan wel het goede moment? Wanneer? Je bent er nooit. Nooit! Ik ben helemaal alleen...!'

Ze begon te huilen. Hij kromp ineen. Vroeger had hij alles gedaan om haar maar niet te zien huilen, iets wat ze in elk geval in het bijzijn van anderen uiterst zelden deed. Nu voelde hij alleen een gapende leegte, hij had geen greintje medelijden met haar.

'Je hebt het zo gewild!'

'O, krijgen we dat weer, ik kan er niet meer tegen. Ja, zeg het maar! Het is allemaal mijn schuld, ik heb je gedwongen om de walgelijke klootzak te worden die nu voor me staat. Terwijl ik alleen wilde dat we een kans kregen, omdat ik zoveel van je hield! Omdat ik zwanger was, omdat ik als moeder...'

Als wat voor moeder? Een moeder die haar kind dumpt bij een geschifte, in het dodenrijk levende grootmoeder om zelf te kunnen zuipen en neuken? Die opmerking lag voor op zijn tong, klaar om naar buiten te springen zodra hij ook maar even zijn mond opendeed, maar ook die slikte hij in. Hij wilde niets voelen, niets uitpraten, hij wilde alleen maar slapen. Lang en droomloos. En dan wakker gemaakt worden door de klamme handjes van zijn dochtertje, dat 's ochtends bij hem in bed kroop.

'Het spijt me zo erg, Aleks, het spijt me zo ontzettend erg... Als ik had geweten... Als ik kon, zou ik alles onmiddellijk terugdraaien... Ik wil niet dat het afgelopen is, daar zou ik alles voor geven.'

O ja? Wat dan? Wat zou je daarvoor geven? Wat zou je daarvoor doen? Nee, ook die steek onder water zou hij inslikken. Hij zou zijn mond houden.

Hij ging in bed liggen en deed het nachtkastlampje uit. Nog een paar seconden hoorde hij haar ontdaan heen en weer lopen, hoorde haar verontwaardiging en haar pijn, haar verbijstering over zijn onverschilligheid, daarna verliet ze de kamer.

De volgende ochtend was ze er niet. Ada zat in de kamer op de grond met blokjes te spelen.

'Waar is mama?' vroeg hij en hij drukte een kus op haar warme, naar slaap ruikende wang.

'Mama weg,' zei ze onbewogen en ze verdiepte zich weer in haar kleurige wereld.

Hij belde Sjapiro en vroeg of hij zo snel mogelijk een oppas kon regelen, het had geen zin om Sonja te zoeken. Hij keek in de kasten, haar spullen waren er nog, toch had hij het verontrustende gevoel dat haar afwezigheid definitief was.

Een uur later stond Sjapiro met Asja in de kamer. Asja was destijds een vrouw van middelbare leeftijd met een indrukwekkende heupomvang. Ze keek onzeker rond. Het was duidelijk dat ze nog nooit in een huis was geweest dat zoveel welvaart uitstraalde.

'Een vriendin van mijn tante. Kan goed met kinderen omgaan,' was zijn enige commentaar. Toen keek hij op zijn horloge, een teken dat ze ervandoor moesten.

Drie dagen later kwam het telefoontje. Kennelijk had ze drie dagen lang aan één stuk door gedronken, ook zouden er 'chemische stoffen' in haar bloed zijn aangetroffen. Ze was met de eveneens tamelijk benevelde geldklopper gaan scheuren, buiten de stad op de kapotte wegen – de auto was frontaal op een tegemoetkomende vrachtwagen met boomstammen gebotst. Ze was op slag dood. De geldklopper lag in coma.

De generaal liep de trap op naar de bovenste, nog in aanbouw zijnde verdieping van de kantoorflat en schreeuwde het uit, tegen de stad, tegen zijn dode vrouw, tegen zijn beangstigende toekomst, tegen het de dag daarvoor eindelijk getekende contract, dat een springplank naar een andere wereld was, maar hij schreeuwde vooral tegen zichzelf.

De stad reageerde niet. Zijn dode vrouw evenmin. Er zat niets anders op dan weer naar beneden te lopen – door het stoffige trappenhuis zonder leuningen – en te aanvaarden wat Sonja met haar radicale einde voor hem achterliet.

Asja bleef. Ada groeide. Zijn bankrekeningen ook. Hij bouwde en breidde uit. Hij chanteerde en dreigde. Hij kocht en realiseerde overnamen. Hij vergaarde aandelen in failliet gegane en stilgelegde Russische fabrieken die bouwmateriaal produceerden en nog niet door een van zijn medespelers waren ingepikt. De aandelen kostten soms maar een paar dollar. Een jaar of wat geleden waren ze op het hoogtepunt van de privatisering op openbare veilingen voor een paar kopeken verpatst. Nu ging hij op zoek naar alleenstaande moeders, amper toerekeningsvatbare alcoholisten, armlastige gepensioneerden en op de nieuwe staat en de economische crisis scheldende arbeiders en kocht hun aandelen en obligaties op, die bij hen ergens in een la waren beland en tegen de beloften van de toenmalige veilingmeesters in niets opleverden. Zo verzekerde hij zich van het grootste deel van de kwijnende fabrieken en bedrijven, die hij binnen de kortste keren in geldmachines veranderde.

Hij kocht de cementfabriek in Rjazan, de fabriek voor droogbouwmateriaal en asfaltbeton in Oeljanovsk, de verwaarloosde keramiekfabriek in Brjansk, de fabriek voor gewapend beton in de Oeral. Hij moderniseerde ze en bracht ze weer aan het draaien, hij zorgde voor een monopolie om van niemand meer afhankelijk te zijn, om zijn koninkrijk zelf te kunnen onderhouden en uitbreiden.

Hij tekende contracten voor de bouw van winkelcentra, hotelketens, woon- en kantoorflats. Hij schermde zichzelf en zijn zaken af als in een streng beveiligde gevangenis, hij maakte zich onaantastbaar door niets te laten uitlekken wat hem zou kunnen compromitteren. Vijanden, tegenstanders schakelde hij uit door Sjapiro op ze af te sturen om hun achilleshiel te zoeken – en die vond hij altijd –, of door ze om te kopen.

Het geld genereerde nog meer geld, zijn koninkrijk groeide als vanzelf uit tot een waar imperium. Hij zorgde dat hij het niet verbruide bij de heren op het Rode Plein en overtrad nooit de onuitgesproken grenzen van de hebzucht. Hij kwam niet in hun vaarwater en bedacht deze of gene met een duur cadeau, wat hem verzekerde van hun instemming en de garantie dat niemand hem zou dwarsbomen.

Ook toen de drinker het uit de koers geraakte schip had verlaten en een man met een onberispelijk verleden als geheim agent het roer overnam en de koers onmiddellijk radicaal verlegde, wist hij zich aan die man aan te passen en raakte hij in tegenstelling tot veel van zijn medespelers niet bij de opperste bevelhebber uit de gratie. Hij bleef een autonome staat op het grondgebied van de grootste staat ter wereld.

Op de televisie zag hij hoe de Tweede Tsjetsjeense Oorlog uitbrak, hij zag op het scherm de plaatsen waar hij geweest was en wendde zijn blik af.

Ada werd groter en hij zwoer bij zichzelf dat hij alles bij haar vandaan zou houden wat haar open, heldere blik kon vertroebelen en haar fantasie kon beperken. Hij permitteerde zich steeds meer vrijheden. Ontdekte nieuwe passies. Hij bezocht exposities en veilingen om zijn dochter enthousiast te maken voor het menselijk verbeeldingsvermogen en zijn uitdrukkingsvormen. Ze vergroeiden met elkaar als een klein, onwankelbaar leger.

Zijn moeder, die hij geregeld geld stuurde, zag hij nog één keer voor ze stierf. Een klein jaar na Sonja's dood kreeg ze een tweede beroerte en bezocht hij haar in het ziekenhuis. Ze kon niet praten, maar in haar ogen las hij haar ontzetting, haar pijn, haar spijt. Een vreemde gevoelloosheid maakte zich van zijn lichaam meester en verlamde hem even. Hij voelde de behoefte om alles tegen haar te zeggen wat hij nooit had gezegd, maar dat was zoveel dat haar resterende leven te kort zou zijn. Dus zweeg hij en zei alleen: 'Het komt goed. Het komt allemaal weer goed.' En ze wisten allebei dat hij loog.

Twee maanden later stierf ze in een particulier ziekenhuis dat door zijn bedrijf was gebouwd.

Ada werd de enige ster aan zijn zwarte hemel, de enige instantie die hij nog erkende. Hij was aan haar overgeleverd, aan haar zorgeloosheid en haar eerlijkheid, haar sprankelende emoties en haar eindeloze nieuwsgierigheid. Zij kon hem met haar enthousiasme aansteken, bij andere mensen bleef hij immuun, zij was zijn enige, pure, onbegrensde geluk.

Ze reisden de wereld af en praatten over Caravaggio's licht, Rembrandts schaduw en Rodins vormentaal, later ook over Duchamps readymades en Bacons vernietigingsdrang. Ze bekeken samen plaatsen die hen tot tranen toe bewogen en ruzieden over de toestand van de wereld. Hij genoot ervan bij haar de romanticus te kunnen zijn die hij ooit had willen worden. Ze waren onafscheidelijke kameraden en alleen al de gedachte dat de wereld hun band ooit een knauw zou geven en hun evenwicht zou verstoren, dreef hem tot waanzin.

Maar over één onderwerp praatten ze niet. Over Sonja. In het begin nam Ada genoegen met antwoorden als 'mama is bij de engeltjes', en later, toen dat niet meer volstond en ze hem bestookte met vragen die hem onrustig maakten, bedacht hij smoezen en manieren om ze te ontwijken. En veel later, toen Ada al geen kind meer was, wilde zij er zelf niet meer over praten, alsof ze vermoedde welke afgrond er zich tussen hen kon openen als hij alles vertelde wat de plaats van de ontbrekende herinneringen zou innemen.

Hij was daar niet rouwig om. Het was gemakkelijker zo. En zo zou hij haar ook nooit hoeven vertellen dat de man die medeplichtig was aan Sonja's dood, nog geen week na zijn ontslag uit het ziekenhuis door een van zijn mensen vanuit een auto met drie schoten werd neergeknald.

'Je weet wat er gaat gebeuren, niet?'

Hij dronk zijn glas leeg en keek Sjapiro recht aan.

'Ik neem aan van wel.'

'En wat denk je?'

'Wat ik denk, doet er niet toe.'

'Jawel, anders zou ik het niet vragen.'

'Je doet wat je moet doen.'

'En jij bent het er niet mee eens?'

'Jij hebt de wereld altijd in zwart en wit verdeeld. Dat is nu eenmaal zo.'

'Wat wil je daarmee zeggen?'

'Daar wil ik mee zeggen dat Ada's dood en wat er in Tsjetsjenië is gebeurd, twee totaal verschillende dingen zijn. Althans voor de meeste mensen.'

'Ada zou nog in leven zijn als...'

'Dat weet je niet. Dat weet niemand.'

'Jawel, ik wel,' zei hij met stemverheffing. Hij wilde nog iets zeggen, maar liet het achterwege en sloeg weer een zakelijke toon aan.

'We vertrekken. Nu. En, o ja, ik wil dat je voor Asja in Moskou een woning koopt. Iets moois. Ze zal met pensioen moeten.'

'Komt voor elkaar. En je wilt in het vliegtuig de video's bekijken?'

'Heb je ze allemaal al?'

'Het bezoek aan Petroesjov vindt pas morgen plaats. Hij was op zakenreis en komt dan terug naar Marrakesh. De Duitser weet ervan en wacht.'

'Goed. Goed. Dan bekijk ik de twee andere.'

'Je wilde een bevestiging, hier...' en Sjapiro haalde een kleine USB-stick uit zijn jaszak, '... is-ie.'

'Je weet wat de volgende stappen zijn?'

'Natuurlijk.'

'Goed, dan moeten we de zaak niet langer uitstellen.

Over twee weken vliegen we naar Grozny. Ik wil ter plekke nog een paar dingen regelen.'

'Dan zal ik voorzorgsmaatregelen treffen.'

Hij bleef nog even staan, alsof hij in gedachten verzonken was; toen, weer klaarwakker, liep hij snel de kamer uit.

2016 | DE KRAAI

Het was heet, na het grijs van Moskou overviel de felle zon me zo onverwachts dat ik eerst weer aan zijn bestaan moest wennen. Tot mijn grote vreugde had Sjapiro zich niet meer laten zien. Per mail kreeg ik het adres van mijn hotel.

Het was een sprookjesachtige riad midden in de medina, verborgen in een klein zijstraatje waar niet eens een auto doorheen kon. Met turquoise muren en met zilver versierde serveerboys, met oranjerode baldakijnen, mozaïekvloeren en een weelderige binnenplaats met in het midden een klein, eveneens turquoise zwembad. Ik had een kamer op de tweede verdieping met uitzicht op de binnenplaats.

Ik plofte neer op het grote, met rozenblaadjes bedekte bed en voelde een eigenaardige opwinding opkomen. Mijn telefoon meldde dat er een sms'je binnenkwam.

'Gearriveerd?'

'Ja, heerlijk hier. Jaloers?'

'Waar zit je precies? Wil je hotel googelen.'

Ik gaf het adres door. De afgelopen weken was zij mijn enige vaste verbinding met de buitenwereld geworden, ik was zo aan haar berichtjes gewend geraakt dat ik me bijna zorgen maakte als ze langer dan twee, drie uur niets liet horen. We wisselden van alles uit, van banaliteiten tot onze persoonlijke situatie. Haar ongecompliceerdheid had een verfrissende uitwerking. Alsof ze met haar woorden een geheime energie meestuurde, die uitsluitend voor mij bestemd was en die ik ook hard nodig had.

Het bezoek aan Petroesjov was gepland voor de volgende dag. Hij runde in Marrakesh en Tanger luxueuze riads en leek daar succes mee te hebben. Ik vond het een merkwaardige loopbaan, maar Petroesjov was door de generaal zo resoluut van zijn geldbron afgesneden dat hij naar iets anders had moeten omkijken. Ik wist dat hij met een rijke vrouw getrouwd was en met haar naar Noord-Afrika was geëmigreerd.

Petroesjov was de meest doortrapte van de drie, de ontmoeting met hem had me van meet af aan hoofdpijn bezorgd. Misschien was hij Orlovs enige echte tegenspeler. Zij tweeën hadden ook het verloop van het proces beslist door het onderling eens te worden. Door mijn hoofd spookte nog steeds Pasternaks theorie dat Petroesjov het meisje had vermoord. De moord op Stas, ook daar was zijn broer van overtuigd, kwam eveneens voor zijn rekening. Sjoejev was er hoogstwaarschijnlijk bij betrokken, maar de uitvoerende kracht was Petroesjov geweest. Hij beschikte over voldoende contacten in de onderwereld om iemand bereid te vinden tegen een passende 'onkostenvergoeding' een onschuldige man met drie schoten neer te knallen.

Ik viel in slaap en werd drie uur later wakker van de dorst. Ik ging naar beneden. De binnenplaats was op een Frans echtpaar na uitgestorven. Ik zocht een plaats in het restaurant van de riad en bestelde verse muntthee. In de verte hoorde ik de muezzin oproepen tot het gebed. Ik ging op in de warme en vreemde sfeer, liet mijn gedachten de vrije loop en bestelde een bord met verrukkelijke voorgerechtjes. Ik voelde me op een prettige manier verloren, gaf me over aan het onbekende en aan de felle kleuren die me opvielen zodra ik om me heen keek.

Toen ik om de rekening vroeg, kwam ze opeens de stille, eenzame binnenplaats op, met een uitpuilende sporttas over haar schouder en een veel te warme jas om haar middel. Ik moest twee keer kijken om zeker te weten dat zij het was, want eerst dacht ik dat ik het me maar verbeeldde. Ze kwam met een stralende glimlach op me af en spreidde ter begroeting haar armen. Voor ik iets kon zeggen, ging ze bij me aan tafel zitten.

'Ik sterf van de honger!'

'Wat doe jij hier in godsnaam?'

'Ik dacht dat je wel wat gezelschap kon gebruiken, en tenslotte heb ik een flinke onkostenvergoeding gekregen. Ik geloof dat het zijn bedoeling was dat ik hiernaartoe kwam. Ik heb gewoon vrij genomen.'

'Hè? Wat?'

'O, dat klinkt allemaal heel lekker!' zei ze, terwijl ze zich in de kaart verdiepte.

'Maar... Kat, daar kan narigheid van komen. Als hij iets wil, dan zegt hij het ook. We kunnen problemen krijgen, bovendien mag Petroesjov je in geen geval zien!'

'Het is naïef van je om dat te denken, Onno!' zei ze op zakelijke toon, waarna ze de ober wenkte.

'Hoe bedoel je?'

'Hij zegt nog niet de helft van wat hij doet of wil. Dat zou jij toch het beste moeten weten.'

Ik was opeens geïrriteerd. Haar aanwezigheid kwam me helemaal niet goed uit, al was ik nog zo blij haar onverwachts terug te zien. Maar ze vormde een 'onberekenbare factor', zoals ik het vroeger als onderzoeksjournalist zou hebben genoemd. Ze was onvoorspelbaar en dat betekende een groot gevaar. Ik kon niets riskeren. Niet nu.

Niet hier. Nog een kleine twee weken tot de grote finale en dan... dan was het verhaal eindelijk van mij.

'Ja, precies, daarom zeg ik je dat hij niet blij zal zijn als jij hier zomaar binnenwandelt.'

'Hij heeft een envelop met geld in mijn brievenbus laten deponeren. ONKOSTEN stond erop. Hallo? Onkosten waarvoor, ga eens na. Hij speelt een spel, Onno. Hij heeft alles tot in het kleinste detail berekend. We zien iets over het hoofd. Jíj ziet iets over het hoofd.'

'Jij wilt mij iets over Orlov vertellen? Ik bedoel, dat is toch belachelijk?! Natuurlijk speelt hij een spel, verdomme, dat probeer ik je nou net te vertellen. En jij kent de spelregels niet, je hebt nog steeds geen idee waartoe hij in staat is!'

'Dat kan best, maar jij neemt alles klakkeloos aan... Ik bedoel, het moet je toch duidelijk zijn dat hij je niet zomaar vergeeft en je gratis zijn verhaal aanbiedt?'

'Gratis?'

'Ja, gratis.'

'Daar is nooit sprake van geweest.'

'En welke prijs denk je dan te moeten betalen?'

'Dat weet ik niet, maar ik ben in elk geval bereid om hem te betalen.'

'Ben je dat echt?'

'Ik heb niets te verliezen, Kat. Ik bedoel, ik heb de keus tussen een bouwplaats en dit hier.'

Plotseling voelde ik alle kracht uit me wegvloeien, ik wilde geen ruzie, ik wilde haar noch iemand anders op de wereld iets hoeven bewijzen. Ze voelde dat mijn stemming omsloeg en glimlachte geforceerd.

'Oké, relax, misschien gaat het me allemaal niets aan, ik wil alleen maar zeggen dat we in hetzelfde schuitje zitten. Bovendien kunnen we allebei wel wat afleiding gebruiken, vind je niet? Een beetje lol hebben. Het is toch heerlijk hier, waarom nemen we het er niet van?'

'Kat, dit is toch geen all-invakantie?'

'Wie heeft het hier over de stompzinnigste vorm van vermaak?'

Ze keek me stralend aan en knipoogde en weer voelde ik me ontwapend. Natuurlijk was het een bezopen idee, maar hoe langer ik erover nadacht, hoe minder ik ertegen in wist te brengen. We zouden samen optrekken, ik zou haar beter kunnen observeren, haar beter begrijpen en de onberekenbare factor tot een minimum beperken. De bom onschadelijk maken, zeg maar. Uit de verte was ze oncontroleerbaar, hier, in mijn directe omgeving, was het gemakkelijker om haar in het oog te houden. Althans dat maakte ik mezelf wijs.

De euforie die ze al geruime tijd uitstraalde, bevreemdde me nog steeds, ik wantrouwde die radicale omslag van grimmige sceptica in aanstekelijke levensgenieter, maar ik schreef die verandering aan haar professionele ambitie toe. Ze was tenslotte actrice en Noera was een nieuwe rol, die een uitdaging voor haar leek te zijn.

Geleidelijk ontspande ik en bestelde een glas witte wijn om af te koelen en de zaak te laten rusten.

'Heb je onderdak?' vroeg ik, terwijl zij op het eten aanviel. Ze haalde haar schouders op.

'Ik vind wel iets.'

Ik liet haar alleen en ging naar de receptie. Ik vroeg het meisje met de vuurrode hoofddoek in het Frans om een kamer, maar ze deelde me met een overdreven spijtig gezicht mee dat ze volgeboekt waren en bood me een logeerbed aan. Ik ging akkoord in de hoop dat Kat niet te veel zou protesteren.

'Allicht, geen probleem,' zei ze zonder van haar bord op te kijken. 'Tenzij jij je daar ongemakkelijk bij voelt...'

Eerlijk gezegd had ik geen idee hoe ik me moest voelen,

maar ik dacht er verder niet over na, ik wilde liever een avondje met haar stappen. Ze bracht haar spullen naar de kamer, nam een snelle douche, deed iets anders aan en toen vertrokken we. Eerst slenterden we door de smalle steegjes van de oude binnenstad, die allemaal kriskras in elkaar over leken te lopen en een ondoordringbaar roodachtig labyrint vormden. We bekeken de soeks, snuffelden in de eindeloze stalletjes met lederwaren, doeken en aardewerk, wurmden ons tussen de toeristen en de ons in alle talen aanklampende kooplui door.

Kat leek in een echte feeststemming, ik had haar nog niet zo uitgelaten meegemaakt en liet me meeslepen.

Intussen had ik weer honger gekregen, we belandden in een klein, naar komijn geurend eettentje, waar we tajine aten. Ik vroeg Kat waarom ze opeens zo vrolijk was, ze haalde haar schouders op en gaf een merkwaardig antwoord, waarvan ik niet wist wat ik ervan moest denken: 'Ik geloof dat zij een levenslustig iemand was.'

Ik wilde me door haar laten aansteken. Sinds Ada had niemand me meer zo bij de hand genomen en me laten deelnemen aan een feest, waarmee het pure leven werd gevierd. De avond beloofde uit te monden in een spetterende nacht en ik wilde niet aan de volgende dag denken.

Ik zwierf met haar door de smalle steegjes op zoek naar een bar met een enigszins acceptabele keus aan drank. We verlieten de medina en gingen naar het nieuwe stadsgedeelte, waar we in een gemoderniseerde bar met loungemuziek en exorbitante prijzen terechtkwamen. We hadden voor één nacht een andere identiteit geleend en het was fijn om onze eigen angsten en twijfels onverwachts even te kunnen vergeten.

Ze was een vrolijke, spraakzame, inspirerende jonge vrouw op zoek naar plezier en extase, ik was haar zelfverzekerde, evenwichtige begeleider, lichtelijk verliefd op de nacht, op de stad en op mijn bijzondere vriendin. We ontsnapten uit de kerker van ons ik, ongemerkt waren we het leven binnengewandeld dat zijn deuren zo lang voor ons gesloten had gehouden. Nu bestormden we het, namen we het in bezit.

De cocktails waren zoet en verwarmden onze maag. Ze maakten onze tong los en ons lichaam soepel.

Zij vertelde over curieuze dingen die ze bij diverse audities had meegemaakt en ik vertelde anekdotes uit mijn vroegere beroepsleven. We lachten en vergaten wat we hier zochten, de ware reden van ons verblijf. Voor een buitenstaander waren we een uitgelaten stel, dat elkaar net had leren kennen en elkaar met mooie verhalen probeerde te overtroeven.

We vroegen de barman naar de dichtstbijzijnde dancing. Hij tekende de weg op een servetje voor ons uit.

We passeerden de Rue des Banques en liepen verder, verdwaalden, namen een taxi, die ons via een omweg naar een casino bracht, waar een kleine club bleek te zijn die het midden hield tussen Duizend-en-een-nacht en een mysterythriller. Op het podium stond een trotse donkere vrouw songs in een microfoon te fluisteren die iets weg hadden van een lsd-trip. We gingen door met drinken en lieten ons door de muziek overweldigen en meevoeren.

Later trok ze me de dansvloer op. Het was heel lang geleden dat ik voor het laatst had bewogen op muziek; het was met Ada geweest. Ik wantrouwde mijn lichaam, wat kon een lichaam allemaal verleren, wat bleef er voor altijd in je cellen opgeslagen? Ze was uitgelaten, bijna frivool, ik wist dat de blik waarmee ze me die nacht aankeek niet de hare was, dat ik de blik die ze van de nacht had geleend niet mocht vertrouwen. Maar hij was heerlijk kritiekloos, onbevooroordeeld en open, alsof die ogen alles voor het eerst zagen. Ze trok me mee en ik volgde haar. We doken onder in het dichte kluwen van zwetende en schokkende lichamen. Het gezang – in een taal die ik niet kon thuisbrengen – had iets sussends, uitnodigends. Kat bewoog zich soepel, ze leek taai en lenig, haar lichaam was zo anders dan het lichaam waar ik me het laatst aan vast had geklampt... Ze leek geen andere eisen aan me te stellen dan die van het moment; het was een bevrijdend gevoel dat er niets van me werd verwacht, ik werd met de minuut ontspannener. Mijn lichaam leek uit een decennialange winterslaap te zijn ontwaakt en begon steeds sneller en wilder te bewegen, alsof het een rituele dans was, alsof ik al mijn demonen wilde uitdrijven. Ze klapte in haar handen en haar aanrakingen werden steeds driester. Op een gegeven moment hing ze om mijn hals en zwaaide ik haar rond. Op dat moment was ik vergeten dat ik de onheilsbode was, de boodschapper van duistere berichten, dat ik bezeten was van een man die me al twee keer bijna het leven had gekost, dat ik als speelbal werd gebruikt en dat geduldig accepteerde, omdat ik me voorgoed wilde bevrijden van de zware zwarte vleugels van de schuld.

Terwijl mijn armen een vreemd vrouwenlichaam omhelsden, dat voorbereid leek op alles wat er komen zou, herinnerde ik me hoe ik in Ada's lichaam was ondergedoken en tranen van geluk had moeten wegslikken – vol ongeloof over het wonder dat me te beurt was gevallen. En ik herinnerde me hoe niet alleen haar wezen, maar ook haar lichaam was veranderd nadat ze me ter verantwoording had geroepen. Nadat ze die nacht bij me binnen was gestormd.

Het eerste teken van een schier eindeloze reeks veranderingen die op ons gesprek zouden volgen en waarin ik al onheil bespeurde, was het feit dat ze haar haar niet meer roze verfde. Ze liet haar natuurlijke blond uitgroeien, geleidelijk kwamen er vlasblonde lokken door het roze vuurwerk heen, en opeens zag ze eruit als een bloem die op het punt stond te verwelken.

Ze gaf me een tweede kans, maar het was een zwakke, al half verloren, moedeloze kans. En ze deed het alleen omdat Sjapiro drie dagen na haar nachtelijke bezoek voor mijn deur had gestaan en me zwijgend had gesommeerd bij hem in de auto te stappen om mee te gaan naar zijn baas. Ik had geen keus – ik stapte in. De rit eindigde bij de gigantische villa in Grunewald, waar zich een heel arsenaal aan kunstschatten bevond, die de generaal niet lang daarna grotendeels naar Venetië verscheepte om zijn dochter op te vrolijken, om weer een glimlach op haar lippen te toveren. Ik had hem nog nooit gezien, nu stond hij in levenden lijve voor me. Het was een vreemd gevoel, want in feite kenden we elkaar al jaren zonder elkaar ooit persoonlijk te hebben ontmoet.

'Het was dus toch een vergissing om je destijds in leven te laten.'

Met die woorden richtte de generaal zich tot me.

'Geef me de kans om het uit te leggen, ik weet wat voor indruk het allemaal gemaakt moet hebben, maar... Maar het klopt niet. Ik hou van haar, ik hou van Ada, echt!'

Op dat moment raakte zijn vuist me ergens tussen mijn kin en mijn jukbeen. Het duizelde me. Ik wankelde achteruit en maakte een kermend geluid, waarvoor ik me tegelijk schaamde.

Sjapiro en twee bodyguards deden een paar stappen in onze richting, maar hij stuurde ze met een gebaar de kamer uit.

'Ik hou echt van haar!' schreeuwde ik.

'Waag het niet haar naam nog één keer in je mond te nemen! Had ik het maar geweten, had ik maar geweten dat ze met jou scharrelde. Dan had ik er een stokje voor gestoken voordat het kwaad zich kon verspreiden, dan had ik het in de kiem gesmoord. Jij, jij waagt het stiekem mijn dochter te benaderen, haar te gebruiken. Ze is negentien, besef je dat wel, negentien pas! Zieke, perverse klootzak die je bent!'

Nu raakte zijn vuist me in mijn maag en ik zakte door mijn knieën.

'Je blijft met je vingers van haar af, anders vermoord ik je, ik vermoord je, stuk uitschot!' schreeuwde hij en zijn speeksel kwam in mijn oog.

Ik herinnerde me dat zijn metaalachtige stem me onaangenaam trof. Ik hoorde hem voor het eerst. Hij had een onnatuurlijke klank, alsof er te veel ijzer in zijn bloed zat, rinkelend, magnetisch, kunstmatig bijna.

Maar hij maakte zijn handen aan me vuil. Ik was belangrijk genoeg om persoonlijk door hem te worden gestraft. Ik zag zweetdruppels op zijn voorhoofd, het kostte hem moeite om iemand te slaan.

'Ik kan het uitleggen, ik kan...' stamelde ik, maar ik realiseerde me dat elke poging om iets uit te leggen volkomen zinloos was.

'Hou je bek, hou je vuile bek!' schreeuwde hij en hij gaf me een stomp, ik viel en hij gaf me een trap in mijn zij. Het was vreemd, maar de pijn deed me niets, alsof ik het had verwacht, alsof het een logische consequentie was, alsof ik het had verdiend. Verdiend voor het verdriet dat ik zijn kind had aangedaan. Voor het feit dat ik haar vertrouwen had misbruikt, haar geloof had ondermijnd, haar wereldbeeld aan het wankelen had gebracht.

Maar na elke pauze leek hij opnieuw woedend te worden. Telkens als ik dacht dat hij me met rust zou laten, haalde hij weer uit, driftiger, harder, genadelozer. Ik lag op de grond te wachten op de volgende trap, met beide handen alleen nog mijn hoofd beschermend, toen zijn lenige, zich geruisloos bewegende vrouw binnenkwam en begon te schreeuwen.

'Hou op, Aleksandr, hou onmiddellijk op!' riep ze in het Russisch tegen hem. 'Hou op alsjeblieft!'

Ze greep hem vast en probeerde hem bij me weg te trekken. Maar hij bleef vloeken en tieren. Ze hing als een aapje aan zijn arm en probeerde hem er uit alle macht van te weerhouden me dood te slaan. Ze riep om Sjapiro.

'Help me, help me, verdomme, je ziet toch waar hij mee bezig is, hij vermoordt hem, help me, wat sta je daar nou te staan?'

De vogelman werd heen en weer geslingerd tussen zijn tsaar en zijn tsarina, hij wist even niet goed wie hij moest gehoorzamen en wiens bevel hij moest negeren. Uiteindelijk – en waarschijnlijk was dat mijn geluk – koos hij voor Jevgenia en duwde hij de buiten zichzelf geraakte generaal bij me weg.

Waarschijnlijk was die aframmeling de reden dat Ada medelijden met me had en mij en vooral zichzelf een tweede kans gaf. Ze was woedend op haar vader en weigerde dagenlang met hem te praten.

Ze bleef zich vastklampen aan iets waar ze niet meer in geloofde. Ze had ons opgegeven, maar wilde het niet toegeven, ze wilde me bewijzen dat ze nog even goed was, nog even onverschrokken, onbevooroordeeld en open tegenover de wereld en de mensen stond als in het begin van onze relatie. Het was een krampachtige poging om zichzelf iets te bewijzen, maar het vertrouwen was verdwenen. En toch wilde ze per se gelijk hebben, ze wilde per se dat haar vader ongelijk had toen hij haar inprentte dat je de mensen voor geen cent kon vertrouwen, dat de meesten haar zouden misbruiken – vanwege haar afkomst, vanwege zijn geld. Ze had daar met hem over gediscussieerd, ze had hem steeds willen bewijzen dat het niet zo was, dat je de mensen met vertrouwen en welwillendheid tegemoet moest treden, dan zouden ze wel fatsoenlijk blijken te zijn.

Maar de scheuren waren al te groot, ze kon de stellage niet meer overeind houden, ze voelde dat haar bouwwerk begon af te brokkelen en op een dag met donderend geraas zou instorten. Ze stond machteloos tegenover de storm van verwoesting die ik had veroorzaakt.

De tweede onheilspellende aanwijzing was dat ze nauwelijks meer de deur uit wilde en zich vaak dagenlang in haar loft verschanste. Ze metselde zich compleet in en leek met de dag meer door de zaak besmet te raken. Ze werd zwijgzaam en wrevelig, bijna elke zin van mij riep irritatie bij haar op. Elk voorstel van mij om iets te ondernemen werd fel afgewezen. Slechts af en toe mocht ik haar even aanraken, een kus op haar lippen drukken, een lok van haar voorhoofd strijken, meestal zaten we zwijgend naast elkaar aan haar lange tafel een bestelde maaltijd naar binnen te werken.

’s Nachts was ze rusteloos, dwaalde door de woning, sliep niet en stuurde mij naar huis, ze verzon smoesjes waarom ze mij niet in haar buurt wilde hebben.

Als ze me iets vroeg, ging het altijd over Noera Gelajeva en haar moordenaars. Ze kon nergens anders meer over praten. Ik verloor langzamerhand mijn geduld. Van iemand die onbaatzuchtig een zieke verpleegt, veranderde ik in een onrustige, nerveuze, geprikkelde man die zijn geliefde wil controleren omdat hij zeker weet dat hem iets wezenlijks ontgaat. Ik bouwde het zandkasteel elke dag weer op, alleen om aan het eind van de dag vast te stellen dat de vloed toch was opgekomen.

Ze had gedreigd haar vader uit haar leven te verbannen als hij nog één keer in mijn buurt kwam. Hij liet zich inderdaad niet meer zien, maar aan zijn vele telefoontjes, aan het versterkte leger veiligheidsmensen in Ada’s omgeving, aan de controlebezoekjes van Sjapiro merkte ik dat ook hij zich wanhopig afvroeg hoe hij zijn geliefde dochter kon genezen, haar weer kon laten lachen en stralen, haar weer kon veranderen in het dappere, brutale, slimme, nieuwsgierige, op kunst verzotte kind dat ze ooit geweest was.

In het begin van de zomer verraste hij haar met een reisje naar Venetië, een stad die haar van jongs af aan fascineerde en die ze – het was een vast ritueel – geregeld met haar vader bezocht. Daar stuurde ze me een van de laatste blijde berichten van haar leven: 'Ik ben de trotse eigenares van een droom! Het is het mooiste wat ik ooit heb gezien, ik kan wel huilen van geluk.' En ze stuurde een foto van een betoverend palazzo, dat pal aan een kanaal lag en vermoedelijk een sprookjesachtig interieur had.

'Het heet Palazzo delle Laterne, alleen al de naam is voldoende om er verliefd op te worden. Hier wil ik blijven, Onno. Hier is rust en schoonheid. Je moet komen...' Dat schreef ze twee weken later. Ergens was ik opgelucht en de generaal bijna dankbaar dat hij had bereikt wat mij niet was gelukt: haar zinnen verzetten, haar in een roes van vreugde brengen, haar steeds naar schoonheid zoekende blik richten op de dingen die belangrijk voor haar waren.

'Ik kom zodra je me roept! Ik sterf van verlangen. Ik ben zo blij dat het beter met je gaat, Ada,' schreef ik terug. Ik kreeg geen antwoord op mijn sms'je. In plaats daarvan stuurde ze me een week later een vliegticket. Blijkbaar was haar vader voor zaken teruggeroepen naar Berlijn en maakte ze van de gelegenheid gebruik mij in haar nieuwe rijk te ontvangen.

Ik vloog naar Venetië, hoewel die stad met haar horden toeristen, de donkere, vochtige steegjes en uit de tijd gevallen palazzi me ergens altijd had afgestoten, alsof de hele stad alleen een façade was, een leugen, een sirene die je met haar schoonheid lokte om je in het verderf te storten.

De zangeres had plaatsgemaakt voor een tengere dj met zwart kroeshaar die electro met zware bassen draaide. Ik had een pauze nodig, ik liet haar middel los en zocht de wc op. Toen ik naar buiten kwam, stond ze tegen de muur op me te wachten en zei dat ze weg wilde. Ik gaf geen antwoord en we wankelden de vochtige warme nacht in. Zwijgend liepen we terug, alsof we opeens geen woorden meer hadden. Alsof alles gezegd was. Alsof onze façade in één klap was ingestort. We waren weer onszelf, met ijzige ketenen aan onze biografie gekluisterd, en ik dacht dat ook zij op dat moment besefte dat die gedachte ons allebei deprimeerde.

'Vertel eens iets over die drie mannen,' vroeg ze, waarop ik de hele terugweg aan één stuk door over Sjoejev, Joeritsj en Petroesjov praatte. Ik vertelde haar alles wat ik wist, alsof mijn leven ervan afhing.

In de hotelkamer verdween ze weer onder de douche. Ik had mijn laptop aangezet en op internet naar Marokkaanse muziek gezocht en zowaar een of andere Maghrebijnse playlist gevonden, die ik zachtjes op de achtergrond liet spelen. Gewikkeld in een reusachtige handdoek kwam ze de kamer weer in, nat en weerloos. Ik zette een flesje water voor haar neer dat ik uit de minibar had gepakt. Ze dronk het leeg en plotseling draaide ze zich naar me toe en kuste me. Het was een wanhopige kus, een poging om verder te gaan waar onze uitbundigheid was gestopt. Ik had geen tijd om na te denken, ik had toch al besloten haar te volgen, ik weerhield haar er niet van me te gebruiken. Ik vroeg me niet af waartegen ik een medicijn was, het liet me ook koud. Ze bood me haar lichaam aan, waar ik haar dankbaar voor was.

We lieten ons op het zachte, brede bed vallen. Het logeerbed bleef nutteloos en enigszins verwijtend in de hoek staan. Ik gooide mijn kleren uit, zij hielp me erbij, maar toen ik haar handdoek weg wilde trekken, hield ze mijn hand tegen, ze wilde nog niet al haar geheimen prijsgeven. Onze toenadering was bij voorbaat beperkt, maar ook dat kon ons niets schelen. Zij zocht iemand anders in mij, ik zocht iemand anders in haar. We volgden de sporen van die geesten op de huid van de ander. We tekenden er onze landkaart en wisten tegelijk onze sporen uit. We kenden de verlangens en wensen van de ander niet en handelden blind, volgden ons instinct. Ze gooide de handdoek van zich af en ging op me zitten. Ze wilde iemand anders zijn, maar haar gewoonten, haar lichaamstaal verraadden haar, brachten haar steeds weer terug bij zichzelf. Ze had geen draaiboek dat ze kon volgen, ze had alleen haar gevoel en dat gevoel was broos, wantrouwig, zoekend.

Ik zocht op haar dijen Ada's moedervlekken, ik zocht Ada's haartjes op haar onderarmen, Ada's overgave in haar onvermogen om zich te laten gaan, Ada's roze tepels op haar zware borsten, ik zocht mijn antwoorden tussen haar ribben en onder haar sleutelbeen, tussen haar om me heen geslagen benen en in haar lichtelijk uitstulpende navel. Zij wilde zichzelf verliezen en ik hielp haar erbij. Ik wilde vergetelheid en zij bood me haar hulp aan. Ze zocht bevestiging bij mijn wervelkolom en in mijn mond, ze zocht een bekentenis in mijn knieholten en mijn oorschelpen.

En toch vreeën we vol overgave, haastig, buiten adem, zonder onszelf te sparen of mooier voor te doen, we wilden onszelf laten zien, in al onze naaktheid en breekbaarheid. Zij wilde dat ik haar lichaamstaal leerde ontcijferen en ik dat zij profiteerde van mijn aanpassingsvermogen. Ik wilde dat ze begreep dat ik haar niet beoordeelde en dat ze vrij kon zijn. En zij dat ik begreep dat het haar niet uitmaakte welke voorkeuren ik had, welke kromme wegen ik met haar lichaam wilde gaan, dat ze volledig tot mijn beschikking stond. Ik nam haar aanbod dankbaar aan, ik zoog en proefde haar, ik beminde haar als een uitgehongerd dier, het laatste in zijn soort. Zij beminde me en toonde haar lusten. Ze krabde en trok aan me. We tastten elkaar af met handen en voeten en lendenen en hoofden en ellebogen en nagels, we losten in elkaar op.

Ik liet haar in bed achter. Ze lag op haar buik en sliep met licht geopende lippen, wat haar iets heel kinderlijks en aandoenlijks gaf. Ik douchte, kleedde me aan, pakte de envelop en verliet de kamer. Sjapiro had me laten weten dat ik een taxi moest nemen; Petroesjovs riad lag buiten de stad in een palmenpark aan de voet van het Atlasgeberge. De taxichauffeur vroeg een veel te hoge prijs, het maakte me niet uit, de alcohol van de vorige nacht stroomde nog door mijn aderen. Ik had een hoofdpijntablet genomen en hoopte dat ik tijdens de rit met twee flesjes water wat helderder zou worden. We lieten de medina achter ons, de roep van de muezzins, de katten en de smalle kronkelsteegjes met de opdringerige kooplui en de horden kinderen. De riad heette Dar-Bagh en de foto's die ik op internet had gevonden, beloofden een schat aan Moorse architectuur. De zon won met de minuut aan kracht en ik merkte al dat ik bezweet zou aankomen. Ik dronk de flesjes leeg en dommelde wat, de explosie van kleuren die door het raam op me afkwam, was me te veel.

Ik betaalde en stapte uit. In de mail van Sjapiro had gestaan dat ik in de hotelbar op Petroesjov moest wachten, blijkbaar was hij moeilijk te pakken te krijgen. Vergezeld van de opgeprikte glimlach van de hotelboy ging ik de door palmen omzoomde oase binnen en kwam terecht op een begroeid vierkant voorplein met in het midden een met donkerblauwe tegels bekleed zwembad, omringd door witte ligbedden met kapitaalkrachtige gasten erop. De bar, waar overal schalen vol exotische vruchten stonden, lag direct aan het zwembad. Ik ging zitten en begon te wachten. Aan de andere kant van de toog zaten twee langbenige Russinnen over hun uitstapje naar Essaouira te praten.

Ik bladerde in de internationale kranten. Ik voelde me nog steeds katterig. Ik bestelde de ene koffie na de andere en dronk liters water. Bij de gedachte aan de afgelopen nacht bespeurde ik enig onbehagen, ik wilde niets ontdekken wat de voortzetting van mijn verhaal zou kunnen belemmeren en ik wist dat daar een of ander gevaar dreigde.

Pas tegen drie uur 's middags kwam hij in een wit linnen pak het voorplein op. Op de achtergrond bevond zich een wandelende spierbundel – kennelijk zijn bodyguard –, naast hem liep een blonde jongeman met een heel grote zonnebril afwezig op zijn mobiel te tikken.

Hij stak met snelle passen het voorplein over, liep langs me heen en stond op het punt de riad binnen te gaan. Ik sprong van mijn kruk en stormde op hem af, de spierbundel zei iets van 'Hé, hé', maar ik riep zijn naam al en dwong hem zich om te draaien. De blonde jongen nam me vol weerzin op.

'Ja?' vroeg Petroesjov in het Russisch.

De voormalige officier was een middelgrote, sportieve, knappe man met groene ogen en fijne gelaatstrekken. Hij had ook hoogleraar kunnen zijn, alleen viel zijn bruine teint daar wat bij uit de toon. Hij gaf de spierbundel een teken dat hij moest blijven staan.

'Ljonja, ga jij maar vast. Ik kom zo.'

Ljonja was dus de jongen met de zonnebril. Hij leek het

er niet mee eens te zijn en wilde iets terugzeggen, maar kreeg opnieuw, nu nadrukkelijk, het verzoek ons alleen te laten. Deze keer gehoorzaamde hij.

'Ik heb post voor u,' zei ik, zoekend naar de Russische woorden.

'Post? Wat voor post?'

'Van Aleksandr Orlov.'

Zijn gezicht verduisterde in de waarste zin van het woord, zijn ogen leken opeens donkerder te worden.

'Orlov? Wat duivel...'

Ik gaf hem de envelop. 'Alles staat hierin.'

De bodyguard wilde de envelop al uit mijn hand rukken, maar Petroesjov hield hem tegen en pakte de dikke envelop met beide handen aan.

'Dat meent hij toch niet serieus?'

Hij keek me woedend aan. Zijn wenkbrauwen waren samengetrokken als een onweer dat op uitbarsten stond.

'Ik ben de boodschapper maar, ik heb opdracht u deze envelop te overhandigen.'

'Hij kan mijn rug op, zeg dat maar tegen hem! Wat wil die vuile schoft van me?'

'Zoals ik al zei, kan ik u daar niets over vertellen.'

Ik verontschuldigde me en maakte aanstalten om weg te gaan.

'Hé, wacht, wie voor de duivel ben jij?'

'Ik ben de boodschapper maar.'

'Hoe heet je?'

'Bender. Onno Bender. Maar dat doet er niet toe.'

'Bender hoe?'

'Onno.'

'Nu gaat er een belletje bij me rinkelen... Ben jij niet die figuur die dat boek over Bely heeft geschreven?'

Die onverwachte wending beviel me allerminst.

'Ja, dat ben ik.'

'Stuurt hij nu journalisten op me af of hoe zit dat, verdomme?'

Ik begon me voorzichtig in de richting van de uitgang te bewegen. Hij stond als aan de grond genageld en staarde afwisselend naar mij en de envelop.

'Tot ziens!' zei ik gauw en ik versnelde mijn pas. Ik voelde dat de spierbundel ook in beweging kwam, maar op hetzelfde moment hoorde ik Petroesjov roepen dat hij me moest laten gaan.

'Zeg maar dat hij mijn reet kan likken, hoor je, Duitser? Zeg maar dat hij me niets kan maken, helemaal niets...'

Zijn stem galmde nog na in mijn oren toen ik al op de met goedkope reclameposters omzoomde grote weg stond en een taxi aanhield.

Ze was koortsig, ziek geworden van iets onzichtbaars, waardoor haar ogen glansden en haar stem hees klonk, ze rusteloos was en de hele tijd het gevoel had iets te moeten doen, te regelen, te veranderen. Ze ontving me in een grijze tuinbroek. Ze hield toezicht op een team van restauratoren en bouwvakkers, die haar nieuwe droomhuis volgens haar wensen vorm moesten geven. Het was een prachtstuk, gebouwd rond 1630. Het balkon was in barokstijl gehouden, maar de traditionele vormgeving van de gevel was door een kennelijk moedige architect doorbroken met gecanneleerde zuilen. Ook een voorportaal met acht zuilen en steekkappen maakte het palazzo qua architectuur uniek. Rondbogen gaven zicht op de aan de achterkant gelegen binnenplaats. Een fraai gebogen bordes leidde naar boven, een paar muren vertoonden in verbleekte, betoverende pasteltinten nog de oorspronkelijke schilderingen. Ik kwam er niet aan toe de kamers te tellen, die voor een deel bovendien verboden terrein waren. Als nauwgezette opdrachtgever bewoog Ada zich te midden van het door haar aangevoerde legertje ambachtslieden die haar oase verfraaiden. Af en toe gaf ze precieze aanwijzingen in het Engels en het Italiaans, dat ze op het internaat perfect had leren spreken, maar iets in haar manier van doen verraadde haar rusteloosheid, een manische aandacht, een ongeduld waarachter iets anders schuilging.

Ik sjokte als een aanloophond achter haar aan in de hoop haar onder vier ogen te kunnen spreken. We moesten fouten herstellen, dingen ophelderen, maar na ongeveer een uur zag ik in dat ze niet veel zin had om met mij alleen te zijn, dat ze het gesprek dat ik wilde eerder uit de weg probeerde te gaan.

Algauw voelde ik me overbodig, misplaatst, ik drong niet tot haar door en mijn wrevel nam met het uur toe. Op een gegeven moment verdween ze in een van de kamers en vroeg me om zeven uur naar de grootste zaal te komen. We zouden samen eten.

Midden in de reusachtige zaal, die op de nog niet uitgepakte kisten en schilderijen, de zware hemelgordijnen en een enorme, jaren niet afgestofte kroonluchter na leeg was – wat de omvang van het vertrek nog eens onderstreepte –, stond een tafel met een wit tafellaken, waarop een boeket van angstaanjagende schoonheid en een paar zware kandelaars prijkten. De tafel was gedekt voor twee. Ik ging aan de linkerkant zitten en richtte mijn blik op de grote houten deur. Ze verscheen in een schitterende smaragdgroene jurk, waarin haar tengere figuur zo verrukkelijk uitkwam dat hij speciaal voor haar gemaakt leek. Ze had haar haar achterovergekamd en droeg zelfs kleine, kostbaar ogende oorbellen, waardoor ze nog meer fonkelde dan ze al deed; zo verzorgd en mooi had ik haar nog nooit gezien. Qua kleding was ze altijd een echt meisje geweest, spijkerbroeken met gescheurde knieën, T-shirts met coole opschriften, leren armbandjes, verward haar en sneakers – dat was de Ada die ik kende. En nu zat er een dame tegenover me, die volkomen paste bij deze omgeving en haar erfenis, ze leek compleet in haar Venetië-project te zijn opgegaan, en ik wist opeens niet of dat een goed of een slecht teken was.

Er kwamen twee kelners binnen met zilveren dienbladen met cloches. Tegelijk klonk er een opera-aria die ik niet kende. Ik had het gevoel dat ik in een toneelstuk zat.

Samen met de kelners was er een geheel in het wit geklede kok binnengekomen om het menu te presenteren. Ongeveer de helft van de aangeprezen heerlijkheden kende ik niet. Ada had het altijd leuk gevonden om samen met mij de nieuwste eettentjes en restaurantjes uit te proberen, niet zelden hadden we lachend en bier drinkend Aziatische noedels uit een kartonnen beker gegeten en ons de koning te rijk gevoeld. Ik begreep niet wat ze met deze vertoning op het oog had. De wijn werd ingeschonken – ook een krankzinnig dure soort. Ik besteedde helemaal geen aandacht aan wat er op de borden werd binnengebracht, ik staarde de hele tijd alleen naar Ada in de hoop dat haar masker heel even zou verschuiven en er iets waarachtigs, iets vertrouwds tevoorschijn zou komen. Na de voorgerechten – ik herinner me alleen de rode, op de tong smeltende soufflé die bij de vitello tonnato werd geserveerd en die mijn gehemelte streelde – sprak ze me rechtstreeks aan.

'En nu wil ik dat je mijn vragen beantwoordt zonder er doekjes om te winden.'

'Wat voor vragen, Ada, vind je dit allemaal niet een beetje vreemd?'

'Wie van de vier was het, wie heeft haar gewurgd? Geen meningen, alleen feiten.'

Ik had erop gerekend, gehoopt dat we over onze gestrande relatie zouden praten, in plaats daarvan onderwierp ze me aan een verhoor dat alleen draaide om haar vader en de zaak Noera Gelajeva. En de kalmte, de rechtlijnigheid waarmee ze dat deed, bezorgde me koude rillingen. Er zat een vreemde tegenover me en ik wist me geen raad. Maar ik zag opeens heel duidelijk dat dit mijn laatste kans was om haar voor me te behouden.

De aria begon op mijn zenuwen te werken, het zweet brak me uit, ik wilde ontsnappen, ik wilde dat dit verhoor niet plaatsvond en deze marteling gauw voorbij was. Ik werd gek van die heen en weer dravende, in het wit gestoken kelners, die eigenaardige, geforceerde stemming, het valse vertoon. Ik had een onbedwingbare neiging om te vluchten en tegelijk klampte ik me vast aan het idee dat mijn antwoord onze relatie kon redden.

'Er zijn geen belastende feiten, Ada. Je moet er eens over ophouden. Laat het los. Er zijn geen bewijzen.'

'Dan wil ik weten wat je denkt. Wie denk jij dat haar keel heeft dichtgeknepen?'

Ik vond haar woordkeus griezelig en verdiepte me in de aanblik van het kunstig opgediende eten.

'Als je het mij vraagt, was het Petroesjov. Een mening die ook Nikita, de broer van Stas, was toegedaan.'

Ze knikte en nipte van haar wijn.

'Dank je,' zei ze, waarna ze plotseling van onderwerp veranderde.

Ik was opgelucht en legde mijn hand op de hare. Ze trok hem niet terug, wat overkwam als het eerste teken van een tweede kans. Ze begon over het palazzo te praten, over de bijzonderheden van de architectuur, de geschiedenis en de muurschilderingen, die beslist gerestaureerd moesten worden. Daarna vertelde ze over haar plannen, waar ze de schilderijen wilde ophangen die haar vader in de loop der jaren had gekocht. Ik had niet veel verstand van beeldende kunst, maar het was me duidelijk dat iedere kunstkenner bij het zien van deze verzameling groen en geel zou worden van nijd. Ik had het altijd fijn gevonden als ze enthousiast vertelde over een schilderij dat zij of haar vader wilde kopen. Meestal bleef er van de inhoud weinig hangen, haar enthousiasme en opwinding waren voldoende om urenlang naar haar te kunnen luisteren. Maar nu dacht ik dat we het ergste hadden gehad en dat dit pompeuze samenzijn in het teken stond van een nieuw begin. Voor het dessert werd opgediend, vroeg ze me op te staan en mee te komen. Ze pakte mijn hand en nam me mee naar de deels tegen de muren staande, deels opgestapelde, zorgvuldig ingepakte schilderijen. Ze moest even zoeken en haalde een vierkant pakket tevoorschijn, dat ze van de verpakking ontdeed. Toen legde ze een klein ingelijst schilderij voor me op het parket en vroeg me naast haar te komen zitten. Er heerste een schemerig licht, dus stond ze nog een keer op, haalde een van de zware kandelaars en zette die naast ons op de grond.

Op het schilderij stond een mollige jonge vrouw met een koperrode cape over haar knieën, die haar ontblote rechterborst aanbood aan een oude, magere, in lompen gehulde man, die er dankbaar aan zoog. Het was een schokkend, blijkbaar heel oud motief, dat ik niet kende. De vrouw ondersteunde met haar ene hand het kale hoofd van de man, alsof ze hem aanspoorde, en keek de toeschouwer aan alsof ze alle verwijten, alle verwarring bij voorbaat wilde ontkrachten door ze naar de toeschouwer terug te spelen.

'*Caritas Romana*. Een Romeinse legende,' zei Ada zonder haar blik van het schilderij af te wenden. 'Jij houdt toch van legenden?'

'Ja, maar hier heb ik nog nooit van gehoord.'

'De ziener Cimon werd veroordeeld tot de hongerdood.

Niemand mocht hem bezoeken, behalve zijn dochter Pero. Bij elk bezoek werd er zorgvuldig gekeken of ze geen eten de kerker binnensmokkelde. Maar Cimon stierf niet. En op een gegeven moment begrepen de rechters en bewakers dat Pero, als zogende moeder, haar vader de borst gaf en hem zo in leven hield. Volgens de overlevering waren de rechters zo ontroerd door Pero's barmhartigheid dat ze Cimon gratie verleenden. Toch is het eigenlijk interessante niet, zoals de kunsthistorici en de kerk meestal benadrukken, Pero's barmhartigheid, maar haar bereidheid om grenzen te overschrijden, taboes te doorbreken.'

Plotseling verstomde ze, alsof ze buiten adem was.

'Het is het eerste schilderij dat ik op eigen houtje heb gekocht,' voegde ze er na een poosje peinzend aan toe. 'Niet precies gedateerd, ergens halverwege de zeventiende eeuw. Een Maltese schilder. Op mij heeft deze versie veel indruk gemaakt, nog meer dan die van Rubens of zelfs Caravaggio.'

Ik wist niet dat er zoveel schilderijen van deze legende waren. Het werd me allemaal weer te veel. Dat schilderij had iets fundamenteel schokkends – vooral met het oog op ons voorafgaande gesprek, of liever gezegd, het verhoor waaraan ik een paar minuten eerder was onderworpen. Waar wilde ze naartoe, waarom liet ze me dit zien?

'Ja, het is beslist een thema dat veel schilders heeft beziggehouden,' zei ze en ze verdiepte zich weer in het schilderij.

'Nou ja, nogal ongewoon.'

Eigenlijk wilde ik 'stuitend' zeggen, maar ik wist niet zeker hoe ze daarop zou reageren, en omdat ik toch al de hele tijd het gevoel had door een mijnenveld te lopen, liet ik het achterwege.

'Vind je?'

Ze was ergens ver weg, afwezig, in gedachten zwierf ze door de middeleeuwen of misschien ook alleen maar door de jaren negentig van de vorige eeuw.

'Hij heeft het gedaan, Onno,' zei ze opeens en ze schoof het schilderij aan de kant. Het duurde even voor ik begreep wat ze bedoelde.

'Nee, nee, dat mag je niet denken. Ik bedoel... alles wijst erop dat hij het niet heeft gedaan en...'

'Hij heeft het gedaan. En nu moet je me verontschuldigen, ik heb hoofdpijn, ik moet me terugtrekken. Het dessert wordt me te veel. Blijf jij nog maar even hier en geniet van de schandalig lekkere baiser. We zien elkaar morgen.'

Ze boog zich naar me toe en kuste me onverwacht hartstochtelijk. Toen stond ze op.

'Ada... Nee, wacht, we moeten...'

'Tot morgen, oké? Ik ben heel moe.'

En zonder mijn protest af te wachten zweefde ze de zaal uit. Ik wist toen nog niet dat dit onze laatste kus was geweest.

Die nacht werd ik wakker van een geluid dat ik niet kon thuisbrengen. Het was niet duidelijk of het bij de droomwereld hoorde of bij de realiteit. Ik sliep in een kamer met een hemelbed aan het eind van de lange gelambriseerde gang. Ik had de hele tijd getwijfeld of ik naar haar toe zou gaan, maar uiteindelijk durfde ik niet. De avond had me aangegrepen en ik had niet de kracht om nog meer teleurstellingen te incasseren.

Ik keek op mijn horloge en zag dat het pas even voor drieën was. Maar ik was klaarwakker en wist dat het een eeuwigheid zou duren voor ik weer in slaap viel. Ik besloot op te staan en mijn geluk te beproeven. In hemd en spijkerbroek liep ik op blote voeten door de gang. Je hoorde het water van het kanaal tegen de muren klotsen, maar verder heerste er een spookachtige, benauwende stilte. De gang werd maar door één lampje verlicht, kennelijk had elektriciteit geen prioriteit in Ada's restauratieplannen. De gang kwam uit bij een brede trap die naar de lagergelegen ontvangstruimte leidde.

Halverwege de trap bleef ik staan, want beneden zag ik twee schaduwen en een lichtje. Ik hield mijn adem in. Het was de generaal. Hij stond naast zijn dochter, ze waren allebei volledig gekleed, alsof hun dag nog niet afgelopen was. Ze praatten op fluistertoon en staarden naar de muur voor hen. Toen schoot me te binnen dat daar de muurschilderingen moesten zijn die Ada me de vorige dag in het voorbijgaan had laten zien. Ik herinnerde me alleen de zachte pasteltinten, niet de motieven. De generaal hield een zaklamp in zijn hand, waarmee hij verschillende details belichtte.

Was hij onverwachts gearriveerd of had ze een of ander plan? Waarom had ze mij uitgenodigd als ze wist dat hij zou komen? Zocht ze de confrontatie? Ik voelde me overgeleverd en werd woedend. Maar er was iets waardoor ik toch geboeid bleef kijken. Ik was niet in staat me te verroeren. Ze stonden daar alsof ze bij elkaar hoorden als twee puzzelstukjes die samen een beeld vormden, dat buiten hen niemand kon ontraadselen, onafscheidelijk verbonden door het lot. Nu pas viel me op hoe ze qua postuur en houding op elkaar leken, alsof ze één geheel waren, dat in twee verschillende geslachten was opgedeeld. Zij hield haar hoofd gebogen en raakte met haar haar zijn schouder aan, terwijl hij zijn linkerarm liefdevol om haar middel had geslagen. Er maakte zich een brandende nieuwsgierigheid van me meester, ik wilde ook zien wat zij zagen, maar ik wilde vooral naar hun gezicht kijken. Liet ze hem hetzelfde schilderij zien dat ze mij had laten zien? Had ze het soms aan die muur opgehangen, het schilderij met de uitdagend naar de toeschouwer kijkende vrouw en haar hongerige vader? Of waren het de onverwachts blootgelegde muurschilderingen? Wat hield hen zo in de ban? Wat zei ze tegen hem, wat antwoordde hij?

'Hij heeft het gedaan.' De gedachte aan die zin van haar bezorgde me koude rillingen. Ik liep achteruit en verwijderde me zo geruisloos mogelijk. Ik moest hier weg. Hij mocht me niet zien. Wat Ada ook met mijn bezoek had beoogd, ik wilde er niet aan meedoen. Niet meer. Opeens ging ze op haar tenen staan en fluisterde hem iets in het oor. Ondanks de duisternis kon ik zien dat hij verstijfde. Zijn lichaam bevroor alsof het met ijs werd bedekt. Ze keerde zich naar hem toe en keek hem aan, op dat moment draaide hij zich naar mij om, en ik weet zeker dat hij me zag, hij moet me gezien hebben. Maar hij liet niets merken, daarna deed hij een stap achteruit en bracht zijn gezicht heel dicht bij dat van zijn dochter, zijn lippen vormden één enkel woord, dat ik niet verstond, en hij schudde driftig zijn hoofd, telkens weer. Ik liep terug naar mijn kamer.

Nadat ik mijn spullen had gepakt en me ervan had overtuigd dat de gang weer leeg was, verliet ik het palazzo en liep door de wirwar van steegjes in het nachtelijke Venetië. Opeens had ik het gevoel dat de stad een gevangenis was, ik rende en rende en kon de uitgang niet vinden. Ik liep steeds in een kringetje, tot ik op een gegeven moment begreep dat ik over het water moest ontsnappen. Ik vond een slaperige gondelier die net een dronken stelletje bij hun hotel had afgezet en sprong, zonder zijn antwoord af te wachten, in de gondel.

'Weg, wegvaren,' mompelde ik.

Ze wist niet zeker wie de nachtelijke vergetelheid harder nodig had gehad, Noera of zijzelf. Maar misschien maakte dat intussen ook niets meer uit. Het belangrijkste was dat Onno 's morgens tijdens het douchen zijn laptop open had laten staan en zij in zijn mails het adres had gevonden waar hij de laatste boodschap moest overhandigen. Ze bestelde een vorstelijk ontbijt op de kamer. Er was ananassap, waar ze eigenlijk een hekel aan had, maar ze dronk het op in de veronderstelling dat Noera het lekker zou vinden – als Sovjetkind uit de bergen was ze vast niet met exotische vruchten verwend.

Na het ontbijt maakte ze een uitstapje naar de Jardin Majorelle en droomde een poosje weg bij de pracht en de kleuren van de tuin. In Noera's bloemetjesjurk, die veel beter paste bij de zachte warmte van de 'rode stad' dan bij de meedogenloze kou van Moskou, slenterde ze langs de planten en bomen. Ze wist dat Noera dolgelukkig geweest zou zijn op zo'n paradijselijke plek.

Na haar wandeling nam ze een taxi naar de riad Dar-Bagh. Ze zou vandaag niets ondernemen, Petroesjov alleen uit de verte gadeslaan, bestuderen. Ze wilde erachter komen hoe hij was en op grond daarvan bepalen hoe ze te werk zou gaan, want ze had nog niet beslist hoe hun ontmoeting precies moest verlopen.

De taxichauffeur reed verkeerd en zette haar twee blokken voor het hotel af. De zon brandde op haar hoofd en de restalcohol in haar bloed speelde op. Ondanks hoofdpijn en stijve ledematen voelde ze zich oneindig vrij. De jurk gaf haar een betoverende lichtheid, alsof ze niet liep, maar zweefde. Alle zwaarte van de laatste maanden leek opgelost in het niets en de onstuimige hartstocht van de afgelopen nacht gaf haar het nodige snufje zelfvertrouwen. Was het Noera's eerste liefdesnacht geweest? Stond ze achter de partnerkeuze? In elk geval was er iets wat hen verbond, ook al was het niet, zoals ze voor Noera had gewenst, de grote, alles relativerende liefde. Ze vroeg een jonge straathandelaar naar de weg, in plaats van te antwoorden bood hij haar zijn koopwaar aan – prullen, die zij noch Noera nodig had – en bracht haar vervolgens naar het hotel. Ze vond zijn gezelschap hinderlijk, vooral omdat zij geen Frans sprak en hij geen Engels, maar zijn ongelofelijke hardnekkigheid en het talent om de grootste troep als zuiver goud aan te prijzen amuseerden haar. Hij bracht haar in elk geval tot vlak voor het chique, door palmen en een golfbaan omgeven hotel. Ze wierp een blik door de openstaande poort in de ringmuur, waaruit juist een terreinwagen met spiegelramen kwam, erachter lagen een begroeid voorplein met ligstoelen en een langwerpig zwembad. Ze stond in dubio of ze naar binnen zou gaan of eerst zou afwachten.

Had Onno hem de envelop al overhandigd? Had hij de video gezien? Hoe had hij erop gereageerd? Die vragen brandden op haar tong, maar er was niemand aan wie ze ze kon stellen.

Plotseling hoorde ze achter zich banden in het hete zand. De terreinwagen, waarvan ze dacht dat hij weggereden was, kwam terug en bleef vlak bij haar voor de inmiddels weer dichte toegangspoort staan.

Uit het open raampje kwam een door de zon gebruinde mannenhand, die een mobiel in zo'n stom hoesje vasthield.

'Borja, nee, ik heb dat ding niet nodig, kom, laten we nou gaan...' hoorde ze een jonge mannenstem in het Russisch zeggen. 'Ik wil hier niet nog een keer naar binnen. Ze komt vandaag terug, Borja, wat doe je nou, nee, laat me los...'

Borja, ja, Borja, Boris! Ze verstijfde en begon in haar handtas te rommelen, ze hadden haar niet gezien, ze mocht zich niet omdraaien, dat zou te verdacht zijn, ze stond te dichtbij.

'Maar Ljonja, het is toch zo gebeurd, ze komt pas laat, we halen de bril en gaan er dan vandoor, oké? We hebben alle tijd van de wereld,' antwoordde een vrij diepe mannenstem.

En terwijl ze opgewonden in haar tas rommelde, wist ze dat ze een fout had gemaakt.

'Die stomme hufters, zit er weer niemand bij de intercom, ik vermoord ze,' zei de man met de diepe stem en hij gooide het portier open. Op dat moment liep ze in zijn richting, met gebogen hoofd wilde ze langs hem heen lopen, en het leek zelfs te lukken, ze was al een paar passen van hem verwijderd, maar toen hoorde ze hem roepen: 'Hé! Hé, jij daar!'

Zijn stem klonk pal in haar nek, hij sprak haar in het Russisch aan. Ze verstijfde, ze mocht zich nu in geen geval omdraaien.

'Wat doe je hier, ik heb het tegen jou, stuk vuil!' schreeuwde de man nu. Op dat moment rende ze ervandoor, de kant op waar ze met de straathandelaar vandaan was gekomen, naar wie ze nu hevig terugverlangde.

'Hé, stop! Zo gemakkelijk kom je niet van me af! Jullie willen een spelletje spelen, kom dan hier, dan spelen we een spelletje!' schreeuwde hij weer en ze kon niet inschatten of hij een halve of vijftig meter van haar vandaan was. Ze rende zo hard ze kon. Ze rende voor haar leven, nee, voor Noera's leven. Ze rende omdat zij nog een paar levens in petto had en Noera niet meer kon rennen. Ze rende door uitgestorven steegjes, door het bleke rood van de wijk, langs gebedshuizen, opvliegende zwermen duiven, de verblindende kleuren van de textielververs, opgehangen wasgoed en vervallen mozaïekpoorten. Plotseling waren er mensen en stalletjes met talloze leren muilen, tapijten en aarden potten, ze rende en keek niet om, want ze was bang om bij zijn aanblik te verstijven. Ja, ze wist zeker dat in het gezicht van die man alles gegrift stond waarvoor Noera haar ogen had gesloten. Achtervolgden ze haar eigenlijk nog? Was hij soms bij de auto blijven staan en had hij iemand achter haar aan gestuurd?

Ze was buiten adem en ging op het hete asfalt van de stoep zitten. Ze kon niet meer. Toen keek ze om zich heen. Maar van achtervolgers was geen spoor te bekennen.

Zodra ze op adem was gekomen, steeg er een dierlijke woede in haar op. Waarom was ze weggerend? Waarom was ze de confrontatie met zijn lelijke smoel niet aangegaan? Hij zou toch voor háár op zijn hoede moeten zijn? Wat had hij kunnen doen? Zou hij haar hebben meegenomen, haar hebben uitgehoord, haar als pressiemiddel tegen de generaal hebben gebruikt? Nee, dat was niet realistisch. De wetteloze jaren negentig behoorden tenslotte tot het verleden, bovendien bevonden ze zich niet op de puinhopen van de Sovjet-Unie. Maar zulke mensen maakten hun eigen wetten. Het was naïef om te denken dat Petroesjov hier niet zover had kunnen gaan.

Ze kocht een flesje water. Er maakte zich een ongelofelijke loomheid van haar meester. Ze kon zich nauwelijks bewegen, alles deed pijn. Haar knieën knikten. Ze sleepte zich naar een bushalte en reed naar de oude binnenstad. Ze mocht nog niet terug naar het hotel, ze mocht Onno niet in gevaar brengen, want als Petroesjov toch nog achter haar aan zat, mocht haar spoor niet naar Onno leiden.

In het felle blauw van de met roze strepen doortrokken avondhemel kwam ze terecht op het overvolle Djemaa el-Fnaplein met zijn open gaarkeukens en eetstalletjes, zijn vuurspuwers, slangenbezweerders, muzikanten en waarzeggers. Als een doelgericht leger mieren stroomden de mensenmassa's tussen de flakkerende lichten door.

Ze ging naast een schoenpoetser op de grond zitten en keek naar de drukte. Volkomen onverwachts, als uit het niets, kwam de gedachte aan R. in haar op. Even wou ze dat hij hier was, dat ze deze aanblik met hem kon delen. Ze vond het bijna absurd dat ze na de in een stroomversnelling geraakte gebeurtenissen van de laatste tijd juist hier aan hem moest denken. Met de snelheid van het licht had ze alles achtergelaten. Zelfs Berlijn en haar volgepakte dozen, de zorgen van haar familie, de auditie en de jacht op de grote kans – het leek allemaal even onwerkelijk. Alsof ze nooit een ander leven had geleid dan dat van Noera. Alsof ze altijd al die luchtige kleurige jurken had gedragen en donker haar had gehad, alsof ze altijd al vrolijk, uitbundig en dronken nachtenlang aan de zwier was geweest, met een man met wie ze onder normale omstandigheden niet eens vriendschap zou hebben gesloten, laat staan een liefdesnacht zou hebben doorgebracht, alsof ze altijd al had gewoond in deze kleurig fonkelende stad, die rook naar zand, couscous, specerijen en heet vet, naar ezels, zweet en verdorde verlangens.

Maar nu ze ondergedoken was in dit gewoel, kwam de gedachte weer op. Even voelde ze een brok in haar keel, en haar maag draaide zich om. Ze sloot haar ogen en herinnerde zich een aanraking in de buurt van haar schaambeen, een behoedzame, tedere aanraking, die tegelijk verwachtingen wekte, haar hongerig maakte. Onno had haar de afgelopen nacht zo aangeraakt, en een moment lang had ze zich voorgesteld dat het R. was, R. met zijn onstilbare honger naar haar lichaam. En een fractie van een seconde had ze gewild dat R. haar nooit zo had aangeraakt, zodat ze in de armen van iemand anders niet naar die aanraking had hoeven zoeken.

Terwijl ze naar de vuurspuwers, de waarzegsters en de horden op een exotische kick beluste toeristen keek en de explosieve geuren opsnoof, bedacht ze dat het zijn blik was waardoor ze verslaafd was geraakt en jaren aan zijn zijde had gewacht en gehoopt. Want in zijn blik, in de manier waarop hij naar haar keek, kon ze van zichzelf houden.

Een oude man met een wit gewaad en een lange, pluizige baard sprak haar aan, ze verstond hem niet, hij ergerde haar, ze schreeuwde tegen hem en was verbaasd over de vastberadenheid in haar stem. De man droop af. Daarna zwierf ze rond, sleepte zich langs stalletjes met luidruchtige kooplui en de meest uiteenlopende artikelen, langs afdingende toeristen en ezelskarren. Ze wachtte tot de duisternis de stad volledig had omarmd en ging toen terug naar hun riad. Ze vroeg zich af of ze zich op Onno verheugde of liever op het ongebruikte logeerbed ging slapen in de hoop dat de volgende ochtend meer helderheid en rust zou brengen.

Al vanaf de binnenplaats zag ze hem aan een tafeltje in het restaurant zitten. Hij praatte in op Onno, die er met gebogen hoofd als een bestrafte schooljongen bij zat en op alles knikte, alsof hij aan de lopende band schuld bekende. De vogelman, die haar altijd een onbehaaglijk gevoel gaf – dat beloofde niet veel goeds. Ze had te veel geriskeerd en dreigde nu buitenspel gezet te worden en op de reservebank te belanden. Ze moest zich nuttig maken, ze moest haar optreden legitimeren, het beste was om contact te zoeken met de generaal, want ze was ervan overtuigd dat ze op hem meer invloed had dan op die emotioneel gecastreerde man. Het was nu tijd om haar talent in te zetten, zich onmisbaar te maken.

Onno keek haar vanuit de verte dreigend aan. Ze liep

met een onschuldig gezicht naar het tafeltje en begroette de twee mannen overdreven hartelijk.

'Hoe heb je dat kunnen doen?' viel Onno tegen haar uit. 'Je hebt tegen me gelogen en bent me naar Petroesjov gevolgd!'

'Ik ben je niet gevolgd, ik heb alleen het adres uit je mail overgeschreven.'

'Hoe stom kun je zijn?! En wat was je daar van plan?' schreeuwde Onno en het verbaasde haar dat hij zo'n keel kon opzetten.

'Niet zo hard, we zijn hier niet op de bazaar!' zei Sjapiro. Onno verstomde. Ze vroeg zich af wat er van haar acties was ontdekt. Wie had haar bij Petroesjov gezien? Wisten ze ook van haar reis naar Moskou?

'Het spijt me, ik wist niet dat ik daarmee iemand...'

Ze speelde het naïeve, onschuldige bloemenjurkmeisje.

'U zou hier niet eens mogen zijn,' zei de vogelman.

'Ik dacht dat de onkostenvergoeding...'

'... die was niet bedoeld om hier op te duiken en de...' hij zocht naar het goede woord, '... en Aleksandrs plannen in de war te sturen. Wat hoopte u met die kinderachtige actie van vanmiddag te bereiken? Dit is geen spel, dit is een verdomd serieuze zaak, en ik sta niet toe dat Aleksandrs voornemen in dit stadium in gevaar wordt gebracht. Hebben wij elkaar begrepen?'

Zijn toon bleef beheerst, maar hij klonk nog killer dan anders.

'Ik wist echt niets van haar, echt...' begon Onno.

'Hij wenst jullie trouwens te spreken, hij wil jullie zien, nu meteen,' voegde Sjapiro er quasi terloops aan toe, waarna hij zijn glas water leegdronk.

'Is hij in de stad?' informeerde Onno. Je kon zien dat hij schrok.

'Is hij hier?' vroeg ook Kat. Ze was opgelucht, het vooruitzicht op een weerzien met hem vergrootte de kans om niet buitenspel gezet te worden.

'Ja, ik breng jullie naar hem toe. Maak je gereed,' zei hij en daarna, met een blik op Kat: 'We hebben lang genoeg op u moeten wachten.'

Hij was duidelijk geërgerd en probeerde die ergernis te onderdrukken, wat zijn toon scherp en vijandig maakte. Ze stonden tegelijk op en volgden hem als kleine timide kinderen naar een wachtende auto. Sjapiro ging voorin op de passagiersplaats zitten, zij namen plaats op de achterbank. Sjapiro gaf de chauffeur alleen een exotisch klinkende naam op en zei verder niets meer.

De rit naar Palmeraie verliep zwijgend. Ze kwamen bij een leemstenen villa, die midden in een park lag en volkomen van de rest van de plaats afgezonderd leek. Een olijfboomgaard en een zee van sinaasappelbomen omgaven het gebouw. Je hoorde krekels sjirpen en in het huis klonk muziek. Onno leek met de minuut nerveuzer te worden en bij het horen van de klanken kromp hij lichtelijk in elkaar en veegde het zweet van zijn voorhoofd.

'Het spijt me, maar ik brei het wel weer recht, maak je geen zorgen,' fluisterde ze hem bij het uitstappen in het oor.

'Als de zaak door jou wordt afgeblazen, vermoord ik je, ik zweer het!'

Van een eenzame Viking was hij plotseling veranderd in een woedende bokser, die haar bij het binnengaan een duw met zijn schouder gaf. Ze moest iets verzinnen, ze zou zich er niet als een nutteloos geworden voorwerp uit laten gooien.

Ze werden in een grote kamer gebracht met een gigantisch koperrood wandkleed en een vleugel. Uit de boxen klonk een aria uit *Lucia di Lammermoor*, de 'waanzinaria', zoals R. die altijd had genoemd. Hoe vaak had hij haar niet de verschillende uitvoeringen van die opera laten beluisteren en haar gewezen op de nuances van de uiteenlopende interpretaties van de waanzin. Onno had duidelijk moeite met de muziek, hij maakte zich klein, dook in elkaar en wendde zijn gezicht af, keek door de reusachtige glazen deuren naar de dichtgegroeide tuin. Op de lege muur tegenover het wandkleed was een beamer gericht, er was een geprojecteerd beeld te zien dat juist stil was gezet. Het was Sjoejev, die met samengeknepen ogen op een stoel voor een laptop zat te roken. Zowel Kat als Onno staarde naar de muur, allebei in de war gebracht door het beeld dat daar werd getoond.

'Wat is dat?' vroeg Onno, die Sjoejev had herkend.

'Dat is toch...'

Plotseling begreep ze het. Natuurlijk, het was duidelijk, hij had ze laten bespioneren! Ze waren gefilmd terwijl ze de video bekeken.

'Hij is de video aan het bekijken.'

'Jouw video?'

'Ja.'

'Maar waarom?'

Voor ze hem antwoord kon geven, kwam Sjapiro binnen, gevolgd door de generaal. De generaal leek magerder dan in haar herinnering en had kennelijk moeite om zijn ogen open te houden. Hij begroette hen met een knikje en liet zich op de donkergroene divan vallen. Zij namen plaats op de gereedstaande krukjes.

'Ik zou u graag iets uitleggen,' begon Kat, nadat er een onaangename stilte was gevallen.

'Er valt niets uit te leggen. Ik wil u bedanken voor uw hulp en wens u het beste. Morgen vliegt u met Sjapiro terug naar Berlijn. U allebei. En de betaling kunnen we meteen regelen.'

'U hebt hen laten filmen terwijl ze de video bekeken,' zei Kat, het was meer een constatering dan een vraag. Net als bij hun eerste ontmoeting keek hij haar niet recht aan. Ze moest hem zover zien te krijgen dat hij dat wel deed.

'Ja, inderdaad,' zei hij kortaf.

'En? Zijn de reacties zoals gehoopt?'

'Gehoopt? Hoe bedoelt u, gehoopt?'

Hij leek verrast door de wending die het gesprek nam. Zijn stem klonk vreemd ver weg, alsof hij vanuit een andere kamer tegen hen praatte. De aria was tot Onno's opluchting afgelopen. Het gezang was verstomd. Aan zijn lichaamstaal was te zien dat hij zich geen raad wist, hij wilde dat ze haar mond hield, hij was bang dat elk woord van haar de situatie alleen maar erger maakte. Maar zij moest de generaal uit zijn tent lokken, ze moest hem met haar, met Noera's uiterlijk zien te strikken, zodat hij haar niet meer kon ontwijken.

'Ze hebben dus alle drie gevloekt, getierd, de video uitgezet, zoiets?'

Onno schraapte zijn keel, dat was voor haar bedoeld, maar ze negeerde het compleet.

'En dat was volgens u de reactie waarop ik had gehoopt?'

'De auto staat klaar, ik kan hen weer...' mengde Sjapiro zich vanuit de achtergrond in het gesprek, kennelijk ook bezorgd over het verdere verloop ervan.

'Ja, dat neem ik aan. U wilde hun reactie met eigen ogen zien.'

'En als dat zo was, wat denkt u dan dat ze hebben gedaan? U hebt ze alle drie intussen zelf leren kennen.'

Van het ene op het andere moment leek hij van zijn verre planeet weer naar de aarde te zijn gekatapulteerd.

'Ik neem aan dat Sjoejev heeft getierd, gevloekt, misschien heeft hij de film voortijdig stopgezet. Joeritsj heeft vermoedelijk tranen met tuiten gehuild en de USB-stick uiteindelijk vernietigd uit angst dat zijn vrouw hem zou ontdekken. Petroesjov... nee, die heeft hem vast niet uitgekeken. Misschien heeft hij ook helemaal niet gekeken. Ik weet het niet.'

'Niet gek, helemaal niet gek,' riep de generaal en hij sprong enthousiast op, alsof ze bij een weddenschap op de goede uitslag had gegokt. Daarna verzocht hij Sjapiro iemand met drankjes te sturen. Onno keek onzeker van de een naar de ander.

Sjapiro, die allesbehalve enthousiast was, gehoorzaamde pas bij het tweede verzoek en liep met haastige passen de kamer uit.

'En gaat u me nu ook vertellen waarom ik op zulke reacties had gehoopt?'

Nu moest hij haar wel aankijken, hij keek haar recht in het gezicht en zij, getraind in Noera's lichaamstaal, stelde alles in het werk om te zorgen dat hij zijn blik niet meer van haar kon afwenden, ze keek hem open en recht in de ogen. Hij moest eerst aan haar wennen, zijn blik dwaalde af, probeerde haar te ontwijken, maar ze gaf hem geen kans, ze stond op, deed een stap in zijn richting en begon toen door de kamer te lopen, met haar gezicht steeds op hem gericht.

'U wilde uw gelijk bevestigd zien.'

'Gelijk? Waarin?'

Er was iets in hun gesprek wat hem leek te fascineren. Misschien het feit dat ze hem doorzag – iemand die niet alleen het begin, maar ook het slot van zijn geschiedenis markeerde en die daarmee op slag een eind maakte aan de eenzame aanpak van zijn plan –, of misschien het feit dat ze zich op zijn niveau durfde te begeven door te beweren dat ze zijn bedoelingen kende.

'Nou, u wilt die mannen aan het eind van de maand op één plek bijeenroepen. Maar u weet dat ze geen van drieën vrijwillig zullen komen. Dat wist u van het begin af aan. Maar iets in u hoopte dat u ongelijk had, dat u zich vergiste. Iets in u wil geloven dat die drie in de tussentijd zijn veranderd en dat het zien van mijn gezicht, dus van "haar" gezicht, iets met hen zal doen. Dat ze... ik weet niet hoe ik het moet zeggen: dat het hen misschien niet helemaal koud laat. Misschien niet direct berouw, dat is wellicht te veel gevraagd, zo erg veranderen mensen nu eenmaal niet, maar op z'n minst... Ja, dat hoopte u... Iets in u hoopte dat. U wilde zeker weten dat u het bij het rechte eind hebt als u doet wat u van plan bent te doen.'

'Dat klinkt allemaal erg... nou ja, dramatisch. Maar ik luister graag naar u, vertel verder.'

Ze was nu dicht bij hem gekomen, gevaarlijk dichtbij, misschien te dichtbij. Ze bleef voor hem staan en dwong hem haar aan te kijken.

'Ik weet niet wat u gaat doen, maar nu mág u het doen. Omdat die drie helemaal niet veranderd zijn, geen snars. Omdat ze allemaal nog steeds geloven dat ze gedaan hebben wat er op dat moment gedaan moest worden, en ze zich nog altijd volkomen onschuldig voelen. En nu gaat u ze niet meer vrágen naar dat hotel ergens in de Tsjetsjeense bergen te komen. Nu gaat u ze een zetje geven.'

'Een zetje geven. Wat een woordkeus! Heerlijk! En wilt u me dan ook meteen verklappen hoe ik ze een zetje ga geven, om bij die fraaie formulering van u te blijven?'

Onno zat als versteend op zijn krukje en durfde zich niet te verroeren, hij bewoog alleen zijn hoofd heen en weer, alsof hij naar een pingpongwedstrijd keek.

Er kwam een jongeman binnen met een serveerboy met verschillende alcoholische dranken. Even keken ze allemaal in zijn richting, alsof ze dankbaar waren voor de afleiding. Hij schonk de generaal een glas whisky in. Kat bedankte, ze moest helder blijven. Onno vroeg om een gin-tonic, hij had iets sterks nodig om dit allemaal te doorstaan.

'Ik neem aan dat u iets tegen ze in handen hebt.'

'Wat zou ik gedaan hebben als ik ongelijk had en de video niet de door mij verwachte reacties had opgeroepen?'

'Ik denk dat u dat zelf niet wist. U hebt het erop aan laten komen, maar zo is het dus niet gelopen. Misschien was u er wel mee gestopt of...'

'Gestopt dus. Gestopt,' herhaalde hij, alsof hij de betekenis van het woord wilde proeven. 'En nu het niet zo is gelopen, op welke manier denkt u nu dat ik de heren naar de afgesproken plek laat brengen?'

Laat brengen: die twee woorden benadrukte hij opvallend vergenoegd. Ze moest op haar hoede zijn, ze kon zich geen fouten veroorloven, er hing te veel van af. Maar ze twijfelde geen moment dat Noera op de laatste dag van het jaar bij het feest in de bergen van haar vaderland aanwezig zou zijn.

'U wilt dat ik het raad?'

'Nou ja, u schijnt een uitstekend overzicht te hebben.'

In de hoek hoorden ze Sjapiro snuiven. Kennelijk zinde de gang van zaken hem allerminst. Maar Kat had de generaal uit zijn tent gelokt. Hij leek echt plezier in het spel te krijgen. Ze ging ervan uit dat zulke plannen eenzaam maakten. Ze veroordeelden je tot zwijgen, tot volhouden, tot doorzetten, en nu leek hij in haar een gelijkwaardige medespeelster te hebben gevonden en moest ze meedoen.

'Ik heb het sterke vermoeden dat u van meet af aan bepaalde pressiemiddelen tegen deze mannen in handen had.'

Onno keek haar met open mond aan. Had hij haar onderschat, of dacht hij dat ze volkomen geschift was? Ze probeerde hem te negeren, evenals Sjapiro. Alleen zij en de generaal waren in dit vertrek, waar de spanning om te snijden was. De generaal nipte van zijn whisky en keek haar strak aan. Goed zo, hij was uit zijn neutrale veilige schuilplaats gelokt, hij hapte toe. Nu moest ze haar aas doelgericht uitgooien.

'Pressiemiddelen. Zo zo! Wat voor pressiemiddelen?'

'Als ik met een hoge inzet moet komen, wil ik wel weten waar we om spelen.'

Dit was het moment om de eerste vage eis te stellen. Ze mocht nog niet te direct worden. Hij moest nog steeds het gevoel hebben dat hij de spelregels bepaalde.

'Ik wist niet dat we tegen elkaar speelden.'

Hij barstte in lachen uit. Dat lachen kwam onverwachts en was vrij heftig. Ze had hem niet eerder horen lachen. Het kwam uit zijn borst, rauw, vuil, bijna innemend joviaal.

'Ze bedoelt het niet zo...' probeerde Onno ertussen te komen, in de veronderstelling dat Kats vrijpostigheid hen beiden buitenspel zou zetten.

'Sst,' zei de generaal alleen maar, zonder zijn blik van Kat af te wenden.

'Nou, we spelen toch, of zit ik er helemaal naast?'

Ja, ze moest uitspreken wat ze allebei allang wisten.

'Goed, als u wilt, dan noemen we ons gesprek een spel.'

'Ja, en bij een echt spel moet het toch altijd ergens om gaan? Dan krijgt een spel pas zin.'

'En hoe hoger de inzet, hoe beter. Kunt u kaarten?'

'Ik heb vroeger gekaart. Maar dat is al een tijdje geleden.'

'Ik kaartte vaak met mijn dochter. Het was een echt spelletjeskind.'

Was het de eerste keer dat hij in het bijzijn van haar en vooral van Onno over zijn dochter praatte? Was dat een goed of een slecht teken? Of had hij er een heel andere bedoeling mee? Was het een waarschuwing?

'Ja, er is niets ergers dan mensen die niet van harte spelen,' zei ze en ze gooide er snel haar vraag achteraan:

'Dus waar spelen we om?'

'Ik geloof dat u nu toch echt te ver gaat...' hoorde ze Sjapiro zeggen.

'Hou je mond, Sjapiro,' kwam de generaal ertussen, en ze zag hem fijntjes lachen.

'Waar wilt u om spelen?'

'We willen erbij zijn. We willen mee naar de bergen,' zei ze snel.

Onno dronk in één teug zijn glas leeg. Een paar tellen heerste er een onaangename stilte. De generaal was opgestaan en keek door de glazen deuren naar de in duisternis gehulde tuin.

'Welke pressiemiddelen denkt u dat ik tegen de mannen in handen heb?'

Hij had haar geen antwoord gegeven, maar omdat hij een nieuwe vraag stelde, kon ze ervan uitgaan dat hij haar eis accepteerde.

'Laten we beginnen met Sjoejev. Die woont in een heel comfortabele wijk in Moskou.'

'Je bent me gevolgd... verdomme, Kat!' Onno sloeg met zijn hand op zijn knie en schudde zijn hoofd.

'Maar ik heb niet de indruk dat er iemand voor hem zorgt. Hij kan vast geld gebruiken. Maar hij is te oud, zelf zou hij niet veel met geld weten te beginnen, bovendien is er meer nodig, geld alleen zou niet genoeg zijn, tenzij hij niet zelf degene is die geld nodig heeft... Voor zover ik weet heeft hij kinderen, maar die schijnen niet vaak bij hem te komen.'

De generaal draaide zich om, zijn gezicht stond verbaasd. Ze was op de goede weg. Eén-nul. Ze had er nog niet over nagedacht welke pressiemiddelen het precies konden zijn, maar nu, hardop denkend, leken veel dingen vrij logisch. De verbanden waren er, je moest alleen het hele plaatje zien.

'Ik luister...'

Hij gunde haar geen adempauze. Ze vroeg of ze een sigaret mocht roken.

'Nee!' klonk het uit de hoek.

'Natuurlijk, rookt u maar. Rookt u gerust...'

Hij wierp een strenge blik in de richting van Sjapiro.

Ze moest zich concentreren. De afgelopen nacht speelde haar nog parten, ze moest niet de weg kwijtraken. De sigaret hielp haar tijd te winnen. De kinderen dus. Als ze zich goed herinnerde, had hij er twee. In elk geval een zoon. Dat wist ze nog.

'Nou ja, of hij heeft het bij zijn kinderen flink versjteerd, excusez le mot, of ze hebben het niet breed en kunnen hun vader niet helpen...'

'In het eerste geval zou hij niet veel aan geld hebben.'

Hielp hij haar nu of probeerde hij haar op het verkeerde been te zetten?

'Misschien toch wel, daarmee zou hij hen weer voor zich kunnen winnen.'

'Ja, maar ze zouden vragen stellen...'

Ongelofelijk, hij wilde dat ze het raadde, hij zette haar zelfs op het goede spoor! '... en hij wil die vragen vast niet beantwoorden.'

'Dan hebben we het! Zijn kinderen hebben financiële zorgen. Uiteindelijk draait het toch altijd om geld...'

'Ja, is dat zo?'

'Ja, de kinderen hebben geld nodig.'

'Ze hebben geld nodig. Aha!'

De manier waarop hij 'nodig' zei, opende haar de ogen. Nee, ze hadden het niet alleen nodig, ze zaten diep in de shit.

'Ze hebben... de een, nee, allebei hebben ze schulden!'

Hij lachte. Weer lachte hij, en hij wreef in zijn handen. Ze nam een trek van haar sigaret. Ze voelde zich opeens een kop groter. Ze moest op hem voor blijven, profiteren van het plezier dat hij erin had en zo snel mogelijk bedenken wat het bij Joeritsj kon zijn. Geld, ja, ook hij leek geld nodig te hebben – zijn omgeving en hij hadden er niet bepaald welvarend uitgezien, maar waarvoor had hij geld nodig? Iedereen had tenslotte geld nodig. Hij had met haar gepraat, wat had hij verteld? Haar hersenen werkten koortsachtig, haar slapen stonden op barsten, ze nam een laatste trek en inhaleerde diep. Wat had hij verteld dat ze kon gebruiken? In haar hoofd doken losse zinnen op: 'Wat is dat voor raar idee...? U kunt toch niet samenwerken met de man die uw zus... Ik kan niet komen... Ik moet werken... Het is Nieuwjaar, weet u, en de kinderen...'

Wat had hij nog meer gezegd? Ze moest in haar geheugen graven als in een schatkist die ze al jaren niet meer had geopend, en zich precies herinneren wat erin zat. 'Het is een erg moeilijke tijd voor mijn gezin en mij...' Ja, dat was een aanknopingspunt. Maar waarom was het ook weer een moeilijke tijd? Bingo! Ze had het: 'Ze willen deze woonblokken slopen en wij vechten...' Woonblokken! Natuurlijk, het lag voor de hand: híj was degene die ze liet slopen! Natuurlijk! Ze voelde plankenkoorts opkomen alsof ze op het punt stond het podium op te gaan.

'Eén-nul voor u. Sjoejevs zoon zit diep in de schulden. Zo diep dat hij zich voor zijn schuldeisers moet verstoppen. Een gokker trouwens,' zei hij en hij schonk zich nog een whisky in. 'Vanwege zijn gokverslaving heeft hij al twee keer op de intensive care gelegen, maar hij schijnt nogal hardleers te zijn,' voegde hij er glimlachend aan toe, waarna hij zich weer op de divan liet vallen.

'Wat hebt u me bij Joeritsj te bieden?'

Onno mixte een nieuwe gin-tonic. Toen hij naar de serveerboy sloop, zag ze dat hij drijfnat was van het zweet en dat zijn kleren aan zijn lijf plakten alsof hij voor het douchen vergeten was zich uit te kleden.

'Dat bent u zelf, of niet? Ik bedoel, u bent toch de man die die woonblokken laat slopen?'

'Je hebt met hem gepraat?!' riep Onno uit, maar niemand bekommerde zich om hem. Ze draaiden om elkaar heen als roofdieren om hun prooi, alleen was nog niet helemaal duidelijk wie van de twee het roofdier was en wie de prooi.

'Daar sta ik ook van te kijken.'

'Het was eerder een monoloog.'

Ze moest iets zeggen, maar niet te veel prijsgeven. Ze mocht zich nog niet in de kaart laten kijken.

'U gaat hem en zijn gezin op straat zetten als hij niet meewerkt. Ik zei het toch, het draait altijd om geld.'

'En bij u? Draait het bij u ook om geld?'

'Nou ja, natuurlijk, in zekere zin wel.'

Hij schraapte zijn keel alsof hij wilde zeggen dat hij dat antwoord niet echt geloofde. Intussen geloofde ze er zelf niet meer in. Maar het was het gemakkelijkst om eraan vast te houden. Het was simpel. Het was stellig en duidelijk. Al het andere wat haar dwong steeds dieper in dit verhaal te duiken, viel niet in een hokje te plaatsen of te verklaren.

'Zit ik goed?' vroeg ze door.

'Waarmee? Met mijn pressiemiddelen?'

'Ja.'

'Bij u moet er nog iets anders bij zijn gekomen, met tweeënveertigduizend euro thuiskomen schijnt niet uw enige motief te zijn,' zei hij peinzend en hij strekte zijn rug.

'Blijft nog over Petroesjov.'

Ze mocht het niet opgeven, het spel niet laten verslappen. Ze moest de spanning er tot de laatste minuut in houden, zoals ze dat op de opleiding had geleerd en op het toneel al talloze malen had toegepast.

'Ja, blijft nog over Petroesjov.'

'Geld heeft hij zelf. Misschien niet zoveel, maar genoeg om goed te kunnen leven, en hij schijnt een enorme hekel aan u te hebben.'

'En wat brengt u op dat idee? Met hem hebt u tenslotte niet kunnen babbelen, neem ik aan.'

'Omdat u hier bent.'

'En?'

'In Moskou bent u niet geweest. Althans niet officieel.'

'Officieel! Dat is amusant. Werkelijk amusant.'

Hij klonk geïrriteerd, hij leek zich betrapt te voelen, ze moest gas terugnemen. Hij moest de controle of in elk geval de illusie van controle houden.

'En het feit dat ik hier ben, is voor u een teken dat Petroesjov mij niet kan uitstaan? Die redenering lijkt me op z'n zachtst gezegd nogal merkwaardig.'

Ze moest doen alsof ze onzeker was geworden. Hij voelde zich doorzien en daar konden mannen zoals hij niet tegen.

'Nou ja, hij moet voor u een hoge prioriteit hebben. Bij de anderen is het voor u niet zo moeilijk om druk uit te oefenen. Die twee had u van het begin af aan in de hand, in zijn geval... in zijn geval wilt u er persoonlijk op toezien dat alles goed gaat.'

Dat was al beter, zijn lichaam ontspande, ze moest hem het gevoel blijven geven dat hij de touwtjes van het spel in handen had en het verloop ervan bepaalde.

'Goed, Petroesjov dus... Waar waren we gebleven?'

Ze moest hem opnieuw voor zich winnen. Hem verrassen en hem tegelijk het gevoel geven dat hij haar steeds een stap voor was.

'Daar zit ik nog over na te denken. Ik heb te weinig achtergrondinformatie. In elk geval is het een uiterst agressieve man, dat kan ik wel zeggen. En mensen zoals hij hebben niet graag dat je ze ergens toe dwingt. Maar misschien, misschien werkt intimidatie bij hem als pressiemiddel.'

'Ik dacht dat het altijd om geld ging?'

Hij waande zich weer de winnaar. Hij glimlachte zelfgenoegzaam en nipte van zijn glas.

'Ja, ergens zal het wel op geld uitdraaien, maar in welke vorm, dat weet ik nog niet. Misschien is hij bang voor een scheiding?'

'Scheiding? Hoezo scheiding?'

Hij spitste zijn oren en boog licht naar voren. Die reactie was niet gespeeld. Wist hij het soms niet? Had hij Petroesjovs achilleshiel nog niet ontdekt, was hij daarom hier? Als ze daarmee goed zat, had ze gewonnen. Maar ze mocht hem niet het gevoel geven dat zij iets wist wat hij niet wist.

'Nou ja, Ljonja, zijn jonge vriend, is elk geval niet zijn echtgenote.'

'Ljonja?' Hij wierp een blik op Sjapiro, die achter hem zat.

'Ja, zo'n jonge knaap die hij op sleeptouw had,' deed Onno opeens een duit in het zakje, ook hij begon langzaam te begrijpen dat zij tweeën beslissende informatie hadden die de generaal miste.

'Ja, Ljonja, nou...'

Petroesjov moest onvoorzichtig geweest zijn, even de controle hebben laten verslappen, en achteraf bleek het hun geluk te zijn dat dat juist gebeurde op de dag dat zij hem hadden opgezocht.

Ze wist zeker dat Sjapiro hem allang in het vizier had. Maar Petroesjov was geen Joeritsj, hij wist hoe je je sporen moest uitwissen. Hij zou zich niet zo gauw laten bespioneren en in zijn vuile was laten snuffelen als de andere twee. Hij had zijn seksuele geaardheid en zijn affaire kennelijk goed verborgen gehouden, maar toen had het autoraampje even opengestaan en was Kat zo slim geweest om een blik naar binnen te werpen.

'Natuurlijk is Ljonja niet zijn vrouw. Zijn vrouw is Lena Kaloegina, de dochter van Misja Kaloegin,' mompelde de generaal en ze wist zeker dat die woorden als een verwijt aan het adres van Sjapiro waren bedoeld.

'Misja Kaloegin, dé Misja Kaloegin?' vroeg Onno, die zich niet langer kon beheersen, zijn stem sloeg bijna over van spanning en opwinding.

'Wie is dat?'

Onno's opwinding speelde haar in de kaart. Ze kon zich onschuldiger voordoen dan ze in werkelijkheid was, vooral omdat ze echt niet precies wist om wie het hier ging.

'Ken je die niet? Dat is een van de kopstukken van de GASKOM.' Hij keek Kat ongelovig aan.

'Nee, het spijt me.'

'Verdomd, daar komt de poen dus vandaan,' zei Onno peinzend, waarmee hij haar de ontbrekende bouwsteen leverde.

'Pijnlijk voor hem. Dat maakt het simpel! Ik durf mijn kop erom te verwedden dat zijn vrouw niets van zijn lieve Ljonja weet en dat hij alles zal doen om dat zo te houden. Hij heeft vast geen zin om vanuit de warme zon terug te moeten naar het grauwe, kouwe vaderland zonder vooruitzicht op een schikking. En dat is natuurlijk wat er gebeurt als Lena lucht krijgt van zijn blonde liefje. Bovendien wordt de liefde voor hetzelfde geslacht in Rusland niet echt gewaardeerd. Maar... schitterend!'

Ze stak een nieuwe sigaret op en begon weer door de kamer te ijsberen. 'Dan zijn we er toch! U hebt alleen een paar bewijzen nodig, liefst foto- of videomateriaal om zijn vrijage aan te tonen, dan zal hij wel op de uitnodiging ingaan!' riep ze, alsof het om een succesvol opgeloste zaak ging. Ze waagde het zelfs naar Sjapiro te kijken en tegen hem te glimlachen.

De generaal leek opeens in gedachten verzonken, hij staarde in zijn glas en volgde haar niet meer met zijn blik. Ze had gewonnen! Glansrijk gewonnen! Want ze had, nee, Noera had het ontbrekende antwoord geleverd waarmee hij nu ook Petroesjov kon breken, hem zover kon krijgen dat hij deed wat hij wilde.

Toen ze weer om zich heen keek, stond Sjapiro niet meer in de deuropening. De spanning vloeide uit haar weg. Ze liep naar de serveerboy en schonk zonder iets te vragen een bodempje van de wodka in die ze daar vond. Ze had iets te vieren. Nu kon het.

'We doen dus weer mee?' vroeg ze na een nieuwe pauze.

'Willen jullie me even excuseren?'

De generaal stond op en liep de kamer uit, zijn glas liet hij op de divan staan.

'Ben je nou helemaal gek geworden? Besef je wel wat je allemaal had kunnen verknallen?' siste Onno, zodra hij zeker wist dat ze alleen waren.

'Maar ik heb niets verknald,' zei ze lachend, terwijl ze hem een vriendelijk tikje op zijn schouder gaf. 'Doe niet zo schijterig.'

'Je bent te ver gegaan en je hebt tegen me gelogen. Ik dacht dat we een team waren.'

'Dat zijn we ook. Oké, het spijt me als ik een tikkeltje lichtzinnig te werk ben gegaan, maar je had me nooit meegenomen en ik wilde, ik moest per se... Ik heb het weer goedgemaakt. Toch? Kom, wees niet meer boos op me.'

Ze verdrong de gedachte dat ze de afgelopen nacht het bed met hem had gedeeld. Daar wilde ze niet aan denken, ze maakte zichzelf wijs dat het een Noera-nacht was geweest, een nacht voor Noera, en dat de onschuldige, neutrale vriendschap tussen Onno en haar snel zou terugkeren.

'Je bent echt te ver gegaan. Ik weet niet wat hij zal doen. Maar als we eruit liggen, als we door jouw schuld buitenspel staan, dan vermoord ik je, Kat!'

De verachting spatte van zijn gezicht, de zachte gemoedelijkheid die hij anders uitstraalde, leek in één klap verdwenen. Hij wilde nog iets zeggen, misschien nog meer dreigementen uiten, maar de generaal verscheen weer in de deuropening.

'Willen jullie me verontschuldigen. Sjapiro brengt jullie zo terug naar het hotel.'

Weer keek hij haar niet aan. In plaats daarvan bleef hij met zijn rug naar haar toe staan.

'We mogen dus mee naar Tsjetsjenië?'

Deze keer stelde ze de vraag zachter, aarzelender. Hij leek uitgeput, alsof hun gesprek hem van zijn laatste krachten had beroofd.

'U hebt het zelf gewild.'

Dat antwoord wekte haar achterdocht, maar daar zou ze later over nadenken, het enige waar het nu op aankwam was dat ze de ontknoping van het verhaal zouden meemaken.

VIER

IN DE SNEEUW

2016 | DE KRAAI

De bergpassen waren nog begaanbaar, hoorden we al in het vliegtuig, we konden dus de auto's nemen volgens Sjapiro.

Tijdens de vlucht hadden we nauwelijks gepraat. Kat en ik hadden nog nooit in een privéjet gezeten. We waren allebei in gedachten en duistere vermoedens verzonken.

De generaal had zich teruggetrokken in een soort kantoor achter in het vliegtuig en ook Sjapiro liet zich pas vlak voor de landing zien. We kregen drankjes en staarden naar de wolken.

Ik was nog steeds woedend op Kat en toch kon ik niet anders dan respect voor haar voelen. Ze had een indrukwekkende vasthoudendheid getoond; uiteindelijk was het haar verdienste dat we toch mee mochten. Ik had haar onderschat, maar ook dat inzicht maakte me hier in het vliegtuig boven de wolken bang. We vlogen het ongewisse tegemoet en zij bleef een onberekenbare factor. Ik bespeurde een vage woede op mezelf omdat ik me had laten leiden door mijn sympathie voor haar en me niet beter in haar motieven had verdiept, er van tevoren niet meer rekening mee had gehouden.

Nadat ze met haar verbale pingpongwedstrijd onze tickets in de wacht had gesleept, was ik eerst teruggevlogen naar Berlijn. Zij bleef in Marrakesh, nam een goedkope kamer in een Frans hostel en bleef me vrolijke, opbeurende berichtjes sturen, alsof er niets was gebeurd. Daarna trok ze de woestijn in. Toen ik vroeg wat ze daar te zoeken had, schreef ze: 'We wilden altijd al een keer de woestijn zien.' Ik bespaarde me de moeite om te vragen wie ze met 'we' bedoelde. Ik had genoeg aan mijn eigen zorgen.

Twee dagen voor ons vertrek naar Tsjetsjenië keerde ook zij terug naar Berlijn.

Ik bewaarde afstand tot haar. Onze gezamenlijke nacht stond de vroegere ongedwongenheid tussen ons in de weg.

Ze speelde haar eigen spel, ook al had ik geen idee wat ze ervan verwachtte, wat ze ermee hoopte te bereiken. Ze had het geld moeten aannemen en haar leven weer moeten oppakken, maar dat leven leek geen duidelijkheid en ook geen veiligheid te bieden, alsof er niemand op haar wachtte, alsof er niets was wat haar terugriep. Misschien was ze voor iets of iemand op de vlucht. Ik wist het niet en had geen zin om er nog langer naar te gissen. De min of meer directe vragen die ik haar per sms stelde, ging ze handig uit de weg. Maar ik moest me nu op de hoofdzaken concentreren: Kat had me van het begin af aan verweten dat ik de zaak te licht opnam, dat het naïef was om te denken dat de generaal me zijn verhaal zomaar cadeau zou doen. Maar de vraag naar de prijs die hij van me zou verlangen, leverde niets op, want ik vond geen antwoorden en hij zou ze tot op het laatste moment niet geven.

Natuurlijk zou ik een prijs moeten betalen, maar het was me ook duidelijk dat geen prijs me te hoog was, dat ik bereid was te betalen. Nu we dicht bij het uitgangspunt van ons verhaal kwamen, vroeg ik me toch af of dat wel klopte: was ik echt bereid om te betalen?

Het vliegveld was somber en kaal. Het riep herinneringen op aan de Sovjettijd, alsof er een stukje verleden was geconserveerd: dezelfde uniformen, dezelfde gelaatsuitdrukking, dezelfde toon. Ik hield me op de achtergrond en volgde Sjapiro's instructies op. Ze hadden onze paspoorten ingenomen, we moesten in het vliegtuig blijven zitten tot ze na een halfuur door een norse Russische ambtenaar werden teruggegeven.

Toen mochten we het toestel pas verlaten. Er sloeg ons een ijzige kou in het gezicht. Kat zette haar capuchon op en ook ik moest onmiddellijk mijn muts over mijn oren trekken. Op een groot spandoek boven het ontvangstgebouw stond een leus van de zoon van de president: MIJN WAPEN IS DE WAARHEID EN ELK LEGER STAAT DAAR MACHTELOOS TEGENOVER. Ik slikte de woorden door en negeerde de walgelijke smaak die ze in mijn mond achterlieten.

Rond het middaguur verlieten we het vliegveld. Buiten stond een zwarte jeep voor ons klaar. Twee geüniformeerde soldaten met imposante wapens wachtten ons op. Ook Kat leek het bij hun aanblik een beetje benauwd te krijgen, maar ze zei niets, ze was de hele vlucht al stil geweest. Sjapiro kroop achter het stuur en startte de motor. Een tweede, identieke jeep volgde ons met de beide mannen in uniform.

'Voordat we onze weg vervolgen, gaan we eerst iets eten,' zei Sjapiro. We reden over een brede, uitgestorven weg naar Grozny. Kat en ik keken de hele tijd uit het raam. De zoon van de president en zijn tot het eeuwige leven veroordeelde dode vader staarden ons overal van meer dan levensgrote spandoeken en aanplakbiljetten aan. Of het nu om een jeugdsportwedstrijd ging of een universiteit, alles was naar hen genoemd. Meestal stonden er op de aanplakbiljetten vermanende, demagogische adviezen of patriottische leuzen, die zo uit het Moskou van de jaren zestig konden komen. En dan waren het weer zwaaiende kinderen of een groep vrolijke studenten, die de vader of de zoon bedankten – voor de wederopbouw en de welvaart, voor de nieuwe gebouwen, voor een glansrijke toekomst. En allemaal samen bedankten ze het Russische opperhoofd, van wie op bijna elke straathoek verouderde portretten en foto's prijkten.

De generaal zat op de pasagiersstoel en verroerde zich niet. Hij keek ook niet om zich heen. Omdat hij het allemaal al kende, of omdat hij er niets van wilde weten. Eenmaal in het centrum reden we de brede boulevard op die de naam van het Russische staatshoofd droeg. Daar waren een paar eveneens uit de tijd gevallen modezaken en verder cafés en restaurants die allemaal Amerikaans aandeden. En om het andere gebouw zag je het portret van de bij een aanslag om het leven gekomen vader van de president.

Overal stonden tot de tanden gewapende mannen, van wie je niet wist of ze iets bewaakten of gewoon alleen maar angst moesten inboezemen. Jonge vrouwen met hoofddoek, gehuld in een kleurig gewaad tot op de grond, en mannen met baard en een traditionele muts op hun hoofd slopen langs hen heen. Daartussen liepen opgedofte mooie kinderen en oudere vrouwen die het met de religieuze richtlijnen niet zo nauw leken te nemen en meestal alleen een hoofddoek om hadden zoals boerinnen die droegen. Allemaal bewogen ze zich zachtjes en gracieus, alsof ze geen onverhoedse bewegingen mochten maken, alsof ze alles wat ze zeiden op een goudschaaltje wogen. Paren hielden zich aan de voorgeschreven afstand en zelfs echtgenoten met kinderen leken elke aanraking in het openbaar te vermijden.

Ik zocht naar sporen van de twee voorbije oorlogen, maar er was niet één huis dat daar nog op wees, geen gebouw, geen gedenkplaat, geen monument herinnerde eraan, hoewel de laatste nog geen tien jaar geleden was. Twee oorlogen met talloze dode, verminkte, vermiste, vernederde, geschokte, wanhopige, verstomde, gebroken en hatende mensen. In plaats daarvan zag je nu blinkende gevels die een doodse indruk maakten, alsof alles één groot filmdecor was en het leven zich ergens anders afspeelde. Op het grootste hotel prijkte een lichtreclame met gigantische gekleurde letters, die de grote dankbaarheid van het Tsjetsjeense volk jegens de zoon van de president tot uitdrukking bracht. Erachter lag een kunstig aangelegd park met barokelementen als in Versailles, ervoor stond een angstaanjagend grote moskee. Alle borden en straatnamen waren in het Russisch. Bij sommige, bijvoorbeeld bij de Trosjevstraat, kromp ik ineen: veel straten waren genoemd naar degenen die deze stad en dit land met de grond gelijk hadden gemaakt, alsof men de achtergeblevenen wilde bespotten.

We verlieten het centrum en reden door een brede straat met aan weerskanten woonblokken, kleine kiosken, groentewinkels en straathandelaren. Uit de cafés klonk harde Russische popmuziek. Voor een school was een bijeenkomst gaande, kinderen in een witte blouse en een donkere rok of broek, met hun jas over hun schouder alsof ze snel naar buiten waren gedreven, stonden daar in het bijzijn van hun leraren met een onverschillig en verveeld gezicht iets te bejubelen. Op de achtergrond klonk een lied en weer ving ik de namen van de presidentszoon en het Russische opperhoofd op.

'Het is zo verdomd onwerkelijk...' mompelde ik in de hoop een gesprek met Kat te kunnen beginnen en de drukkende stilte te verbreken. Maar ze keek me alleen wezenloos aan, haar ogen stonden wijd open en ze leek een en al schrik en verbazing. Even had ik medelijden met haar, ik wilde haar in mijn armen nemen en troosten. Maar door de kloof die tussen ons was ontstaan zou dat volkomen misplaatst zijn.

We stopten in een smal straatje met op de hoek een garage waarvoor het een drukte van belang was. Al wat oudere mannen stonden voor een eveneens oude Mercedes in het Tsjetsjeens te praten. Op een bank zat een jonge moeder met een jurk tot op de grond en een wollen sjaal om haar hoofd, die een kleine jongen waarschuwde toen hij iets van de grond wilde oprapen. Alles leek zich in slow motion af te spelen. Ik vroeg me af wat er omging in deze mensen, die er dag in, dag uit toe waren veroordeeld hun vijanden te vereren en hun de voorgeschreven dankbaarheid te betuigen, hoe het eruitzag in het binnenste van mensen die in twee verschrikkelijke oorlogen hun kinderen, broers, zussen en ouders hadden verloren en nu moesten doen alsof die oorlogen nooit hadden plaatsgevonden. Wat deed het met de psyche van kinderen die opgroeiden met het giftige zwijgen over hun overleden dierbaren en de opgedrongen cultus rond de gehate vijand?

Er reed een politieauto langs en een man in een Russisch aandoend uniform probeerde een blik in onze auto te werpen. Om de een of andere reden hield ik mijn adem in, waarvoor ik me even later schaamde. Ging het zo vlug? Was het zo gemakkelijk om je te laten intimideren, alles op te geven waar je in geloofde, omdat je ergens was waar dat allemaal niet leek te tellen, zelfs onoorbaar of verboden was? Was dat het natuurlijke mechanisme in een staat die zijn eigen geschiedenis herschreef, waarin men leugens voor waarheid en waarheid voor leugens verkocht?

Ada was gestorven voor iets waar ze zo heilig in geloofde dat een leven zonder dat geloof haar ondenkbaar leek. Ik vroeg me af of ze het bij het rechte eind had gehad, of een leven ook zonder morele categorieën de moeite waard was en of ze niet een andere beslissing had genomen als ze tien of twintig jaar ouder was geweest. Was die onvoorwaardelijkheid niet te wijten aan de compromisloosheid van haar jeugd? Ik vroeg me af wat ze mij had nagelaten. Wat ze me met haar beslissing wilde zeggen. Ja, haar dood was tegen haar vader gericht, maar mij had ze ertoe veroordeeld die verpletterende boodschap over te brengen. Ze had me die gruwelijke rol toebedeeld door me de dag ervoor te bellen en te vragen of ik kwam, in de wetenschap dat ik degene zou zijn die haar levenloze lichaam vond en daarmee moest leven. Waarom had ze me op die manier gestraft? Waar gaf ze mij de schuld van? Van het feit dat ik alles wat ik over haar vader wist had verteld of dat juist zo lang had nagelaten? Ik had er genoeg van naar een antwoord te moeten zoeken, ik was verdronken in zelfmedelijden en psychofarmaca in de vaste overtuiging dat me niets anders restte dan de zwarte vleugels van de schuld en de totale zinloosheid.

Ze bleef de hele zomer in Venetië en we schreven elkaar zo nu en dan, maar na mijn overhaaste vlucht in die nacht dat ik hun silhouetten in het halfdonker had gezien en zij kennelijk iets onherroepelijks, iets onuitsprekelijks had gezegd, begreep ik dat ik had verloren. Ik stuurde haar hartstochtelijke mails en sms'jes, ik liet haar weten dat ik op haar wachtte, dat ze de tijd kon nemen die ze nodig had, maar er was geen redden meer aan. Ze antwoordde meestal kort en ging nooit op mijn ontboezemingen in. Ze schreef over haar schilderijen en de vorderingen bij de restauratie van haar paleis, ze vertelde over de schoonheid van de stad en prees de plaatselijke delicatessen. Alles wat ons ooit had verbonden, was vervlogen.

In die dagen keek ik er bijna reikhalzend naar uit dat ze zou zeggen dat het afgelopen was tussen ons. Ik wachtte erop, omdat het dan duidelijk was. Ik hield het wachten niet meer uit. Ik hield het niet meer uit om afhankelijk te zijn van haar genade, om mijn toekomst te laten afhangen van haar bereidheid mij te vergeven. Ik had gedaan wat ik kon, maar moest inzien dat haar mildheid schijn was.

En toen, het was eind september, haar onverwachte telefoontje. Ik was bezig met een artikel voor een vrij groot blad waar ik een vaste aanstelling hoopte te krijgen, toen ik haar in de telefoon hoorde roepen: 'Ik ben er weer. Ik wil je zo graag zien, Onno! Kom je morgen tegen de middag bij me? Ik wacht op je!'

Mijn hart ging als een gek tekeer, ik kon me de hele dag nergens anders meer op concentreren. Ik ijsbeerde door de kamer en propte me vol, ik speelde een videospelletje, ging wandelen, wilde dat de tijd omvloog.

De volgende morgen werd ik tegen achten wakker en kon niet meer slapen, ik stormde het huis uit en liep dwars door de stad. Volkomen uitgeput kwam ik aan bij haar loft, waar ik niet eens door een veiligheidsman werd opgewacht, wat ongewoon was, want volgens de afspraak tussen vader en dochter mocht ze alleen zelfstandig wonen als ze zijn waakhonden in haar buurt duldde. Ik ging met de grote goederenlift naar boven en tikte de code in. De kolossale metalen deur van haar woning sprong open en ik liep naar binnen. Ik weet nog dat de stilte die er heerste me onmiddellijk rillingen bezorgde. Die stilte paste niet bij deze plek en niet bij Ada. Ik riep haar, om de een of andere reden ging ik eerst naar de badkamer, ik riep opnieuw, weer kwam er geen antwoord. De slaapkamer durfde ik pas binnen te gaan nadat ik in alle andere vertrekken tevergeefs had gezocht, onbewust wapende ik me misschien al tegen iets verschrikkelijks, ik weet het niet meer...

En daar lag ze. Zo jong en mooi met het blonde haar waar het roze helemaal uit verdwenen was. Ze lag er haast vredig bij, alsof ze uitrustte van iets heel vermoeiends. Maar haar bleekheid verraadde haar. Ze moest al een paar uur dood zijn. Het bloed was uit haar gezicht weggetrokken. Bij nader inzien zag ze eruit als een wassen beeld, een kopie van zichzelf. Ik weet dat ik niet geschreeuwd heb. Haar dood had me van mijn stem beroofd, ik was met stomheid geslagen. Ik ging bij haar op bed zitten en raakte haar koude hand aan. Ik zocht haar pols. Ik wist dat het te laat was, toch belde ik automatisch het alarmnummer in de hoop dat ik me misschien vergiste.

Toen zag ik pas het lege pillendoosje met het Poolse opschrift, slaaptabletten die ze god mag weten waarvandaan had. Ik zat daar zonder me te verroeren en bestudeerde haar gezicht. Haar ogen waren lichtjes gesloten, alsof ze ze elk moment weer kon opslaan, haar armen lagen gestrekt langs haar bovenlichaam, haar rechterbeen was iets gebogen. Ik dacht niets meer, ik voelde niets meer. De enige zekerheid die ik op dat moment had, was dat ze mijn leven ook had meegenomen en dat wat er nu zou volgen alleen nog een armzalige imitatiepoging was. Van nu af aan was het alleen nog één groot alsof.

We stapten uit voor een klein houten gebouw. Er was geen bordje dat op een restaurant wees. De generaal liep voorop, gevolgd door Sjapiro. We kwamen in een ruim vertrek met witgedekte tafels en kunstbloemen aan de muren. In een hoek klonk een Russisch chanson, achter een tapkast stond een in het zwart geklede vrouw groente te snijden.

Het restaurant was leeg. Toen de vrouw ons zag, kneep ze haar ogen samen en verstijfde.

'Aleksandr, mijn jongen, Aleksandr!' riep ze enthousiast in onberispelijk Russisch. Toen ik dichterbij kwam, herkende ik de Slavische trekken. Aan de hoge jukbeenderen, de kristalheldere blauwe ogen, de wipneus en het rijzige postuur zag je dat ze niet van hier was. Dat 'mijn jongen' in combinatie met de generaal vond ik wel heel misplaatst, maar iets in haar hartelijkheid nam me toch voor haar in. Met gespreide armen kwam ze op de generaal af en omhelsde hem. Hij kuste haar op haar voorhoofd en ging toen aan een van de tafels zitten.

‘Waarom heb je me niet gewaarschuwd!’ zei ze verontwaardigd. ‘Dan had ik voorbereidingen getroffen. Mijn god, ik verwachtte je absoluut niet! Hallo, allemaal!’

Ze gaf ons een hand en stelde zich voor als Galina.

‘We sterven van de honger!’ riep de generaal en met een blik op de lege tafels informeerde hij naar de klandizie.

‘Nou ja, de Tsjetsjenen zijn nog niet overtuigd, ze vertrouwen ons voor geen cent, ze zijn ook behoorlijk chauvinistisch als het om eten gaat, maar zoetjesaan... We staan op een paar westerse sites en worden in blogs genoemd en zoetjesaan begint het te komen.’

Nu pas zag ik een paar reisblogstickers op de ruit en een klein bordje boven de deur waarop in Latijnse letters COQ AU VIN stond.

‘We nemen de specialiteit van het huis!’ besliste de generaal voor ons allemaal en Galina repte zich naar de ruimte ernaast, die kennelijk als keuken dienstdeed, je hoorde haar daar in het Russisch instructies geven.

‘Ik kan de soupe à l’oignon gratiné aanbevelen en natuurlijk de coq au vin de bourgogne. Als dessert kunnen jullie kiezen tussen crêpes au citron en macarons au cassis,’ riep Galina uit de verte.

‘Heerlijk! Dat nemen we allemaal!’ riep de generaal. Ook Sjapiro leek verrast door zoveel onverwachte hartelijkheid van zijn baas. Later kwam Galina bij ons aan tafel zitten en vertelde dat dit restaurant alleen dankzij de generaal geopend had kunnen worden.

‘Mijn zoon en deze knappe jongeman hier,’ en ze klopte de generaal op zijn schouder, ‘waren goede vrienden, ze hebben samen in Tsjetsjenië gevochten, mijn zoon... heeft de oorlog niet overleefd. Mijn Aljosja was een groot bewonderaar van de Franse keuken, hij wilde kok worden en in Frankrijk een opleiding volgen, hij had het altijd over die exotische recepten en zeurde iedereen ermee aan het hoofd, weet je nog, Aleksandr?'

De generaal glimlachte en dronk zijn Turkse koffie, die een verlegen meisje met een hoofddoek hem had gebracht. Galina overstelpte de generaal met lofzangen over zijn hulp en ondersteuning.

'Kom, nu weten we het wel, Galina...' protesteerde hij en hij keek de andere kant op.

'Nee, je vrienden moeten weten met wie ze te maken hebben! Hoe gul je bent! Na Aljosja's dood... ik weet niet of ik het zonder zijn hulp had gered. Aljosja was mijn enige zoon.'

Ze zweeg even en keek naar de grond. Toen, alsof ze weer tot leven was gewekt, vervolgde ze op dezelfde opgewekte toon: 'Er was destijds een organisatie, een ngo of hoe het ook mag heten, daar wilden een paar aardige mensen contact tot stand brengen tussen Russische en Tsjetsjeense moeders van wie de zonen in de oorlog waren gesneuveld, ik ben toen hiernaartoe gekomen en... gebleven. Ik heb fantastische mensen leren kennen en ik weet dat het vreemd klinkt, maar zo heb ik het gevoel dat ik dichter bij mijn zoon ben. Hier was hij op het laatst van zijn leven...'

Weer keek ze ergens heen waar voor ons niets te zien was.

'En Aleksandr heeft me al die jaren ondersteund. En toen zei hij tegen me: waarom doe je niet wat je zoon wilde doen? Waarom leer je niet al die fantastische gerechten klaarmaken en open je een eigen restaurant? In het begin was ik sceptisch, ik ben tenslotte niet meer de jongste, maar hij, deze vasthoudende vent, heeft me uiteindelijk overtuigd en nu kan ik het me niet anders meer voorstellen... Deze zaak is mijn grote trots. Frankrijk heb ik niet gehaald, maar ik heb me in een heel chic hotel in Moskou door een Fransman laten opleiden en voilà, hier ben ik!'

'En ze is de beste, neem dat van mij aan!' zei Orlov, terwijl hij haar een vriendelijk tikje op haar schouder gaf.

'Ja, drie jaar geleden zijn we opengegaan. De Tsjetsjenen zijn dan wel geen echte restaurantgangers en als ze buiten de deur eten, gaan ze liever naar die afschuwelijke fastfoodtenten, maar zoetjesaan... Ja, zoetjesaan komt er leven in de brouwerij. We zijn inmiddels een internationale geheimtip. Vorige week was er een groep uit Dagestan. Ze zeiden dat ze veel over ons hadden gehoord en nu als God in Frankrijk wilden eten. Maar het is natuurlijk een schande dat ik jullie geen Franse wijn kan aanbieden. Zoals jullie misschien weten, is alcohol in dit land verboden.'

Zulk eten was wel het laatste wat je op zo'n plek zou verwachten. De ambiance viel volstrekt uit de toon bij die uitgelezen gerechten, maar de inrichting moest er waarschijnlijk voor zorgen dat de plaatselijke bevolking zich thuis voelde. Kat leek gefascineerd door de vrouw en zat de hele tijd naar haar te kijken. Toen ze naar buiten ging om te roken, liep ik haar op verzoek van de restauranthoudster achterna.

'Ik moet van Galina zeggen dat vrouwen hier niet roken. Tenminste niet in het openbaar. Als er iemand langskomt, kan ik de peuk van je overnemen.'

Het straatje lag in het grijze middaglicht. Vanuit de verte drongen de stemmen uit de garage tot ons door.

'Onzin! Ik rook wanneer en waar ik wil.'

'Doe niet zo stom... We willen Galina toch geen moeilijkheden bezorgen?'

Ze keek me peinzend aan, toen knikte ze een tikkeltje teleurgesteld, alsof ze nog niet door mijn argument was overtuigd. 'Krankjorum, toch?'

Ik wilde een gesprek beginnen om het ijs tussen ons te breken.

'Wie was hij?' vroeg ze.

‘Wie bedoel je?’

‘Die Aljosja.’

‘Hij was erbij toen Noera werd vermoord. En heeft toen een eind aan zijn leven gemaakt. Om de een of andere reden hebben de media hem er destijds buiten gehouden. Waarschijnlijk omdat het de Russische strijdkrachten in een niet al te best daglicht zou hebben geplaatst.’

‘Vind jij het ook niet een beetje vreemd? Waarom neemt hij ons hier mee naartoe?’

‘Wat is daar nou weer vreemd aan? Je hebt haar toch gehoord?’

‘Mijn god, Onno, word toch eens wakker... Hij maakt schoon schip. Hij maakt echt schoon schip.’

‘Kat, je hebt de zaak al zo vaak op jouw manier uitgelegd, je hebt je er nu wel genoeg in verdiept, vind je ook niet?’

Ik zag haar heldere ogen, de vastberadenheid in haar gezicht, en ik voelde een vreemde band met haar die me niet zinde, die me bijna afschrikte, maar ze was mijn enige houvast, mijn enige gezelschap op deze obscure reis.

‘Hij... hij...’ stamelde ze en ze trapte haar sigaret uit.

‘Rustig maar, het komt goed.’

Ik trok haar tegen me aan. Ze leek opeens zo hulpeloos, zo gespannen en kwetsbaar op deze vreemde plek. Ze liet zich omhelzen, ze bleef tegen me aan staan, de spanning ebde weg, ik had haar nog uren vast kunnen houden.

‘We redden het wel. Vannacht zijn we al in dat hotel en morgen is het allemaal voorbij.’

‘Precies.’

‘Hoe bedoel je?’

‘Hij gaat niet meer terug. Hij blijft hier.’

‘Hij blijft hier?’

‘Ik begrijp jou niet. Je hebt je de helft van je leven met die man beziggehouden, je bent zo dicht bij hem in de buurt gekomen, je hebt een verhouding met zijn dochter gehad, en je vraagt je niet één keer af wat hier gaande is?'

'Hij zal zich niet van kant maken. Hij is geen psychopaat. Als je dat bedoelt. Het is een spel!'

'Hoezo spel?'

'Ik neem aan dat het om een vorm van inzicht gaat. Of denk je dat hij ons allemaal neerknalt? Waarom wilde je dan zo graag mee?'

Langzamerhand begon haar betweterij op mijn zenuwen te werken. Natuurlijk was het goed om de zaak met argwaan te bekijken, maar ik mocht niet gaan twijfelen, ik mocht niet terugschrikken, ik had mijn doel bijna bereikt. Maar ik kon niet tegen haar zeggen dat ik allang een beslissing had genomen en dat er voor mij geen alternatief was.

'Hij maakt schoon schip. Alsof hij zijn eigen dood aan het voorbereiden is.'

'Als hij zich van kant wilde maken, had hij dat allang gedaan, geloof me. Zo iemand als Orlov schiet zich niet zomaar door zijn hoofd.'

'Komen jullie weer binnen, het dessert is er.'

Sjapiro wenkte ons.

Een uur later vertrokken we. Orlov was nog even met Galina in de keuken verdwenen en ze doken gearmd en stralend weer op.

'God zegene jullie!' riep ze, terwijl ze ons in de deuropening uitzwaaide.

'Het komt allemaal goed, Galina! En er zullen geen huiszoekingen meer plaatsvinden, daar zal Sjapiro voor zorgen,' riep de generaal haar vanuit de auto nog bemoedigend toe.

De andere auto met de twee mannen in uniform had al die tijd aan de overkant van de straat op ons staan wachten.

Tijdens de verdere rit zette Sjapiro een Russische radiozender met slechte muziek op, en we waren allemaal opgelucht dat we niet hoefden te praten.

De rit duurde bijna drie uur, ik voelde Kats spanning, die op mij oversloeg. Ze schoof op haar plaats heen en weer, wreef in haar handen, zuchtte en bleef dan weer een tijdlang onnatuurlijk stil zitten. Ik wist dat ze gekweld werd door vragen waar ze geen antwoord op vond. Maar voor vragen was het te laat, we waren al hier.

De passen waren nog niet ingesneeuwd, we lieten opgeruimd ogende dorpen achter ons en daarmee talloze spandoeken en aanplakbiljetten van de vader, de zoon en het opperhoofd. We passeerden kinderen met hun moeder aan de kant van de weg, we kwamen langs scholen en jeugdcentra met portretten van de 'Heilige Drie-eenheid', we reden schaapherders met hun kudde voorbij. We drongen dieper door in het ruige, kale berglandschap, dat gaandeweg alleen nog bestond uit duizelingwekkende hellingen en smalle paadjes, uit bergen waarvan de besneeuwde toppen onder een witte deken leken te slapen en oneindig hoog oprezen naar de hemel, die bedekt met wolken en gehuld in een diffuus licht steeds dichterbij kwam. De lucht was ijzig en kristalhelder. De auto's reden steeds langzamer en voorzichtiger door de kronkelende haarspeldbochten omhoog. Het landschap was adembenemend en het sneeuwdek straalde in de dieporanje tint van de ondergaande zon. Alleen de synthetische, smakeloze muziek uit de autoradio verstoorde de grootsheid van het moment. Een duidelijk talentloze vrouw zong dat ze de cruisecontrol wilde inschakelen en de honing van je lippen wilde kussen, en in het refrein nam ze afscheid van haar lippenstift. Toen de betekenis van de woorden uiteindelijk tot me doordrong, moest ik hard lachen, maar niemand leek het te merken, iedereen bleef in zichzelf gekeerd en in de ban van het uitzicht dat zich voor onze ogen ontvouwde, alsof de natuur hier een geheim onthulde, alsof ze ons iets liet zien wat niet voor onze ogen bestemd was.

Halverwege begon het te sneeuwen en de vlokken vielen steeds dichter, steeds sneller. We moesten vaart minderen, hoewel er nauwelijks tegenliggers waren, tekenen van menselijk leven werden steeds schaarser, er waren geen boerderijen, geen dorpjes, alleen af en toe een eenzame verdedigingstoren op een heuvel.

De invallende duisternis leek zelfs het licht van de koplampen op te slokken, met een slakkengangetje kropen we voort. Ik voelde een aangenaam gewicht op mijn schouder, Kat was ingedommeld en haar hoofd was slaapdronken op mijn schouder gezakt.

Op een gegeven moment, toen ik al dacht dat er nooit een eind aan onze rit zou komen en we gewoon altijd verder zouden rijden, werd het opeens weer lichter en opende er zich een betoverend uitzicht op een olieachtig, roerloos meer, omgeven door ruige, steile berghellingen en met een paar brandende lantaarns op de oever. Naar het midden van het meer liep een lange houten steiger, waaraan een paar eenzame boten waren vastgemeerd.

'De Tsjetsjenen vertellen graag dat niemand precies weet hoe diep het Kezenojam-meer is. Zoals bijna alle bergvolkeren houden ze ervan hun eigen geschiedenis te mystificeren.'

Sinds we uit Grozny waren vertrokken, had de generaal geen woord gezegd; nu leek het alsof hij net uit een eindeloze winterslaap was ontwaakt. Ook Kat tilde haar hoofd op en keek verward om zich heen.

'Volgens de verhalen leefde hier in de oertijd een volk dat de goden had afgezworen. Ze bekommerden zich om God noch gebod en leefden erop los, en op een dag, hoe kon het ook anders, trof hen de straf van de goden. De aarde opende zich en verzwolg het hele dorp. De volgende dag lag er een meer op de plek waar het dorp was geweest, en in de diepte rusten de resten van dat volk.'

Ik probeerde het me voor te stellen, maar in plaats van de toorn van de goden uit de oertijd zag ik eerder een actiescène in een rampenfilm uit Hollywood voor me. Plotseling doemde er midden in die fascinerende wildernis een imposant houten gebouw op dat als een fremdkörper op een van de heuvels troonde, het had iets van een chalet in een skigebied.

'We zijn er, dat is het hotel,' zei Sjapiro.

We volgden een asfaltweg en stopten op een parkeerplaats, de auto achter ons kwam eveneens tot stilstand. Het hotel lag in het schemerige licht van een paar lantaarns en straalde een in deze ruige natuur bevreemdende gezelligheid uit. Met zijn brede houten balkons en het tot de grond reikende zadeldak had het iets Scandinavisch. Buiten de auto's waarmee wij waren gekomen, was de parkeerplaats leeg. Om ons heen heerste een ongewone, bijna onwerkelijke stilte. De ijzige kou sloeg ons meteen na het uitstappen in het gezicht en deed onze wangen branden.

Bij de ingang werden we opgewacht door een lange man met een volle baard in een Noorse trui.

'Masjallah! Hartelijk welkom, ik ben Achmad, ik sta voor al uw vragen en wensen te allen tijde tot uw beschikking!' zei hij in onbeholpen Russisch met een Kaukasisch accent, waarna hij ons allemaal een hand gaf. 'De andere gasten zijn gisteren al aangekomen en rusten uit in hun kamer,' voegde hij er met een lichte buiging in de richting van de generaal aan toe.

'Hebt u normaal veel gasten?' vroeg Kat onmiddellijk toen we de grote, uitgestorven lobby met de mooie stenen vloer binnengingen. Waarschijnlijk wilde ze weten of dit een normaal hotel in een bijzonder mooi en afgelegen recreatieoord was of weer een of andere valstrik.

'Die komen binnenkort. U bent onze eerste gasten. Het hotel is nog niet in bedrijf.'

De vraag of Orlov de eigenaar was, brandde mij op de lippen, maar ik onderdrukte hem. Uiteindelijk was zo'n detail nu ook volkomen irrelevant. Wat telde was de mededeling dat 'de andere gasten' al aanwezig waren. Dus was tot nu toe alles volgens plan verlopen.

Sjapiro en de generaal verdwenen meteen. Achmad wees ons onze kamers. Kat en ik waren vlak naast elkaar op de tweede verdieping ondergebracht. De kamers waren eenvoudig en gezellig ingericht, alles rook nieuw en ongebruikt, naar vers hout. Ik liet me op het bed vallen en bleef vrij lang in dezelfde houding liggen, alsof ik me niet meer kon verroeren. Het was de vermoeidheid, de spanning veroorzaakt door de situatie, door deze geïsoleerde uithoek en de ongerepte natuur in al haar angstaanjagende grootsheid, maar vooral door wat ons te wachten stond. Morgen liep het jaar ten einde, morgen liep Orlovs verhaal ten einde en dan zou ik er eindelijk achter komen welk einde hij op het oog had.

Er was ons gevraagd tegen negenen naar het restaurant te komen voor het avondeten. Ik dwong mezelf een douche te nemen en bleef een eeuwigheid onder de hete straal staan. Ik probeerde door de muur heen te luisteren, ik wilde weten wat Kat deed, hoe het met haar ging. Ik verlangde naar de volstrekt irrationele band die de afgelopen weken tussen ons was ontstaan en die ik niet precies kon omschrijven. Alsof ik me verantwoordelijk voor haar voelde omdat ik haar had aangemoedigd met deze waanzin mee te doen. En veel meer dan het vonnis dat Orlov over ons zou vellen, interesseerde me de vraag waarom hij het goed had gevonden dat ze hier mee naartoe ging.

We zagen elkaar in de gang. Ze had zich verkleed en droeg een donkerblauwe knielange jurk, die haar flatteerde en haar meisjesachtigheid benadrukte. Ze was uiterlijk helemaal erg veranderd de afgelopen weken. Het donkere haar en de andere manier van kleden hadden een heel ander type vrouw van haar gemaakt. Ze leek jonger, speelser, kwetsbaarder, alsof ze het pantser van haar beschermde grotestadsleven had afgeworpen en nu uitgehongerd op zoek was naar ervaringen die haar tot aan haar grenzen konden voeren of zelfs kwetsen. Ze glimlachte tegen me en gaf me een arm.

'Wat een waanzinnige omgeving!' riep ze terwijl ze me in mijn arm kneep.

'Ja, totaal onwerkelijk!'

'Morgen is het oud en nieuw! Denk je dat het een groot feest wordt?' vroeg ze, waarbij ze op haar rauwe, uitdagende manier lachte en meteen daarna haar hoofd schudde. 'Wat ga jij doen als het allemaal voorbij is?'

'Schrijven. Het boek schrijven. En daarmee dit hoofdstuk voorgoed afsluiten. En dan... dan misschien van beroep veranderen en een Kaukasische snackbar in Kreuzberg openen. Dat zou toch niet gek zijn? Jij zou me aan recepten kunnen helpen.'

'Ik ben bang, Onno,' zei ze opeens toen we al in het trappenhuis waren, en ze liep haastig een paar passen voor me uit.

'Ik ook,' antwoordde ik op zo neutraal mogelijke toon. 'Maar dat is normaal, denk ik.'

'Die mannen met die wapens, wat moet dat?'

'We zijn tenslotte in Tsjetsjenië, de generaal heeft hier een zekere bescherming nodig.'

'Nee, volgens mij moeten ze druk uitoefenen.'

'Dan gaat hij ze zeker een bekentenis afdwingen,' zei ik

troostend en ik vroeg me af of ik het zelf geloofde.

We kwamen in een schemerig vertrek, dat hoofdzakelijk werd verlicht door een flakkerend haardvuur en heerlijk naar eten rook. In het midden bevond zich een lange houten tafel die overvloedig was gedekt met schalen kaas en worst, deegwaren waarvan ik de meeste niet kende, en dampende soep, op een bijzettafeltje stonden flessen sterkedrank. De oude Sjoejev was in een leren fauteuil voor de open haard gaan zitten en warmde zijn handen. Joeritsj zat met een angstig gezicht aan tafel en at zijn bord leeg.

Beiden hadden zich geschrokken naar ons omgedraaid. Joeritsj sprong op alsof hij een spook had gezien, en Sjoejev vloekte. We waren duidelijk niet erg welkom en vooral: we werden niet verwacht.

Toen kwam Sjapiro binnen, gevolgd door de generaal, die een zwarte coltrui en een donkergroene broek droeg.

'Goedenavond, heren, ik hoop dat u een prettige reis hebt gehad en dat er goed voor u wordt gezorgd. Ik heb Achmad gevraagd u alle wensen van de lippen te lezen en zo te zien is er aan menige wens tegemoetgekomen, nietwaar, Zajka?'

Hij keek met een schalkse glimlach naar Joeritsj.

'Goedenavond, generaal... Aleks...' stotterde Joeritsj vol ontzag, en op dat moment zag hij er vreselijk meelijwekkend uit in zijn veel te grote, verschoten beige broek en zijn rafelige sweater.

Sjoejev keek Orlov met zijn bloeddoorlopen ogen strak aan. Zelden had ik in een blik zoveel haat gezien. De generaal knikte hem met een neutrale, vriendelijke blik toe, alsof hij een oud-collega terugzag met wie hij weliswaar nooit veel te maken had gehad, maar die hij zeker niet onsympathiek vond. En weer stond ik versteld van het gemak waarmee hij maskers op- en afzette. Dat hij zijn gevoelens zo resoluut aan zijn wil ondergeschikt kon maken, getuigde van een beangstigende, bovenmenselijke zelfbeheersing en van de vanzelfsprekende veronderstelling dat iedereen om hem heen zijn macht erkende en zich ernaar gedroeg.

'Boris laat zich verontschuldigen, ik heb begrepen dat hij op zijn kamer is en zich nog niet bij ons illustere gezelschap wil voegen,' zei hij, waarna hij recht tegenover Joeritsj aan tafel ging zitten. Ook wij namen plaats, op stoelen die iets verderop stonden.

'Toe, kom allemaal wat dichterbij, dat is toch veel gezelliger. En, kolonel, zou u zo vriendelijk willen zijn om mee aan te schuiven. Hou ons toch gezelschap.'

Met tegenzin en in zichzelf mompelend stond Sjoejev op, kwam schoorvoetend naar ons toe en ging naast Joeritsj zitten. Allebei staarden ze steeds weer naar Kat, die hen stoïcijns negeerde. Maar geen van beiden durfde te vragen wie ze was en wat ze hier te zoeken had. In Joeritsj' blik herkende ik iets van pijn. Uit Sjoejevs blik sprak pure woede.

'Je hebt ons gechanteerd, je hebt het gewaagd onze kinderen en ons gezin te bedreigen... Ik zou graag weten wat dat betekent! Ik zou graag weten wat ik hier doe!' gooide hij er woedend uit, terwijl hij met zijn vlakke hand op tafel sloeg. Op de achtergrond hoorde ik Sjapiro luid uitademen, hij was blijkbaar overal op voorbereid.

'Kalm aan, alles op zijn tijd. We hebben een lange reis achter de rug. We gaan eerst eens rustig eten en als de waarde Petroesjov zich dan bij ons heeft gevoegd, zullen we alles bespreken. Achmad, schenk ons allemaal eens een wodka in. Dat is het mooie van bepaalde privileges: dat voor jou niet alle verboden gelden, hè?' zei hij en hij lachte overdreven hard. Achmad schonk ons de heldere vloeistof in. We toostten en begonnen te eten.

'Wanja, goeie ouwe Wanja! Wat is dat lang geleden, hè?'

De generaal keek Joeritsj opeens met een haast sentimentele blik aan en toostte opnieuw met hem. 'Ik weet dat je zorgen hebt... Maar het komt allemaal goed. Je gezin krijgt een flinke schadevergoeding, dan kunnen jullie je veel meer woonruimte permitteren en misschien wat centraler gaan wonen. Je kinderen zullen het goed hebben.'

'Bedankt, bedankt, gene... Aleks! Je weet dat we ons geen dure woning kunnen veroorloven...'

En alsof hij was vergeten waar hij was en wie hij tegenover zich had, begon Joeritsj onbekommerd te praten over zijn werk en de geringe betaling en de bijlessen van zijn kinderen die zoveel kostten, en dat de woning eigendom was van zijn vrouw en het enige waardevolle was wat ze bezat. En na de hernieuwde toezegging van de generaal dat hij een passende schadevergoeding zou krijgen, begon hij hem zelfs uitbundig te bedanken, wat hem op een schamper commentaar van de kolonel kwam te staan.

Na ongeveer een uur werd Petroesjov de zaal in geduwd. Twee mannen in camouflage-uniform gaven hem een zet in de richting van de tafel, hij wankelde, verloor zijn evenwicht, wist zich op het laatste moment toch nog overeind te houden, vloekte en bleef woedend voor ons staan.

'Schoft die je bent!' stootte hij uit, terwijl hij de generaal aankeek, maar een van de gewapende mannen deed al een stap in zijn richting en er zat niets anders op dan een eind van ons vandaan aan tafel te gaan zitten.

'Vuile kleine rat! Wat is dit voor kloteboel!'

Nu pas zag ik zijn blauwe oog. Er was kennelijk al het een en ander aan voorafgegaan. Zijn blik ging naar Kat. Hij staarde haar schaamteloos aan.

'En wie is die hoer?'

'Ho, Borja, wij houden er hier niet van als dames worden beledigd. Ik moet je dan ook vragen een beleefder toon aan te slaan. Hier, drink eerst eens wat!'

'Je kan mijn rug op. Je bent niet goed snik, mij maak je niet bang. En dan die goedkope kopie! Je bent echt compleet geschift! Je neemt een of andere goedkope dubbelgangster aan in de hoop dat... Ja, wat eigenlijk? Wat moet deze vertoning? Wat doen we hier?'

'Ja, dat willen we graag weten!' riep Sjoejev.

'Het is toch haar zus...' mompelde Joeritsj, maar niemand luisterde naar hem.

'Mij krijg je niet klein! Ik ben niet zo'n hielenlikker van je!' brulde Petroesjov.

'Deze dame, laten we haar Noera noemen zolang we hier zijn, is mijn gast en ik verzoek jullie je fatsoenlijk te gedragen tegenover haar! Kom, Petroesjov, eet, drink, ontspan je een beetje. Zo te zien is je agressiviteit er de afgelopen twintig jaar niet minder op geworden!'

De generaal bewaarde zijn vriendelijke, welwillende toon, die Petroesjov nog woedender leek te maken, en schepte iets op zijn bord.

'Verrukkelijk, Achmad, dank je!' riep hij naar achter in het schemerige vertrek. Sjapiro was aan het ondereind van de tafel gaan zitten en beval de gewapende mannen zich te verwijderen. Hij at soep en onthaalde iedereen op zijn waakzame adelaarsblik.

'Ik heet jullie allemaal welkom, jullie zijn hier mijn gasten!'

De generaal stond op en hield zijn glas voor zich als een schild.

'Ik ben blij dat we elkaar na al die jaren eindelijk terugzien. En ik hoop dat jullie met volle teugen zullen genieten van het verblijf op deze prachtige plek!'

'Hou eindelijk op met die poppenkast en kom ter zake!' riep Petroesjov minachtend; hij sloeg zijn wodka in één keer achterover en knalde het lege glas op tafel. 'Je kunt die chantagetruc niet lang volhouden. Ik heb mijn contacten al gewaarschuwd, ze komen me halen...'

'Nou ja, je hebt mijn uitnodiging aangenomen, in zoverre schijn je niet veel aan je contacten gehad te hebben. Gaat het soms om contacten van je waarde echtgenote?'

'Jij bent de laatste met wie ik bespreek met wie ik neuk!' Petroesjovs stem had een graad van agressiviteit bereikt die niet meer door de beugel kon. Kat, die de hele tijd naar haar bord staarde alsof ze zich onzichtbaar wilde maken, kromp ineen van schrik. Op hetzelfde moment schoot de generaal naar voren, hij greep Petroesjov bliksemsnel bij zijn kraag en sloeg hem met zijn hoofd tegen de tafel.

'Ik heb gezegd dat je je fatsoen moet houden, stuk uitschot!' siste hij, en dat sissen klonk veel angstaanjagender dan het brullen van Petroesjov. Sjapiro was pijlsnel aan komen rennen en stond nu achter hem, ook de gewapende mannen verschenen weer in de deuropening.

'Wegwezen, ik heb jullie niet geroepen, en jij, Sjapiro, ga zitten! Alles is in orde, Borja zal een brave jongen zijn, of niet?'

Petroesjov hield zijn neus vast, hij gaf geen kik meer.

'Mooi, goed zo... Ga maar! Borja kan namelijk een eersteklas charmeur zijn als hij wil, toch?'

Alsof hij iets vies had aangeraakt, veegde de generaal zijn handen af aan zijn broek en ging weer aan tafel zitten.

'Neem ons niet kwalijk, het zal niet meer gebeuren! Beloofd, Borja?'

En toen Petroesjov geen antwoord gaf, vroeg hij iets harder: 'Beloofd?'

'Ja, ja, goed.'

'Zie je wel. Waar waren we gebleven? Hartelijk bedankt dat jullie mijn uitnodiging hebben aangenomen – ik moet toegeven dat ik jullie een zetje heb moeten geven, wat ik betreur. Maar het belangrijkste is dat jullie hier allemaal zijn. Want ik heb met jullie een heel speciale band, dat zal toch niemand ontkennen!'

Zijn stem leek opeens helderder, zijn humeur opgewekter.

'Daarom wil ik dit jaar samen met jullie uitluiden. We gaan morgen vorstelijk dineren en kunnen naar believen vuurwerk afsteken, dat heb ik al zo lang niet meer gedaan. Ja, overal is voor gezorgd. Overdag staan de fitnessruimte en de sauna tot jullie beschikking, en ook een wandeling is zeer aan te aanbevelen, voor wie de bospaden niet schuwt... En als het meer vannacht niet dichtvriest, kunnen jullie met de boot ook vanaf het water van het prachtige uitzicht op het hotel genieten. Alle activiteiten buitenshuis, dat moeten jullie me niet kwalijk nemen, dienen plaats te vinden onder geleide van mijn mensen. Voor jullie eigen veiligheid, welteverstaan. Ja, hoe snel denken jullie dat we ongewenst bezoek zouden krijgen als onze aanwezigheid hier bekend werd? In Tsjetsjenië, dat weten jullie, kameraden, vergeten ze bepaalde dingen niet zo gauw. Tsjir, bloedwraak – hoelang denken jullie dat zoiets van kracht blijft? Dus, braaf hier blijven.'

Weer lachte hij ongepast hard en liet hij zijn glas door Achmad bijvullen.

'Later op de avond, als het nieuwe jaar nadert, verzamelen we ons boven in de zolderkamer. Dat is een prachtige ruimte met een biljart en een speeltafel, buitengewoon uitnodigend. En je hebt er vooral een geweldig uitzicht. We gaan een spel spelen. Alleen de heren, welteverstaan. Onze Duitse gast moet zelf beslissen of hij erbij wil zijn of ons voortijdig verlaat. De dame staat het uiteraard ook vrij of ze blijft kijken of liever vertrekt. Maar wij, wij gaan spelen.'

'En wat voor vervloekt spel spelen we?' bromde Sjoejev wrevelig.

‘Het spel van het lot. Weleens van gehoord?’

Petroesjov zat met demonstratief afgewend gelaat uit het raam te staren. Bij het woord ‘spel’ kromp hij lichtelijk ineen, maar hij liet verder niets merken.

‘O, ik doe graag spelletjes, generaal, mijn jongens en ik spelen constant domino en we schaken en kaarten ook af en toe…’

Joeritsj, opgekikkerd door de wodka, grijnsde van oor tot oor. Sjoejev keek hem minachtend aan.

‘Dat is mooi, Wanja. Heel mooi zelfs. Ik heb namelijk al lang geen spelletjes meer gedaan.’

‘Wat heeft dat te betekenen?’ Sjoejev gaf het niet op.

‘Een jaar en drie maanden geleden heeft mijn dochter een eind aan haar leven gemaakt,’ zei de generaal opeens met gedempte stem. Hij wenkte Achmad, die hem een sigaar in de hand drukte. ‘Misschien heeft iemand daar iets over gehoord. Geen zorgen, ik had geen condoleancebrieven en rouwkransen verwacht.’

‘Wat verschrikkelijk!’ stotterde Zajka.

‘Ja, dat is inderdaad verschrikkelijk, Wanja, het is de hel, beste vriend. Maar, nou ja, ik wilde iets anders zeggen. Ada, mijn oogappel, heeft een eind aan haar leven gemaakt omdat deze man – mag ik hem even voorstellen, Onno Bender, jullie hebben al het genoegen gehad – gedaan heeft of hij van haar hield. Hij is een van die pulpjournalisten die al jaren achter me aan zitten. Hij wil zelfs een boek over me schrijven en dus ook over ons kleine intermezzo in Tsjetsjenië. Hoe dan ook…’

Ik wilde er iets tegen inbrengen, maar ik wist dat het zinloos was. In plaats daarvan dronk ik mijn glas leeg. Onder tafel schoof Kat haar hand naar me toe en pakte de mijne.

‘Ik heb hem meer dan eens gewaarschuwd zich niet met me te bemoeien, maar dat heeft hem er niet van weerhouden. Wel, mijn negentienjarige dochter is verliefd op dat heerschap geworden, zoals dat op die leeftijd nu eenmaal kan gebeuren, en op een dag heeft ze ontdekt dat hij alles bij elkaar loog, alleen om bij mij in de buurt te komen, en toen, ja, wat er toen volgde, dat zal ik jullie besparen. Om zijn hachje te redden heeft hij haar in elk geval dingen verteld die niet voor haar oren bestemd waren. Uiteindelijk heeft ze besloten niet met een verkrachter en moordenaar als vader te kunnen leven.'

Er was een merkwaardige stilte gevallen. Alle mannen zaten er als versteend bij, Kats hand kneep steeds harder in de mijne. Je hoorde alleen het vuur in de open haard knisperen en een klok aan de muur tikken. Ik voelde paniek opkomen, maar Kats hand gaf me houvast, ik concentreerde me op die hand en negeerde het bonken van mijn hart en het trillen van mijn knieën.

'Sinds ze een eind aan haar leven heeft gemaakt, heb ik veel tijd gehad, heren, veel tijd om na te denken over mijn leven, hoe het was en hoe het nu is. Wat ik allemaal verkeerd en wat ik goed heb gedaan. Ik had de tijd om alles op een rijtje te zetten en ben tot de conclusie gekomen dat het een vergissing is om aan te nemen dat bepaalde dingen verdwijnen door ze te vergeten, dat het bestaan ervan wordt uitgewist. Niets ter wereld verdwijnt, niets verdwijnt zomaar. Nietwaar? Proost!'

Hij sloeg de heldere vloeistof achterover. Niemand volgde zijn voorbeeld, niemand durfde hem te onderbreken. Zelfs Petroesjov leek aandachtig te luisteren.

'Wij hebben het meisje verkracht en vermoord, en goed, dit heerschap hier heeft ook een handje geholpen' – hij keek me glimlachend aan – 'en daarvoor heeft mijn dochter de straf gekregen die wij zijn ontlopen. Deze vriendelijke dame, die we nu een paar uur Noera noemen, heeft me in één klap de ogen geopend. Of liever gezegd, haar gezicht, dat ik toevallig op een affiche zag. Ik zei toch: er is niets wat zomaar verdwijnt. Als wij destijds hadden gekregen wat we verdienden, was mijn dochter nu nog in leven. Ik vind dat het tijd wordt dat we allemaal de prijs betalen die we allang hadden moeten betalen! We spelen een spel. De winnaars mogen naar huis. De verliezers... blijven hier.'

'Wat wil dat zeggen? Wat moet dat betekenen, kolonel? Wat betekent: blijven hier?'

Joeritsj raakte helemaal overstuur.

'Wat betekent: een paar van ons blijven hier?' wilde ook Sjoejev weten.

'Hij gaat ons aan de Tsjetsjenen overleveren! Doe toch niet zo onnozel! Doe toch niet zo stom! Hij licht iemand van haar familie in en dan komen wij hier niet meer weg,' riep Petroesjov opeens. 'Hij belt een van die vervloekte broers of neven en binnen twee tellen staan ze hier op de stoep! Zijn jullie nou echt zo stom... verdomme! Maar zover zal het niet komen! Ik heb mijn mensen gewaarschuwd. Daarom heeft hij onze telefoons laten innemen. Alsof hij een god is! Maar je bent geen god, Orlov, je bent een perverse masochist, je bent een moordenaar, jij hebt ons een loer gedraaid, jij... Hij haalt die terroristen hiernaartoe, zoals hij tenslotte ook die meid het kamp in heeft gehaald, hij laat ze op ons los, ze helpen ons om zeep, zoals ze die advocaat toen om zeep hebben geholpen...'

'Wat? Nee, nee, dat geloof je toch niet,' fluisterde Sjoejev.

Joeritsj liet alleen een soort gekerm horen.

De generaal, die glimlachend zijn sigaar rookte en in de verte staarde, draaide zich opeens om en keek Petroesjov streng aan.

'Wat zei je?'

'Het is toch zo, het is toch zeker zo! Je bent een perverse klootzak, Orlov, en ik...'

‘Hoe bedoel je, zoals ze die advocaat om zeep hebben geholpen?’

‘Nou, die held van je, die Jood Pasternak. Doe maar niet zo hypocriet.’

‘Wil je beweren dat Sjoejev en jij daar niet de hand in hebben gehad?’

‘Nee, in godsnaam, Orlov, daar vergis je je lelijk in.’ Sjoejev leek oprecht verbijsterd.

‘Het was iemand van hier, begrijp dat nou eens, het was een van die terroristen!’ Het spuug vloog uit Petroesjovs mond.

‘En wie moet dat dan geweest zijn?’ vroeg de generaal, die duidelijk verrast was.

‘Hij heette Moesa… Moesa en nog wat. Hoe heette hij ook weer?’ Sjoejev zag van de drank en de inspanning zo rood als een biet.

‘Osmajev. Moesa Osmajev. Hij kwam uit hetzelfde dorp als zij. Je wilt toch niet beweren dat je dat niet wist?’ vroeg Petroesjov, lichtjes over de tafel gebogen, in de aanvalshouding.

‘Er deden geruchten de ronde dat de advocaat het met ons op een akkoordje had gegooid omdat hij toch geen kans maakte. En toen begonnen de mensen te kletsen.’

‘Je bedoelt dat júllie begonnen te kletsen.’ In de stem van de generaal klonk opeens iets ijzigs, zijn gemaakte vriendelijkheid leek van het ene op het andere moment verdwenen.

‘Nou ja, de mensen kletsten en toen moet het tot hier zijn doorgedrongen,’ vervolgde Sjoejev.

‘Het gerucht ging dat Pasternak een verrader was en het proces sowieso voor de kat z’n kut. En daarom hebben ze die terrorist op hem afgestuurd, Moesa Osmajev, zo heette die vent. Hij is in het verzet gegaan. Intussen zal hij wel bij zijn broeders in Afghanistan of Syrië zitten en voor Allah koppen laten rollen,' voegde Sjoejev eraan toe.

'Excuus, heren, nog een prettige avond, we zien elkaar morgen!' De generaal stond abrupt op. Zijn gezicht was gesloten, zijn opgewektheid in één klap verdwenen.

Hij liep de zaal uit, begeleid door luid geroezemoes. Joeritsj smeekte, Petroesjov dreigde, Sjoejev tierde.

Ook Kat, die het blijkbaar niet langer uithield, sprong op en rende de zaal uit. Ik bleef nog even zitten om alles wat ik gehoord had te laten bezinken.

'S Nachts, ik moest net in slaap gevallen zijn, werd er op mijn deur geklopt. In een uitgelubberd shirt tot over haar heupen stond ze voor mijn deur en keek me ontzet aan. Ik vroeg haar binnen. We gingen op mijn bed zitten.

'Alsjeblieft, Onno, dat mag niet gebeuren... Haal het niet in je hoofd om aan dat ellendige spel mee te doen; wat hij ook van plan is, je mag er niet aan meedoen! We kunnen... Ik bedoel, we kunnen toch...'

'Sst, kom hier, het komt allemaal goed. Ik weet toch nog helemaal niets. Hij zal mij in elk geval niet aan de bojeviki overleveren, die hebben met mij tenslotte geen rekening te vereffenen, laten we gaan slapen, morgen weten we meer.'

'Je mag niet meedoen. Beloof het me!'

'Goed, goed. Ik zal niets doen wat me serieus in gevaar kan brengen.'

'Ik weet hoe belangrijk dat verhaal voor je is, maar wij...'

Ze maakte de zin niet af. In plaats daarvan liet ze zich op het bed vallen en trok me in haar armen. Ik drukte haar stevig tegen me aan. Ik wilde haar angst wegnemen, ik moest zorgen dat ze hier op tijd wegkwam.

2016 | DE GENERAAL

Het meer was zwart en dof, het lag er zo roerloos bij dat het door een bovennatuurlijke macht in een schilderij veranderd leek te zijn. De ochtend was net aangebroken. In een warme jas, met handschoenen aan en een muts op liep de generaal naar de steiger. Op de hellingen lag verse sneeuw, de opkomende mist bedekte het meer en kroop vervolgens langs de heuvels, het in slaap verzonken hotel, de bergen en de kloven omhoog.

'Ik weet niet of dat wel zo'n goed idee is!' riep Sjapiro hem na toen hij zag dat de generaal een van de boten van de steiger losmaakte. Hij zei niets, daar moest Sjapiro het mee doen. Toen hij zich nog een keer omdraaide, zag hij haar maar een paar meter hoger voor het hotel naar hem staan kijken. Hij zwaaide naar haar. Als een klein meisje ingepakt in een zwarte parka liep ze naar hem toe.

'Goedemorgen!' zei ze en ze glimlachte naar hem alsof ze goede kennissen waren die afgesproken hadden een boottochtje te maken.

'Goedemorgen. Hebt u zin om mee te gaan? Ik ga een stukje roeien.'

'O ja, graag,' zei ze, van de ene voet op de andere springend om warm te blijven. Sjapiro, duidelijk ontstemd over het dwaze plan, liep demonstratief van de steiger weg.

'Het meer is gelukkig nog niet dichtgevroren. Eigenlijk ongewoon voor deze tijd van het jaar,' zei hij terwijl hij haar in de schommelende boot hielp. Daarna, voorzichtig om zijn evenwicht niet te verliezen, stapte hij zelf in.

'Waarom al zo vroeg op?' vroeg hij en hij pakte de riemen, bewoog ze heen en weer, terwijl zijn handen de beste stand zochten.

'Ik werd wakker en kon niet meer slapen, en toen bedacht ik dat ik beter een wandeling kon gaan maken, het is zo adembenemend mooi hier,' zei ze en ze keek om zich heen, de oever verdween al in de mist die boven het water een muur had opgetrokken.

'Ik wist eigenlijk niet veel van dit land af, voordat...'

'Voordat wij met onze dwaze ideeën bij u aankwamen, wilde u zeggen?'

Hij roeide met gelijkmatige slagen, zeker van zijn zaak, al viel niet te zeggen of hij op een bepaald doel afstevende. De mist was zo dicht dat je geen hand voor ogen kon zien. De absolute stilte, die slechts af en toe door een vreemde vogelroep werd verbroken, was onwerkelijk.

'Toen u oud genoeg was om u voor andere landen te interesseren, was er van dit land niet veel meer over,' zei hij peinzend, terwijl hij verder roeide.

'Waarom vond u het goed dat ik bij deze ontmoeting aanwezig was?' vroeg ze, nadat er een korte stilte was gevallen.

'U hebt er toch op aangestuurd? Ik dacht dat u het wilde.'

'Ja, natuurlijk, maar waarom wilde ú het?'

'U lijkt zo verschrikkelijk veel op haar...'

Hij wendde zijn blik af en liet de riemen even los om ze meteen weer gelijkmatig door het water te halen.

'Hoe was ze?'

Ze leek lang nagedacht te hebben of ze die vraag zou stellen. Hij wist niet zeker waarom ze het wilde weten.

'Moedig. Ze had dromen. Ze had een vast doel, denk ik. We hebben niet veel gepraat, al helemaal niet over persoonlijke dingen, maar ze verkocht ons kippen van hun kippenboerderij, stiekem...'

'Kippen?'

'Ja, kippen. Ik denk dat ze ergens voor spaarde, misschien wilde ze ergens naartoe, ik weet het niet. Met die stap ging ze in tegen haar familie, tegen haar clan, tegen het hele dorp in, dat is ongehoord in dit land.'

'Jullie kenden haar dus?'

'Ja, Aljosja en ik kenden haar.'

'Aljosja is de zoon van...'

'Ja.'

De volgende vraag, die haar waarschijnlijk op de lippen brandde, stelde ze tot zijn grote opluchting niet.

'Ze wilde veel. Dat is me bijgebleven. Die sterke, heel uitgesproken wil en die moed.'

Kat verzonk in gepeins, gehuld in een mantel van mist. Hij moest aan de Rubiks kubus denken, die hem altijd als eerste te binnen schoot zodra hij aan haar dacht, en die hij had meegenomen en nu in zijn jaszak had. Hij had hem bewaard, hem al die jaren en bij alle keerpunten in zijn leven bewaard als de kostbaarste schat van zijn kunstverzameling, hem altijd in zijn buurt gehad. Die ooit door haar perfect opgeloste draaipuzzel was haar enige erfenis.

Op een dag – het was nog in Moskou en hij had net de grootste staalfabriek van het land gekocht – had Ada, die toen een jaar of tien, elf geweest moest zijn en nog nooit belangstelling voor zijn werkkamer had gehad, zich om de een of andere reden in zijn privédomein gewaagd en daar rondgesnuffeld, laden opengetrokken, in kasten geneusd. En op een gegeven moment had ze de toverkubus ontdekt en was ermee gaan spelen. Toen hij haar betrapte, was hij als een gek tegen haar uitgevaren, iets wat hij eigenlijk nooit deed, niet tegen haar, niet tegen zijn trouwste en dierbaarste musketier. Ze was van schrik ineengekrompen, had de kubus laten vallen en hem ontsteld aangekeken.

'Ik wilde alleen maar spelen...' mompelde ze, waarna ze in snikken uitbarstte.

Hij had er al spijt van dat hij zich zo had laten gaan, maar tegelijk kon hij zijn blik niet van de kubus afhouden. De perfecte kleursymmetrie was verstoord. Noera's inspanningen waren door Ada's handjes tenietgedaan en hij kon er niets meer aan veranderen.

Hij borg de kubus op in een kluis waarvan alleen hij de code kende.

'Je mag nooit, maar dan ook nooit meer ongevraagd mijn kamer binnengaan en je mag nooit meer aan die kubus komen! Je kunt duizenden toverkubussen krijgen, maar van die ene blijf je af!' had hij haar nageroepen toen ze huilend de kamer uit rende.

De mist werd nog dichter en de wolken leken steeds verder naar beneden te zakken. De lucht ging over in het meer en het meer in de lucht. De grens tussen aarde en water was uitgewist, de grenzen tussen toen en nu, tussen hier en daar vervaagden. Hij liet de riemen los, keek om zich heen en snoof de koude, vochtige lucht op. Er gleed een zweem van angst over haar gezicht. Was ze bang voor hem? Vond ze de plek waar ze waren, de hele situatie huiveringwekkend? Als actrice was ze gewend gevoelens voor te wenden, misschien deed ze maar alsof ze bang was en voelde ze tegelijk iets heel anders.

Hij wist zeker dat ze het wilde weten. Maar ze vroeg niets, ze trotseerde de stilte.

'Eerst was Sjoejev aan de beurt. Hij was dronken. Het was een eindeloos verhoor, met veel klappen en geweld. Het liep volledig uit de hand. En op een gegeven moment was het duidelijk, moet het hem duidelijk zijn geweest dat er geen weg terug meer was.'

Zijn rustig en bedachtzaam uitgesproken woorden leken een echo te veroorzaken die als een kiezelsteentje over het water scheerde, kleine kringetjes achterliet en wegzonk in de diepte van het zwarte meer, zoals ooit het volk dat de goden niet meer vreesde.

Eerst keek ze hem niet eens aan, alsof ze niet kon geloven wat hij haar vertelde, maar haar hele lichaam spande zich en er leek een huivering door haar aderen te trekken.

'En bij hem, bij de kolonel, vocht ze nog, ze verzette zich, krabde en beet. Maar toen Aljosja zich door het hoofd had geschoten, hield ze op... ze verroerde zich niet meer, keek dwars door ons heen, was er niet meer, ze was alleen nog een omhulsel, een lichaam, misschien maakte dat de anderen nog wilder. Daarna was Petroesjov aan de beurt. Uit zijn blik sprak een enorme opwinding. Die blik was weerzinwekkender dan alle klappen die nacht. Zajka, de door het leven verkrachte Zajka, hield de wacht, het was zijn taak om de anderen een handje te helpen, haar vast te houden... Daarna werd ik naar haar toe geduwd. En toen ik dicht bij haar was, kwam ze weer bij, keerde ze terug, ze keek me aan, keek niet meer dwars door me heen, en ik begreep waar ze me met haar blik om vroeg. Ik begreep het meteen. Iemand trok mijn broek omlaag, ik weet niet meer wie. Ik was het gevoel voor tijd, elk gevoel voor wat er gebeurde kwijtgeraakt. Het ging mijn bevattingsvermogen te boven. Ik voelde haar halfnaakte lichaam onder me, ik voelde haar walging en haar uitputting, ik kon haar niet aanraken, ze sloegen op me in, en toen... deed ik alles automatisch. Alsof het niet mijn lichaam was, alsof het niet mijn handen waren. Die vernedering, de ergste voor een vrouw in dit land, wilde ze niet langer moeten verduren. Niet nog twee mannen die haar lichaam schonden. Toen ik op haar lag, legde ik mijn handen om haar keel en kneep. Ze verzette zich niet, ze keek me recht in de ogen en liet toe dat ik haar uit haar lijden verloste. Als een aangeschoten dier dat voelt dat het geen kans meer heeft, dat zelfs verlangt naar de dood. De anderen begrepen eerst niet wat ik deed en toen ze het in de gaten kregen, hielden ze me niet tegen. Gefascineerd stonden ze om me heen en keken hoe ik haar wurgde om haar... Ik kneep steeds harder en ze verroerde zich niet, het was ongelofelijk hoe vastberaden ze de dood tegemoetzag. We hadden haar alles afgenomen, alles wat ze was, ze was zichzelf niet meer, en wat we van haar hadden overgelaten, dat wilde ze niet zijn. Ik schreeuwde, ja, ik geloof dat ik steeds harder schreeuwde en steeds harder kneep. Er kwam gereutel uit haar keel, dat weet ik nog, haar benen schokten, haar armen trilden, maar ze verzette zich niet. Ik heb haar vermoord.'

De generaal pakte de riemen en begon weer te roeien.

De tranen liepen over haar wangen. Ze veegde ze niet eens af. Ze keek hem aan, keek hem alleen maar aan. En nooit had ze meer op haar geleken dan op het moment dat ze op het mistige meer dreven, gehuld in kou en nevel, ergens op de grens met het verleden, de grens met een andere wereld, de grens tussen hemel en aarde, de grens tussen de grootste verschrikking en de barmhartigste liefde.

'Daarom vond ik het goed dat je meeging,' zei hij en hij was verbaasd dat zijn stem zo helder en beheerst klonk. 'En omdat ik weet dat je me niet zult tegenhouden om te doen wat ik ga doen,' voegde hij eraan toe.

De onheilspellende vogel die in die nacht met zijn spitse vleugels en zijn oorverdovende gekrijs de hemel had doorkliefd, vloog nu in de dichte nevelsluier over hun hoofd, alleen konden ze hem niet zien, zoals ze hem ook toen niet konden zien.

Hij keerde de boot langzaam, het geluid van de riemen in het water deed denken aan zacht gejank.

'O nee?' vroeg ze met doffe stem en pas na een vrij lange stilte.

'Nee.'

'Hoe weet u dat?'

'Omdat jij het ook wilt.'

'Wat wil ik? Wat moet ik willen?'

'Je wilt dat we krijgen wat we verdienen.'

Ze zei niets meer en haalde in plaats daarvan met trillende handen een pakje sigaretten uit haar zak. Er spatte wat ijskoud water in de boot en ze trok instinctief haar voeten in. Het oplichtende vlammetje loste heel even de nevel op en maakte dat ze elkaar beter zagen. Ze keken elkaar aan. En een moment lang wist hij niet wie hij voor zich had – Noera of haar toevallige dubbelgangster.

'Laten we langzamerhand maar teruggaan. Het is tijd voor het ontbijt en mijn waarde gasten wachten.'

Hij stapte over op de toon van een vriendelijke hotelbaas en koerste op de onzichtbare oever af. Door die plotselinge omschakeling in de war gebracht concentreerde zij zich op haar sigaret alsof het de allereerste was. Zwijgend bereikten ze de oever. Sjapiro stond met een gigantische lamp op de steiger om hen bij te lichten. Ook Achmad was op de oever verschenen en leek opgelucht toen ze weer vaste grond onder de voeten hadden.

Kat rende snel naar boven, hij haalde haar in en vroeg haar nog even te wachten.

'Ik wil je iets geven.'

'Mij?'

'Ja, dit is van haar geweest.'

Hij haalde de toverkubus uit zijn zak, die haar onwillekeurig een glimlach ontlokte.

'Van haar?' vroeg ze verbaasd, terwijl ze de puzzel eerbiedig in haar hand nam.

'Ja, van haar. Zij heeft het raadsel opgelost en was vreselijk trots. Maar mijn dochter heeft hem verdraaid...'

'Het spijt me heel erg wat er met uw dochter is gebeurd. Zij had niet het slachtoffer mogen worden.'

Ze keek naar de grond, terwijl ze de Rubiks kubus ronddraaide in haar hand.

'Moesa Osmajev was een buurjongen van haar. Ik heb

navraag gedaan. Hij zit nu in Syrië. Hij had ook niet het slachtoffer mogen worden. Net zomin als de eerlijkste mens die ik ooit heb ontmoet, Stanislav Pasternak. Ook twee neven van Noera, Osman en Avloer, hadden niet het slachtoffer mogen worden. Zij zijn na de eerste oorlog in het verzet gegaan en hebben zich in terroristenkampen laten opleiden. Haar moeder had ook niet het slachtoffer mogen worden en vooral haar jongere zusje niet, van wie Noera heel veel hield en dat, nog geen elf jaar oud, naar Ingoesjetië moest vluchten, want na het proces was de familie bang was voor wraakacties en overvallen... En ook mijn dochter had niet het slachtoffer mogen worden. Je hebt volkomen gelijk! Maar bedankt... Ach, daar hebben we onze vriend al.'

Onno stond zonder jas, in alleen een trui, bij de ingang van het hotel met een bezorgd gezicht in hun richting te turen.

'Hij hield echt van haar. Hij heeft haar niet alleen maar gebruikt.'

De woorden kwamen er onbeholpen uit, alsof ze er zelf niet in geloofde, maar ze voelde zich verplicht hem in bescherming te nemen.

'Ach, werkelijk?' zei de generaal kil en hij wachtte haar antwoord niet meer af maar liep langs Onno de lobby in.

Hij trok zich terug in de conferentieruimte. Hij ging achter de computer zitten en nam zijn mails door. Had hij echt alles geregeld, beëindigd, afgesloten? Eigenlijk wel. Maar voor de zekerheid controleerde hij het nog één keer. De documenten lagen keurig netjes gesorteerd in een map op het bureau. Sjapiro zou zich erom bekommeren. Hij had zo graag de stem van Jevgenia nog een keer gehoord. Nog een keer een blik op haar geworpen. Hoe ze met haar zachte tred door de kamers liep, met de honden, haar trouwe makkers, braaf achter zich aan. Hij had graag haar handen gepakt en haar handpalmen gekust. Het verlangen naar haar het was het enige wat hem nog met het leven had verbonden. Jevgenia met haar fonkelende ogen en haar wil om de wereld te bewijzen dat er goed met hem te leven viel, dat je gemakkelijk van hem kon houden, dat ze gelukkig konden zijn, ondanks alles... En haar kwaadheid, haar woede toen ze langzaam werd buitengesloten uit zijn leven. Hij had haar net zo lang afgewezen tot ze ging, tot ze wel moest gaan. En toch hoopte hij dat ze hem goed genoeg kende om te weten dat hij het niet deed om de banale reden dat hij niet meer van haar hield. De afgelopen weken had hij zich wel geregeld afgevraagd hoe het geweest zou zijn als hij haar diepste wens had kunnen vervullen en haar zwanger had kunnen maken. Zou hij dan ook hier zitten? Zou hij Ada's erfenis dan voor de toekomst van het ongeboren kind laten gaan? Maar uiteindelijk was die vraag niet meer van belang, zoals de meeste vragen die nog door zijn hoofd spookten. Het enige wat nu nog telde, was deze dag. De laatste dag van het jaar. Waarschijnlijk ook de laatste dag van zijn leven – want het lot kon niet zo dwaas zijn om uitgerekend hem in leven te laten!

Tot zijn verwondering bleef de verwachte plechtige stemming uit. Het leek hem onnatuurlijk er iets pompeus, iets opera-achtigs van te maken, maar misschien lag het ook aan de omgeving. Aan de stilte, de alles dempende mist, de volmaakte rust. Op weinig plaatsen in de wereld heerste zo'n onverschilligheid tegenover al het menselijke als hier. Alsof de mens een vergissing was, een foutje van de natuur, een rustverstoorder, alsof de natuur met haar bergen en haar water in perfecte harmonie verkeerde zonder hem. En waarschijnlijk was dat ook zo. Hij had hier nooit naartoe moeten gaan. Naar dit oord van de goden en de strenge adatwetten, die deels mondeling werden overgeleverd, deels met behulp van de *tjaptaren*, de perkamentrollen waarop de Tsjetsjeense geschiedenis was vastgelegd. Niet alleen hij, niemand had hier iets te zoeken. Sinds onheuglijke tijden hadden de mensen hier geleefd, hun goden offers gebracht en hun voorvaderen vereerd, hun helden geroemd en hun vijanden meedogenloos afgestraft. Zo waren zij die in deze door bergen en heuvels ingesloten wereld leefden en genoeg hadden aan zichzelf. Die zich niet interesseerden voor de verworvenheden van de westerse beschaving en in plaats daarvan hun *sykr*, hun martelaarsdans, dansten en hun dodenliederen zongen. Ze waren onder elkaar, op zichzelf, net als de natuur. Ze grepen zo weinig mogelijk in de natuur in, misschien in de hun door de voorvaderen overgeleverde wetenschap dat wie de goden niet meer vreesde, door de diepten van het meer zou worden verzwolgen. Slechts weinigen, slechts enkele moedigen waagden het om weg te gaan, om die passen en de bergen te trotseren en naar andere werelden te vertrekken. Het meisje met de gitzwarte ogen was een van die moedigen geweest en misschien, misschien zou zij het hebben gered en ontsnapt zijn aan deze zelfgenoegzame wereld, waarin het verleden nooit ophield verleden te zijn. Misschien zou ze zijn aangekomen waar ze wilde aankomen – door hem en Aljosja dode kippen te verkopen en het raadsel van de toverkubus op te lossen.

Sjapiro klopte op de deur.

'Achmad vraagt wanneer het eten moet worden opgediend.'

'Tegen achten lijkt me goed. Ja, om acht uur.'

'Er was nog een klein incident.'

'Wat voor incident?'

'Petroesjov heeft geprobeerd 'm te smeren.'

'Aha. Waar is hij gesnapt?'

'Eerst heeft hij geprobeerd zijn mobiel te pakken te krijgen en toen... hij was in het bos. De mannen hebben hem teruggehaald. Moeten we maatregelen nemen?'

'Nee, het is in orde.'

Gelukkig onthield Sjapiro zich van verder commentaar. Ze kenden elkaar te goed voor dat soort banaliteiten. Dat waardeerde hij in hem.

'Heb je er al over nagedacht wat je gaat doen? Ik bedoel hierna?' vroeg de generaal.

'Ik ga terug naar Odessa. Voor mijn neef en nicht zorgen. Niets bijzonders.'

'Ja, dat is goed, dat is heel goed,' zei hij in gedachten verzonken, wat voor Sjapiro een duidelijk teken was om zich weer terug te trekken.

'Ik zal overal voor zorgen. Alles gebeurt zoals jij het hebt bepaald,' zei Sjapiro en hij mompelde zachtjes 'dank je wel' nadat de deur al in het slot was gevallen.

Zo voelde het dus. Zo weinig spectaculair en zo rustig. Zo voelde het om dingen recht te zetten, alles op zijn plaats, zo voelde het om los te laten, af te sluiten. Zo volstrekt ondramatisch. Soms vroeg hij zich af of de angst, de permanente metgezel uit zijn jeugd, nu, aan het eind van zijn leven niet toch nog terug zou keren, maar hij bleef uit. Kennelijk kon je die niet meer terugkrijgen als hij eenmaal uit je lichaam was verwijderd – en op die manier had hij zich niet alleen van de angst losgemaakt, maar ook van een deel van zichzelf.

Hij had zo graag Sonja terugzien. In haar lichte dagen, voordat alles onherroepelijk als door een geweldige aardverschuiving was verwoest. Hij had haar zo graag gezien en vastgehouden, in leven gehouden. Met haar in een vervallen leegstaand huisje in Sjtsjoekino gezeten, gekeken hoe ze rookte en haar verzekerd dat alles goed zou komen omdat ze elkaar weer hadden gevonden en besloten hadden van nu af aan hand in hand verder te gaan, een onoverwinnelijk leger van twee mensen, beschermd door de illusie van hun onverwoestbare liefde, zoals die alleen in een ellendige jeugd kan bestaan. Hij had graag tegen haar gezegd dat het niet haar schuld was dat ze wilde overleven, want uiteindelijk was ook de moraal een deugd die alleen de jeugd zich kon veroorloven. Hij had graag tegen haar gezegd dat ze zich niet had hoeven kwellen, dat Ada haar genoeg houvast had kunnen geven toen hij tekortschoot... Hij had graag met Ada in een Russische trein de eindeloze verten van een verlaten land doorkruist, thee uit de samowar gedronken en pirogs gegeten, gekeken hoe ze las, speelde, uit het raam keek, en 's nachts als ze sliep naar haar ademhaling geluisterd – haar ademhaling die, vermengd met de cadans van de trein, de mooiste melodie van de wereld zou hebben gevormd.

Hij had bij zijn moeder graag de gordijnen opengerukt, daglicht in haar schaduwbestaan binnengelaten, de oude wandkleden en portretten van zijn vader van de muur getrokken, de onderscheidingen en brieven uit de zware eiken kast in de vuilnisbak gegooid of ergens op de binnenplaats een vuurtje gestookt en alles verbrand. Hij had graag al haar deuren naar het verleden gebarricadeerd, haar miljoenen keren teleurgesteld, totdat ze op een dag had ingezien dat hij niet zijn vader was, dat in een tank rijden en in naam van het vaderland mensen doden niet de enige manier was om roem en eer te verwerven. Hij had haar Europa willen laten zien, dat ze alleen uit boeken kende, de Atlantische kust, in de hoop dat die andere wereld haar de ogen had geopend en haar van haar obsessie had genezen.

Hij had graag... Maar dat was allemaal pure sentimentaliteit, verder niets. Zijn leven was niet zo. Zijn leven was het tegendeel geweest, 'had graag' was er niet in voorgekomen. Alles wat hij had kunnen doen had hij gedaan, op zijn manier, en het was toch een goed leven geweest – een leven met veel privileges, een leven volgens zijn eigen wetten.

In een wereld waarin de goden zo wreed waren om hele dorpen te laten overstromen, voortdurend slachtoffers en offergaven eisten, wilde hij toch liever zelf een god zijn en geen mens.

Hij had de schilderijen die hem hadden verrukt en verbaasd niet alleen bekeken, maar ook in bezit gehad. Hij had anderen zover gekregen dat ze deden wat hij juist achtte. Hij had de wereld afgereisd en zijn dochter dingen laten zien die de meeste mensen nooit te zien kregen. Hij had een imperium opgebouwd en het punt bereikt dat geld een abstractie werd. Hij had toppen beklommen vanwaar zich een compleet nieuw perspectief op de wereld opende. En nu stond hij op het punt een vonnis over anderen te vellen, precies zoals de teleurgestelde goden ooit over het ongelovige volk hadden gedaan.

Hij was rechter en verdachte tegelijk, en dat kon hij zich allemaal veroorloven omdat hij was wie hij was. Omdat hij Sonja niet had vastgehouden, omdat hij bij zijn moeder niet de gordijnen had opengerukt en Ada niet tegen zichzelf had beschermd, omdat hij Jevgenia had afgewezen en weggestuurd. En omdat hij op een noodlottige zomerdag hier in de bergen een meisje net zo lang de keel had dichtgeknepen tot al het leven en alle hoop, alle liefde, alle pijn uit haar geweken was. En met dat alles bleef hij achter, en hij nam het op zich als zijn last, als zijn verdiende last.

Maar hij wou dat hij één ding anders had gedaan. Hij

wou dat hij opnieuw met Ada voor die muurschildering in Venetië stond, die hem tot tranen toe had ontroerd in die nacht toen zij, al bevangen door schuld en waan, rusteloos had rondgedwaald. Als hij nog een keer de kans had om naast haar te staan, schouder aan schouder, zij in een feestelijke jurk, zo mooi en trots, en als ze dan opnieuw op haar tenen ging staan en hem de vraag in het oor fluisterde: 'Papa, heb jij haar gedood?' – dan zou hij haar een ander antwoord geven en niet nee zeggen.

Dan zou hij haar alles vertellen, alles bekennen, en er nog aan toevoegen dat hij vanaf die ochtend alles maar dan ook alles had gedaan. Die ochtend, toen hij bij zonsopgang als moordenaar de schuur verliet, was zijn zucht naar meer gewekt, de zucht om zich alles toe te eigenen en alles te vernietigen wat hem daarbij in de weg stond, alles te bezitten wat hij zag, alles te proeven, te onderzoeken en alle grenzen te overschrijden. Haar dood had zijn angst weggenomen en hem ertoe veroordeeld zich haar onverschrokkenheid eigen te maken, ook al betekende het dat hij alles verloochende wat hem tot op die dag heilig was geweest.

En misschien, misschien zou ze hem dan begrijpen en kunnen vergeven... Maar misschien zou die bekentenis niets meer uithalen, misschien zou het al te laat zijn, omdat hij het leven had geleefd zoals hij het nu eenmaal had geleefd.

Hij keek op zijn horloge. Het was twaalf uur. Hij nam nog één keer de documenten door. Alles was netjes gesorteerd, alles was in orde. Hij keek uit het raam. De mist was opgetrokken.

De witte bergtoppen, met daaronder een paar eenzame sparren, tekenden zich roerloos en gehuld in dichte wolkensluiers tegen de hemel af. Even verdiepte hij zich in hun aanblik en vergat hij de documenten, het testament, de zaken die Sjapiro zou afhandelen, en zijn verdriet om alles wat niet was.

'Waarom is er donker en licht?' hoorde hij zijn amper vijfjarige dochter vragen. Ze stonden in het prachtige nieuwe huis dat ze na Sonja's dood en zijn eerste grote project hadden betrokken, midden tussen nog niet uitgepakte dozen. Na Sonja's dood was Ada bang geworden voor het donker en wilde ze alleen nog met het licht aan slapen, met een kussen over haar ogen.

'Omdat we zonder donker het licht niet zouden zien en zonder licht het donker niet,' antwoordde hij en hij vond het op de een of andere manier ongeloofwaardig klinken.

'Maar waarom moet ik het donker eigenlijk zien?'

'Altijd alleen maar licht, dat zou toch saai zijn!' zei hij en hij sloeg zijn arm om haar smalle schouders.

Hij voelde de angst in haar kleine nek, in haar wervels, hij voelde hoe de angst als een geruisloos dier in haar omhoogkroop en bezit van haar nam. Hij moest haar troosten, haar kracht geven, haar moed inspreken.

'Weet je, je hoeft niet bang te zijn voor het donker. Het donker dient alleen als camouflage voor het licht!'

Ze keek hem lang aan, leek zijn opmerking door haar kleine hoofdje te laten gaan, toen knikte ze en glimlachte. Ze was tevreden.

2016 | DE KAT

In het restaurant was een tot aan het plafond reikende kerstboom neergezet. De hele zaal was versierd met gouden lametta. Ze vroeg zich af hoe Achmad dat in zo korte tijd voor elkaar had gekregen. Uit onzichtbare speakers klonk van alle kanten muziek. Er brandden kaarsen en het rook naar gebraden vlees en wijn. Ze had de hele middag naar Onno gezocht, maar die leek van de aardbodem verdwenen. Sinds het boottochtje die ochtend had ze geen rust meer. Haar hart ging tekeer en ze brak zich het hoofd over de vraag hoe ze met Onno op tijd de benen kon nemen.

Als Petroesjovs theorie klopte en de generaal inderdaad de wraakzuchtige bewoners van de aoel op hen af zou sturen, was Onno niet hun doelwit, dus zou de generaal zijn rekening met hem persoonlijk vereffenen. Maar hoe zou dat eruitzien?

Wat had hij bedoeld toen hij zei dat ze hem niet zou tegenhouden en het afstandelijke u plotseling had verruild voor het vertrouwelijke jij? Tegenhouden bij wat? Ze had zich betrapt gevoeld en was bang geweest dat hij haar doorzag, een soortgelijk gevoel als toen Sjoejev op een haar na door een auto was geschept. Er kwam een mengeling van misselijkheid en paniek in haar op. Kwam het echt door Noera, doordat ze in haar geest dacht te handelen? En wilde ze dat wel? Wilde ze dat die mannen in handen vielen van de mensen die hen het meest haatten? Wat zou Noera daaraan hebben? Maar ze moest toegeven dat het idee dat hij hen zomaar zou laten lopen haar ook niet beviel.

Ze had meer dan een uur geprobeerd de kleuren van de toverkubus in de juiste positie te brengen, maar het was haar niet gelukt, geërgerd had ze het ding op bed gesmeten. Telkens had ze naar dat oude stuk speelgoed zitten kijken en zich afgevraagd wat het voor Noera betekend kon hebben. Zij zou dat stomme ding hoe dan ook oplossen. Zo niet vandaag, dan later wel.

Onno was gaan wandelen, werd er gezegd. Waarom liet hij niets van zich horen? Tenslotte hadden zij tweeën hun telefoon mogen houden. Ze had vijf gemiste oproepen en ettelijke sms'jes, die ze snel las voordat ze naar beneden ging voor het avondeten. Natalja en haar moeder maakten zich zorgen, of ze alsjeblieft iets wilde laten horen. Haar impresario had meer dan eens gebeld en toen een sms'je gestuurd met een heel regiment uitroeptekens: 'Bel terug, verdomme, het is belangrijk!!!!!' Haar huisbaas wilde weten of de woning nu leeg was en wanneer de sleuteloverdracht kon plaatsvinden. Een collega van het theater vroeg of ze een rol van haar kon overnemen, want haar moeder was ernstig ziek. En daartussen een berichtje dat haar nog het meest verraste, want in deze wereld, die Noera's wereld was geworden, leek hij al dagen, weken niet meer te bestaan. Dat hij in deze nieuwe realiteit opdook, was misplaatst, volkomen ongepast: 'Kijk in je mailbox, ik heb een compositie geschreven die ik naar jou heb genoemd!' Toen ze het berichtje las, barstte ze in lachen uit. Een compositie! Als vervanging van alles wat hij niet bereid was te geven. Ze lachte en was zelf verbaasd over haar vrolijkheid. Vervolgens wiste ze hun hele berichtengeschiedenis. Weg waren jaren van liefdesverklaringen, smeekbeden, dreigementen, beledigingen, touwtrekken, jaren van verlangen, van verwachtingen.

'Ik kom morgen naar Berlijn en laat zo snel mogelijk iets horen. Maak je geen zorgen. Het gaat goed met me,' sms'te ze in het Georgisch naar haar moeder.

'Wat is er? Kan nu niet bellen. Graag sms'en,' schreef ze snel aan haar impresario, en even vroeg ze zich af of het niet verstandiger was geweest om een of ander SOS-bericht de wereld in te sturen, een noodkreet, maar aan wie en vooral met welke boodschap? In plaats daarvan stuurde ze haar vijfde sms aan Onno: 'Laat svp iets horen! We moeten praten!'

Ze wierp nog een laatste blik in de spiegel. Een weerspannige lok was uit haar korte paardenstaart gewipt en hing over haar voorhoofd. Ze stopte hem terug. De witte pluk was ook in het donkere haar te zien, alsof die het snelst uitgroeide, alsof hij niet weg te krijgen was, ook al verfde ze haar haar. Misschien was dat goed, misschien moest ze die plek juist nu zien om zeker te weten dat ze Kat was en nog niet al haar levens had verbruikt, dat ze ook deze nacht zou overleven. Ze deed wat lippenstift op en verliet de kamer.

De meesten zaten al aan de lange houten tafel, die overvloedig was gedekt. Er waren Russische en Tsjetsjeense gerechten, maar ook een Europees vleesgerecht in wijnsaus, kwartels, lamsstoofpot, rodebietensalade en vis in mosterdsaus, bergen fruit en flessen champagne, op zich al zo mooi dat ze heel goed voor tafeldecoratie konden doorgaan. In de hoek stond een tafel waarop de verrukkelijkste zoete lekkernijen waren uitgestald: chocoladetruffels en kleurige macarons, traditionele appeltaart en nogataart met crème van gecondenseerde melk. Ze bekeek de weelde met ingehouden adem. De rode kaarsjes van de lichtslingers waarmee de grote kerstboom was versierd, dompelden het geheel in een theatraal licht en versterkten de gekunstelde sfeer. De feestelijkheid in het vertrek en de overvloed aan eten vormden een schril contrast met de sombere gezichten van de aanwezigen.

'Daar hebben we de enige dame in ons gezelschap, kom binnen, ik was de heren net de geschiedenis van deze champagneflessen aan het vertellen, het is namelijk een heel bijzonder verhaal, dat u misschien ook interesseert.'

Ze vroeg zich af of het jij waarop hij in de boot was overgestapt, alleen te maken had gehad met zijn biecht, of de intimiteit, het breekbare en naakte van dat moment hem daartoe hadden gebracht – of was zijn jij eerder bedoeld geweest voor Noera? Nu was hij weer teruggekeerd tot het vormelijke, afstandelijke u, waarmee hij haar meteen weer in de rol van buitenstaander plaatste.

Maar ze verbaasde zich vooral over zijn opgewekte, neutrale toon, alsof het om twee totaal verschillende mensen ging – de man die 's ochtends met haar in de boot over het mistige meer had gevaren en de man die nu de onbekommerde gastheer speelde en voor wie het welzijn van zijn gasten boven alles ging.

'In de Eerste Wereldoorlog bracht een onderzeeër van de Duitse marine voor de Finse kust de Jönköping tot zinken, die een exclusieve lading aan boord had, namelijk verscheidene kisten Piper-Heidsieck-champagne uit 1907. De flessen waren oorspronkelijk voor de Russische tsarenfamilie bedoeld, maar het lot wilde dat ze nooit de plaats van bestemming bereikten. Ik geloof dat de circa tweeduizend flessen pas in 1997 geborgen konden worden. Dankzij de koele opslag was de kwaliteit van de champagne bewaard gebleven. Het Ritz-Carlton in Moskou kocht een paar flessen... en ik ook. Neem een glas! Laten we toosten, een betere gelegenheid zal zich niet zo gauw meer voordoen!'

Hij ontkurkte een fles, het goudkleurige bubbelwater schuimde eruit, liep over de flessenhals en over zijn handen, hij schonk de champagne in de hoge kristallen glazen.

Kat ging naast Onno zitten. Tegenover haar zat Joeritsj met een verbijsterd gezicht naar de overvloedig gedekte tafel te kijken. Sjoejev zat naast Petroesjov en rookte met trillende vingers de ene sigaret na de andere. Petroesjov staarde in een onbestemde verte en zag er nogal beroerd uit. Wat dachten ze? Wat hoopten ze? Zou dit hun galgenmaal worden? Onno had donkere kringen onder zijn ogen en maakte een afwezige indruk.

'Ik heb je overal gezocht,' fluisterde ze tegen hem.

‘Het spijt me, ik moest alleen zijn, ik moest nadenken,’ fluisterde hij terug, terwijl hij zijn bord volschepte.

De generaal bediende hen, vulde hun glazen bij, spoorde hen aan toe te tasten, maar bleef vooralsnog de enige die in eindejaarsstemming leek te zijn. De anderen werden duidelijk gekweld door akelige vermoedens.

Plotseling begon Joeritsj te bidden en te smeken en richtte zich rechtstreeks tot haar. Ze vond het onaangenaam dat hij haar zo direct aansprak, haar om genade smeekte, maar het feit dat hij haar nog steeds voor Noera’s zus aanzag of wilde aanzien, streelde haar ook op een griezelige manier.

‘Val de dame niet lastig, beste Wanja, dit is niet het goede moment. We willen immers feestvieren. Achmad, kun je de muziek wat harder zetten, ja, dank je! Laten we drinken op een nieuw begin, laten we erop drinken dat het komende jaar op z’n minst voor sommigen van ons een eerlijk nieuw begin zal worden!’

Orlov stond met geheven champagneglas bij de tafel. Zijn tafelgenoten vroegen zich af wat ‘voor sommigen van ons’ betekende. Moest die zin hun hoop geven? Zat Petroesjov ernaast met zijn theorie? Was het de generaal, zoals Onno beweerde, er toch alleen om begonnen bekentenissen en inzichten af te dwingen, en hen na deze nacht gelouterd weer het leven in te sturen?

Ook Kat voelde hoe de angst haar steeds meer in zijn greep kreeg, hoe hij haar keel dichtkneep, zich in haar knieholten nestelde, in haar oren ruiste. Deze man was niet te vertrouwen, daarvoor droeg hij te veel wanhoop, te veel zelfhaat en verachting met zich mee. Hij zou zich met geweld moeten ontladen en voor die uitbarsting was niemand veilig. Wat had hij bedoeld toen hij zei dat zij hem niet zou tegenhouden? Waarom zij? Wilde hij haar als getuige?

De bergen om hen heen leken hun adem in te houden in afwachting van iets groots. De luchtbelletjes in de goudkleurige drank uit het gezonken schip vermengden zich met de angst en de radeloosheid van de gasten, die tegelijk gevangenen waren. De muziek overstemde de onderdrukte kreten. De wandklok hield niet op met tikken en veranderde steeds meer in een tijdbom. De sneeuw dempte de zuchten en het vuur in de open haard slokte al het trillen op. De haat kleefde aan de handen en het zilveren bestek dat de mannen angstvallig vasthielden.

Kat dacht aan de woestijn waar ze net was geweest, ze probeerde zich te concentreren op de goudkleurige duinen, die zo adembenemend mooi waren en haar rust hadden geschonken. Noera en haar. Ze moest zich beheersen, zij tweeën bestonden alleen vandaag nog. Vannacht. En ze moest Onno zien te beschermen. Want Onno was Noera's eerste liefdesnacht, haar eerste man in een ander leven, een leven waarin ze niet was verkracht en vermoord. Een leven waarin ze niet met een oorlog was geconfronteerd, waarin ze met haar kippen genoeg geld had gespaard om ervandoor te gaan, de grote wijde wereld achter de bergen in. Een wereld die zij, Kat, voor haar gereed had gehouden en met bonte kleuren en allerlei belevenissen had gevuld, een wereld waarin ze het spoor van haar dromen kon volgen en gelukkig kon worden. In dat leven was Noera Onno tegengekomen en van hem gaan houden. Een man die haar plezier deed en geen pijn, die zacht en lief voor haar was geweest, een goede vriend, een trouwe metgezel. Noera zou niet toelaten dat hem iets overkwam. Ze zou hem beschermen... In dat nieuwe leven, dat Kat aan Noera had afgestaan, had ze de woestijn leren kennen en bij het zien van die ondraaglijke schoonheid moeten huilen. Op de weg van de Duizend Kasbahs, langs miljoenen dadelpalmen en gouden paleizen van zand. In dat leven had Noera vrijheid gevonden en was ze misschien... ja, wie weet, buikdanseres geworden in een sprookjesachtige oriëntaalse club, tot wanhoop van iedere toerist die zich halsoverkop in haar duizend-en-eennachtbeloften had gestort en erin was verdronken, of wereldreizigster, cartografe van de wereld en haar schoonheid, architecte, fotografe, pilote, die de wereld vanuit de wolken verkende, of misschien zelfs actrice, ja, waarom eigenlijk niet.

In dat van Kat geleende leven bestond geluk en opwinding, je had er muziek en bruisende feesten, kleurige jurken en hooggehakte schoenen, waar je blaren van kreeg, maar zo trots op kon lopen, je had er liefde, een thuis, een of meer mensen die er altijd voor je waren, bereid om je eraan te herinneren wie je was, je had er levenslange verbondenheid en beloften die werden nagekomen, je had er mooie maar nutteloze voorwerpen, zoals zilveren, op een markt in Ouarzazate op de kop getikte kruiken, je had er aanrakingen waar je zelfs jaren later, alleen al bij de herinnering, kippenvel van kreeg, en onvergetelijke kussen, die smaakten naar meloen en hummus. Je had er wilde geiten en dromedarissen, bedoeïenen met ogen vol zand en duizenden jaren wijsheid in hun handpalmen, je had er liefde, die soms als een zandduin werd weggeblazen, maar mettertijd opnieuw en zelfs nog hoger kon opstuiven. Dat kwam allemaal voor in Noera's andere leven, en er mochten geen verschrikkingen binnendringen, geen geweld, al die schoonheid mocht niet worden bedreigd, dat leven mocht door niets in gevaar komen.

Ze haalde diep adem en concentreerde zich op de muziek. De paniek maakte plaats voor de zelfbeheersing en de helderheid die ze de afgelopen weken had gehad.

Sjoejev, die zijn bord had weggeschoven en zich een groot glas cognac inschonk, sprong plotseling op en stond op het punt zich op haar te storten.

'Het komt allemaal door die hoer, door die hoer zijn we hier, kom hier, vuile slet!'

Nog even en hij zou haar te pakken hebben en haar aan haar haren over de grond sleuren, maar voordat Onno kon ingrijpen, stond Sjapiro al voor de oude man, greep hem in zijn kraag en dwong hem op zijn knieën. Hij fluisterde hem iets in het oor, waarop Sjoejev verbleekte en weer naar zijn plaats wankelde.

'Alles in orde?' vroeg de generaal op bezorgde toon. Ze knikte, ook al was er niets in orde.

'We moeten praten,' fluisterde ze in Onno's richting. Onno, die afwezig op zijn eten zat te kauwen, knikte.

'Ja, zodra we de kans krijgen, gaan we naar buiten om een sigaret te roken.'

'Oké.'

De generaal, die intussen aan tafel was gaan zitten, praatte aan één stuk door. Hij vertelde hoofdzakelijk banale anekdotes over de gebruiken en tradities van de streek, dan weer hield hij een monoloog over de muziek die net werd gedraaid, of hij droeg iets voor van Lermontov en had het over Tolstojs tijd in de Kaukasus, terwijl de andere aanwezigen steeds meer inzakten, onbeweeglijker en stiller werden, eruitzagen als wassen beelden in een griezelkabinet.

'Weten jullie dat er in dit land nog nooit een weeshuis of een bejaardentehuis heeft bestaan? Nog nooit!' zei hij en hij schonk zich nog wat Armeense cognac in. 'Hé, Petroesjov, wist jij dat?'

'Wat zeg je?'

Petroesjov keek hem verward aan, alsof hij uit een droom ontwaakte.

‘Ze hebben hier geen weeshuizen of bejaardentehuizen. Hebben jullie daar weleens bij stilgestaan? Het is hier een schande om een kind dat geen ouders meer heeft niet bij je in huis te nemen of niet zelf voor je ouders te zorgen.’

Niemand begreep waarom hij uitgerekend daarover begon, uitgerekend nu zoiets vertelde, maar niemand had zin om hem te volgen, alle gedachten aan tafel draaiden om de zuurhoudende onzekerheid die de nacht in petto had en die alles dreigde op te lossen.

‘Volgens mij zegt dat veel over dit land, over deze mensen, denken jullie ook niet?’ babbelde de generaal opgewekt door. Alleen Sjapiro, die aan het eind van de tafel zat en water dronk, leek te luisteren. ‘Kom, Petroesjov, zeg eens wat, vroeger was je toch ook goedgebekt!’

‘Dat ben ik nog steeds, zolang het uit vrije wil is. Ik praat graag als vrij man, maar niet als ik tegen mijn wil ergens word vastgehouden.’

‘Daar vergis je je schromelijk in, Borja. Je hele leven is één grote dwang, net als dat van mij en van de kolonel en van soldaat Joeritsj. We zijn op plaatsen geweest waar we niets te zoeken hadden, en we hebben dingen gedaan die we niet hadden moeten doen. We hebben steeds gebogen voor de wil van anderen en onszelf wijsgemaakt dat het onze eigen beslissing was. Denk je dat je ook maar één seconde in je leven vrij bent geweest? Geloof je dat ook maar één Rus op de wereld vrij is? Of het ooit is geweest? Onze vrijheid is gekocht met onzichtbaarheid en zwijgen, of ze eindigt in een werkkamp of in het gunstigste geval in een cel van drie bij drie. Onze vrijheid is stilstand en apathie of angst. En daarom moeten we voortdurend iemand anders van zijn vrijheid beroven, moeten we als ongenode gasten ergens binnenvallen en ons die vrijheid toe-eigenen. Omdat we er niet tegen kunnen als iemand iets heeft wat wij nooit hebben gehad en ook nooit zullen hebben, en weet je waarom dat zo is, Borja? Omdat we elkaar allemaal om zeep zouden helpen, zoals gebeurde toen ze ons voor korte tijd de langverwachte vrijheid gunden. Wij kunnen helemaal niet vrij zijn. We willen niet vrij zijn. Kom op, je bent een ontwikkeld man, je hebt er toch weleens over nagedacht waarom bepaalde dingen zijn zoals ze zijn?'

'Nu wil je mijn mening horen, nu wil je ineens weten wat ik denk? Wat ik van jou denk? Wat ik van alles vind? Wij moeten wel ergens binnenvallen, zodat er niet iemand bij ons binnen kan vallen. Iemand die zijn eigen mensen verraadt omdat hij beter denkt te zijn dan de rest. Iemand zoals jij. En jij wilt mij iets over moraal vertellen? Serieus? En die lui in het dal destijds, die waren beter? En toen kwamen wij en hebben we van voorbeeldige mensen beesten gemaakt? Vind je dat echt? Die oorlogszuchtige primitievelingen, die nog altijd in bloedwraak geloven en onze vrouwen en kinderen opblazen? Jij hebt haar gedood, Orlov. Jij en niemand anders!'

Kat zag vanuit haar ooghoeken dat Onno behoedzaam zijn bestek neerlegde en zich als in slow motion naar de generaal omdraaide. Hij staarde hem aan alsof hij een spook had gezien, alle kleur trok weg uit zijn gezicht, de donkere kringen onder zijn ogen waren intussen in zwarte vlekken veranderd.

'Ja, jij bent en blijft de moordenaar, Orlov! Wie je ook op ons af wilt sturen, het is een uitgemaakte zaak. En je hebt mijn aanbod destijds aangenomen, je hebt mijn aandelen ingepikt en je als de neten verrijkt, en nu zit je ons hier iets te vertellen over slachtoffers en daders? Over schuld? Wie z'n schuld? Ik voel me niet schuldig. Sjoejev en Zajka ook niet. Wij kunnen jou niet van je schuld bevrijden. Wij hebben gedaan wat er gedaan moest worden, we hebben een terroriste opgepakt en geprobeerd informatie los te krijgen. Misschien dat onze methoden niet zo zachtzinnig waren, maar het was oorlog, verdomme, en als we het niet hadden gedaan, wie weet, had zij of een van die psychopathische neven van haar ons opgeblazen.'

Orlov veegde doodkalm zijn mond af met een wit linnen servet en keek Petroesjov aan.

'Ik heb haar gedood omdat er voor haar geen ander einde kon zijn, mocht zijn, omdat ze na alles wat jullie hadden gedaan, wat wij hadden gedaan, nooit vrij was gekomen. Dat hadden jullie nooit toegelaten. Ik heb haar uit haar lijden verlost. Ja, dat heb ik gedaan. En daarna wilde ik de verantwoordelijkheid op me nemen. Dat recht heeft niemand me gegund. Jullie niet en mijn vaderland niet. Daarom zitten we hier. En ja, Borja, bedankt voor de kans om de bakken geld te verdienen waarmee ik jullie allemaal heb gekocht. Hartelijk bedankt voor de kans om dat ongekende talent in mezelf te ontdekken. Want niet jullie schuldgevoelens hebben jullie hier gebracht, niet eens Noera en haar dood, niet de oorlog, niet het verleden – het is gewoon het geld. En nee, ik heb me geen illusies gemaakt dat jullie veranderd zouden zijn. Maar misschien wilde ik ergens de hoop niet opgeven dat wat er achter ons ligt sterker is dan geld, wat natuurlijk een vergissing was. Nou ja, laten we dit onaangename deel van de avond kort houden. Ik merk dat geen van jullie echt zin heeft om feest met me te vieren, en ik kan jullie ook niet dwingen. Laten we het vuurwerk dan maar overslaan, ik stel voor dat we elkaar precies om halftwaalf boven in de biljartkamer zien.'

Haar handen trilden toen ze amper een paar minuten later met Onno op het terras stond en probeerde hem te omhelzen.

'Ik geloofde haar niet, zelfs na haar dood geloofde ik het niet. Ik was er zo zeker van dat een van hen drieën het had gedaan,' mompelde Onno, die in haar omarming verstarde.

'Het speelt geen rol meer, Onno. Je moet de hele zaak loslaten. We moeten hier weg. Ik geloof dat Petroesjov gelijk heeft, hij is gek genoeg om ze allemaal te laten neerschieten, daar is hij echt toe in staat. Het doet er nu niet meer toe. Het speelt geen rol meer. Laten we maken dat we wegkomen. We pakken een auto en vertrekken. Ik heb niets gedronken, ik vind de weg wel. Onno, kijk me aan, kijk me aan en zeg dat je me hebt begrepen!'

'Waar heb je het over?'

'Je hebt me beloofd dat je niets zult doen wat je serieus in gevaar brengt. Dit is serieus, verdomd serieus. Ik wil dat we teruggaan.'

'Terug? Waarheen? Wat is er met je aan de hand, verdorie?!'

Hij keek haar aan, maar hij keek dwars door haar heen. Hij was er niet echt bij, hij was onbereikbaar.

'Ik kan hier niet weg. Niet meer.'

'Natuurlijk wel. We gaan in Berlijn opnieuw beginnen, we gaan...'

Ze praatte ademloos, met haar armen stevig om hem heen. Plotseling begon ze te snikken. Niet meer als Noera, maar als zichzelf, ze was weer Kat, met al haar angsten en haar machteloosheid tegenover de dingen die te gebeuren stonden, ze voelde pure, dierlijke angst, zoals op de dag dat haar vader in de beige Lada vol gas gaf. Het was de angst voor haar eigen leven. Ze bad en smeekte, ging op haar tenen staan en kuste hem om hem op de een of andere manier terug te brengen in het heden, bij zichzelf. Langzaam leek hij uit zijn apathie te ontwaken, ze voelde hoe zijn lichaam steviger werd, hoe hij zijn armen om haar heen sloeg.

'Ik zal de juiste beslissing nemen. Vertrouw me.'

'Nee, je moet het me beloven. Laten we een punt afspreken. Hij heeft gezegd dat je de keus hebt. Ik ook. We vertrekken. Ik vertrek niet zonder jou.'

'Oké, oké, ik heb het begrepen.'

'Geen enkel verhaal is het waard dat jou iets overkomt.'

'Mij overkomt niets.'

'Goed, vertel me dan waar en wanneer we afspreken.'

'Ik... weet het niet.'

'We kunnen ook meteen weggaan. Hij zal je niet dwingen te blijven, we gaan met hem praten en...'

'Ik ben het haar verschuldigd,' zei hij opeens en hij maakte zich uit haar omhelzing los.

'Goed, dan niet meteen, zoals je wilt. Maar zeg me waar en wanneer we afspreken.'

'Om halfeen. Bij de ingang.'

'Oké, om halfeen bij de ingang. En zorg dat je op tijd bent. We rijden samen terug.'

Voor hij weer naar binnen ging, draaide hij zich nog een keer om, knipoogde naar haar en zei: 'Bedankt!'

Ze wist niet waarvoor hij haar bedankte, ze stak haar tong tegen hem uit. Opeens voelde ze een hevig verlangen om hem te kussen, maar hij was al door de deur verdwenen.

Het feest was afgelopen. Het vuurwerk bleef uit. Het meer werd opgeslokt door de zwarte nacht.

Ze ging naar haar kamer. Probeerde te kalmeren. Ze onderdrukte het verlangen om bij Onno aan te kloppen. Ze ging weer naar buiten om te roken, daarna liep ze de lege eetzaal in en sloeg de halfvolle glazen achterover, alles door elkaar, alles snel. Opnieuw ging ze naar haar kamer en rookte op het balkon nog een sigaret, ze tuurde in de duisternis om ergens een lichtje te ontdekken, een teken, een waarschuwingssein, een sprankje hoop, maar er was niets te zien. Er heerste weer een onnatuurlijke stilte rond het hotel. Ze hoorde haar eigen ademhaling. Ze probeerde aan het goudkleurige woestijnleven van Noera te denken. Ze pakte haar spullen bij elkaar.

Even voor halftwaalf klopte Sjapiro op haar deur en vroeg haar mee te komen. Ze liepen de trap op naar de bovenste verdieping en gingen een dennengroen geschilderde kamer binnen, die met het grote biljart en de met groen laken overtrokken ronde kaarttafel veel weg had van een Engelse herenclub. In de hoek bevond zich een kleine bar met een groot assortiment drank en diverse leren barkrukken ervoor. Aan de muur hing een eenzaam schilderij, waarop een zomerse laan te zien was.

Aan de andere kant van het vertrek was een ingebouwde spiegel.

De generaal zat met zijn gezicht naar de balkondeur en staarde in de nacht. Van de anderen ontbrak nog elk spoor. Toen ze binnenkwam, stond hij op en liep naar haar toe.

'Ik wilde u vragen nu een beslissing te nemen. Straks komen de drie heren, u kunt meteen weggaan of in de kamer hiernaast ons spel verder volgen. Die spiegel daar vooraan is een doorkijkspiegel. Erachter bevindt zich een vertrek vanwaar u goed zicht hebt op de kamer hier.'

'Wat bent u van plan?'

'Dat kan ik helaas niet zeggen, ik ben geen spelbreker. Maar ik kan u wel vertellen dat het iets is wat u misschien liever niet wilt zien. De beslissing is aan u.'

'Maar als ik niet weet wat u van plan bent, hoe kan ik dan een beslissing nemen?'

'Ik denk dat u wel weet wat hier kan gebeuren.'

Hij keek haar met zijn doordringende, heldere ogen aan. Ze doorstond zijn blik.

'En hoe zit het met Onno?'

'Het is aan hem of hij deelneemt aan het spel of niet. Het

aanbod staat. Of hij krijgt de exclusieve rechten op mijn levensverhaal, wat hij kennelijk heel graag wil, en dan moet hij meespelen, of hij laat het zitten en vergeet de hele boel.'

Ze wist niet wat ze moest zeggen.

Hij glimlachte en raakte heel even haar schouder aan.

'Hij is geen gevangene. Hij heeft de keus.'

'Waar is hij nu?'

'Dat weet ik niet. Hij komt zo, of ze zoeken hem en brengen hem hiernaartoe. Dus?'

'Ik... ik ga naar de andere kamer en dan... Kan ik dan tegen halfeen een van de auto's krijgen?'

'Natuurlijk. Komt in orde. U wordt naar Grozny gebracht en vandaar met het vliegtuig naar Berlijn. Bedankt voor alles. U bent een moedige vrouw. Het geld zal Sjapiro een dezer dagen op uw bankrekening storten.'

Haar mond was droog, ze kon amper op haar benen staan, ze wist niet wat haar overkwam, ze wist niet wat werkelijkheid was en wat zich alleen in haar hoofd afspeelde. Voor ze iets kon zeggen, kwam de gewapende robot en bracht haar naar de kamer ernaast.

Het was een klein vertrek zonder ramen, waarvan één muur helemaal in beslag werd genomen door de brede spiegel waardoor ze in de aangrenzende kamer kon kijken. Ze ging op een krakende stoel zitten en probeerde haar ademhaling onder controle te krijgen. Ze haalde haar telefoon tevoorschijn en tikte Onno's nummer in. Zijn telefoon stond uit. De juiste beslissing... Wat was de juiste beslissing die hij beloofd had te nemen?

;tuigd dat het kleurrijke, uit zandduinen en beloften bestaande leven van Noera niet bestand was tegen de dingen die zich hier zo voor haar ogen zouden afspelen. Ze hoorde niets, maar zag heel goed hoe de gewapende robots de drie mannen de kamer in dreven, alsof ze bij een kudde schapen hoorden en zijzelf de herders waren. Joeritsj probeerde angstig iets uit te leggen, Sjoejev zwaaide met zijn armen, Petroesjov was stil en in zichzelf gekeerd. De deur naar buiten stond nog open. Ook de deur van de kamer waar zij zat, was nog niet in het slot gevallen.

Ze moest weg. Ze moest blijven. Ze moest weg. Ze moest op Onno wachten. Ze moest Noera's verhaal een andere wending geven. Een ander slot voor haar vinden. Ze moest rennen, rennen voor haar leven. Ze moest Noera's andere leven voortzetten. Ze moest aan zichzelf denken. Ze moest kijken hoe Noera's folteraars werden gestraft. Ze moest vluchten. Ze moest Onno vinden. Ze moest samen met hem vluchten. Voor Noera. Of voor zichzelf. Dat maakte niet meer uit.

De mannen gingen om de ronde tafel zitten. De deur stond nog steeds open. Weer belde ze Onno's nummer. Zijn telefoon stond nog steeds uit. Hij had het haar beloofd. Hij had het haar beloofd, verdomme!

De generaal haalde een soort cowboyrevolver met een lange, zilverkleurige loop uit een leren tas en legde hem voor zich op tafel. Joeritsj maakte aanstalten om te vluchten, maar hij werd vastgehouden en weer teruggeduwd op zijn stoel, Sjoejev schudde aan één stuk door zijn hoofd. De generaal praatte ernstig op de mannen in, hij leek hun iets uit te leggen, ze keken hem met een versteend gezicht aan. Alleen Zajka kromp telkens ineen, kennelijk vocht hij tegen zijn tranen.

Een ronde houten tafel. Een revolver erop. Hij... hij... hij ging Russische roulette spelen! Ze deinsde achteruit, drukte zich tegen de muur. Haar blik viel op een laag krantentafeltje in de hoek van haar kamer, waar mobiele telefoons op lagen. Als gehypnotiseerd liep ze ernaartoe om niet in de herenclubkamer te hoeven kijken. Ze staarde naar de donkere schermpjes. Het waren vier toestellen.

Vier, en niet vijf. Om de ronde tafel stonden vijf stoelen, maar er zaten maar vier mannen aan tafel. Gelukkig. Ja, hij had vast de juiste beslissing genomen. Hij zou met haar meegaan, om halfeen zou hij beneden voor de ingang staan. Vast. Gauw. Zo meteen. Hij zou die vreselijke mannen aan zichzelf en hun lot overlaten.

Shit, Russische roulette! Achteraf leek het zo logisch. Natuurlijk, hij had het over een spel gehad. Dat ze daar niet eerder op was gekomen. Maar wie deed zoiets nou? Wie speelde zoiets nou? Hoe kon dit allemaal werkelijkheid zijn? Haar hoofd stond op springen, haar lichaam baadde in het zweet. En in haar binnenste als mokerslagen: Onno, Onno, Onno... Waar was hij? Was hij bang geworden en er al vandoor gegaan? Had hij niet op haar gewacht? Alles beter dan...

Opeens piepte haar mobiel. Van pure zenuwen liet ze hem vallen, ze viel op haar knieën, pakte hem en las het berichtje: 'Je hebt die rol, godsamme! De hoofdrol in de serie! Je hebt het van honderden concurrenten gewonnen! Waar zit je, laat iets van je horen, mijn god, dit moeten we vieren! Je bombastische impresario!'

Wat ze daar las, leek zo ver van haar af te staan, het bericht leek niets met haar te maken te hebben, het hoorde hier absoluut niet thuis, ze drukte het weg. Ze belde nog een keer Onno's nummer, maar verbrak de verbinding meteen weer, hij wilde of kon niet praten, het had geen zin, ze zou nog een minuut, ja, nog één minuut blijven, dan zou ze... Ze gluurde in de andere kamer. Joeritsj huilde. De generaal dronk een bruinige vloeistof uit een vierkant glas. De revolver lag nog steeds tussen hen in, als een waarschuwing en een dreiging tegelijk. Haar hart ging als een razende tekeer, ze had het gevoel dat ze elk moment flauw kon vallen.

Plotseling hoorde ze opnieuw een zacht piepje. Eerst

dacht ze dat het haar eigen telefoon was, maar toen zag ze op het krantentafeltje iets oplichten. Als het ware magisch aangetrokken liep ze erheen en staarde naar het verlichte schermpje.

'Aleks, het is een wonder, een wonder dat we juist nu zo hard nodig hebben! Het is gelukt, ik ben zwanger, ik hou van...' Verder kon ze het niet lezen. Toen ze op het schermpje tikte, verscheen het venstertje voor de ontgrendelingscode. Het was inderdaad zijn telefoon! Als versteend staarde ze naar de mobiel, die weer in de slaapstand was gegaan. Was dit haar redding? Hun aller redding? Moest ze naar de andere kamer rennen en hem vertellen dat zijn spel uit was voordat het goed en wel was begonnen, dat het nu menens werd omdat hij... ja, omdat hij weer vader zou worden? Moest ze het hele gedoe abrupt beëindigen? Maar Noera... Noera's kleurrijke leven. Noera en het andere leven, dat alleen mogelijk was als dit verleden voorgoed werd afgesloten. Als dit leven ten einde was.

Ze stond daar als verlamd, in een onnatuurlijke houding, haar ene voet een beetje opgetild, alsof ze op het punt stond weg te rennen, maar haar andere voet als aan de grond genageld, zij, de perfecte getuige, het menselijke bewijs dat dit allemaal echt gebeurde.

Onno, weer dook zijn naam als een waarschuwingssein op in haar hoofd. Langzaam, als in een droom die te veel aan de werkelijkheid deed denken, liep ze naar de glazen wand en keek op. De generaal stak drie vingers omhoog. Was dat voor haar bedoeld? Wat betekende het? Zaten er drie kogels in die revolver? Drie kogels voor vier mensen? Wie was het gegund te overleven? Ze kende de regels van dat dodelijke spel niet. Maar hier leken alle regels sowieso buiten werking gesteld.

Ze pakte zijn mobiel en hield hem stevig vast. De deur

van haar kamer stond nog steeds open. Ze kon naar hiernaast gaan, hem vragen even naar buiten te komen. Tegen hem zeggen dat zijn vrouw een kind verwachtte, dat hij aan dat afschuwelijke spel een einde moest maken. Vlug en pijnloos. Een ander einde, een onvoorzien happy end voor alle betrokkenen, die dankzij een embryo een nieuw leven kregen. Maar Noera dan met haar andere leven, dat ze al weken naarstig voor haar in elkaar zette? Zou alles dan tot stof vergaan?

De klok in de andere kamer stond op vijf voor twaalf. Dadelijk zou hij het spel openen. Ze moest gaan. Ze moest blijven. Ze moest er een einde aan maken. Ze keek nog eens naar de telefoon met het verheugende bericht, dat ze maar voor de helft kon lezen.

Onno had in elk geval voor het leven gekozen. Hij was niet gekomen. Hij wachtte ergens beneden op haar, straks zouden ze de auto pakken en door de duisternis rijden, tot ze ergens aankwamen waar licht en vuurwerk was, waar volop feest werd gevierd, en ze zouden op het nieuwe jaar toosten en op het overleven. En ze zouden...

Nee, ze kon geen voet verzetten. Ze kon Noera niet het leven ontnemen dat ze haar vrijwillig had geschonken. Een van de levens die ze overhad. Hij wilde haar getuige maken en ze moest het volhouden, het doorstaan, ze moest de dood in de ogen kijken, net als toen in die auto die de ondergang tegemoet raasde. Ze zou niet naar de andere kamer gaan, niet proberen iets tegen te houden wat als een lawine al aan het rollen was gebracht. Ze zou niet toelaten dat ze er heelhuids afkwamen. Ze kon hen niet vergeven, dat lag niet in haar macht. Ze zou blijven als de kogels de schedels doorboorden. Daarna zou ze naar beneden gaan, met Onno in de auto stappen en wegrijden.

Ze legde de telefoon weer op het tafeltje. En plotseling bleef ze staan. Ze herkende Onno's telefoonhoesje. Zijn zilverkleurige telefoonhoesje met zo'n stomme autosticker erop. Waarom lag die telefoon hier? Waarom had hij...

Ze richtte zich op. Strekte haar rug. Haalde adem. Streek haar haar uit haar gezicht. Deed een stap in de richting van de Venetiaanse spiegel en bleef daar staan. De generaal was met zijn rug naar haar toe gaan zitten, alsof hij alles had gezegd wat er te zeggen viel. Naast hem zaten Sjoejev en Petroesjov en tegenover hem een in tranen badende Joeritsj. Wat was de volgorde? Net als toen bij de verkrachting? Eerst de kolonel, dan Petroesjov, gevolgd door de generaal en ten slotte, als alle kogels nog niet waren verschoten, de van angst trillende Zajka? Ja, dat zou rechtvaardig zijn, dacht ze en ze slikte, haar mond was kurkdroog. Maar ze had geen tijd om iets te drinken, geen tijd voor wat dan ook. De grote wijzer schoof dichter naar de twaalf. Nu verliet Sjapiro de kamer, de gewapende mannen posteerden zich rond de tafel. De deur van de speelkamer viel in het slot. Ze haalde opgelucht adem. Onno was niet gekomen. Onno wachtte bij de ingang van het hotel op haar.

Nu was ze ertoe veroordeeld getuige te zijn.

Ze rommelde in haar handtas en vond wat ze zocht, de toverkubus. Ze omklemde hem als een talisman en keek strak naar de nek van de generaal, die net de revolver in zijn hand nam. Nee, ze zou hem niet tegenhouden... *puntvormige bloedingen, schaafwonden, bloeduitstortingen in de pleuraholte, ecchymose onder de linkeroogkas en op de dij, bloeduitstortingen om de mond, cyanose, gezwollen gezicht, hematomen aan de binnenkant van de dijen*, nee, ze zou hem niet tegenhouden!

Zogenaamd spreidletsel. Nee, ze zou hem niet tegenhouden! *Het perineum rond de uitwendige genitaliën... grijpsporen aan de binnenkant van de bovenarmen.* Nee, ze zou hem niet tegenhouden!

Op het moment dat de generaal Sjoejev de revolver in de hand drukte, zwaaide de deur open en wankelde een lijkbleke en duidelijk dronken Onno het vertrek binnen.

Toen werd de deur weer dichtgedaan.

Ze slaakte een geluidloze kreet. Ze sloeg met haar vlakke handen tegen het glas. Ze riep zijn naam. Ze schreeuwde zo hard ze kon. Toen rende ze de kamer uit, naar de deur van de herenclubkamer, rukte eraan, sloeg en bonsde erop, riep steeds weer zijn naam, maar er leek geen geluid door te dringen, niemand reageerde, niemand deed open en ze begreep dat het uitzichtloos was. Ze haastte zich weer terug naar de kleine kamer. De getuigenkamer. Ze sprong tegen het glas, ze sloeg er met haar vuisten op tot ze haar handen niet meer voelde. Het had geen zin. Ze zagen en hoorden haar niet. Misschien moest ze Sjapiro gaan zoeken, hem roepen, waar was hij, waar was hij, verdomme? Ze kon hem vertellen dat zijn koning een kroonprins verwachtte, hij had vast een tweede sleutel, hij kon zich vast toegang verschaffen en een einde maken aan het bloedige spel, maar dat zou betekenen dat ze naar buiten moest en het belangrijke, wezenlijke en definitieve onderdeel miste.

De klok stond op twaalf uur. Het spel was begonnen.

De generaal stond op en wees Onno zijn plaats. Onno leek gehypnotiseerd, hij deed willoos wat hem werd gezegd. Hij keek niet om. Hij keek niet om naar haar. Waarschijnlijk vermoedde hij niet dat ze zich achter de spiegelwand bevond. De generaal fluisterde hem iets in het oor, hij knikte zwijgend. Ze krabde aan het glas. Ze gooide de toverkubus ertegenaan. Toen verstomde ze en bleef roerloos staan, met haar gezicht tegen het glas gedrukt.

De gewapende mannen deden tegelijk een stap achteruit en gingen voor de deur staan; niemand zou deze kamer kunnen verlaten voordat het spel was uitgespeeld.

De kolonel nam het wapen in zijn hand, die niet meer trilde, integendeel, hij zette de loop trefzeker en vastberaden tegen zijn slaap – en haalde de trekker over.

Verklarende woordenlijst

ADAT – gewoonterecht
AOEL – dorp
ATAMAN – kozakkenleider

BEBO – grootmoeder
BOJEVIKI –strijders

DEDA – moeder
DVOR – binnenplaats

GOSKOM – Staatscomité voor Woningbouw
GUSS – Staatsdienst voor Speciale Bouwprojecten

HADZJI MOERAT – islamitische rebellenleider in Tsjetsjenië

KOMMOENALKA – gemeenschapswoning ten tijde van de Sovjet-Unie

LEZGINKA – Kaukasische dans
LOEBJANKA – de voormalige gevangenis van de geheime dienst

MALYSJ – kleintje
MASJALLAH – zo God wil
MOHAMMED NADZJIBOELLAH – president van Afghanistan 1987-1992

NANA – mama

NOCHTSJI – lett. volk; naam waarmee de Tsjetsjenen zichzelf aanduiden

NOE, POGODI! – 'Wacht maar!', Russische tekenfilmserie

OPERATIE STORM-333 – bestorming van het Tajbergpaleis in Kaboel door Russische troepen in 1979

OSPOLKOM – Bijzondere Gevolmachtigde Commissie

PAPIROSA (mv. papirosy) – sigaret met kartonnen mondstuk

ROSNEFT – Russische staatsoliemaatschappij

SJAPKA – muts met oorkleppen

SPETSCHRAN – afgeschermd deel van een bibiotheekcollectie

STRELA-2 – raketwerper

TEJP – clan, stam

TSJATSJA – Georgische sterkedrank

TSJEPALGASJ – Tsjetsjeens kwarkbrood

VAJNACHEN – Tsjetsjeense volksgroep

VOJAK – leider

ZEVEN BOJAREN – zeven oligarchen die in de tijd van Jeltsin veel politieke macht hadden

Het achtste leven (voor Brilka) van
Nino Haratischwili is een monumentaal,
tolstojaans familie-epos dat zes generaties
omspant tussen 1900 en nu.
Meer dan 60 000 exemplaren verkocht in
Nederland en Vlaanderen.

Bij de productie van dit boek is gebruikgemaakt van papier dat het keurmerk Forest Stewardship Council® (FSC®) draagt. Bij dit papier is het zeker dat de productie niet tot bosvernietiging heeft geleid. Ook is het papier 100% chloor- en zwavelvrij gebleekt.

FSC
www.fsc.org
MIX
Papier van verantwoorde herkomst
FSC® C014496